王水照 編

歷代文話

第五册

復旦大學出版社

四六叢話

〔清〕孫梅　撰

《四六叢話》三十三卷

清　孫梅　撰

孫梅(？—約一七九〇),字松友,號春浦,烏程(今浙江吴興)人。少時以才子名。乾隆三十四年(一七六九)進士及第,任職内閣。后官至太平府司馬。有《舊言堂集》。

此書脱稿于乾隆五十四年(一七八九),乃作者積數十年精力而成。全書三十三卷,前二十八卷别體分類輯録歷來有關「選」、「騷」、「賦」等二十體類的評論、紀事及考釋材料,各以駢文序其首,闡發名義,簡述源流,表以己見。此二十篇序文貫通着作者關于四六駢儷文體的觀點:關於淵源,作者認爲四六與古文同源異流,謂「一畫開先,有奇必有偶」,謂二者「立言之旨,不越情與文而已」;關於四六駢儷文的發展,作者認爲「六朝以來,風格相承,妍華務益」,至宋歐(陽修)、蘇(軾)始「擺落四六恒蹊,一追古文超妙」(卷二十八),至宋末「菁華已竭」,元朝「僅沿餘波」,明代「無復作家風韵」(《凡例》);關于四六文創作,作者提出「行文之法,用辭不如用筆,用筆不如用意」(卷二十八)。所論均通達切實,不同凡俗。作者友人師範端人曾將此二十篇序文摘出題名《四六叢話緣起》,收入《二餘堂叢書》,刊行於嘉慶九年(一八〇四)。

此書後五卷輯録作家材料，上溯屈原，下迄宋元。卷末所附《選詩叢話》則輯録《文選》所載詩作之品評、考釋等材料。

此書初刊於嘉慶三年（一七九七），卷首有作者齊年友秦潮、門人阮元及程杲三序和作者自序，卷三十三之後有作者門人陳廣寧、族弟孫寧衷二跋，末附《選詩叢話》。光緒七年（一八七七），嶺南許應鑠重刊此書，跋云：「其書悉遵原刻之舊，唯烏焉亥豕間所不免，經敦叔是正者數十條。」但將陳廣寧跋移置《選詩叢話》之後，末附許氏重刊跋，未録孫寧衷跋。今據許氏重刊本録入，並將孫跋補置陳、許二跋之間。

（聶安福）

序

余齊年友烏程松友孫公輯《四六叢話》三十三卷：選二卷，騷一卷，賦二卷，制勑詔册四卷，表三卷，章疏一卷，啓二卷，頌一卷，書一卷，碑誌一卷，判一卷，序、記、論各一卷，銘箴贊一卷，檄露布一卷，祭誄一卷，雜文一卷，談諧、總論二卷，作家五卷。刺取浩博，積數十年始成。蓋自宋王性之、謝景思而後，爲話四六者作沃焦歸墟矣。四六文競尚六朝體，凡數變，惟陸宣公擅厥朗暢。暨乎歐、蘇，文質兼勝，殆稱絶軌。然論者必宗徐、庾，詞繁意晦，見嗤輕薄，或恥雕蟲，遂使奇偶自然，跡别涇渭，則毛舉皮傅之見，非允論也。唐初四傑，特推子安，萬古江流，杜陵頫首。乃華蓋太甲，一行未詳，紫電青霜，新都偶拾。雖云佚闕，抑亦文勝矣。夫文貴内心，藻飾居次，隸事比屬，銖兩不爽，兼以氣盛物浮，金石和叶，蔚成體製。居然手筆，蹋步儉腹，敢曰克勝，又若吃吃語重，參伍錯見，則自古在昔之句，吉日辰良之辭，幾同口實，曷以意愜。松友上溯《選》、《騷》，下迄宋元，薈捃百家，標舉一是。其言曰：「用辭不如用筆，用筆不如用意。」匪第爲儷體説法，凡抽思弄翰者悉受範焉。竊嘗譬諸畫師界畫，分刌必工；書家真楷，九宫爲最。以視解衣

槃礴，龍跳虎卧，難易不分，工力相亞。倘必强作軒輊，斯僞也已。時余采風江上，松友適分守鳩江，出是編，屬爲校定，長夏藉以消暑。兹將于役皖山，因綴所見以質之。他日剞劂既成，固燕許所共賞者也。乾隆庚戌秋七月，錫山秦潮跋。

後序

昔《考工》有言：「青與白謂之文，赤與白謂之章。」良以言必齊偕，事歸鏤繪。天經錯以地緯，陰偶繼夫陽奇。故虞廷采色，臣鄰施其璪火；文王壽考，詩人美其追琢。以質雜文，尚曰彬彬；以文被質，乃稱柀柀。文之與質，從可分矣。懿夫人文大著，肇始六經。《典》、《墳》、《丘》、《索》，無非體要之辭；《禮》、《樂》、《詩》、《書》，悉著立誠之訓。商瞿觀象於文言，丘明振藻於簡策，莫不訓辭爾雅，音韻相諧。至於命成潤色，禮舉多文，仰止尼山，益知宗旨。使其文章正體，質實無華，是犬羊虎豹，翻追棘子之談，黼黻青黄，見斥莊生之論也。周末諸子奮興，百家竝騖。老、莊傳清净之旨，孟、荀析善惡之端。商、韓刑名，吕、劉雜體。若斯之類，派别子家，所謂以立意爲宗，不以能文爲本者也。至於縱横極於戰國，春秋紀於楚漢。馬、班創體，陳、范希蹤。是爲史家，重於序事。所謂傳之簡牘，而事異篇章者也。夫以子若彼，以史若此，方之篇翰，實有不同。是惟楚國多才，靈均特起。賦繼孫卿之後，詞開宋玉之先。隱耀深華，驚采絶豔。故聖經賢傳，六藝於此分途；文苑詞林，萬世咸歸圜範矣。洎夫賈生、枚叔，竝轡漢初；相如、子雲，聯鑣

西蜀。中興以後，文雅尤多。孟堅、季長之倫，平子、敬通之輩，綜兩京文賦。諸家莫不洞穴經史，鑽研六書，耀采騰文，駢音麗字。故雕蟲繡帨，擬經者雖改脩塗；月露風雲，變本者妄執笑柄也。建安七子，才調輩興。二祖、陳、王，亦儲盛藻。握徑寸之靈珠，享千金於荆玉。至於三張、二陸、太冲、景純之徒，派雖弱於當塗，音尚聞夫正始焉。文通、希範，並具才思；彦昇、休文，肇開聲韻。輕重之和，擬諸金石；短長之節，雜以《咸》、《韶》。蓋時會使然，故元音盡泄也。孝穆振采於江南，子山遷聲於河北。昭明勒《選》，六代範此規模；彦和著書，千古傳兹科律。迄於陳、隋，極傷靡敝。天監、大業之間，亦斯文升降之會哉。唐初四傑，竝駕一時。式江、薛之靡音，追庾、徐之健筆。若夫燕、許之宏裁，常、楊之巨製，《會昌一品》之集，元、白《長慶》之編，莫不竝掞龍文，聯登鳳閣。至於宣公《翰苑》之集，篤摯曲暢，國事賴之，又加一等矣。義山、飛卿以繁縟相高，柯古、昭諫以新博領異，駢儷之文，斯稱極致。趙宋初造，鼎臣、大年，猶沿唐舊；歐、蘇、王、宋，始脱恒蹊。以氣行則機杼大變，驅成語則光景一新。然而衣辭錦繡，布帛傷其無華；工謝雕幾，簴業呈其樸鑿。南渡以還，浮溪首倡。野處、西山，亦稱名集；渭南、北海，竝號高文。雖新格别成，而古意寖失。元之袁、揭，冕弁一世，則又揚南宋餘波，非復三唐雅調也。載稽往古，統論斯文。日月以對待曜采，草木以錯比成華。玉十瑴而皆雙，錦百兩而名匹。明堂斧藻，視畫繢以成文；階戺笙鏞，聽鏗鋐而應節。自周以來，體格有殊，文章無異。若夫昌黎肇作，皇、

李從風；歐陽自興，蘇、王繼軌。體既變而異今，文乃尊而稱古。綜其議論之作，竝升荀、孟之堂；核其叙事之辭，獨步馬、班之室。拙目妄譏其紕繆，儉腹徒襲爲空疏。實沿子史之正流，循經傳以分軌也。考夫魏文《典論》，士衡賦文，摯虞析其流別，任昉溯其原起，莫不謹嚴體製，評隲才華；豈知古調已遥，矯枉或過，莫守彦和之論，易爲真氏之宗矣。我師烏程孫司馬，職參書鳳，心擅雕龍。綜覽萬篇，博稽千古。文人之能事，已攬其全；才士之用心，深窺其祕。王銍選《話》，惟紀兩宋；謝伋《談麈》，略有萬言。雖創體裁，未臻美備。況夫學如滄海，必沿委以討原；詞比鄧林，在揣本而達末。百家之雜編別集，盡得遺珠；七閣之祕笈奇書，更吹藜火。凡此評文之語，勒成講藝之書。四駢六儷，觀其會通；七曜五雲，考其沈博。而且體分十八，已括蕭、劉；序首二篇，特標騷、選。比青麗白，卿雲增繡黼之輝；刻羽流商，天籟遏笙簧之響。使非胸羅萬卷，安能具此襟期；即令下筆千言，未許臻兹醞釀也。元才圉陋質，心好麗文，幸得師承，側聞緒論，妄執丹管而西行，願附驥尾而千里。固知盧、王出於今時，流江河而不廢；子雲生於後世，懸日月而不刊者矣。乾隆五十三年，受業儀徵阮元謹序。

四六之文，世謂創自六朝，非篤論也。《易大傳》曰：「坤爲文。」坤，偶象也。文之有偶，其即坤之取象乎。在《書》，「滿招損，謙受益。」在《詩》，「覯閔既多，受侮不少。」諸如此類，謂非四六之

濫觴耶？《雕龍》所引，孔子繫《易》，四德句句相銜，龍虎字字相儷。乾坤易簡，宛轉相承；日月往來，隔行懸合。凡後世駢體對法，莫不悉肇於斯。在漢鄒陽、谷永爲文，多用俳偶，而齊梁踵事增華，遂成一體。要亦造化自然之文章，因時而顯，有非人力所能與者。俗儒執韓子文起八代之衰，遂謂四六不逮古遠甚，不知國家制策表箋有必不能廢此體者。即如柳、歐、蘇、王，文與韓埒，其集中四六，典麗雄偉，何嘗不與古文竝傳。甚矣夏蟲不足以語冰也。第四六之興，不一代矣；四六之作，又不一體矣。自來選者，或合一代之作，或聚一體之文，從未有體裁悉備，提要鉤玄，集諸家之論説而成四六之大觀者。此孫夫子《四六叢話》所由作也。

夫子爲世名宿，鄉會制義，久傳播士林，而尤邃於古學。自爲中翰以迄分守鳩江，雖嚴寒酷暑，手執一編，偶有所得，即振筆書之，嘗謂杲曰：「予於此書，數十年心血矣。」杲性魯鈍，而記誦復善忘。童時讀經傳外，專攻舉業，及從畏莽先伯祖遊，又時聞同鄉趙易門前輩緒論，亦略涉四六之藩籬。今年夏，夫子取《叢話》重加校正，將以壽世。杲喜是書之必傳也，因追述向日師友之提命，約略數條，妄書於後，即以就正夫子，竝質宇内之留心四六者。乾隆己酉孟秋月，受業休寧程杲謹識。

四六盛於六朝，庾、徐推爲首出。其時法律尚疏，精華特渾，譬諸漢京之文，盛唐之詩，元氣瀰淪，有非後世所能造其域者。唐興以來，體備法嚴，然格亦未免少降矣。前如燕、許稱大手筆，

嗣如王、楊、盧、駱，稱四傑。今即其集博覽之，所以擅名一代者，不尚可尋其緒乎？宋自盧陵、眉山以散行之氣運對偶之文，在駢體中另出機杼，而組織經傳，陶冶成句，實足跨越前人。要之，兩端不容偏廢也。由唐以前，可以徵學殖；由宋以後，可以見才思。苟兼綜而有得焉，自克樹幟於文壇。四六主對，對不可以不工，《雕龍》所論言對、事對、反對、正對盡之矣。至謂言對易，事對難，反對優，正對劣，其所謂難者，若古「二十四考中書，三十六年宰輔」、「秦塞重關一百二，漢室離宮三十六」之類，比事皆成絶對，故難也。近時繙類書，舉故事往往一意衍至數十句，不惟難者不見其難，亦且劣者彌形其劣。孫夫子於《總論》篇中有以意爲主之説，學駢體者不可無别裁之識。

按四六對法，一句相對者爲單對，兩句相對者爲偶對。一篇中，須以單偶參用，方見流宕之致。更有長偶對，若蘇軾《乞常州居住表》「臣聞聖人之行法也，如雷霆之震草木，威怒雖盛而歸於欲其生；人主之罪人也，如父母之譴子孫，鞭撻雖嚴而不忍致之死」之類是也。反對、正對之外，有借對，若駱賓王《冒雨尋菊序》「白帝徂秋，黄金勝友」之類是也。有巧對，若賓王《上司列太常啓》「搏羊角而高翥，浩若無津；附驥尾以上馳，邈焉難託」之類是也。有虚實對，若柳宗元《爲裴中丞賀東平表》「愧無横草之功，坐見覆盂之泰」之類是也。有流水對，若歐陽修《謝賜漢書表》「惟漢室上繼三代之盛，而班史自成一家之書」之類是也。有各句自對，若王勃《滕王閣序》「物華天寶，龍光射牛斗之墟；人傑地靈，徐孺下陳蕃之榻」之類是也。要使百鍊千錘，句斟字酌，閲之

有璧合珠聯之采，讀之有敲金戛玉之聲，乃爲能手。

四六中以言對者，惟宋人采用經傳子史成句爲最上乘，即元明諸名公表啓，亦多尚此體，非胸有卷軸不能取之左右逢原也。以事對者，尚典切忌冗雜，尚清新忌陳腐。否則陳陳相因，移此儷彼，但記數十篇通套文字，便可取用不窮，况每類皆有熟爛故事，俗筆伸紙便爾撏撦，令人對之欲嘔。然又非必舍康莊而求僻遠也，要在運筆有法，或融其字面，或易其稱名，或巧其屬對，則舊者新之，頓覺別開壁壘，莊子所云腐臭化爲神奇也。

四六序事之法，有挨序格，若一事自始至終，一人自少至老，遞詳其實是也。有類序格，若德行、文章、勳業以及世望、後裔，各標其目是也。有分序格，若雙壽之夫妻，聯芳之兄弟，以及累葉親賢、同堂友哲，各揚其美是也。有合序格，若前項諸類而以錯綜分配舉之是也。其篇法有直起直收格，有前冒後束格，有分柱提應格，其變更有整散相間格。要之格雖殊塗，而鍊意鍊詞，悉歸一律。至於通篇句法，平仄相銜，與律詩律賦同體。唐以前不盡然者，法未備也。唐以後間有不然者，如律詩中之拗句也。不得沿以爲例。偶對上下句一事相承，或有各用故事者，必須意義聯貫，不得艮限貽譏。他若論事則頌不忘規，贊人則儗必於倫，立言體裁，尤以獻諛爲戒。凡此數條皆愚人之一得，原不敢見笑方家，今因《叢話》，妄呈簡末，世之讀孫夫子是書者，必以杲爲弄斧於大匠之門矣。

自序

竊惟芍藥調芳，侯鯖最美；蘭茗鋪縟，戲翠彌鮮。玉樹青葱，以羅生而擢秀；雲櫨戢脊，乃叢倚而呈材。五都則瓌寶盈眸，九奏則鏗鏘動魄。覽女牀而識異，鳳舞鸞歌；夢閶闔其如迷，門千户萬。緯蕭狎浪，難尋驪頷之珠；按樂披圖，莫辨霓裳之序。塵埃野馬，鼓生物以含和；春草雞翹，分天章而奪麗。是以通才名世，哲士知言。沿源委而轉益多師，無問津者；貽話言而流傳滋永，克紬繹之。且夫體包衆善，誰窺作者之心；道重三端，孰竝文人之舌。説劍侈鍔鐔之旨，斲輪恣椎鑿之談。枕籍《論衡》，尤工名理；瀾翻《世説》，更善清言。若乃馳驟詞場，佃漁藝苑。杜陵尊酒，摩詰杯茗。志林緣瓊海之遊，筆記自玉堂之直。迂夫漫叟亦有篇題，攬轡歸田非無著録。嫣然一笑，託微意於美人；穆如清風，徹中聲於羣雅。春雲作態，長憶水曹；良玉生烟，獨傳表聖。宛陵翁之詩格，繡譜金針；滄浪子之宗風，鏡花水月。《總龜》已拾其彩翠，《苕漁》更擷其蘅蕪。夫四六者，詞賦之菁英，文章之鼓吹也。碌碌非匿瑕之質，纍纍多復貫之姿。驗始平之銅，音參秬黍；拭華陰之土，艷發芙蕖。墨數升以淋漓，卷五千而撐拄。相推相衍，遞出新奇；

一咏一吟，都成故實。潮回胥母，不無取於雄豪；琴奏雍門，更欲窮夫幽渺。偏傍刊誤，寫漆簡以經三；奥窔開蒙，讀《南華》於第二。量材情於十倍，較長短於一分。蒸成菌以非虚，獺祭魚而不有。六銖無縫，幾許裁成；九曲穿珍，一回拈出。窋窡而芳苞盈掬，玲瓏則獨繭抽絲。然而薈萃斯難，檢尋未易。謝景思麤成卷軸，空復犀揮；王性之微得端倪，何能貂續。梅爰自垂髫，即思染翰。曾是學焉相近，敢云寸有所長？先大父灊村府君，手付縹緗，家傳矩矱。及寄蹤襄國，坦腹清河，外舅寶田先生亦往往折衷，時時發篋。兩度翠華獻賦，十年青瑣趨朝。和聲乏鳴盛之才，珥筆踵羣公之後。己丑座主爲嘉定曹習庵先生，蓋代龍門，洽聞麟閣。辱品題於月旦，與考訂于丹鉛。自佐郡江城，于役都下，每復從容請益，邂逅開襟。謂古來駢儷之文，多前輩陽秋之論。妄欲倣本事之體，成一家之言。先生如月印川，固無隱爾；若金在冶，屢歎起予。盡繙插架之籤，俾繼焚膏之晷。竝期重見，爲叙《三都》。梅感知己於寸心，憶前言之在耳。三餘罔輟，六稔相仍。寒暑乖違，音塵契闊。而先生乘軺南海，撤瑟秋風。問舊館其荒凉，求遺文而零落。當削稾方新之際，已宿草沾灑之餘。就正無因，怊悵自失。蘇長公湖山獨往，慨六一之云亡；蔡九峰書傳既成，屬考亭之下世。所冀層淵鬵沸，聞歌而尚赴心期；一瓣氤氳，展卷而若存寤寐云爾。乾隆五十四年己酉七月上浣，烏程孫梅序。

男曾美姪四美校刊

四六叢話凡例

一、四六之名，何自昉乎？古人有韻謂之文，無韻謂之筆。梁時沈詩任筆、劉氏三筆六詩是也。駢儷肇自魏晉，厥後有齊梁體、宮體、徐庾體，工綺遞增，猶未以四六名也。唐重《文選》學，宋目爲詞學，而章奏之學，則令狐楚以授義山，别爲專門。今攷《樊南甲乙》始以四六名集，而柳州《乞巧文》云「駢四儷六，錦心繡口」，又在其前。《辭學指南》云：「制用四六，以便宣讀。」大約始於制誥，沿及表啓也。

一、陸機《文賦》區分十體，魏晉前其流未廣。西山真氏以四體撰《文章正宗》，亦僅挈其綱。若乃辨體正名，條分縷析，則《文選序》及《文心雕龍》所列，俱不下四十。而《雕龍》以對問、七發、連珠三者入於雜文，雖創例，亦其宜也。唐設宏詞科，試目有十二體，則皆應用之文。今自《選》、《騷》外，分合之爲體十八，亦就援引考據所及而存之。其章疏與表分而爲二者，以宣公奏議之類不可入表故也。碑、誌與銘分爲二者，碑用者廣，誌專納墓，而銘則遇物能名，各有攸當。其餘悉入雜文，又列談諧，皆《雕龍》例也。

一、《選》實駢儷之淵府，《騷》乃詞賦之羽翼。杜少陵云：「熟精《文選》理。」王孝伯云：「熟讀《離騷》，便成名士。」是知六朝、唐人詞筆迴絶者，無不以《選》、《騷》爲命脈也。是編以二者建爲篇首，欲志今體者探本窮源旁搜遠紹之意。

一、《文選》、《楚詞》及賦三種，專門名家不下數十百種。寒家藏書鮮少，無由偏窺，管見淺尠，挂漏多矣。第就所見纂存其間，考訂發明，亦復粲然可觀，以云舉隅，豈存見少。

一、各體文有正史内載全篇者，竝不録，以是編取諸叢話，非選集也。其説部内間值全篇，則録之，以徵逸也。

一、凡一條内涉數體者，不復分析，亦更不重見。亦有互見者，其文義稍殊，則竝存之。

一、作家姓氏爵里，稍引史傳，附以論斷，見知人論世之義。《文選》、《楚詞》及賦家，俱以尤著者載於篇。唐、宋、元四六家尤多，亦不備載，惟大作手有專集存者罔遺焉。餘則各附本條下，不重見。失考者闕之。

一、四六至南宋之末，菁華已竭。元朝作者寥寥，僅沿餘波。至明代，經義興而聲偶不講，其時所用書啓表聯，多門面習套，無復作家風韻。聖朝文治聿興，己未、丙辰兩舉大科，秀才詞賢，先後輩出，迴越前古，而擅四六之長者，自彭羨門、尤悔庵、陳迦陵諸先生後迄今，指不勝屈。但各家俱有專集，而膾炙腴詞，激揚緒論，若侯芭、桓譚之流猶有待焉。且蒙管見不多，尤虞遺漏。

故此編所録，姑就宋元以往聊備遺忘，餘俟續輯，庶爲大觀。

一、恭讀欽定《四庫全書簡明目録》一書，於前代文集存佚評鑒，無不詳備，集千古之大成，樹藝林之標準。是編於作家諸卷，謹悉恭録，蓋蠡測鼲飲之義，取資無盡云。至近人著述竝不登入，以是編所録作家訖於宋元故也。

四六叢話目録

卷十四

啓七

卷十五

啓七

卷十六

頌八

卷十七

書九

卷十八

碑誌十

卷十九

判十一

卷二十

序十二

卷二十一

四六叢話目録

卷二十九

作家一

文選家

作家二

楚詞家

卷三十

作家三

賦家

卷三十一

作家四

三國六朝諸家

卷三十二

作家五

唐四六諸家

卷三十三

四六叢話卷一

清　孫梅　撰

選　一之一

文之爲言，合天人以炳耀；選之爲道，從精義以入神。選而不文，非他山之瑜瑾；文而非選，豈麗製之淵林。若乃懸衡百代，揚摧羣言，進退師於一心，總持及乎千載，吾於昭明氏見之矣。夫一言以知醱蔑，知人難矣，未若知言之難也；後世必有子雲，知言難矣，未若知文之尤難也。更二難以課最，包載籍以爲程，著述以來，僅有斯作。夫陶冶《墳》、《索》者本於學；筦攝人文者係乎才。《南華》非出僻書，左、史焉知問遠。少見多怪，膚受淺中，學不博者，固未足以論文。又或識鮮通變，質本下中，辨鼎得贗，買璞誤鼠，才不高者亦無以枋選。同時俊彦，希望苑於青冥；千古斯文，感高樓之風雨。揆厥所長，大體有五：曰通識。《五經》紛綸，而通釋訓詁者有《爾雅》；諸史肸蠁，而通述紀傳者有《史記》。《選》之爲書，上始姬宗，下迄梁代，千餘年間，藝文備矣。質文升降之故，風雅正變之由。雲間日下，接迹於

簡編；漢妾楚臣，連衡於辭翰。其長一也。曰博綜。自昔文家，尤多派別。《文志》表江左之盛，《典論》詮鄴下之賢。《選》之所收，或人登一二首，或集載數十篇。詩筆不必兼長，淄澠不必盡合。詠懷擬古，以富有爭奇；玄虛簡棲，以單行示貴。其長二也。曰辨體。風水遭而斐亹作，心聲發而典要存。敬禮工爲小文，長卿長於典冊。體之不圖，文於何有？分區別類，既備之於篇；溯委窮源，復辨之於序。勿爲翰林主人所嗤，匪供兔園冊子之用。其長三也。曰伐材。文字英華，散在四部。窺豹則已陋，祭獺則無工。惟沈博絶麗之文，多左右采獲之助。王孫驛使，雅故相仍，天雞蹲鴟，繽紛入用，是猶陸海探珍，鄧林擷秀也。其長四也。曰鎔範。文筆之富，浩如淵海；斷制之精，運於鑪錘。使漢京以往，弭抑而受裁；正始以還，激昂而競響。雖禊序不收，少卿僞作，各有指歸，非爲謬妄。謂小兒强解事，此論未公；變學究爲秀才，其功實倍。其長五也。有唐而後，家置一編。杜陵有言，熟精斯理。引伸觸類，門户滋多。孟利貞、卜長富撰《續文選》若干卷，卜隱之撰《擬文選》若干卷，齊晉列附庸之盟，規矩存高曾之舊。又姚鉉《文粹》、吕祖謙《文鑑》，兹非其支流遺裔歟？此廣續家也。李善廣釋事類，子邕別標義蘊，五臣又爲輯注，合善本爲六臣注。援毛、鄭蟲魚之勤，達向、郭筌蹄之表，固屬蕭氏之功臣，抑亦百家之肴饌。此注釋家也。監庫鏤板而後，景文手寫之餘，發哲匠之巧心，係前修之緒論，丹鉛所在，不可廢也。此評論家也。余既有《叢

話》之役，以爲四六者，應用之文章；《文選》者，駢體之統紀。《選》學不亡，則詞宗輩出。名川三百，譬穴導以先河；靈芝九莖，及青春而晞露。摭拾陳編，建爲篇首。考金臺之遺址，辨玉樹之殊名，徵騶虞之名官，識擊壤之應樂。談柄方升，咫聞非尠。叙《選第一》。

《文心雕龍》謂英華出於情性：「賈生俊發，則文潔而體清。」「子政簡易，則趣昭而事博。」「子雲沈寂，則志隱而味深。」「平子淹通，則慮周而藻密。」《困學紀聞》

《集古録跋》謂《樂毅論》與《文選》所載時時不同，《文章正宗》謂崔寔《政論》列於《選》，今考《文選》，無此二篇，皆筆誤也。同上

《班固傳・西都賦》云：「招白閒下雙鵠，揄文竿出比目。」二句爲對。白閒，猶黄閒也。注云弓弩之屬。《御覽》引《風俗通》：白閒，古弓名。《文選》以閒爲鷴。非禽名也。同上

嵇叔夜《琴賦》：「曲引所宜，則《廣陵》、《止息》。」李善注：應璩《與劉孔才書》曰：「聽《廣陵》之清散。」傅玄《琴賦》曰：「馬融覃思於《止息》。」明古有此曲。韓臯謂嵇康爲是曲當晉魏之際，以魏文武大臣敗散於廣陵始，晉雖暴興，終止息於此。今以《選注》考之，《廣陵散》、《止息》皆古曲，非叔夜始撰也。魏揚州刺史治壽春，亦非廣陵。顧況《廣陵散記》云：「曲有《日宫散》、《月宫散》、《歸雲引》、《華嶽引》。」然則散猶引也，敗散之説非矣。同上

瓊，赤玉也。《雪賦》「林挺瓊樹」注以爲誤。若璩案：《毛傳》：瓊，玉之美者。《廣韵》：瓊，玉名。皆不與《説文》同。同上

《文選・安陸王碑》云：「奕思之微，秋儲無以競巧。」奕秋見《孟子》，儲字未詳，蓋亦善奕之人。注謂儲蓄精思，非也。同上

班孟堅《兩都賦序》，迂齋謂唐説齋《中興賦序》得此意。案《中興賦序》云：「雖詞有工拙，學有博陋，氣有强弱，思有淺深，要皆變化馳騖，不失古人之法度。」蓋用道有夷隆、學有粗密之意，然所取乃律賦，非《兩都》比也。同上

案：唐仲友，字與政，金華人，有《説齋集》。

周公《小開武》篇：周公曰：「在我文考，順道九紀：一、辰以紀日。二、宿以紀月。三、日以紀德。四、月以紀刑。五、春以紀生。六、夏以紀長。七、秋以紀殺。八、冬以紀藏。九、歲以紀終。」九紀與《洪範》五紀相表裏。《文選》任彦昇曰：「不改參辰，而九星仰止。」注引《周書》：「王曰：『余不知九星之光。』周公曰：『星、辰、日、月、四時、歲，是謂九星。』」九星即九紀也。同上

王簡棲《頭陀寺碑》：「周魯二莊，親昭夜景之鑒。」注云：「魯莊七年，夜明佛生之日也。《瑞應經》：四月八日夜明星出時，佛從右脅墜地，即行七步。」案《春秋》莊公七年：「夏四月辛卯夜，恒星不見。」《正義》曰：「於是時周之四月，則夏之仲春。」杜氏以長曆校之，知辛卯是四月五日

也。以是考之，夜明星不見乃二月五日，非四月八日也。蓋陋儒之佞佛者傅會爲此説。同上

歐陽永叔推重《歸去來詞》爲江左高文，丞相以爲知言。《筆記》

李格非善論文章，常曰：諸葛孔明《出師表》、劉伶《酒德頌》、陶淵明《歸去來辭》、李令伯《陳情表》，皆沛然從肺腑中流出，殊不見斧鑿痕。《冷齋夜話》

嘗觀《文選》左太冲《吴都賦》曰：「乘鱟黿鼉，同罛共羅。」劉淵林注云：鱟，形似惠文冠，青黑色，十二足，似蟹，足悉在腹下，長五六寸，雌嘗負雄行，漁者取之必得其雙，故曰乘鱟。《游宦紀聞》

岑文本《擬劇秦美新》，雖不作可也。班孟堅《典引》師其意，南豐《説非異》師其辭。《困學紀聞》

陸士龍《答張士然》詩：「通波激枉渚。」五臣注：枉渚是今曲池之義。《楚辭·九章》云「發枉渚」。又小灣曰枉渚，郭璞《江賦》曰：「因岐成渚。」注云：岐山岸曲處，江水潮因曲成渚。此又岐渚也。《臆乘》

戴安道就范宣學，《中興書》曰：「逵不遠千里，往豫章詣范宣，宣見逵，異之，以兄女妻焉。」視范所爲，范讀書亦讀書，范鈔書亦鈔書。惟獨好畫，范以爲無用，不宜勞思於此。戴乃畫《南都賦圖》，范看畢咨嗟，甚以爲有益，始重畫。《世説》

世人多謂李氏立意注《文選》，過爲迂繁，徒自騁學，且不解文意，遂相尚習五臣者，大誤也。

所廣徵引，非李氏立意，蓋李氏不欲竊人之功，有舊注者必逐篇存之，仍題元注人姓字，或有迂闊乖謬，猶不削去之。苟舊注未備，或興新意，必於舊注中稱臣善以别。既存元注，例皆引據。李續之雅，宜殷勤也。代傳數本李氏《文選》，有初注成者、覆注者，有三注、四注者，當時旋被傳寫之。其絶筆之本，皆釋音訓義，注解甚多，余家幸而有焉。嘗將數本竝校，不惟注之贍略有異，至於科段互相不同，無似余家之本該備也。因此而量五臣者，方悟所注盡從李氏注中出，開元中進表反非斥李氏，無乃欺心歟。且李氏未詳處，將欲下筆，宜明引憑證，細而觀之，無非率爾。今聊各舉其一端，至如《西都賦》説遊獵云：「許少施巧，秦成力折。」李氏云：「許少、秦成，未詳。」五臣云：「昔之捷人壯士。」搏移猛獸，施巧力折，固是捷壯，文中自解矣，豈假更言？况又不知二人所從出乎！又注「作我上都」云：「上都，西京也。」何太淺近忽易歟！必欲加李氏所未注，何不云「上都者，君上所居，人所都會」耶？况秦地厥田上上，居天下之上乎！又輕改前賢文旨。若李氏注云某字或作某字，便隨而改之。其有李氏不解而自不曉，輒復移易。今不能參校，亦略指其所改字。曹植樂府云：「寒鼈炙熊蹯。」李氏云：「今之腊肉謂之寒，蓋韓國事饌尚此法。」復引《鹽鐵論》「羊淹雞寒」、劉熙《釋名》「韓羊韓雞」爲證寒與韓同。又李以上句云「膾鯉臇胎鰕」，因注：《詩》曰：「炰鼈膾鯉。」五臣兼見上句有「膾」，遂改「寒鼈」爲「炰鼈」，以就《毛詩》之句。又子建《七啓》云：「寒芳蓮之巢龜，膾西海之飛鱗。」五臣亦改「寒」爲「搴」。搴，取也，何以對下句

之膾耶？況此篇全説修事之意，獨入此「搴」字，於理甚不安。上句既入「寒」爲「搴」，即下句亦宜改「膾」爲「取」，縱一聯稍通，亦與諸句不相承接。以此言之，明子建故用「寒」字，豈可改爲「庖」、「搴」耶？斯類篇篇有之，學者幸留意，乃知李氏絶筆之本懸諸日月焉，方之五臣，猶虎狗鳳雛耳。其改字也，至有「翩飜」對「恍惚」，則獨改「翩飜」爲「翩翩」，與下句不相收。又李氏依舊本不避國朝廟諱，五臣易而避之宜矣。其有李氏本作「泉」及「年」、「代」字，五臣貴有異同，改其字，不知犯諱，豈惟矛楯而已哉。《資暇集》

蕭該《漢書音義》「招搖」、「泰壹」，顏以張晏注：「招搖、泰壹，皆神名。」該曰：「如淳作『皋楔』。皋，積柴於頭，置牲玉於其上，舉而燒之，故曰『皋搖』。」《筆記》

「儲胥弩陆」，該引《三蒼》：「因山谷爲牛馬圈，謂之陆。」《黄圖》云：「弩陆在上林苑外。」「灑沈菑，呀壑瀆」，該按：「『灑沈菑而呀壑瀆兮』，『呀』或作『呵』，呵叱問四瀆也。」「啾啾蹌蹌，入西園，切神光」，顏曰：「『啾啾蹌蹌』，騰驤貌。」該説「啾」舊亦作「愁」，韋昭：音裁梟反，今書或作口旁秋。該引《埤倉》「啾，衆聲也」，又引《楚辭》「鳴玉鸞之啾啾」爲據云。「稽顙樹頷，扶服蛾伏」，如淳曰：「叩頭時項下向，則樹向上也。」該按：「韋本作『棃顙樹頷』。棃顙，顙攦地。樹頷，頷觸地也。今作『稽顙』，傳寫誤耳。」同上

賈誼、宋玉賦，天成自然。張華《鷦鷯賦》亦佳妙。《欒城遺言》

「金虎」二字所用，張平子《東京賦》云：「始於宮鄰，卒於金虎。」五臣注云：「幽、厲小人與君子爲鄰，堅若金，惡若虎，此卒以亡。」(何敬祖)〔陸士衡〕詩云：「望舒離金虎。」五臣注云：「望舒，月御也。西方，金也，西方七宿，畢、昴之屬皆白虎也。」《河圖》云「亡金虎」，喻泰居也。陸士衡詩云：「大辰匿耀，金虎習質。」《甘石星經》曰：是西方白虎之宿。太白，金之精。太白入火昴，金火相薄，主兵。《西溪叢語》

芫華，一名魚毒。漁者煮之以投水中，魚則死而浮出，故以爲名。其根曰蜀桑，其華可以爲藥。芫字或作杬。《爾雅》：「杬，魚毒。」郭璞解云：「大木，生南方，皮厚，汁赤，堪藏卵果。」此說誤耳。其生南方用藏卵果者，自別一杬木，乃左思《吴都賦》所云「緜杬杶櫨」者耳，非毒魚之杬也。《急就篇注》

觚者，學書之牘，削木爲之，其形或六面，或八面，皆可書。觚者，棱也，以有棱角，故謂之觚。班固《兩都賦》曰：「上觚棱而棲金爵。」同上

東坡詩曰：「客來茶罷空無有，盧橘微黄尚帶酸。」張嘉甫曰：「盧橘何種果類？」答曰：「枇杷是矣。」又問：「何以驗之？」答曰：「事見相如賦。」嘉甫曰：「『盧橘夏熟，黄甘橙楱，枇杷橪柿，亭柰厚朴。』盧橘果枇杷，不應四句重用。應劭注曰：伊尹書曰『箕山之東，青鳥之所，有盧橘常夏熟』。不據依之何也？」坡笑曰：「意不欲耳。」《冷齋夜話》

齊斧。虞喜《志林》：「齊，側階切。凡師出，齋戒入廟受斧，故云齊也。」陳琳云：「腰領不足以膏齊斧。」服虔注云：「《易》：『喪其資斧。』」張晏云：「斧，鉞也。以整齊天下。」應劭云：「齊，利也。蕭斧，或云越斧也。」《淮南子》云：「磨蕭斧以伐朝菌。」蕭之義未詳。《太平御覽》引《漢書·王莽傳》：「喪其齊斧。」音齊。《西溪叢語》

潘岳《秋興賦》云：「斑鬢彪以承弁兮，素髮颯以垂領。」五臣注云：「彪，髮下垂貌。」《説文》云：「白黑髮雜也。」李善注云：「彪，作髟，音方料切。」同上

宋武帝嘗吟謝莊《月賦》，稱歎良久，謂顔延之曰：「希逸此作可謂前不見古人，後不見來者，昔陳王何足尚耶。」延之對曰：「誠如聖旨。然其曰『美人邁兮音塵闊，隔千里兮共明月』，知之不亦晚乎？」帝深以爲然。及見希逸，希逸對曰：「延之詩云『生爲長相思，殁爲長不歸』，豈不更加於臣耶？」帝拊掌竟日。《本事詩》

歷代宫室中有謻門，蓋取張衡《東京賦》「謻門曲榭」也。説者謂冰室門，按《字訓》：「謻，别也。」《東京賦》但言别門耳，故以對曲榭，非有定處也。《夢溪筆談》

司馬相如《上林賦》叙上林諸水曰：「丹水、紫淵，灞、滻、涇、渭，八川分流，相背而異態，灝溔潢漾，東注太湖。」八川自入大河，大河去太湖數千里，中間隔泰山及淮、濟、大江，何緣與太湖相涉？郭璞《江賦》云：「注五湖以漫漭，灌三江而漰沛。」《墨子》曰：「禹治天下，南爲江、漢、淮、

汝，東流注之五湖。」孔安國曰：「自彭蠡，江分爲三，入於震澤後，爲北江而入於海。」此皆未詳考地理。江、漢至五湖自隔山，其末乃遶出五湖之下流，徑入於海，何緣入於五湖？淮、汝徑自徐州入海，全無交涉。《禹貢》云：「彭蠡既潴，陽鳥攸居；三江既入，震澤底定。」以對文言，則彭蠡，水之所潴；三江，水之所入，非入於震澤也。震澤上源皆山環之，了無大川，震澤之委乃多大川，亦莫知孰爲三江者。蓋三江之水無所入，則震澤壅而爲害；三江之水有所入，然後震澤底定。此水之理也。同上

馬融《笛賦》云：「裁以當簻便易持。」李善注謂：「簻，馬策也，裁笛以當馬簻，故便易持。」此謬説也，笛安可爲馬策？簻，管也，古人謂樂之管爲簻。故潘岳《笙賦》云：「修簻内解，餘簫外透。」裁以當簻者，餘器多裁衆簻以成音，此笛但裁一簻，五音皆具。當簻之工，不假繁猥，所以便而易持也。同上

或問：「吾子少而好賦？」曰：「然。童子雕蟲篆刻。」俄而曰：「壯夫不爲也。」或曰：「則可以諷乎？」曰：「諷則已。不已，吾恐不免於勸也。」或問：「景差、唐勒、宋玉、枚乘之賦也益乎？」曰：「必也淫。」「淫則奈何？」曰：「詩人之賦麗以則，辭人之賦麗以淫。如孔氏之門用賦也，則賈誼升堂，相如入室矣。」《法言》

秦漢之間所製琴品，多飾以犀玉金彩，故有瑶琴緑綺之號。《西京雜記》：「趙后有琴，名鳳

凰，皆用金隱起爲龍鳳古賢列女之像。」嵇叔夜《琴賦》所謂「錯以犀象，藉以翠緑」、「爰有龍鳳之象，古人之形」是也。《春渚記聞》

多、衹二字通用。《語》云：「多見其不知量也。」一本「多」作「衹」，余固疑之，後觀服虔解《左氏傳》「衹見疏也」云：「晉宋杜本『衹』字皆作『多』。」又張衡《西京賦》云：「炙炰夥，清酤多。皇恩溥，洪德施。」案：《文選・西京賦》作「清酤敍」，注：《廣雅》曰：多也。此即引爲「多」字，恐誤。何晏《景福殿賦》曰：「赩如宛虹，赫如奔螭。南距陽榮，北極幽崖。任重道遠，厥庸孔多。」二多字如此押，益知多、衹二字古通用無疑。《蘉牖閒評》

潘岳作《西征賦》，以陝之曲沃爲成師所居，不知成師所居乃晉之曲沃耳，豈不爲錯誤耶？同上

潘安仁好借聲爲韻，《西征賦》：「殞吴嗣於局下，蓋發怒於一博。成七國之稱亂，翻助逆以誅錯。」錯者，鼂錯也，本音倉故切，乃借爲倉各切焉。同上

司馬相如賦云：「蕙圃衡蘭。」顔師古注云：「蘭，即今澤蘭，别是一種花，非蘭也。」此乃不曾親見，妄意而言之耳。此物余鄉有之，故知其言之失。嵇康《養生論》并《博物志》云：「合歡蠲忿，萱草忘憂。」自古以爲二花。今沈存中《忘懷録》種合歡法下注云：「萱草也。」謂合歡即萱草。存中之言誤矣。存中不獨於此誤，其於蕙乃云：「今俗謂之鈴鈴香。」亦非也。蕙别是一種花，黄太史謂一榦而六七花者，余鄉有之，豈是鈴鈴香也？同上

沈約云：「相如工爲形似之言，二班長於情理之説，皆爲文造情耳。」劉勰云：「情在詞外曰隱，狀溢目前曰秀。」梅聖俞云：「含不盡之意見於言外，狀難寫之景如在目前。」三人之論，其實一也。《歲寒堂詩話》

《摽有梅》之詩，不注釋梅，而《秦風·終南》詩：「終南何有，有條有梅。」毛氏云：「梅，枏也。」《箋》云：「名山高大，宜有茂木。」今之梅與枏異，亦非茂木。蓋毛、鄭北人，不識梅耳。若《上林賦》所引江蘺蘼蕪、揭車蘘荷、葴若蘋茅之類，自是侈詞過實，與所謂八川東注太湖者等也。《容齋續筆》

《荀子》：「仲尼之狀如蒙倛。」韓退之注：「四目爲方相，兩目爲倛。」楊倞注：「倛，蒙茸。」《子虚賦》：「蒙公先驅。」《慎子》云：「毛嬙、西施，天下之至姣也，衣之以皮倛，則見之者皆走也。」若是則蒙、倛爲二物。倛，音欺，《韻略》無此字，有魌字類。楊倞説非。《希通録》

簟竹笋，其竹實中，𥳑屬，見《吴都賦》中。笋堅大可食。箖箊笋、䈽筒笋竝見《吴都賦》，吴越有之，笋可食。《笋譜》

張平子作《南都賦》，述南陽光武舊都也，云：「春卵夏笋，秋韭冬菁。」同上

左太冲《吴都賦》云：「苞笋抽節，往往縈結。」注：「苞，謂笋苞皮。抽節，謂長也。」同上

潘岳《閒居賦》云：「青笋紫薑。」按：笋不過縹緑，賦言青笋，今是處竹萌多作青緑色，非青

碧色也。同上

《史記·黔布傳》：「常爲軍鋒。」《索隱》云：《漢書》作「楚軍前簿」，簿者，鹵簿也。司馬相如《上林賦》云：「扈從横行，出乎四校之中。」吕延濟曰：「横行不如簿，鹵簿也。」又云：「鼓嚴簿。」孟康曰：「簿鹵也。」李善曰：「言擊嚴鼓簿鹵之中。」則是或曰簿鹵，或曰簿。又簿、部亦通用也，景德中王欽若進《鹵簿記》。《石林燕語》

成公綏《嘯賦》曰：「匒磕勞曹。」即今之⿰鼻翏⿰鼻乚勞曹字。古人用此等字不見爲俗，何耶？《鼠璞》

貞元中，許商舟行湖中，青衣迎入一府，女郎請書《江》《海賦》，碧玉硯，銀水玻黎爲匣。《誠齋雜記》

比目魚，一名鰈，音榻。一名鰜。《南越志》謂之板魚，亦曰左介。介，亦作魪。《吴都賦》云：「雙則比目，片則王餘。」《北户録》

鄭惟忠，中宗朝拜黄門侍郎，時議禁嶺南首領家蓄兵器，惟忠議曰：「夫爲政不可驟革其習俗。且《蜀都賦》云：『家有鶴膝，户有犀渠。』如或禁之，豈無驚擾耶？」事遂不行。《大唐新語》

沔又東逕方山北，山下水曲之隈，云漢女昔遊處也，故張衡《南都賦》曰：「遊女弄珠於漢皋之曲。」漢皋，即方山之異名也。《水經注》

《庾登之傳》：謝晦爲荆州刺史，請爲長史。登之與晦俱曹氏壻，名位本同，一旦爲之佐，意甚不愜。嘗於晦坐誦《西征賦》曰：「生有修短之命，位有通塞之遇。」晦雖恨，而常優容之。《南史》

建章宫東起别風闕，高二十五丈，乘高以望遠。又於宫門北起圓闕，高二十五丈，上有銅鳳。鳳爲赤眉壞之。《西京賦》云「圓闕竦以造天，若雙碣之相望」是也。《三輔舊事》

太初宫中有神龍殿，去縣三里，左太冲《吴都賦》云「抗神龍之華殿，施榮楯而捷獵」是也。赤烏殿在縣東北五里吴昭明宫内，制度上應星宿，《吴都賦》云「崇臨海之崔嵬，飾赤烏之煒蔚」是也。《建康宫殿簿》

左思《蜀都賦》云：「邛竹緑嶺，菌桂臨崖。旁挺龍目，側生荔枝。」故張九齡賦荔枝云：「雖觀上國之光，而被側生之誚。」老杜亦云「側生野岸及江蒲，不熱丹宫滿玉壺。雲壑布衣駘背死，勞生害物翠眉須」也。龍眼惟閩中及南越有之。太冲自言十年作賦，三都所有，皆責土物之貢。至於言龍目，亦不自知其失也。雲壑布衣，言臨武長唐羌也。《涪翁雜記》

橙，橘屬也。棖，兩旁長木也。司馬相如《上林賦》曰：「黄甘橙楱。」《玉藻》曰：「君入門，介拂棖。」楱，音太蔟之蔟。武陵有一種小橘，名楱，疑即今之金橘。今人書凳爲橙，非是。同上

《二京賦》：「天命不謟，疇敢以渝。」今《文選》作「不滔」。杜預注《左傳》以謟爲疑。今劉良以謟爲善，誤矣。賦謂高祖西都關中，蓋天啓其心，人甚之謀，天命在所不疑，誰敢復變此議。賦又云：「超殊榛，擫飛鼯。」薛綜曰：「擫，捎取之也。」李善曰：「擫，大結切。」今人作墨竹者皆謂之擫竹，或是此字。賦又云：「天子有道，守在海外。守位以仁，不恃隘害。」薛綜曰：「《淮南子》

曰：『天下無道，守在四夷；天下有道，守在海外。』」平子言狩，薛綜引《淮南》言守，其義亦同。然《左傳》謂「天子守在四夷」，而《淮南》謂「天下無道，守在四夷。」語不類者，蓋《淮南子》，道家者流誇言之也。《敬齋古今黈》

《文選》云：「乘茵步輦，惟所息晏。」善曰：「應劭《漢官儀》曰：『皇后婕妤乘輦，餘皆以茵，四人輿以行。』」劉良以爲後宫或行於茵，或載於輦。如良所説，則乘茵謂行茵褥之上。如應劭之説，於「餘皆以茵」之下始云「四人輿以行」，則茵亦輦轎之屬。《詩》：「文茵暢轂。」《前漢・周陽由傳》：「同車未嘗敢均茵憑。」茵蓋車中之物，或因之以取名也。吐茵亦同。同上

左思《三都賦自序》曰：「相如賦《上林》而引『盧橘夏熟』，揚雄賦《甘泉》而陳『玉樹青葱』，班固賦《西都》而歎以『出比目』，張衡賦《西京》而述以『遊海若』。假稱珍怪，以爲潤色。」又云：「考之果木，則生非其壤；校之神物，則出非其所。於辭則易爲藻飾，於義則虚而無徵。」又自以爲所著「其山川城邑則稽之地圖，鳥獸草木則驗之方志」。在序如此，然自今觀之，亦未能免此弊也。於《蜀都》則云：「試水客，艤原本作「漾」。輕舟，娉江妃，與神遊。」又云：「吹洞簫，發櫂謳，感鱏魚，動陽侯。」此與《甘泉》之玉樹、《西京》之海若，復何所異？至於談吴都之壯一作「賦」。則云：「巨鼇贔屓，首冠靈山；大鵬繽翻，翼若垂天。」雖詞人之語，詭激誇大，可以理貸，亦其秉筆之際，遐探雄擢，偶忘己之所稱也。方之「盧橘」之誤、「比目」之誕，豈不更甚矣乎？同上

左思《吴都賦》：「猿父哀吟，貚子長嘯。」李善曰：「《山海經》曰：獄法之山有獸，狀如犬，人面，見人則笑，名貚。」治曰：「《山海經》曰貚見人則笑，而賦言『貚子長嘯』，當是『常笑』，而作『長嘯』者，版本錯。」同上

班固《兩都賦序》云：「皋陶謨虞，奚斯頌魯，同見采於孔氏，列於《詩》《書》。」按：《魯頌·閟宫》云：「新廟奕奕，奚斯所作。」斯乃作新廟者也，而非作頌之人也，班固何得以與皋陶爲配乎？此雖班固之失，蓋又先承揚雄之誤也。《法言·學行篇》曰：「正考父常睎尹吉甫矣，公子奚斯常睎正考父矣。」《商頌·那》序曰：「微子至於戴公，其間禮樂廢壞。有正考父者，得《商頌》十二篇於周之太師，以《那》爲首。」吉甫固作《頌》者，若正考父，但爲得《頌》之人，奚斯則但爲《頌》中所稱之人，三人了不相關。揚雄所謂常睎者，爲睎何事乎？此雖揚雄之失，蓋又先承太史公之誤也。《史記》謂《商頌》爲正考父所作。雄既承馬遷之誤，復誤以奚斯亦爲作詩之人也。同上

《揚雄傳》：趙昭儀方大幸，每上甘泉，常法從，師古曰：法從者，以言法當從耳，非失禮也。一曰：從法駕也。在屬車間豹尾中。服虔曰：大駕屬車八十一乘，作三行，尚書、御史乘之，最後一乘懸豹尾，豹尾以前皆爲省中。故雄聊盛言車騎之衆，參麗之駕，非所以感動天地，逆釐三神。師古曰：參，三也。麗，偶也。又言屏玉女、却虙妃，以微戒齊肅之事。賦成奏之，天子異焉。《漢書》

曹子建《上責躬應詔詩表》云：「晝分而食，夜分而寢。」分，音扶問反。張銑曰：晝分，日中

也。夜分，夜半時也。分字無他義，不必發音，亦不必下注。《敬齋古今黈》

舊傳王羲之《蘭亭修禊引》用「絲竹管絃」字，故不入《文選》。殊不知《西漢・張禹傳》嘗用此四字矣，羲之用祖此。而劉原父注亦云：「絲竹管絃，物二，等爾，於文爲駢。」《臆乘》

文王可以爲文君，張衡賦「文君爲我端蓍」是也。二典可以爲謨，馬融曰「戛擊鳴球，載於禹謨」是也。《孔氏雜説》

俗所謂日子，亦有所出。《文選・(曹公)〔陳孔璋〕〈檄吴將校部曲文〉》：「年月朔日子。」注：「發檄時也。」然則日子，日時也。同上

司馬長卿《封禪文》典雅，爲西京之宗，然未免託符瑞以啓武帝之侈心，君子已恥之。其後揚雄倣之作《劇秦美新》，尤爲可恥。班孟堅《典引》亦引符瑞以效尤。唐人作《玉牒真紀》以美玄宗，尤淺陋。及柳宗元《貞符》謂：「受命不於天，於其人。休符不於祥，於其仁。惟人之仁，匪祥於天，兹爲正符哉。未有棄仁而久者也，未有恃祥而壽者也。」遂一洗前作之陋爲喜也。《學齋佔畢》

衛宏《漢儀注》曰：「太史公，武帝置，位在丞相上。天下計書先上太史公，副上丞相，序事如古《春秋》。司馬遷死後，宣帝以其官爲令，行太史文書而已。」晉灼以宏言爲非是。顔師古曰：「司馬談爲太史令耳，遷尊之爲公。」予謂：遷《與任安書》自言：「僕之先人，文史星曆，近乎卜祝之間，固主上所戲弄，倡優畜之，流俗之所輕也。」若其位在丞相上，安得此言耶？《百官表》不著

其官，信其非矣。《筆記》

余最愛李令伯《表》曰：「盡節於陛下之日長，報劉之日短也。」此言之要也。同上

古人語自有椎拙不可掩者。樂府曰：「何以銷憂？惟有杜康。」劉越石曰：「何其不夢周。」又曰：「夫子悲獲麟，西狩泣孔某。」雖有意緒，辭亦鈍樸矣，又不及沈約云「黄憲牛醫之子，叔度名動京師」云。同上

世謂《蘭亭》不入《選》，以「絲竹管絃」爲病，「天朗氣清」不當於春時言。陵陽韓子蒼云：春多氣昏，是時天氣清明，故可書，如杜子美「六月風日冷」之義。「絲竹管絃」四字，乃班孟堅《西漢》中語。梁以前古文不在《選》中者尚多，何特此序耶？《三柳軒雜識》

《文選》言「擔石之儲」，先儒謂齊人名小罌爲擔，又謂江淮之人以一石之重爲擔。余竊以一石之重者爲當理。《談撰》

孔安國《尚書序》言：「爲隸古定，更以竹簡寫之。」隸爲隸書，古爲科斗。蓋前一簡作科斗，後一簡作隸書釋之，以便讀誦。近有善隸者，輒自謂所書爲隸古，真可笑也。《老學庵筆記》

顔延年作《靖節徵士誄》：「徽音遠矣，誰箴子闕？」王荆公用此意作《别孫少述》詩：「子今去此來何時，後有不可誰予規？」青出於藍者也。同上

國初尚《文選》，當時文人專意此書，故草必稱王孫，梅必稱驛使，月必稱望舒，山水必稱清

暉。至慶曆後，惡其陳腐，諸作者始一洗之。方其盛時，士子至爲之語曰：「《文選》爛，秀才半。」同上

易安居士李氏，趙明誠之妻，晚年賦秋詞《聲聲慢》：「尋尋覓覓，冷冷清清，淒淒慘慘戚戚。」此乃公孫大娘舞劍手，本朝非無能詞之士，未曾有一下十四疊字者，用《文選》諸賦格。《貴耳集》

杜子美云：「續兒誦《文選》。」又云：「熟精《文選》理。」然則子美教子以《文選》歟！近時士大夫以蘇子瞻譏《文選》去取之謬，遂不復留意，殊不知《文選》雖昭明所集，非昭明所作，秦漢魏晉奇麗之文盡在，所失雖多，所得不少。作詩賦四六，此其大法，安可以昭明去取一失而忽之？子瞻文章從《戰國策》、陸宣公奏議中來，長於議論，而欠宏麗，故雖揚雄亦薄之云：「好爲艱深之詞，以文淺易之說。」雄之說淺易則有矣，其文詞安可以爲艱深而非之也？韓退之文章豈減子瞻，而獨推揚雄云：「雄死後作者不復生。」雄文章豈可非哉！《文選》中求議論則無，求奇麗之文則多矣。子美不獨教子，其作詩乃自《文選》中來，大抵宏麗語也。《歲寒堂詩話》

《文選》應休璉書注：「山父，即巢父也。譙周《古史考》曰：『許由夏常居巢，故曰巢父。』」《澗泉日記》

魏文帝《典論》謂班固小傳毅，而無所取也，故載其與弟書所云，則其小之驗也。說者以武仲下筆不休爲文章之美，出《文選》五臣注中張銑語。則既非孟堅之意，而又與魏文之旨忤矣。大抵謂毅下筆不能自休者，正斥其文字汗漫而無所統耳。同上

淵明《歸去來辭》：「或命巾車。」呂延濟云：「巾，飾也。」《周禮注》云：「巾，猶衣也。」然則所謂巾車者，命僕使巾其車也。或者以爲小車，非也。同上

東坡謂梁昭明不取淵明《閒情賦》，以爲小兒强解事。《閒情》一賦雖可以見淵明所寓，然昭明不取，亦未足以損淵明之高致。東坡以昭明爲强解事，余以東坡爲强生事。同上

開元間呂延祚苦愛《文選》，以李善注解徵引載籍陷於末學，述作之由未嘗措翰，乃求得呂延濟、劉良、張銑、呂向、李周翰再爲集注。然則凡善所援，理自不當參舉。夷考重複者至居十七，殆有數百字前後不易一語者，辭劄兩費，果何益乎？延祚始嗤善注，祇謂攬心。余竊嗤延祚徒知李善之攬心，而不知五臣之競擾也。同上

宋玉《九辨》詞云：「憭慄兮若在遠行，登山臨水兮送將歸。」潘安仁《秋興賦》引其語繼之曰：「送歸懷慕徒之戀，遠行有羈旅之憤。臨川感流以歎逝，登山懷遠而悼近。彼四慼之疚心，遭一塗而難忍。」蓋暢演厥旨，而下語之工拙，較然不侔也。《容齋續筆》

先王謚以尊名，節以壹惠，故謂爲易名。然則謚之爲義，正訓名也。司馬長卿《諭蜀文》曰：「身死無名，謚爲至愚。」顔注云：「終以愚死，後葉傳稱，故謂之謚。」柳子厚《招海賈文》曰：「君不返兮謚爲愚。」二人所用，其意則同。惟王子淵《洞簫賦》曰：「幸得謚爲洞簫兮，蒙聖主之渥恩。」李善謂：「謚者，號也。言得謚爲簫而常施用之。」以器物名爲謚，其語可謂奇矣。《容齋三筆》

以騶虞爲獸，始於相如《封禪書》「囿騶虞之珍羣」。歐公引賈誼《新書》「騶，文王囿名。虞，虞人之官」以闢之。漢儒尚符瑞，以龍麟鳳龜爲四靈，後增騶虞以配五行曰：龍，仁獸；鳳，禮獸；騶虞，義獸；龜、麟，知與信獸。誣罔可知。騶虞爲獸不見他書，誼以虞爲官，得之矣。以騶爲囿，則又穿鑿。考之《傳》：「騶虞樂官備也。」又曰：「天子田獵，七騶咸駕。」是虞固山澤之官，而騶亦官也。意文王田獵，雖騶從與虞人之賤，俱有仁心，詩人於是歎美之。宣王行狩必言徒御，齊侯於沛必招虞人。騶虞竝稱，於經旨無礙。《鼠璞》

《前漢・百官表》：「少府之屬有導官，掌米穀，以奉至尊。」然學者頗疑導官之義。僕考《唐・百官志》：「導官令，掌導擇米麥。凡九穀皆隨精粗考其耗損而供。」然漢「導」字下從寸，唐「䆃」字下從禾。今按：《韻略》：「瑞禾一莖六穗謂之䆃。」恐唐以瑞禾名官也。僕嘗以此問舅張文林，相笑云：此蓋讀司馬長卿《封禪書》誤耳，書云：「䆃一莖六穗于包。」注云：「䆃，擇也。一莖六穗，謂加禾之米也。」後人誤以瑞禾爲䆃，遂併官名失之，可一笑也。包，《文選》作「庖」。《嬾真子》

《蘭亭序》，在南朝文章少其倫比。或曰：絲即是絃，竹即是管，今疊四字，故遺之。然此四字乃出《張禹傳》云「身居大第後堂，理絲竹管絃」，始知右軍有所本也。且《文選》中出《蘭亭》下者多矣。此蓋昭明之誤耳。同上

李善注《文選》詳且博矣，然猶有遺缺。嘗觀《楊荆州誄》「謂督勳勞」，不引左氏「謂督不忘」。

「執友之心」，不引《曲禮》「執友稱其仁」。「謂督不忘」，即《微子之命》「曰篤不忘」也。古字「督」與「篤」通用。以督爲察，非也。《困學紀聞》

《周語》：單穆公引《夏書》曰：「關石龢均，王府則有。」韋昭注云：「逸《書》也。關，門關之征也。石，今之斛也。一曰關，衡也。」時未見古文，故云逸《書》。左思《魏都賦》：「關石之所和均，財賦之所底慎。」亦用韋說。同上

《嵇康集》十卷，有詩六十八首，今《文選》所載康詩才三數首。《選》惟載康《與山巨源絶交書》一首，不知又〔有〕《與吕長悌絶交》一書。《選》惟載《養生論》一篇，不知又有《與向子期論養生難答》一篇四千餘言，辨論甚悉。集又有《宅無吉凶攝生論難》上中下三篇、《難張叔遼自然好學論》一首、《管蔡論》、《釋私論》、《明膽論》等文，其詞旨玄遠，率根於理，讀之想見當時之風致。《野客叢書》

《漢書》載揚雄《解嘲》曰：「司馬長卿竊貲于卓氏，東方朔割名於細君。」師古謂：「以肉歸遺細君，是割損其名。」而《文選》載此文則曰：「東方朔割炙於細君。」良注謂：「方朔拔劍割肉以歸。炙亦肉也。」二説雖不同，皆通於理。《漢書》又曰：「欲談者宛舌而固聲。」師古注謂：「宛，屈也。固，閉也。」而《文選》則曰：「欲談者卷舌而同聲。」翰注則又曰：「同聲，謂候衆言舉而相效也。」而《方言》所載則曰：「含聲而冤舌。」同上

《文選》：任彦昇表曰：「雖千秋一日九遷，荀爽十旬遠至。」李善注曰：「《東觀漢記》謂車丞相自高寢郎一月九遷爲丞相。日當爲月字之誤也。」僕謂李善注此未爲盡善。按《漢書》，千秋爲大鴻臚，數月，代劉屈氂爲丞相，封富民侯。漢史謂千秋特以一言寤意，旬月取宰相封侯，世未嘗有，蓋以此也。則知千秋爲相封侯乃在鴻臚數月之後，所謂旬月者，十月也，豈一月九遷爲丞相哉？善蓋引《東觀記》之謬耳。同上

四六叢話卷二

選　一二

三山老人《語録》云：「性命生死之説，自秦後賈誼獨窺其奥。其爲長沙傅，賦《鵩》自廣，言：『千變萬化，未始有極。忽然爲人，何足控摶。化爲異物，又何足患。小智自私，賤彼貴我；達人大觀，物無不可。』『真人恬漠，獨與道息。釋智離形，超然得喪。』『乘流則逝，得坻則止。』『其生兮若浮，其死兮若休。澹乎若深淵之静，泛乎若不繫之舟。』此語自漢以來皆不能出其右。漢文帝朝惟賈誼穎然獨出，論性命，盡天地，後世無以加也。」僕謂誼此等語皆出於《鶡冠子》。案袁淑《真隱傳》：鶡冠子，楚人，隱居深山，以鶡爲冠，號鶡冠子，著書言道家事，馮諼事之，顯於趙。《野客叢書》

晉左思賦：「餘糧棲畝而不收。」後晉干寶、宋劉裕皆有是語。近時場屋中用《南史》劉裕所言出處，出《餘糧棲畝》省題詩，而不及左思，是失所先後矣。又考蔡邕集中《胡公碑》云：「餘糧

棲於畎畝。」知左思此語祖邕也。同上

《東京賦》：「淵游鼉蠵。」郭璞謂靈蠵能鳴，則此鼉屬鳴者也。而《爾雅》新舊本皆引呂尤《字林》：「大鼉，似蝟。」不知「似蝟」二字乃「以胃」二字，傳寫誤加偏旁耳。按：《周禮·考工記》：梓人刻畫祭器，狀諸蟲，有以胸鳴者，有以胃鳴者。蠵蓋胃鳴之屬。同上

潘岳《閒居賦》：「房陵朱仲之李。」李善云：「朱仲李未詳。」按《述異記》云：房陵定山有朱仲李三十六所，許昌節度使小廳是故魏景福殿。董卓亂，魏太祖挾令遷帝，自洛都許。許州有小李子，色黄，大如櫻桃，謂之御李子，即獻帝所植，至今有焉。王逸《荔子賦》云：「房陵縹李。」李善《文選注》引證精博，五臣無足取也。惟《北山移文》「值薪歌於延瀨」，李善云「未詳」，吕向云：「蘇門先生游于延瀨，見一人採薪，謂之曰：『子以終乎？』薪人曰：『吾聞聖人無懷，以道德爲心，何怪乎而爲哀也？』遂爲歌二章而去。」又不注所出。至註《解嘲》，李善引伯夷、太公爲二老，乃云：「只太公爲一老，不聞二老。」其謬如此。同上

五臣注《文選》，蓋荒陋愚儒也。今日偶讀嵇中散《琴賦》云：「閒遼故音痺，絃長故徽鳴。」所謂痺者，今俗云敿聲也。敿音鮮，出《羯鼓録》。兩絃之間遠則有敿，故曰閒遼。絃鳴云者，今之所謂泛聲也。絃虚而不按乃可按，故云絃長則徽鳴也。五臣皆不曉，妄注。又云：「《廣陵》《止息》，《東武》《太山》，《飛龍》《鹿鳴》，《鵾雞》《游絃》。」中散作《廣陵散》，一名《止息》，此特一曲耳，而注云

八曲。其他淺妄可笑者極多。五臣既陋，至於蕭統亦其流耳。宋玉《高唐》、《神女》賦自「玉曰唯唯」以前皆賦也，而統謂之序，大可笑也。同上

《前漢書·賈生傳》云：「九國之師，遁巡而不敢進。」師古注：「遁巡，謂疑出而却退也。遁，音千旬反。俗本巡誤逃，潘安仁《西征賦》曰『遁逃以奔竄』，誤矣。」僕謂師古是未深考《史記》之文曰：「九國之師逡巡遁逃而不敢進。」不可謂安仁之誤也。同上

艾軒謂《詩》之萌芽自楚人發之，故云江漢之域，《詩》一變而爲《楚辭》，屈原爲之唱，是文章鼓吹多出于楚也。《困學紀聞》

歐陽公《詩論》：「古今諸儒謂『來牟爲麥』者，更無他書所見，直用二《頌》毛、鄭之說。『來牟爲麥』，始出于毛、鄭，而二家所據乃臆度僞《泰誓》不可知之言。」愚按：劉向《封事》引「飴我釐麰」：「釐麰，麥也，始自天降。」《文選注》引《韓詩》「貽我嘉麰」，薛君曰：「麰，大麥也。」《毛傳》之説未可以爲非。同上

《輪人》注：「掣，讀爲紛容掣參之掣。」疏云：「今檢未得。」愚謂即《上林賦》：「紛溶萷蔘。」同上

李善精于《文選》，爲注解，因以講授，謂之「《文選》學」。少陵有詩云：「續兒誦《文選》。」又訓其子：「熟精《文選》理。」蓋《選》學自成一家。江南進士試《天雞弄和風》詩，以《爾雅》天雞有

二，問之主司。若璩按：主司爲張佖。其精如此，故曰：「《文選》爛，秀才半。」熙豐之後，士以穿鑿談經，而《選》學廢矣。若璩按：《蕭至忠傳》：嘗出太平公主第，遇宋璟，璟戲曰：「非所望于蕭傳。」此用潘安仁《西征賦》語，司馬公作《通鑑》改曰「非所望于蕭君也」，便是不知出《文選》。宋景文則自言手鈔《文選》三過矣。《舊唐書·儒學傳》：初江淮間爲《文選》學者本于曹憲，而同邑李善等繼之。同上

揚子雲作《符命》，顯是隳喪大節，夫復何言。而後之儒者乃爲曲説欲以救拭解免其惡，是教人臣爲不忠也。時人爲之説曰：「爰寂寞自投閣，爰清静作《符命》。」蓋取其語而反之，言寂寞顧投閣，清淨顧爲《符命》耶？譏其反道敗德，身爲亂階，而盗寂淨之名耳。《寓簡》

張衡《東京賦》説鬼甚衆，其言「侲音震。子萬童，丹首元製。桃弧棘矢，所發無臬。音刈。飛礫雨散，剛癉音亶。必斃。煌火馳而星流，逐赤疫于四裔。然後凌天池，絶飛梁。捎所交切。魑魅，斮獝葵聿切。狂。斬蝼自危切。蛇，免斯切。腦方良。囚耕父於清泠，溺女魃於神潢。殘夔魖與罔象，殪煙祭切。野仲而殲游光。八靈爲之震慴，況鬾音岐。蟚音域。與畢方。度朔作梗，哽。守以鬱壘。神荼副焉，對操七刀切。索葦。目察區陬，祖婁切。司執遺鬼。京室密清，罔有不韙。」此文雖多物魅，然情狀無所寓。翟汝文巽作《内中大儺文》云云，乃有託諷之意，其文亦古雅，有秦漢間風力。同上

東坡詩云：「文章豈在多，一頌了伯倫。」朱少章云：「《唐·藝文志》有《劉伶文集》三卷，則

非無他文章也。坡豈偶忘於落筆之時乎，抑別有所聞也？」予謂不然。按《晉史》云：「伶未嘗措意文翰，惟著《酒德頌》一篇。」坡亦據此而已。且公意本謂只此一篇足以道盡平生，傳名後世。則他文有無亦不必論也。《滹南詩話》

東坡酷愛《歸去來詞》，既次其韻，又衍爲長短句，又裂爲集字詩，破碎甚矣。陶文信美，亦何必爾。是亦未免近俗也。同上

嶺外以枇杷爲盧橘子，故東坡云：「盧橘楊梅次第新。」又：「南村諸楊北村盧，白花青葉冬不枯。」唐子西亦云：「盧橘、枇杷，一物也。」按：《上林賦》：「盧橘夏熟。」李善引應劭云：「《伊尹書》曰：箕山之東有盧橘，夏熟。」晉灼曰：「盧，黑也。」《上林賦》又別出枇杷，恐非一物。枇杷熟則黃，不應云「盧」。《初學記》：「張勃《吴録》曰：『建安有橘，冬月於樹上覆裹之，明年春夏色變青黑，味絶美。』」繼云：「《上林賦》：『盧橘夏熟。』」又，《太平御覽》載魏王《花木志》：「蜀土有給客橙，似橘而小，若柚而香，冬夏花實相繼，亦名盧橘。」又載郭璞注《上林賦》「盧橘夏熟」。「蜀中有給客橙」，即此橘也。考二事，則非枇杷甚明。東坡、子西但見嶺外所呼，故云爾。惠洪《冷齋夜話》亦辨之，但未詳。《猗覺寮雜記》

蔡興宗作《杜詩考異》：「『嬋娟碧鮮静，蕭摵寒籜聚。』蘚字，從別本，蓋字畫小缺，而釋者云『嬋娟碧鮮』皆竹也，尤謬。」非釋者謬，興宗謬也。按：碧鮮，出《文選·吴都賦》「玉潤碧鮮」，正

謂竹也。乃以爲碧蘚，兒童之見也。舍舊集而從别本，何也？五代扈蒙作《碧鮮賦》得名。嬋娟，美貌，以言碧鮮之美，豈以碧鮮爲蘚哉。《文選・成公子安〈嘯賦〉》云：「蔭修竹之嬋娟。」注云：「嬋娟，美貌。」同上

爲文用偏旁字。顔延年《白馬賦》：「秀騏齊亍。」潘安仁《射雉賦》、張衡《舞賦》並用「彳亍」二字。彳，丑亦切。亍，丑録切。韓詩：「刻晝架崖广。」今人不敢用。同上

子雲《長楊》、《羽獵》賦，模仿相如也。雄傳云：「雄常好詞賦。蜀有相如，作賦甚閎麗温雅，雄心壯之，每作賦擬之爲式。」其著書乃謂相如靡麗之賦勸百而風一，猶騁鄭、衛之聲，曲終而奏雅，何也？班固謂與《詩》之諷諫何異？爲雄戲言是已。雄鄙賦，不作可也，既作之，又不以爲是，何耶？同上

余嘗疑蘇子由解《詩》不用《序》，以爲非子夏所作。子夏所作見《文選》。考《後漢・儒林傳》：「衛宏作《毛詩序》，得《風》《雅》之旨，于今傳于世。」又《隋・經籍志》：「初毛公作《詩序》，衛宏益之。」乃知子由亦有所本。王介甫《答韓求仁書》則云：「序《詩》者不知何人，然非達先王之法言者不能爲也。故其約而明，肆而深，要當精思熟講之，不當疑其失。」荆公亦不知爲衛宏作也。退之謂子夏不序《詩》，漢之學者藉之子夏，是也。同上

四海之内，物有未盡識者不可著之書。鷴，白羽黑文，胸頸皆青，冠面足皆赤，不純白也。

《雪賦》乃曰：「白鷳失素。」是未盡識鷳也。同上

劉義慶爲荆州刺史，在州八年，爲西土所安，撰《徐州先賢傳》奏上之，又擬班固《典引》爲《典序》，以述皇代之美。《金樓子》

少陵「落月滿屋梁，猶疑照顔色」，即宋玉《神女賦》「其始來也，若白日初出照屋梁；其少進也，皎若明月舒其光」。然此又出《詩·陳國風》之「月出皎兮，佼人僚兮」。時好事者便謂少陵此兩句嘗治鄭虔妻瘧疾，良可笑也。《湛淵静語》

《海物異名》云：「玉珧柱，厥甲美如珧玉，肉柱膚寸，曰江珧柱。」郭景純《江賦》云：「玉珧海月，土肉石華。」退之謂馬柱甲，是此也。世人不用此珧字，是未知耳。又苗蝦，狀蜈蚣而樆楯，曰蝦公。《侯鯖録》

左太沖《吴都賦》曰：「國税再熟之稻，鄉貢八蠶之綿。」注謂「有蠶一歲八育。」僕按：《廣記》：「日南一歲八蠶。以其地暖故耳。」俞益期箋曰：「日南蠶八熟。」張文昌《桂州》詩曰：「有地多生桂，無時不養蠶。」此言可驗矣。而《海物異名記》乃謂八蠶共作一繭，與前説異。《野客叢書》

案：《西溪叢語》引：「《雲南志》云：『風土多暖，至有八蠶。』言蠶養至第八次，不中作絲，只可作綿，故云『八蠶之綿』。」

世率以板輿爲奉母故事，取潘安仁《閒居賦》「太夫人乃御板輿」之意。不知當時三公告老，

亦許以板輿上殿，如傅祇者是。梁韋叡以板輿自載，督厲三軍，則知板輿不止一事。同上

《世説》云：「彈棊起於魏室粧奩戲也。」《典論》云：「余於他戲弄之事少所喜，唯彈棊略盡其巧。京師有馬合鄉侯、東方世安、張公子，恨不與數子對。」不起於魏室明矣。《酉陽雜俎》

漢時官職不主於遷。夏侯嬰有大功，無他過，自高祖爲沛公時爲太僕，又事惠帝吕后，訖文帝時只爲太僕。揚雄亦曰：「曠日持久積數十年，官不過侍郎，位不過執戟也。」《珩璜新論》

孔融薦禰衡，以爲淑質貞亮，英才卓躒，志懷霜雪，疾惡若讎，任座、史魚殆無以過。若衡等輩，不可多得。數稱述於曹操。操欲見之。衡數有恣言。操懷忿，因召之擊鼓。裸身辱之。操怒，送與劉表。劉表不能容，以與黄祖。觀其所著《鸚鵡賦》專以自況，一篇之中三致意焉，如云：「嬉遊高峻，棲跱幽深。飛不妄集，翔必擇林。雖同族於羽毛，固殊智而異心。配（彎）〔鸞〕凰而等美，焉比德於衆禽。」又云：「彼賢哲之逢患，猶棲遲以羈旅；矧禽鳥之微物，能馴擾以安處。」又云：「嗟禄命之衰薄，奚遭時之險巇。豈言語以階亂，將不密以致危。」又云：「顧六翮之殘毁，雖奮迅其焉如。心懷歸而弗果，徒怨毒於一隅。」卒章云：「苟竭心於所事，敢背惠而忘初？期守死以報德，甘盡辭以效愚。」余每三復其文而悲傷之。《容齋三筆》

江寧縣南三十里有慈母山，積石臨江，生簫竹，王褒《洞簫賦》所稱即此也。其竹圓緻，異於餘處，自伶倫采竹嶰谷，其後唯此簳見珍，故歷代常給樂府，而俗呼曰鼓吹山。今慈湖戍常禁採

之。《丹陽記》

世稱「芥蔕」或「芥蒂」，往往字音皆未詳。按：《文選·張平子〈西京賦〉》云：「睚眦蠆芥。」五臣注：「怒貌。」李善注引張揖《子虚賦注》曰：「芥蔕，刺鯁也。蠆與蔕同。」郭象《莊子注》亦云「蠆芥」。《臆乘》

太牢者，謂牛羊豕。其少牢者，謂去牛，惟用羊豕。今人遂以牛爲太牢，羊爲少牢，不知太牢有羊，少牢有豕也。《禮記》：「郊特牲而社稷太牢。」又曰：「卿大夫少牢，士以特豕。」又曰特羊。今士大夫往往循俗承用，不以爲非。《東都賦》「太牢饗」，注：「牛也。」知此謬已久。《野客叢書》

劉棻嘗從揚雄學奇字。所謂奇字者，古文之變體者也。王莽時，使甄豐改定古文，復有六書：一曰古文，孔氏壁中書也；二曰奇字，即古文而異者也。《唐書·藝文志》有《古文奇字》三卷，韓退之謂「畧識奇字」是也。僕怪司馬相如賦，其間古字聱牙，殆不可讀，而當時天子一見大悦，則知當時君臣素明古字之學。同上

揚子雲《甘泉賦》「玉樹青葱」，顔師古注：「玉樹，武帝所作，集衆寶爲之。」向注《文選》亦謂：「武帝植玉樹於此宫，以碧玉爲葉。」僕案《三輔黄圖》云：「甘泉宫北有槐樹，今謂玉樹，根幹盤峙，三二百年木也。楊震《關輔古語記》曰：『耆老相傳，咸以爲此樹即揚雄《甘泉賦》玉樹青葱者也。』」又觀《隋唐嘉話》、《國史纂異》、《長安記》、《聞見録》等雜書，皆言漢宫以槐爲玉樹，因知

晉人所謂「芝蘭玉樹」者，蓋指此物也。又考《漢武故事》：「上起甲乙帳，前庭種玉樹，珊瑚爲枝，碧玉爲葉。」自在神宫中，亦非甘泉宫事，師古與向之注爲甚謬，而左思之見未審也。古來文士如曹操、曹植、王粲、摯虞、庾儵、傅巽、庾信之徒，皆有《槐賦》，其述種於宫殿之間，意致曲盡，獨未有以玉樹爲言者，何耶？紀少瑜詩「玉樹起千尋」、曹植詩「緑蘿緣玉樹」，得非即此乎？後漢梁劉《七舉》亦曰「玉樹青葱」。同上

歐公嘗言：「古詩中時作一兩聯屬對，尤見工夫。」觀公《内制集序》云：「若夫涼竹簟之暑風，曝茅簷之冬日。睡餘支枕，念昔平生；顧瞻玉堂，如在天上。」余三復此語，併誦淵明《歸去來辭》云：「舟遥遥以輕颺，風飄飄而吹衣。問征夫以前路，恨晨光之熹微。乃瞻衡宇，載欣載奔。童僕歡迎，稚子(侯)〔候〕門。三徑就荒，松菊猶存。攜幼入室，有酒盈樽。引壺觴以自酌，眄庭柯以怡顔。倚南窗以寄傲，審容膝之易安。」又云：「農人告余以春及，將有事於西疇。或命巾車，或掉孤舟。既窈窕以尋壑，亦崎嶇而經邱。木欣欣以向榮，泉涓涓而始流。」因思於文中時復作四言句，相間錯成，文又益奇也。《捫蝨新話》

晉無文章，惟陶淵明《歸去來辭》一篇而已。唐無文章，惟韓退之《送李愿歸盤谷序》一篇而已。余亦謂國朝無文章，惟范文正公《嚴子陵祠堂記》一篇而已。同上

《校正崇文總目》十七條《文選》：案李善注在五臣前。此云「因五臣而自爲注」，非是。《東觀

餘論》

梁昭明《淵明集叙》曰：「自衒自媒者，士女之醜行。」此二句出陳思王《求自試表》。《西溪叢語》

《漢書·李陵傳》言：「全軀保妻子之臣，隨而媒糵其短。」孟康注：「以酒教爲媒，麴爲糵。」師古引齊人名麴餅爲餌，謂「若釀成其罪者。」宋景文公好造語，《唐新史》記程元振惡李光弼，言「媒蝎以疑之」，不知别有據，抑以意自爲也。《春秋外傳》有云「蝎譖焉避之」者，蝎音遏，木蠹也，言譖由中出，如蠹然。或謂取諸此，然亦奇矣。《避暑録話》

陶淵明《歸去來辭》云：「雲無心以出岫，鳥倦飛而知還。」此陶淵明出處大節，非胸中實有此境不能爲此言也。同上

陶淵明《閒情賦》必有所自，乃出張衡《同聲歌》云：「邂逅承際會，偶得充後房。情好新交接，飂慄若探湯。願思爲莞席，在下蔽匡牀。願爲羅衾幬，在上衛風霜。」《西溪叢語》

眉人王慶長《辯蜀都賦》，蓋不專爲蜀辯，將以發左思抑蜀黜吴、借魏諛晉之罪，真有功於名教也。《鶴山題跋》

漢《袁良碑》云：「帝御九龍殿，引對飲宴。」《集古録》跋謂：「九龍殿名，惟見於此。」愚案張平子《東京賦》曰：「九龍之内，實曰嘉德。」注：「九龍、嘉德殿，在九龍門内。」非但見于此碑也。《困學記聞》

司馬相如爲《上林》《子虚》賦，意思蕭散，不復與外事相關，控引天地，錯綜古今，忽然如睡，躍然而興，幾百日而後成。其友人盛覽，字長通，牂柯名士，嘗問以作賦，相如曰：「合纂組以成文，列錦繡而爲質，一經一緯，一宫一商，此賦之迹也。賦家之心，苞括宇宙，總覽人物，斯乃得之於内，不可得而傳。」覽乃作《合組歌》、《列錦賦》而退，終身不復敢言作賦之心矣。《西京雜記》

司馬長卿賦，時人皆稱典而麗，雖詩人之作不能加也。揚子雲曰：「長卿賦不似從人間來，其神化所至耶。」子雲學相如賦而弗逮，故雅服焉。同上

賈誼在長沙，鵩鳥集其承塵。長沙俗以鵩鳥至人家，主人死。誼作《鵩鳥賦》，齊死生，等榮辱，以遣憂累焉。同上

案《隋・經籍志》、《唐・藝文志》，《相鶴經》皆一卷，今完書逸矣，特馬總《意林》及李善注鮑照《舞鶴賦》鈔出大畧。《東觀餘論》

昔楚襄王與宋玉遊高唐之上，見雲氣之異，問宋玉，玉曰：「昔先王夢遊高唐，與神女遇。」玉爲《高唐賦》，先王謂懷王也。宋玉是夜夢見神女，寤而白王，王令玉言其狀，遂一作「使」。爲《神女賦》。後人遂云襄王夢神女，非也。今《文選》本玉、王字差誤。《西溪叢語》

案：《文選》舊本「玉」字訛作「王」，文意不屬，一經改正，頓覺明快。沈存中《續筆談》詳剖其故，而詞較冗，故不録。

杜甫《洗兵馬》。左太沖《魏都賦》云：「洗兵海島，刷馬江州。」《六韜》：「武王問太公：『雨輜車至軫，何也？』云：『洗甲兵也。』」魏武《兵要》曰：「大將將行，雨濡衣冠，是謂洗兵。」同上

《上林賦》云「仁頻」，《仙藥録》云：「檳榔，一名仁頻。」《杜邑記》云：「葉如甘蕉。」頻，音賓。吴普《本草》云：「一名檳門。」同上

《上林賦》「蜚鸓」，《史記》作「蝠」，《漢書》作「鸓」，郭璞音誄，《神農本草》作「鸓鼠」，音贏，飛鼠也，其狀如兔而鼠首，以其髯飛。《爾雅》：「鼯鼠，一名夷由。」郭璞云：「狀如小狐，似蝙蝠，肉翅，尾項脇毛紫赤色，背上蒼艾色，腹下黄，喙頷雜白，脚短爪長，三尺許。飛且乳，亦謂之飛生。聲如人呼。食竈烟，能從高赴下，不能從下上高。」陶隱居：「鸓鼠是鼯鼠，一名飛生，産婦持之易生。」同上

《後漢・崔駰傳注》云：「西伯出獵，卜之曰：『所獲非龍非彲，非虎非羆。』」然《六韜》及《史記》本是「虎」字，唐人多作「非熊」，蓋「虎」字乃唐（高）〔太〕祖諱，所以章懷注《東漢書》雜引《史記》之文，特改「非熊」之字。若夫李善注《文選》，其於《賓戲》則引《史記》曰：「所獲非龍非虎，非熊非羆。」於《非有先生論》則引《六韜》曰：「非熊非羆，非虎非狼。」其實非《史記》、《六韜》之文，特彷彿記憶而爲之注爾。《攷古質疑》

《西都賦》：「衞以嚴更之署。」注：「嚴更，督夜行鼓也。」此鹵簿中所謂嚴更警長也，嚴與發

嚴及中嚴外辨同。唐制：日未明七刻搥一鼓，爲一嚴，侍中奏開宫門、城門；五刻搥二鼓，爲再嚴，侍中版奏請中嚴，羣臣五品以上俱集朝堂；未明一刻搥三鼓，侍中、中書令以下俱詣西閤奉迎。嚴即嚴肅之義，今以辨嚴爲辨裝，因諱而改，恐難例論。《鼠璞》

張平子作《歸田賦》，興意雖蕭散，然序所懷乃在「仰飛纖繳，俯畋清流」、「落雲間之逸禽，懸清淵之魦鰡」。吾謂釣弋亦何足爲樂，人生天地之間，要與萬物各得其欲，不但適一己也。必殘暴禽魚以自快，此與馳騁田獵何異？如陶淵明言「攜幼入室，有酒盈樽」、「悦親戚之情話，樂琴書以消憂」，此真得事外之趣，讀之能使人盎然，覺其左右草木無情物亦皆舒暢和豫。《避暑録話》

《吴都賦》云：「蛟鯔琵琶。」註云：「琵琶魚，無鱗，其形似琵琶。」豈今所謂鯕魚者乎？《甕牖閒評》

《宋書・禮志》：「漢制，乘輿金根車，輪皆朱斑，重轂兩轄，飛軨。轂外復有轂，施轄，其外復設轄，施銅貫其中。《東京賦》曰：『重輪貳轄，疏轂飛軨。』飛軨以赤油爲之，廣八寸，長注地，繫軸頭，謂之飛軨也。」《困學紀聞》

賈生《過秦》曰：「秦孝公據殽函之固。」春秋時殽，桃林，晉地，非秦有也。若璩案：秦孝公亦非春秋時。同上

陸務觀記東坡詩「翠欲流」，謂蜀語鮮翠猶言鮮明也。愚案：嵇叔夜《琴賦》云：「新衣翠粲。」李周翰注：「翠粲，鮮色。」李善注引：「《子虚賦》：『翕呷翠粲。』張揖曰：『翠粲，衣聲。』」《漢書》作

「萃蔡」，萃，音翠。班婕妤賦：「紛綷綵兮紈素聲。」其義一也。以鮮明爲翠乃古語。同上

《説文》「朋」及「鵬」皆古文「鳳」字。宋玉曰：「鳥有鳳而魚有鯤。」《莊子音義》：崔譔云：「鵬，音鳳。」同上

司馬相如《諭巴蜀檄》曰：「父兄之教不先，子弟之率不謹，寡廉鮮恥，而俗不長厚也。」漢時有此議論，三代之流風遺俗猶存也。同上

宋玉《高唐》、《神女》二賦，其爲寓言託興甚明。予嘗即其詞而味其旨，蓋所謂發乎情止乎禮義，真得詩人風化之本。前賦云：「楚襄王望高唐之上有雲氣，問玉曰：『此何氣也？』對曰：『所謂朝雲者也。昔者先王嘗游高唐，夢見一婦人曰：「妾巫山之女也，願薦枕席。」王因幸之。』」後賦云：「襄王既使玉賦高唐之事。其夜王寢，夢與神女遇，復命玉賦之。」若如所言，則是王父子皆與此女荒淫，殆近于聚麀之醜矣。然其賦雖篇首極道神女之美麗，玉其中則云：「澹清静其愔嫕兮，性沉詳而不煩。」「意似近而若遠兮，若將來而復旋。褰余幬而請御兮，願盡心之惓惓。懷正亮之潔清兮，卒與我乎相難。」「頩薄怒以持兮，曾不可乎犯干。」「歡情未接，將辭而去。遷延引身，不可親附。」「願假須臾，神女稱遽。」「闇然而冥，忽不知處。」然則神女但與懷王交御，雖見夢于襄而未嘗及亂也，玉之意可謂正矣。今人詩詞顧以襄王藉口，考其實則非是。頩，音疋零反，斂容怒色也，柳子厚《謫龍説》有「奇女頩爾怒」之語，正用此也。《容齋三筆》

班固《幽通賦》：「盍孟晉以迨羣。」李善乃注「孟」爲「勉」。蜀王衍書其臣徐延瓊宅壁爲孟，言蜀語謂孟爲弱，故以戲之。其後孟知祥得蜀館于徐第，以爲己讖，此義又無稽也。同上

前漢枚乘《與吴王濞書》曰：「夫以一縷之絲，任千鈞之重，上縣無極之高，下垂不測之淵，雖甚愚之人，猶知哀其將絶也。馬方駭，鼓而驚之；係方絶，又重鎮之。係絶于天，不可復結；墜入深淵，難以復出。」《孔叢子·嘉言篇》載子貢之言曰：「夫以一縷之任，繫千鈞之重，上縣之于無極之高，下垂之于不測之深，旁人皆哀其絶，而造之者不知其危。馬方駭，鼓而驚之；係方絶，重而鎮之。繫絶于高，墜入于深，其危必矣。」枚叔全用此語，《漢書》註諸家皆不引證，惟李善注《文選》有之。予案：《孔叢子》一書，《漢·藝文志》不載，蓋劉向父子所未見。但于儒家有《太常蓼侯孔臧》十篇，今此書之末有《連叢子》上、下二卷，云孔臧著書十篇，疑即是已。然所謂《叢子》者，本陳涉博士孔鮒子魚所論集，凡二十一篇，爲六卷。唐以前不爲人所稱，至嘉祐四年，宋咸始爲注釋以進，遂傳于世。今讀其文，畧無楚漢間氣骨，豈非齊梁以來好事者所作乎？同上

父可以稱聖善，楊修《答曹植書》：「有聖善之教」，注謂武帝也。上父母亦可萬壽，潘岳《閑居賦》「稱萬壽以獻觴」是也。《孔氏雜説》

江淮間爲《文選》學者起自江都曹憲，貞觀初，揚州長史李襲譽薦之，徵爲宏文館學士，撰《文選音義》十卷，年百餘歲乃卒。其後句容許淹、江夏李善、公孫羅相繼以《文選》教授。開元中，中

書令蕭嵩以《文選》是先代舊業，欲注釋之，奏請左補闕王智明、金吾衛佐李元成、進士陳居等注《文選》。先是，東宮衛佐馮光震入院校《文選》，兼復注釋。解「蹲鴟」云：「今之芋子，即是著毛蘿蔔。」院中學士向挺之、蕭嵩撫掌大笑。智明等學術非深，素無修撰之藝，其後或遷，功竟不就。《大唐新語》

孫奭敦守儒學，判國子監。庫舊有五臣注《文選》鏤板，奭建白内于三館。崇本抑末，多此類也。《儒林公議》

案：宣公移監庫《文選》鏤板於三館，於義當矣，非欲廢《選》學也。使四門之士競慕《文選》，則不免浮薄；使三館之士不習《文選》，又豈羣雅之材哉？

《水經注》：「漢水又東逕鼈流而鯨灘。」鯨，大也。《蜀都賦》曰「流漢湯湯，驚浪雷奔。望之天迴，即之雲昏」者也。《困學紀聞》

「精廬」，見《姜肱傳》，乃講授之地，即劉淑、包咸、檀敷傳所謂「精舍」也。《文選》任彥昇表用「精廬」，李善注引王阜事，五臣謂寺觀，謬矣。同上

「策扶老以流憩」，謂扶老藤也，見《後漢・蔡順傳》注。同上

阮籍見張華《鷦鷯賦》，歎曰：「此王佐才也。」觀其意，獨欲自全于禍福之間耳，何足爲王佐乎？華不從劉卞言，竟與賈氏之禍，畏八王之難而不免倫秀之虐，此正求全之過，失鷦鷯本意。

《東坡志林》

函谷關邃岸天高，空谷幽深，澗道之峽，車不方軌，號曰天嶮。故《西京賦》曰：「巖險周固，襟帶易守。」所謂秦得百二，并吞諸侯也。《水經注》

《漢元帝贊》：「自度曲，被歌聲。」應劭注：「自隱度作新曲。」瓚注：「謂歌終更授其次。」引張平子《西都賦》「度曲未終」之語爲證。師古曰：「應説是也，太各切。」僕觀《西京賦》復引元帝自度曲爲證，正如瓚之失，是不深考耳。二者各有意義，豈一律哉！元帝度曲乃隱度之度，音「鐸」，如應劭所注，師古所音是也。《西京賦》乃度次之度耳，音「杜」，豈《元贊》之意哉？注但見《元贊》有此二字，故引爲證，而不知其意自别。《古文苑・宋玉〈笛賦〉》：「度曲羊腸。」此語却可以爲證，而又在《漢贊》之先，注者不知之。近觀《藝苑雌黄》辨此二音，頗與僕意合，然亦不推原宋玉之語，夫豈未之考乎？今人詞中用「度曲」二字，類謂祖《元贊》，非也。《野客叢書》

從駕謂之扈從，始司馬相如《上林賦》云：「扈從横行，出乎四校之中。」晉灼以「扈」爲「大」，張揖謂「跋扈從横，不安鹵簿」。故顔師古因之，亦以爲「跋扈恣縱而行」。果爾，「從」蓋作平聲。侍天子而言跋扈，可乎？唐封演以爲扈養以從，猶之僕御。此或近之，然不知通用此語自何時也。《石林燕語》

楊億作《二京賦》既成，好事者多爲傳寫，有輕薄子書其門曰：「孟堅再生，平子出世。《文

選》中間，恨無隙地。」楊亦書門答之曰：「賞惜違顔，事等隔世。雖書我門，不争此地。」余謂此齊東之言也，楊公長者，肯相較若爾邪？《楓窗小牘》

案經傳所説，終南山一名太一，亦名終南。據張衡《西京賦》云：「九嵕巀嶭，太一巃嵸。面終南而背雲陽，跨平原而連嶓冢。」然則終南、太一非一山也。《經外雜抄》

《左傳》：「都城過百雉。」《周禮》名城以五雉、七雉、九雉，釋者謂一雉之牆長三丈、高一丈。而雉所以名之義未詳。《公羊》：「五堵而雉」，則二百尺。陸氏著《埤雅》謂雉性爐，龏護强飛，不越分域，一界之内，以一雉爲長。潘安仁《射雉賦》曰「畫墳衍以分畿」者此也。其飛崇不過丈，修不過三丈，所以以雉計丈也。《識遺》

《太史公記》：「高漸離伎養不能無出言。」案：技養者，謂懷其技而腹癢也。是以潘岳《射雉賦》亦云：「徒心煩而伎癢。」李善云：「有伎藝欲逞曰伎養。」《靖康緗素雜記》

鄧艾至潁川，讀《陳實碑文》言：「文爲世範，行爲士則。」遂自名範，字士則。後宗族有與同者，故改焉。《魏志》

退之曾云：「已呼孺人戛鳴瑟。」豈以言内子耶？説詩者：韓詩「孺人」對「稚子」，自杜詩「老妻」、「稚子」句中來。儲光羲云：「孺人善逢迎，稚子解趨走。」又出於江淹《恨賦》「左對孺人，右對稚子」。凡皆並指妻、子。《愛日齋叢抄》

漢人喜獵，《兩都》、《二京》、《三都》、《子虚》賦、《七發》皆説一段獵事。《研北雜志》

羊祜《讓開府表》「德未爲人所服而受高位，則使才臣不進；功未爲人所歸而荷厚禄，則使勞臣不勸」，用《管子》「德業未明於朝而處尊位者，則良臣不進；有功未見於國而有重禄者，則勞臣不勸。」《史記》：「趙簡子曰：『鷙鳥累百，不如一鶚。』」鄒陽上書亦用之，孔文舉《薦禰衡表》又用此語。《臆乘》

崔駰《達旨》：「譬猶衡陽之林，岱陰之麓，伐尋抱不爲之稀，藝拱把不爲之數。」揚雄《解嘲》：「譬猶江湖之崖，渤海之島，乘雁集不爲之多，雙鳧飛不爲之少。」同上

魏繁欽《與文帝牋》曰：「自左騏、史妠、謇姐名倡。」《魏志》曰：「文帝令吐夔與左騏等於賓客之中吹笙鼓琴。」李善注云：「其史妠、謇姐，蓋亦當時之樂人。」以是知婦之稱姐，漢魏已然。《能改齋漫録》

曲江有三：枚乘《七發》云：「觀於廣陵之曲江。」今蘇州也。廣東有曲江，今韶州也。司馬相如《弔二世賦》云「臨曲江之隑州」，即長安也。案唐本名曲江園，隋文帝以名不正改之，故杜子美詩云：「曲江翼幕排銀牓。」又云：「春日潛行曲江曲。」《七發》所云曲江有「弭節伍子之山」，今胥山在蘇州。同上

司馬相如《諭蜀父老》云：「以諷天子。」以今觀之，不獨不能諷，殆幾於勸耳。諂諛之意，死

而不已，猶作《封禪書》，相如真所謂小人也哉！《東坡志林》

舟中讀《文選》，恨其編次無法，去取失當。齊梁文章衰陋，而蕭統尤爲卑弱，《文選序》斯可見矣。如李陵書、蘇武五言皆僞而不能辨。今觀《淵明集》，可喜者甚多，而獨取數首，以知其餘人忽遺者多矣。淵明作《閑情賦》，所謂「《國風》好色而不淫」者，正使不及《周南》，與屈、宋所陳何異？而統大譏之，此乃小兒强作解事也。同上

四六叢話卷三

騷　二一

《叢話》曷爲而次騷也？曰：觀乎人文，稽於義類，古文、四六有二源乎？大要立言之旨，不越情與文而已。夫其矢耿介、慕靈修、睠重華、追三后、占瓊茅、媒鴆鳥、抱忠謇、怨遲暮以至然疑怳惚、中路夷猶、窈窕宜笑、嬋媛太息，何其情之貞而摯也！又若雷雨窈冥、風雲舒卷、冠劍陸離、輿衛紛溶，靃靡千名，鏤錯萬狀。更有雲旗星蓋、鱗屋龍堂、土伯神君、壺蜂雄虺，何其文之侈而博也！詩人之作，情勝於文；賦家之心，文勝於情。有文無情，則土木形骸，徒驚紆紫；有情無文，則重臺體態，終恧鳴環。屈子之詞，其殆詩之流、賦之祖，古文之極致，儷體之先聲乎。故使善品藻者殫於名言，工文章者竭於摹擬，習訓詁者炫於文字，辨名物者窮於《爾雅》。至於後之學者，資其一得，原委可知，波瀾莫二，又略可得而言矣。若夫《幽通》、《思玄》，宗經述聖，《離騷》之本義也。《甘泉》、《藉田》，齋肅典雅，《東皇》、

《司命》之麗則也。《長門》《洛神》，哀怨婉轉，《湘君》《湘夫人》之縹渺也。《感舊》《歎逝》，悲涼幽秀，《山鬼》之奇幻也。《馬汧督誄》、《祭古塚文》，激昂痛切，《國殤》、《禮魂》之苦調也。《西征》《北征》，叙事記遊，發揮景物，《涉江》《遠遊》之殊致也。《鵬鳥》《鸚鵡》，曠放沈摯，《懷沙》之遺響也。《哀江南賦》有《黍離》麥秀之感，《哀郢》之賡載也。《小園》《枯樹》，體物瀏亮，《橘頌》之亞匹也。《恨》《別》二賦，哀音慘怛，《招魂》《大招》之神理也。《經通天臺表》、《追答劉沼書》、《辨命》《勞生》諸論，託喻非常，《天問》之詭激也。《七發》觀濤，浩瀚清壯，《九辨》之體勢也。《東方像贊》、《歸去來詞》，蕭散風流，《卜居》之別情也。《解嘲》、《答賓戲》，問對雄奇，《漁父》之深趣也。冰絲一掬而杼軸日新，綆缶紛來而沖瀜自若。思窮物表，一言而情貌無遺；興寄篇中，百讀而風神自得。動而愈出，職此之由。隋唐而後，踵事彌增。秋水長天之句，游泳乎歌章；洞庭落木之吟，陶鎔乎燕許。要而論之，四傑富其才，右丞高其韻，柳州咀其華，義山體其潤。淵源所自，不可誣也。淮南以下，規規焉章撫句倣，豈可同日語哉！又揚子曰：「事辭稱則經文心。」以之論《騷》，夫天經地義，惟忠惟孝，夫子有言：「吾志在《春秋》，行在《孝經》。」《春秋》書二百四十年之事，褒貶所加，亂賊聳懼，豈非教忠之旨？而扶風以辭章之才，媕阿之行，妄作《忠經》，將以僭聖。必欲率先百行，仰則六經，無已其《楚辭》乎！雖音涉哀思，而志純貞正，屈跡江潭之下，抗節雲霄之上，以視夫益

稷之陳《謨》，箕子之衍《範》，未知何如也？若流虹復覯於杏壇，則呵壁不孤於玉笥矣。二十五篇，昭明録之過半，今日別於《選》者，不以《選》囿《騷》也。自賦而下始專爲駢體，其列於賦之前者，將以《騷》啓儷也。敘《騷第二》。

自《風》《雅》寢聲，莫或抽緒，奇文鬱起，其《離騷》哉！固已軒翥詩人之後，奮飛辭家之前，豈去聖之未遠，而楚人之多才乎！昔漢武愛《騷》，而淮南作《傳》，以爲「《國風》好色而不淫，《小雅》怨誹元作「謗」，許改。而不亂，若《離騷》者，可謂兼之。蟬蜕穢濁之中，浮游塵埃之外，皭然涅而不緇，雖與日月争光可也」。班固以爲「露才揚己，忿懟沈江；羿澆二姚，與左氏不合，崑崙懸一作「元」。圃，非經義所載。然其文辭麗雅，爲詞賦之宗，雖非明哲，可謂妙才」。王逸以爲「詩人提耳，屈原婉順。《離騷》之文，依經立義。駟虬乘翳，則時乘六龍；崑崙流沙，則《禹貢》敷土。名儒辭賦，莫不擬其儀表，所謂金相玉質，百世無匹者也」。及漢宣嗟歎，以爲皆合經術；揚雄諷味，亦言體同《詩·雅》。四家舉以方經，而孟堅謂不合傳。褒貶任聲，抑揚過實，可謂鑒而弗精，翫而未覈者也。將覈其論，必徵言焉。故其陳堯舜之耿介，稱湯武之祗敬，典誥之體也；譏桀紂之猖披，傷羿澆之顛隕，規諷之旨也；虬龍以喻君子，雲蜺以譬讒邪，比興之義也；每一顧而淹涕，歎君門之九重，忠怨之辭也。觀茲四事，同於《風》《雅》者也。至於託雲龍，説迂怪，豐隆求宓

妃，鴆鳥媒娀音嵩。元作「娥」。女，詭異之辭也；康回傾地，夷羿彈元作「蔽」，孫改。日，木夫元作「天」，謝改。九首，土伯三目，元作「足」，朱改。譎怪之談也；依彭咸之遺則，從子胥以自適，狷狹之志也；士女雜坐，亂而不分，指以爲樂，娱酒不廢，沈湎日夜，舉以爲懽，荒淫之意也。摘此四事，異乎經典者也。故論其典誥則如彼，語其夸誕則如此。固知《楚辭》者，體慢元作「憲」。朱云：宋本《楚辭》作「體慢」。於三代，而風雅於戰國，乃《雅》《頌》之博徒，而詞賦之英傑也。觀其骨鯁所樹，肌膚所附，雖取鎔經意，亦自鑄偉辭。故《騷經》、《九章》，朗麗以哀志；《九歌》、《九辯》，綺靡以傷情；《遠遊》、《天問》，瓌詭而惠巧；《招魂》、《招隱》，耀艷而深華；《卜居》標放言之志，《漁父》寄獨往之才。故能氣往鑠古，辭來切今，驚采絶艷，難與竝能矣。自《九懷》以下，遽躡其跡；而屈宋逸步，莫之能追。故其叙情怨則鬱伊而易感，述離居則愴怏而難懷，論山水則循聲而得貌，言節候則披文而見時。是以枚、賈追風以入麗，馬、揚沿波而得奇。其衣被詞人，非一代也。故才高者菀其鴻裁，中巧者獵其艷辭，吟諷者銜其山川，童蒙者拾其香草。若能憑軾以倚《雅》《頌》，懸轡以馭楚篇，酌奇而不失其真，翫華而不墜其實，則顧盼可以驅辭力，欬唾可以窮文致，亦不復乞靈於長卿，假寵於子淵矣。《文心雕龍》

汪彦章曰：「左氏、屈原始以文章自爲一家，而稍與經分。」《困學紀聞》

江水又東過秭歸縣之西。袁崧曰：屈原有賢姊，聞屈原放逐，亦來歸，喻令自寬。全鄉人冀

其見從，因名曰秭歸，即《離騷》所謂「女嬃嬋媛以詈余」也。縣東北數十里即屈原舊田宅，雖畦堰縻漫，猶保屈田之稱也。縣北一百六十里有屈原故宅，累石爲屋基，名其地曰樂平里。宅之東北六十里有女嬃廟，擣衣石猶存。《水經注》

江水又東逕歸鄉縣故城北。袁崧曰：父老傳言原既流放，忽然暫歸鄉，人喜悦，因名曰歸鄉。抑其山秀水清，故出儁異。地險流疾，其性亦隘。同上

澧水又東南注於沅水曰澧口，蓋其枝瀆耳。《離騷》曰：「沅有芷兮澧有蘭。」同上

沅水又東逕辰陽縣南，東合辰水。辰水又逕其縣北，舊治在辰水之陽，故即名焉。《楚詞》所謂「夕宿辰陽」也。同上

汨水又西爲屈潭，即羅淵也。屈原懷沙自沈於此，故淵潭以屈爲名。昔賈誼、史遷皆嘗逕此，弭檝江波，投弔於淵。淵北有屈原廟，廟前有碑。甄烈《湘中記》云：「屈潭之左玉笥山，屈平之放，棲於此山而作《九歌》焉。」同上

《冠辭》「令月吉日」、「吉月令辰」，互見其言；《論語》「迅雷風烈」、《九歌》「吉日兮辰良」，相錯成文。《困學紀聞》

《孺子滄浪之歌》亦見於《楚辭·漁父》。考之《禹貢》，漢水東爲滄浪之水。則此歌楚聲也。《文子》亦云：「混混之水濁，可以濯吾足乎；泠泠之水清，可以濯吾纓乎。」同上

顔之推《歸心篇》、孔毅父《星説》皆倣屈子《天問》之意。然《天問》不若《莊子·天運》之簡妙，巫咸祒之言，不對之對，過柳子《天對》矣。傅玄《擬天問》見《太平御覽》。同上

《素問·太始天元册文》有「九星」之言，王冰若璩按：「冰」當作「砅」。砅，古厲字。注云：「上古世質人淳，九星垂明；中古道德稍衰，標星藏躍，故星之見者七焉。九星，謂天蓬、天芮、天衝、天輔、天禽、天心、天任、天柱、天英。」此蓋從標而爲始遁甲式法，今猶用焉。《楚辭·劉向〈九歎〉》云：「訊九鬿音祈。與六神。」《注》：「九鬿，謂北斗九星也。」《補注》謂北斗七星，輔一星在第六星旁，又招摇一星在北斗杓端。《北斗經疏》云：「不止於七而全於九，加輔、弼二星故也。」與《素問注》不同。《曲禮》「招摇在上」注：「招摇星在北斗杓端主指者。」《正義》引《春秋運斗樞》云：「北斗七星：第一天樞，第二旋，第三機，第四權，第五衡，第六開陽，第七摇光。」摇光則招摇也。《淮南·時則訓》注：「招摇，斗建也。」《楚辭補注》以招摇在七星之外，恐誤。同上

《淮南子》曰：「若木在建木西，木有十華，其光照下地。」故屈原《離騷·天問》曰「羲和未陽，若華何光」是也。同上

《宋書·樂志》：《陌上桑》曰《楚辭》鈔。以《九歌·山鬼篇》增損爲之。東坡因《歸去來》爲詞，亦此類也。同上

劉勰《辨騷》：「班固以爲羿澆二姚，與左氏不合。」洪慶善曰：「《離騷》用羿澆等事，正與左

氏合。孟堅所云，惑劉安説耳。」《離騷》曰：「閨中既以邃遠兮，哲王又不寤。」以楚君之闇而猶曰哲王，蓋屈子以堯舜之耿介、湯禹之祗敬望其君，不敢謂之不明也。太史公《列傳》曰：「王之不明，豈足福哉！」此非屈子之意。同上

夾漈《草木略》以蘭、蕙爲一物，皆今之零陵香也。然《離騷》滋蘭、樹蕙，《招魂》轉蕙、氾蘭，是爲二草，不可合爲一。若璩按：蘭茝與蕙各自爲類。黄山谷：一幹一花而香有餘者蘭，一幹數花而香不足者蕙。説亦未必然。同上

江離，《史記索隱》引《吴録》曰：「臨海海水中生，正青，似亂髮。」《廣志》爲「素葉紅華，今芎藭，苗曰江離，緑葉白華」。又不同。《藥對》以爲麋蕪，一名江蘺。芎藭、藁本、江離、麋蕪，並相似，非是一物也。《淮南子》云：「亂人者若芎藭與藁本。」顔師古曰：「郭璞云江蘺似水薺，今無識之者。」然非蘼蕪也。《藥對》誤耳。《楚辭補注》、《集注》皆缺。《讀詩記》董氏曰：「《古今注》謂芍藥，可離。」《唐本草》：「可離，江離。」然則芍藥，江離也。同上

「忠湛湛而願進兮，妒披離而鄣之。」壅蔽之患也，元帝似之，故周堪、劉更生不能決一石顯。「聲有隱而相感兮，物有純而不可爲。」偏聽之害也，德宗似之，故陸贄、陽城不能攻一延齡。同上

宋玉《對問》「陽春白雪」，集云「陵陽白雪」，見《文選·琴賦》注。同上

錢芸士好讀《離騷》，手不暇揭，忘去肉味，半月如齋。《雲仙雜記》

盧杞與馮盛相遇於道，各攜一囊。杞發盛囊，有墨一枚，杞大笑。盛正色曰：「天峰煤和鍼

魚腦，入金溪子手中録《離騷》古本，比公日提綾文刺三百爲名利奴，顧當孰勝？」已而搜杞囊，果有三百刺。同上

古今之事有可資一笑者，太公八十遇文王，世所知者，然宋玉《楚詞》云：「太公九十乃顯榮兮，誠未遇其匡合。」東方朔云：「太公體仁行義，七十有二乃見用於文王。」噫，大公老矣，方得東方朔減了八歲，却被宋玉展了十歲。此事真可絶倒。《嬾真子》

退之《謝自然》詩：「童騃無所識，但聞有神仙。輕生學其術，乃在金泉山。」《詩·斯干》：「秩秩斯干，幽幽南山。」古詩：「藁砧今何在，山上復有山。何當大刀頭，破鏡飛上天。」《楚辭·招魂》：「高堂邃宇，檻層軒些。層臺累榭，臨高山些。網户珠綴，刻方連些。」揚雄《解嘲》：「藺先生收功於章臺，四皓采榮於南山。公孫創業於金馬，驃騎發迹於祁連。」《史記·龜策傳》：「河雖神賢，不如崑崙之山。」《漢書·衛霍叙傳》：「飲馬翰海，封狼居山；西規大河，列郡祁連。」山，所脯切。《説文》：「山，宣也。」祁連，山名，謂置郡至此。《芥隱筆記》

司馬長卿《大人賦》全用屈子《遠游》中語。同上

馬大年永卿著《嬾真子録》，辨王逸注《楚辭》以芰爲蔆、「秦人曰薢茩」之誤當矣，惜其字有差誤，義遂不明。永卿謂：「《爾雅》『薢茩英光』注云：『英，明也，或云蔆也，關西謂之薢茩，音皆。』」又云：「『蔆厥攈』注：『今水中芰。』」此皆馬所記也。今考《爾雅》正本則云：「薢茩芵光。」

注：「芵，明也，即今决明也，或曰蔆也。」字從卩，非從氵。及至「蔆蕨攈」，然後從淩，注：「水中芰也。」則是「蔆」與「菱」其爲二物不同。王逸誤引陸生之蔆曰薢茩而爲水中之菱，其失明甚。而馬又併以從水，兩菱字交證，且誤以「芵光」、「芵明」爲「英光」、「英明」，此馬大年之誤尤可哂也。《學齋佔畢》

《左傳》云：「譬諸草木，吾臭味也。」屈正平《離騷經》一篇之中固以香草而比君子矣。然於《九章》中特出《橘頌》一章，朱文公謂：「『受命不遷』，謂橘踰淮爲枳也，原自比志節如橘，不可移徙也。末乃言橘之高潔可比伯夷，宜立以爲像而效法之，亦因以自託。」余因文公之言而謂濂溪周子作《愛蓮説》，謂蓮爲花之君子，亦以自況，與屈原千古合轍。不寧惟是，而二篇之文皆不滿二百字，詠橘詠蓮皆能盡物之性，格物之妙，無復餘藴。蓋心誠之所發越，萬物皆備於我之所著形，是可敬也，讀者宜精體之。同上

或言花中惟巖桂四出之異。余謂土之生物，其成數五，故草木花皆五出。惟桂乃月中之木，居西方地，四乃西方金之成數，故花四出而金色，且開於秋，云此桂之在《離騷》以喻君也。同上

應劭《漢官儀》曰：「皇后稱椒房，取其實蔓盈升。」余考之《漢書》，椒房殿爲后所居固分明，師古注「椒房」謂「以椒和泥塗，取其温而芳」。却有此理。《詩》曰：「貽我握椒。」注：「椒，芬香也。男女相悦，交情好也。」其義恐出此。《離騷》云「播椒房兮成堂」，與石崇塗屋以椒，不過取其

芬香，於蔓衍盈升初無關涉。《鼠璞》

蕭該《漢書音義》：《揚雄傳》名曰《畔牢愁》，李奇曰：「畔，離；牢，聊也。與君相離，愁而無聊也。」該按：牢字旁著水，音直作牢。韋昭曰：「浶，騷也。」鄭氏：「愁，音曹。」又，「恐鷤鴂之先鳴」，師古：「鷤，音大系反。鴂，音桂。」該案：蘇林：「鷤鴂，音殄絹。」又，「挾獝狂」，該曰：獝狂，無頭鬼，見《字林》。《筆記》

公曰：「吾讀《楚辭》，以爲除書。」《欒城遺言》

太史公言：「《離騷》者，遭憂也。」離訓遭，騷訓憂，屈原以此命名，其文則賦也，故班固《藝文志》有「屈原賦二十五篇」。梁昭明集《文選》不歸賦門而別名之曰《騷》，後人沿襲，皆以《騷》稱，可謂無義。篇題名義且不知，況文乎？《林下偶談》

文字有江湖之思，起於《楚辭》「嫋嫋兮秋風，洞庭波兮木葉下」，模想無窮之趣，如在目前。後人多倣之者。同上

韓退之集中《羅池廟碑銘》有「春與猿吟兮，秋鶴與飛」。古人多用此格，如《楚詞》：「吉日兮辰良。」又：「蕙殽蒸兮蘭籍，奠桂酒兮椒漿。」蓋欲相錯成文，則語勢矯健。《夢溪筆談》

魯直《酴醾》云：「風流付枕幃。」又云：「夢寐宜人入枕囊。」説者謂幃幕，如枕屏之類。非也。《楚辭》：「蘇糞壤以充幃。」注：「幃，謂之幐。幐，香囊也。」又云：「榝欲充其佩幃。」注謂

「盛香之囊。」則知枕幃乃枕囊也。張平子《思玄賦》云「縭幽蘭」，李善注：「《説文》曰：繫幃曰縭。《爾雅》云：婦人之幃謂之縭。今之香囊，在男曰幃，在女曰縭。縭者，繫囊之繩是也。」《猗覺寮雜記》

衙，許慎《説文》音語，無他音。《楚詞》云：「道飛廉之衙衙。」衙衙，行貌，亦音語。以是知「衙」字後作牙者，其出於唐人改牙爲衙字之故與？《左氏傳》「晉侯及秦師戰於彭衙」，衙字亦當音語矣，而陸德明不音者，蓋德明唐人，見當時呼爲牙字，不知前代只音語，而失於稽考也。使《左氏傳》可作牙字，則許慎必不音語而不爲牙字矣。然則使後世轉爲彭牙者，其德明之過歟？《甕牖閒評》

杜牧之序李賀詩云：「騷人之苗裔。」又云：「少加以理，奴僕命騷可也。」牧之論太過，賀詩乃李白樂府中出，瑰奇譎怪則似之，秀逸天縱則不及也。《歲寒堂詩話》

洪慶善注《楚辭·九歌·東皇》篇「緪瑟兮交鼓，簫鐘兮瑤簴」，引《儀禮·鄉飲酒》章「閒歌《魚麗》，笙《由庚》。歌《南有嘉魚》，笙《崇丘》」爲比，云：「簫鐘者，取二樂聲之相應者互奏之。」既鏤板，置於墳菴，一蜀客過而見之，曰：「一本『簫』作『擳』，《廣韻》訓爲擊也，蓋是『擊鐘』，正與『緪瑟』爲對耳。」慶善謝而亟改之。《容齋續筆》

媵之義爲送，《春秋》所書晉人衛人來媵，皆送女也。《楚辭·九章》云：「波滔滔兮來迎，魚

鱗鱗兮媵予。」其義亦同。《容齋三筆》

天左旋之説信矣。日一日行一度，月一日行十三度有零。陽健而剛，運行宜速；陰順而柔，運行當遲。今月之行乃過於日十二倍，其理不通，從來無人推見其所以然。近時晦菴朱文公解《毛詩・正月》篇亦用舊説，惟於《楚詞・天問》篇發其端，而不詳其實。天左旋，日、月亦左旋，以數之少者易算。日、月、天左旋，數之不及者少，取其易算，故假日月右轉也。《游宦紀聞》

士有不遇則託文見意，往往反物理以爲言，以見造化之不可測也。屈原《離騷》曰：「朝飲木蘭之墜露兮，夕餐秋菊之落英。」原蓋借此以自喻，謂木蘭仰上而生，本無墜露而有墜露；秋菊就枝而隕，本無落英而有落英，物理之變則然。平憔悴放浪於楚澤之間，固其宜也。異時賈誼過湘作賦弔屈原，有「鏌鋣爲鈍」之語。張平子《思玄賦》有「珍蕭艾於重笥兮，謂蕙芷之不香」，此意正與二公同，皆所以自傷也。古人託物之意大率如此。王荆公用殘菊飄零事蓋祖此意，歐公以詩譏之，荆公聞之，以爲歐九不學之故。後人遂謂歐公之誤，而不知歐公意蓋有在。歐公學博一世，《楚詞》之事顯然耳目之所接者，豈不知之？其所以爲是言者，蓋深譏荆公用落英事耳。以爲荆公得時行道，自三代以下未見其比。落英，反理之喻，似不應用，故曰：「秋花不比春花落，爲報詩人子細吟。」蓋欲荆公自觀物理而反之於正耳。《野客叢書》

荆公《題舒州山谷寺石牛洞泉穴》云：「水泠泠而北出，山靡靡以旁圍。欲窮源而不得，竟悵

望以空歸。」晁無咎編《續楚詞》謂此詩具六藝琴書之餘味，故與其經學典策之文俱傳。朱文公編《楚詞後語》亦收此篇。同上

《離騷》：「雲容容兮而在下，杳冥冥兮羌晝晦。」注：「雲氣冥冥使晝日昏暗，喻小人之蔽賢也。」東方朔《七諫》亦曰：「浮雲蔽晦兮，使日月乎無光。」又曰：「河汜灩灩浮雲兮，蔽此明月；顧皓日之顯行兮，雲蒙蒙而蔽之。」皆指讒邪害忠賢之意。同上

「羔羊之皮，素絲五紽。」詩人美在位者之詞也。「充耳琇瑩，會弁如星」，又「駟馬既閑，輶車鸞鑣」之類，皆借服御以美其君也。若《楚詞》「高予冠之岌岌兮，長余佩之陸離」，是以服御自美。《對牀夜語》

子建：「明月照高樓，流光正徘徊。上有愁思婦，感歎有餘哀。」結句云：「願爲西南風，長逝入君懷。君懷良不開，賤妾當何依。」解韻者謂「哀」叶於希反，且引《毛詩》：「山有蕨薇，隰有杞棟。君子作歌，維以告哀。」又謂「懷」叶胡威反，及引《離騷》「載雲旗兮委蛇」，「心低徊兮疲懷」等語爲證。辨則辨矣，如不通何？且子建此篇既押「徊」，又押「哀」，乃一韻耳。及「懷」字之上亦有「會合何時諧」，諧、懷亦一韻也。何必强爲引證。同上

《楚詞》：「沅有芷兮澧有蘭，思公子兮未敢言。」又：「望美人兮未來，臨風怳兮浩歌。」又：「王孫遊兮不歸，春草生兮萋萋。」又：「惟草木之零落兮，恐美人之遲暮。」皆愛君惜時之詞。後

世擬之者不過徒法其句耳，非其意也。江文通云：「日暮碧雲合，佳人殊未來。」又：「黄雲蔽千里，遊子何時還。」謝靈運云：「圓景早已滿，佳人猶未適。」惠連云：「紈素既已成，君子行未歸。」玄暉云：「春草秋更緑，公子未西歸。」劉休元云：「芳年有華月，佳人無還期。」陸士衡云：「芳草久已茂，佳人竟不歸。」古詩亦有「浮雲蔽白日，遊子不顧返。」同上

子建云：「朝游江北岸，日夕宿湘沚。」潘安仁云：「朝發晉京陽，夕次金谷湄。」劉越石云：「朝發廣莫門，暮宿丹山水。」謝靈運云：「旦發清溪陰，暝投剡中宿。」鮑明遠云：「朝遊雁門山，暮還樓煩宿。」皆本《楚詞》：「朝發軔於蒼梧兮，夕予至於玄圃。」若陸士衡「朝采南澗藻，夕息西山足」，又江文通「朝食琅玕實，夕飲玉池津」，則亦本《楚詞》「朝飲木蘭之墜露兮，夕飡秋菊之落英」。同上

屈原《離騷經》：「名余曰正則兮，字余曰靈均。」案《史記》，原字平。所謂靈均者，釋平之義，以緣飾詞章耳。《容齋五筆》

《楚詞・惜誓》一章超逸絶塵，氣象曠遠，真賈生所作無疑。《招隱士》一章奇險獨出，恨不知小山爲誰氏，深惜之。漢武愛《離騷》而淮南作《傳》，抑亦小山之文也。嚴忌《哀時命》乃在屈、宋師弟子之間。自餘如脱故著新，勿復論。《寓簡》

柳子厚作楚詞，卓詭譎怪，韓退之不能及。退之古文深閎雄毅，子厚又不及。同上

邵公濟博著書，言司馬文正公修《通鑑》時謂其屬范純父曰：「諸史中有詩賦等，若止爲文章便可删去。」蓋公之意，士欲立於天下後世者不在空言耳。如屈原以忠廢，至沈汨羅以死，所著《離騷》，淮南王、太史公皆謂可與日月争光，豈空言哉！《通鑑》併屈原事盡削去之。《春秋》褒毫髮之善，《通鑑》掩日月之光，何耶？公當有深識，求於《考異》中無之。予謂三閭大夫以忠見放，然行吟恚懟形於色詞，揚己露才，班固譏其怨刺。所著《離騷》皆幽憂憤歎之作，非一飯不忘君之誼，蓋不可以訓也。若所謂「與日月争光」者，特以褒其文辭之美耳。温公之取人必考其終始大節，屈原沉淵蓋非聖人之中道，區區絺章繪句之工亦何足算也。《梁溪漫志》

韓退之爲文章不肯蹈襲前人一言一句，故其語曰：「惟陳言之務去，戛戛乎其難哉！」獨「粉白黛緑」四字似有所因。《列子》：「周穆王築中天之臺，簡鄭、衛之處子娥媌靡曼者，粉白黛黑以滿之。」《戰國策》：張儀謂楚王曰：「鄭、周之女，粉白黛黑，立于衢間，見者以爲神。」屈原《大招》：「粉白黛黑，施芳澤只。」司馬相如：「靚妝刻飾。」郭璞曰：「粉白黛黑也。」《淮南子》：「毛嬙、西施，施芳澤，正娥眉，設笄珥，衣阿錫，粉白黛黑，笑目流眺。」韓公以黑爲緑，其旨則同。《容齋四筆》

《楚詞・招魂》尾句皆曰「些」，蘇箇反。今夔峽湖湘及南北江獠人，凡禁咒句尾皆稱「些」，此乃楚人舊俗，即梵語「薩嚩訶」也。薩，音桑葛反。嚩，無可反。訶，從去聲。三字合言之，即「些」字也。《夢溪筆談》

《高端叔墓誌銘》：「君姓高氏，諱元之，端叔其字也。嘗謂《離騷》之學幾亡矣，爲之九篇：曰《愍畸志》、曰《臣薄才》、曰《惜來日》、曰《感回波》、曰《力𠻳》、曰《危衷》、曰《悲嬋娟》、曰《古誦》、曰《繹思》，深得三閭大夫旨意。且曰：『《變離騷》者，沿流于千載之後，而探端于千載之前，非變而求異于《騷》，所以極其志之所歸，引而達于理義之衷，以障隄于隤波之不反者也。』又曰：『班固、揚雄、王逸、劉勰、顔之推，揚之者或過其實，抑之者多損其真。宋玉、賈誼、東方朔、嚴忌、淮南小山、王褒、劉向之徒，皆悲原意，各有纂著，大抵紬繹諸言，相與詹詠而已，原之微旨不能有所建明。』噫！君以爲騷人之本意將亡，君之意又將誰明之耶？」《攻媿集》

《跋龍眠九歌圖》：「三閭大夫見楚先王廟圖畫古聖賢怪物而作《天問》，龍眠讀《九歌》而爲之圖，一段風流，視楚人何遠。」同上

史游《急就篇》云：「鐵殃飴餳。」《楚辭》曰：「粔籹蜜餌有餦餭。」餦餭，亦餳也。柳下惠見飴曰：「可以養老。」然則飦餔可以養老與幼，故録之也。《齊民要術》

《楚辭》云：「奠桂酒兮椒漿。」然則古之造酒皆以椒桂。《酒譜》

《九歌·國殤》，非關雲長輩不足以當之，所爲生爲人傑死爲鬼雄也。《聞話録》

《跋龍眠九歌圖後》：「《楚辭·九歌》凡十一篇九神，而梁昭明取六章載於《文選》。故是圖貝闕珠宮，乘黿逐魚，亦可施於繪素，後人或能補之，當盡靈均之清致也。」《東觀餘論》

《校定楚詞序》云：《漢書·朱買臣傳》：「嚴助薦買臣，召見。説《春秋》，言《楚詞》，帝甚悦之。」《王褒傳》云：「宣帝修武帝故事，徵能爲《楚詞》者九江被公等。」《楚詞》雖肇於楚，而其目蓋始於漢世。然屈、宋之文與後世依倣者通有此目，而陳説之以爲惟屈原所著則謂之《離騷》，後人效而繼之則曰《楚詞》，非也。自漢以還，文師詞宗慕其軌躅，擷華競秀，而識其體要者亦寡。蓋屈、宋諸騷皆書楚語，作楚聲，紀楚地，名楚物，故可謂之《楚詞》。若些、只、羌、誶、謇、紛、侘傺者，楚語也；頓挫悲壯，或韻或否者，楚聲也；沅、湘、江、澧、修門、夏首者，楚地也；蘭、茝、荃、藥、蕙、若、蘋、蘅者，楚物也。他皆率若此，故以「楚」名之。自漢以還，去古未遠，猶有先賢風槩。而近世文士但賦其體，韻其語，言雜燕、粵而亦謂之「楚詞」，失其旨矣。案此書舊十有六篇，并王逸《九思》爲十七，而某所見舊本乃有揚雄《反騷》一篇在《九歎》之後，與《九思》共十有八篇，而王逸諸序竝載于書末，猶《古文尚書》、漢本《法言》及《史記·自序》、《漢書叙傳》之體，駢列于九尾，不冠於篇首也。今放此録之。又太史公《屈原列傳》、班固《離騷傳序》論次靈均之事爲詳，故編於王序右方。陳説之本以劉勰《辨騷》在序之前，論世不倫，故緒而正之。而《天問》之章，詞嚴義密，最爲難誦。柳柳州於千祀後獨能作《天對》以應之，深宏傑異，析理精博，而近世文家亦難遽曉，故分章辨事，以其所對別附于《問》，庶幾覽者瑩然知子厚之文不苟爲艱深也。自《屈原傳》而下至陳説之序，又附以今序，別爲一卷，附十通之末，而目以《翼騷》云。同上

《九章》不如《九歌》，《九歌》《哀郢》尤妙。前輩以爲《大招》勝《招魂》，不然。讀《騷》之久，方識真味，須歌之抑揚，涕淚滿襟，然後爲識《離騷》，否則如戛釜撞甕耳。唐人惟柳子厚深得《騷》學，退之、李觀皆所不及。若皮日休《九諷》，不足爲騷。《滄浪詩話》

子厚謂屈氏《楚辭》，如《離騷》乃效《頌》，其次效《雅》，最後效《風》。《後山詩話》

「若有人兮坐山楹，雲衮兮霞纓。秉芳兮欲寄，路漫漫兮難征。獨惆悵而狐疑，蹇獨立兮忠貞。」此寒山語，雖使屈、宋復生，不能過也。《許彦周詩話》

鮮于子駿作《九誦》，東坡大稱之，云友屈、宋於千載之上。觀《堯祠》、《舜祠》二章，氣格高古，自東漢以來鮮及。前輩稱贊人略緣實也。同上

陸氏《爾雅》云：「細腰曰蒲盧，䖣類也。故細腰土蜂亦謂之蒲盧。」《爾雅》又云：「蜾蠃蒲盧，細腰壺之有盧者也。《楚辭》云『玄蜂若壺』，取是焉。」《捫蝨新語》

《離騷·九歌章句》，名曰九而載十一篇，何也？曰：九以數名之，如《七啓》、《七發》，非以

其章名。或云《國殤》、《禮魂》不在數，若除《國殤》、《禮魂》，只二十三篇，韓文公云屈原《離騷》二十五，王逸云《漁父》以上二十五，合《國殤》、《禮魂》也。劉淵林注《魏都賦》引《九章》之辭曰：「蔀也必獨立。」引《卜居》之辭曰：「橫江潭而漁。」今閱二篇又無是一句，信有闕文。淵林出漢後，何爲獨見全書也？嘗有策問云蕭統《文選》載《九歌》無《國殤》、《禮魂》，晁無咎謂《大招》古

奥，疑原作。今起《離騷經》、《遠游》、《天問》、《卜居》、《漁父》、《大招》，而云《九章》、《九歌》又十八，則原賦存者二十四篇耳。《惜誓》盡叙原意，末云「鸞鳳之高翔，見盛德而後下」，與賈誼《弔屈原文》云「鳳凰翔於千仞兮，覽德輝而下」之斷章趣同，將誼效之也，抑固二十五篇之一，未可知也。若如《文選》去《國殤》、《禮魂》，以《大招》、《惜誓》補，則二十五篇似爲足矣。「横江潭而漁」，揚雄《答客難》有之。如賈逵、班固於《離騷經》嘗以所見改易無疑，則《九章》、《卜居》，如王逸輩或有改易，未可知也。書之闕文，未易深考。《西溪叢語》

古樂府陸瑜有《仙人覽六箸篇》，《西京雜記》云：「許博昌，安陵人，善陸博，竇嬰好之，嘗與居處，法用六箸，或謂之究，以竹爲之，長六分。」王逸解《楚詞》云：「投六箸，行六棋，故爲六博。以篦簬作箸，象牙爲棋，麗而且好也。」《説文》云：「六箸，十二棋也。」同上

《楚辭》云：「夕餐秋菊之落英。」王逸云：「英，華也。」《類篇》云：「英，草榮而無實者。」後漢馮衍賦云：「食玉芝之茂英。」言英華之英。洪興祖補註《楚辭》云：「秋花無自落者，讀如『我落其實，而取其材』之『落』。」此言爲是，今秋花亦有落者，但菊蘂不落耳。《宋書・符瑞志》：沈約云：「英，葉也，言食秋菊之葉。」同上

宋玉《招魂》以東南西北四方之外，其惡俱不可以託，欲屈大夫近入修門耳。時大夫尚無恙也。韓退之《羅池詞》云：「北方之人兮，謂侯是非。千秋萬歲兮，侯無我違。」時柳儀曹已死。嗟

夫！退之之悲儀曹甚於宋玉之悲大夫也。《聞見後録》

《楚辭》文章，屈原一人耳。宋玉親見之，尚不得其彷彿，況其下者乎。惟退之《羅池廟詞》可以方駕以出。東坡謂鮮于子駿之作追古屈原，友之過矣。晁無咎所集《續離騷》皆非是。同上

昔傳一士求見楊誠齋，頗以該洽自負。越數日，誠齋柬之云：「聞公自江西來，配鹽幽菽欲求少許。」士人茫然莫曉，亟往謝曰：「某讀書不多，實不知爲何物。」誠齋徐檢《禮部韻略》「豉」字示之，注云：「配鹽幽菽也。」然其義亦未可深曉。《楚詞》曰：「大苦酸鹹，辛甘行。」說者曰：「大苦，豉也。言取豉汁調以鹹酢椒薑飴蜜，則辛甘之味皆發而行。」《齊東野語》

「蹇修以爲理」，朱元晦云：「謂爲媒者以通詞理也。」下文「理弱而媒拙」，則云：「恐道理弱。」似與前說異。案：《九章》「令薜荔以爲理兮，憚舉趾而緣木。因芙蓉以爲媒兮，憚褰裳而濡足。」亦以媒理對言。《左傳》：「行理之命，無月不至。」注：「行理，行使也。」復奚疑。《浩然齋雅談》

昔人有言韓退之《送李愿歸盤谷序》所述官爵侍御賓客之盛皆不過數語，至於說聲色之奉則累數十言，或以譏之。余謂豈特退之爲然，如宋玉《招魂》，其言高堂邃宇、翠翹珠被、畋獵飲食之類亦不過數語，至於「蘭膏明燭，華容備。二八侍宿，射遞代。九侯淑女，多迅衆。盛鬋不同制，實滿宮。容態好比，順彌代。弱顏固植，謇其有意。姱容修態，絙洞房。蛾眉曼睩，目騰光。靡顏膩理，遺視矊。」又曰：「美人既醉，朱顏酡。娭光眇視，目曾波。被文服纖，麗而不奇。長髮曼

翦，艷陸離。二八齊容，起鄭舞。」以至「吴歈蔡謳」、「士女雜坐，亂而不分」。又《大招》亦云：「朱脣皓齒，嫭以姱。比德好閒，習以都。豐肉微骨，調以娱。嫮目宜笑，蛾眉曼。容則秀雅，穉朱顔。」「姱修滂浩，麗以佳。曾頰倚耳，曲眉規。滂心綽態，姣麗施。小腰秀頸，若鮮卑。」「易中和心，以動作。粉白黛黑，施芳澤。」「青色直眉，美目媔。靨輔奇牙，宜笑嘕。豐肉微骨，體便娟。」皆長言摹寫，極女色燕昵之盛。是知聲色之移人，古今皆然。戲書爲退之解嘲。同上

涪翁云：「章子厚嘗言《楚辭》蓋有所祖述。初不謂然，子厚曰：『《九歌》蓋取《詩·國風》，《九章》蓋取諸二《雅》，《離騷》蓋取諸《頌》。』考之信然。」同上

姜堯章《鐃歌鼓吹曲》乃步驟尹師魯《皇雅》，《越九歌》乃規模鮮于子駿《九誦》，然言辭峻潔，意度蕭遠，似或過之。同上

王逸《離騷章句》，本文雖復倒複較然，迄不敢去取一語。鄭氏注《禮記》，删竄改革，惟意所如。純于爲逸，則似太拘；純于爲玄，則似不讓。不讓則師也之過，太拘則商也之不及。二子茍能抑所長而進所短，則可以無憾矣。《敬齋古今黈》

《楚辭》曰：「游蘭皋與蓮林。」又陸士衡《招隱》詩云：「結風佇蘭林。」蘭、蓮皆草也。同上

《離騷·九章》云：「乘鄂渚而反顧兮，欸秋冬之緒風。」《説文》：「欸，譍也，亞改切，又焉開切。」《史記》：范增撞破玉斗曰：「唉。」《説文》：「唉，譍也。」二字音義竝同，如「歎」與「嘆」、「欸」

與「咳」實一字耳，其聲則皆楚語也。故元次山有《欸乃曲》，而柳詩亦用此二字，皆湘楚間作。柳文舊本作「靄襖」音，上字正協亞改之聲。《集韻》亦于「皆」韻收「唉」字（收「咳」字），「海」韻收「欸」、「唉」二字爲一，其説蓋與《説文》不異。但「乃」字之讀如「襖」者，未有考耳。近世乃有倒讀之者，又或寫「欸」爲「款」，則其誤益甚矣。《六一題跋》（校者案：此跋乃朱熹《跋程沙隨帖》，見《朱文公文集》卷八十四。略有訛誤，今據四部叢刊本《朱文公文集》校改。）

揚雄有言：「事辭稱則經。」此爲屈原發也。自《國風》、《雅》、《頌》之後，能庶幾於此者，其《離騷》乎？或推爲經，雖曰太過，未爲無據也。晁補之《續楚詞》二十卷，自宋玉及漢、唐，至於本朝，諸賢辭賦問對歌詩序引之類咸在。雖一代英傑，盡心力而爲之，遂以名世，然其原皆出於《離騷》，特體制殊耳。《益公題跋》

《招隱詞》本楚聲，淮南王安所作。大山、小山擬詩之《大雅》、《小雅》也。《樂府解題》

今人暴見事之不然者必出聲曰「款」，烏開切，乃歎聲也。惟《楚辭·九章》「款秋冬之緒風」，王逸曰：「歎也。」《芸窗私志》

《楚辭·山鬼》曰：「若有人兮山之阿，被薜荔兮帶女蘿。既含睇兮又宜笑，子慕余兮善窈窕。」僕讀至此始悟莊子之言曰：「西子捧心而嚬，鄰人效之，皆棄而走。」且美人之容，或笑或顰，無不佳者，如屈子以笑爲宜，而莊子以嚬爲美也。若醜人則顰固增醜狀，而笑亦不宜矣。屈、莊

皆方外人而言世間事，曲盡其妙，然亦不害爲道人也。《嬾真子》

《同年小録》載小名、小字，或問有故事乎，或曰：始於司馬犬子。僕曰：不然。《離騷經》曰：「皇覽揆予於初度兮，肇錫余以嘉名。名余曰正則兮，字余曰靈均。」且屈原字平，而正則、靈均則其小字、小名也。所謂皇者，三閭稱其父也。後人遂以皇覽爲進御之書，誤矣。同上

東坡於世家中得王定國，於宗室中得趙德麟，奬許不容口。定國坐被累謫賓州，瘴烟窟裏五年，面如紅玉，尤爲坡公所敬服，然其後乃附梁師成以進。而德麟亦諂事譚稹。士大夫晚節持身之難如此。余觀屈平之《騷經》曰：「蘭芷變而不芳兮，荃蕙化而爲茅。何昔日之芳草兮，今直化爲此蕭艾也。豈其有他故兮，莫好修之害也。」朱文公釋之曰：「君子好修而小人嫉之，使不容於當世，故中材以下莫不變化而從俗，則是其所以致此者，反無有如好修之爲害也。」嗚呼！其崇、觀、政、宣之時乎？宜二子之改節易行也。《鶴林玉露》

古人之祭，焫蕭酌鬱鬯，取其香也。而今之蕭與鬱金何嘗有香，蓋《離騷》已指蕭艾爲惡草矣。同上

豫章有南浦亭，前輩賦咏多以江淹《别賦》「送君南浦，傷如之何」爲始。余觀《楚辭》云：「予交手兮東川，送美人兮南浦。」乃知江淹取此也。《復齋漫録》

揚雄《反騷》云：「有周氏之嬋嫣兮，或鼻祖於汾隅。」注：「鼻，始也。」余以爲未盡其義。揚

雄《方言》云：「獸之初生謂之鼻，人之初生謂之首。」梁益謂鼻爲初，或謂之祖，故鼻祖其義如此。

同上

余昔知安州，見荆湘人家多以草竹爲卜。《楚辭》云：「索瓊一作「藑」。茅以筳篿兮，命靈氛爲余占之。」其注曰：「瓊茅，靈草。筳，小破竹也。楚人多結草折竹以卜曰篿。靈氛，古明占吉凶者。」亦遺俗之舊也。今歲時人家作餳蜜油煎花果之類，蓋亦舊矣。《楚詞》云：「粔籹蜜餌，有餦餭些。」餦餭，餳也，言以蜜和米麵煎作粔籹。中書趙舍人云：《方言》：「餌，糕。」今餻糕是也。

《文昌雜録》

《楚詞》多以九爲義，屈原曰《九章》、曰《九歌》，宋玉曰《九辨》，王褒曰《九懷》，劉向曰《九歎》是也。後人繼之者，又有如曹植之《九愁》、《九詠》，陸雲之《九愍》。前後祖述必用九者。王逸注《九辨》爲「九者，陽之數，道之綱紀也。」五臣《文選注》亦云：「九者，陽之數極。自謂否極，取爲歌者也。」諸家之說如此。余案《山海經》曰：「夏后開土，三嬪于天，言獻美人于天帝也。得《九辨》與《九歌》以下。」郭景純注引《歸藏開筮》曰：「昔彼九宜，是爲帝辨；同宮之序，是爲《九歌》。」考此則《九歌》、《九辨》皆天帝樂名，夏初得之，屈原、宋玉取諸此也。《詩》亡而後《騷》作，《騷》亦《詩》樂之餘派。樂至九而成，故《周禮》：「九德之歌、簫韶之舞奏於宗廟之中。樂必九變而可成禮。」所以必取於九者。黃鐘在子，《太玄》以爲子數九，得非黃鐘爲五音之宮歟？然則屈原而下，寫

辭規諫，寓諸樂章，將以感神之心，而感人意亦切矣。《續古叢編》

《楚語》：「伍舉曰：『德義不行，則邇者騷離，而遠者距違。』」韋昭注曰：「騷者，愁也；離，畔也。」蓋楚人之語，自古如此。屈原《離騷》必是以離畔爲愁而賦之，其後詞人倣之作《畔牢愁》，蓋如此矣。畔，謂散去，非必叛亂也。《項氏家説》

案《澧陽志》：「五通神出屈原《九歌》。今澧之巫祝呼其父曰太，其子曰雲霄五郎、山魈五郎，即東皇太一、雲中君、山鬼之號也。」劉禹錫論武陵之俗亦曰「好事鬼神」，與此正合。且《九歌》多言澧陽、澧浦，則其説蓋可信矣。漢谷永言楚懷王隆祭祀，事鬼神，欲以獲福，坐卻秦師，而兵破地削，身辱國危。則原之《九歌》蓋爲是作歟？同上

《招魂》曰：「帝告巫陽曰：有人在下，我欲輔之。魂魄離散，汝筮予之。」此四句帝命也。「巫陽對曰：掌夢，上帝其命難從。」此三句巫陽對也。「若必筮予之，恐後之。」此二句又帝命也。此章舊注不通，故爲正之。蓋掌夢之官能占人精神所在，帝急欲還其魂魄，故併命巫陽曰：汝必自筮而自予之，苟待掌夢，則恐不及事。此殆作者之本意云。同上

四六叢話卷四

賦　三一

先正有言曰：「使孔門用賦，則賈誼升堂，相如入室矣。」明小言之破道，匪六藝之遺文也。是以子雲悔其少作，比之雕蟲；士衡鄙夫研都，譏以覆瓿。漢宣僅賢于博奕，昌黎深恥其俳優。然而登高掞藻，才堪大夫；不歌而頌，音中羣雅。班固云：「先臣之舊式，國家之遺美，不可闕也。」兩漢以來，斯道爲盛。承學之士，專精于此。賦一物則究此物之情狀，論一都則包一朝之沿革。輟翰傳誦，勒成一子。藩溷安筆硯，夢寐刳腸胃。一日而高紙價，居然而驗士風，不洵可貴歟。左、陸以下，漸趨整鍊；齊、梁而降，益事妍華。古賦一變而爲駢賦。江、鮑虎步於前，金聲玉潤；徐、庾鴻騫於後，繡錯綺交。固非古音之洋洋，亦未如律體之靡靡也。自唐迄宋，以賦造士，創爲律賦，用便程式。新巧以製題，險難以立韻。課以四聲之切，幅以八韻之凡，楟以重棘之圍，刻以三條之燭。然後銖量寸度，與帖括同科；夏課

秋卷，將揣摹共術矣。徒觀其繩墨所設，步驟所同，起謂之破題，承謂之領接。送迎互換其聲，進退遞新其格。李程以八字致倫魁，争先一著；獨孤以一聯感人主，力透數重。圜邱叟字之轉移，功候什伯；採珠數言之精當，氣骨非常。竝轆轤往迴，舉足叶采齊之奏；方圓布置，運機眂璇圖之文。至於促韻繁聲，遒文勁節。風迴聚雪，柳暖飛緜。或爲流水之聯，或號打花之格。隨手之變，亦可單行；壓尾之章，恒多隔對。行間得雋，恍值腹而嘗其餲；字裏點睛，自中心而遊於彀。有如振采失鮮，隸事未確，是反衣之狐白，等不熟之熊蹯，無補清新，祇乖典則。又或前盈後竭，譬瀵湧而涔枯；左妍右媸，類驥驂而駑服。神離形合，則魚目之無光；外强中乾，則碔玉之未瑩。必也搆局渾成，首尾成率然之勢；體物瀏亮，分明隔雲母之間。又何必矜敏於八叉，鍊思於一紀也。若柳河東《披沙揀金》、《記里鼓車》等作，質有其文，巧而兼力，誠鴻博之新裁，場屋之定式矣。又有騷賦，源出靈均，幽情藻思，一往而深，則騷之真也，班、張優爲之。又有文賦，出荀子《禮》、《智》二篇，古文之有韻者是已，歐、蘇多有之，皆非淺學所能學步也。披尋之暇，條件斯多，于時語語，聊當賦賦。叙《賦第三》。

賦，敷也，敷布其義謂之賦。《釋名》

賦者，敷陳之稱，古詩之流也。前世爲賦者有孫卿、屈原，尚有古詩之義，至宋玉則多淫浮之

病矣。《楚詞》之賦，賦之善者也，故揚子稱賦莫深于《離騷》，賈誼之作則屈原儔也。《文章流别論》

古之作詩者，發乎情，止乎禮義。情之發，因辭以形之，禮義之指，須事以明之，故有賦焉，所以假象盡辭，敷陳其志。古詩之賦，以情義爲主，以事類爲佐。今之賦，以事形爲本，以義正爲助。情義爲主，則言省而文有例矣；事形爲本，則言當而事無常矣。文之煩省，辭之險易，蓋由於此矣。假象過大，則與類相遠；逸辭過壯，則與事相違；辯言過理，則與義相失；麗靡過美，則與情相悖。此四過者，所以背大德而害政教。是以司馬遷割相如之浮説，揚雄疾辭人之賦麗以淫，詩之流也。同上

詩有六義，其二曰賦。賦者，鋪也，鋪采摛文，體物寫志也。昔邵《吕覽》作「召」。公稱：「公卿獻詩，師箴，瞍賦。」《傳》云：「登高能賦，可爲大夫。」《詩序》則同義，《傳》説則異體。總其歸塗，實相枝幹。〔故〕劉向云（明）「不歌而頌」。班固稱「古詩之流」也。至如鄭莊之賦大隧，士蔿之賦狐裘，結言掟韻，詞自己作，雖合賦體，明而未融。及靈均唱《騷》，始廣聲貌。然賦也者，受命於詩人，拓疑作「括」。宇於《楚辭》也。於是荀況《禮》、《智》，宋玉《風》、《釣》，爰錫名號，與詩畫境。六義附庸，蔚成大國。遂許云：當作「述」。客主元作「至」。以首引，極聲元脱，曹補。貌以窮文，斯蓋别詩之原始，命賦之厥初也。秦世不文，頗有雜賦。漢初詞人，順流而作，陸賈扣其端，賈誼振其緒，枚、馬同其風，王、揚騁其勢，皐、朔元作「翔」，曹改。已下，品物畢圖。繁積於宣時，校閲於成世。

進御之賦，千有餘首，討其源流，信興楚而盛漢矣。夫京殿苑獵，述行序志，竝體國經野，義尚光大。既履端於倡序，亦歸餘於總亂。序以建言，首引情本；亂以理篇，迭致文契。按《那》之卒章，閔馬元作「焉」，朱改。稱「亂」，故知殷人輯頌，楚人理賦，斯竝鴻裁之寰域，雅文之樞轄也。至於草區禽族，庶元作「鹿」，曹改。品雜類，則觸興致情，因變取會。擬諸形容，則言務纖密；象其物宜，則理貴側附。斯又小制之區畛，奇巧之機要也。觀夫荀結隱語，事數自環；宋發巧談，實始淫麗；枚乘《兔園》，舉要以會新；相如《上林》，繁類以成豔；賈誼《鵩鳥》，致辨於情理；子淵《洞簫》，窮變於聲貌；孟堅《兩都》，明絢元作「朋約」，朱考《御覽》改。以雅贍；張衡《二京》，迅發一作「拔」。以宏富；子雲《甘泉》，構深瑋之風；延壽《靈光》，含飛動之勢。凡此十家，竝辭賦之英傑也。及仲宣靡密，發端必遒；偉長博通，時逢壯采；太冲、安仁，策勳於鴻規；士衡、子安，底績於流制；景純綺巧，縟理有餘；彥伯梗槩，情韻不匱。亦魏晉之賦首也。原夫登高之旨，蓋覩物興情。情以物興，故義必明雅；物以情觀，故詞必巧麗。麗詞雅義，符采相勝，如組織之品朱紫，畫繪之著玄黃。文雖新而有質，色雖糅而有本，一作「儀」。此立賦之大體也。然逐末之儔，蔑棄其本，雖讀千賦，愈惑體要。遂使繁華損枝，膏腴害骨；無貴風軌，莫益勸戒。此揚子所以追悔於雕蟲，貽誚於霧縠者也。《文心雕龍》

《王褒傳》：「上令褒與張子僑等竝待詔，數從褒等放獵，所幸宮館，輒爲歌頌，第其高下以差

賜帛。議者多以爲淫靡不急，上曰：『「不有博奕者乎，爲之猶賢乎已！」辭賦大者與古詩同義，小者辯麗可喜。辟如女工有綺穀，音樂有鄭衛，今世俗猶皆以此虞説耳目。辭賦比之，尚有仁義風諭、鳥獸草木多聞之觀，賢於倡優博奕遠矣。』」《漢書》

梁孝王遊於忘憂之館，集諸遊士各使爲賦，枚乘爲《柳賦》，其辭曰：「忘憂之館，垂條之木。枝逶遲而含紫，葉萋萋而吐緑。出入風雲，去來羽族。既上下而好音，亦黄衣而絳足。蜩螗厲響，蜘蛛吐絲。階草漠漠，白日遲遲。吁嗟細柳，流亂輕絲。君王淵穆其度，御羣英而玩之。小臣瞽聵，與此陳詞。于嗟樂兮！於是樽盈縹玉之酒，爵獻金漿之醪。梁人作諸蔗酒，名金漿。庶羞千族，盈滿六庖。弱絲清管，與風霜而共雕。鎗鍠啾唧，蕭條寂寥。俊乂英髦，列襟聯袍。小臣莫效於鴻毛，空銜鮮而嗽醪。雖復河清海竭，終無增景於邊撩。」《西京雜記》

路喬如爲《鶴賦》，其辭曰：「白鳥朱冠，鼓翼池干。舉修距而躍躍，奮皓翅之翄翄。宛修頸而顧步，啄沙磧而相讙。豈忘赤霄之上，忽池籞而盤桓。飲清流而不舉，食稻粱而未安。故知野禽野性，未脱籠樊。賴吾皇之廣愛，雖禽鳥兮抱恩。方騰驤而鳴舞，憑朱檻而爲歡。」同上

公孫詭爲《文鹿賦》，其詞曰：「麀鹿濯濯，來我槐庭。食我槐葉，懷我德聲。質如緗縟，文如素綦。呦呦相召，《小雅》之詩。歎邱山之比歲，逢梁王於一時。」同上

鄒陽爲《酒賦》，其詞曰：「清者爲酒，濁者爲醴。清者聖明，濁者頑騃。皆麴湑丘之麥，釀野

田之米。倉風莫預，方金未啓。嗟同物而異味，歎殊才而共侍。流光醳醳，甘滋泥泥。醪醲既成，緑瓷既啓。且匡且漉，載匫載齊。庶民以爲歡，君子以爲禮。其品類則沙洛渌酃，程鄉若下，高公之清。關中白薄，青渚縈停。凝醳醇酎，千日一醒。哲王臨國，綽矣多暇。召皤皤之臣，聚肅肅之賓。安廣坐，列雕屏。綃綺爲席，犀璩爲鎮。曳長裾，飛廣袖，奮長纓，英偉之士莞爾而即之。君王憑玉几，倚玉屏，舉手一勞，四座之士皆若哺粱焉。乃縱酒作倡，傾盌覆觴。右曰宫申，旁亦徵揚，樂只之深不狂。於是錫名餌，袪夕醉，遺朝酲。吾君壽億萬歲，常與日月争光。」同上

公孫乘爲《月賦》，其辭曰：「月出皦兮，君子之光。鵾雞舞於蘭渚，蟋蟀鳴於西堂。君有禮樂，我有衣裳。猗嗟明月，當心而出。隱員巖而似鉤，蔽修堞而分鏡。既少進以增輝，遂臨庭而高暎。炎日匪明，皓璧非淨。躔度運行，陰陽以正。文林辯囿，小臣不佞。」同上

羊勝爲《屏風賦》，其辭曰：「屏風鞈匝，蔽我君王。重葩累繡，沓璧連璋。飾以文錦，映以流黄。畫以古烈，禺禺昂昂。藩后宜之，壽考無疆。」同上

韓安國作《几賦》不成，鄒陽代作，其辭曰：「高樹凌雲，蟠紆煩冤，旁生附枝。王爾、公輸之徒，荷斧斤，援葛虆，攀喬枝，上不測之絶頂，伐之以歸。眇者督直，聾者磨礱，齊貢金斧，楚入名工，乃成斯几。仿佛似龍盤馬迴，鳳去鸞歸。君王憑之，聖德日躋。」鄒陽、安國罰酒三升，賜枚乘、路喬如絹，人五匹。同上

《張融傳》：「融作《海賦》，文辭詭激，獨與衆異。後以示鎮軍將軍顧覬之。覬之曰：『卿此賦實超玄虚，但恨不道鹽耳。』融即求筆注曰：『漉沙構白，熬波出素。積雪中春，飛霜暑路。』此四句後所足也。」《南史》

《王筠傳》：「沈約製《郊居賦》，構思積時，猶未都畢，乃要筠示其草。筠讀至『雌霓五激反。連蜷』，約撫掌欣忭，曰：『僕嘗恐人呼爲霓。』次至『墜石磓星』及『冰懸埳而帶坻』，皆擊節稱贊。約曰：『知音者希，真賞殆絶。所以相要，正在此數句耳。』」《梁書》

劉劭《趙都賦》云：「公子之客，叱勁楚，令歃盟；管庫隸臣，呵强秦，使鼓缶。」用事如斯，可謂理得而義要矣。《文心雕龍》

石守道介於首善堂出題曰《諸生請皇帝幸國學賦》，中有一賦云：「今國家始建十親之宅，新封八大之王。」蓋是年造十王宫，封八大王元儼爲荆王之事也。《湘山野録》

世又謂易水爲故安河，武陽蓋燕昭王之所城也，東西二十里，南北十七里。故傅逮《述遊賦》曰：「出北薊，歷良鄉，登金臺，觀武陽。兩城遼廓，舊迹冥茫。」蓋謂是處也。《水經注》

秦始皇三十五年，於朐縣立石海上，以爲秦之東門。崔炎《述初賦》曰「倚高艫以周盼兮，觀秦門之將將」者也。東北海中有大洲，謂之郁洲，《山海經》所謂「郁山在海中」者也，言是山自蒼梧徙此，云山上猶有南方草木，今郁洲治。故崔季珪之叙《述初賦》言「郁洲者，故蒼梧之山也。

心悦而怪之，其上有仙士石室也。乃往觀，見一道人獨處，休休然不談不對，顧非己及也」，即其賦所云「吾夕濟於郁洲」者也。同上

昭德里有司農張倫宅，最爲豪侈。齋宇光麗，逾於邦君，園林山池之美，諸王莫及。倫造景陽山，有若自然，其中重巖複嶺，嶔崟相屬；深溪洞壑，邐迤連接。高林巨樹，足使日月蔽虧；懸葛垂蘿，能令風煙出入。崎嶇石路，似壅而通；峥嶸澗道，盤紆復直。是以山情野興之士，游以忘歸。天水人姜質志性疏誕，麻衣葛巾，有逸民之操，見偏愛之，如不能已，遂造《亭山賦》行傳於世。《洛陽伽藍記》

曹毗《湘中賦》曰：「竹則篔簹白烏，實中紺族。濱榮幽渚，繁宗隈曲。萋蒨陵邱，薆逮重谷。」《齊民要術》

案《筍譜》：白烏筍，湘中有此竹，生是筍，又有實中筍。

王彪之作《閩中賦》曰：「竹則苞甜赤若，縹箭斑弓。度世推節，征合實中。篔簹函人，桃枝育蟲。緗箬素筍，彤竿緑筒。」篔簹竹節中有物，長數寸，甚似世人形。俗説相傳云竹人，時有得者。育蟲，謂竹鼬。竹中皆有耳，因説桃枝可得寄言。同上

案戴凱之《竹譜》云：「篃竹，江漢之間謂之𥳇竹，一尺數節，葉大如履，即所云湘箬也。」

或問顧長康：「君《筝賦》何如嵇康《琴賦》？」顧曰：「不賞者作後出相遺，深識者亦以高奇

見貴。」《世説》

《齊武穆裴皇后傳》：「韓蘭英，吴郡人，有文辭。宋孝武時，獻《中興賦》被賞，入宫。宋明帝時，用爲宫中職僚。」《南史》

蔣凝應鴻詞爲賦，止及四韻，頃刻之間播于人口，或稱之曰：「白頭花鈿滿面，不若徐妃半粧。」《摭言》

同、華解與京兆無異，若首送無不捷者。元和中，令狐文公鎮三峰時，及秋賦，牓云特加置五場，蓋詩歌文賦帖經爲五場。常年以清要書題求薦者率不減十數人，其年莫有至者。雖不遠千里而來，聞是皆寢去。惟盧弘正獨詣華請試。公命供帳，酒饌侈靡於往時，華之寄客畢縱觀于側。弘正自謂獨步文場，公命日試一場，務精不務敏也。弘正已試兩場，而馬植下解狀。一本無「狀」字。植，將家子弟，從事輩皆竊笑。公曰：「此未可知。」既而試《登山採珠賦》，略曰：「文豹且異于驪龍，採斯蔬矣；白石且殊于老蚌，剖莫得之。」公大伏其精當，遂奪弘正解元。後弘正自丞郎使判鹾，俄而爲植所據。弘正以手札戲曰：「昔日華元已遭毒手，今來鹾務又中老拳。」同上

李繆公貞元中試《日五色賦》，先榜落矣。先是，出試，楊於陵省宿歸第，遇程於省司，詢之所試，程探韡勒中得賦稿示之，其破題云：「德動天鑒，祥開日華。」於陵覽之，謂程曰：「公今年須作狀元。」翼日雜文無名，於陵深不平，乃于故册子末繕寫而斥其名氏，携之以詣主文，從容紿之

曰：「侍郎今者所試賦，奈何用舊題？」主文辭以非也。於陵乃出程賦示之，主文歎賞不已。於陵曰：「當今場中若有此賦，侍郎何以待之？」主文曰：「無則已，有則非狀元不可也。」於陵曰：「苟如此，侍郎已遺賢矣，乃李程所作。」亟命取程所納面對，不差一字，主文因而致謝於陵。於是請擢爲狀元，前榜不復收矣。李繆公後出鎮大梁，聞浩虚舟應宏詞復試此題，頗慮浩賦愈己，專馳一介取本，既至，啓緘，尚有憂色。及覩浩破題云：「麗日焜煌，中含瑞光。」程喜曰：「李程在裏。」同上

貞元中，白樂天應宏詞試《漢高祖斬白蛇賦》，考落，蓋賦有「知我者，謂我斬白帝；不知我者，謂我斬白蛇」也。登科之人賦竝無聞，白公之賦傳於天下。同上

江左之亂，江陰尉鄒侍徵妻薄氏爲盜所掠，密以其夫官誥託於村媪而後死之。李華爲《哀節婦賦》，行於當代。《唐國史補》

徐陵《鴛鴦賦》云：「山雞映水那相得，孤鸞照鏡不成雙。天下真成長會合，無勝比翼兩鴛鴦。」黄魯直《題畫睡鴨》曰：「山雞照影空自愛，孤鸞舞鏡不成雙。天下真成長會合，兩鳧相倚睡秋江。」全用徐語點化之，末句尤精工。《容齋隨筆》

杜牧之《晚晴賦》：「雜花如妾如婢。」《五色線》

劉禹錫《獻權舍人書》曰：「昔宋廣平之沈下僚也，蘇公味道時爲直指使者。廣平投以《梅花

賦》，蘇盛稱之，自是方列於聞人之目，名遂振。」《全唐詩話》

崔融《瓦松賦序》曰：「崇文館瓦松者，産於屋漏之下。謂之木也，訪山客而未詳；謂之草也，驗農皇而罕記。」賦云：「煌煌特秀，狀金芝之産霤；歷歷虚懸，若星榆之種天。葩條郁毓，根柢連卷。間紫苔而挹露，凌碧瓦而含煙。」又曰：「慚魏宫之烏桕，恧漢殿之紅蓮。」崔公學博，無不該悉，豈不知瓦松已有著説乎？《酉陽雜俎》

高郢夜課於豐亭，忽見一鼈在案上，視之石也。郢異其事，取千題置散紙中禱祝，令石鼈啣之以卜來事。既而石鼈舉頭，乃是《沙洲獨鳥賦》。題出，果然，其年首選。《雲仙雜記》

江逌作《竹賦》云：「望春擢筍，應秋發堅。」《筍譜》

隋蕭大圜《竹花賦》云：「洛下七賢，湘中二女。傾翠蓋之踟躕，泛蓮洲之容與。倜儻傲人，便娟笑語。拊嫩筍以含啼，顧貞筠而命酹。」同上

杜臺卿作《淮賦》云：「緑筒縹箭，罕節疏目。檳榔之筍，盛冬所育。」同上

吴筠著《竹賦》云：「一筍明其(元)〔胤〕嗣，三節獲乎嬰兒。」同上

或問：筍有五色章采否？對曰：江東黄筍，《閒居賦》有青筍，《閩中賦》有素筍、赤筍，錢塘多紫桂筍，自餘斑貍緗縹，不可勝言。同上

莒公嘗言：「王沂公所試《有教無類》、《有物混成賦》二篇，在生平論著絶出，若有神助云。」

楊億大年亦云:「自古文章立名不必多,如王君二賦,一生衣之食之不能盡。」《筆記》

唐呂温作《由鹿賦》,曰:「由此鹿以致他鹿,故曰『由鹿』」。予按:《説文》曰:「率鳥者繫生鳥以來之名䍃。」䍃,音由。呂得其意而不知《説文》有此「䍃」字也。同上

右《登白樓賦》,令狐楚撰。白樓在河中,至楚子綯爲河中節度使,乃刻於石。綯父子爲唐顯人,仍世宰相,而楚尤以文章見稱。世傳綯爲文喜以語簡爲工,常飯僧,僧判齋,綯於佛前跪爐諦聽,而僧倡言曰:「令狐綯設齋佛知。」蓋以此譏其好簡。楚之此賦,文無他意,至千有六百餘言,何其繁也。其父子之性相反如此,信乎堯、朱之善惡異也。《六一題跋》

《書子由超然臺賦後》:「子由之文,詞理精確有不及吾,而體氣高妙,吾所不及。雖各欲以此自勉,而天資所短,終莫能脱。至於此文,則精確高妙,殆兩得之,尤爲可貴也。」《東坡題跋》

予在資善堂,與吴傳正爲世外之遊。始余嘗作《洞庭春色賦》,傳正獨愛重之,求予親書其本。近又作《中山松醪賦》,不減前作,獨恨傳正未見。同上

晏元獻知貢舉,出《司空掌輿地之圖賦》,既而舉人上請者皆不契元獻之意,最後一目眊瘦弱少年獨至簾前上請云:「據賦題出《周禮》『司空』鄭康成注云:『如今之司空掌輿地圖也。』若周司空,不止掌輿地之圖而已。若如鄭説『今司空掌輿地之圖也』,漢司空也。不知做周司空與漢司空也?」元獻微應曰:「今一場中惟賢一人識題,正謂漢司空也。」蓋意欲舉人自理會得寓意于

此。少年舉人乃歐陽公也，是榜爲省元。《默記》

李宗道《春秋十賦》，屬對之工如「越椒熊虎之狀，弗殺必滅若敖；伯石豺狼之聲，非是莫傷羊舌」、「王子争囚，而州犁上下；伯輿合要，而范宣左右。」、「魯昭之馬將爲犢，衛懿之鶴有乘軒」、「于奚辭邑，而衛人假之器；晉侯請隧，而襄王與之田」、「星已一終，魯君之歲；亥有二首，絳老之年」、「作楚宫，見襄公之欲楚；效夷言，知衛侯之死夷」、「雞憚犧而斷其尾，象有齒而焚其身」、「虞不臘矣，吴其沼乎」、「好魯以弓，請謹守寶；賜鄭以金，盟無鑄兵」、「蛇出泉臺聲姜薨，鳥鳴亳社伯姬卒」。若璩案：《歐陽公年譜》：年十七，應舉隨州，試《左氏失之誣論》，中云：「石言於晉，神降于莘。外蛇鬬而内蛇傷，新鬼大而故鬼小。」雖不中，人猶傳誦之。但「誣」，原本定作「巫」，出范甯《穀梁傳序》。巫者，謂多叙鬼神之事也。《困學紀聞》

紹興壬戌夏，顯仁皇后歸就九重之養，伯氏仲信年十八，作《慈寧殿賦》以進。《揮麈餘話》

《莊子》云：「雲氣不待族而雨。」族，聚也。未聚而雨，言澤少也。李義山《雪賦》云：「雲市飃蕩，當從於月；月窟淅瀝，合隨於雲。」(市)〔雲〕云「族」、云「市」，亦奇字。《臆乘》

案：《樊南甲乙集》初無《雪賦》篇題，未知何所據而有此聯。

退之《閔己賦》：「獨閔閔其曷已兮，憑文章以自宣。昔顏氏之庶幾兮，在隱約而平寬。固哲人之細事兮，夫子乃嗟歎其賢。」《詩・考槃》：「考槃在澗，碩人之寬。獨寐寤言，永矢勿諼。」寬，

音區權切，裕也，寬也。諼，光元切。《芥隱筆記》

山谷作《蘇李枯木道士賦》，有「懼夫子之獨立，矢來無鄉」，出《韓非子》「矢來有鄉」。鄉，方也。有從來之方，則積鐵以備一鄉。謂聚鐵一身以備一處，則甲之不全者。矢來無鄉，則鐵室以盡備之，謂甲之全者。自首至足，無不有鐵，故曰：鐵室備之，則體不傷破。同上

《前赤壁賦》自「惟江上之清風，與山間之明月」至「相與枕藉乎舟中，不知東方之既白」，邵只用李白「清風明月不用一錢買，玉山自倒非人推」一聯，十六字演成七十九字，愈奇妙也。《學齋佔畢》

莊周之書有「鷦鷯巢林，不過一枝」，又曰：鵬「摶扶搖九萬里，而風斯在下」。蓋齊物之論也。後世有本其說而賦之者，如張茂先賦《鷦鷯》，自譬甚小。李太白賦《大鵬》，自譬甚大。皆適其性而已，不出莊周齊物之論耳。同上

往年俞文緯監試預薦赴省相過，因話賦假人名善體狀題意者，莫若《武爲救世砭劑》云：「唐室中興，賴藥師而克濟；漢家外患，藉去病以皆除。」余嘗賦《化下猶甄》者，欲以陶唐堯舜爲一聯：「使於變時雍，猶鈞埏埴；風動四方器，不苦窳事」也。曾與舍弟碩夫邁昆仲儕輩商量，莫不領略此説。《螢雪叢説》

昔有士人在場屋中賦《帝王之道出萬全》，絶無故實，遂問一老先生，答云：「只有『一舉空朔庭，三箭定天山』好使，要在人斡旋爾。」或謂此事乃人臣，非帝王也。後於程文中見一舉人使得

真最妙，其説題目甚透，有曰：「一舉朔庭空，竇憲受成於漢室；三箭天山定，薛侯禀命于唐宗。」所謂九轉丹砂，點鐵成金者也。同上

文章一技，要自有活法。若膠古人之成跡而不能點化其語句，此乃謂之死法。死法專祖蹈襲，則不能生於吾言之外；活法奪胎換骨，則不能斃於吾言之内。斃吾言者，生吾言也，故爲活法。伊川先生嘗説《中庸》「鳶飛戾天，魚躍於淵」：「須知天上者更有天，淵中更有地。會得這道理，便活潑潑地。」吴處厚嘗作《翦刀賦》第五隔對：「去爪爲犧，救湯王之旱歲；斷鬚燒藥，活唐帝之功臣。」當時屢竄易，「唐帝」上一字不妥帖，因看游鱗，頓悟「活」字，不覺手舞足蹈。吕居仁嘗序《江西宗派詩》，若言「靈均自得之，忽然有入，然後惟意所出，萬變不窮，是名活法」。楊萬里又從而序之，若曰「學者屬文，當悟活法。所謂活法者，要當優游厭飫」。是皆有得於活法也。吁，有胸中之活法，蒙於伊川之説得之。有紙上之活法，蒙於處厚、居仁、萬里之説得之。同上

曩者吴叔經郛在湖南漕試，以本經詩義取解魁。次名陳尹賦《文帝前席賈生》，破題云：「文帝好問，賈生力陳。忘其勢之前席，重所言之過人。」叔經先生改「勢」字作「分」，陳大欽服。内有打花格云：「金蓮燭焕，煌煌漢天子之儀；玉漏聲沈，纚纚洛陽人之語。」試官已喜此一聯。又陳季陸在福州考較出《皇極統三德五事賦》，魁者破題云：「極有所會，理無或遺。統三德與五事，貫一中於百爲。」季陸先生極喜䦨初二句，只嫌第四句不是，貫百爲於一中似乎倒置，改「貫」字作

「寓」較有意思。尤喜陳舜申三策，第三道策題問屯田，乃先生撰也，最是答得工夫。此皆二公之警誨也。同上

相如將獻賦，未知所爲，夢一黄衣翁謂曰：「可爲《大人賦》。」遂作《大人賦》，言神仙之事，以獻之，賜錦四疋。《西京雜記》

東坡幼年作《卻鼠刀銘》，公作《缸硯賦》，曾祖稱之，命佳紙修寫裝飾，釘於所居壁上。《欒城遺言》

公曰：「吾少年苦不達爲文之節度，讀《上林賦》，如觀君子佩玉冠冕，還折揖讓，音吐皆中規矩，終日威儀，無不可觀。」同上

公曰：「余《黄樓賦》學《兩都》也，晚年來不作此工夫之文。」公曰：「范蜀公少年儀矩任真，爲文善腹稿，作賦場屋中，默坐至日晏無一語，及下筆，頃刻而就。同試者笑之，范公遂魁成都。」同上

《莊子内篇・德充符》云：「自其異者觀之，肝膽楚越也；自其同者視之，萬物皆一也。」東坡《赤壁賦》云：「蓋將自其變者觀之，雖天地曾不能以一瞬；自其不變者觀之，則物與我皆無盡也。而又何羨乎？」蓋用《莊子》語意。《林下偶談》

《傳》曰：「不歌而頌謂之賦。登高能賦，可以爲大夫。」言感物造端，材智深美，可與圖事，故可以爲列大夫也。《漢書》

余少時愛揚子雲麗文高論，不量年少，猥欲追及，嘗作小賦，用情思大劇，而立感動發病。子雲亦言成帝上甘泉，詔使作賦，爲之卒，暴倦，卧夢其五臟出地，以手收之。覺，大小氣病一歲。余喜好文，見子雲善爲賦，欲從之學。子雲曰：「能讀千首賦，則善爲之矣。」桓譚《新論》

余少時爲奉車郎。孝成時幸甘泉宫，欲書壁，爲之賦，以頌美二仙之行。余承命爲作《仙賦》，以書甘泉之壁。同上

《禰衡傳》：「人有獻鸚鵡者，射舉卮于衡曰：『願先生賦之。』衡攬筆而作，文無加點，辭采甚麗。」《後漢書》

范文正公作《金在鎔賦》云：「儻令區别妍媸，願爲軒鑑；若使削平禍亂，請就干將。」則公負將相器業，文武全才，亦見於此賦矣。《青箱雜記》

王沂公《有物混成賦》：「不縮不盈，賦象寧窮於廣狹；匪雕匪斲，流形罔滯於盈虚。」則宰相陶鈞運用已見於此賦矣。同上

上於内殿前看牡丹，翹足憑欄，忽吟舒元輿《牡丹賦》曰：「俯者如愁，仰者如語，合者如咽。」吟罷方省元輿詞，不覺歎息良久，泣下沾臆。《杜陽雜編》

案：上謂唐文宗也。

林傑年六歲請舉童子，後業詞賦，頗振聲問，有《仙客入壺中賦》云：「仙客以變化隨形，逍遥

放情。處於外，則一壺斯在；入其中，則萬象俱成。飛閣重樓，不是人間之世；奇花異草，無非物外之名。」無不嘉獎。《閩川士傳》

尹知章字文叔，絳州人，少時性懵，夢一赤衣人持巨鑿破其腹，若内草茹於心中，痛甚，驚寤，自後聰敏，爲流輩所尊。開元中，張説嘗請于朝，上召見延英。上問曹植《幽思賦》何爲遠取景物爲句，意旨安在？知章對以「植所謂賦作不徒然」：「若『倚高臺之曲嵎』，望且重也；『處幽僻之間深』，位至卑也；『望翔雲之悠悠，嗟朝霽而夕陰』，以爲物無止定之意，而上多改易也；『顧秋華之零落』，歲將暮也；『感歲暮而傷心』，年將易也；『觀躍魚於南沼，使智者居於明』，非得志也；『聆鳴鶴於北林』，怨且和也；『搦素筆而慷慨』，守文而感也；『揚大雅之哀令』，憫其時也；『仰清風以歎息』，思濯煩也；『寄予思於悲絃』，志在古也；『信有心而在遠』，措者大也；『重登高以臨川』，及上下也；『何余心之煩錯，寧翰墨之能傳』，意不盡也。此幽思所以賦也。」上敬異之，擢禮部侍郎集賢院正字。《龍城録》

酒徒鮑生，家富畜妓。開成初，行歷陽道中，止定山寺，遇外弟韋生下第東歸，同憇水閣。鮑置酒，酒酣，韋謂鮑曰：「樂妓數輩焉在？得不有攜者乎？」鮑生曰：「滯維揚日，連斃數駟，後乘既闕，不果悉從，惟與夢蘭、小倩俱，今亦可以佐歡矣。」頃之，二雙鬟抱胡琴、方響而至，遂坐韋生、鮑生之右，摐絲擊金，響亮溪谷。酒闌，鮑謂韋曰：「山城得良馬乎？」對曰：「予春初塞游，

自鄜坊歷烏延，抵平夏，止靈武而迴。部落駔駿獲數匹，龍形鳳頸、鹿脛鳧膺、眼大足輕、脊平肋密者皆有之。」鮑撫掌大悦，乃停杯命燭，閲馬於軒檻前。數匹，與向來誇誕，十未盡其八九。韋戲鮑曰：「能以人换，任選殊尤。」鮑欲馬之意甚切，密遣四絃更衣盛粧。頃之乃至，命捧酒勸韋生，歌一曲以送之。韋乃召御者以紫叱撥酬之。鮑意未滿，往復之説，紊然無章。有紫衣冠者二人，導從甚盛，自水閣之西升階而來。鮑、韋以寺當星使交馳之路，疑大僚夜至，乃恐悚入室，闔户以窺之，而杯盤狼藉，不暇收拾。時紫衣即席，相顧笑曰：「此即向來以妾换馬之筵乎？」因命酒對飲。一人鬚髯甚長，質貌甚偉，持杯望月，沉吟久之，曰：「足下盛賦云：『斜漢左界，北陸南躔。白露曖空，素月流天。』可得光前絶後矣。」對曰：「殊不見賞『風霽地表，雲斂天末。洞庭始波，木葉微脱』？」長髯云：「數年來在長安，蒙樂遊王引至南宫，入都堂，與劉公幹、鮑明遠看試秀才。余竊入司文之室，於燭下窺能者制作，見屬對頗切，而賦有蜂腰、鶴膝之病，詩有重頭、重尾之犯。若如足下『洞庭』、『木葉』之對，爲紕繆矣。小子拙賦云：『紫臺稍遠，燕山無極。涼風忽起，白日西匿。』則『稍遠』、『忽起』之聲，俱遭黜退矣，不亦異哉！今珠露既清，桂月如畫，吟詠時發，杯觴間行，能援筆聯句，賦今之體調一章以樂長夜否？」曰：「何以爲題？」長髯云：「便以《妾换馬》爲題，仍以『捨彼傾城，求其駿足』爲韻。」命左右折庭前芭蕉一片，啓書囊，抽毫以操之，各占一韻。長髯者唱云：「彼佳人兮，如瓊之英；此良馬兮，負駿之名。將有求於逐日，故何惜

於傾城。香暖深閨，永厭桃花之色；風清廣陌，曾憐噴玉之聲。」希逸曰：「原夫人以矜其容，馬乃稱其德。既各從其所好，諒何求而不克。長跪而别，姿容休耀其金鈿；右牽而來，光彩頓生於玉勒。」文通曰：「步及庭砌，效當軒墀。望新恩，俱非吾偶也；戀舊主，疑借人乘之。香散緑騣，意已忘於鬢髪；汗流紅頰，愛無異於凝脂。」希逸曰：「是知事有興廢，用有取舍。彼以絶代之容爲鮮矣，此以軼羣之足爲貴者。買笑之恩既盡，有類卜之；據鞍之力尚存，猶希進也。」文通賦四韻訖，芭蕉盡。韋生發篋取紅箋，跪獻於廡下。二公大驚曰：「幽顯路殊，何見逼之甚？然吾子非後有爵禄，不可與鄙夫相遇。」謂生曰：「異日主文柄，較量俊秀輕重，無以小巧爲意也。」言訖，二公行，十餘步間忽不知其所在。《纂異記》

《張九齡傳》：「九齡内懼恐，遂爲李林甫所危。因帝賜白羽扇，乃獻賦自況，其末曰：『縱秋氣之移奪，終感恩於篋中。』」《唐書》

處士史虚白，北海人也，清泰中客游江表，卜居鄱一作「潯」。陽落星灣，遂有終焉之志。嘗對客奕棋，旁令學徒四五輩各秉紙筆，先定題目，或爲書啓表章，或詩賦碑頌，隨口而書，握管者略不停綴，數食之間，衆製皆就。雖不精絶，然詞采磊落，旨趣流暢，亦一代不羈之才也。晚節放達，好乘雙犢板轅，挂酒壺於車上，小一作「山」。童總角負瓢以隨，往來廬阜之間，任意所適，當時朝士咸所推仰。保大末，淮甸未寧。割江之際，虚白乃爲《割江賦》以諷，曰：「舟車有限，沿汀島

以俱閑；魚鼈無知，尚交遊而不止。」《南唐近事》

嘗見曲中使柳三眠事，不知所出。後讀玉谿生《江之嫣賦》云：「豈如河畔牛星，隔歲止聞一過；不比苑中人柳，終朝僅得三眠。」江之嫣者，江鄉之美人也。讀其詩者自可會之。《漫叟詩話》

杜荀鶴與張曙同年進士，常以言相嘲謔。曙之他文不多，見《康餘録》載其《擊甌賦》一篇，其警句云：「董雙成青瑣鸞驚，啄開珠網；穆天子紅韁馬駭，踏碎瓊田。」似此之類，恐非荀鶴所可擬。《藝苑雌黄》

喬彝京兆府解試，時有二試官。彝日午叩門，試官令引入，則已醺醉，視題曰《幽蘭賦》，不肯作，曰：「兩漢相對作得此題，速改之。」遂改《渥洼馬賦》。曰：「此可矣。」奮筆斯須而成，警句云：「四蹄曳練，翻瀚海之驚瀾；一噴生風，下湘山之亂葉。」便欲首送京兆，曰：「喬彝峥嶸甚，以解副薦之可也。」《幽閒鼓吹》

崔公度伯易，自號曲轅先生，作《太行山賦》，以太行近時忌，改作《感山賦》。裴煜得之，獻魏公，未及品藻，示永叔，永叔題其後曰：「司馬子長之流也。」魏公因薦其文，授穎川防禦推官、國子監直講。荆公嘗云：「《感山賦》不若《明珠賦》。」《孫公談圃》

張登長於小賦，氣宏而密，間不容髮，有織成隱起，往往蹙金之狀。《零陵小記》

秦少游論賦至悉，曲盡其妙。蓋少時用心於賦甚勤而專，嘗記前人所作一二篇，至今不忘

也。《師友談記》

少游言賦中作用與雜文不同。雜文則事辭在人意氣變化。若作賦，則惟貴鍊句之功，鬬難鬬巧鬬新，借如一事，他人用之不過如此，吾之所用則雖與衆同，其語之巧迥與衆别，然後爲工也。同上

國朝前輩多循唐格，文冗事迂，獨宋、范、滕、鄭數公得名於世。至於嘉祐之末、治平之間，賦格始備。廢二十餘年而復用，當時之風未易得也已。同上

緑沈事，人多不知。老杜云：「雨抛金鎖甲，苔卧緑沈槍。」又皮日休《竹》詩云：「一架三百本，緑沈森冥冥。」始知竹名矣。又見吴淑《事類·弓賦》云「緑沈亦復精堅」，引《廣志》曰：「緑沈，古弓名。」又引劉劭《趙郡賦》曰：「其器用則六弓四弩，緑沈黄間，棠溪魚腸，丁令角端。」《侯鯖録》

公亟稱李衛公之文，謂不減燕、許，每讀《積薪賦》，曰：「『雖後來之高處，必居上而先焚。』真文章之精致也。」《王氏談録》

文章純古，不害其爲邪；文章絶麗，亦不害其爲正。然世或見人文章鋪陳仁義道德，便謂之正人君子；及花草月露，便謂之邪人。兹亦不盡然也。皮日休曰：「余嘗慕宋璟之爲相，疑其鐵腸與石心，不解吐婉媚辭。及覩其文，而有《梅花賦》，清便富豔，得南朝徐、庾體。」《青箱雜記》

范文正公始以獻《百官圖》譏切吕許公，坐貶饒州。梅聖俞時官旁郡，作《靈烏賦》以寄，所謂

「事將兆而獻忠，人翻謂爾多凶」，蓋爲范公設也。故公亦作賦報之，有言「知我者謂吉之先，不知我者謂凶之類」。及公秉政，聖俞久困，意公必援己，而漠然無意，所薦乃孫明復、李泰伯。聖俞有違言，遂作《靈鳥後賦》責之，略云：「我昔閔汝之忠，作賦弔汝。今主人誤豐爾食，安爾巢，而爾不復啄叛臣之目，伺賊壘之去，反憎鴻鵠之不親，愛燕雀之來附。」意以其西師無成功。世頗以聖俞爲隘。《石林燕語》

王文正公爲相，南省試《當仁不讓於師賦》，時賈邊、李迪皆有名場屋。及奏名，而邊、迪不與。試官取其文觀之，迪以落韻，邊以師爲衆，與注疏異。特奏令就御試，王文正議：「落韻失於不詳審耳。若舍注疏而立異論，不可輒許，恐從今士子放蕩無所準的。」遂取迪而黜邊。《龍川别志》

《學林》云：「皇祐中，京師試《止戈爲武賦》。張琬首選，頗以此賦馳名，第七韻曰：『亦猶日並月以爲明，紀天之象；王居門而曰閏，重歲之餘。』今案：《字書》『明』從囧，不從日。賦誤用之，害理之甚。」以上皆《學林》語。予案：《説文》『明』字有二，其一從囧，其一從日，皆可。而《學林》乃謂從日者爲害理，殊可一笑。《雲谷雜記》

孔子弟子琴張，琴牢也。子張乃姓顓孫，名師。紹興中，太學試《仁天之尊爵賦》，取上第一人、第二人皆以琴張爲子張。第一人云：「琴張難與，終懷干禄之疑。」第二人云：「笑琴張難與並爲，徒懷干禄。」而試官與舉人皆不悟，抑何鹵莽至此耶！《甕牖閒評》

顧眄之「眄」乃音「面」字。今觀束晳《餅賦》云：「氣勃鬱以揚布，香飛散而遠偏。行人垂涎於下風，童僕空噍而斜眄。擎器者舐脣，立侍者乾咽。」「眄」字乃與「偏」字、「咽」字同押，則知古人用「眄」字自讀爲「面」字矣。同上

陸龜蒙《筍賦》云：「洪殺靡定，方圓不均。」自註云：「南方有方竹。」今澧川鐵冶多方竹，竹内實，微通心若釵股許。筍可食，亦實。湘川人取竹作牀椅，有四棱，上穿孔入當耳。《筍譜》

周緘爲《角觝賦》云：「前衝後敵，無非有力之人；左攫右挐，盡是用拳之手。」《夢溪筆談》

《觀象賦》，後魏張淵撰。見《後魏書》。《初學記》云「宋張鏡」，非也。《大象賦》，《唐志》謂黄冠子李播撰，李台集解。播，淳風之子也。今本題楊炯撰，畢懷亮注。《館閣書目》題張衡撰，李淳風注。薛士龍書其後曰：「專本巫咸《星贊》，旁覽不及《隋書》，時君能致諸蘭臺，卧渾儀之下，其所論著何止此耶。」愚觀賦之末曰：「有少微之養寂，無進賢之見譽。恥附耳以求達，方卷舌以幽居。」則爲李播撰無疑矣。播仕隋高祖時棄官爲道士，時未有《隋志》，非旁覽不及也。張衡著《靈憲》，楊炯作《渾天賦》，後人因以此賦附之，非也。《困學紀聞》

《莊子》有傅説乘東維騎箕尾而比于列星，古賦有云：「傅説奉中闈之祠。」傅説一星在尾北後河中，蓋後宫女巫也。説爲商良相，豈爲後宫女巫祈子而禱祠哉？此天宫之難明者也。同上

賈誼賦：「見細德之險微。」顔注云：「見苛細之人，險阨之證。」則「微」當作「徵」，見險證而

去，色斯舉矣，見幾而作。同上

《梁書·謝徵傳》：徵字元度，陳郡陽夏人，與河東裴子野、沛國劉（題）〔顯〕同官友善。子野嘗爲《寒夜直宿賦》以贈徵。徵爲《感友賦》以酬之。同上

吴子曰：「承桑氏之君，修德廢武，以滅其國。」柳子《佩韋賦》：「桑弘和而卻武兮，涣宗覆而國舉。」桑謂承桑氏也。一本改「桑」爲「乘」，誤。同上

揚雄《覈靈賦》曰：「大易之始，河序龍馬，洛貢龜書。」劉牧謂河圖、洛書同出伏羲之世。同上

左思《白髮賦》：「星星白髮，生於鬢垂。」詩用「星星」字出於此。同上

楊泉賦《序》曰：「古人作賦者多矣，而獨不賦蠶，乃爲《蠶賦》。」是何言歟？楚蘭陵荀況有《蠶賦》。《金樓子》

何涓爲《瀟湘賦》，天下傳之。同時潘緯以《古鏡》詩著名，或曰：「潘緯十年吟古鏡，何涓一夕賦瀟湘。」《摭言》

放翁《豐城劒賦》謂「吴亡而氣猶見，其應晉室之南遷」。愚謂豐城二劒事出雷次宗《豫章記》。所謂孔章者，即雷焕也，蓋次宗之族。此劉知幾所云「《莊子》鮒魚之對、賈生《鵩鳥》之辭，施於寓言則可，求諸實録則否」。而唐史官之撰《晉史》者取之，後人因而信之，誤矣。顔師古注《漢書》，凡撰述方志新異穿鑿者皆不録。注史猶不取，況作史乎？《豫章記》見《藝文類聚》。《困學紀聞》

揚雄《河水賦》曰：「登歷觀而遥望兮，聊浮遊於河之巖。」今雷首山西枕大河。《水經注》

昔公子重耳出亡，及柏谷，卜適齊，楚狐偃曰：「不如之翟。」漢武帝嘗微行此亭，見餽亭長妻。故潘岳《西征賦》曰：「長傲客於柏谷，傲客，賦作「傲賓」。妻覩貌而獻餐。」謂此亭也。同上

漢武微行柏谷，遇辱竇門，又感其妻深識之饋。既返玉階，厚賞賚焉，賜以河津，令其鬻渡。今竇津者是也。故潘岳《西征賦》：「酬匹婦其已泰，胡厥夫之謬官。」袁豹之徒竝以爲然。同上

司馬彪、袁松《郡國志》竝（在）〔言〕涅縣有閼與聚，盧諶《征艱賦》曰：「訪梁榆之虚郭，宋本作「鄣」。弔閼與之舊平。」桓案「桓」字誤，似是「松」字，謂袁松也。亦云：「閼與，今梁榆城是也。」同上

嘉定甲申夏，有持潁濱先生帖十數幅求售，蹤跡所自，知非贋物。其有《黄樓賦》一篇，讀之，其間「前則項籍、劉戊」一句，《觀瀾文》作「劉備」，《潁濱集》作「劉季」。《觀瀾文》注云：「徐州牧陶謙病篤，謂别駕麋竺曰：『非劉備不能安此邦。』及謙死，竺率州人迎先主。先主未敢當。陳登、孔融曉諭之，先主遂領徐州。」劉戊乃楚元王交之子也。漢六年，既廢楚王信，分其地爲二國，立劉賈爲荆王，交爲楚王，王薛郡、東海、彭城三十六縣，先有功也。交薨，戊嗣，稍淫暴，遂應吴王反，起兵。會吴與周亞夫戰，絶吴糧道，士饑，吴王走，戊自殺。彭城即徐州，先主之意蓋以此也。不知當日作「劉備」、「劉季」，而後來易以「戊」耶？或傳寫訛謬，而意其爲「備」、爲「季」耶？要當以手書爲定也。《游宧紀聞》

趙樞子克，其主文有藻鑒，多得人者，曰張景仁御史、《金史》：字壽甫，遼西人。鄭子時侍讀，故一時爲之語曰：「主司非張、鄭，秀才非趙、孟。」律賦至今學者法之。然其源出於吾高祖南山翁。故老云：孟晚進，初不識翁，因少年下第，發憤闢一室，取翁賦，翦其八韻，類之帖壁間，坐卧諷詠深思，已而盡得其法，下筆造微妙。再試，魁於鄉、於府、於省、於御前，天下號「孟四元」。迄今學者以吾祖孟師也。孟雖仕，不甚貴，作詩詞有可稱，自號虚静居士。頗恬淡，留意養生術，嘗著《金丹賦》行于世。其詩詞亦有集。《歸潛志》

王彪《天賦》云：「溥爲地蓋，浩作星衢。」《清異録》

王彪《臨池賦》云：「碧氏方澄，宅黿魚爲蕩漾；緑卿高拂，宿煙霧以參差。」同上

韓中書俾舒雅作《鶴賦》，有曰：「眷彼軒郎，治兹松府。」同上

羊紹素夏課，有《畫狗馬難爲功賦》，其實取畫狗馬難於畫鬼神之意也。投表兄吴子華，子華覽之，謂紹素曰：「吾子此賦未嘉，賦題無鬼神而賦中言鬼神，子盍爲《畫狗馬難於畫鬼神賦》，即善矣。」紹素未及改易，子華一夕成於腹笥。有進士韋象，池州九華人，始以賦卷謁子華。子華聞之，甚喜。象居數日，貢一篇於子華，其破題云：「有丹青二人，一則矜能於狗馬，一則誇妙於鬼神。」子華大奇之，遂焚所著。而紹素意不能以己下之。其年，子華爲象取府解。《摭言》

高貞公郢就府解後時，試官别出題目曰《沙州獨鳥賦》，郢援筆而成，曰：「歘有飛鳥，在河之

洲。一飲一啄，載沈載浮。賞心利涉之地，浴質至清之流。」其年首選。同上

前進士沈光有《洞庭樂賦》，韋八座岫謂朝賢曰：「此賦乃一片宫商也。」後辟爲閩從事。《北夢瑣言》

宏農楊敬之撰《華山賦》。朱崖李太尉每置座右，行坐諷之，其略云：「見若咫尺，田千畝矣；見若環堵，城千雉矣；見若杯水，池百里矣；見若蟻垤，室九層矣。醯雞往來，周東西矣；蠛蠓紛紜，强秦去矣。蜂巢聯聯，搆阿房矣；俄而復然，立建章矣；小星奕奕，焚咸陽矣。累累𤓰栗，祖龍藏矣。其〔下〕十一作「千」。載，改更興一作「與」。懷，悲愁辛苦，循其上矣。」楊氏華陰之茂族，冠蓋甚遠。此乃寄意于華山而言世事，實雄才也。同上

詞人即事睹景，懷古思舊，感慨悲吟，情不能已。今舉其最工者，如東坡《昆陽城賦》：「横門豁以四達，故道宛其未改。彼野人之何知，方傴僂而畦菜。」蓋人已逝而迹猶存，迹雖存而景隨變。《古今詞》云：「語言百出，究其意趣，大概不越諸此。」《林下偶談》

晉公貞元中作《鑄劍爲農器賦》，其首云：「皇帝之嗣位三十載，寰海鏡清，方隅砥平。驅域中盡歸力穡，示天下不復用兵。」憲宗平蕩宿寇，數致太平，正當元和十三年。而晉公以文儒作相，竟立殊勳，爲章武佐命。觀其辭賦氣概，豈得無異日之事乎？《因話録》

進士李爲作《淚賦》及《輕》、《薄》、《暗》、《小》四賦，竟不遠大。文字之作，可以定相命之優劣

矣。同上

上藻鑒宏詞，獨孤受所司試《馴象賦》。及進其本，上自覽考之，稱歎者久，因吟其句曰：「化之式孚，則必受乎來獻；物或違性，斯用感于至仁。」上以受爲知去就，故特書第三等。《杜陽雜編》

宋宣獻公綬《宮梅》詩云：「閬苑春多非世境，層城花早出宮欄。」用梁簡文帝《梅花賦》曰「層城之宮，靈苑之中。梅花特早，偏能識春」之語也。《墨莊漫録》

四六叢話卷五

賦　三二

唐舒元輿《牡丹賦序》云：「吾子獨不見張荆公之爲人乎，斯人信丈夫也！然吾觀其文集之首有《荔枝賦》焉。荔枝信美矣，然而不出一果，所與牡丹何異？但問其所賦之旨何如。」皮日休《桃花賦序》云：「余嘗慕宋廣平之爲相，貞姿勁質，剛態毅狀，疑其鐵腸與石心，不解吐婉媚辭。然覩其文而有《梅花賦》，清便富豔，得南朝徐、庾體，殊不類其爲人。」二序意同，《梅花賦》人皆知之，《荔枝賦》則人未有用之者，何耶？然《梅花賦》今不傳，近徐子方以江右所刊者出，觀其文猥陋，非惟不類唐人，亦全不成語，不善於作僞者也。《癸辛雜識》

彭晉叟，福州侯官人，亦有學，文亦奇，肄業京庠，每試多居首選。胡穎爲浙西憲政，尚猛厲，物情不安。彭因僞作臺章以脅之，有尼僧爲之表裏，使以稿示之曰：「得之臺中，行且上矣。」胡懼，就致禱，約以獲免當以數萬爲謝。已而月課不及，胡遂作臺長，江古心書歷述所聞以謝之。

古心下京府名捕，時正放堂試，賦題出《王言如絲》，彭爲首冠，破題云：「王妙心緯，言關化機；於未布以先謹，有如絲之至微。」揭曉之際，彭已置理，乃以次名代之。獄成，黥隸貴州。久之宛轉自如。得至静江，適當詔歲入貢闈，爲編欄，遇都吏一子於場中，口授三卷，得預薦送。吏深德之，未有以報，乃爲之謀曰：「經幹潘公提，汝鄉人也。盍往歸之？」彭以呈面爲難。又命之作劄：「吾當爲通。」潘見其辭藻粲然，亟令來見，深愛其才，而革面無策，爲之重歎曰：「吾當思一策以處。」既數日，乃曰：「得其説矣。」使具戎服，介之經帥府，時姚橘洲希得領桂管，因從容爲地，且令脩一儷函爲贄。彭退思數日，未能措詞，乃往見潘求教。潘爲之思，有頃，拊髀曰：「吾已得一聯矣，曰『失邯鄲之步，爲吾黨羞；借荆州之階，以軍禮見。』」使緒成之，且爲點定，約日導之以前。橘洲庭見之，彭趨入拜如儀，乃以贄上。橘洲觀之喜甚，詳詢始末，留之書院。授以文選，使分類之，以觀其能否。未幾書成，橘洲益喜，使諸子師之。橘洲入爲文昌，兼夕拜，使與俱行，繳駁之章多出其手。復出入無間，輒登市樓，恣肆無忌，爲人指目。聞於當路，於是逮治填配，押回元隸所。橘洲亦以此去國。同上

嘉祐中，士人劉幾累爲國學第一人，驟爲怪嶮之語，學者翕然效之，遂成風俗。歐陽公深惡之。會公主文，決意痛懲，凡爲新文者一切弃黜。時體爲之一變，歐陽之功也。有一舉人論曰：「天地軋，萬物茁，聖人發。」公曰：「此必劉幾也。」戲續之曰：「秀才刺，試官刷。」乃以大朱筆横

抹之，自首至尾，謂之「紅勒帛」，判大紕繆字榜之。既而果幾也。復數年，公爲御試考官，而幾在庭。公曰：「除惡務力，今必痛斥輕薄子，以除文章之害。」有一士人論曰：「主上收精藏明於冕旒之下。」公曰：「吾已得劉幾矣。」既黜，乃吴人蕭稷也。是時試《堯舜性之賦》，有曰：「故得静而延年，獨高五帝之壽；動而有勇，形爲四罪之誅。」公大稱賞，擢爲第一人。及唱名，乃劉煇。人有識之者，曰：「此劉幾也，易名矣。」公愕然久之，因欲成就其名。小賦有「内積安行之德，蓋稟於天」，公以爲「積」近於學，改爲「藴」，人莫不以公爲知言。《夢溪筆談》

晏元獻公爲童子時，張士節薦之於朝廷，召至闕下，適值進士御試，便令公就試。公一見試題，曰：「臣十日前已作此賦，有賦草尚在，乞别命題。」上極愛其不隱。同上

晚唐五代間，士人作賦用事亦有甚工者。如江文蔚《天窗賦》：「一竅初啓，如鑿開混沌之時；兩瓦歘飛，類化作鴛鴦之後。」又《土牛賦》：「飲渚俄臨，訝盟津之捧塞；度關儻許，疑函谷之丸封。」同上

崔融爲《瓦松賦》云：「謂之木也，訪山客而未詳；謂之草也，驗農皇而罕記。」段成式難之曰：「崔公博學，無不該悉，豈不知瓦松已有著説？」引梁簡文詩：「依簷映昔耶。」成式以昔耶爲瓦松，殊不知昔耶乃是垣衣，瓦松自名昨葉。何成式亦自不識？同上

阮思道子昌齡，醜陋吃訥，聰敏絶人。年十七八，海州試《海不揚波賦》，即席一筆而成，文不

加點，其警句云：「收碣石之宿霧，斂蒼梧之夕雲。八月雲槎，泛寒光而静去；三山神闕，湛清影以遥連。」《四六話》

蔡中郎《琴賦》云：「左手抑揚，右手徘徊。指掌反覆，抑按藏摧。」嵇叔夜亦云：「徘徊顧慕，擁鬱抑按。桓盤毓養，從容秘玩。」人知「藏摧毓養」四字之妙，雖試手調絃，已勝常人十年。《春渚紀聞》

紹興初，省闈試《兼聽盡天下之美賦》，魁卷第六韻云：「三千同德，誰云大武之有慙；四七合謀，孰謂中興之未盡。」美則美矣，惜「有慙」二字乃成湯，非武王也。《左傳》：季札觀周樂，見舞《大武》者，曰：「美哉！周之盛也，其若此乎！」見舞《韶濩》者，曰：「聖人之宏也，而猶有慚德，聖人之難也。」札言蓋本《書·仲虺之誥》得來，「有慚」二字豈可借用？《甕牖閒評》

東皙《餅賦》云：「春饅頭，夏薄持，秋起捜，冬湯餅。四時皆宜，惟牢九乎？」初不知「牢九」是何物。後讀蘇東坡詩云：「豈惟牢九薦古味，要使真一流天漿。」雖東坡殆亦未知「牢九」果何物耳。按：蘇軾《遊博羅香積寺》詩自註：「東皙《餅賦》『饅頭』、『薄持』、『起捜』、『牢九』。」而《賦彙》載東皙《餅賦》「薄持」作「薄壯」、「起捜」作「起溲」、「牢九」作「牢丸」。殆傳本各異，此條則仍軾註而載之。同上

詞人多用「劃」字。東坡《後赤壁賦》：「劃然長嘯，草木振動。」「劃」之一字蓋出於《莊子內篇·養生主》內庖丁解牛，「砉然嚮然，奏刀騞然。」「騞」、「劃」雖不同，而古字音聲相近者皆通用。《敬齋古今黈》

杜牧《晚晴賦》：「睹八九之紅芰。」芰，菱屬也。菱花色黄而不紅，杜既言紅，又以比美女，則當指芙蕖也。杜誤以芰爲蓮。同上

王延壽《王孫賦》載於《古文苑》，其辭有云：「顔狀類乎老翁，軀體似乎小兒。」謂猴也。乃知杜詩「顔狀老翁爲」蓋出於此。《容齋續筆》

唐以賦取士，而韻數多寡，平側次敘，元無定格。故有三韻者，《花萼樓賦》以題爲韻是也。有四韻者，《蓂莢賦》以「呈瑞聖朝」、《舞馬賦》以「奏之大一作「天」。廷」、《丹甑賦》以「國有豐年」、《泰階六符賦》以「元亨利貞」爲韻是也。有五韻者，《金莖賦》以「日華川上動」爲韻是也。有六韻者，《止水》、《魍魎》、《人鏡》、《三統指歸》、《信及豚魚》、《洪鐘待撞》、《君子德音》、《東郊朝日》、《蜡日祈天》、《宗樂德》、《訓胄子》諸篇是也。有七韻者，《日再中》、《射己之鵠》、《觀紫極舞》、《五聲聽政》諸篇是也。八韻有二平六側者，《六瑞賦》以「儉故能廣，被褐懷玉」、《日五色賦》以「日麗九華，聖符土德」、《徑寸珠賦》以「澤浸四荒，非寶遠物」爲韻是也。有三平五側者，《宣耀門觀試舉人》以「君聖臣肅，謹擇多士」、《懸法象魏》以「正月之吉，懸法象魏」、《玄酒》以「薦天明德，有古遺味」、《五色土》以「王子畢封，依以建社」、《通天臺》以「洪臺獨出，浮景在下」、《幽蘭》以「遠芳襲人，悠久不絶」、《日月合璧》以「兩曜相合，候之不差」、《金柅》以「直而能一，斯可制動」爲韻是也。有五平三側者，《金用礪》以「商高宗命傅説之官」爲韻是也。有六平二側者，《旗賦》以「風日雲

舒，軍容清肅」爲韻是也。自大和以後，始以八韻爲常。唐莊宗時嘗覆試進士，翰林學士承旨盧質以《后從諫則聖》爲賦題，以「堯、舜、禹、湯傾心求過」爲韻。舊例，賦韻四平四側，質所出韻乃五平三側，大爲識者所誚，豈非是時已有定格乎？國朝太平興國二年九月，始詔自今廣文館及諸州府、禮部試進士律賦，並以平側次用韻。其後又有不依次者，至今循之。同上

韓文公《送窮文》、柳子厚《乞巧文》皆擬揚子雲《逐貧賦》。韓公《進學解》擬東方朔《客難》，柳子《晉問》篇擬枚乘《七發》、《貞符》擬《劇秦美新》，黄魯直《跛奚移文》擬王子淵《僮約》，皆極文章之妙。《逐貧》一賦幾五百言，《文選》不收，《初學記》所載纔百餘字，今人蓋有未之見者，輒録於此，云：「楊子遁世，離俗獨處。左鄰崇山，右接曠野。鄰垣乞兒，終貧且窶。禮薄義弊，相與羣聚。惆悵失守，一作「志」。呼貧與語：『汝在六極，投棄荒遐。好爲庸卒，刑戮是加。匪惟幼穉，嬉戲土沙。居非近鄰，接屋連家。恩輕毛羽，義薄輕羅。進不由德，退不受訶。久爲滯客，其意若何？人皆文繡，余褐不全。人皆稻粱，我獨藜飱。貧無寶玩，何以接歡？宗室之宴，爲樂不槃。徒行負賃，出處易衣。身服百役，手足胼胝。或耘或耔，霑體露肌。朋友道絶，進官凌遲。厥咎安在，職汝之爲。舍汝遠竄，崐崘之巔。爾復我隨，翰飛戾天。舍爾登山，巖穴隱藏。爾復我隨，陟彼高岡。舍爾入海，汎彼柏舟。爾復我隨，載沉載浮。我行爾動，我静爾休。豈無他人，從我何求？今汝去矣，勿復久留。』貧曰：『唯唯。主人見逐，多言益嗤。心有所懷，願得盡辭。

昔我乃祖，崇其明德。克佐帝堯，誓爲典則。土階茅茨，匪雕匪飾。爰及季世，縱其昏惑。饕餮之羣，貧富苟得。鄙我先人，乃傲乃驕。瑶臺瓊室，華屋崇高。流酒爲池，積肉爲崤。是用鵠樹，不踐其朝。三省吾身，謂予無諐。處君之家，福禄如山。忘我大德，思我小怨。堪寒耐暑，少而習焉。寒暑不忒，等壽神仙。桀跖不顧，貪戾不干。人皆重蔽，子獨露居。人皆怵惕，子獨無虞。』言辭既罄，色厲目張。攝齊而興，降階下堂。『逝將去汝，適彼首陽。孤竹之子，與我連行。』余乃避席，辭謝不直：『請不貳過，聞義則服。長與爾居，終無厭極。』貧遂不去，與我游息。」唐宣宗時，有文士王振自稱紫邏山人，有《送窮辭》一篇，引韓吏部爲説，其文意亦工。同上

案《野客叢書》：「僕觀《逐貧賦》備載於《古文苑》、《藝文類聚》，洪氏何未之見乎？《送窮文》雖祖《逐貧賦》，然亦與王延壽《夢賦》相類。文公之後，王振又作《送窮辭》矣，亦知子厚之後，孫樵又作《乞巧對》乎？樵又作《逐痁鬼文》，其源正出於《逐貧賦》。」

又案「三省吾身」六句宜在「子獨無虞」之下，豈容齋原本誤耶？

唐昭宗乾寧二年試進士，刑部尚書崔凝下二十五人。放榜後，先詔翰林學士陸扆、秘書監馮渥於武德殿前復試，但放十五人。自狀頭張貽範以下重落，其六人許再入舉場，四人所試最下，不許再入。其再試也，詩賦各兩篇，内《良工獻問賦》，以「太宗問工人：木心不正，脉理皆邪，若何道理」十七字，皆取五聲字，依輪次以雙周隔句爲韻，限三百二十字。有黄滔者，是年及第，閩

人也，九世孫沃爲吉州永豐宰，刊其遺文，初試復試凡三賦皆在焉。《曲直不相入賦》以題中「曲直」兩字爲韻，釋云：「邪正殊途，各有好惡。」終篇只押兩韻。《良弓獻問賦》取五聲字次第用，各隨聲爲賦格。於是第一韻尾句云：「資國祈之崇崇。」上平聲也。第二韻：「垂寶祚於緜緜。」下平聲也。第三韻：「曾非唯唯。」上聲也。第四韻：「露其言而粲粲。」去聲也。而闕入聲一韻。賦韻如是，前所未有，亦云可笑矣。《容齋四筆》

晚唐士人作律賦，多以古事爲題，寓悲傷之旨，如吴融、徐寅諸人是也。黄滔，字文江，亦以此擅名，有《明皇回駕經馬嵬坡》隔句云：「日慘風悲，到玉顔之死處；花愁露泣，認朱臉之啼痕。褒雲萬疊，斷腸新出於啼猿；秦樹千層，比翼不如於飛鳥。羽衛參差，擁翠華而不發；天顔愴恨，覺紅袖以難留。神仙表態，忽零落以無歸；雨露恩波，已沾濡而不及。六馬歸秦，却經過於此地；九泉隔越，幾悽惻於平生。」《景陽井》云：「理昧納隍，處窮泉而詎得；誠乖馭朽，攀素綆以胡顔。青銅有恨，也從零落於秋風；碧落無情，寧解流傳於夜壑。荒凉四面，花朝而不見朱顔；滴瀝千尋，雨夜而空啼碧溜。莫可追尋，玉樹之歌聲邈矣；最堪惆悵，金瓶之咽處依然。」《館娃宫》云：「花顔縹緲，欺樹裹之春風；銀焰熒煌，却城頭之曉色。恨留山鳥，啼百草之春紅；愁寄隴雲，鎖四天之暮碧。遺堵塵空，幾踐羣遊之鹿；滄洲月在，寧銷怒觸之濤。」《陳皇后因賦復寵》云：「已爲無雨之期，空懸夢寐；終自凌雲之製，能致煙霄。」《秋色》云：「空三楚之暮

天，樓中歷歷；滿六朝之故地，草際悠悠。」《白日上昇》云：「較美古今，列子之乘風固劣；論功晝夜，姮娥之奔月非優。」凡此數十聯，皆研確有情致。若夫格律之卑，則自當時體如此耳。同上

李義山賦怪物，言佞魖、讒魗、貪魃，曲盡小人之情狀，魑魅之夏鼎也。《困學紀聞》

元次山《惡圓》曰：「寧方爲皂，不圓爲卿。」范文正《靈烏賦》曰：「寧鳴而死，不默而生。」其言可以立懦。同上

傅玄《琴賦》：「齊桓曰號鍾，楚莊曰繞梁。相如曰燋尾，伯喈曰緑綺。」《宋書·樂志》曰：「世云：燋尾，伯喈琴。」以傅氏言之，非伯喈也。今按《蔡邕傳》注引《琴賦序》：「相如緑綺，蔡邕燋尾。」《宋志》恐誤。同上

玩物喪志，志爲物所役也。李文饒《通犀帶賦》以「美服珍玩，近於禍機。虞公滅而垂棘返，壯武殘而龍劍飛。先哲所以聞義則服，防患則微。昭侯委佩而去，宣子辭環以歸。」此可爲玩物之戒。同上

「獨孤《馴象》，世以爲工；子雲《甘泉》，晚而悔作。」晏元獻謂賦也。獨孤綬《放馴象賦》云：「返諸林邑之野，歸爾梁山之隅。時在偃兵，豈嬰乎燧尾；上惟賤賄，寧恤乎焚軀。」同上

唐律賦《雞鳴度關》云：「念秦關之百二，難逞狼心；笑齊客之三千，不如雞口。」同上

紹興中省試《高祖能用三傑賦》，第四韻用「運籌帷帳」。考官謂《漢書》乃「帷幄」，非「帳」字，

不敢取。徹棘，以語周益公。益公曰：「《史記》云：『運籌帷帳之中。』非誤也。」淳熙中，省試《人主之勢重萬鈞賦》，第一聯有用「洪鐘」二字者，考官哂之。洪文敏典舉，聞之，曰：「張平子《西京賦》：『洪鐘萬鈞。』此必該洽之士。」遂預選。紹興中，四明試《航琛越水》詩，有用東坡「�」二字而黜者。決得失於一夫之目，其幸不幸如此。同上

「東都之季，清議扶之而有餘；强秦之末，壯士守之而不足」前輩作《風俗萬世之基》末韻。「亶聰明而有作，無作聰明；由仁義以安行，非行仁義」。同上

「非刀匕是共，膳宰舉席間之觶；釋椎鑿而上，輪人議堂上之書。」此《工執藝事以諫賦》聯也。同上

庾信《哀江南賦》：「章曼支以轂走，宫之奇以族行。」《吕氏春秋》：中山之國有夙繇者，智伯欲攻之，鑄大鐘，方車二軌以遺之。夙繇之君將迎鐘，赤章蔓支諫不用，斷轂而行，至衛七日而夙繇亡。同上

晁無咎《求志賦》：「訊黄石以吉凶兮，棊十二而星羅。曰由小基大兮，何有顛沛。」謂《靈棊經》也。《異苑》云：「十二棊卜出自張文成，受法於黄石公，行師用兵，萬不失一。東方朔密以占衆事。」同上

馮衍賦云：「皋陶釣於雷澤兮，賴虞舜而後親。」未詳所出。《水經注》引《墨子》曰：「舜漁濩

澤。」今《墨子·尚賢》篇曰：「舜漁雷澤，堯得之服澤之陽。」「服」字疑即「濩」字。同上

王無功《遊北山賦序》云：「余周人也，本家於祁。永嘉之際，扈遷江左，地實儒素，人多高烈。穆公銜建元之恥，歸於洛陽；同州悲永安之事，退居河曲。始則晉陽之開國，終乃安康之受田。」其賦云：「白牛溪裏，岡巒四峙。信兹山之奥域，昔吾兄之所止。許由避地，張超成市。察俗删《詩》，依經正史。」「組帶青衿，鏘鏘儗儗。階庭禮樂，生徒杞梓。山似尼邱，泉疑泗洙。」又注云：「此溪之集門人常以百數。河南董恒、南陽程元、中山賈瓊、河南薛收、太山姚義、太原温彦博、京兆杜淹等十餘人稱爲俊穎，而姚義慨慨，同儕方之仲由，薛收以理達，方莊周。」同上

無功《答馮子華書》曰：「吾往見薛收《白牛溪賦》，韻趣高奇，詞義曠遠，嵯峨蕭瑟，真不可言。壯哉邈乎！揚班之儔也。高人姚義常謂吾曰：『薛生此文不可多得，登太行，俯滄溟，高深極矣！』」同上

真宗好文，雖以文辭取士，然必視其器識始賜第一人及第，或取其所試文辭有理趣者。徐奭《鑄鼎象物賦》云：「足惟下正，詎聞公餗之欹傾；鉉乃上居，實取王臣之威重。」遂以爲第一。蔡齊《置器賦》云：「安天下於覆盂，其功可泰。」遂以爲第一人。《歸田録》

咸平五年，南省試進士《有教無類賦》，王沂公爲第一。賦盛行於世，其警句有云：「神龍異稟，猶嗜欲之可求；纖草何知，尚薰蕕而相假。」時有輕薄子擬作四句云：「相國寺前，熊翻筋

斗;望春門外,驢舞柘枝。」議者以爲言雖鄙俚,亦著題也。同上

祥符中,西蜀有二舉人,同硯席。既得舉,行至劍門張亞子廟已昏晚,大風雪,不可夜行,遂禱於神,各占其得,且祈夢爲信,草草就廟廡下席地而寢。入夜,風雪轉甚,忽見廟中燈燭如晝,俄傳道自遠而至,皆岳瀆貴神也。既席,賓主勸酧。二子大懼,潛起,伏暗處觀焉。酒行,一神曰:「帝命吾儕作來歲狀元,賦當議題。」一人曰:「以《鑄鼎象物》爲題。」既而諸神皆一韻,且各删改商榷,又久之遂畢,朗然誦之,曰:「當召作狀元者,魂魄受之。」二子默喜,私相語曰:「此正爲我二人發。」將曉,見神各起致别,傳呼出廟而去,視廟中寂然如故。二子素聰警,盡記其賦,亟寫於書帙,後無一字忘。相與拜賜,鼓舞而去。至御試,二子坐東西廊,御題果出《鑄鼎象物賦》,韻脚盡合。東廊者下筆思廟所書,懵然無一字,不能上口,間關過西廊問之。西廊者望見東來者,曰:「御題驗矣,我乃不能記,子幸無隱也。」東廊者曰:「我正欲問子也。」於是二子各憤怒不得意,草草信筆而出。唱名,二子皆被黜,狀元乃徐奭。既見印賣賦,二子比廟中所記,無一字異也。二子嘆息始悟。《巖下放言》

昔人多喜言仲長統所爲,史言其少不應州郡辟命,嘗以「名不常存,人生易滅,優游偃仰,可以自娱,欲卜居清曠,以樂其志」論云云。斯言信美,然吾以其言事本末考之,乃徒有是言耳。范史徒録其言,更不復辨,後生遂概以爲高世遠引之士。李文饒《知止賦》云:「仲既得於清曠。」雖

文饒猶然，人固亦易欺耶。《玉澗雜書》

太宗時親試進士，每以先進卷子者一作「日」。賜第一人及第。孫何與李庶幾同在科場，皆有時名。庶幾文思敏速，何尤苦思遲。會言事者上言：「舉子輕薄爲文，不求義理，惟以敏速相誇。」因言庶幾與舉子於餅肆中作賦，以一餅熟成一韻者爲勝。太宗聞之大怒。是歲殿試，庶幾最先進卷子，遽叱出之，由是何爲第一。《歸田録》

揚州爲淮甸一都會，自唐已名繁盛。向有王觀通叟考古驗今，摭事千餘條，効《汴都》以爲賦，今館中及揚州有本。煇每謂建康六朝故都，又爲代邸興王之地，亦應揄揚以亞雅頌。雖聞江寧尉崔禮者嘗有此作，而文不記其事。《清波雜志》

陸機以齊王冏矜功自伐，作《豪士賦》刺之，乃託身於成都王潁，此在恩怨愛憎之間爾。處危亂而用心若此，又濟之以貪權喜功，雖欲苟全，得乎？《避暑録話》

祭遵死，范升上疏曰：「斯大漢厚下安人之德，所以累世十餘，歷載數百。」杜篤《論都賦》曰：「創業於高祖，嗣傳於孝惠，祚缺於孝平。傳世十一，歷歲三百。」然漢家至此纔二百餘年耳，或謂數百，或謂三百，無乃過乎？大抵文人紀年多不甚契勘。《野客叢書》

東坡詩曰：「蒼茫瞰奔流。」又曰：「愁度奔河蒼茫間。」趙注謂「『蒼茫』二字，古人用之皆是平聲，而先生所用乃是仄聲。『蒼』字，《廣韻》音麤朗反；而『茫』字，上聲皆不收。不知先生所用

出處，以俟博聞」。僕觀揚雄《校獵賦》「鴻濛沆茫」，字音莽。同上

小宋狀元謂相如《大人賦》全用屈原《遠游》中語。僕觀相如《美人賦》又出於宋玉《好色賦》，蔡邕又擬之爲《協和賦》，曹植爲《静思賦》，陳琳爲《止欲賦》，王粲爲《閑邪賦》，應瑒爲《正情賦》，張華爲《永懷賦》，江淹爲《麗色賦》，沈約爲《麗人賦》，轉輾規倣以至於今。同上

《淮南子》應劭注：「堯之時，窫窳、封豨、鑿齒皆爲人害。」鑿齒齒長五尺，似鑿，故《長楊賦》：「秦封豕其士，窫窳其民，鑿齒之徒，相與磨牙而争之。」《芥隱筆記》

《天台山賦》：「瀑布飛流而界道。」所以徐凝有「界破青山色」，孰謂其惡而無所自邪？同上

《書從兄少虚書後》：「公試《聖人肆筆成書賦》，薛叔雲元鼎魁文固佳，而兄之賦云：『元聖有作，斯文在兹。惟得《書》之體也，故肆筆以成之。』兄自少習《書》，未嘗作賦。時方兼經，一出而争誦之。」《攻媿集》

《鄭屯田賦集序》：「先生姓鄭氏，唐之名族，後累世居福州。少時以《孝文集書囊爲殿帷賦》魁其鄉，繼以《玉路建大常賦》入太學，人多傳誦。尋寓四明，開門受徒，來者雲委。躬孝友之行，該貫羣經，多有講解，旁通子史百家。年至四十五，紹興三十年始登科。文備衆體，尤工於賦，源流李唐諸名公，出入二元、元祐三李之間，集古人所長而藻思絶人，興寄高邁，聞見層出，講明題意，立詞用韻，精切平妥，古語隨用，奔湊筆端，而一語不出程度之外。元祐有域中有四大，先生

作《域中四大王居一》；有輿議稱太平，人猶議其率，先生有《太平無象》，皆突過前人，不可企及。讀之熟知之深者，方服其理明而辭順，蓋古文之有韻者也。錀年及弱冠，侍親游宦而歸，始得登門。時亦麤成賦篇，及見先生機杼，望洋向若而嘆，一意摹倣。先生時猶未第，間作一篇，俟諸生既畢，始出之，迥出人上。視瞠乎若後者，又引進之，嘗曰：『前四韻固當加工，然皆有規矩。前輩以妙意英辭震耀人耳目者多在後四韻，而學者忽之，致讀者無味。』雖舜琴歌《南風》，可謂傑作。先生猶曰：『後三韻皆空矣。』其嚴如此。閱諸生所作，語雖工，或引經史全句，屬對可觀而意實不貫者，皆所不取。每令人讀《堯舜不能化朱象》、《大舜五十而慕》、《富歲子弟多賴》等賦，以爲韻韻有意，終篇尚有餘味，可以爲法。或有一字切題，既不可對，而又與題字相犯者，謂不若置之送聯，如《以禮爲翼》之以翼星而配禮之類。先生作《詔諸儒講五經》則曰：『厥後孝章開白虎之名。』蓋亦遵於此。《詔魯秉周禮》云：『不然何以韓宣子見《易象》與《春秋》，知周禮之盡在魯？』錀服膺有素，既沾殘膏，以竊名第，老猶不敢忘。命兒輩收纂先生舊作，僅得三十篇。兒輩又以錀少作八篇綴於後。此編不惟筌蹄而已，亦不求傳於世。區區辭費如許，不惟人笑之，亦竊自笑，姑使子孫知師承之自爾。先生諱鍔，字剛中，官至屯田郎，嘗爲主上小學教授。近録其後，又特加贈官云。」同上

介甫云：「日高青女尚横陳。」又云：「水歸洲渚得横陳。」用《楞嚴》於横陳時味如嚼蠟事。

唐李義山：「小憐玉體橫陳夜，已報周師入晉陽。」唐張薦《靈怪集》：東蔡女鬼與裴紹祖詩云：「橫陳君不御，惟知思不絕。」漢魏文章。宋玉《諷賦》：主人之女歌曰：「內怵惕兮徂玉牀，橫自陳兮君之旁。」「橫陳」蓋本於此。《猗覺寮雜志》

本朝以詞賦取士，雖雕蟲篆刻，而賦有極工者，往往寓意深遠，遣詞超詣，其得人亦多矣。自廢詩賦以後，無復有高妙之作。昔中書舍人孫何漢公著論曰：「唐有天下，科試愈盛。自武德、貞觀之後至貞元、元和已還，名儒鉅賢，比比而出。有宗經立言如丘明、馬遷者；有傳道行教如孟某、揚雄者；有馳騁管、晏，上下班、范者；有凌轢顏、謝，詆訶徐、庾者。如陸宣公、裴晉公皆負王佐之器，而猶以舉子事業飛騰聲稱。韓退之、柳子厚、皇甫持正皆好古者也，尚刻意雕琢，曲盡其妙。持文衡者，豈不知詩賦策問之近古也？蓋策問之目不過禮樂刑政、兵戎賦輿、歲時災祥、吏治得失，可以備擬，可以曼衍，故汗漫而難校，澒涩而少工，詞多陳熟，理無適莫。惟詩賦之制，非學優才高不能當也。破巨題期於百中，壓强韻示有餘地。驅駕典故，渾然無跡；引用經籍，若已有之。詠輕近之物，則託興雅重，命詞峻整；述樸素之事，則立言遒麗，析理明白。其或氣焰飛動，而語無孟浪；藻繢交錯，而體不卑弱。頌國政，則金石之奏間發；歌物瑞，則雲日之華相照。觀其命句，可以見學植之淺深；即其搆思，可以覘器業之大小。窮體物之妙，極緣情之旨，識《春秋》之富豔，洞詩人之麗則。能從事於斯者，始可以言賦家流也。」其論作賦之工如此，非過也。《寓簡》

張芸叟治平初赴春試，時馮當世主文柄，以《公生明》爲賦題。芸叟誤疊押「明」字，試罷，自分黜矣。及榜出，乃居第四。芸叟每竊自念省場中鹵莽乃爾，然未嘗輒以語人也。至元祐中，芸叟以祕書監使契丹，當世留守北門，經由始修門生之敬，置酒甚歡，酒半，當世謂芸叟曰：「京頃作知舉時，祕監賦中重疊用韻，以論策甚佳，因自爲改去，擢置優等，尚記憶否？」芸叟方飲，不覺杯墮懷中，於是再三愧謝。前輩成人之美如此。《揮麈後録》

宋鄭公庠省試《良玉不琢賦》，號爲擅場。時大宗胥内翰偃考之酷愛，必謂非二宋不能作之，奈何重疊押韻，一韻有「瓌奇擅名」及「而無刻畫之名」之句，深惜之，密與自改「擅名」爲「擅聲」。後埒之於第一。迨發試卷，果鄭公也。胥公孳孳於後進，故天聖、明道間得譽於時。《湘山野録》

咸平中，翰林李昌武宗諤初知制誥，至西掖，追故事獨無紫薇，自别野移植。聞今庭中者，院老吏相傳猶是昌武手植。晏元獻寫賦於壁曰：「得自羊野，來從召園。有昔日之絳老，無當時之仲文。觀茂悦以懷舊，指蔽芾以思人。」同上

安鴻漸有《清才秋賦》，警句曰：「陳王閣上，生幾點之青苔；謝客門前，染一溪之寒水。」同上

嚴僕射續以位高寡學，爲時取鄙。江文蔚嘗作《蟹賦》譏續，略曰：「外視多足，中無寸腸。」又有「口裏雌黄，每失途於相沫；胸中戈甲，嘗聚衆以横行」之句。續深赧之。同上

晏元獻爲參知政事，仁宗親政，與同列皆罷，知亳州。先有摘其爲《章懿太后墓誌》不言帝所

生以自結者，然亦不免俱去。一日游渦水，見蛙有躍而登木捕蟬者，既得之，口不能容，乃相與墜地，遂作《蜩蛙賦》，略云：「匿蕞質以潛進，跳輕軀而猛噬。雖多口以連獲，終扼吭而弗制。」歐陽文忠滁州之貶作《憎蠅賦》，晚以濮廟事亦厭言者屢困不已，又作《憎蚊賦》，蘇子瞻揚州題詩之謗作《黠鼠賦》，皆不能無芥蔕於中而發於言，欲茹之不可，故惟知道者爲能忘心。《避暑録話》

壽皇未嘗忘中興之圖，曾作《春賦》，有曰：「予將觀登臺之熙熙，包八荒之爲家。穆然若東風之振槁，灑然若膏雨之萌芽。生生之德，無時不佳，又何羡乎炫目之芳華。」示徐本中，命其校訂。曾覿因譖徐云：「上《春賦》，本中在外言曾爲潤色。」壽皇頗不悦。本中自知閤換集殿修撰、江東漕，後許國用。此典故換文階。端平間，試詞科出《壽皇春賦頌》，試者皆不知之。此無過五十年間事，士大夫罔聞之矣。《貴耳集》

阜陵在位，上庠月書前列試卷時經御覽。辛丑大旱，七月私試《閔雨有志乎民賦》，魁劉大譽第六韻云：「雨暘固自於天，感召豈有所主。倘調燮得人，則斯可有節；而聚斂無度，則亦能不雨。此或未明，閔之何補。不見商霖未作，相傅説於高宗；漢旱欲蘇，烹桑羊於孝武。」未幾，趙温叔罷相。《齊東野語》

《禮器》：「其在人也，如竹箭之有筠也，松柏之有心也。」鄭注云：「四物於天下最得氣之本，或柔紉於外，或和澤於内，用此不變傷也。」然則謂「柔紉於外」，亦以筠爲竹皮歟。後世例以筠配

松，直以筠爲竹，自齊梁以來皆然。齊王融《風賦》：「靡輕筠之碧葉，泛曾松之翠枝。」梁吴均《吴城賦》：「亭梧百尺，階筠萬丈。」《考古質疑》

李翱賦云：「衆囂囂而雜處兮，咸嘆老而嗟卑。顧予心獨不然兮，慮行道之猶非。」文忠屢稱之。觀老杜「漢陰有鹿門，滄海有靈查。焉能學衆口，咄咄空咨嗟」，正同此意。《碧溪詩話》

東坡《赤壁賦》多用《史記》語。如「杯盤狼藉」、「歸而謀諸婦」，皆《滑稽傳》。「正襟危坐」，《日者傳》。「舉網得魚」，《龜策傳》。「開户視之，不見其處」，則如《神女賦》所謂以文爲戲者。《浩然齋雅談》

甫里有《杞菊賦》，東坡有《後杞菊賦》，張南軒有續賦，夏樞密亦有續賦，亦各有意。同上

《石林詞》：「誰採蘋花寄與。又悵望、蘭舟容與。」或以爲重押韻，遂改爲「寄取」，殊無義理。蓋「容與」之「與」自音「豫」，乃去聲也。揚子雲《河南賦》云：「靈輿安步，風流容與。」注：「天子之容服而安豫。與，讀爲豫。」《漢·禮樂志》：《練時日》：「澹容與。」注：「閑舒貌。」皆去聲。同上

少陵「嘗果栗皺開」，或作「皱」周繇賦云：「開栗弋之紫皺。」貫休詩云：「新蟬避栗皺。」又云：「栗不知皺落。」按：《集韻》：「皺，側尤切，草紋蹙也。」即栗篷耳。案：《廣韻》：「皺，初紀切，音刹，齺也。」無側尤切，平聲。考貫休集作「栗皺」，注：「栗篷也。」《集韻》：「菑尤切，縐平聲，革紋蹙也。」字从皮，不从欠。據此則「皺」當作「皺」，「草紋」亦當是「革紋」之誤。又案：貫休詩以「栗皺」對「菱殼」，固當作「皺」。杜詩本作「栗園」以對「樵徑」則又不必

改作「栗皺」矣。今就原文訂證之。　同上

嘗讀漢人之賦，鋪張閎麗，唐至於宋未有及者。蓋自唐以後，文士之才力盡用於詩，如李、杜之歌行，元、白之唱和，序事叢蔚，寫物雄麗，小者十餘韻，大者百餘韻，皆用賦體作詩，此亦漢人之所未有也。予謂賈誼之《過秦》、陸機之《辨亡》，皆賦體也。大抵屈、宋以下，以賦爲文。莊周、荀卿子二書，體義聲律，下句用事，無非賦者。自屈、宋以後爲賦，而二漢特盛，遂不可加。唐至於宋則復變爲詩，皆賦之變體也。《項氏家説》

某恭聞徽祖宣和末將下罪己詔，學士王孝迪當直，不召，顧謂輔臣曰：「非小宇不能作。」遂召肅愍公。公初不在北門，既至，辭以非職守。不許，遂授以聖意。下筆亹亹，不數刻進御。今載在國史，與三代訓誥竝驅，蓋千百年間詔令所未有也。晚讀《魚計堂賦》，贍麗超軼如此，則施之大手筆，固宜絶人遠甚。《放翁題跋》

案：肅愍公即宇文虚中。

唐穆宗長慶元年，禮部侍郎錢徽知舉，放進士鄭朗等三十三人。後以段文昌言其不公，詔中書舍人王起知制誥，白居易重試，駁放盧公亮等十人，貶徽江州刺史。白公集有奏狀論此事，大略云：「伏料自欲重試進士以來，論奏者甚衆。蓋以禮部試進士例許用書策，兼得通宵。得通宵則思慮必周，用書册則文字不錯。昨重試之日，書策不容一字，木燭只許兩條。迫於驚忙，幸皆

成就。若比禮部所試，事較不同。」及駁放公亮等勅文以爲《孤竹管賦》出於《周禮》正經，閲其程試之文，多是不知本末。乃知唐試進士不禁挾書。太宗初出《卮言日出賦》題，孫何等不知所出，相率叩殿檻，乞上指示之。上爲陳大義。景德二年，御試《天道猶張弓賦》，後禮部貢院言：「近年進士惟鈔略古今文體，懷挾入試。昨者御試以正經命題，多懵所出。」則知題目不示以出處也。大中祥符元年試禮部進士，内出《清明象天賦》等題，仍録題解，摹印以示之。至景祐元年，始詔御藥院御試日，進士題目具經史所出，摹印給之，更不許上請。同上

世語云：「蘇明允不能詩，歐陽永叔不能賦。」《後山詩話》

秦惠文有琴，一曰宣和，二曰閑邪。故夏侯湛《琴賦》云：「聊閑邪於五絃兮，翼宣和於萬里。」《古琴疏》

宋賈似道家有李商隱正書《月賦》。《悦生古迹記》

案：梅舊有《擬月賦》一篇，以玉溪生、彭陽公爲緣起，蓋取諸此也。

《賦門魚鑰》十五卷，進士馬偁撰，編集唐蔣防而下至本朝宋祁諸家律賦格訣。《直齋書録解題》

鄭獬毅夫，皇祐進士，廷試《圜丘象天賦》。時獬與滕甫俱有場屋聲，甫賦首曰：「大禮必簡，圜丘自然。」自謂人莫能及。獬但倒一字曰：「禮大必簡，丘圜自然。」甫聞之大服，果居其次云。同上

黎逢《石硯賦》云：「琢而磨之，其滑如砥。欲研精而染翰，在虚中而貯水。水隨暈而環周，墨游光而黛起。明而未融，是以參用；久而不渝，故以爲美。成器尚古，徵闕里於素王；匠法增華，參會稽之内史。」又云：「一拳之石取其堅，一勺之水取其浄。」又云：「對此大匠，厠諸鴻筆。見珍於殺青之晨，爲用於草玄之日。」《研譜》

夏竦父，故錢氏臣，歸朝爲禁侍。竦幼學於姚鉉，使爲《水賦》，限以萬字。竦作三千字以示鉉，鉉怒不視，曰：「汝何不於水之前後左右廣言之？」竦又益之得六千字以示鉉，鉉喜曰：「可教矣。」十七善屬文。竦字子喬。《温公瑣語》

杜城有别墅亭館林池，爲城南之最，牧之之賦亦曰：「余之思歸兮，走杜陵之西道。巖曲泉深，地平木老。隴雲秦樹，風高霜早。周臺漢園，斜陽衰草。」《游城南記》

文章以不蹈襲爲難。昌黎之文如水中鹽味，色裏膠青，未嘗不用事，而未嘗見其用事之迹，盡去陳言，足起八代之衰。然或者又謂「坐茂樹，濯清泉」，即《選》詩「飲石泉，蔭松柏」也；「飄輕裾，翳長袖」，即《洛神》「揚輕袿，翳修袖」也。昌黎豈肯學人言語，亦偶然相類。杜牧之《阿房宫賦》：「六王畢，四海一。蜀山兀，阿房出。」陸修《長城賦》云：「千城絶，長城列。秦民竭，秦君滅。」儕輩在牧之前，則《阿房宫賦》又是祖《長城賦》句法矣。牧之云：「明星熒熒，開粧鏡也；緑雲擾擾，梳曉鬟也；渭流漲膩，棄脂水也；煙斜霧横，焚椒蘭也；雷霆乍驚，宫車過也；轆轤遠

聽，杳不知其所之也。」盛言秦之奢侈。楊敬之作《華山賦》有云：「見若咫尺，田千畝矣；見若環堵，城千雉矣；見若杯水，池百里矣；見若螘蛭，臺九層矣。蜂窠聯聯，起阿房矣；小星熒熒，焚咸陽矣。」《華山賦》，杜司徒佑常稱之，牧之乃佑孫，亦是倣敬之所作信矣。文章不蹈襲爲難也。《野客叢書》：「或讀《阿房宮賦》至『歌臺暖響，春光融融；舞殿冷袖，風雨淒淒。一宮之間，而氣候不齊』，擊節歎以爲善形容廣大。僕謂蓋體魏卞蘭《許昌宮賦》曰：『其陰則望舒涼室，羲和温房。隆冬御絺，盛夏重裘。一宇之深邃，致寒暑於陰陽。』非出於此乎？」《瑞桂堂暇録》

孫何榜，太宗自定試題《卮言日出賦》，顧謂侍臣曰：「比來舉子浮薄，不求義理，務以敏速相尚。今此題淵奥，故使研窮意義，庶澆薄之風可漸革也。」言未已，錢易進卷子。太宗大怒，叱出之。自是科場不開者十年。《東軒筆録》

正素處士張舉，字子厚，毘陵人。治平初試春官，司馬温公主文，賦《公生明》，以第四人登第。《蒙齋筆談》

平曾以憑人傲物，多犯忌諱，竟没於縣曹。遊蜀川，謁少師李固言相公，獻《雪山賦》一首，言雪山雖兹潔白之狀，疊嶂攢峯，夏日清寒，而無草木華茂爲人採掇。以李公罕作文章，廢其庠序也。相公讀賦，命推出曾。曾不踰旬又獻《鯸鮧魚賦》，言此魚觸物而怒，翻身上波，爲鵶鳶所獲，奈魴鱮之笑何。相公覽賦笑曰：「昔趙元叔之狂簡，袁伯彦之機捷，無以過焉。」然愛其文采，不

至深罪，知相公之用心也。《雲溪友議》

王禹玉年二十許，就揚州秋解，試《瑚璉賦》，韻「端木賜爲宗廟之器」。滿場中多第二韻用「木」字，云：「惟彼聖人，粵有端木。」禹玉獨於第六韻用之：「上睎顔氏，願爲可鑄之金；下笑宰予，恥作不雕之木。」則其奇巧亦異矣哉。《嬾真子》

天聖中鄧州秋舉，主文乃唐州一職官，鬚鬢皤一作「皓」。然。有輕薄後生前曰：「舉人所係甚大，願先生無渴睡。」既引試，賦《桐始華》，以「姑洗之月，桐始華矣」依次用韻。滿場閣筆不下，復至簾前啓曰：「難韻見困，願易之。」主文曰：「老人渴睡，不能卒易，可來日再見訪。」是夜主文遁去。同上

王彦祖慶曆二年方勝冠，廷試《應天以實不以文賦》，罷寢旅舍，一人告之曰：「今年未當中第。君若中選，賦題『天』字在下，君當三中選，皆然。今題『天』字在上第二字，是以知其未也。」及唱名，果不預選。次舉春試，不利於禮部。八月再預廷試《蓋軫象天地賦》，又復黜。至皇祐五年免解，赴禮部前以卧疾困眠，夢至一大府，見二人，因懇求平生禄命。二人笑不答。再叩來年得失，其人指面前池水曰：「但此頭分流，君即登第。」覺以爲無理，而池不能分流，無中第望矣。久之乃悟，即更名汾，以符水分之兆。及試禮部《嚴父莫大於配天賦》，廷試《圜丘象天》，皆中高選。其後召試學士院，又賦《明王謹於事天》，得帖館職，皆符夢中之言也。《澠水燕談録》

林文節連爲開封府南廟第一，廷試皆屬以魁選，仁宗亦遣近璫伺其程文畢，先進呈。時試《民監賦》，破題云：「天監不遠，民心可知。」比至上前，一近侍旁觀，忽吐舌，蓋惡其語忌也。仁宗由是不樂，亟付考官，依格考校。考官之意不欲置之上等，入第三甲。而得章子平卷，破題云：「運啓元聖，天臨兆民。」上幸詳定幕次，即以進呈，上曰：「此祖宗之事，朕何足以當之。」遂擢爲第一。《石林燕語》

紹興間，黄公度榜第三人。陳修，福州人，解試《四海想中興之美賦》，第五韻隔對云：「葱嶺金堤，不日復廣輪之土；泰山玉牒，何時清封禪之塵。」時諸郡試卷多經御覽，高宗親書此聯於幅紙，粘之殿壁。及唱名，玉音云：「卿便是陳修？」吟誦此聯，凄然出涕。問：「卿年幾何？」對曰：「臣年七十三。」問：「卿有幾子？」對曰：「臣尚未娶。」乃詔出内人施氏嫁之，年三十，貲奩甚厚。時人戲爲之語曰：「新人若問郎年紀，五十年前二十三。」其年第五人方翥，興化人，解試《中興日月可冀賦》，一聯云：「伫觀僚屬，復光司隸之儀；忍死須臾，咸泣山東之淚。」亦經御覽，親筆録記，唱名日特命加一資。《鶴林玉露》

陳元裕嘗主文衡，出《大椿八千歲爲春秋賦》，滿場破題皆閣筆焉，遂自作云：「物數有極，椿齡獨長。以歲歷八千之久，成春秋二序之常。」又見蔡曼卿稱賞上舍熊元用節十四歲作《君人成天地之化賦》，破云：「物産於地，形成於天。賴君人之有作，成化工之未全。」二賦四柱，皆出人

意表，真所謂作賦手也。《螢雪叢説》

往年上庠湯黄中試《秋燕已如客》詩，破題：「近人方賀厦，如客已驚秋。」以「厦」對「秋」，假一作「權」。借用字也。陳傅良作《仲秋教治兵賦》，破題：「雖諸夏之偃武，必仲秋而治兵。」原其所作，皆有自來，豈非得張喬月中桂之遺意耶？所謂「根非生下土，葉不墜秋風」是也。六吟八韻，能於借對，只得一二警聯便自高人一著，作者不可不知。同上

太史公《伯夷傳》、蘇東坡《赤壁賦》，文章絶唱也，其機軸略同。《伯夷傳》以「求仁得仁又何怨」之語設問，謂：夫子稱其不怨，而《採薇》之詩猶若未免怨，何也？蓋「天道無親，常與善人」，而達觀古今，操行不軌者多富樂，公正發憤者多遇禍，是以不免於怨也。雖然，富貴何足求，節操爲可尚。其重在此，其輕在彼。况「君子疾没世而名不稱」，伯夷、顔子得夫子而名益彰，則所得亦已多矣，又何怨之有？《赤壁賦》因客吹洞簫而有怨慕之聲，以此漫問，謂：舉酒相屬，「凌萬頃之茫然」，可謂至樂，而簫聲乃若哀怨，何也？蓋此乃周郎破曹公之地。以曹公之雄豪，亦終歸於安在，况吾與子「寄蜉蝣於天地」，「哀我生之須臾」，宜其託遺響而悲也。雖然，「自其變者而觀之，雖天地曾不能一瞬；自其不變者而觀之，則物與我皆無盡也」，又何必羡長江而哀吾生哉？矧江風山月，用之無盡，取之不竭，此天下之至樂。於是洗盞更酌，而向之感慨冰釋矣。東坡步驟太史公者也。《鶴林玉露》

張詠嘗作《聲賦》，雖未能高致絶俗，然豪邁有理致。朋游有勸詠以《聲賦》贄先達者，詠曰：「取一第乃欲用吾《聲賦》耶！」其自負如此。《儒林公議》

廌謂少游曰：「比見東坡言少游文章如美玉無瑕，又琢磨之功殆未有出其右者。」少游曰：「某少時用意作賦，習貫已成，誠如所諭。點撿不破，不畏磨難，然自以華弱爲愧。」邢和叔嘗曰：「子之文銖兩不差，非秤上秤來，乃等子等來也。」廌曰：「人之文章，闊達者失之太疏，謹嚴者失之太弱。少游之文，詞雖華而氣古，事備而意高，如鐘鼎然。其體質規模質重而簡易，其刻劃篆文，則後之鑄師莫彷彿，宜乎東坡稱之爲天下奇作也。」《師友談記》

少游言：「小賦如人之元首，而破題二句乃其眉，惟貴氣貌有以動人，故先擇事之至精至當者先用之，使觀之便知妙用。然後第二韻探原題意之所從來，便須用議論。第三韻方立議論，明其旨趣。第四韻結斷其説以明題，意思全備。第五韻或引事，或反説。第七韻反説，或要終立義。第八韻卒章，尤要好意思爾。」同上

少游言：「賦中工夫不厭子細，先尋字以押官韻，及先作諸隔句。凡押官韻須是穩熟瀏亮，使人讀之不覺牽强，如和人詩不似和人詩也。」同上

少游云：「賦中用事惟要處置，才見題便類聚事實，看緊慢分布在八韻中。如事多者，便須精擇其可用者用之，可以不用者棄之，不必惑於多愛，留之徒爲累耳。如事少者，須於合用者先

占下，別處要用不可那移。」同上

少游言：「賦中用事，如天然全具，屬對親確者固爲上。如長短不等，對屬不確者須別自用其語而裁翦之，不可全無古語而有疵病也。譬如以金爲器，一則無縫而甚陋，一則有縫而甚佳，然則與其無縫而陋，不若有縫而佳也。有縫而佳且猶貴之，無縫而佳則可知矣。」同上

少游言：「賦中用事須主客分明，當取一君二民之義。借如六字句中兩字最緊，即須用四字爲客，兩字爲主。其爲客者必須協順賓從，成就其主，使於句中焕然明白，不可使主客紛然也。」同上

少游言：「賦家句脉自與雜文不同。雜文語句或長或短，一在於人。至於賦，則一言一字必要聲律，凡所言語須當用意屈折，斲磨須令協於格調，然後用之。不協律，義理雖是無益也。」同上

少游言：「凡賦句全藉牽合而成。其初兩事甚不相侔，以言貫穿之便可爲吾所用，此鍊句之工也。」同上

少游言：「今賦乃江左文章凋敝之餘風，非漢賦之比也。國朝前輩多循唐格，文冗事迂，獨宋、范、滕、鄭數公得名於世。至於嘉祐之末治平之間賦格始備。廢二十餘年而復用，當時之風未易得也已。」同上

少游言：「賦之説雖工巧如此，要之是何等文字？」廌曰：「觀少游之説，作賦正如填樂曲爾。」少游曰：「誠然。夫作曲，雖文章卓越而不協於律，其聲不和。作賦何用好文章，只以智巧飣餖爲偶

儷而已，若論與文，非可同日語也。朝廷用此格以取人，而士欲合其格，不可奈何也。」同上

衆禽中唯鶴標致高逸，其次鷺亦閒野不俗。後之人形於賦詠者不少，而規然衹及羽毛飛鳴之閒。鮑明遠《鶴賦》云：「鍾浮曠之藻思，抱清迥之明心。」此乃奇語也。杜牧之《晚晴賦》云：「忽八九之紅芰，如婦如女；墮蕊黦顔，似見放棄。白鷺潛來，邈風標之公子；窺此美人，如慕悦其容媚。」雖語近於纖豔，然亦善比興者。《庚溪詩話》

《文昌雜録》云：「余讀《江南録》：丘孟陽有賦名，嘗夢一官人延入一第中，具飲其旁，几上有書一卷，孟陽展讀，謂曰：『斯乃吾所述賦稿，何至兹乎？』其人曰：『昔公焚之時吾得之矣。』孟陽因就求之，答曰：『他日若至衡山，必當奉還。』後官至衡州茶陵令，乞致仕，卒於衡州。今世言焚故書必毁而後燔之，益可信也。」《漁隱叢話》

《金史》傳：郝天挺、元好問嘗學進士業，天挺曰：「今之賦學以速售爲功，六經百家分裂緝綴，或篇章句讀之不知。幸而得之，不免爲庸人。」《浩然齋雅談》

蘭獻賦贊述太子德美，太子報曰：「賦者，言事類之所附也；頌者，美盛德之形容也。故作者不虚其辭，受者必當其實。蘭此賦豈吾實哉。昔吾丘壽王一陳寶鼎，何武等徒以歌頌，猶受金帛之賜。蘭事雖不諒，義足嘉也，今賜牛一頭。」由是遂見親敬。《魏略》

魏國初建事多兼闕，故黄初三年始奉璧朝賀。何承天云：「魏元會儀無存者。」案：何楨《許

都賦》云：「元正大饗，壇彼西南。旗幕峩峩，檐宇弘深。」王沈《正會賦》又曰：「華幄映于飛雲，朱幕張於前庭。絙青帷於兩階，象紫極之峥嶸。延百辟于和門，等尊卑而奉璋。」此則大饗悉在城外，不在宫内也。臣案：魏司空王朗奏事曰：「故事正月朔賀，殿下設兩百華鐙對於二階之間。端門設庭燎火炬，端門外設五尺、三尺鐙。月照星明，雖夜猶晝矣。」如此則不在城外也。何、王二賦本不在洛京。何云《許都賦》，時在許昌也。王賦又云「朝四國于東巡」，亦賦許昌正會也。晉武帝世更定《元會注》，今有咸寧注是也。傅玄《元會賦》曰：「考夏后之遺訓，綜殷周之典藝。採秦漢之舊儀，定元正之嘉會。」此則兼採衆代可知矣。《宋志》

《周禮》：「女巫，掌歲時祓除釁浴。」如今三月上巳如水上之類也。《月令》：「莫春，天子始乘舟。」蔡邕《章句》曰：「陽氣和暖，鮪魚時至，將取以薦寢廟，故因是乘舟，禊于名川也。」《論語》：「莫春，浴乎沂。」洎上及下，古有此禮。今三月上巳祓于水濱，蓋出此也。邕之言然，張衡《南都賦》「祓於陽濱」，又是也。或用秋，《漢書》：「八月祓于霸上。」劉楨《魯都賦》：「素秋二七，天漢指隅。人胥祓除，國子水嬉。」又是用七月十四日也。自魏以後但用三日，不以巳也。同上

劉晝制賦一首，以《六合》爲名，自謂絶倫，吟諷不輟，以呈魏收。收謂人曰：「賦名《六合》甚愚，及見其賦，又愚於名。」《魏書》

《禮儀志》：　屬車。案古者諸侯貳車九乘，秦滅九國，兼其車服，故爲八十一乘。漢遵不改。

〔大〕業初，屬車備八十一乘。至三年二月，帝嫌其多，問起居部郎閻毗。毗曰：「臣共宇文愷參詳故實，此起于秦，遂爲後式。故張衡賦云『屬車九九』是也。」《隋書》

盧思道爲《孤鴻賦》，其序曰：「余志學之歲，自鄉里游京師，便見識知音，歷受羣公之眷。年登弱冠，甫就朝列，談者過誤，遂竊虚名。通人楊令君、邢特進以下皆分庭致禮，倒屣相接，翦拂吹嘘，長其光價。而才本駑拙，性實疏嬾，勢利貨殖，淡然不營。雖籠絆朝市且三十載，而獨往之心未始去懷抱也。攝生舛和，有少氣疾。分符坐嘯，作守東原。洪河之湄，沃野彌望。囂務既屏，魚鳥爲隣。有離羣之鴻爲羅者所獲，野人馴養，貢之於余。置諸池庭，朝夕賞玩，既用銷憂，兼以輕疾。《大易》稱『鴻漸於陸』，羽儀盛也；揚子曰『鴻飛冥冥』，騫翥高也；《淮南》云『東歸碣石』，違溽暑也；平子賦曰『南寓衡陽』，避其寒也。若其雅步清音，遠心高韻，鵷鸞已降，罕見其儔。而鎩翮墻陰，偶影獨立，唼喋粃稗，雞鶩爲伍，不亦傷乎！余五十之年忽焉已至，永言身事，慨然多緒。乃爲之賦，聊以自慰云。」《北史》

《玄宗紀》：天寶十三載，上御勤政樓，試四制科舉人策，外加詩賦各一首。制舉加詩賦自此始也。《舊唐書》

進士科起於隋大業中，是時猶試策。高宗朝劉思立加進士雜文。建中二年，中書舍人趙贊權知貢舉，乃以箴論表贊代詩賦，而皆試策三道。大和八年，禮部復罷進士議論，而試詩賦。文

宗從内出題以試進士，謂侍臣曰：「吾患文格浮薄，昨自出題，所試差勝。」乃詔禮部歲取登第者三十人，苟無其人，不必充數。鄭覃以經術位宰相，深嫉進士浮薄，屢請罷之。文宗曰：「敦厚浮薄，色色有之。進士科取人二百年矣，不可遽廢。」《唐志》

王績隋大業中應孝悌廉潔舉，授揚州六合縣丞，非其所好，棄官還鄉里，結廬河渚，以琴酒自樂，嘗遊北山，因爲《北山賦》以見志。同上

蘇轍使契丹，館客者侍讀學士王師儒能誦洵、軾之文及轍《茯苓賦》，恨不得見全集。《宋史》

夏文莊公竦幼負才藻，超邁不羣，時年十二，有試公以《放宫人賦》者，公援筆立成，文不加點。其略曰：「降鳳詔於丹陛，出蛾眉於六宫。夜雨未回，儼鬢雲於簾户；秋風漸曉，失釵燕於房櫳。」又曰：「莫不喜極如夢，心揺若驚。踟躕而玉趾無力，眄睞而横波漸傾。鸞鑑重開，已有歸鴻之勢；鳳笙將罷，皆爲别鶴之聲。于時銀箭初殘，瓊宫乍曉。星眸争别於天仗，蓮臉競辭於庭沼。行分而掖路深沈，步緩而回廊繚繞。嫦娥偷藥，幾年而不出蟾宫；遼鶴思家，一旦而却歸華表。」《避暑録話》

錢君倚云：《漢書·律曆志》：「鈞著一月之象。」又云：「輔弼執玉以翼天子。」科場舉人以爲賦題，「著」疑是「者」，「玉」疑是「之」字，監本之誤也。吴春卿殿試《聖有謨訓賦》用「答揚」二字，自謂頗工。考官張希顔不曉，云：「只有對揚休命，豈有答揚者耶。」傍一人云：「答即對也，

乃及時文也。」遂加一抹。宋宣獻公綬編排卷子，知其誤，不敢移易也。《江鄰幾雜志》

兒子于何處得《寶月觀賦》，琅然誦之。老夫卧聽之未半，躍然而起，恨二十年相從，知元章不盡。若此賦當過古人，不論今世也。天下豈常如我輩憒憒耶！公不久當自有大名，不勞我輩説也。《東坡尺牘》

《禮部韻略》所分字有絶不近人情者。如東之與冬、清之與青，至於隔韻不通用。而爲四聲切韻之學者，必强立説，然終爲非是。如「撰」字至列於上去三韻中，仍義訓不一。紹興二十年省闈舉子兼經出《易簡天下之理得賦》，予爲參詳官，有點檢試卷官蜀士杜華云：「簡字韻甚窄，若撰字必在所用，然唯撰述之撰乃可爾，如『雜物撰德』、『體天地之撰』、『異夫三子者之撰』、『欠伸，撰杖屨』之類，皆不可用。」予以白知舉，請揭榜示於衆。何通遠諫議初亦難之，予曰：「倘舉場皆落韻，如何出手？」乃自書一榜。榜才出，八厢邏卒以爲逐舉未嘗有此例，即録以報主者。士人滿簾前上請，予爲逐一剖析，然後退。又静之與靚，其義一也，而以静爲上聲，靚爲去聲。案《漢書》賈誼《鵩鳥賦》「淡乎若深淵之靚」，顔師古注：「靚與静同。」《史記》正作「静」。揚雄《甘泉賦》：「暗暗靚深。」注：「靚即静字耳。」今析入兩音，殊爲非理。《容齋五筆》

程文《斲雕爲樸賦》第四韻結聯云：「圭磨嶽鎮，歸璞玉以全真；罍去山雲，表瓦罇而務德。」愚恐無此理。鎮圭、雲罍，古人制度，非漢人所斲之雕。且斲雕者，史臣形容反樸之意耳。《黄氏日鈔》

四六叢話卷六

制勅詔册　四一

昔史通子欲以制册表啓爲一書，列于記傳，以應《尚書》記言之遺，正舊史載文之失，見亦卓矣。第嘗論之，制勅表啓，體例不同。貢章上表，臣工以效。颺言奏記，移書僚寀，以通情愫。達之亹亹，比薈蔚以興雲；致乃翩翩，體綢繆于墜雨。故復文不厭華，篇宜設色。若乃藻飾王言，涣揚大號。出之著於重申，垂之編於令甲。發言爲憲，吐詞成經。下於流水之源，震于春霆之響。豈若矜才士之筆端，逞文人之語妙，學爲纂組，崇飾輪轅云爾哉！然則表啓之類，宜尚才華；制册之文，先覘器識。爲此者必深明乎帝王運世之原，默契乎日昃勤民之旨。寧朴而無華，寧簡而無浮。選言於訓誥之區，探賾乎皇唐之域。授官命職，備著激揚；閔雨憂農，如傳喟息。使聞者有一見決聖之思，誦之動扶杖往觀之慕，豈不休哉！漢初去古未遠，猶有渾噩遺風。入關求賢諸詔，落落不支，巍巍共仰。意表豁達之淵衷，辭擬

《大風》之雄唱，豈高祖所自爲歟。文、景寬仁，太和在抱；武、宣嚴峻，督責時加。應張弛之異用，乃温肅之迭乘。東京詔辭，矩矱未失，永平、永元之間，辟雍養老更，白虎述經義，披藝觀之，禮意備矣。魏、晉而下，華縟遞增，然琢句彌新，而遒文間發。下及陳、隋，益事排偶矣。原夫漢時視草，初無職司；唐代演綸，始稱妙選。太宗肇啓瀛洲，俾參密勿。爾後封拜將相，例降麻詞。則鳳池專出納之司，翰苑掌文章之柄。雲烟焕爛，從青瑣以追趨；鈐索深沈，有玉堂之故事。自顔、岑、崔、李，燕、許、常、楊，起家濟美，染翰垂名者以十百數，而超羣特出，尤推陸贄、李德裕焉。天子常呼陸九，時人目爲内相，是宣公以珥筆而秉機政也。「學士不盡人意，勅書須卿自爲」，是衛公以揆路而攝掌綸也。迄今讀興元典赦之制，沈痛切深，宜有以結山東將士之心；觀《一品會昌》之集，明白曉暢，自足以伐敵國陰謀之計。豈非才猷迥出，詞筆參長者乎。宋室繼興，尤重厥任。曠觀三百年間，略分三等，足概諸家。智珠在握，春麗紛敷。筆綜九流，轉若樞而罔礙；胸羅萬卷，運於手而不知。浩若長河之東注，賁若化工之肖物。若歐陽公、蘇長公其上也。官舉其職，人甄厥長。文贍義精，句奇語重。參炳焉與三代同風，卓爾軼漢京而上。若曾南豐、真西山固其亞也。抽青妃白，選義考辭。參差叶鳳管之和，組織盡鴛機之巧。極雕鑱之能事，而妙若天成；驅卷軸之紛綸，而工如己出。若汪浮溪、周益公又其次也。至若八世祖宗之句，失檢毫釐；元龜昆命之言，指瑕千

古。此又率爾操觚者所當引以爲戒者也。摭彼瑣言，都爲一集。地分清切，才擅琳琅，惟丹青方絢夫筆花，將酸鹹一嘗其鼎臠矣。叙《制勅詔册第四》。

皇帝御寓，其言也神。淵嘿黼扆，而響盈四表，唯詔策乎！昔軒轅唐虞，同稱爲「命」。「命」之爲義，制性之本也。其在三代，事兼誥誓。誓以訓戎，誥以敷政。命喻自天，故授官元作「管」。錫胤。《易》之《姤》象，「后以施命誥四方。」誥命動民，若天下之有風矣。降及七國，並稱曰「令」。令者，使也。秦并天下，改命曰「制」。漢初定儀則，則命有四品：疑衍一「則」字，以「定儀」爲讀。一曰策書，二曰制書，三曰詔書，四曰戒勅。勅戒州部，詔誥百官，制施赦命，策封王侯。策者，簡也。制者，裁也。詔者，告也。勅者，正也。《詩》云「畏此簡書」，《易》稱「君子以制度數」，《禮》稱「明君之詔」，《書》稱「勅天之命」，並本經典以立名目。遠詔近命，習秦制也。《記》稱「絲綸」，所以應接羣后。虞重納言，周貴喉舌，故兩漢詔誥，職在尚書。王言之大，動入史策，其出如綍，不反若汗。是以淮南有英才，武帝使相如視草；隴右多文士，光武加意於書辭。豈直取美當時，亦敬慎來葉矣。

觀文景以前，詔體浮新；武帝崇儒，選言宏奥。策封三王，文同訓典；勸元作「觀」，謝改。戒淵雅，垂範後代。及制誥嚴助，即云厭承明廬，蓋寵才之恩也。孝宣璽書，賜太守陳遂，「賜太守」元作

「責博士」，考《漢書》改。汪本作「責博進陳遂」。亦故舊之厚也。逮光武撥亂，留意斯文，而造次喜怒，時或偏濫。詔賜鄧禹，稱司徒爲堯；勅責侯霸，稱黄鉞一下。若斯之類，實乖憲章。暨明帝崇學，雅元作「惟」，朱改。詔間出。安、和政弛，禮閣鮮才，每爲詔勅，假手外請。建安之末，文理代興。潘勗九錫，典雅逸羣；衛覬元作「凱」，孫改。禪誥，符命炳燿，弗可加已。自魏、晉誥策，職在中書。劉放、張華，互管斯任，施命發號，洋洋盈耳。魏文帝下詔，辭義多偉，至於作威作福，其萬慮之一弊乎。晉氏中興，唯明帝崇才，以温嶠文清，故引入元脱，朱按《御覽》補。中書。自斯以後，體憲元作「慮」，朱改。風流矣。

夫王言崇祕，大觀在上，所以百辟其刑，萬邦作孚。故授官選賢，則義炳重離之輝；優文封策，則氣含風雨之潤；勅戒恒誥，則筆吐星漢之華；治戎燮伐，則聲有洊雷之威；眚灾肆赦，則文有春露之滋；明罰勑法，則辭有秋霜之烈。此詔策之大略也。戒勑爲文，實詔之切者。周穆命郊元作「鄧」，朱考《穆天子傳》改。父受勑憲，此其事也。魏武稱作勑戒，當指事而語，一作「誥」，從《御覽》改。勿得依違，曉治要矣。及晉武勑戒，備告百官：勑都督以兵要，戒州牧以董司，警郡守以恤隱，勒牙門以禦衛，有訓典焉。戒者，慎也，禹稱「戒之用休」。君父至尊，在三罔元作「同」，許改。極，漢高祖之勑太子，東方朔之戒子，亦顧命之作也。及馬援已下，各貽家戒。班姬女戒，足稱母師也。教者，效也，言出而民效也。契敷五教，故王侯稱教。昔鄭弘之守南陽，條教爲後所述，乃

事緒明也；孔融之守北海，文教麗而罕於理，乃治體乖也。若諸葛孔明之詳約，庾稚恭之明斷，並理得而辭中，辭之善也。自教一作「辭」，從《御覽》改。以下，則又有命。《詩》云「有命自天」，明命爲重；《周禮》曰「師氏詔王」，明詔爲輕。今詔重而命輕者，古今之變也。《文心雕龍》

《封敖傳》：敖草《封衛國公制》曰：「遏橫議於風波，定奇謀於掌握。意皆我同，言不他惑。」德裕口誦此數句，撫敖曰：「陸生有言：『所恨文不逮意。』如卿此語，秉筆者不易措言。」解其所賜玉帶遺之。《舊唐書》

天復元年，杜德祥榜放曹松、王希羽、劉象、柯崇、鄭希顔等及第。時上新平内難，聞放新進士，喜甚，詔選中有孤貧屈人，宜令以名聞。故德祥以松等塞詔，各受正制，略曰：「念爾登科之際，當予反正之年。宜降異恩，各膺寵命。」松、希羽甲子皆七十餘，象、崇、希顔亦皆年逾耳順矣，時謂五老榜。同上

懿宗朝，韋保衡、路巖忌宰相劉瞻，誣以罪，黜爲荆南節度，鄭畋爲制詞曰：「早以文學疊中殊科，風稜甚高，恭謹無玷。」又云：「安數畝之居，仍非己有；却四方之賄，惟恐人知。」韋、路大怒，貶畋爲梧州刺史，謫劉驩州司户，命舍人李庚爲詞，深文痛詆，必欲加害。屬懿宗厭代，僖宗立，蕭倣輔政，舉瞻自代，召歸朝廷。至湖南，庚典是郡，出迎江次，牌亭致酒，瞻唱《竹枝詞》，送庚酒，命庚酬和，庚曰：「不閒音律。」瞻曰：「君應只解爲制詞也。」是夕，庚飲酖而卒。《全唐詩話》

費冠卿登元和二年第，母卒，既葬而歸，歎曰：「干禄養親耳，得禄而親喪，何以禄爲！」遂隱池州九華山。長慶中，殿院李行修舉其孝節，拜右拾遺，制曰：「前進士費冠卿，嘗預計偕，以文中第。禄不及於榮養，恨每積於永懷。遂乃屏身丘園，絶跡仕進，守其志性，十有五年。峻節無悶，清標自遠。夫旌孝行，舉逸人，所以厚風俗而敦名教也。宜承高獎，以儆薄夫。擢參近侍之榮，載伫移忠之效。」冠卿竟不應命。同上

司空圖，河中虞鄉人。柳璨爲相，臣僚多被放逐。圖爲監察御史，尤加畏慎。昭宗郊禮畢，上章乞致仕曰：「察臣本意，非爲官榮。可驗衰羸，庶全名節。」上特賜歸山，其詔略曰：「既養高以傲世，類移山以釣名。心惟樂於漱流，仕非顓於食禄。匪夷匪惠，特忘反正之朝；載省載思，當徇遯棲之志。宜放歸中條山。」詔辭乃璨之文也。同上

孫魴，南昌人。唐末鄭谷避亂歸宜春，魴往依之，頗爲誘掖。後有能詩聲，終於南唐。魴父，畫工也。王徹爲中書舍人，草魴誥詞曰：「李陵橋上，不吟取次之詩；顧凱筆頭，豈貌尋常之物。」魴終身恨之。同上

韓十八初貶之制，席十八舍人爲之詞：「早登科第，亦有聲名。」席既物故，友人曰：「席無令子弟。豈有病陰毒傷寒而與不潔喫耶？」韓曰：「席十八喫不潔太遲。」人問之何也，曰：「出語不是。」蓋忿其責詞云「亦有聲名」耳。《劉賓客嘉話録》

東坡喜嘲謔，以吕微仲豐碩，每戲之曰：「公真有大臣體。」此《坤》「六二」所謂「直方大」也。微仲拜相，東坡當制其詞曰：「果藝以達，有孔門三子之風；直方而大，得坤爻六二之動。」《東皋雜録》

陳去非草《故相義陽公起復制》云：「眷予次輔，方宅大憂。」有以「宅憂」爲言者，令貼麻。陳改云「方服私艱」，説者又以爲語忌。王初寮草《鄭華陽持餘服麻》云：「惟君臣相與之際，當諒乃心；顧忠孝兩全之難，重違所請。」《四六談塵》

熙寧間鄧潤甫作《邢妃麻》云：「《周南》之詠《卷耳》，無險詖私謁之心；《齊詩》之美《雞鳴》，有警戒相承之道。」後王荆公退居金陵，屢用之。同上

孫巨源作《除太尉制》云：「秦官太尉，漢代上公。」語典而重。同上

元章《簡公厚之致表》云：「正至衣冠，莫綴邇聯之列；歲時斗酒，尚霑甲令之恩。」又《謝越州表》云：「驅車萬里，虚出玉關之門；乘駟一麾，幸至會稽之邸。」《謝子耆寧除職表》：「疲牛抱犢，同均豐草之甘；倦鳥將雛，不失上林之樂。」皆爲人稱誦。其作《王荆公相麻》亦世所稱工，然腦詞乃云：「若礪與舟，世莫先于汝作；有衮及繡，人久佇於公歸。」或以爲先後失倫。同上

王初寮作《宣德門成賞功制》云：「閣道穹窿，兩觀翬翔於霄漢；闕庭焕麗，千户開闔於陰陽。」時謂工則工矣，但唤下句不來。同上

綦叔厚草蜀將制曰：「已失秦川之險，敢云蜀道之難。」辛炳爲中書，遽作彈文曰：「川未失也。」綦自辨其語，上曰：「吾知之矣。卿所言者，我能往，寇亦能往。」同上

杜佑爲司徒，年過七十，未請老。裴晉公爲舍人，因高郢致仕命辭曰：「以年致仕，抑有前聞；近代寡廉，罕由兹道。」蓋譏之也。《避暑録話》

元符末，曾文肅自知樞拜相。公弟文昭爲翰林，鏁宿禁中面對喻旨草麻，文昭力辭，上云：「弟草兄麻，太平美事。禁中已撿見韓絳故事矣。不須辭。」文昭始拜命。蓋熙寧初，韓康公入相，實持國當制。國朝以來兩家而已。《揮麈前録》

姑蘇守臣進蟹，應制程奎草批答云：「新酒菊天，惟其時矣。」上曰：「茅店酒旗語，豈王言耶。」令陳藏一擬聞，先臣援筆立成，略曰：「内則黄中通理，外則戈甲森然。」「此卿出將入相，文在中而横行之象也。」上乃悦。《隨隱漫録》

樂天行《張平叔户部侍郎判度支制誥》云：「吾坐而决事，丞相以下不過四五，而主計之臣在焉。」以此知唐制主計蓋坐而論事也，不知四五者悉何人。平叔議鹽法至爲割剥，事見退之集，今樂天制誥亦云：「計能析秋毫，吏畏如夏日。」其人必小人也。《仇池筆記》

吕丞相端自太常丞知蔡州，召入，拜户部員外郎，爲樞密直學士，時王二丈禹偁行誥詞，略曰：「多直道以事君，每援經而奏事。」《丁晉公談録》

王二丈禹偁忽一日閣中商較元和、長慶中名賢所行詔誥有勝於《尚書》者，衆皆驚而請益之。曰：「只如元稹行《牛元翼制》云：『殺人盈城，汝當深誡；孥戮示衆，朕不忍聞。』且《尚書》云：『不用命戮於社。』又云：『予則孥戮汝。』以此方之，《書》不如矣。」其閱覽精詳也如此，衆皆伏之。同上

先公在元祐背馳，與蘇轍尤不相好。公知廬州，轍門人吴儔爲州學教授，論公延鄉人方素於學舍講三經義，轍爲内應，公坐降知壽州。後在廣守與東坡邂逅，各出詩文相示。既得罪，范致虚行責詞云：「諂交軾、轍，密與唱和；媚附安、李，陰求進遷。」或以轍事語范，范曰：「吾固知之，但不欲偏枯却屬對。」范學於先公，或疑其背師，蓋國事也。范操行非希旨下石者。《可談》

錢遹德循爲侍御史，元符末，攻曾布，章數上，正急。會其子病，明日將對，夜，其子死，德循即跨馬入朝，不復内顧。既歸而後舉哀。朝廷頗知之。布敗，德循遂除中丞，誥詞有云：「方蹇蹇以匪躬，子呱呱而弗恤。」未幾德循轉工部尚書，失言路，其僚頗攻擊，竟論匿哀之事。德循由是得罪，責詞數其躁進，至云：「匿哀請對，褻瀆軒墀。」德循投閑久之，領宫祠而終。同上

王夕郎信掌制誥，孝宗覽之，曰：「近日誥詞，全似啓事，溢美太甚。卿甚得體。」文豹謂：其弊始於用四六也，詞臣又欲因此結知，務諛悦而極工巧，拘平仄而促對偶，無復體製。開慶元年，丁相大全當國，江、鄂二郡守創例每一漁船日輸五千，漁人不堪命，遂渡北兵入寇鄂渚。八月起

舊相吴履齋宅左揆，直院洪魯齋芹草麻制，中間云：「予方重宵衣之憂，汝不以晝錦爲榮。入趨延英之召，亟舉天章之咨。惟事務之孔殷，顧弊源之滋甚。士氣抑鬱而弗振，民力殫弱而莫紓。在廷紐於意見之偏，在邊玩於守備之弛。當饋以歎，濟川其誰。遺大投艱，孰念敉一作『數』。寧之計；任重致遠，實維宏毅之賢」云云。「於戲！《詩》有《天保》、《采薇》，寧厲脩政懷遠人之志；道在《中庸》、《大學》，尚明治國平天下之經。予欲祈永命汝迪，予欲康庶事汝爲。惟至忱足以感動神明，惟大公足以信服中外。緊我耆俊，毋煩訓詞。」細觀此制，詞情懇到，句語坦明，不獨平側對偶，真得制誥體。魯齋乃容齋先生嫡派，然前輩四六多喜堆故事，如先生草《吴璘開淮渠獎諭》云：「刻石立作三犀牛，重見離堆之利；渡波誰云兩黄鵠，詎煩鴻卻之謡。」蓋用杜詩《石犀行》、翟方進開陂事。事雖切，但非制誥體。看坡公制誥，用故事明白敷暢。《清夜録》

《弔江叔帖》非唐文皇書。案：高宗永隆元年七月丙申，江王元祥薨，即此帖所謂江叔也。高宗多以國呼諸父，如滕叔不須賜謂滕王元嬰，猶以元祥爲江叔，此正高宗書也。《叔藝韞多材帖》亦唐高宗書，中云「聊以示藹」，謂魯王靈夔之子范陽王藹也。靈夔亦高宗叔，史稱其篤學，善草隸。此帖所謂「叔藝韞多材，慈深善誨。藹夙奉趨庭之訓，早擅臨池之工」者以此。後有《答進枇杷》并《移營五橋南》二帖皆高宗書。此數段竝誤入太宗帖中。《東觀餘論》

右宋諲鐘六，其銘款曰：「宋公成之諲鐘，崇寧三年甲申歲得於南都之崇福院。」尋貢之内

府，考其文則宋鐘，原其出則宋地也。聖詔有曰：「得英誙之器於受命之邦。」即此鐘也。是時帝作大晟，即取以爲鐘法。案《樂緯叶圖證》曰：「帝顓樂曰《六莖》。」宋均注曰：「能爲五行之道立根莖也。」「誙」即古文「莖」。繇帝顓而後歷帝嚳、唐、虞、夏、商以及于周，六莖之制其傳可謂遠矣。然周備六代之樂，特《五英》、《六誙》無之，惟宋，商之後，故宋公猶得其傳。成者，平公名，《春秋》書曰「宋公成」，與此鐘銘合。同上

童貫緣開邊功建武康節鉞，其三年二月，將行復洮州賞。葉少藴在北門，微聞當遂爲使相，懼當視草，不能自免，出語沮之。蔡元長愧於衆論，二月丁酉鎖院，進司徒，易鎮臨洮而已。少藴黽勉奉詔。鄭華原素不樂少藴，摘語貫曰：「葉内翰欺公，至託王言以寓微諷。」貫問其故，華原曰：「首詞有云：『眷言將命之臣，宜懋旌勞之典。』凡今内侍省差一小中官降香則當曰『將命』，修一處寺觀、造數件服用，轉官則曰『旌勞』。公以兩府故事爲宣威，麻辭乃爾，是以黄門輩待公也。其末云：『若古有訓，位事惟能。德因敵以威懷，於以制四裔之命；賞眡功而輕重，是將明八柄之權。』《尚書・周官》分明上面有『建官惟賢』一句不使，却使下一句，謂公非賢爾。眡功輕重之語亦以公之功止於如此，不足直醲賞也。」貫初垂涎儀同，已大失望，聞之赬面，徑揖起歸，質諸館賓，俾字字解釋，而已聽之，其言頗符，則大怒，泣訴於祐陵。納告榻上，竟不受。其年五月，遂以龍學出少藴汝州，繼又落職，領洞霄祠。《桯史》

紹興己未，金人歸侵疆，曲赦新復州縣，赦文曰：「上穹開悔禍之門，一作『期』。大金報許和之約。割河南之境土，歸我輿圖；戢宇内之干戈，用全民命。」金以不歸德其國。明年，遂指爲釁以起兵，復陷而有其地。後二年和議成，秦檜懼當制者之不能説敵也，以孽子熺及其黨程克俊補甃。故其文曰：「上穹悔禍，副生靈願治之心；大國行仁，遂子道事親之孝。可謂非常之盛事，敢忘莫報之深恩。而況申遣使軺，許敦盟好。來存殁者萬餘里，慰契闊者十六年。禮備送終，天啓固陵之吉壤；志伸就養，日承長樂之慈顔。」同上

淳祐癸卯，長至雷三學生上書攻史嵩之。明年，徐霖伏闕上書疏其罪。是歲仲冬，嵩父彌忠殂于家，不即奔喪，公論沸騰。未幾，御筆嵩之起復右丞相，於是三學生復上書，將作監徐元杰、少監史季温、右史韓祥皆有疏，言其不可。及丙午冬終喪，御筆史嵩之候服日除職與宫觀，于是臺臣章炎、李昴英及學校皆有書疏交攻之，御筆始有史嵩之特除觀文殿大學士，許令休致。時劉克莊權中書舍人，當草制繳奏，云：「照得史嵩之前丞相既非職名，又非階位。不知合于何官職下許令休致？」議者乃以克莊欲陰爲之地。章、李二臺臣因再攻嵩之，并克莊劾去之。克莊自辨云：「臘月二十二夜，丞相傳旨草制，次日具稾，又次日被論，竟莫知爲何罪也。」罷制中有云：「朕聞在昔求忠臣於孝子之門，人謂斯何？豈天下有無父之國！」又云：「宇宙雖廣，有粟得而食諸；霜露既濡，啜泣何嗟及矣！」又云：「罪臣猶知之，卿勿廢省循之義；退天之道也，朕樂聞

止足之言。」然竟别命詞焉。《癸辛雜識》

丙申之春，御筆史嵩之退安晚節踰十年，可特授觀文殿大學士依舊金紫光禄大夫永國公致仕。越日，董槐上疏，乞於嵩之致仕指揮之下明示以不復圖任之意，御批：「決不復用。」林存當制有云：「高尚不事王侯，朕每嘉於雅志；忠愛不忘畎畝，爾毋有於遐心。」公論復以爲未然。同上

熙寧三年，曾宣靖爲昭文相，以疾乞解機政。久之，除守司空侍中、河陽三城節度使、集禧觀使，一作「兼領宫觀」。王文恭爲内相，當制進草，神宗讀至「高旗鉅節，遥臨踐土之邦；閒館珍臺，獨揖浮邱之袂」，顧文恭笑曰：「此句甚熟，想備下多時。」文恭云：「誠如聖訓。」歸語其子仲修云：「吾自聞魯公丐去，即辦此一聯。歎服上之精鑒如此。」《揮麈餘話》

元祐二年，東坡先生入翰林，暇日會張、秦、晁、陳、李六君子於私第，忽有旨令撰《賜奉安神宗御容禮儀使吕大防口宣茶藥詔》，東坡就牘書云：「於赫神考，如日在天。」顧羣公曰：「能代下一轉語否？」各辭之。坡隨筆復書云：「雖光明無所不臨，而躔次必有所舍。」羣公大以聳服。同上

紹興二年，秦會之罷右僕射，制略云：「自詭得權而舉事，當聳動於四方；逮兹居位以陳謀，首建明於二策。罔燭厥理，殊乖素期。」又云：「予奪在我，豈云去朋黨之難；終始待卿，斯無負

君臣之義。」此綦叔厚之文。褫職告詞云：「聳動四方之聽，朕志爲移；建明二策之謀，爾材可見。」謝任伯之文。綦、謝姻家也，秦大憾之。丁卯歲，啓上詔毁《宰執拜罷録》，謂載訓詞也。《揮麈後録》

外祖曾空青知信州日，曾辨宣仁聖烈誣謗，首尾甚詳，言先臣極論哲宗洞照謬妄，雖追貶王珪，力不能回，而於珪責詞猶用先臣之言，内四句云：「昭考與子之意，素已著明；太母愛孫之慈，初無間隙。」哲宗至再三稱善。《揮麈三録》

劉廷，開封人，思陵中興更名誨，上書自奮應募，願使北庭。召對稱旨，自韋布授京秩供侍從以行。復命，有旨擢直顯謨閣守楚州，制詞云：「昨將使指之光華，備歷征途之嶮岨。命分憂於凋郡，併進直於清班。」《揮麈三録》

乾道六年初，議於太上皇帝尊號中加「憲天體道」四字，皇后加「慈明」二字。必大草詔云：「太上皇帝與天同大，體道之宗；太上皇后如月之明，以慈爲寶。」蓋取文義之順耳。將宣布，而議者謂天聖二年賜太宗女申國大長公主謚曰「慈明」，當避。於是改用「明慈」二字。宰執云：「詔書先『明』而後『慈』，蓋一作『殆』。默定也。」《玉堂雜記》

上於文字尤欲得體，一覽便見是非。必大草《太上辭尊號第一詔》，其末云：「怡神閒燕，何力之有。」上曰：「此雖道太上語，畢竟自此起草送去，『何力』之句，不能無嫌。」必大遂改作「無累

於物」，蓋上用意至到如此。同上

案：文以識爲主，所謂辭尚體要也。孝宗一語出益公上遠矣，非天授乎？

淳熙二年六月，禮部太常寺申來年太上皇帝當慶七十，欲加上尊號，先次討論。九月乙未，葉丞相罷，龔參首招予及學士王季海共議，然後定爲「性仁誠德，經武緯文」，遂草《宣布詔》，其頌太上皇帝云：「以德行仁，本性誠之固有；修文偃武，合經緯之自然。」太上皇后云：「月齊日以得天，而能久照；坤順乾而配地，是以廣生。」上再三稱奬，謂：「數句用經語該括明備，非卿不能爲，真大手筆也。」英宗謂輔臣學士惟王珪能爲詔。同上

大禮降御劄，既云劄，示則當親筆付外。近歲同常詔從院吏寫本行出，未知中朝舊事如何。乾道九年六月七日，宣當直學士草南郊御劄，三更進草，其間云：「乾清坤寧，振四方之綱紀；星輝海潤，兆百世之本支。玉卮每奉於親闈，瑞節歲交於鄰境。」上改作「農扈屢豐，戎軒載戢。崇禮樂而四達，嘉風俗而載淳。玉卮每奉於親闈，美化遂刑於海宇」，仍批云：「可改簽抹者五句，意不近於郊祀。」其欲得體，大率如此。同上

己亥三月，下禮部太常寺議明堂大禮。九月二十六日受誓戒。丙寅，大雨。丁卯，鎖院草赦。戊辰，百執事冒雨請皇帝致齋。己巳，上乘逍遥車朝獻景靈宫，入太廟，宿齋四日之間，雨晝夜傾注，通衢殆如溪澗，黄昏雨驟止。庚午昧爽，駕來登輅，必大執綏，上喜曰：「且得晴霽。」辛

未行禮，月色如晝，上拜起不倦，以迄於成。黎明登樓肆赦，簪花過德壽宫，人情熙然。赦書乃必大視草，其間云：「惟周成宗祀，洛中陟配於文王；惟漢武合祠，汶上推嚴於高帝。皆用親郊之禮，具殫尊祖之誠。於鑠本朝，若稽前代。俶經路寢，有皇祐之彝儀；偏秩羣神，有紹興之近制。不愆於素，可舉而行。」蓋欲明著古禮以示來世也。後數日，加恩羣臣，必大復草《趙相制》云：「裸將太宫，霖潦驟霽。陟恪太寢，月華正中。」又云：「鎮定大事，如彦博之恢弘；貫通羣經，如宋庠之博洽。」皆紀一時之事，且以仁宗初行明堂，二公實爲相也。同上

淳熙丙申，都堂召議賜交趾來年曆日詔書。予謂李天祚去冬已薨，龍翰未經封拜，欲作「安南國王嗣子龍翰」，執政然之。案故事，其王初立即封交趾郡王，久之，進南平王，死則贈侍中、南越王。安南爲國，蓋曾丞相之失。舊止稱安南道，加封之後，浸自尊大。丁酉三月二十四日，制授龍翰静海軍節度觀察處置等使特進檢校太尉兼御史大夫上柱國安南國王，食邑三千户食實封一千户，仍賜推誠順化功臣。予適當制，其云：「即樂國以肇封，既從世襲；極真王而錫命，何待次升。」蓋言不封郡王也。大中祥符，李公蘊傳子德政、孫日尊；卒，乾德嗣；卒，陽焕嗣；卒，天祚嗣；卒，龍翰嗣。制云：「乃眷一邦，兹傳七世。」自公藴言之也。同上

監察御史王公綸草《劉婉儀進位貴妃制》，太上稱其有典誥體，除大資政留守金陵，即其鄉也。未第時，兄弟就食府庠，至是人以爲榮。尋卒官。予嘗草其致仕制云：「少則歌《鹿鳴》而薦

於鄉，老則釋麟符而居其里。考昔人而或有，在近歲以幾希。」贈官制云：「古所謂鄉先生者，歿則祭於社。而後世良二千石，民亦奉嘗之。爾於二者蓋兼之。」皆紀實也。同上

道君皇帝以于闐玉益八寶爲九寶，其文云：「範圍天地，幽贊神明，保合太和，萬壽無疆。」王初寮草詔曰：「太極函三，運神功於八索；乾元用九，增寶籙一作「曆」。於萬年。」「八索」、「用九」可謂切事。徽廟以銀椀盛蘇合香賜之。《楓窗小牘》

陳繹《批答曾魯公表》云：「爰露乞骸之請。」黄裳爲曾侍讀制曰：「備員勸講。」「乞骸」、「備員」，乃表語，非詔語也。曾魯公謂人曰：「使布何所道。」《後山詩話》

則天朝，吉頊爲相州刺史，迎中宗，興復唐室，頊有力焉。睿宗登極，下詔曰：「曩時王命中圮，人謀未輯，首陳反正之議，克創祈天之業，永懷忠烈，寧忘厥勳。可贈御史大夫。」《大唐新語》

盧懷慎，范陽人，清儉廉約。及秉鈞衡，家無餘蓄，妻子不免匱乏。及薨，玄宗詔曰：「故檢校黄門監盧懷慎，衣冠重器，廊廟周材。訏謨當三傑之一，學行總四科之二。等平津之輔漢，同季文之相魯。節隣於古，儉實可師。雖清白瑩然，籯金非寶；然妻孥貧窶，擔石屢空。言念平昔，彌深軫悼。宜恤凌統之孤，用旌晏嬰之德。宜賜物一百段，米粟二百石。」制，蘇頲爲之，碑仍御書焉。子奐以清白稱，一作「聞」。爲陝郡太守。開元二十四年，玄宗還京師，次陝城，頓賞其政能，題贊於其廳事曰：「專城之重，分陝之雄。人多惠愛，性實謙冲。亦既利物，存乎匪躬。爲國

之寶，不墜家風。」天寶初，爲嶺南太守，貪吏斂跡，人庶愛之。《大唐新語》

正月八日立春，内出綵花賜近臣，武平一應制之詩，中宗手勅批曰：「平一生雖最少，文甚警新。悦紅蕊之先開，訝黄鸎之未囀。循環吟咀，賞歎兼懷。今更賜花一枝，以彰其美。」《景龍文館記》

自回鶻至塞上，頡戛斯入貢，每有詔勅，上多命德裕草之。德裕請委翰林學士，上曰：「學士不能盡人意，須卿自爲之。」《通鑑》

陶穀自以久次舊人，意希大用，俾其黨與因事薦引，以爲久在詞禁，宣力實多。太祖笑曰：「頗聞翰林草制皆檢前人舊本，改换詞語，此乃俗所謂依樣畫葫蘆耳，何宣力之有。」《東軒筆録》

曾布以翰林學士權三司使，坐言市易事落職，知饒州，舍人許將當制，頗多斥詞。制下，將往見曾而告曰：「始得詞頭，深欲繳納。又思之釁隙如此，不過同貶耳，於公無所益也，遂黽勉爲此。然其中語言頗經改易，公他日當自知也。」曾曰：「君不聞宋子京之事乎？昔晏元獻當國，子京爲翰林學士。晏愛宋之才雅，欲旦夕相見，遂税一第于旁近延居之，其親密如此。遇中秋，晏公啓宴召宋，出妓，飲酒賦詩，達旦方罷。翼日罷相，宋當草詞，頗極詆斥，至有『廣營産以殖私，多役兵而規一作「歸」。利』之語。方子京揮毫之際，昨夕餘酲尚在，左右觀者亦駭歎。蓋此事由來久矣，何足校耶？」許亦憮然而去。同上

彭乘爲翰林學士，文章誥命尤爲可笑。有邊帥乞朝覲，仁宗許其候秋凉即途。乘爲批答之詔曰：「當俟蕭蕭之候，爰興靡靡之行。」王琪性滑稽，多所侮誚。及乘死也，琪爲挽詞，有「最是蕭蕭句，無人繼後風」，蓋爲是也。同上

真宗寢疾，章獻太后漸預朝政，真宗意不能平。寇萊公探此意，遂欲廢章獻，誅丁謂、曹利用等。于是李迪、楊億、李遵勉等叶力處畫，已定詔命，使楊億爲之。會萊公因醉漏言，晉公、利用謀白太后，指萊公爲反而投海上，天下冤之。楊億臨死，取當時所爲詔誥及始末事迹付遵勉收之。至章獻上仙，遵勉乃抱億所留書進呈仁宗及叙本末，仁宗感歎再三，贈億禮部尚書，制曰：「天僖之末，政漸中闈。能叶元臣，力屏儲極。」蓋謂是也。同上

舊制，父子兄弟及親近之在兩府者，與侍從執政之官必相迴避。熙寧初，吕公弼爲樞密，其弟公著除御史中丞，制曰：「久欲登於選用，尚有避於當塗。」公弼聞之，遂乞罷樞密。同上

劉攽、王介同爲開封試官，試《節以制度不傷財賦》。舉子多用「畜」字，字聲近御名，介堅欲黜落，攽謂禮部先未嘗定此名爲諱，不可用以黜落，因紛争不已。御史張戩、程灝彈之，遂皆贖金。御史中丞吕公著又以爲議罰太輕，遂奪其主判。其實中丞不樂攽也。謝表略曰：「彍弩射市，薄命難逃。飄瓦在前，忮心不校。」又曰：「在矢人之術，惟恐不傷；而田主之牛，奪之已甚。」蓋謂此也。同上

上即位，太皇太后同聽政，相司馬光，又擢用蘇軾、蘇轍。於是吕惠卿自太原移揚州，表乞宫觀，旋以臺官有言，遂除分司，朝論未决。而諫官蘇轍上疏：「伏見吕惠卿懷張湯之巧詐，挾盧杞之奸凶。當追削官爵，投畀四裔。」疏奏，貶惠卿爲團練副使建州安置。是時，蘇軾爲舍人，行其詞曰：「元凶在位，民不奠居。司寇失刑，士有異論。稽正滔天之罪，永爲垂世之規。具官吕惠卿以斗筲之才，挾穿窬之智，諂事宰輔，同升廟堂。樂禍而貪功，好兵而喜殺。以聚斂爲仁義，以法律爲《詩》《書》。首建青苗，次行助役。均輸之政，自同商賈；手實之禍，下及雞豚。苟可蠹國而害民，率皆攘臂而稱首。先皇帝求賢若不及，從善如轉丸。始以帝堯之仁，一作『心』。姑試伯鯀；終焉孔子之聖，不信宰予。發其宿姦，責之輔郡。止宜改過，稍畀重權。復陳罔上之言，繼有碭山之貶。反覆教戒，惡心不悛。躁輕矯誣，德音猶在。始與知己，共爲欺君。喜則摩足以相歎，怒則反目以相噬。連起大獄，發其私書。黨與交攻，幾半天下。姦贓狼藉，横被江東。至其復用之年，始倡西戎之隙。妄出新意，變亂舊章。力引狂生之謀，馴致永樂之禍。興言及此，灑一作『流』。涕何追？逮余踐祚之初，首發安邊之詔。假我號令，成汝詐謀。不圖汗涣之文，止爲疑賊之具。迷國不道，從古罕聞。尚寛兩觀之誅，薄示三苗之竄。國有常憲，朕不敢恕。可責授云云。」同上

王元之在滁，四方文士持文就謁者甚衆。有鄭褒者最著名，留數月而去，元之爲買馬辦裝。

後有劾其虧貫直者，太宗覽之曰：「是能却李繼遷事例者。」元之嘗草繼遷制，繼遷送潤筆數倍於常，而以面簽書送，元之却之不受故也。《蔡寬夫詩話》

胡季昭寶慶初元爲大理評事，應詔上書，言濟邸事，竄象郡。端平更化，詔許歸葬，贈朝奉郎，官其一子。洪舜俞草《贈官制》云：「朕訪落伊始，首下詔求讜直，蓋與諫鼓謗木同意。以直言求人，而以直言罪之，豈朕心哉！爾風裁峭潔，志槩激壯，蹊尉廷平上書公車，言人之所難言。方嘉貫日之忠，已墮偃月之計。開塗胥口，訪事瀧頭。曾無幾微，見於顔面，何氣節之烈也！仁祖能全介於遠謫之餘，孝祖能拔銓於投荒之後。撫今懷往，魂不可招。淹霧墮鳶，悲悔何及！陟階員外，仍官厥子。用旌折檻之直，且識投杼之過。爾雖死可不朽矣。」《鶴林玉露》

王希夷，徐州人，隱於嵩山，玄宗東封，勑州縣禮致，時年已九十六，詔曰：「徐州處士王希夷，絶聖去智，抱一居貞。久謝囂塵，獨往林壑。屬封岳展禮，側席旌賢。賁然來思，應兹嘉召。雖紆綺季之迹，已過伏生之年。宜命秩以尊儒，俾愈一作『全』。高於上齒。可中散大夫，守國子博士。特聽還山。」《大唐新語》

真德秀草《招安湖南草寇詔》曰：「自有天下至於今日，未聞盜賊得以全軀。弄潢池之兵，諒非爾志；烈崐岡之火，亦豈余心。」上稱其得體。姚述《勑祭閻妃文》：「五雲縹緲，誰扣玉扃。」上怒曰：「朕雖不善，不如明皇之甚也。」先臣陳藏一承旨令述《太乙宫明禋祈晴設醮青詞》云：「我

將我享，爰有事於明堂；載禱載祈，肅致誠於楚帝。」上自改爲「上帝」，楚，邦昌逆號也。凡代王言，不可不謹。《隨隱漫録》

紹聖初黜逐元祐之臣，時舍人林公希作敕云：「人材淆混，莫難於品流；黨與縱横，無分於勝負。」章申公惇視之不悦。《復齋漫録》

廣州節度使紇干衆以貪猥聞，貶慶王府長史，分司東都，制曰：「鍾陵問俗，澄清之化靡聞；南海撫封，貪黷之聲何甚。而又交通詭遇，溝壑無厭。蹟固異於澹臺，道殊乖於吴隱。」舍人韓琮之詞也。書上，不進用矣。工部尚書楊漢公，前任荆南節度使，以不廉聞，公議益喧，左遷祕書監，制曰：「考三載之績，爾最無聞；致多士之朝，人言未息。既起風波之論，難安喉舌之司。」舍人沈詢詞也。《東觀奏記》

武昌節度使苗名與庭裕家諱同。責從一作「同」。子嚴不避馬，擒至幕，笞其背。嚴母詣闕稱冤，苗貶江州司馬，制曰：「避馬雖乖於嚴敬，鞭人合顧於簪纓。」舍人楊紹復之詞也。苗自此爲清議所薄。同上

瑑字子全，幼嗜學，能屬文，才藻優贍。大中初爲翰林學士。是時新復河湟邊土，戎事稍繁。會院中諸學士或多請告，瑑獨制，一日近草詔百函，筆不停綴，詞理精當。夜艾，帝復詔至御前，令草《諭天下制》。瑑濡毫抒思，頃刻而告就。遲明詔對，帝大嘉賞，因而面賜金紫之服。瑑以文

字受知，不數年卒至大用，其告諭制曰：「自昔皇王之有國也，何嘗不文以守成，武以集事，參諸二柄，歸於大寧。朕猥荷丕圖，思弘景業，憂勤戒愓，四載於兹。每念河湟土疆，綿亘遐濶。天寶末，西戎乘我多難，無力禦姦，遂縱甲兵，不遠京邑。事更十葉，時近百年。卿士獻能，無不竭其長策；朝廷下議，皆亦聽其直詞。盡以不生邊事爲永圖，且守舊疆爲明理。荏苒於是，收復無由。今者天地儲祥，祖宗垂祐。將士等櫛沐風雨，暴露郊原。披荆棘而刁斗夜嚴，出豺狼而穹廬曉破。動皆如意，古無與京。念此誠勤，宜加寵貴。」《劉瑑碑》

四六叢話卷七

制勅詔册　四二

周茂振制詞，雖規模小，不甚渾灝，然皆不苟，篇篇運思皆工。《澗泉日記》

淳熙十三年在翰苑，作《賜安南國王朔日詔》云：「茲履夏正，載頒漢朔。」書「夏正」爲「周正」，院吏以呈宰執，周益公見而擿其誤，吏還以告，蓋語順意同，一時不自覺也。《容齋四筆》

祖宗時知制誥六員，故朝廷除授，雖京官磨勘，選人改秩，奏薦門客，恩科助教，率皆命詞。然有官列已崇而有司不舉者，多出時相之意。劉原甫掌外制，以任歆落職不降誥詞，曾奏陳，以爲非故事，得旨，即施行之。已而劉元瑜、王琪降官，直以勅牒，劉又言非朝廷賞罰訓誥豈重之意。今觀劉集，有《太平州文學袁嗣立改江州文學制》云：「昔先王簡不帥教而不變者，屏之裔土，終身不齒。若爾之行，豈足顧哉！然猶假以仕版，徙之善郡，不貲之恩也。勉思自新，無重其咎。」未幾，嗣立又徙洪州，制曰：「爾頃冒憲典，遷之尋陽。復以親嫌，於法當避。夫薄志節、

寡廉恥者，固不可使處有嫌之地。益徙豫章，思自湔滌。」嗣立之事微矣，乃費兩誥。讀此命書，可知其人。同上

宰相拜罷，恩典重輕，詞臣受旨者得以高下其手。李文正公昉，太平興國八年以工部尚書爲集賢、史館相。端拱元年，爲布衣翟馬周所訟。太宗召學士賈黄中草制，罷爲右僕射，令詔書切責。黄中言：「僕射百寮師長，今自工書拜，乃爲殊遷，非黜責之義。若以均勞逸爲辭，斯爲得體。」上然之。其詞略云：「端揆崇資，非賢不受。昉素高聞望，久展謨猷。謙和秉君子之風，純懿擅吉人之美。輟從三事，總彼六卿。用資鎮俗之清規，式表尊賢之茂典。」其美如此。淳化二年，復歸舊廳。四年，又罷，優加左僕射，學士張洎言：「近者霖霪百餘日，昉職在燮和陰陽，不能決意引退。僕射之重，右減於左，位望不侔，因而授之，何以示勸？」上批洎奏尾，止令罷守本官。洎遂草制峻詆，腦詞云：「燮和陰陽，輔相天地，此宰相之任也。苟或依違在位，啓沃無聞，雖居廊廟之崇，莫著彌綸之效。宜敷朝旨，用罷鼎司。昉自處機衡，曾無規畫。一作『議』。擁一作『擁』。化源而滋久，孤物望以何深。俾長中臺，尚爲優渥。可依前尚書右僕射，罷知政事。」歷考前後制麻，只言可某官，其云罷知政事者，洎創增之也。同上

唐昭宗出幸華州，思得特起奇士任之，以成中興之業。水部郎中何迎表薦國子博士朱樸才如謝安。連日召見。樸有口辯，上悦之，遂拜爲相。制出，中外大驚。制詞，學士韓儀所撰，曰：

「夢傅巖而得真相，則商道中興；獵渭濱而載獻臣，則周朝致理。朕自逢多難，渴仁英賢，暗禱鬼神，明祈日月，果得哲輔，契余勤求。朱樸學業優深，識用精敏。久徊翔而不振，彌貞吉以自多。朕知其才，遂召與語。理亂立分於言下，聞所未聞；兵農皆在於術中，得所未得。不覺前席，爲之改容。須委化權，用昌衰運。自我拔奇，寧拘品秩。百度羣倫，俟爾康濟。」其美如此。儀者，偓之兄。樸爲相半年而罷。後貶柳州司户參軍，制云：「不爲自審之謀，苟竊相援之力。實因姦幸，潛致顯榮。亦謂術可弭兵，學能治國。冒半歲容身之資，無一朝輔政之力。唯辱中台，頗興羣論。」嗚呼！昭宗當王室艱危之際，無知人之明，拔樸於庶僚中，位諸公衮。以今觀之，適足貽後人譏笑。《容齋續筆》

長春真人丘處機，金主召不起。己卯居萊州，宋遣使來召，亦不起。是年五月，太祖遣近侍手詔致聘。庚辰二月至燕，真人進表陳情。復奉勑旨：「成吉思皇帝勑真人丘師：省所奏應召而來者具悉，惟師道踰三子，德重多方。命臣奉厥玄纁，馳傳訪諸滄海。時與願適，天不人違。兩朝屢召而弗行，單使一邀而肯起。謂朕天啓，所以身歸。不辭暴露於風霜，自願跋涉於沙磧。書章來上，喜慰何言。軍國之事，非朕所期；道德之心，誠云可尚。朕以遠方不順，我伐用張。單旅試臨，邊陲底定。來從去背，實力率之故然；久逸暫勞，冀心服而後已。於是載揚威德，略駐車徒。重念雲軒既發於蓬萊，鶴馭可遊於天竺。達摩東邁，元印法以傳心；老氏西遊，化流胡

而成道。顧川途之雖闊，瞻几杖以匪遥。爰答來章，可明朕意。秋暑，師比平安好，旨不多及。」癸未，乞東還，賜號神仙，爵大宗師，掌管天下道教。《輟耕録》

慈明楊太后入慈福宫爲樂部頭方十歲，憲聖尤愛之。有嫉之者，適太皇入浴，儕輩俾服后服爲戲，因譖之。后曰：「汝輩休驚，他將來會到我地位。」茂陵每至后所必目之，后知其意，一日内宴，因以爲賜，且曰：「看我面，好好待他。」傅伯壽草《立后制》，有云：「洪惟太母，念我文孫。美其冠於後庭，俾之見於内殿。」蓋紀實也。《齊東野語》

宰相朱倬視師回，至平江，洪遵景嚴爲守，以求入爲禱。及將内禪，陳康伯奏書詔方冗，翰林獨員，洪遵在近，欲召之。倬惡非己出，不可。上卒召遵。時競傳覃霈在學，生員皆免解。倬子端厚嘗肄業，既蔭補矣，頗欲竝緣在學人例竄名其間。張震真父廉得其事，疏中言之。遂罷相，景嚴適當制，有云：「爲君子邦家之基，曾未聞於成效；有元良天下之本，乃欲冀於疇庸。」同上

岳鵬舉征羣盗，過廬陵，託宿廛市，質明爲主人灑掃門宇、洗滌盆盎而去。郡守供帳餞别於郊，師行將絶，謁未得通，問大將軍何在，殿者云已雜偏裨去矣。其嚴肅如此，真可謂中興諸將第一。周洪道爲追復制詞，有云：「事上以忠，至不嫌於辰告；行師有律，幾不犯於秋毫。」蓋實録也。辰告者，謂岳嘗上疏請建儲云。同上

嘉定初元，史忠獻彌遠拜右丞相。相麻，翰林權直陳晦之筆也，有「昆命元龜，使宅百揆」之

語。時倪文節思知福州，即具申朝省，謂：「『昆命元龜』，此乃舜禹揖遜授受之語，見於《大禹謨》，非僻書也。據《漢書》，董賢爲大司馬，册文云：『允執厥中。』蕭咸謂此乃堯禪舜之文，非三公故事。今『昆命元龜』與『允執厥中』之詞何以異。若聖上初無此意，不知詞臣何從而援引此言？受此麻者，豈得安然而不自明乎？給舍臺諫又豈得不辯白此事乎？竊見曩之詞臣以『聖之清聖之和』褒譽韓侂胄，以『有文事有武備』褒譽蘇思旦，然亦未敢用人臣不當用之語。昔歐陽脩論韓琦、富弼、范仲淹不立黨事在爲河北轉運使，故敢援此爲比。乞行貼麻。」史相得之甚駭，遂拜表繳奏，且謂當時惟知恭聽王言，所有制詞，會合取會詞臣，合與不合貼麻。時陳晦已除侍御史，遂具奏之。其詞内云：「兹方艱於論相，顧無踰於象賢。『昆命元龜，使宅百揆』，此蓋演述陛下卜相之意甚明，而思乃以爲人臣不當用之語。臣觀《尚書》所稱『師錫帝曰虞舜』與『乃言底可績』者，其上下文顯是揖遜授受之語，而孫近行《趙鼎制》云『亶由師錫之公』，蔣芾行《洪适制》云『用符師錫之公』。陳誠之行《沈訪制》云『言皆可績，僉曰汝諧』，從《大禹謨》之文：『惟口出好興戎，朕言不再。禹曰：枚卜功臣，惟吉之從。帝曰：禹，官占，惟先蔽志，昆命元龜，朕志先定，詢謀僉同，鬼神其依，龜筮協從，卜不習吉。禹拜稽首，固辭。帝曰：毋！惟汝諧。』今以本朝宰相制詞考之，《吕夷簡制》曰：『或形求方獲，或枚卜乃從。』《富弼制》曰：『遂膺枚卜，實契具瞻。』《王欽若制》曰：『廟堂虚位，龜筮協謀。』《曾公亮制》曰：『拂龜而見祥，端扆而定制。稽用師言

之錫，進居台路之先。』《陳執中制》曰：『考嘉績而惟茂，質枚卜以僉同。』《趙鼎制》曰：『龜弗克謀，既驗詢謀之協。』《陳伯康制》曰：『詢於僉言，蔽自朕志。』無非用《大禹謨》此一段中語。此類甚多，不敢盡舉。唐人作《韋見素相制》云：『爾惟不矜，朕志先定。』此兩句皆用禹事。本朝蘇軾草《賜范純仁詔》亦曰：『蔽自朕志。』《賜文彦博詔》曰：『朕命不再。』至於歷試諸艱，蓋堯、舜事。軾於吕大防、胡宗愈詔，屢用『歷試』二字，然臣不敢援此爲例，恐未是命龜的證。國初，趙普拜相，制曰：『詢於元龜，歷選羣后。』又有甚的切者，唐元和中，裴度拜相，制曰：『人具爾瞻，天方賚予。昆命元龜，爰立作相』云云。古人舉事無小大，未嘗不命龜，如《洪範》、《周禮》、《左傳》，皆可考也。今思乃以董賢册文『允執厥中』爲比，以聖上同之漢哀云云。凡臣所陳事理甚明，所有已降相麻，即不合貼改。」繼得旨：「陳晦援證明白，無罪可待，倪思輕侮朝廷，肆言誣罔，可特降兩官。」一時公論多以文節出位而言，近於忿激。而陳之論辯雖詳，終不若不用之爲佳也。同上

曲端死，陝西軍士皆流涕悵恨有叛去者，尋詔復端宣州觀察使，制曰：「頃失意於權臣，卒下獄而讉死。恩莫追於三宥，人將贖以百身。」其後又詔謚端壯愍，制曰：「屬委任之非人，致刑誅之横被。興言及此，流涕何追？」案：讀此二制，張魏公殆難爲情矣。同上

韓平原南園既成，遂以記屬之陸務觀。務觀辭不獲，遂以其歸耕、退休二亭名以警其滿溢勇退之意甚婉。韓不能用其語，遂致於敗。務觀亦以此得罪，遂落次對大中大夫致仕。外祖章文莊兼外

制行詞云：「山林之興方適，已遂挂冠；子孫之累未忘，胡爲改節？雖文人下顧於細行，而賢者責備於春秋。某官早著英猷，寖躋膴仕。功名已老，蕭然鑑曲之酒船；文采不衰，貴甚長安之紙價。豈謂宜休之晚節，蔽於不義之浮雲。深刻大書，固可追於前輩；高風勁節，得無愧於古人。時以是而深譏，朕亦爲之慨歎。二疏既遠，汝其深知足之思；大老來歸，朕豈忘善養之道？勉圖終去，服我寬恩。」此文已載於《嘉林外制集》，或以爲蔡幼學，或謂出於馮端方，皆非也。《浩然齋雅談》

前輩公主制云：「瓊華在著，已戒齊風之驕；粉水疏園，莫如徐國之樂。」晏公《類要》亦用粉田事，蓋亦脂澤湯沐之意也。若駙馬則以何晏事，稱粉郎、粉侯。文及甫稱韓忠彦爲粉昆，以其爲嘉彦之兄。又指王師約之父克臣爲粉爹，益可怪。同上

王珪行郝質殿巖制云：「曾無夜鼜之譁，自得剛牙之重。」《周禮·地官》：「凡軍旅，夜鼓鼜。」千歷切，注云：「戒守鼓也。」同上

建炎末，柔福帝姬自北歸，朝廷封爲福國長公主，下降駙馬都尉高世榮。汪浮溪當制云：「趙城方急，魯元嘗困於車馳；江左復興，益壽宜充於禁臠。」可爲善用事。同上

林文節作啓謝諸公，於蘇子由有一聯云：「父子以文章冠世，邁淵雲司馬之才；兄弟以方正決科，冠鼂董公孫之對。」言淵、雲、司馬皆蜀人。及紹聖中，行子由謫詞云：「父子兄弟，挾機權變詐，驚愚惑衆。」子由捧之泣曰：「某兄弟固無足言，先人何罪邪？」紹聖初，在外制行元祐諸公

謫詞，是非去取，固時相風旨，然而命詞似西漢，詔令有王言體，於蘇子瞻一詞尤不草草，蘇見之，曰：「林大亦能作文章耶。」其詞有云：「若譏朕過失，亦何所不容？乃代予言，詆誣聖考。乖父子之恩，害君臣之義。在於行路，猶不戴天；顧視士民，何施面目。」又曰：「雖汝軾文足以惑衆，辯足以飾非。然而自絶君親，又將誰懟？」《野老紀聞》

子由作《文潞公麻詞》云：「郭氏有永巷之嚴，裴公有緑野之勝。」乃錢文公歸洛致語耳，非王言也。子由代兄作《中書舍人啓》，稱「伏念某草茅下士，蓬蓽書生」，子瞻以筆圈「伏念某」，用「但卑末」三字。蔡元長作《開宗良麻詞》曰：「遂升開府之司。」同上

至和初，陳恭公罷相，而竝用文、富二公。彦博、弼。二公久有人望，一旦復用，朝士往往相賀。余時爲學士。後數日，奏事垂拱殿，上問新除彦博等外議如何，余以朝士相賀爲對。上曰：「自古人一作『古者』。君用人，或以夢卜。苟不知人，當從人望，夢卜豈足憑耶？」故余作文公批答云：「永惟商周之所記，至以夢卜而求賢，孰若用縉紳之公言，從中外之人望者。」具述上語也。《歸田録》

燕王元儼，太宗幼子也。仁宗以皇叔之親，特見尊禮。疾亟時，仁宗幸其宫，親爲調藥。平生未嘗語朝政，遺言一二事皆切於理。余時知制誥，所作贈官制所載皆其實事也。同上

蘇東坡任翰林院學士日，作《除范純仁右僕射制》云：「得臣奉己而不在民。」若以《左氏傳》考之，乃薦吕臣，非楚得臣也。又東坡作《吕公著除司空制》云：「仁莫大於求舊。」《書》：「人惟

求舊。」恐非「仁」字，殆傳寫之誤耳。《甕牖閒評》

歐陽文忠鋭意言事，大忤權貴。未幾，以龍圖閣直學士爲河北都運。宰相欲以事中之也，會令内侍供奉官王昭明同往相度河事，公言：「故事無内侍同行之理，臣實恥之。」朝廷從之。公在河北，職事甚振，無可中傷。會公甥張氏，妹一作「虔州」。壻龜正之女，非歐生也，幼孤，育於家，嫁姪晟。晟自虔州司户罷，以僕陳諫同行，而張與諫通。事發，鞫於開封巡院。張懼罪，且圖自免，其語皆引公未嫁時事，詞多醜。判官孫揆止劾張與諫通事，不復支蔓。宰相聞之怒，再命三司户部判官蘇安世勘之，遂用張前後語案。俄又差王昭明者監勘，蓋以公前事，欲令釋憾也。昭明至獄，見安世所勘案牘，駭曰：「昭明在官家左右，無三日不説歐陽脩。今省判所勘，乃迎合宰相意，加以大惡，異日昭明喫劒不得。」安世大懼，竟不易揆所勘，但劾歐公用張氏資買田産立户事奏之，宰相大怒。既降知制誥、知滁州，而安世坐降殿中丞、泰州監税，昭明降壽春監税。公責詞云：「不知淑慎，以遠罪辜。知出非己族，而鞫於私門；知女歸有室，而納之羣從。向以訟起晟家之獄，語連張氏之資。券既不明，辨無取驗。以其久參侍從，免致深文。可除延閣之名，還序右垣之次。仍歸漕節，往布郡條。體余寛恩，思釋前咎。」安世責詞云：「汝受制按考，法當窮審。而乃巧爲朋比，願弭事端，潛落偏説，陰合傅會。知朕慎重獄事，不聞有司，而安徇私情，替名胥役。一作『私密省潛名胥役』。跡其阿比之意，一作『實』。尚與朋黨之風」云云。其後王荆公爲蘇安世埋

銘，盛稱能回此獄。而世殊不知揆守之於前，昭明主之於後，使安世不能有所變改迎合也。《默記》

《顯應觀記》：「考神之所自，不知者以爲北魏之伯淵，其知者以爲後漢之子玉，雖皆名公，而實非也。《仁宗實録》：『景祐二年，封崔府君爲護國顯應公。』且言府君爲相州滏陽令，再遷蒲州刺史。史失其名，有管惠民爲立祠，故詔曰：『惠在滏邑，恩結蒲人。』又曰：『案求世系，雖史逸其傳；尸祝王官，而民賴其德。』使果爲子玉與伯淵，安得謂史逸其傳歟？」《攻媿集》

《題仁宗賜恤刑勅書》：「仰惟藝祖開基，仁覆天下。好生之德，洽於民心。開寶二年四月詔：『扇暍泣辜，前王能事。恤刑緩獄，有國通規。今朱夏既臨，溽暑方甚。睠兹縲繫，深用哀矜。宜令有司，限詔到日，其囚人枷械，囹圄户庭，吏每五日一檢視，灑掃蕩洗，務在清潔。貧無所自給者供給飲食，病者給醫藥。小罪即時決遣，重繫無有淹滯。』太宗太平興國六年詔：『當鑠石流金之候，在黄沙聚棘之中，亦有灑埽供饌之文。』雍熙三年四月詔曰：『當此炎蒸之際，念其縲絏之人，宜伸欽恤之文，庶協長嬴之候。宜令諸道州府軍監縣等，凡禁繫之所，竝須灑埽，牢獄供給漿飲，械繫之具皆令潔净。疾病者爲致醫療，供送飲食，晝時傳送，無令邀難減尅。無家屬者官給口糧。合歸法者，候處斷之時，給與酒食。小罪逐旋決遣，大罪窮究其情，無致淹延，以稱朕意。』蓋又加詳矣。」同上

《婁公神道碑》：「九月，明堂爲禮儀，使前導趨拜，如少壯然。《賜生餼詔》曰：『九秋風露之

清，裒時英氣；三吴山水之秀，生我耆儒。』四上告老之章，詔曰：『太公既老，猶起海濱；留侯雖病，强輔太子。』公弗敢復言。孟冬分詣原廟，疾又大作，求歸尤切，上猶未許，方形詔旨云：『年雖耄矣，初未聞知慮之昏；志方浩然，亦未見精神之憊。』公復叙四説以進，懇請不已，除資政殿學士，知福州。」同上

《周益公碑》：「趙丞相雄以中書舍人奉使賀金主生日，宗室伯驌爲介。御札：『生辰使兼賚國書一封，理會受書。』公立具草，有云：『尊卑分定，或校等威；叔姪情親，豈嫌坐起。』後四日，對祕殿，上曰：『朕未嘗諭國書之意，而卿能道朕心中事，可謂大才。』」同上

《王魯公淮行狀》：「公特進左丞相，封冀國公，制詞有曰：『似不能言，而智足以決天下之疑；如不勝衣，而勇足以任天下之重。』士林誦之。」同上

《北海文集序》曰：『北海督府訓辭尤爲宏偉，有曰：『盡長江表裏之封，悉歸經略；舉宿將王侯之貴，咸聽指呼。』」同上

嘗得一誥詞云：「朕眷禮勳臣，既極異姓王之貴；疏恩私室，併侈如夫人之疑。以爾修態横生，芳性和適。會膺無卹之貴，終隆絡秀之家。爰錫命書，靡拘常典。用肇封於大郡，俾正位於小君。往服寵光，益循柔履。」紹興間權外制某人行。「如夫人」及「脩態横生」，或者於王言有疑。時勳臣嫡室尚在，正位小君之語亦有疑。《清波雜志》

詞頭代王言，賞功罰罪，若風雷鼓舞天下，要當采公論載於訓詞，以昭示懲勸。某除名官，若其人非素所與者，必微寓詆誚於一二字中。審其人不能，曷不尋繳還之制？顧假命令以快我之好惡，其可乎？同上

右《鼓城公拜相制》書一通。案公以至和元年中秋日相，前一夕，仁宗召當直學士揚偉不至，乃宣趙槩視草。自此遂召學士有故不宿者，以次官遞宿。然制詞與今實録所載不同，多爲史官潤色，惟不改「雅性内融，敏識先覺」八字，殆後世公議，非褒詔也。《益公題跋》

東坡爲文潞公作《德威堂銘》云：「元祐之初，起公以平章軍國重事，期年乃求去，詔曰：『昔西伯善養老，而太公自至。魯穆公無人子思之側，則長者去之。公自爲謀則善矣，獨不爲朝廷惜乎？』又曰：『唐太宗以干戈之事尚能起李靖於既老，而穆宗、文宗以燕安之際不能用裴度於未病。治亂之效，於斯可見。』公讀詔聳然，不敢言去。」案：此三詔蓋元祐二年三月潞公乞致仕不允，批答皆坡所行也。又《繳還乞罷青苗狀》云：「近日《謫降吕惠卿告詞》云：『首建青苗，次行助役。』」亦坡所作。《張文定公墓誌》載，嘗論次其文，凡三百二十字，結云：「故世以公爲知言。」又述《諫用兵》云：「老臣且死，見先帝地下，有以藉口矣。」亦其所作也。并引《責吕惠卿詞》亦然。乾道中，邁在翰苑，《答陳敏步帥詔》云：「亞夫持重，小棘門霸上之將軍；不識將屯，冠長樂未央之衛尉。」後爲敏作神道碑亦引之，正以爲法也。同上

《杜牧集》有《燉煌郡僧正兼州博士學僧慧苑除臨壇大德制詞》，蓋宣宗復河、湟時事也。蕃僧最貴中國紫衣師號，種世衡知青澗城，無以使此等，輒出牒補授。君子予其權，不責其專也。《東坡志林》

姚寬《孝宗受禪赦文》云：「凡今者發政施仁之目，皆得之問安侍膳之餘。」天下誦之，洪景嚴筆也。《姚氏殘語》

荆公與呂申公素厚，薦申公爲中丞，以爲有八元八凱之風。未半年，所論不同，復謂有驩兜共工之姦，亦未有以罪申公也。會神宗語執政呂公著嘗言韓琦乞罷青苗法，數爲執事所沮，將興晉陽之甲，以除君側之惡。荆公因用此爲申公罪，除侍讀學士知潁州。宋次道當制辭，荆公使之明著其語，陳相暘叔以爲不可，次道但云「敷奏失實，援據非宜」。荆公怒，自改之曰：「比大臣之抗章，因便殿之與對，輒誣方鎮有除惡之謀，深駭予聞，無事理之實。」申公素性謹密，實無此言。或云孫覺莘老嘗爲上言今藩鎮大臣如此論列而遭挫斥，若當唐末五代之際，必有興晉陽之甲以除君側之惡。上已忘其人，但記美髯，誤以爲申公也。同上

范蜀公以侍從事仁宗，名重天下。熙寧初，王荆公始用事，公以直言正論折之，不能勝，上章乞致仕：「陛下有愛民之性，大臣用殘民之術。」荆公見之，怒甚，持其疏至手戰。馮當世解之曰：「參政何必爾。」遂落翰林學士，以本官户部侍郎致仕，舍人蔡延慶行詞，荆公不快之，自草制

詞，極於醜詆。明日，延慶因賀公，具以制詞出於荆公爲解。公笑誦其詞曰：「『材無任職之能』，某披襟當之。『内有懷利之實』，則夫子自道也。」公上表謝，其略曰：「雖曰乞身而去，敢忘憂國之心。」又曰：「望陛下集羣議爲耳目，以除壅蔽之姦；任老臣爲腹心，以養和平之福。」天下聞而壯之。元祐初，哲宗登極，宣仁后垂簾，首以詔特起公，詔曰：「西伯善養，二老來歸；漢室卑詞，四臣入侍。爲我强起，無或憚勤。」天下望公與温公同升矣。公卒不起。同上

邵成章云：「元祐中，太母下詔，東坡視草，云：『苟有利於社稷，余何愛於髪膚。』純夫云：『此太母聖語也，子瞻直書之。』」同上

元祐垂簾，元日，羣臣以天聖故事，請太后同御殿行賀禮，宣仁謙讓不從，止令候皇帝御殿禮畢，百官内東門拜表而已。蘇子容當制，作手詔云：「顧惟菲凉，豈敢比隆於先后？其在典法，亦當幾合於前規。」《石林燕語》

真宗景德中，置資政殿大學士，授王冀公，班翰林承旨上，一時以爲殊寵。三十年間，除三人，皆前宰相也。宋宣獻公罷參知政事，仁宗眷之厚，因加此職。自冀公後，非宰相而除者宣獻一人而已。時謝希深當制，云：「有國極資望之選，今纔五人；儒者兼翰墨之華，爾更九職。」當時頗稱之。宣獻嘗歷龍圖閣學士、端明殿學士，再爲翰林學士，三爲侍讀學士，而後除資政大學士，至是併爲九也。同上

呂寶臣爲樞密使，神宗欲用晦叔爲中丞，不以爲嫌，乃召蘇子容就曾魯公第草制，中云：「惟是一門公卿，三朝侍從，久欲登於近用，尚有避於當途。況朕方以至公待人，不疑羣下，豈以弟兄之任事，而廢朝廷之擢才？矧在仁祖之時，已革親嫌之制。臺端之拜，無以易卿。」著上意也。晦叔既辭，上命中使押赴臺。禮上，公弼亦辭位，不從。同上

范魯公與王溥、魏仁浦同日罷相，爲一制，其辭曰：「或病告未寧，或勤勞可睠。」時南郊畢，質、溥皆再表求退，仁浦以疾在告，乞骸骨，故云。同上

天聖末，詔即河南永安縣訾王山建宫，以奉太祖、太宗、真宗、神宗御容，欲其近陵寢也。宫成，賜名「會聖」，改訾王山爲鳳臺山。蘇子瞻《山陵曲赦》云：「敞鳳臺之仙宇，粲龜洛之神一作『仁』祠。」鳳臺以山名也。同上

唐致仕官非有特勅，例不給俸。國初循用唐制，至真宗乃始詔致仕官特給一半料錢，蓋以示優賢養老之意。當時詔云：「始呈材而盡力，終告老以乞骸。賢哉雖歎於東門，邈矣遂辭於北闕。用尊耆德，特示殊恩。」故士之得請者頗難。同上

陳恭公初相，張安道爲學士，仁宗召至幄殿，面諭曰：「善爲草麻詞，無使外人得有言。」蓋恐其物望未孚也。安道載其請建儲之事云：「納忠先帝，有功朕躬。」上覽稱善。乃恭公薨，墓碑未立，時論者猶未一，上賜額曰「褒忠之碑」，特命安道爲之。故安道首言：「褒忠碑者，皇帝神筆，

表揚故相岐國公執中之忠烈也。」於是遂無議之者。同上

宋靖康之亂，元祐皇后手詔曰：「漢家之厄十世，宜光武之中興；獻公之子九人，惟重耳之尚在。」事詞的切，讀之感動，蓋中興之一助也。建炎登極之詔曰：「亹亹萬機，難以一日而曠位；皇皇四海，詎可三月而無君。」又曰：「聖人何以加孝，朕每懷問寢之思；天子必有所尊，朕欲救在原之急。嗟我文武之列，若時忠義之家。不食而哭秦庭，士當勇於報國；左袒而爲劉氏，人咸樂於愛君。期一德而一心，伫立功而立事。同徯兩宫之復，終圖萬世之安。」其詞明白亦占地步。《鶴林玉露》

周益公謂楊伯子曰：「起頭兩句須要下四字議論，承貼四六，特拘對耳。其立意措詞，貴渾融有味，與散文同。」同上

宋嘉定間，加史丞相實封，制曰：「天欲治舍我誰也，負孟某濟世之才；民不被若己推之，抱一作『挺』。伊尹佐王之略。」用經句而妥帖，然過諛失體。勳德如韓魏公，荆公草加官制不過曰：「保兹天子，進無浮實之名；正是國人，退有顧言一作『欲遵』。之行。」或謂荆公素不滿於魏公，故無甚褒之詞。非也，王言之體當然耳。同上

嘉定間，當國者憚真西山剛正，遂謂詞科人每挾文章科目以輕朝廷。自後詞科不取人，雖以徐子儀之文，亦以巫咸一字之誤而黜之。由是無復習者。内外制惟稍能四六者即入選。殊不知

制誥詔令貴於典重温雅，深厚惻怛，與尋常四六不同。今以尋常四六手爲之，往往褒稱過實，或似啓事諛詞，彫刻求工，又如賓筵樂語，失王言之體矣。端平初，患代言乏人，略更其制，出題明注出何書，(乃)〔仍〕許上請，中選者堂除教官。然名實既輕，習者亦少。同上

秦檜在相位，有選人投詩云：「多少儒生新及第，高燒銀燭照蛾眉。格天閣上三更雨，猶誦《車攻》復古詞。」檜喜，即與改秩。蓋其胸中有慊，故特喜此諛詞，以爲掩覆之計。余觀唐則天追貶隋臣楊素詔曰：「朕上嘉賢佐，下惡賊臣。嘗欲從容於萬機之暇，褒貶於千載之外。矧年代未遠，耳目尚存者乎？」夫楊素，異代之姦臣，則天一女子尚知惡而貶之，矧如檜者脅君誤國，其可赦乎？同上

汪聖錫代言温雅，朱文公推許之有玉山詞章。如《賜四川宣撫虞允文辭召命不許詔》云：「惟汝一德，既咨裴度而往釐；於今三年，復念周公之久外。」《賜知紹興府史浩乞宫觀養親不允詔》曰：「尹兹東夏，非徒晝錦之榮；循彼南陔，蓋便晨羞之養。」《賜陳俊卿辭左相不允詔》曰：「應事幾之糾紛，大車以載；閲世俗之變化，直道而行。民具爾瞻，已公論之胥慶；帝賚予弼，豈寵章之敢私。」《賜虞允文辭右相不允詔》云：「以夢營求，孰若驗事功之已試；以言痡合，孰若察志節之所安。」《賜大將成閔復節鉞詔》云：「不以一眚掩大德，既當念功；安得壯士守四方，豈若求舊。」《除郭振節度使制》云：「不顯亦世，尚繼汾陽之休；無競維人，孰若一作『云』。充國之老。」皆可喜也。同上

四六叢話卷八

制勅詔册　四三

古者以右爲尊，左次之。湯以伊尹爲右相，仲虺爲左相。漢以陳平功第一，爲右丞相，周勃功第二，爲左丞相之例是也。後世以左爲上，其來久矣。白樂天制曰：「魏晉以還，右卑於左。」《野客叢書》

唐制，封贈雖宰相，止及其父。若以恩回贈，不但其祖，雖異姓亦及之。如劉總外祖，故瀛州刺史，贈工部尚書，制曰：「有外孝孫，爲我賢帥。自義率祖，推恩外族。」外祖母李氏，贈趙國夫人，制曰：「段公威德，當流慶於外孫；令伯孝心，願推恩於祖母。」是以恩回贈其外祖者也。同上

楊邦乂忠襄公，吉水人，建炎三年除建康倅。建康陷，不降，遇害，贈直祕閣，立廟建康，告詞略曰：「懦夫偷生，名不稱於没世；烈士砥節，死有重於泰山。以爾稟質剛方，值時艱厄。介冑之士，望風而速奔；城郭之臣，蒙恥以求活。爾能明事君之義，抗死職之忠，綽有張御史之風，無

愧顔常山之節」云云。紹興七年，加褒贈徽制，告詞略曰：「故忠襄公」云云，「方戎馬之絶江，以貳車而捍敵。守既屈膝，脅衆士以偕降；爾獨挺身，嬰孤城而益厲。抗彼虎狼之衆，奮乎鋒鏑之間，駡不絶音，死而後已。朕方規復土宇，進幸江濆。覽萬里之山川，考累朝之人物。捨生取義，如汝幾人？故老興悲，有歎息而談者；英風激懦，思奮迅以從之。顧廟貌之具存，凜精爽之如在。雖已加於贈邺，念未究於哀榮。爰陞次對之聯，用彰仁者之勇。九原可作，其隨會之與歸；千載猶生，歎相如之不泯。」《宋名臣言行録》

錢若水爲學士，嘗草《賜趙保忠詔》云：「不斬繼遷，存狡兔之三穴；潛疑光嗣，持首鼠之兩端。」太宗覽之甚悦，謂若水曰：「此四句正道著我意。」又《與趙保吉詔》有「既除手足之親，已失輔車之勢」，其辭甚美，太宗批其後云：「依此詔本極好。」子延年寶藏之。《金坡遺事》　同上

張燾忠定公謁世將於河池，共議邊計，且言和尚原最爲衝要，自原以南則入川路，散失此原是無蜀也。今諸軍戍陝西，饋餉雖寬，如緩急何？宜斂兵避蜀口，仍乞錢五百緡爲儲峙。世將皆奏行之。公以十年春至益，與世將尺牘交馳，講畫素定。是夏，敵果敗盟窺蜀，吴璘及楊政、郭浩大破之，俘獲萬計。其後公除西府，蜀人唐文若草制曰：「保蜀之功，著龜先見。」蓋謂此也。同上

綦崈禮字叔厚，建炎戊申宰邵州邵陽、道州倅，俱不就。召試政事堂，頃刻爲制誥三篇，辭翰奇偉。上亟歎其能。駕幸平江，有旨故鄒浩追復龍圖閣待制，公禮當行詞，推上所以褒邺遺直之

意，有曰：「處心不欺，養氣至大。言期痦意，引裾嘗犯於雷霆；計不惜身，去國再遷於嶺徼。具臣動色，志士傾心。」又曰：「英爽不忘，想生氣之猶在；姦諛已死，知朽骨之尚寒。」同省舍人李正民見之曰：「比吏房詞頭皆常常除目，不足騁辭，今君爲鄒草制，良可喜也。」同上

川陝宣撫副使吴玠以功進檢校少師、兩鎮節度使，公當制，有曰：「陸海神皋，既失秦川之利；銅梁劍閣，敢言蜀道之難。」言者謂秦雖淪陷，而川未嘗失也，指以爲病。上知其非，公猶援唐故事，自謂失職，力引疾求去，遂除知紹興。同上

司馬温國文正公文詞深醇，有西漢風。神宗即位，首擢公爲翰林學士，公力辭，不許，上面諭公：「古之君子，或學而不文，或文而不學，惟董仲舒、揚雄兼之。卿有文學，何辭爲？」公曰：「臣不能爲四六。」上曰：「如兩漢制詔可也。」公曰：「本朝故事不可。」上曰：「卿能舉進士取高等，而云不能四六，何也？」公趨出，上遣内臣至閤門，强公受告。拜而不受。趨公入謝曰：「上坐以待公。」公入至廷中。以告置公懷中，不得已乃受。同上

東萊先生曰：「詔書或用散文，或用四六，皆得。唯四六者下語須渾，全不可如表求新奇之對而失大體，但觀前人之詔自可見。」《辭學指南》

制破題四句或兼説新舊官，或只説新官。如自資政殿學士提舉宫觀建節，上兩句説提舉宫觀，下兩句説建節，此兼説新舊官也。若四句則大槩説屏藩方面之意，此只説新官也。其四句下

散語須叙自舊官遷新官之意，如「眷時舊德，肅侍燕朝」之類。同上

制頭四句能包盡題意爲佳。如題目有檢校少保，又有儀同三司，又換節，又帶軍職，又作帥，四句中能包括盡此數件是也。若鋪排不盡，則當擇題中體面重者説，其餘輕者於散語中説亦無害。輕者如軍職、三司是也。

制起須用四六聯，不可七字。同上

制頭四句説除授之職，其下散語一段略説除授之意。文臣自内出，則説均勞佚之意。武臣宿衛，則説忠孝拱扆之意。换鎮則説易地之意。其餘可以類推。然只是大槩説意，不須太説得深，謂如《資政侍讀除河東經略建節制》散語云「眷軍民之重寄，須文武之全才。輒從鳴玉之近班，昭示擁旄之異數。式敷涣號，誕告明廷」是也，又如《熙河帥除檢校少保易節制》云「乃眷戎昭之大，有嘉邊最之優。宜增重其事，權用疏榮於國典，賁我明命，敷於治朝」是也。若詠狀太深，則與後面相亂成重疊矣。同上

制頭四句四六一聯。散語四句或六句。不須用聯。「具官某」一段頌德，先須看題。文臣專用文臣語，武臣宗室專用武臣宗室語，不可互用。非堯、舜不陳「安社稷爲悦」。惟文臣可用「甘陳兼六郡之良」，「飛羽號萬人之敵」，惟武臣可用。「天潢濬源」、「大雅不羣」之類，惟宗室可用。先大槩説兩句，然後子細形容。如「沈毅而膚敏，端方而裕和。敏識造微，懿文貫道。風力肅明，器資魁傑」是也。不可便使事，引古人比喻之類。一段説舊官。所謂叙舊官者，非止叙前任也。先略説履歷，不可指定官名，但隨文武官泛説數句，然後説前任。如自資政侍讀建節，資政侍讀是前任。一段説新官。

「於戲」用一聯，或引故事，或説大意。如太尉制：「説禮樂而敦《詩》《書》，既備元戎之選；戢干戈而櫜弓矢，無忘懿德之求。」此大意也。引故事，如將帥題説方叔、召虎，藩鎮題説召伯、韓侯、申伯之類。後面或四句散語，或止用兩句散語，結不須更作聯，恐冗。同上

《步軍制》略舉此一篇爲準，其餘皆當然。破題：「總徒兵於千列。」中間：「資漢人之技，莫如用兵之強。」戒詞：「用荀吴崇卒之智。」經史中步兵事殊少，如李陵步卒之類又不可用，只有徒兵、《左傳》。步騎、《晁錯傳》。崇卒《左傳》。等事顯焕，人所共知。「徒兵」字尤雅，故用於破題。此三處安頓皆適宜，可以爲法。向時試《馬軍帥制》，用「萬騎」於破題，用「羽林」、「玄武」於中間，用「羣騶」事於戒詞，正倣此也。蓋馬軍體字有騎兵、騎旅、驍騎、勁騎、駔駿等，皆不如「萬騎」雅馴。又天子千乘萬騎，便見得侍衛之帥。羽林是漢之騎兵，事見《後漢·百官志》。玄武屯營是唐之騎兵事，見《唐兵志》。皆是天子宿衛之兵。惟羣騶是諸侯事，故用之末聯。上既有整六師以脩戎，則下一邊雖諸侯事無害。同時試者蓋有便用六騶、羣騶於破題，此大不可也。同上

見行程文爲格外，更將前輩制詞如張樂全、王荆公、岐公、元厚之、東坡、潁濱、曾曲阜、王初寮、汪龍溪、綦北海、周益公所作裒集熟讀，則下筆自中程度矣。然場屋擬制與揚庭之文又不同，須全依定格。後村聞之西山曰：「某掌制，每覽文思遲滯，即看東坡，汗漫則看曲阜。」同上

西山先生曰：前輩制詞惟王初寮、汪龍溪、周益公最爲可法。蓋其體格與場屋之文相近故也。其他如王荆公、岐公、元章簡、翟忠惠、綦北海之文亦須編《玉堂集》。自建炎至淳熙，制詞具

備，亦用詳看。蓋凡用事造語，皆當祖述故也。官制本末不可不精考，且以三衙論之，要見置於何時，與夫制度之沿革，名號之更改，悉用究知，此草制之大綱也。地理不過《九域志》、《通典》，官志不過《職官分紀》，併他書可用者亦須隨事編入，此工夫之最急者。同上

謝景思曰：「開寶幸西京詔曰：『豆籩陳有楚之儀，黍稷奉惟馨之薦。』」不以「籩豆有楚」對「黍稷非馨」，時人許其翦裁。起句云：「定鼎洛邑岱之西都，燔柴泰壇國之大事。」同上

制辭須用典重之語，仍須多用《詩》《書》中語言，及擇漢以前文字中典雅者用，若晉宋間語及詩中語不典者不可用。詩語雖不可用，亦有可用者，如杜詩「特進羣公表」，制用「羣公表」亦無害。魏晉以來文史中語間有似經語者，亦可於制中用，但其間名臣非人所共知者，不必稱引以爲故事。同上

作制只讀今時程文，則或委靡；專學前輩文字，則或不合今之體制。要當用今體製，間取古人屬對親切、衆所易見者依倣之可也。同上

野處洪公贄所業書曰：「昔丁文簡公未遇之日，手其所爲制誥一編，贄諸王公大人之門。人見者皆非之，丁獨毅然不顧，曰：『異日當有知我者。』其後直掖垣，登玉堂，以至政地，而昔日所爲文始盡得施用。有志者事之竟成如此。」同上

謝景思曰：「林適召試除節度使制云：『無怠無荒以來王，朕敢忘於謹德；有嚴有翼而共武，爾無替於懋功。』」同上

倪正父曰：「文章以體制爲先，精工次之。失其體制，雖浮聲切響，抽黄對白，極其精工，不可謂之文矣。凡文皆然，而王言尤不可以不知體制。龍溪益公號爲得體制，然其間猶有非君所以告臣，人或得以指其瑕者。」「如伊如周」，雖是人臣以所行，非人臣常事，便不敢援引。王次春應詞科所撰制詞，謂皇叔祖爲（考）前朝之叔父，考官傳以爲笑。同上

朱文公曰：「范淳夫作《冀王制》云：『周尊公旦，地居四輔之先；漢重王蒼，位列三公之上。及我仁祖，加禮荆王。顧惟沖人，敢後叔父。』自然平正典重，彼工於四六者卻不能及。」同上

王器之《京東淮東宣撫制》戒詞云：「沿於江而達泗，朕方恢禹之九州；率彼浦以省徐，爾尚勉周之三事。」同上

李漢老曰：「張樂全高簡粹純，王禹玉温潤典裁，元厚之精麗穩密，蘇東坡雄深秀偉，皆制詞之傑然者。」同上

唐虞至周皆曰「命」，秦改「命」爲「制」，漢因之。下書有四，而制書次焉，其文曰：「制詔三公。」顔師古謂爲制度之命。唐王言有七，其二曰制書，大除受用之。學士初入院，試制書批答共三篇。又詩賦各一道，號曰「五題」。後唐傳詩賦。白居易入翰林，以所試制加段祐兵部尚書領涇州。韓偓試武臣，授東川節度制。此試制之始也。舍人不試，多自學士遷。制用四六，以便宣讀。皇朝知制誥元豐改中書舍人。召試中書而後除，不試號爲異禮。所以試者，觀其敏也。試制詔三篇，宰相俟納卷始上馬，翌日進呈，除日方下

勅、限二百字以上成。制、限一百五十字以上成，此即誥也。詔。限二百字以上成。學士不試，率自知制誥遷。此科所試文體略同。政和辛卯始以制命題，制誥詔書依例宰執進呈，周益公所謂「試言雖附於春官，擬制實關於睿覽」。凡命宰相、三公、三少、節度使，則用制麻，樞密使亦如之。后妃、東宮、親王、公主不以命題。同上

迂齋樓公曰：「經句對經句，如『在武丁時，作召公考』、『惟汝一德，於今三年』、『天維顯思，民亦勞止』、『有能奮庸，爰立作相』、『經營四方，飲御諸友』之類固是天造地設。若『萬人留田』對『三事就緒』，雖以史句對經句，緣有氣勢，所以不覺。」同上

水心曰：「荆公取經史語組綴有如自然，謂之典雅。自此後進相率效之。」白樂天裒類制詞事語爲《制林》一卷，以備撰述之用。同上

《周官》：御史「掌贊書」，注云：「若今尚書作詔文。」秦改令爲詔。漢下書有四，三曰詔書，其文曰「告某官」。四曰誡勅。其文曰「有詔勅某官」。唐貞觀末，張昌齡召見試《息兵詔》，此試詔之始也。其後學士試批答，皇朝西掖初除試詔，紹聖試格止曰誡諭，如近體誡諭風俗或百官之類，紹興改爲詔。唐封敖作《慰邊將詔》曰：「傷居爾體，痛在朕躬。」《賜李德裕制》曰：「謀皆予同，言不他惑。」李德裕草《詔賜王元逵何宏敬》曰：「勿爲子孫之謀，欲存輔車之勢。」皆切中事情。本朝錢若水草《賜趙保忠詔》曰：「不斬繼遷，存狡兔之三穴；潛疑光嗣，持首鼠之兩端。」汪彦章草《賜高麗詔》曰：「壞晉館以納車，庶無後悔；閉漢關而謝質，非用前規。」同上

兩漢詔中語如「吏獨安取此」、「皆秉德以陪朕」之類，當勾抹出規倣之。李漢老曰：「兩漢詔令温厚

雅馴，或人主自親其文。」　同上

西山先生曰：「王言之體，當以《書》之誥、誓、命爲祖，而參以兩漢詔册。」朱文公曰：「三代訓誥誓命，皆根源學問，敷陳義理。」　同上

兩漢詔令辭氣藹然，深厚爾雅，可爲代言之法。南豐曰：「漢詔令典正謹嚴，尚爲近古。唐常衮、楊炎、元稹之屬號能爲訓詞，其文未有遠過人者。」朱文公曰：「國初文章皆嚴重老成。嘉祐以前，文雖拙而詞謹重，所以風俗温厚。」　同上

誥，告也。其原起於《湯誥》。《周官》：大祝六辭，「三曰誥」，士師五戒，「二曰誥」。成王命康叔、唐叔，命以《康誥》、《唐誥》。漢元狩六年立三子爲王，初作誥。唐《白居易集》翰林曰制詔，中書曰制誥，蓋内外命書之别。皇朝西掖初除試誥，而命題亦曰「制」。　同上

權載之曰：「《君陳》、《君牙》、《畢命》、《冏命》之作，皆直而文，簡而誠，含章而不流。」漢廷亦云：「文章爾雅，訓詞深厚。」　同上

西山先生曰：「東坡制詞有議論，荆公、南豐外制佳。」王〔子〕發〔曰〕：「南豐本法，意原職守而爲之訓敕，人人不同，咸有新趣，衍裕雅重，自成一家。」胡致堂曰：「辭貴簡嚴，體歸典重。」　同上

《崔羣傳》：穆宗立，以吏部侍郎（詔）〔召〕之，勞曰：「我爲太子，卿力也。」羣曰：「此先帝意，臣何力焉。且陛下向爲淮西節度使，臣起制草有『能辨南陽之牘，允符東海之貴』，先帝然之，則傳付久矣。」《唐書》

神宗友愛二弟，不聽出於外。至元祐初，宣仁太后始命築宅於天波門外。既就館，有旨二王諸子各進官一等，舍人蘇軾行制詞曰：「今王諸子，性於忠愛，漸於義禮，自勝衣以上，頎然皆有成人之風。朕甚嘉之，其各進一官，尚勉之哉。」《聞見前録》

蘇許公制：「右掖司言，伫光於五字。」常袞表：「五字非工。」張南史詩：「惟有五字表。」《魏志》：若璩案：本出新頒《世語》。司馬景王命中書令虞松作表，再呈輒不可意。中書侍郎鍾會取視，爲定五字。松悦服。」西掖用五字本此。《困學記聞》

張文定慶曆中草兩制，《薦舉勅》云：「蓋舉類之來舊矣。三代之盛，王其必由之。如聞外之議，云是且起私謁告請之弊也。予不以是待士大夫，何士大夫自待之淺耶？」又《察舉守令勅》云：「夫天下之大，官吏之衆，獨不聞循良尤異者之達予聽。外臺之職，豈非闕歟，抑朝廷未有以導之也？其視守令，能以仁政得民，民心愛之，如古循吏然者，宜以名上，予得以褒慰之。亦以使四方之民，知予不專寵健吏，所貴仁者爾。」尤延之謂二詔：「大哉言乎！簡而盡，直而婉，丁寧惻怛之意見於言外。至今誦之，盎然如在春風中。豈特公之文足以導上之德意志慮，亦當時善治足以起其文也。」同上

文定又行《范文正公參政制》云：「大恩之下難爲報，大名之下難爲處。矧兼二者，可無勉哉！爾尚朝夕以交修，予允迪前人勤教，邦其永乎於休。」訓辭温雅，可以見太平之象。同上

端平元年九月，真文忠公除翰林學士，洪舜俞命詞曰：「迪惟仁祖，有若臣修。朝京師於甲午之元，拜内相於季秋之月。」歐陽公之除在至和元年九月，歲皆甲午。用事切當如此。同上

慶元初，嗣秀王辭中書令，賜贊拜不名。陳溥之草制云：「天下之達尊，三德兼爵齒以俱茂；人臣之不名，五老與親賢而竝隆。」《公羊傳》注：「禮，君於臣不名者有五：諸父兄不名，上大夫不名，盛德之士不名，老臣不名。」《説苑》：「伊尹曰：『君之所不名臣者四：諸父臣而不名，諸兄臣而不名，先王之臣臣而不名，盛德之士臣而不名。』」咸淳初，嗣榮王賜詔書不名，余草制用《説苑》事。同上

開禧追貶秦檜，周南仲代草制云：「兵於五材，誰能去之，首弛邊疆之禁；臣無二心，天之制也，忍忘君父之讎。」又云：「一日縱敵，遂貽數世之憂；百年爲墟，誰任諸人之責？」同上

韓文公《王仲舒銘》云：「敷文帝階，擢列侍從。」野處《謝敷文閣直學士表》云：「宣布中和，方歌盛德之事；擢列侍從，遽復敷文之階。」雖借用而切當。同上

「王輔嗣吐金聲於中朝，此子復玉振於江表，微言之緒，絶而復續。不意永嘉之末，復聞正始之音。」晉人之稱衛玠，蓋所尚者清談也。正始，魏齊王芳年號。胡武平啓以「正始之遺音」對「奪朱之亂雅」，陸務觀嘗擿其誤。王季海行《東坡贈太師制》云：「博觀載籍之傳，幾海涵而地負；遠追正始之作，殆玉振而金聲。」恐亦襲武平之誤也。若正始之清談，非所以稱坡公。同上

鄭安晚再相，若璩案：安晚，清之號，再相於淳祐七年四月。應之道草制云：「彦博重入中書，特令納節；王曾再登揆席，俛就集賢。」同上

李顯忠復節鉞，汪聖錫草制云：「念秦伯用孟明之意，與馮唐面文帝之言。」又云：「與人之周，庶幾得頗牧而能用；共武之服，爾其繼英衛之善兵。」同上

崔大雅草《史直翁制》云：「皇祐之詔二老，設几以須；熙寧之遇四臣，齎書而訪。尚有斯禮，勿遐爾心。」二老，杜衍、任布。四臣，韓、富、文、曾。同上

《穀梁》「隱四年」傳注云：「建儲非以私親，所以定名分。」鄧潤甫草《東宫制》云：「建儲非以私親，蓋明萬世之統；主器莫若長子，兹本百王之謀。」蓋出於此。同上

野處草《梁叔子制》云「鼎學士之大稱」，蓋用劉禹錫《天平軍壁記》「以牙璋玉節鼎右僕射官稱」之語。又草《葉顒左相制》云：「學聖人之道，高天下以聲。」或云葉語音高，故以戲之。然「矜人臣以能，高天下以聲」，《史記》謂殷紂也，不當用之王言。同上

寧若璩案：「『寧』當作『壽』，下同。」皇服藥赦文，陳案：「陳」當作「倪」。正父所草也，「雖不明不敏，有辜四海望治之心；然無怠無荒，未始一毫從己之欲。」天下誦之，謂寫出寧皇心事。同上

倪正父草《壽皇尊號詔》云：「率百官若帝之初，丕講非常之禮；於萬年受天之祜，聿迎滋至之休。」周益公辭免表云：「遜於殳斨伯與，敢忘稽首；有若虢叔閎夭，尚助迪威。」正父答詔云：

「殳斨伯與固可遜，未聞虞帝之必從；虢叔閎天雖曰賢，蓋視周公而不及。」同上

王岐公《答韓魏公詔》：「豈朕鬱於大道，未昭治亂之原；將卿保其成功，自潔進退之分。」崔大雅《答周益公詔》：「豈朕不德，未達好賢之誠；將卿既明，自全引退之節。」蓋倣其意。同上

唐太宗《贈堯君素蒲州刺史詔》曰：「雖桀犬吠堯，乖倒戈之志；而疾風勁草，表歲寒之心。」我藝祖《贈韓通中書令制》曰：「易姓受命，王者所以徇至公；臨難不苟，人臣所以明大節。」大哉王言！表忠義以厲臣節，英主之識遠矣！歐陽公《五代史》不爲韓通立傳，劉原父譏之曰：「如此是第二等文字。」通附傳在《建隆實録》。齊武帝使沈約撰《宋書》，疑立《袁粲傳》，審之於帝，帝曰：「袁粲自是宋室忠臣。」惜乎歐陽子念不及此。同上

《楊綰贈官制》云：「歷官有素絲之節，庀家無匹帛之餘。」史臣若璩案：「史臣謂劉昫《舊唐書》。」謂當時秉筆者無愧色。同上

麟德三年正月一日有事於泰山，玉牒文曰：「臣忝奉餘緒，承威積慶，遂得崑山寢燎，炎海韜波。雖業茂宗祧，斯實降靈穹昊。今謹告成東嶽，歸功上天。大寶克隆，鴻基永固。凝薫萬姓，陶化八紘。」《卓異記》

《王勃傳》：「勃兄勔長壽中爲鳳閣舍人，壽春等五王出閣，有司具儀，忘載册文，羣臣已在，乃悟其闕，宰相失色。勔召五吏執筆分占其辭，粲然皆畢，人人嗟服。」《唐書》

錢若水爲學士，一日太宗自作祝詞，久而不成，令左右持入翰林中，命即草之。若水對使者撰成，其首句云：「上帝之休，惟眇躬是荷；下民之命，乃明神所司。」上喜曰：「朕閣筆思之久矣，不能措辭。」尤激賞其才美。《談苑》

德壽丁亥降聖，遇丙慶八十，壽皇講行慶禮上尊號。周益公當國，差官撰册文，楊誠齋、尤延之各撰一本進呈，壽皇披閱至再，即宣慰益公：「楊之文太聱牙，在御前讀時生受，不若用尤之文温潤。」《貴耳集》

上官儀册周王文：「識表魏舟之象，詞掩漢臺之駕。」上句用曹蒼舒事，下句用《柏梁臺詩》，梁王曰「驂駕駟馬從梁來」。或以「駕」爲「卦」，引沛獻王占雨事，非也。《困學紀聞》

《大傳》：「太子年十八曰孟侯，於四方諸侯來朝，迎於郊者，問其所不知。」唐册太子文云：「盡謙恭於齒胄，審方俗於迎郊。」愚謂「孟侯」見《康誥》，謂諸侯之長，蓋方伯也。《大傳》説非。同上

余向從汴中得見錢武肅王鐵券，其文曰：「維乾寧四年，歲次丁巳，八月甲辰朔，四日丁未，皇帝若曰：咨爾鎮海鎮東等軍節度使、浙江東西等道觀察處置營田招討等使兼兩浙鹽鐵制置發運等使、開府儀同三司檢校太尉兼中書令、持節潤越等州刺史、上柱國、彭城郡王、食邑五千户實封三千户錢鏐，朕聞銘鄧騭之勳，言垂漢典；載孔悝之懿，式美魯經。則知褒德策勳，古今一致。頃者董昌僭僞，爲昏鏡水；狂謀惡跡，漸染齊人。爾能披攘兇渠，肅清江表；忠以衛社稷，惠以

福生靈。其機也氛祲清，其化也疲羸泰。拯於越於塗炭之上，師無私焉；保餘杭於金湯之固，政有經矣。志獎王室，績冠侯藩。溢於旗常，流在丹素。雖鍾繇刊五熟之釜，竇憲勒燕然之山，未足顯功，抑有異數。是用錫其金板，申以誓詞。長河有如帶之期，泰華有如拳之日。惟我念功之旨，永將延祚子孫，使卿長襲寵榮，克保富貴。卿恕九死，子孫三死。或犯常刑，有司不得加責。承我信誓，往惟欽哉。宜付史館，頒示天下。」賫券中使則焦楚鍠也。《楓窗小牘》

頃從臨安，得見石晉授文穆王玉册文，曰：「惟天福八年，歲次癸卯，十月丙午朔，六日辛亥，皇帝若曰：在天成象，拱辰分將相之星；惟帝念功，啓土列侯王之國。朕所以法昊穹而光宅，稽典禮以疏封。而况世著大勳，時推令器。探寶符而嗣位，仗金鉞以宣威。羽翼大朝，藩籬東夏。宜列諸侯之上，特隆一字之封。簡自朕心，協於輿論。咨爾保邦宣化忠正翊戴功臣，起復鎮國大將軍、右金吾衛上將軍、員外置同正員、檢校太師兼中書令、杭州越州大都督、充鎮海鎮東等軍節度、浙江東西等道管内觀察處置兼兩浙鹽鐵制置發運營田等使、上柱國、吴越國王、食邑一萬七千户實封四千户錢佐，爲時之瑞，命世而生。負經文緯武之才，藴開物成務之志。英華發外，精義入神。亞夫繼社稷之勳，顧榮擅東南之美。眷言祖考，志奉國朝。清吴越之土疆，執桓文之弓矢。天資厥德，代有其人。荷基搆以克家，事梯航而述職。殊庸斯在，信史有光。是舉懿章，爰行盛典。土茅符節，方推翼世之賢；黻冕輅車，更重策勳之禮。斯爲異數，允屬真王。今遣光禄

大夫、檢校司徒、行太子賓客、上柱國、太原縣開國男、食邑三百户王玫、使副正議大夫、行尚書吏部郎中、柱國賜紫金魚袋趙熙等，持節備禮，册爾爲吴越國王。於戲！周寵元臣，四履錫命；漢封異姓，八國始王。指河嶽以誓功，俾子孫而錫爵。爾纂服舊業，朕迪考前文。勿忘必復之言，更廣無窮之祚。懋昭前烈，爾惟欽哉！」同上

謝絳，吴人，雅秀有詞藻，景祐中知制誥，然輕黠利脣吻，人罕測其心。與范諷同年，素爲諷所薄。及龐籍訟諷，諷被黜，時王堯臣當制，絳求代草其詞，籍誥末云：「季孫行父之功，余不忘矣。」蓋指諷爲四凶也。論者益畏之。《儒林公議》

太宗興國五年，涇州安定縣婦人怒夫前妻之子婦，斷其喉而殺之。下詔曰：「刑憲之設，蓋厚於人倫；孝慈所生，實由於天性。矧乃嫡繼之際，固有愛憎之殊。法貴原心，理難共貫。」自今繼母殺傷夫前妻之子及姑殺婦者，竝以凡人論。《楓窗小牘》

周益公曰：「韓退之《崔羣户部侍郎制》初云：『地官之職，邦教是先。』末云：『選賢與能，於今惟重；擇才經賦，自古尤難。』凡命版曹，何嘗不主理財，惟退之先及邦教而以經賦二字終之，深合經旨。」《辭學指南》

《封敇傳》：「會昌初，以員外郎知制詔，召入翰林爲學士，拜中書舍人。敇搆思敏速，語近而理勝，不務奇澀，武宗深重之。嘗草《賜陣傷邊將詔》，警句云『傷居爾體，痛在朕躬。』帝覽而善

之，賜以宫錦。」《舊唐書》

治平三年，予爲知制誥。夏六月，夢丞相遣朱衣吏召命草某人爲邃清殿學士制，既寤，不能記其姓名及其文詞也。明年五月甲辰，丞相遣朱衣吏召當制，舍人吕縉叔草《邵不疑爲寶文閣學士》。後數日，得承旨張公所作詔曰：「迺規層宇，邃在西清。」恍然記去歲之夢與詔文，離合其名，若符契焉。《春明退朝録》

陳摶能爲詩，隱居華山。世宗召到闕下，拜左拾遺，摶不就，堅乞歸山。世宗許之，未幾賜之書《勅陳摶》：「朕以汝高謝人寰，棲心物外，養太浩自然之氣，應少微處士之星。既不屈於王侯，遂隱居於巖壑。樂我中和之化，慶乎下武之期。而能遠涉山涂，暫來城闕，浹旬延遇，弘益居多。白雲暫駐於帝鄉，好爵難縻於達士。昔唐堯之至聖，有巢許爲外臣。朕雖寡薄，庶遵前鑒。恐山中所闕，已令華州刺史每事供須。今返故山，履兹春序，緬懷高尚，當適所宜。故兹撫問，相宜知悉。」即學士陶穀之詞也。《五代史補》

真宗即位之次年，賜李繼遷姓名，而復進封西平王。時宋湜、宋白、蘇易簡、張洎在翰林，俾草詔册，皆不稱旨，惟宋公琪深賾上意必欲推先帝欲封之意，因進辭曰：「先皇帝早深西顧，欲議真封。屬軒鼎之俄遷，建漢壇之未逮。故兹遺命，特付眇躬。爾宜望弓劒以拜恩，守疆垣而效節。」上大喜。不數月參大政。《湘山野録》

本朝之制，凡霈宥，大赦、曲赦，德音三種，自分等差。宗爲言德音，非可名制書，乃臣下奉行詔書之名。余案《常衮集》赦令一門總謂之「德音」，蓋得之矣。《春明退朝録》

臨安浄慈寺後有望祭殿，每歲寒食，朝廷差官一員望祭西京諸陵，差陞朝官讀祝版，其詞云：「歲正仲春，感載濡於雨露；心馳西洛，悵遐阻於山川。恭惟某祖某宗靈鑒在天，聖謨傳後。秩上陵之典禮，徒切望思；蓺寓祭之權宜，愈深愴慕。」其禮用盤食茶湯三獻酒。《鶴林玉露》

四六叢話卷九

制勑詔册 四四

臨平者，太師蔡京葬其父準於此山，形如駱駝，葬於駝之耳，而築塔於駝之峰，蓋葬師云「負重則行遠」也。臨平有塔亦久矣，當是蔡氏葬後增築或遷之耳，《京責太子少保制》云「託祝聖而飾臨平之山」是也。《入蜀記》

熙陵即祚之踰年，二月庚子，有詔更御名，制曰：「王者對越上天，祇見九廟。凡因祭告，必著名稱。思稽古以酌中，貴難知而易避。爰遵故事，載易嘉名。」此當時播告之旨也。珂案：太宗初諱上字與藝祖聯稱，建隆造邦已改從光字，復與魏悼王同行。太平興國初既膺大統，魏悼王改從廷字以避尊尊之稱。至是甫四閱月，復詔改焉。雖更定之意具如詔旨，其實去聯文，尊王統，所以辨名分，示等威也。《愧郯録》

憲聖既擁立光皇，光皇以疾不能喪，憲聖至自爲臨奠。攻媿樓公草《立嘉王詔》曰：「雖喪紀

自行於宫中，然禮文難示於天下。」蓋攻媿之詞，憲聖之意也，天下稱之。《四朝聞見録》

磁州有崔府君廟，邦人嚴奉。又京師北郊亦建廟。中興駐蹕臨安，加封真君，築祠西湖上，像設尤嚴。或以其神爲崔子玉，非也。神乃唐貞觀中相州滏陽令，遷蒲州刺史，有惠愛於滏陽，後爲磁州，民爲立祠，歿因葬其地。本朝景祐二年七月詔曰：「眷是靈祠，本於外服。且以惠存滏邑，恩結蒲人。生著令猷，歿司幽府。案求世系，雖史逸其傳；尸祝王官，而民賴其福。崔府君宜特封護國顯應公。」有司遣官祭告，然迄莫知其名字。《梁溪漫志》

毛文捷字長卿，吉水人，淳化三年進士及第。王冀公素奇之。景德中，冀公知樞密院，薦知名士四十二人，文捷在其中，獨以韜略許之。真宗召至闕下，親御便殿，試以平西夏方略，文捷對極詳明。上大喜，除祕書省校書郎，其制詞云：「毛文捷通經典禮，廷對方謀，兹謂碩材，可宜旌勸。」《獨醒雜志》

顯仁太后龍輴將渡會稽，上聖孝出於天性，預恐風濤爲孽，遥於宫中默禱忠清廟。及篙御既戒，浪平如席。上命詞臣行制詞以封之，曰：「追惟文母，將祔裕陵。閟殿告成，容車將發。奈以大江之阻，具形羣辟之憂。既竭予誠，亟孚神聽。某王一節甚偉，千古如存。帖然風濤，既賴幽冥之相；焕乎天寵，用昭崇極之恩。尚綏予四方之民，以繇爾百世之祀，可特封忠壯英烈威顯王。」蓋於舊號四字上加「忠壯」二字。《四朝聞見録》

烈祖受禪，兩江土寓比諸侯最廣，兵力雄盛，氣可以吞噬。謀臣桀將，方有建立功名之意。一日内讌中坐，有詔曰：「知足不辱，道祖之至戒；革廓則裂，前哲之元龜。予嘉與一二卿士大夫，共服斯箴，討伐之議，願勿復闢白也。」《釣磯立談》

張洎與錢若水夜直，太宗召二人草制詞，加李昉左僕射班。洎輒前數唐以來十餘名相皆有德望，鎮服天下，故自右加左。今以此待昉，非公議所允。若水欲進解之，洎當帝前以笏排若水曰：「陛下熟知矣。」明日，洎進制草有云：「黄樞重地，難委於具臣；蒼昊景靈，懼罹於大譴。」太宗竟從洎意，昉止右僕射歸班。《江南餘載》

君臣事蹟屏風，唐憲宗元和二年製。《君臣事蹟》，上以天下無事，留意典墳，每覽前代興亡得失之事，皆三復其言，遂采《尚書》、《春秋後傳》、《史記》、《漢書》、《三國志》、《晏子春秋》、《吴越春秋》、《新序》、《説苑》等書君臣行事可爲龜鑑者，集成十四篇，自製其序，寫於屏風，列之御座之右，書屏風六扇，於中宣示宰臣。李藩等皆進表稱賀，白居易《翰林制詔》有《批李夷簡及百僚嚴綬等賀表》，其略云：「取而作鑑，書以爲屏。與其散在圖書，心存而景慕；不若列之繪素，目覩而躬行。庶將爲後事之師，不獨觀古人之象。」又云：「森然在目，如見其人。論列是非，既庶幾爲坐隅之戒；發揮獻納，亦足以開臣下之心。」居易代言，可謂詳盡，又以見唐世人主作一事，而中外至於表賀，又答詔勤渠如此，亦幾於叢脞矣。憲宗此書有《辨邪正》、《去奢泰》兩篇，而末年

用皇甫鎛，去裴度，荒於遊宴，死於宦侍之手，屏風本意果安在哉？《容齋隨筆》

《跋趙忠定公家書》：「八月二十八日，鑰時以西掖直學士院，主上猶在北内，忽聞宣押御筆：『留某，以少師觀文殿大學士判建康府。趙某，宗姓之賢，偉然忠實。太上體壽皇圖任之意，擢貳機衡。肆朕繼承，厥功爲大。俾居宰路，控避莫回。殊咈眷懷，尤辜輿望。朕惟不膠者卓，惟時之宜。今政令未孚，水旱間作，得一賢佐，度越拘攣，萬幾實繁，其遂我相，可除右丞相。』詞臣苟得君上一言，敢不具載！況承宸翰詳密如此，何敢不以屢書！并草兩麻，丞相制有云：『壽皇洛其切直，屢敷心腹之言；太上察其篤誠，徑委股肱之寄。擢居宥府，密贊籌帷。逮予有興，厥功尤大。』又云：『亟頒詔綍，俾踐台符。何循墻之過勤，致反汗而中止。既辜輿望，殊咈眷懷。』又云：『矧今政令之未孚，復多水旱之間作。是圖賢佐，以贊繁機；越彼拘攣，不膠者卓矣。置於左右，亦職有利哉！非爲朕私，其遂我相。』蓋具載其語也。」《攻媿集》

《授老人七十已上通議朝請朝散三大夫等官教》曰：「乞言將智，事屬高年。耄耋杖鄉，禮宜優異。老人等年餘七十，匍匐壁壘。見我義旗，懽踰擊壤。筋力之禮，知不可爲；肉帛之資，慮其多闕。式加榮秩，以賙其養。節級竝如前授。」《創業起居注》

自是以後，未歸附者無問鄉村堡塢、賢愚貴賤，咸遣書招慰之，無有不至。其來詣軍者，帝竝節級授朝散大夫以上官。至於逸民道士，亦請效力，教曰：「義旗撥亂，庶品來蘇。類聚羣分，無

思不至。乃有出自青溪，遠辭丹竈。就人間而齊物，從戎馬以同塵。咸願解巾，負兹羈紲。雖欲勿用，重違其請，竝依前授。」同上

甲子舍於朝邑長春宫，三秦士庶、衣冠子弟、郡縣長吏、豪族弟兄，老幼相攜，來者如市。帝皆引見，親勞問，仍節級授官，教曰：「義旗濟河，關中響應。轅門輻凑，赴者如歸。五陵豪傑，三輔冠蓋，公卿將相之緒餘，俠少良家之子弟，從吾投刺，咸畏後時。扼腕連鑣，争求立效。縻之好爵，以永今朝。」同上

元微之詩有「《白樸》流傳用轉新」，注云：「樂天於翰林中專取書詔批答詞撰爲矜式，禁中號爲《白樸》。每新入學求訪，寶重過於『六典』。」檢《唐書・藝文志》及《崇文總目》無聞。每訪此書不獲，適有以一編求售，號曰《制樸》，開帙覽之，即微之所謂《白樸》者是也。爲卷上、中、下三，上卷文武勳階等，中卷制頭、制肩、制腹、制腰、制尾，下卷將相、刺史、節度之類。此蓋樂天取當時制文編類以〔觀〕〔規〕後學者。《野客叢書》

紹興十年五月十一日，内降詔曰：「恭惟徽宗皇帝，躬天縱之睿資，輔以日就之聖學。因而制治，修禮樂，恢學校，發揮《典》、《墳》，緝熙治具。宸章奎畫，發爲號令，著在簡編者，焕乎若三辰之文，麗天垂光，賁飾羣物。何以詒謀立教，作則萬世，殆與《詩》、《書》相表裏。將建層閣，以嚴寶藏，用傳示於永久。其閣恭以『敷文』爲名，祇遹舊章，宜置學士、直學士、待制直閣，以次列

龍職，備西清之咨訪，爲儒學之華寵，其著於令。」珂謹案：典故，凡建閣降詔，必著閣之所以名。龍圖、天章、寶文，乃太宗、真宗、仁宗在御時所建，固無詔書可考。而天聖八年十月，天章置待制之詔有曰：「真宗皇帝燀赤景炎，丕隆寶構。凡資禮樂之用，積成辰象之文。俯近禁楹，創崇層閣。」治平四年五月二十八日，寶文建官之詔亦曰：「仁祖升遐，先皇纂御。首命近列，論次遺文。鈿軸寶函，未終潘録。白雲紫氣，遽遂上賓。今告畢，又甫將安奉。」則「天章」、「寶文」四字具見於詔文矣。建中靖國元年二月九日，改顯謨爲熙明閣，詔曰：「神宗皇帝神心，經緯聖學，緝熙百度，維新備矣。有周之庶事，四方其訓，巍乎堯帝之成功。言則爲文，昭如雲漢；寶之垂世，炳若丹青。」則「熙明」之意章。大觀二年二月十三日，建徽猷閣詔曰：「哲宗皇帝英文睿武，沈潛無方。事大治人，彰善癉惡。訓迪在位，攘却四夷。號令指揮，若揭日月。蓋自親覽庶政，一話一言，罔不儀式刑神，考之典故，緝熙紹復，著在簡編。」與熙寧、元豐之所行相爲終始。在《詩》有之，「君子有徽猷」，其哲宗閣以「徽猷」爲名，則徽猷之義尤著。自是而下，如焕章建閣，淳熙十五年十一月九日之詔有曰：「載稽帝世之隆，無越堯章之焕。」華文建閣，慶元二年五月十五日之詔有曰：「華協堯章之焕，文光舜哲之明。」寶謨建閣，嘉泰元年十一月十二日之詔有曰：「寶列義圖之祕，謨新禹蹟之承。」蔽之一言，皆可即見。坦明之制，固應如此。還考「敷文」，則皆隱其義而無其辭，固已疑一時之詞臣述作之未工。及考趙彦衛《雲麓漫鈔》曰：「徽宗書閣曰『敷文』，取

『帝乃誕敷文德於兩階，七旬，有苗格』以寓譏誚。其刻薄而不遜如此。」是時秦相當國，正與珂前所書五字定制者同。再三反覆互考，其無君之心，蓋尤不可不誅焉。《愧郯録》

唐吏部侍郎衛次公，早負耿介清直之譽，憲宗皇帝將欲相之久矣，忽夜召翰林學士王涯草麻，内兩句褒美云：「雞樹之徒老風煙，鳳池之空淹歲月。」詰旦將宣麻，案出，忽有飄風墜地，左右收之未竟。上意中輟，令中使止其事，仍云：「麻已出即放下，未出即止。」由此遂不拜，終於淮南節度。《續定命録》

天聖中，毛應佺守竇州，朝廷賜衣，勅書云：「勅毛應佺：汝外分憂寄，善布化條，眷言守土之良，適及頒裘之候，特申渥賜，用洽朝儀。今賜汝紫乾色大綾錦旋襴衫一領，至可領也。故兹示諭，想宜知悉。冬寒，汝比好否？遣書指不多及。」時應佺官止太子中舍，祖宗重郡守之寄，雖遠方小郡，勅書亦且徧賜。今帥守皆無之，不知自何時廢也。《獨醒雜志》

寧皇立皇子洵，時上春秋猶盛，竹隱徐似道行制詞，内二句云：「爰建神明之胄，以觀天地之心。」真知上也，其意味悠長矣。《四朝聞見録》

諫議大夫李沐誣趙不軌，韓侂胄實嗾之。李爲韓姪婿，故特論趙。貶趙制詞乃傅伯壽所草，韓亦先啗之以美官。詞曰：「屈氂與廣利妄議，武帝戮之於事聞之初；林甫輔明皇不忠，肅宗誅之於論定之後。是皆宗室之爲相，卒蹈譴呵而寘刑。」蓋竊東坡懼呂惠卿之故智也。趙聽制，手

持象簡，不知輕重云。制中又有「謀動干戈而未已」與「外欲生事强鄰而開邊境之釁」，蓋秦檜欲脅君固寵，（聖）〔金〕人又藉之以堅和好。盟書所載不以無罪去首相，故誣以侮兵云。同上

真文忠公當制除吴環一作「瓌」。少師致仕贈永安郡王，公以孟忠厚乃隆祐親弟，又號勳舊。吴爲憲聖猶子，恐難用孟例，亦用劄申廟堂。時相嫌其由中旨以出，遂亟以劄繳入。從之，祇命草致仕制，末篇二句云：「今其往矣，寧不盡然。」以示攻媿樓公，公稱善，但以筆易「往」字爲「歸」，「盡」字爲「惓」。文忠親出示予云：「吴蓋致仕也，不應用『往』與『盡』字。」前輩一字不苟如此。攻媿嘗問文忠：「近看誰四六？」以益公對。攻媿曰：「渠只會説大話，如『奄有萬方』、『君臨兆姓』爾。」蓋王言只當作「多方」、「庶姓」，與臣下表語不同。同上

陳東、歐陽澈原注：先贈朝奉郎祕閣修撰。當建炎初政論事指摘上躬，貶議大臣，蓋宣、政以來所未有也。大臣惡其訐己，陰用上手批寘二子於法。予嘗得東將臨刑家書手蹟，時猶在神霄宫。墨行整整，區處家事皆有條理，自知頃即受戮，略無慘戚戰慄之意，一作「狀」。蓋東漢人物也。上大悔悟，贈東諫議、澈延閣，賜田以旌其後，且下詔自責。時大臣蓋黄潛善、汪伯彦，潛善已先死，伯彦猶在。竹西王公代言西掖，會上追贈東、澈，遂因極論二人「不學無術，恥過遂非，使人主蒙拒諫之謗，朝廷污殺士之名。此而不誅，何以爲政！若潛善魂魄有知，猶思延頸就戮；而伯彦軀幹固在，不識何施面目」。伯彦遂落職，潛善永不追復。王遂草《贈東澈詞》及《伯彦落職制》，

其略曰：「古之人願爲良臣，不願爲忠臣原注：用出處。云云，惟爾東爾澈，其殆有意於爲忠臣乎？雖然，爾不失爲忠臣，而天下後世顧謂朕何如主也！八年於兹，一食三歎。通階美職，豈足爲恩，以塞予哀，以彰予過。使天下後世，考古之飾非拒諫之主，殆不如是。」伯彦制曰：「朕痛念建炎之初政，實虧從諫之令名。俯仰八年，寤寐永歎。比下責躬之詔，敢爲歸咎之文。而論者謂汝專宥密之司，實任仰成之寄。汝言汝聽，汝弼汝從，宜思廣朕之聰明，何卹庶人之議政。使人主蒙拒諫之謗，而朝廷污殺士之名。仰覿君親，何旋面目。朕覽人言而惕若，撫往事以何追。罪固在於朕躬，誼難寬於爾責。」蓋東、澈書顓攻汪、黄，爲黄、汪者正當上震怒未解，宜叩頭請免二子。上倘不從，以去爲期，則二子必不至東市矣。當時諫臣亦有不容不與汪、黄分其責者。同上

朱文公自長沙召入，蔡元定勸其早歸。居頃，一作「未去頃」。予郡。初，詞臣傅伯壽嘗從公於武夷，當公懇辭待制，草制詞云云：「逮兹累歲，始復有陳。前受之是，今受之非，誰能無惑？大遜如慢，小遜如僞，夫豈其然？顧而務徇於名高，在我詎輕於爵馭。俾解禁嚴之直，復居論著之聯」云云。「噫，厭承明，勞侍從，既違持槖之班；歸鄉里，授生徒，往究專門之學。」遂授修撰之命。公嘗用郊恩奏其子京官，故傅有「累歲始陳」之誚。同上

開禧三年十一月三日聖旨：「韓侂胄久任國柄，粗罄勤勞，使南北生靈枉罹凶害，以致敵人專以首謀爲言。不令退避，無以繼好息民。可罷平章軍國事與宫觀。陳自强專務巧諛，不恤國

務，一作『事』。可罷右丞相。日下出國門。」《罷韓侂胄麻制》：「門下：朕圖回機政，委用柄臣。遠至邇安，所賴經邦之益；力小任重，難逃誤國之誅。揆以羣情，奮由獨斷。爰誕敭於免册，庸敷告於治朝。太師平章軍國事平原郡王韓侂胄，早以勳門，寖登顯路。久周旋於軒陛，適際會於風雲。服勞王家，言前人之是似；預聞國政，殆故事之所無。位極王公，職兼文武。宜思靡盬之義，用答非常之恩。而乃植黨擅權，邀功生事。不擇人而輕信，不量己而妄爲。敗累世之歡盟，致兩國之交惡。三軍暴骨，萬姓傷心。列聖有好生之德，爾則專於嗜殺；朕躬有悔過之實，爾則務爲飾非。公事誕謾，曾無顧忌。遂致敵人之未戢，專以首謀而爲言。臨機果見，一作『料』。理明既無半策；得君專行，政久徒積衆愆。倘今尚處以廟堂，何以遂安於社稷？欲存大體，姑畀真祠。庸少慰於多方，以一新於庶政。於戲，威福惟辟，朕方親總於大權；明哲保身，爾尚自圖於終吉。往哉一作『其』。祗若，兹謂優容。可罷平章軍國事，依前太師永興軍節度使平原郡王，特授醴泉觀使，在外任便居住，食邑實封如故。」《罷自强制》云：「以道事君，所冀贊襄之益；朋姦罔上，乃辜委寄之隆。殊咈巖瞻，宜從策免。特進右丞相兼樞密使秦國公陳某起舊闕。」云云。同上

「沈厚之略，亟用是宜。豈期胡廣無謇諤之風，優禮何補？粤從言路，進秉國鈞。不思洗心之忠，徒附炙手之勢。以庸庸爲上策，以唯唯爲善謀。賄賂公行，廉恥俱喪。鐘鳴漏静，一作「盡」。而行且勿止；鼎折餗覆，而任何以勝。暨權臣輕啓於釁端，與鄰境頓乖於和好。內郡竭於糧餉，

邊城瘠於干戈。誰無憂時之思，獨存保位之舉。擬而言，議而動，悉付括囊；危不持，顛不扶，殆成撓棟。尚不亟從於退黜，必將愈積於罪愆。爰解軍樞，俾奉香火。猶以股肱之舊，務全體貌之存。於戲，乞骸骨以避賢，已昧滿盈之戒；歸田里而思過，無忘循省之誠。往服寬恩，益祇明訓。可罷右丞相樞密使依舊秦國公醴泉觀使，在外任，便居住。」同上

初，蘇師旦本平江書吏。韓氏爲戎副，一作「副戎」。籍之於廳。韓用事，師旦實爲腹心。侂胄欲使師旦爲節度使，密諭詞臣草制。時祕書監陳峴兼直學士院，語人曰：「節鉞以待將臣之功高者。師旦何人，可辱斯授！以此見命，吾惟有去而已。」御史探權相一作「臣」。意，遂假駁死獄事劾公以免。峴知泉州，未上，韓誅，召除兵部侍郎兼學士院，賜詔，其略曰：「衆怒翼飛，儀鳳之翔何遠；洪流奔注，砥柱之立不移。」蓋嘉其疑脱「安」字。義命於權勢翕赫之日。制詞真文忠所爲也。案《齊東野語》云：「蘇師旦將建節，學士顔棫、莫子純皆莫肯當制。易祓彦章爲樞密院檢詳文字，師旦爲都承旨，與之昵，欣然願任責，遂以國子司業兼兩制，竟爲師旦草麻，極其諛佞」云云。則當日不肯草麻，不獨峴一人也。同上

翁中丞名彦國，建之崇安人。二帝北狩，僞楚張邦昌僭帝號。邦昌欲迎康王，計猶豫未決。公自鄉郡提兵勤王，道中得邦昌書，其外書書示翁，其書中有「忍死權就大事」之詞。翁密視，遂答邦昌書，大稱邦昌以太宰閣下，其略曰：「盻視封題，不敢拆視，幸先爲道路所發。今相公謂有其迹而無其事不可也，謂有其事而無其志不可也，且謂迎延福宫之文雖微示人以意，安知不爲新

都之漸？乃請貶去僭號，早迎康王。不然，勒兵十萬見公於端闈，不得施東閣之恭矣。」邦昌懼外兵寖入，遂决迎康王，策府庫皆稱「臣邦昌謹封」。公爲李丞相綱姻亞，李之用公本以才選。李既罷政，浮溪汪氏行制，醜詆李公，目爲羣小之宗。至行翁詞，亦謂「汝本茶山駔儈之徒」。先是，翁已六世收科，非駔儈也。茶山，翁所居百里而遥。浮溪汪氏本爲秦檜所知，李公得政，不甚薦用。汪疑爲翁所譖，故極力誚之。《江南餘載》

元厚作《王介甫再相麻》，世以爲工，然未免偏枯。其云「忠氣貫日，雖金石而爲開；讒波稽天，孰斧斨之敢闕」，上句「忠氣貫日」則可以襯「雖金石而爲開」，是以下句「讒波稽天」則於「斧斨」了無干涉。此四六之病也。元厚之取古今傳記佳語作四六，「金石而爲自開」，《西京雜記》載揚雄全語也。「日華明潤」，李德裕《唐武宗畫像贊》也。四六尤欲取古人妙語以見工耳。《四六話》

神宗友愛嘉、政二王，不許出閤，固辭者數十。其後改封王，先召翰林學士元厚之謂曰：「卿可於麻辭中道殺勿令更辭也。」略云：「列第環宮，彌聳開元之盛；側門通禁，共承長樂之顔。」同上

熙寧中，彗星見，是歲交趾李乾德叛邕州，二廣爲之騷動。朝廷遣郭逵、趙卨討之，荆公作相，草《出師敕榜》，有云：「惟天助順，已兆布新之祥。」爲彗星見而出師也。王世充假隋恭帝禪位策文云：「海飛羣水，天出長星。除舊之徵克著，布新之祥允集。」荆公用舊意爲新語也。同上

陸宣公隨德宗自奉天還闕，興元元年下《悔過制書》曰：「失守宗祧，越在草莽。不念率德，

誠莫追於既往；永言思咎，期有復於將來。明徵其文，以示天下。」其後荆公罷相，守金陵，謝上表，末云：「經體贊元，廢任莫追於既往；承流宣化，收功尚冀於將來。」用宣公語意，乃知文章師承未有無從來者也。同上

錢塘知縣程松遷諫議大夫，市一妾獻之，名松壽。侂胄曰：「奈何與大諫同名？」曰：「欲使常達鈞聽耳。」後貶官，責詞有「處污穢而不羞，莫汝爲甚」之句，蓋謂此也。《慶元黨禁》

先子嘗言：王荆公作相，天下士以文字頌其道德勳業者不可以數計也，如祥道啓曰：「六經之書得孔子而備，六經之理得先生而明。」王禹玉作《除相麻詞》曰：「至學窮於聖原，貴名薄於天下。」熊伯通賀啓曰：「燭照數計，洞九變之本原；玉振金聲，破千齡之堙鬱。」又曰：「永惟卓偉之烈，絶出古今之時。」鄧温伯作白麻曰：「道德合符乎古人，學問爲法於海內。越升家宰，大熙衆功。力行所學而朝以不疑，謀合至神而人莫爲閒。」若此者劇多，然不若子瞻《贈太傅誥》曰：「浮雲何有，脱屣如遺。」此二句乃能真道荆公出處妙處也。世人謂中含譏切，恐大不然。同上

鄧左轄、温伯二人，翰林前後幾二十年，高文大册，每號稱職。其立哲宗爲皇太子制首曰：「父子一體也，唯立長可以圖萬世之安；國家大器也，唯建儲可以係四海之望。」末云：「離明震長，緜帝祚於億年；解吉渙亨，灑天人於萬宇。」天下誦之。同上

元祐六年立皇后孟氏，而梁況之爲翰林學士，其制略曰：「太母以萬世爲心，命虔宗事之重；大臣以兩極陳義，請建坤儀之尊。謂王道之大所由興，故人倫之始不可緩。」末云：「垂光紫庭，襲喻彤管。」一時諸公皆歎其不可及。前後立后制，靡能過焉。同上

四六格句，須襯者相稱乃有工，方爲造微。蓋上四字以喚下六字也，此四六正格也。前輩作《謫樞密使張遜誥》云：「互置朋黨，交攻是非。貝錦之詞遂彰於萋菲，挈瓶之智已極於滿盈。」丁晉公南遷，作《南嶽齋疏文》云：「補仲山之衮，曲盡於巧心；和傅說之羹，難調於衆口。」至曾子宣《謝宰相表》曰：「方傷錦敗材之初，奚堪於補衮；況覆餗折足之際，何取於和羹。」此又妙矣。「傷錦敗材」四字，《後漢傳》全語也。同上

神宗首用富鄭公作上相，以司空侍中爲昭文館大學士也，制乃翰林學士鄭毅夫所草，末云：「上理乎天工，則日月星辰以之順；下遂乎物宜，則山川草木以之蕃。近則諸夏仰德以承流，遠則四夷傾心傾心，一作聞風。而待命。」毅夫自負此文敏贍，因爲詩曰：「中使傳宣內翰家，君王令草侍中麻。紫泥金印封題了，紅燭纔燒一寸花。」元祐中，司馬温公作相，除左僕射，時學士鄉温伯行制，其末云：「上寅亮於天工，則陰陽風雨以之順；下咸遂乎物性，則山川草木以之靈。内阜安於兆民，外鎮撫於四裔。」此二白麻特相類，人謂非二公不能稱，此大訓也。同上

隆祐復位制，蔡元長草其詞曰：「雖元符建號，已位於中宮；而永泰上賓，無嫌於竝后。」陳

了翁作蔡彈文云：「北門翰長，乃手草發詔之人；復后麻詞，又躬寫慈闈之旨。以謂訓出東朝，則先帝當時不得不從；事於泰陵，則陛下今日安能輕改。」《四六談麈》

相元中宣和間當外制，作《河北曲赦》云：「桑麻千里，皆祖宗涵養之休；忠義百年，亦父老教訓之德。」又作《種師中制》云：「系出終南處士之後，世有山西良將之規。」王雲子飛早有文名，之官豫章，元中當外制，其謝表云：「洵鯨波之再涉，偶遂生還；恍芸省之暫游，旋從外補。」王嘗隨奉使高麗作書狀也。「敢期文陛之一登，所望修門之重入。」同上

孫仲益直院，草《黄懋和罷相制》云：「移股肱者，固非朕志；作耳目者，言皆汝尤。」又《謝吏部侍郎表》云：「名節壞於謗讒，孰聽鼠牙之訟；精神銷於憂慮，屢驚馬尾之書。」同上

紹興曲赦福建，本翟公巽爲承旨當制。翟入參，綦叔厚直院當制，遂用其文，其曰「朕臨朝不怡，視古太息」者是也。同上

林述中適帥福日見之，舉召試舍人時，除節度使麻云：「無怠無荒以來王，朕敢忘於慎德；有嚴有翼而共武，爾無忝於懋功。」同上

先公除翰林，以祖諱辭。有旨銜内權不繫三字，先公以不帶三字，止同職名，不可赴院供職，又固辭。述古制云：「玉帳談兵，已興嗟於見晚；金鑾草制，兹無恨於同時。」同上

靖康内降王氏封國夫人，淵聖中批：「可入『朕之乳母』四字。」先公奏云：「當於腦詞下稱

『皇帝乳母某氏。』」而草云：「早參慈保之嚴，謹於燥濕之視。」同上

宣和内禪，王循德爲承旨，當草赦，事出倉卒，云：「紹二百年之祈運，奠三萬里之幅員。施及渺躬，嗣膺神器。永念纘承之重，懼及淵冰；載惟臨御之艱，憂深朽索。」及内禪皇太子詔到，天下方曉然。同上

常子正同作《任公甫致政詞》云：「熟本朝之故事，逌聞正始之風；迎代邸而清宫，獨奉渭橋之謁。」對似少偏。同上

汪彦章草赦書，叙軍興征歛，其詞云：「八世祖宗之澤，豈汝能忘；一時社稷之憂，非余獲已。」《老學菴筆記》

開禧初降詔興師，李公璧草起句云：「天道好還，蓋中國有必伸之理；人心助順，雖匹夫無不報之讎。」累詞殆將數百。予侍叔父貢士詠自浦城行至都之玉津園前，售摹詔而讀之，叔父曰：「以『中國』而對『匹夫』，氣弱矣，其能勝乎？」已而兵果大敗，金因亦有詔詆韓侂胄云：「蠢爾殘昏巨（述）〔迷〕，此句疑有脱文。（轍）〔輒〕鼓兵端，首開邊隙。敗三朝七十年之盟好，驅兩國百萬衆之生靈。彼既逆謀，此宜順動。尚期決戰，同享升平。」《四朝聞見録》

《宋白集》有《賜諸道節度觀察防團刺史知州以下賀登極進奉詔書》云：「朕仰承先訓，纘嗣丕基。眷命曆之有歸，想寰區之同慶。卿輟由俸禄，恭備貢輸。遥陳稱賀之誠，知乃盡忠之節。

省覽嘉歎，再三在懷。」實真廟登極時詔書也。乃知時是貢物皆守臣以俸禄自備。今既以庫金爲貢，而推恩則如故，可謂厚恩矣。《老學菴筆記》

《敕鄉貢進士温庭筠》：「早隨計吏，夙著雄名。徒負不羈之才，罕有適時之用。放騷人於湘浦，移賈誼於長沙。尚有前席之期，未爽抽毫之思。可隨州隋縣尉。」舍人裴坦之詞也。《東觀奏記》

唐中書制詔有四。封拜册書用簡，以竹爲之。畫旨而施行者曰發曰敕，用黄麻紙；承旨而行者曰勅牒，用黄藤紙。赦書皆用絹。黄紙始正觀間，或曰取其不蠹也。紙以麻爲上，藤次之。用此爲重輕之辨。學士制不自中書出，故獨用白麻紙而已，因謂之白麻。今制不復以紙爲辨，號爲白麻者，亦池州楮紙耳。曰發曰敕，蓋今手詔之類。而勅牒乃尚書省牒，其紙皆一等也。《石林燕語》

盛度，錢氏壻，而不喜惟演，蓋邪正不入也。惟演建言一后竝配，御史中丞范諷發其姦，落平章事，以節度使知隨州。時度年幾七十，爲知制誥，責詞云：「三星之媾，多戚里之家；百兩所迎，皆權要之女。」蓋惟演之姑嫁劉氏，而其子娶於丁謂也。《東坡志林》

四六叢話卷十

表　五

表以道政事，達辭情，《文心》論之詳矣。粤自孔明《出師》，忠懇而純篤；劉琨《勸進》，慷慨而壯激。竝傾寫素志，不由緣飾。羊祜《讓開府》，婉轉以明衷；庾亮《讓中書》，雍容而叙致。夫唯大雅，卓爾不羣。自爾以後，雖雕華相尚，手筆踵增，樹榦立楨，其則不遠已。夫人臣瀝悃聞天，積誠寤主。進伏蒲以敷奏，退削藁以陳詞。質而無華，不免周勃之木强；文而失實，是猶舍人之俳詞。誠榮辱之樞機，從違所倚伏。封囊搢笏，罔勿兢兢。必且熟精經子，導禮教之深源；流覽史書，究古今之大體。《鹿鳴》、《天保》，一唱而叩心；石室《金縢》，三復而流涕。忠孝之情，鬱於中而發作於外；《詩》《書》之氣，相其質而旁達其華。自然匡、劉經術，左右逢源；揚、馬才情，馳驅合範。由是屏營齋沐，仰干咫尺之顔；濡染淋漓，備用三千之牘。使温恭之美，著於黼裳；篤棐之忱，形諸簡墨。以之陳謝，則句隨寸草偕春；以

之請乞，則字與傾葵共轉；以之薦達，則「好賢如緇衣」，不啻口出；以之進奉，則宮廷繪無逸，曲牖淵衷。義等格心，功同造膝矣。抑又有難焉者，潮陽遷客，鮫鱷爲羣；南海羇臣，瘴烟萬里。謡諑方深其釁，雷霆未霽其威。叙哀切則猶似刺譏，致禱祈則適遭忌嫉。畏首畏尾，將吐將茹。而乃長悽累欷，低徊動聖主之憐；遜志含章，悱惻解當塗之媢。此其苦心獨運，良復逸迹難追。又或事有難言，情彌疾首。冀微言以覺寤，匪諧隱以爲儕。如獻可因彈姦求去，託喻風痺；歐公爲新法蹈愆，興言改過。所謂言之無罪、聞者足戒，非耶？至於人臣遺表，述哀叙戀，尤屬所難。爲黨人而辨雪，義山不能代其師；録恩賜以上陳，晉公不能委其客。况夫當白刃之交前，令狐以掞辭戢變；恨青編之失實，端叔以代奏除名。可以見文章之有用，而詞豪之傑出也。然則四六之用，表奏爲長。鋪觀往論，尤多凡例。尚書箋奏，儀曹獨擅其能；使府文辭，玉溪交馳其聘。靈根夜吠，一語知名；法駕前驅，單詞入選。有味乎言之，舉隅焉可也！不然，讀千首之賦，製九州之箴，多也奚爲？叙《表第五》。

夫設官分職，高卑聯事。天子垂珠以聽，諸侯鳴玉以朝。敷奏以言，明試以功。故堯咨四岳，舜命八元。固辭再讓之請，「俞往欽哉」之授。竝陳辭帝庭，匪假書翰。然則敷奏以言，則一作「即」。章表之義也；明試以功，即授爵之典也。至太甲既立，伊尹書誡；思庸歸亳，又作書以讚。

文翰獻替，事斯見矣。周監二代，文理彌盛。再拜稽首，對揚休命。承文受册，敢當丕元作「纘」。顯。雖言筆未分，而陳謝可見。降及七國，未變古式，言事於主，皆稱上書。

秦初定制，改書曰奏。漢定禮儀，則有四品：一曰章，二曰奏，三曰表，四曰議。章以謝恩，奏以按劾，表以陳請，議以執異。章者，明也。《詩》云：「爲章於天。」謂文明也。其在文物，赤白曰章。表者，標也。《禮》有《表記》，謂德見於儀。其在器式，揆景曰表。章表之目，蓋取諸此也。按《七略》、《藝文》，謠詠必録。章表奏議，經國之樞機，然闕而不纂者，乃各有故事，而在職司也。

前漢表謝，遺篇寡存。及後漢察舉，必試章奏。左雄奏議，臺閣爲式；胡廣章奏，一作「表」。「天下第一」。竝當時之傑筆也。觀伯始謁陵之章，足見其典文之美焉。昔晉文受册，三辭元脱，朱補。從命。是以漢末讓表，以三爲斷。曹公稱爲表不必三讓，又勿得浮華。所以魏初表章，指事造實，求其靡麗，則未足美矣。至於文舉之薦禰衡，氣揚采飛；孔明之辭後主，志盡文暢。雖華實異旨，竝表之英也。琳、瑀章表，有譽當時；孔璋稱健，則其標也。陳思之表，獨冠羣才，觀其體贍而律調，辭清而志顯，應物掣一作「制」。巧，隨變生趣，執轡有餘，故能緩急應節矣。逮晉初筆札，則張華爲儁。元作「儁」。其三讓公封，理周辭要，引義比事，必得其偶，世珍《鷦鷯》，莫顧章表。及羊公之辭開府，有譽於前談；庾公之讓中書，信美於往載。一作「册」。序志顯類，有文雅焉。劉琨《勸進》，張駿《自序》，文致耿介，竝陳事之美表也。

原夫章表之元作「文」，謝改。爲用也，所以對揚王庭，昭明心曲。既其身文，且亦國華。章以造闕，風矩應明；表以致禁，骨采宜耀。循名課實，以章元脱，一作「文」。爲本者也。是以章式炳賁，志在典謨，使要而非略，明而不淺。表體多包，情僞屢遷，必雅義以扇其風，清文以馳其麗。然懇惻元作「愜」。者辭爲心使，浮侈者情爲文元作「出」。使。一作「情爲文屈」。繁約得正，華實相勝，脣吻不滯，則中律矣。子貢云：「心以制之，言以結之。」蓋一一作「以」。辭意也。荀卿以爲「觀人美辭，麗於黼黻文章」，亦可以喻於斯乎。《文心雕龍》

上雅尚文學，聽政之暇常賦詩，尤重科名。大中十年，鄭顥知舉後，宣宗索《科名記》，顥表曰：「自武德以後，便有進士諸科。出鶯谷而飛鳴，聲華雖茂；經鳳池而閲視，史策不書。所傳前代姓名，皆是私家記録。虔承聖旨，敢不討論。臣尋委當行祠部員外趙璘，採訪諸家《科目記》，撰成十三卷，自武德元年至朝，謹專上進。方俟無疆，宜付翰林，自今放牓後，竝寫及第人姓名及所試詩賦題目進入内，仍仰所司逐年編次。」《東觀奏記》

唐張彦遠叙畫之興廢。彦遠家代好尚名迹。元和十三年，高平公鎮太原，不能承奉中貴，爲監軍使内官魏弘簡所忌，無以指其瑕，且驟言於憲宗曰：「張氏當有書畫。」遂降宸翰索其所珍，惶駭不敢緘藏，科簡登時進獻。乃以鍾、張、衛、索真蹟各一卷，二王真蹟各五卷，魏、晉、宋、齊、梁、陳、隋雜蹟各一卷，顧、陸、張、鄭、田、楊、董、展，洎國朝名手畫合三十卷，表上曰：「伏以前代

帝王，多求遺逸，朝觀夕覽，收鑒於斯。陛下睿聖欽明，凝情好古。聽政之暇，將以怡神。前件書畫，歷代共寶，是稱珍絶。其陸探微《蕭史圖》，妙冠一時，名居上品。所希睿鑒，別賜省覽。」又別進《玄宗馬射真圖》，永寶府司馬陳弘畫。表曰：「玄宗天縱神武，藝冠前王，凡所游畋，必存繪事。豈止雲夢殪兕，楚人美旌蓋之雄；潯陽射蛟，漢史稱舳艫之盛。前件圖臣瞻奉先靈，素所寶惜。陛下旁求珍蹟以備石渠，祖宗之美敢不獻呈。」詔答曰：「卿慶傳台鉉，業嗣弓裘，雄詞冠於一時，奥學窮乎千古。圖書兼蓄，精博兩全。別進《玄宗馬射真圖》，恭獲披捧，瞻拜感咽，聖靈如臨。其鍾、張等書，顧、陸等畫，古今共寶，有國所珍。朕以視朝之餘得以寓目，因知丹青之妙，有合造化之功。欲觀象以省躬，豈好奇而玩物。況煩章奏，嘉嘆良深。」其書畫竝收入内庫，世不復見其餘者。《歷代名畫記》

張祜元和、長慶中深爲令狐文公所知。公鎮天平日，自草薦表，令以新舊格詩三百篇表進，獻辭略曰：「凡制五言，苞含六義。近多放誕，靡有宗師。前件人久在江湖，早攻篇什，研幾甚苦，搜象頗深。輩流所推，風格罕及」云云，「謹令録新舊格詩三百首，自光順門進獻，望請宣付中書門下。」祜至京師，方屬元江夏偃仰内庭，上召問之，稹對曰：「張祐雕蟲小巧，壯夫恥而不爲者。或獎激之，恐變陛下風教。」由是寂寞而歸。《摭言》

温憲，庭筠之子，光啓中及第，尋爲山南從事。李巨川表述憲先人之屈，略曰：「蛾眉先妬，明妃爲去國之人；猿臂自傷，李廣乃不侯之將。」同上

巴陵有寺，僧房床下忽生一木，隨伐隨長。外國僧見曰：「此娑羅也。」元嘉初出一花，如蓮。天寶初，安西道進娑羅枝，狀言：「臣所管四鎮，有拔汗郍最爲密近，木有娑羅樹，特爲奇絶。不庇凡草，不止惡禽。聳榦無慙於松栝，成陰不愧於桃李。近差官拔汗郍使令採得前件樹枝二百莖。如得託根長樂，擢頴建章。布葉垂陰，鄰月中之丹桂；連枝接影，對天上之白榆。」《酉陽雜俎》

唐天寶十年，上謂宰臣曰：「近於宫内柑子數株，今秋結實一百五十顆，與江南蜀道所進不異。」宰臣賀表曰：「雨露所均，混天區而舉被；草木有性，憑地氣而潛通。故得資江外之珍果，爲禁中之華實。」同上

唐武宗五載忽患心熱之疾，有言青城山邢道士者妙於方藥，帝即召見之。道士以肘後緑囊中青丹兩粒，及取梨數枚絞汁而進之，帝疾尋愈。旬日賜萬金，仍加廣濟先生之號。帝從容問其丹何物，先生曰：「赤城山有青芝兩株，太白南溪有紫花梨一樹。臣之昔歲曾遊二山，獨獲兩寶，合錬成丹，惟餘兩粒，幸逢陛下服之。更欲此丹，須求二物也。」後疾復作，再詔邢先生於青城，不知所適。帝遂詔示天下，有紫花梨即時奏上。時恒州節度太尉王元逵尚壽春公主，即會昌之女弟，聞真定李令種梨數株，其一紫花梨，即遣寺人就加封驗，翦其傍樹，匝以朱欄，寶惜纖枝，有同月桂。當花發之時，防蜂蝶之窺耗，每以輕綃紗縠遠加籠罩焉。守樹者不勝艱苦。洎及秋實，公主必手選而進之，比達帝庭，十得其六七。帝多食此梨，雖不及邢氏者，亦粗解其煩躁耳。時有

李遵來侍御任恒州記室，作《進梨表》云：「紫花開處，擅美春林；縹蔕懸時，迥光秋景。離離玉潤，落落珠圓。甘不得嘗，脆難勝口。」表達闕下，公卿見者多大笑之，曰：「常山公何用進殘梨於天府也？」蓋以其表有「脆難勝口」之句。明年，武宗崩，公主亦相次逝。此梨自後以爲貢賦之常，縣官歲久亦漸怠於寶守焉。《耳目記》

宋璟《求致仕表》云：「臣竊禄簪裳，備員廊廟。霜豪生頷，雪刺滿頭。求退歸耕，養慵岩穴。生樂堯世，死荷聖恩。」《開天遺事》

裴晉公平淮西，賜以玉帶。公臨薨却進，使門人作表，皆不如意。公口占狀曰：「内府之珍，先朝所賜；既不敢將歸地下，又不合留在人間。謹却封進。」聞者歎其簡而不亂。《因話録》

《令狐楚傳》：「楚當嚴綬、鄭儋相繼鎮太原，俱辟爲從事，自掌書記至節度判官、殿中侍御史。楚才思俊麗。德宗好文，每太原奏至，能辨楚之所爲。鄭儋在鎮暴卒，軍中諠譁，將有急變。中夜十數騎持刃追楚至軍門，諸將環之，令草遺表。楚在白刃之中搦管即成，讀示三軍，無不感泣，軍情乃安。由是名益重。」《舊唐書》

案：令狐文公於白刃之下立草遺表，讀示三軍，無不感泣，遂安一軍，與宣公草興元赦書，山東將士讀之流涕，同一手筆。必如此，始爲有用之文，四六所由與古文竝垂天壤也。若以堆垜爲之，固屬輪轅虚飾。純以清空取勝，亦無非臭腐陳言。一言以斷之，曰：惟情深而文明，

沛然從肺腑流出，到至極處，自能動人。作之者非關文與不文，感之者亦不論解與不解，手舞足蹈，有不知其然而然者。

《令狐楚傳》：「開成元年，檢校左僕射興元尹充山南西道節度使。二年十一月，卒於鎮，册贈司空，謚曰文。楚卒前二日，召從事李商隱曰：『吾氣魄已殫，情思俱盡。然所懷未已，强欲自寫聞天，恐詞語乖舛，子當助我成之。』」同上

王建既誅，田令孜上表自陳曰：「開柙出虎，孔宣父不責他人；當路斬蛇，孫叔敖蓋非利己。專殺不行於閫外，先幾恐失於彀中。」舍人馮涓之詞。涓，宿之孫也。《通鑑》

唐太和中，李德裕鎮浙西，有劉三復，少貧苦，學有才思。時中一作「正」。人賫御書至，德裕試其所爲，謂曰：「子可爲我草表，能立就一作『搆』。或歸以創之？」三復曰：「文理貴中，不貴其速。」德裕以爲當言。三復又請曰：「漁歌樵唱皆傳公述作，願以文集見示。」德裕出數軸與之，三復乃體而爲表。德裕嘉之，因遣詣闕求試，果登第，歷任臺閣。《北夢瑣言》

安南高駢奏開本州海路。初，交趾以北距南海，有水路，多覆巨舟。駢往視之，乃有横石隱水中，因奏請開鑿以通南海之利。其表略云：「人牽利楫，石限横津。纔登一去之舟，便作九泉之計。」有詔聽之。同上

《次山集》中載其謝上表兩通，其一云：「今日刺史，若無武略以制暴亂，若無文才以救疲弊，

若不清廉以身率下，若不變通以救時須，則亂將作矣。臣料今日州縣堪征税者無幾，已破敗者實多。百姓戀墳墓者蓋少，思流亡者乃衆。則刺史宜精選謹擇以委任之，固不可拘限官次，得之貨賄，出之權門者也。」其二云：「今四方兵革未寧，賦斂未息。百姓流亡轉甚，官吏侵尅日多。實不合使凶庸貪猥之徒、凡弱下愚之類，以貨賂權勢而爲州縣長官。」觀次山表語，但因謝上而能極論民窮吏惡，勸天子以精擇長吏，有謝表以來未之見也。世人以杜老褒激之故或稍誦其詩，以《中興頌》故誦其文，不聞有稱其表者，余是以備録之。《容齋隨筆》

昭宗召偓入院，試文五篇：《萬邦咸寧賦》、《禹拜昌言賦》、《武臣授東川節度制》、《答佛誓國進貢書》、《批三功臣讓圖形表》。繳狀云：「臣才不邁羣，器非拔俗。待價既殊於櫝玉，窮經有愧於籝金。遭遇清時，涵濡睿澤。峨冠振佩，已塵象闕之班；舐筆和鉛，更入金門之召。擊鉢謝捷，纂組非工。撫己循涯，以榮爲懼。」《金鑾密記》

據《湘山野録》載：宋齊丘相江南李先主、璟二世，皆爲左僕射。璟愛其才，而知其不正。嘗獻《鳳凰臺》詩，中有「我欲烹長鯨，四海爲鼎鑊。我欲羅鳳凰，天地爲䍐繳」之句，皆欲諷其跋扈也。而主終不聽。不得已，上表乞歸九華，其略云：「千秋載籍，願爲知足之人；九朵峰巒，永作乞骸之客。」主知其詐也。考齊丘事先主爲相事，至嗣主時爲太傅，植黨專權。後主暴齊丘事，穴墻給食，乃縊而死，謚曰繆醜。野録所載其上表乞歸，謬矣。《西溪叢語》

先臣太平興國二年入朝，太宗詔赴苑中。宴先臣時，獨臣兄安僖王惟濬侍焉。因泛舟於宮池，太宗手舉御杯賜先臣。跪而飲之。明日奉表，其略曰：「御苑深沉，想人臣之不到；天顏咫尺，惟父子以周親。」《家王故事》

元祐初，起范蜀公於家，固辭。其表曰：「六十三而致仕，固不待年；七十九而造朝，豈云知禮。」是時文潞公年八十餘，一召而來。人各有所志也。《後山詩話》

歐陽公坐擅止青苗錢，特放罪。上表謝曰：「敢不戒小人之遂非，思君子之改過。」《司馬文正公日録》

靖康間，劉觀中作《百官賀徽廟還京表》云：「漢殿上皇，本是野田之叟；唐朝肅帝，又非揖遜之君。」何栗文縝索筆塗之，用此二事別作一聯云：「擁篲却行，陋未央之過禮；執鞚前引，笑靈武之曲恭。」康執權平仲在揚州草宗開封云：「想望夷門，未泯葱葱之佳氣；顧瞻淮甸，安能鬱鬱而久居。」《四六談麈》

靖康間，京兆尹程一作「陳」。伯起《謝賜出守牙簡表》云：「看山拄頰，敢爲晉士之清狂；上馬投一作『設』。囊，豈有唐賢之風度。」汪彦章詞。同上

翟公巽一作「大參」。以陳通一作「東」。之辭自越謫杭，其謝降官表云：「豈比越人，坐視秦人之瘠；欲安劉氏，固知吕氏之危。」同上

席參政大光作《嗣安定制》頌太祖曰：「爾惟玄孫，予曰伯父。」其《謝潭帥表》云：「暴揚之惡，初過於共兜；播告之詞，忽同於方召。」同上

王荆公在金陵，有中使傳宣撫門并賜銀盒茶藥，令中外各作一表。既具藁，無可公意者。公乃自作，今見集中。其詞云：「信使恩言，有華原隰；寶奩珍劑，增賁邱園。」蓋五事見四句中，言約而意盡，衆以爲不及也。同上

周孟陽春卿，英宗宫僚，聖眷素厚，書簡以老丈稱之。當議儲副時，英宗固辭，春卿就卧内諭意，上大悟，拜春卿牀下，遂正儲。裕陵在東宫，朝廷復以春卿爲翼善。春卿爲人純直，謂不當爲父子宫僚，上表力辭，有「親奉堯言，躬承禹拜」之句。《孫公談圃》

丁崖州多智數，在海外，有一販夫，輒與數百緡，任其貨易，歲久不問。商人疑其意，且欲報之，曰：「相公或使之，雖死不避。」丁乃預計南京春宴必有中使在坐，因作表丐還，封爲書投府坐，約商人曰：「汝必須於是日到，仍須宴次投之。」商人欣躍而去，至則如其言。府坐得書，懼不敢發，欲匿之，又中使已見，遂因中使回附奏。自是得移光州，其表云：「雖遷陵之罪大，應立主之功多。」同上

蔡天啓紹聖元符間爲中書舍人，嘗與元祐諸公遊，遂遭斥逐。嘗守睦州，到任謝表，有曰：「城譙閴寂，一葉落而知秋；島嶼縈迴，二水合而成字。」《庚溪詩話》

東坡守杭、守潁皆有西湖，故潁川謝表云：「入參兩禁，每玷北扉之榮；出典一州，輒爲西湖之長。」《鶴林玉露》

「九金聚粹，共圖魍魎之形；孤劍埋光，尚負斗牛之氣。」此吕惠卿表也。邪人指正人爲邪人，如此人主何以辨之？同上

林敏功子仁年十六預鄉薦，下第歸，杜門不出者二十年。元符末，詔徵不赴，與林敏修居比鄰，終老以文字相友善。敏修亦終身不舉進士，世號二林。政和中，林震爲郡守，謂「吾宗有隱君子」，出郊見之。還朝舉其隱德，賜號高隱處士，旌表其門。子仁謝表云：「自是難陪英俊之遊，何敢妄意高尚之事？卧牛衣而待旦，寒如之何；搔鶴髮以興懷，老其將至。」《尚友録》

《九章算術》：「五雀六燕飛集於衡，衡適平。一雀一燕飛而易處，則雀重而燕輕。」陸農師《謝吏部尚書表》：「六燕相亭，試銓平其輕重」，蓋用此。《困學紀聞》

晏元獻《進牡丹歌詩表》云：「永平神爵之頌，孝明稱美者五人；正元重九之篇，德宗考第於三等。」按《論衡》云：「永平中，神雀羣集。詔上《神爵頌》。百官上頌文比瓦石堆，班固、賈逵、傅毅、楊終、侯諷五頌金玉，孝明覽焉。」正元事見《劉太真傳》。同上

梁簡文爲子辭封表云：「日蝕之餘，無黄童之對；荷戟入榛，異子烏之辨。」又云：「熙祖流聰慧之稱，方建臨淮之國；元仲表岐嶷之質，乃啓平原之封。」荷戟入榛，揚雄童烏事。熙祖，晉太子遹字。

元仲，魏明帝字。元豐末，皇弟侃一作「似」。封晉寧王制全用「熙祖」、「元仲」一聯。然熙祖非美事也。晉寧，元本作普寧。　同上

王元之表：「風摧霜敗，芝蘭之性終香；日遠天高，葵藿之心未死。」劉元城表云：「志存許國，如萬折而必東；忠以事君，雖三已而無愠。」斯言可以立懦志。若璩案：「趙元鎮移吉陽軍表云：『白首何歸，悵餘生之無幾；丹心未泯，誓九死以不移。』竟以此言致不食卒，可悲也。」　同上

嘉定受寶璽，南塘賀表云：「函封遠致，不知何國之白環；瑑刻孔章，咸曰寧王之大寶。」同上

黃伯庸《賀雪表》云：「招來衆俊，無晝卧洛陽之人；獎勵三軍，有夜入蔡州之志。」語工而健。「上天同雲，平地尺雪。」范蜀公表也，周益公用之。　同上

鄭威愍公驤新除謝上章云：「關陝六七任，不挂權臣之横恩；崇觀二十秋，靡霑故相之餘潤。」公之大節如此。馮翊之死義，其處之有素矣。　同上

夏文莊表云：「詩會餘蚳之文，簡凝含酖之墨。」餘蚳，見《詩》「貝錦」箋。「筆鋭干將，墨含淳酖」，出《文心雕龍》。　同上

張燕公《謝碑額表》云：「孔篆吴札之墳，秦存展季之隴。」言孔子篆者始見於此。　同上

崔駰《西巡頌表》曰：「唐虞之世，樵夫牧豎，擊轅中《韶》，感於和也。」班固集：「擊轅相杵，亦足樂也。」曹子建書：「擊轅之歌，有應《風》、《雅》。」柳子厚云：「擊轅拊缶。」宋景文云：「壤翁

轅童。」皆本於崔、班。同上

陸機薦戴淵曰：「蓋聞繁弱登御，然後高墉之功顯；孤竹在肆，然後降神之曲成。伏見處士戴淵，誠東南之遺寶，朝廷之貴璞也。」《世説注》

舊制，執政以上始服毬文帶佩魚，侍從之臣止服遇仙帶，世謂之横金。元豐官制始詔六曹尚書、翰林學士竝服遇仙帶佩魚，故東坡《謝翰林學士表》曰：「寶帶重金佩，元豐之新渥。」蓋謂是也。《却掃編》

初置觀文殿大學士，詔：「自今非嘗歷宰相不除，著爲令。」宣和七年，先公自北門召，忽有此授，方引故事退避。明年，復召爲中書侍郎，遂拜相。前告猶寄左藏庫淵，聖遣中使取以賜先公。復力辭，上終不許。先公不得已受之，謝表略曰：「知章兩命之兼榮，足爲盛事；張説大稱之獲免，有愧前修。」蓋謂是也。同上

國朝之制食邑，滿萬户乃封國公。杜正獻公既致仕，因郊祀當加恩，而食邑未滿萬户，特詔封祁國公，蓋異禮也。其後遺表有曰：「非萬户而忝賜履之封，自三少而席司成之重。」蓋謂是云。同上

宣和中，先公在北門，有王褒者，宦官也，來爲廉訪使，在輩流中每以公廉自喜，且言素仰先公之名德，極相親事。會入奏，回傳宣撫問畢，因言比具以公治行奏聞，上意甚悦，行召還矣。先

公退語諸子，意甚恥之，故謝表有曰：「老若李鄘，久自安於外鎮；才非蕭傅，敢雅意於本朝。」長兄惇義之文，蓋具著先公之意也。同上

案《唐書・李鄘傳》：爲淮南節度使，吐突承璀數稱薦之，召拜門下侍郎同平章事。鄘不喜由宦倖進，謂諸將曰：「吾老安外鎮，宰相豈吾任乎？」

劉丞相莘老初拜右僕射，表略曰：「命相之難，爲邦所重。維皇盛世，尤慎此官。君臣賡歌，今百三十載；勳業繼踵，裁五十二人。」劉公拜相實元祐五年庚午，距今紹興十年庚申五十年矣。繼踵爲相者又二十有八人，通前共八十人焉。同上

東坡既謫黄州後，以先知徐州日不覺察妖賊事取勘，已而有旨放罪，乃上表謝。神宗讀至「無官可削，撫己知危」，笑曰：「畏喫棒耶。」同上

故事，宰輔領州，而中使以事經由，必傳宣撫問。宣和間，先公守南都，地當東南水陸之衝，使傳絡繹不絶，一歲中撫問者至十數，故嘗有謝表云：「天闕夢回，必有感恩之淚；日邊人至，嘗聞念舊之言。」同上

陳文忠公堯叟，字唐夫，端拱二年狀元及第。文惠公堯佐，字希元，端拱二年舉進士第十六人。康肅公堯咨，字嘉謀，咸平三年狀元及第。三人皆秦國公省華之子也。方仲弟希元登第之明年，賜緋，與父省華同日改秘書丞。故唐夫有啓事云：「蟾桂驪珠，連歲有弟兄之美；魚章象

簡，同時聯父子之榮。」吾鄉三洪，皆忠宣公皓之子也，兄弟連中詞科。紹興十三年，忠宣以徽猷學士直翰苑。紹興二十九年，其仲子文安公遵始入西省。隆興二年，文惠公适繼之。乾道二年，文敏公邁又繼之。相距首尾二十二年，故景盧有謝表云：「父子相承，四上鑾坡之直；弟兄在望，三陪鳳閣之遊。」二事實爲本朝儒林榮觀之盛。《游宦紀聞》

舊翰林學士地勢清切，皆不兼他務。文館職任自校理以上皆有職。錢惟〔演〕内外制不給，楊大年久爲學士，家貧請外，表辭千餘言，其間兩聯曰：「虚忝甘泉之從臣，終作若敖之餒鬼。從者之病莫興，方朔之饑欲死。」《夢溪筆談》

綦翰林叔厚《謝宫祠表》云：「雜宫錦於漁蓑，敢忘君賜；話玉堂於茆舍，更覺身榮。」時歎其工。又有一表云：「欲挂衣冠，尚低佪於末路；未先犬馬，倘邂逅於初心。」尤佳。《老學菴筆記》

黄元暉爲左司諫，論事忤蔡氏，謫昭潭。後復管勾江州太平觀，謝表曰：「言之未盡，悔也奚追。」同上

吕吉甫問客：「蘇子瞻文辭似何人？」客揣摩其意，答之曰：「似蘇秦、張儀。」吕笑曰：「秦之文高矣，儀固不能望，子瞻亦不能也。」徐自誦其表語云：「面折馬光於講筵，廷辨韓琦之奏疏。」甚有自得之色。客不敢問而退。同上

張樞密子功紹興末還朝，已近八十，其辭免及謝表皆以屬予。有一表用「飛龍在天」對「老驥

伏櫪」。公皇恐，語周子充左史託言於予易此二句。周叩其故，則曰：「某方丏去，恐人以爲『志在千里』也。」周笑解之曰：「所謂『志在千里』者，正以老驥已不能行，故徒有千里之志耳。公雖筋力衰，豈無報國之志耶？」子功亦笑而止。蓋其謹如此。同上

秘書新省成，徽廟臨幸，孫叔詣作賀表云：「蓬萊道山，一新羣玉之構；勾陳羽衛，共仰六飛之臨。」同時無能及者。同上

宣和間有詔表文語忌。詔云：「朕篤奉先烈。」表云：「陛下德邁九皇。」《劄皇子文》有「克長克君」。此劉嗣明撰也。《容齋隨筆》云：京師二吏，一翰林孔目不肯進「克長克君」之文。一太常書史，劉珏奏用祭服充軍褐，吏云：「在禮，祭服弊則焚之。」《貴耳集》

「白屋同愁，已失鳳鳴之侶；朱門自樂，難容烏合之人。」唐鄭光鎮河中，宣宗欲封其妾爲郡夫人，上表辭焉，書記田絢之辭也。宣宗大喜曰：「誰教阿舅作此好文？」左右以絢對。便欲以翰林召之，以不由進士遂止。《清波雜志》

文人用故事，有直用其事者，有反其意而用之者。元之謫守黄岡，謝表云：「宣室鬼神之問，豈望生還；茂陵封禪之書，惟期死後。」此一聯每爲人所稱道，然皆直用賈誼、相如之事耳。李義山詩「可憐夜半虚前席，不問蒼生問鬼神」，雖説賈誼，然反其道而用之矣。林和靖詩「茂陵他日求遺稿，猶喜曾無《封禪書》」，雖説相如，亦反其意而用之矣。直用其事，人皆能之。反其意而用

之者，非識學素高，超越尋常拘攣之見，不規規然蹈襲前人陳迹者，何以臻此。苕溪漁隱曰：「《藝苑》以元之直用賈誼、相如事，不若李義山、林和靖反用之。然元之是謝表，須直用其事以明臣子之心，非若作詩可以反意用。此語殊非通論也。」《藝苑雌黄》

岳武穆家謝昭雪表云：「青編塵乙夜之覽，白簡悟壬人之譖。」《翰墨叢説》

先生謂東萊先生，南豐之師也。嘗稱曾子固《謝朔日表》云：「臣幸備藩維，預聞告朔。去親方遠，已驚歲月之新；許國雖堅，更歎功名之晚。」以爲妙處全在「晚」字。《後耳目志》

道家者流，爲蟾蜍萬歲，背生芝草，出爲世之嘉祥。致和初，黄冠用事，符瑞翔集。李譓以待制守河南，有民以爲獻者，譓即以上進。祐陵大喜，布告天下，百官稱賀於庭，上表云：「九天睿澤，溥及含靈；萬歲蟾蜍，聿生神草。本實二物，名各一芝。或善避兵，或能延壽。乃合爲於一體，允特異於百祥。」命以金盆儲水養之殿中，浸漬數日，漆絮敗潰，贋迹盡露。上怒，黜譓爲單州團練副使，謝表云：「芹獻以爲美，野人之愛則深；輿乘而可欺，子産之志焉在。」譓，至之孫也。輿乘，疑作「魚烹」。《揮麈後録》

李端叔之儀，趙郡人，以才學聞於世。弟之純亦以政事顯名。兄弟頡頏於元祐間。端叔於尺牘尤工，東坡先生稱之。范忠宣公疾篤，口授其指，令作遺表。上讀之，悲愴之餘，稱賞不已，欲召用之。而蔡元長入相，時事大變，且興獄治遺表中語，端叔坐除名。紹興中，趙元鎮作相，重

修《泰陵實録》。書成加恩，吕居仁在玉堂，取其中一對云「惟宣仁之誣謗未明，致哲廟之英一作『陰』。靈不顯」於麻制中，時人以爲用語親切，不以蹈襲爲非也。同上

周敦義葵出守霅川，秦會之含怒未已。會李仲永爲浙漕應辦北使，會之喻意仲永，使爲之所。仲永之回即入奏敦義在郡餳燕北使，飲食臭腐，致行人有詞，講和之初不宜如此。敦義落職罷郡，謝表云：「雖宰夫是供，各司其職耳；然王事有闕，是誰之過歟？」自是投閑十五年。同上

方公美庭實，興化人，其父宣和中嘗爲廣南提學以卒。公美後登科，至紹興間自省郎爲廣東提刑，以母憂去官。服闋，復除是職，公美辭以不忍往。秦會之不樂，降旨趣行。公美勉强之官，謝上表云：「三舍教育，先臣之遺愛尚存；一笑平反，慈母之音容未遠。」讀者哀之。已而竟殁於嶺外。同上

張天覺既相，謝表有云：「十年去國，門前之雀可羅；一日還朝，屋上之烏亦好。」徽宗親題於所御扇。然丁晉公詩固嘗云「屋可占烏曾貴士，門堪羅雀稱衰翁」矣。王元之黄州上任，謝表云：「宣室鬼神之問，敢望生還；茂陵封禪之書，已期生後。」亦出於杜子美「竟無宣室召，徒有茂陵求」之語。前輩不以爲嫌者，蓋文勢事情自須如此也。苕溪漁隱曰：「東坡云：『怒移水中蟹，愛及屋上烏。』亦佳對也。」《復齋漫録》

吕成公求退表云：「侵尋甲子六十有三，補報朝廷萬分無一。」出於李黄門邦直。同上

胡文定以親辭成都學事云：「矧當喜懼之年，深計短長之日。」曾文清求歸侍云：「朝則倚門，暮則倚閭，常恐失望；父曰嗟子，母曰嗟季，曷敢弭忘。」同上

盧思道賀甘露云：「神漿可挹，流味九户之前；天酒自零，凝照三階之下。」常袞賀雪云：「重陰益固，應水澤腹堅之時；積潤潛通，迎土膏脉起之候。」皆儷語之工者。同上

徐抱獨逸少與朱文公爲友。公提舉浙東日，然燈夜話，至鐘鳴而别。公嘗託無競作謝恩表云：「可放筆力稍低，使人見之無假手之議。」其推獎如此。《稗史》

靖康丙子，何文縝栗〔作〕相，北騎初退，時議欲率文武百僚拜乞乾聖節上壽文。文縝命吏部郎中方允迪元若爲三表。才上即允所請，後二表不復用。文縝對允迪大稱之，歎賞不已，且云：「恨不果用，然當誦佳句於百僚之上也。」今列於後。第二表云：「立爲天子，肇興黄帝之英姿；請祝聖人，允執唐堯之謙柄。載陳悃愊，冀動淵衷。恭惟皇帝陛下：勇智生知，聰明性稟。東宮主器，盛德久孚於寰瀛；内禪應圖，大計果安於社稷。勵精爲治，側身修行。儉奉己而厚事親，寬御衆而亟烝祖。維震夙之令旦，萃晉師之歡呼。五百歲爲春秋，寧俯稽於南楚；一千年而華實，盍還取於西池。何睿意之勿休，當縟儀而固拒。伏望昭一人之有慶，納萬壽之無疆。陋彼太宗，南嚮辭而必再；超乎孝武，中岳呼而止三。幸賜俞音，或從公願。」《玉照新志》

正獻公自中司罷，後數年起知河陽，謝上表云：「三學士之職，嘗忝兼榮；中執法之司，亦蒙

真授。」蓋公嘗爲翰林學士兼侍讀學士、寶文閣學士，官至侍郎，拜中丞；銜内不帶權字，公爲中丞時官已至侍郎，故云「亦蒙真授」也。《紫薇詩話》

正獻公知揚州，賀景靈宫成表有云：「即上都之福地，再廣真庭；會列聖之晬容，益嚴昭薦。」又云：「回廊曼衍，圖拱極之近僚；閟殿重深，列儀坤之正位。」同上

正獻公自同知樞密院出知定州，謝上表云：「特以百年舊族，荷累聖不貲之恩；一介微軀，辱主上非常之遇。」又云：「謂臣世服近僚，有均休共戚之義；察臣旁無厚援，絶背公死黨之嫌。」又云：「進不敢希功而生事，退不敢弛備以曠官。」同上

周益公相兩朝。慶元間，以退傅居於吉，隱然有東山之望，當路忌之。有吕祖泰者，東萊之别派也，奮然投匭，乞以益公爲相。朝論雜然，以爲公實頤指之，乃鐫一官爲少保，下祖泰于天府，杖而竄之。益公上表謝。余時在里中，傳得之。今尚憶其全文，曰：「告老七年，宿愆猶在；貶官一等，鴻造難名。取期垂盡之年，猶麗怙終之罪。中謝。伏念臣疏庸一介，際遇四朝。逮事高皇，已偏塵於臺省；受知孝廟，復久玷於機衡。不思勉效於同寅，乃敢與聞於異論。既肺肝衆所共見，豈口舌獨能自明。惟光宗興念於元僚，亦屬分於閫寄；肆陛下曲憐其末路，爰俾遂於里居。首將正於狐丘，巢忽危於燕幕。狂生妄發姓名，輒及於樵蘇；公議大喧論罰，盍輸於薪粲。僅削司徒之秩，仍存平士之官。兹蓋恭遇皇帝陛下，崇德尚寬，馭民以敬。故國皆曰殺，雖無可

恕之情；耄不加刑，姑用惟輕之典。遂令衰朽，亦與生全。臣有愧積中，無階報上。省愆田里，視桑蔭之幾何；託命乾坤，比櫟材而知免。」初，當路人浸潤欲文致以罪，而難其重名。意或有辨，論乃置於貶。及奏至，引咎紆徐，言正文婉，灑然消釋。既而東朝奉寶册詔復其秩。時廷綸有曰：「駭匹夫狂悖之上聞，乃片言詿誤之併及。既有疑於三至，姑薄褫於一階。朕方建皇極而融合於黨偏，尊重闈而濡浹於慶施。申念三朝之元老，僅同下國之靈光。寧屈彝章，以全晚節。屬外親之詣闕，在更生初豈預知；貶宫保以居閒，矧彦博已嘗得謝。」猶不謂非罪也。嘉定更化，詔湔祖泰過名，授以文資，而晦菴朱文公以下皆褒贈賜謚，於是其言始申。《桯史》

《日録》一書，本熙寧間荆公奏對之辭，私所録記，紹聖以後稍尊其説，以竄定元祐史牒。蔡元度卞又其壻，方烜赫用事，書始益章。建中靖國初，曾文肅布主紹述，垂意《日録》，大以據依。陳了翁瓘爲右司員外郎，以書抵文肅，謂薄神考而厚安石，尊私史而壓宗廟，不可。文肅大怒，罷爲外郡，尋責合浦。了翁始著《合浦尊堯集》，爲八門，條分而件析之，無婉辭矣。政和元年，徽宗聞有此章，下政典局宣取。時了翁坐其子正彙獄徙通州郡。移文索之，了翁遂以表進，乞於御前開拆。初，崇寧既建辟雍，詔以荆公封舒王，配享宣聖廟，肇創坐像。了翁憤之，併於奏牘寓意，其略曰：「代言之筆，盡目其徒爲儒宗；首善之宫，肇塑其形爲坐像。禮官舞禮而行諂，吏書獻位而請觀。光乎仲尼，乃王雱賢父之贊；比諸孔子，實卞等輕君之情。彼衰周之僻王，棄真儒之

將聖。當時不得配太廟之饗，後世所以隆上丁之祠。今比安石爲欽王之臣，則方神考爲何代之主？又況一人幸學，列辟班隨。至尊拜伏於鑪前，故臣驕倨而坐視。神考之再相安石，始終不過乎九年；安石之屏跡金陵，棄置不召者十載。八字威加於鄧綰，萬機獨運於元豐。豈可於善述之時，忽崇此不遜之像？」又曰：「又況臨川之所學，不以《春秋》爲可行。謂天子有北面之儀，謂君臣有迭賓之禮。禮儀若此，名分何存？此乃衰世侮君之非，豈是先王訪道之法？贛川舊學，記刊於四紀之前；辟水新雍，像成於一埍之手。唱如聲召，應若響隨。」其自叙則曰：「愚公老矣，益堅平險之心；精衛眇然，未捨填波之願。歿而後已，志不可渝。望雖隔於戴盆，夢不忘於馳闕。此誠上格，天語遥詢。要觀尊主之恭，緩議奸時之罪。淵冰在念，梟磔寧逃。」書奏，有旨：「陳瓘自撰《尊堯集》，語言無緒，並係詆誣，特勒停送合州羈管。」識者爲了翁危之，了翁不顧，至天台剡謝之，辭猶曰：「知詆誣之不可，志在尊堯；豈行用之敢私，心惟助舜。語言無緒，議論至迂。獨歸美於先猷，遂大違於國是。不行毁棄，有誤咨詢。虚消十載之光陰，靡恤一門之溝壑。果煩揆路，特建刑章。若非蒙庇於九重，安得延齡於再造。」其凛凛不屈如此。同上

蔡元長父子既敗，言者攻之，發其姦惡，不遺餘力。李泰發光爲侍御史，獨不露章，且勸勿爲太甚，坐是責監汀州酒税，謝表云：「當垂涕止彎弓之射，人以爲狂；然臨危多下石之徒，臣則不敢。」士大夫多稱之。《揮麈餘話》

張彦實自知廣德軍再遷而掌外制，楊原仲竝居西掖。彦實偶戲成二毫筆絶句，原仲以爲誚己，詸言路彈之，彦實以本官罷爲宮祠，謝表云：「雖造化之有生有殺，本亦何心；而臣下之或賞或刑，咸其自取。」屏居數年求致仕。同上

皇祐中，明堂大享，時世室亞獻無官僚，惟杜祁公以太子太師致仕南京，仁宗詔公歸以侍祠。公已老，手染一疏以求免。但直致數語，更無表章鋪叙之飾，止以奇牒妙墨臨帖行書親寫陳奏：「臣衍向者甫及年期，還上印紱，天慈極深，曲狥私欲。今犬馬之齒七十有三，外雖支持，才實衰弊。且明堂大享，千載一時，臣子豈不以捧璋侍祭爲榮，臣但恐顛倒失容，取戾非淺。伏望陛下察臣非矯，免預大禮，無任屏營。」《湘山野録》

四六叢話卷十一

表 五二

唐玄宗以八月五日生，以其日爲千秋節。張説《上大衍書序》云：「謹以開元十六年八月端午赤光照室之夜獻之。」《唐類表》有宋璟《請以八月五日爲千秋節表》云：「月惟仲秋，日在端午。」然則凡月之五日皆可稱端午也。《容齋隨筆》

隆興二年改乾道，及甲午改純熙，既已布告天下，予時守贛，賀表云：「天永命而開中興，方茂卜年之統；時純熙而用大介，載新紀號之文。」迨詔至，乃爲淳熙。蓋以出處有「告成《大武》」之語，故不欲用。《容齋續筆》

建炎三年，先忠宣公銜命使北方，以淮甸賊蜂起，除兼淮南、京東等路撫諭使，俾李成以兵護至南京。成軍食絶，不克唯命，遂返旆。即上疏言：「李成以餽餉稽緩，宜選辯士諭意，優加撫納。」疏奏，高宗即遣使撫諭成，給米五萬斛。初，公戒所遣持奏吏，須疏從中出，乃詣政事堂白副

封。時方禁直達，忤宰輔意，以託事滯留爲罪，特貶兩秩，而許出滁陽路。紹興十三年使回，始復原官，時已出知饒州。命予作謝表，直叙其故，曰：「論事見從，猶獲稽留之罪；一作「戾」。出疆滋久，屢沾曠蕩之恩。始拜明綸，得仍舊秩。伏念臣頃由乏使，不敢辭難。值三盜之連衡，阻兩淮而薦食。深虞猖獗之患，或起呼吸之間，輒露便宜，冀加勤恤。雖璽書賜報，樂聞充國之建言；而吏議不容，見謂陳湯之生事。虧除官簿，緜歷歲時。敢自意於來歸，遂悉還於取奪。茲蓋忘人之過，與天同功。念臣昔麗於微文，蔽罪本無于他意，故從數赦，俾獲自新。」書印既畢，父兄復共議：「檜方擅國，見此表語言，未必不怒。」乃別草一通引咎曰：「使指稽留，宜速虧除之戾；聖恩深厚，卒從拔拭之科。仰服矜憐，惟知感戴。伏念臣早由乏使，遂俾行成。值巨寇之臨衝，欲搏人而肆毒。仗節直圖於報稱，引車何事於逡巡。徐偃出疆，既失受辭之體；中舟假道，初無必死之心。雖蒙貶秩以小懲，尚許立功而自贖。徒行萬里，無補一毫。敢妄冀於隆寬，乃悉還於舊貫。茲蓋忘人之過，撫下以仁。陽爲德而陰爲刑，未嘗私意；賞有功而赦有罪，皆本好生。坐使孤臣，盡湔宿負」云云。《容齋三筆》

劉禹錫《聽舊宫人穆氏唱歌》一詩云：「曾陪織女渡天河，記得雲間第一歌。休唱貞元供奉曲，當時朝士已無多。」劉在貞元任郎官御史，後二紀方再入朝，故有是語。汪藻始采用之，其《宣州謝上表》云：「新建武之官儀，不圖重見；數貞元之朝(土)〔士〕，今已無多。」汪在宣和間爲館

職符寶郎，是時紹興十三四年中，其用事可謂精切。邁嘗四用之。《謝侍講修史表》云：「下建武之詔書，正爾恢張於治具；數貞元之朝士，獨憐流落之孤蹤。」《以德壽慶典曾任兩省官者遷秩蒙轉通奉大夫謝表》云：「供奉當時，敢齒貞元之朝士；頌歌大業，願賡至德之中興。」《充永思陵橋道頓遞使轉宣奉大夫謝表》云：「武德文階，愧三品維新之澤；貞元朝士，動一時既往之悲。」《主上即位明堂禮成謝加恩》云：「考皇祐明堂之故，操以舉行；念貞元朝士之存，今其餘幾。」亦各隨事引用。近者單夔以知紹興府進文華閣直學士，謝表云：「數甘泉法從之舊，真貞元朝士之餘。」夔當淳熙中雖爲侍郎，然一朝名臣尚多，又距今才十餘歲，似未爲穩貼也。《容齋四筆》

郡守謝上表首必云：「伏奉告命授臣某州，已於某月某日到任上訖。」然後入詞。獨劉夢得數表不然，《和州》者曰：「伏奉去年六月二十五日制書，授臣使持節和州諸軍事，守和州刺史。臣自理巴、賓，不聞善最，恩私忽降，慶抃失容。臣某中謝。伏惟皇帝陛下丕承寶祚，光闡鴻猷。有漢武天人之姿，稟成周睿哲之德。發言合古，舉意通神。委用得人，動植咸悦。理平之速，從古無倫。微臣何幸，獲覩昌運。臣業在辭學，早歲策名。德宗尚文，擢爲御史。出入中外，歷事五朝。屢承恩光，三换符竹。分憂之寄，禄秩非輕。而素蓄所長，効用無日。臣聞一物失所，前王軫懷。今逢聖朝，豈患無位。臣即以今月二十六日到所任上訖。伏以地在江、淮，俗參吴、楚。灾旱之後，綏撫誠難。謹當奉宣皇風，慰彼黎庶，久於其道，冀使知方。伏乞聖慈俯賜照鑒。」首

尾叙述皆與他人表不同。其《夔州》、《汝州》、《同州》、《蘇州》，諸篇一體。邁長子模一作「榉」。常稱誦之。及爲太平州，遂擬其體，代作一表，其詞云：「臣邁言：伏奉今年九月十七日制書，授臣知太平州者。一麾出守，方切兢危。三命滋恭，弗容控避。仰皇天之大造，扣丹地以何言！中謝。恭惟皇帝陛下睿知有臨，神武不殺，慕舜之孝，見堯於墻。德冠古今而獨尊，仁竝清寧而徧覆。明見萬里，將大混於車書；子來庶民，更精求於岳牧。臣家本儒素，時無令名，濫竽宏博之科，稅駕清華之地。瀛山抱槧，郎省握蘭。在紹興之季年，污記注於右史。龍飛應運，鳳律紀祥。不遺細微，兼取愚頓。遂以詞賦之職，獲侍清閒之歡。雖宿命應仙，許暫來於天上；而塵心未斷，旋即墮於人間。一去十八年之中，三叨二千石之寄。未由金華郡，還紬石室書。從珍臺閒館之游，勸廣厦細旃之講。真拜學士，號名私人。受九重知己之殊，極三入承明之幸。使與大議，不專斯文。而臣弱羽不足以當雄風，蹇步不足以勝重任。上恩惜其終棄，左符寵其餘生。李廣數奇，徒羡侯於校尉；汲黯妄發，敢歎薄於淮陽。臣即以今月二十八日到任上訖。伏以郡在江東，昔稱道院；地隣淮右，今謂壯藩。謹當宣布恩威，奉行寬大。求民之瘼，問俗所宜。緩帶輕裘，雖弗賢長城於李勣；清心省事，敢不避正堂於蓋公。庶幾固結本根，少使報酬知遇。」全規模其步驟，然視昔所作猶覺語煩。同上

唐自代宗以河北三鎮爲悍藩所據。至元和中，田弘正以魏歸國，長慶初，王承元、劉緒一作

「總」。去鎮、幽，於是河北略定。而穆宗輕徙田弘正以啓王庭湊之亂，謬用張弘靖以啓朱克融之亂。屯守踰年，竟無成功，財竭力盡，再失河朔。而宰相請上尊號表云：「陛下自即大位及此二年，無巾車汗馬之勞，而坐平鎮、冀；無亡弓遺鏃之費，而立定幽、燕。以謂威靈四及，請爲『神武』。」君臣上下，其亦云無羞恥矣。此表乃白居易所作。又翰林學士元稹求爲宰相，恐裴度復有功大用，妨己進取，多從中沮壞之。度上表極陳其狀，帝不得已解稹翰林，恩遇如故。稹怨度，欲解其兵柄，勸上罷兵。未幾拜相，居易代作《謝表》，其略曰：「臣遭遇聖明，不因人進，擢居禁内，訪以密謀。恩獎太深，讒謗竝至。雖内省行事，無所愧心；然上黷宸聰，合當死責。」其文過飾非如此。居易二表，誠爲有玷盛德。《容齋五筆》

《常衮集》有《謝賜緋表》云：「内給事潘某奉勅旨，賜臣緋衣一副竝魚袋玉帶牙笏等。臣學愧聚螢，才非倚馬。典墳未博，謬陳良史之官；辭翰不工，叨辱侍臣之列。惟知待罪，敢望殊私。銀章雪明，朱紱電映，魚須在手，虹玉横腰。祇奉寵榮，頓忘驚惕。《蜉蝣》之詠，恐刺《國風》；螻螘之誠，難酬天造。」則知唐世玉帶施於緋衣，而銀魚亦懸於玉帶也。本朝宗室，凡南班環衛官皆以皇伯叔姪加於御上，更不書姓祖免，外親亦然。熙寧中，始有换授外官者，則去皇屬而加姓。宣和中，人并姓除之，時以爲非。靖康中，乃復舊制。《常衮集》載《李謜除祕書監詞》云：「昔劉歆父子代典文籍，今之祕室，豈可避親。再從叔正議大夫守光禄卿同正員嗣澤王謜，幼嗣藩國，夙章忠孝。」

蓋唐世非期親不加皇屬，雖出閤外任，亦不著姓，而以尊從載於銜上，似爲得也。《鷄肋編》

申公薨，范純夫託山谷草《遺表》，表成不用。又嘗託山谷草《司馬公休謝起碑樓表》，竄改止餘數字，以示山谷，略無忤色，但遜謝而已。《晁氏客話》

石林作文必有格。昭慈上仙，石林入郡中制服，館於州北空相寺。方致思作慰表，門人有見之者，方坐，復有謁者至，石林出迎接，案上有一編書，題云《文格十七》，啓之，乃唐人慰表十三篇，皆當時相類者。《野老紀聞》

吾鄉錢叔琛贇乃武肅王之諸孫也，嘗出示所藏鐵券，又出武肅當日謝表藁，謾志于此。詞曰：「恩主賜臣金書鐵券一道。臣恕九死、子孫三死者，出於睿眷，形此綸言。録臣以絲髮之勞，賜臣以山河之誓。鎸金作字，指日成文。震動神祇，飛揚肝膽。伏念臣爰從筮仕，迨及秉麾。每自揣量，是何叨忝！所以行如履薄，動若持盈。惟憂福過禍生，敢忘慎初護末。豈期此志，上感宸聰。憂臣以處極多危，慮臣以防微不至。遂開聖澤，永保私門。屈以常刑，宥其必死。雖君親屬念，皆云必恕必容；而臣子爲心，豈敢傷慈傷愛。謹當日慎一日，戒子戒孫。不敢因此而累恩，不敢乘此而賈禍。聖主萬歲，愚臣一心。」《輟耕録》

案：此表絶無一語自矜，言言忠懇，可謂得體。秉筆有人，其江東乎？

《跋陸宣公奏議總要》：「阜陵喜觀陸贄奏議，故紫微崔公爲《總要》一書上之。東坡先生

曰：『如贄之論，開卷了然。聚古今之精英，實治亂之龜鑑。』然奏議繁重，尚勤乙覽。是書摭華芟冗，因門分類，名言確論，一閱而盡得之。所以開導聰明，裨益治道多矣。《易》曰『納約自牖』，崔公有焉。」《攻媿集》

蓮峰周貳卿、瀫山朱舍人俱寓四明，侍御王公年雖未及而從二公遊。完顏亮既平，周公賀表，用「萬馬救中原」對「一驢載都市」。朱公問之侍御，適參坐，誦《臧質傳》中數十言，俱稱其强記。同上

案：王侍御名伯庠。

辛臣呂大防等言：「昨奉聖旨，宣諭皇帝納后有期，已令入内侍省撿舉施行者。伏以塗山啓夏，渭涘興周。于胥度土之辰，親迎造舟之地。若稽盛典，適契亨期。將開前寢之模，宜謹曲臺之議。恭惟皇帝陛下天錫仁孝，日新光明。躬親萬幾，雖稟東朝之訓；表帥九御，尚虚中閫之尊。伊欲迓于家邦，必先正其服位。太皇太后殿下念宗祊之奉，篤風教之先，歷詢慶門，咨求淑媛。將協定祥之兆，當陳備物之嚴。嘉命惟行，體二儀之判合；舊章可舉，在六禮之親成。自納采至於告期，繇命使訖乎上禮，車服有等，幣贄有常，古今相沿，方册具載。臣等不勝大願，伏望誕頒明詔，豫勑奉常。考沿革於前王，參節文於通禮，制爲成式，付在有司。衮冕穀圭，益重謹婚之義；金根魗馬，悉全象物之宜。足以彰有命之自天，知得賢之配聖。善承億載，流化萬方。凡

在懷生，率同大慶。」太皇亦降答詔。前輩謂元祐納后，禮制視天聖、景祐，討論特爲詳備。天、祐皇家母儀得昭慈之賢，其後撥亂返正，翊戴中興之主，功參十亂。兹謹具著焉。《清波雜志》

正郎初遇郊止得蔭子，不及他親，法也。元祐中，黄魯直麿任子，特請於朝，捨子而先姪，後遂爲例。東坡薦黄自代之詞，瑰琦之文妙絶當世，孝友之行追配古人。今士夫當郊該蔭補而累奏其子者有之。同上

四六應用所貴翦裁，或屬筆於人，有未然則當通情商確。建康王元樞初以中書舍人權直學士院，除試工部侍郎，仍直院，落「權」字，辭免奏劄第及起曹，議者疑焉。託一故人草謝表，内一聯云：「百工之事，蘭省遽冒於真除；一札之書，花磚復遵於故步。」王改作散句：「蘭省遽接於英游，花磚不失於故步。」翦裁固善，然「花磚」宜帖「故步」，上句或稍似偏枯。同上

頃年番江初刊《唐子西詩集》，時寓公熊叔雅來見先人，偶案間置此書，顧煇曰：「曾看否？第九卷第一篇《惠州謝復官表》首云『始以爲夢，既而果然』，語簡而意足，可法也。」退而先人誨煇曰：「前輩觀書不苟簡類如此，雖一覽亦記篇目，後生豈可不勉。」同上

張無盡嘗作一表云：「魯酒薄而邯鄲圍，城門火而池魚禍。」上句出《莊子》，下句不知所出，以意推之，當是城門失火以池水救之，池竭而魚死也。《廣韻》「池」字韻注云：「池，水沼也。古有姓池名仲魚者，城門失火，燒死。諺曰：城門失火，殃及池魚。」白樂天詩有「火發城頭魚水裏，

火竭池魚失水初」，不主姓名之説。然《廣韻》所載當有所據。同上

子瞻幼年見歐陽公《謝對衣金帶表》而誦之，老蘇曰：「汝可擬作一聯。」曰：「匪伊垂之，而帶有餘；非敢後也，而馬不進。」至爲潁川，因有此賜，用爲表謝云：「枯羸之質，匪伊垂之而帶有餘；斂退之心，非敢後也而馬不進。」後爲兵部尚書，又作《謝衣帶表》，略曰：「物生有待，天地無窮。草木何知，冒慶雲之渥采；魚鰕至陋，借滄海之榮光。雖若可觀，終非其有。」四六至此，涵造化妙旨矣。《四六話》

元厚之久作藩郡，後聞儂智高餘黨寇二廣，移知廣州，而所傳乃妄，改知越州。厚之謝上表云：「忽聞羽檄之馳，謂有龍編之警。横水明光之甲，得自虚聲；雲中赤白之囊，倡爲危事。」用李德裕《獻替記》：伐劉稹，李石令中人石元貫奏：「横水明光之甲曳地，何由取他？」德裕曰：「從伊十五里精兵明光甲曳地，必須破却此賊。」後所傳果妄，遂誅劉稹焉。同上

《典禮》云：「有負薪之憂。」《孟子》云：「有采薪之憂。」義皆相近。周益公《謝祠表》曰：「介竹無功，懇辭良郡；負兹有疾，願備祠官。」人謂誤寫，不知公自注云：「出《公羊》威公十六年『屬負兹』。」注：「屬，託也。諸侯疾稱負兹，大夫稱犬馬，士稱負薪。」此言託疾也。《臆乘》

秦會之既主和議，大帥皆罷兵權，賜田宅。余爲岳侯作《謝表》，有云：「功狀蔑聞，敢遂良田之請；謗書狎至，猶存息壤之盟。」會之讀不樂。《寓簡》

宗忠簡公澤累表請上還京，略曰：「今敵兵尚熾，羣盗繼興。比聞遠近之驚傳，已有東南之巡幸。此誠王室安危之所係，天下治亂之所關。恐增四海之疑心，謂置兩河於度外。因成解體，未諭聖懷。」不報。《宋名臣言行録》

張浚等義師起，李文肅公邴與權直院張守分撰《請復辟表》及《批答》，上御朝。明日，賜公親札，略曰：「卿毅然正詞，氣折兇醜，萬衆動色，具臣靦顔。」公謝表亦云：「謀寢淮南，雖慙素望；笏擊朱泚，實厲壯心。詰責兇渠，激揚禁衛。迨成復辟，實與祕謨。蓋出孤忠，豈徼後福。」當時稱爲實録。同上

蘇頌知滄州，陛辭，仁宗曰：「朕每欲用卿，輒爲事奪，豈非命耶？然卿直道，久而自明。」頓首謝，兼語及偏親留京師，未能偕行。上問：「卿母誰氏？」對曰：「故龍圖直學士陳從易之女。」上曰：「是天聖間侍從耶？」對曰：「從易祥符中館職，已而外遷。久之，因自廣州罷還，不蓄南物，獨載俸餘見錢過嶺。」仁宗聞之，擢知制誥。上曰：「其清節過於馬援矣。」故謝表云：「憫臣之數奇多難，特軫淵衷；勉臣以直道自明，屢形天語。」同上

《宗忠簡公集》八卷，殁無一語及家事，但連呼「過河」者三。《遺表》猶贊上還京，先言己涓日渡河而得疾，其末曰：「囑臣之子記臣之言，力請鑾亟還京闕，大震雷霆之怒，出民水火之中。夙荷君恩，敢忘尸諫。」死之日，都人爲號慟，朝野皆相弔出涕。同上

吕忠穆公頤浩嘗奏祖宗舊制，宰執子弟例不堂除，只於銓部注擬，罷政不以罪，則推恩遷擢。蓋二府號表則之地，不阿其親，當以身率故也。趙普子弟皆作武官，普再作相，長子授莊宅使。范純仁再相，子正平博學能文，行義甚高，未嘗出官，竟死選調。紹聖中，蔡京相不數年，子六人、孫四人爲執政從官，嘗有謝表云：「奉觴在廷，子孫並列；張蓋歸家，父子同途。」宰相劉正夫、王黼之子尤懦弱，或始十餘歲而以曲恩倖例列於從班。宣和末，諫官李會疏論以爲「尚從竹馬之遊，已造荷囊之列」，時以爲名言。同上

張南軒將死，作《遺表》曰：「再世蒙恩，一心報國。大命至此，厥路無由。猶有微誠，不能自已。伏望陛下親君子，遠小人。信任絕一己之偏，好惡公天下之見。永清四海，克鞏丕圖。臣死之日，猶生之年。」表來上邸，吏以庶僚不得上遺表却之。卒四日，上乃聞之。同上

公著吕公家傳公至定州謝表曰：「進不敢希功而生事，退不敢弛備以曠官。」人人傳誦，以爲摭實。同上

范忠宣公純仁疾革，口占《遺表》云：「蓋嘗先天下而憂，期不負聖人之學。此先臣所以教子，而微臣資以事君。」又曰：「若宣仁之誣謗未明，致保佑之憂勤不顯。本權臣務快其私忿，非泰陵實謂之當然。以至未究流人之往愆，悉以聖恩而特叙。尚使存殁猶汚，瑕疵又復。未解疆場之嚴，幾空帑藏之積。有城必守，得地難耕。凡此數端，願留聖意。」同上

王元之到任表有「全家飽煖，盡荷君恩」之語，到今傳誦。永叔用爲詩云：「諸縣豐登少公事，全家飽煖荷君恩。」夢得亦曾有云：「一生不得文章力，百口空爲飽煖家。」白云：「不才空飽煖，無力及飢貧。」《砦溪詩話》

案：用四六語入詩，此自詩境之熟。若融化詩句入四六，則尤擅清新。或以詩句對文，或以文句對詩，或以詩對事，或以事對詩，巧思濬發，宋人尤所長矣。

西山先生曰：「表有賀有謝，經筵進讀進講，有進貢有進書，其體頗不同。除單題易區處，有總數事爲一題者，破題須包盡。至於瑣碎工夫，尤爲繁多。且如出一賀册表，非胸中有五六件册寶，如何展布得一篇？又有不可測者，如宣和間《順州進枸杞表》固非場屋中出，萬一試日或遇此題，平時不知枸杞爲何物，焉能作靈根夜吠之語哉！須燈窗之暇，將可出之題件件編類，如《初學記》、《六帖》、《藝文類聚》、《太平御覽》、《册府元龜》等書，廣博搜覽，多爲之備。向年嘗見臨安進野蠶繭及絲綿紗絹，因謂同學者曰：『萬一以此命題，中間將何鋪叙？』皆相顧無語。其後擬一聯云：『檿絲纖纊，無慚禹貢之供；冰素方空，不數齊官之獻。』絲綿紗絹四者皆全。須如此用工可也。」《辭學指南》

西山先生曰：「表章工夫最宜用力，先要識體製。賀謝進物，體各不同，累舉程文，自可概見。前輩之文，惟汪龍溪集中諸表皆精緻典雅，可爲矜式，録作小册，常常誦之。其他皆須徧

閱。」同上

劉弇《謝賜重修都城記表》首聯先説邇臣而後及上聖，不若前名以帝室爲首。又曰：「岐鼓靡聞於逮下，嶧山何補於示夸。辭無所愧，皆寫諸琬琰之餘；家有其傳，非副在京師之比。」皆警聯也。同上

周益公《代交趾進馴象表》首聯云：「效牽靈囿，備法駕之前驅。」已見象爲有用。又曰：「名應周郊之五路，克協馭儀；耳聞舜樂之八音，能參率舞。」「靡憚奔馳，幸捨鳶飛之跕跕；無煩教擾，俾陪獸樂之般般。」曲盡馴象生意。就試之士僅能形容畫象及塑象，俱不見馴服生動態度。惟益公説出象之步趨來庭之意，遂中首選。同上

四六有作流麗語者，須典而不浮。汪彦章《賀神降萬歲山表》云：「恍若壺天，金成宮闕；浩如玉海，虹貫山川。」有作華潤語而重大者，最不多得。曾子固云：「鈎陳太微，星緯咸若，崐崘渤澥，濤波不驚。」同上

東萊先生曰：「表『中謝』後當説『竊以』，各隨題意。如《代樞密使謝玉帶表》云：『竊以裴度視師，服章武通天之賞；衛公戡難，拜文皇于闐之珍。』視師、戡難俱見樞臣之意，非泛泛引用也。如《謝賜御書周易尚書表》云：『竊以法始四營，莫辨乎《易》；文兼五典，皆聚此《書》』是也。或用事，或不用事，亦無定格。如進實録寶訓表『中謝』後當説『恭以某宗皇帝云云頌德。』不用『竊以』。」同上

羅疇老《代高麗修貢表》，全篇皆穩，其間一聯云：「地瀕日出，每輸傾藿之心；天潤露零，亦被蓼蕭之澤。」二事人用之極熟，此聯稍變言語，遂爲佳句。大抵用事當如此，不然則泛濫雷同矣。同上

晏元獻《謝昇王記室表》云：「衣存闕袵，式贊於謙沖；饌去邪蒿，不忘於規諫。」《韓詩外傳》：「周公戒伯禽曰：『衣成則必闕袵，宮成則必闕隅。』」若璩按：去邪蒿，北齊邢峙傳太子事。《困學紀聞》

表，明也，標也，標著事序使之明白。三王以前謂之敷奏，秦改爲表。漢群臣書四品，三曰表。不需頭上言「臣某言」、下言「誠惶誠恐，頓首頓首」，左方下附曰某官臣甲乙上。《辭學指南》

陽嘉元年，左雄言孝廉先詣公府文吏課箋奏，又胡廣以孝廉試章奏。然則章奏試士其始此與？唐顯慶四年，進士試《關内父老迎駕表》，開元二十六年，西京試《擬孔融薦禰衡表》，則進士亦試表。同上

表斷句須要有力。如洪景盧：「但驚奎壁之輝，從天而下；莫測龜龍之祕，行地無疆。」同上

林虙《謝修都城記表》全篇皆好，但斷句無力。其中云：「天造地設，示根本於華夷；陽耀陰藏，壯規模于今古。」警句也。同上

前人表，如謝上表固無用，然其間亦有可用者，如頌德之類。又，謝修史成轉官表則可用於進史表也。盤洲洪公《擬宰臣賀復河南表》有「宣王復文武之土，光啓中興；齊人歸鄆讙之田，不失舊物」之句。齊齋倪公

曰：「荆公表云：『旌旓所指，燕及氐羌；樓魯相望，誕彌河隴。』此摘取《詩》語兩字用之，前輩多如此。」同上

前輩表章，如夏英公、宋景文、王荆公、歐陽公、曾曲阜、二蘇、王初寮、汪龍溪、綦北海、孫鴻慶諸公之文，皆須熟誦。而龍溪、北海所作，尤近場屋之體，可以爲式。同上

一表中眼目全在，破題二十字須要見盡題目，又忌體貼太露。如前輩《慶雲瑞粟野蠶成繭表》用「參著兩儀之瑞」，《五色雀瑞麥瑞芝》用「睹珍符於動植」。便見三者分明。安南國《謝加恩并賜對衣金帶鞍轡表》用「式兼名器之榮」，蓋只用兩字該盡題目，最可法也。貼題目處須字字精確。且如進書表，實録要見日録，不可移于日曆；國史要見國史，不可移于玉牒，乃爲工也。同上

進書一門，諸書體製各不同。玉牒乃紀大事之書，國史乃已成紀傳之書，實録乃編年之書，寶訓則分門，日曆則繫日，會要則會粹，各是一體。若出進玉牒表，須當純用玉牒事，不可以他事雜之。舉此一端，其餘皆然。若汎濫不切，可以移用，便不爲工矣。同上

大抵表文以簡潔精緻爲先，用事不要深僻，造語不可尖新，鋪叙不要繁冗。此表之大綱也。同上

胡交修《代謝御製御書夏祭神應記表》曰：「聖謨焕發，紀休應於柔祇；宸翰昭垂，霈厖恩于邇服。」第二人便説御書，不甚分明。同上

歐陽環《謝賜御製宣德樓上梁文表》曰：「端門層觀；虹梁鬱起於中天；奎畫寶章，芝檢縣

來於清禁。」首聯雖見賜宰臣之意，而奎畫寶章芝檢不無稠疊，矧是御製不應用奎畫芝檢，此所以爲第三人也。又曰：「相周王之考室，初無補于涓埃；知虞帝之作歌，乃獲窺於黼黻。」此聯却工。范同表曰：「五門岌嶪，規摹非萬户之奢；肆筆縱横，彫琢鄙兩都之陋。」同上

華陽《賀老人星見表》曰：「金行貫叙，顥氣肅乎西來；珠緯躔空，祥輝麗乎南極。」又曰：「薦人君之壽，既稽元命之圖；表天下之安，又載西京之志。」一時慶語無出其右。同上

晏殊嘗進《牡丹》詩，表云：「布在密清之囿。」「密清」二字人多不曉，蓋用《東京賦》中語：「京室密清，罔有不韓。」《浩然齋雅談》

宣和間，尚書新省成，車駕臨幸，時宰命一時朝士能文者各擬謝表，獨林子中者擅場，其一聯云：「北辰居極，外環象斗之宫；黄道初經，旁及積星之位。」同上

史直翁丞相表語云：「侵尋歲月，六十有三；補報朝廷，萬分無一。」又李淇水謝户書云：「補報朝廷，本末無萬分之一；因循歲月，甲子已六十有奇。」同上

案：史浩字直翁，鄞縣人，歷右丞相，封越王，有《鄮峰真隱漫藁》。

四皓之名見於《法言》、《漢書》、《樂書》多不同，前輩嘗辯之。王元之在汝州日，以詩寄畢文簡曰：「未必頸如樗里子，定應頭似夏黄公。」文簡謂綺里季夏當爲一人，黄公則别一人也。杜詩云：「黄綺終辭漢。」王逸少有《尚想黄綺帖》。陶詩云：「黄綺之南山。」又云：「且當從黄綺。」

《南史》阮孝緒辭梁武之召云：「周德雖興，夷、齊不厭薇蕨；漢道方盛，黄、綺無間山林。」蓋各以首一字呼之。於是元之遂改此句，後皆以文簡爲據。然漢刻四皓神坐，一曰園公，二曰綺里季，三曰夏黄公，四曰角里先生。案《三輔舊事》云：「漢惠帝爲四皓作碑。」當時所鎸，必無誤書，然則元之所用非誤也。《齊東野語》

楊駙馬賜第，拓四旁民居以廣之。最逼近者，莫如太學生方大猷之居，首獻作倡。穆陵大喜，視其直數倍酬之。方作表謝，有云：「普天之下，莫非王土；一毫以上，悉出君恩。」自此擢第登朝，皆由此階而梯焉。同上

今臣僚上表所稱「誠惶誠恐」及「誠歡誠喜」、「稽首頓首」者，謂之「中謝」、「中賀」。自唐以來，其體如此。蓋「臣某」以下亦略叙數語，便入此句，然後敷陳其詳。如柳子厚《平淮西賀表》：「臣負罪積釁，違尚書箋表，十有四年」云云，「懷印曳紱，有社有人。」語意未竟也，其下即云「誠惶誠恐」，蓋以此一句結上數語云爾。今人不察，或於首聯之後，湊用兩短句，言震惕之義，而復接以「中謝」之語，則遂成重複矣。前輩表章如東坡、荆川，多不失此體。近時周益公爲相，《謝復封表》云：「華陽黑水，裂地而封；舊物青氊，從天而下。磨玷之勤未泯，執珪之寵彌加。臣誠惶誠恐。」或以爲疑，嘗以問公，公答之正如此。同上

翰苑多雜著，故其體不一。某以乾道庚寅歲初忝寓直。凡詞頭之小者，院吏輒以片紙録舊

作，謂之屏風兒。予笑曰：「此陶穀所謂一生依本畫葫蘆。」今觀王岐公《謝承旨表稿》亦連別本，殆屏風之類矣。其詞謂「由西掖入北門，行將二紀」，又云：「鼎聖祚之肇新，顧藩麾之屢易。」則爲張文定公安道無疑。然「閎博燕閒」、「浮龗宣精」等語，岐公表實用之，文體大略亦相類。二公蓋同直者，顧不嫌於同。此前輩廣大規模也。《益公題跋》

趙延康在宣和、靖康間，聲望風采，震曜一時。及守宛邱，百戰禦敵，卒全其城。來朝行在，高皇欲以左轄命之，議者謂宗室輔政非故事，遂止。方公之南徙也，《謝表》有云：「臣本支百世，侍從三朝。」又云：「堅壁以保近畿，慨前功之俱廢；登壇而陪盛禮，懷曩遇以自憐。」讀者悲之。《放翁題跋》

蒲中李續好學有高志，廬中條山，以泉石吟詠自樂，未嘗造州縣。真宗祀汾陰，詔赴行在。續不起，有表稱謝云：「十行温詔，初聞丹鳳銜來；一片閑心，已被白雲留住。」《澠水燕談録》

案：此一聯乃陳希夷辭宋太宗詔召表也，前人膾炙久矣。闢之豈未之聞而以爲李續作耶？

王懿恪公拱辰元豐初召還，赴院供職，出判北京時，賜笏頭毬露金帶佩魚，如兩府之制。懿恪以表謝曰：「横金三紀，未佩隨身之魚；賜帶萬釘，改觀在廷之目」也。蓋舊制，見任兩府，許笏頭毬露金帶佩魚，前任者非得旨不許。《聞見前録》

梁莊肅爲相，以張掞爲三司副使，時議不服。御史吕景初、吴中復、馬遵造商本作「迭」。上疏論之，皆斥逐。蔡襄繳詞頭，不肯草制，故莊肅亦罷。景初謝表略曰：「丞相以奸而犯法，政當奈何；御史之職在觸邪，死亦不避。」《東軒筆録》

王荆公秉政，薦吕惠卿。及惠卿參政，有射羿之意，條列荆公兄弟之失數事面奏，意欲上意有貳。上封惠卿所言以示荆公，故荆公表有「忠不足以取信，故事事欲其自明；義不足以懲一作『勝』。姦，而一作『故』。人人與之爲敵」。蓋謂是也。同上

王陶樂道，哲廟居東宫時師傅也。哲廟登極時，王退閑，上力欲召用，陶表謝云：「羽翼已成，四皓不聞於再起；田園麤足，二疏那見於復來。」遂不出。又有《謝賜夏藥表》云：「陛下樂忠臣之諫，而臣無入告之嘉猷；陛下錫藥石之良，而臣無盡言之苦口。」一時稱之。《過庭録》

李穀師贊，文正李夫人姪也，與弟顔俱博學有大才，時號「二李」。嘗代蜀守謝上表，一聯云：「捫參歷井，都忘蜀道之難；就日望雲，但覺長安之遠。」一時稱賞。由是師贊四六之名甚著。同上

王禹偁徙蘄州，到任謝上表曰：「宣室鬼神之問，敢望生還；茂陵封禪之文，已期身後。」李淑到河中府，謝上表曰：「長安日遠，戴盆之望徒深；宣室夜闌，前席之期不再。」王陶再來河南府，謝上表曰：「田園麤足，二疏那見其復來；羽翼已成，四皓寧聞於再起。」三公表意一同，到任

未幾皆卒。《青箱雜記》

集賢院學士，故事不分高下，但以爲名，而品秩自從其官。然在學士之列，視待制則爲優。故元厚之以天章閣待制知南京。仁宗即位，亦特换授，是歲遷龍圖閣直學士，知廣州。蘇子容罷知制誥，知亳州。再遇赦，遂復此職。嘗請别其一作「共」。品秩，不報。故其謝表云：「惟麗正圖書之府，盛開元禮樂之司。在外館之地則爲閒，正學士之名則已重。先朝著令，或自二府公台而踐更；近例遷官，皆由兩省丞郎而兼領。」又云：「惟其恩數之優，當有官儀之别。亦嘗自言於公府，豈敢取必於僉諧。」《石林燕語》

官制行，内兩省諸廳照壁，自僕射而下，皆郭熙畫樹石；外尚書諸廳照壁，自令僕而下，皆待詔書《周官》。蘇子容時爲吏部侍郎，《謝幸省進宫表》云：「三朝漢省，已叨過輦之恩；六典《周官》，願謹書屏之戒。」同上

杜善甫，山東名士，工詩文，不屑仕進。有薦之於朝，遂召之，表謝不赴，中二聯云：「俾獻言於乞言之際，敢盡其忠；若求仕於致仕之年，恐無此理。不能爲白居易，漫法香山居士之名；惟願學陸龜蒙，拜賜江湖散人之號。」《山房隨筆》

連南夫鵬舉紹興初知饒州，扞禦有功。及和議成，南夫知泉州，上表略曰：「不信亦信，其然豈然。」又曰：「雖虞舜之十二州，昔皆吾有；然商於之六百里，當念爾欺。」由是得罪。《直齋書録解題》

惠卿之謫也，劉貢父當草制，引疾而出，東坡一揮而就，不日傳都下，紙爲之貴。紹聖牽復，知江寧府，所作《謝表》，句句論辯，惟至發其私書則云：「自省於己，莫知其端。」又自叙云：「顧惟妄論，何裨當日之朝廷；徒使煩言，有黯在天之君父。」觀此一言，使其得志，必殺二蘇無疑矣。蓋當時論列多出子由，而謫詞則東坡當筆也。《曲洧舊聞》

甲子六月六日昧爽，福寧殿東西向列《聖訓》及《讀書紀要》各二匣，《凝華集》一匣。太子兩拜，問安，又兩拜，云：「臣某職守東闈，恩承南面，近思問學，謹葺韋編。伏遇爹爹皇帝陛下聖訓尊嚴，師資妙選，遂令謭見，晉徹睿知。臣下情無任瞻天望聖、激切屏營之至。」兩拜，搢笏舞，三拜，開匣，各奉一册以進，兩拜，云：「纂輯所聞，編摩亦久。慚非博學，幸徹嚴宸。陛下教育歲深，修爲日漸。謹祈鈞覽，終賜玉成。」兩拜，進《凝華集》云：「自幼習詩，久承親訓，僭編草稿，恭進黄階。陛下勤於教子，學乃知方。仰冀聖慈，錫之乙覽。」兩拜，退本宫聖堂。《祈祝文》云：「愚昧謭才，勉强學問。夙佩君親之訓垂二十年，問安視膳之頃，凡一語一言之教詔，服膺勿失，會集爲編，目曰《聖訓》，凡二百卷。卜吉恭進，惟神靈陰相之。」八日付史館，賜詔云：「朕惟萬邦克正，端自元良；百世昭垂，常存典則。爰示宗嚴之訓，以貽燕翼之謀。期續心傳，用敷言教。皇太子某天資既淑，學問益充。凡平時丁寧告戒之辭，悉見於躬行實踐之際，復加編集，以示鑑觀。爰實契於朕心，可永垂於世則。庸加論旨，丕寓至懷。」九日起居畢，致詞云：「頃集訓言，獲

遭乙覽，登之史館，奬以温辭。陛下道重傳心，恩深教子。敢不益加勉勵，庸竭忠勤。」兩拜，進詩云：「寵頒御墨十行新，天錫光華被小臣。家學傳心當謹守，恩深何以報君親。」兩拜，舞蹈，退，《祝文》云：「昨者告：恭進《聖訓》，果蒙默佑，得徹宸嚴。君親悦怡，宣付史館。不惟見某平日積習之功，亦見我皇上天縱之學。修齊治平之道，藏之石渠，照耀今古，佩服神迎，與此編相爲長久，尚享。」《隨隱漫録》

羅隱字昭諫，新登縣人，本名横，凡十上不中第，遂更名。始謁武肅王，懼不見納，以所爲《夏口》詩標於卷首，云：「一箇禰衡容不得，思量黄祖漫英雄。」王覽之大笑，因加殊遇，復命簡書辟之曰：「仲宣遠託劉荆州，都緣世亂；夫子辟爲魯司寇，只爲故鄉。」王初授鎮海節度，命沈崧草《謝表》，盛言浙西繁富，以示隱，隱曰：「今浙西兵火之餘，日不暇給。朝廷執政方切賄賂，此表入奏，豈無意要求耶？」乃請更之，略曰：「天寒而麋鹿常遊，日暮而牛羊來下。」朝廷見之，曰：「此羅隱之文也。」《吴越備史》

李宏節，宏臯弟。宏臯嘗學《謝馬表》，顧宏節曰：「馬有旋風之隊，那得一事作對？」宏節曰：「獨不聞軍有偃月營耶？」宏臯欣然提筆曰：「尋當偃月之營，擺作旋風之隊。」武穆王稱賞之。《十國春秋》

四六叢話卷十二

表　五三

東坡《黄州謝表》云：「天地能覆載之，而不能容之於度外；父母能生育之，而不能出之於死一作『生』。中。」至今膾炙人口。蓋用《後漢·袁敞傳》張俊語曰：「天地父母能生臣俊，不能使臣俊當死復生。」《猗覺寮雜記》

前輩謂今古文章無不可作對者，如以「不有君子，其能國乎」對「長爲農夫，以没世矣」、以「九州四海，悉主悉臣」對「億載萬年，爲父爲母」。予試《宏辭表》有云：「有文事，有武備，與神爲謀；無智名，無勇功，惟聖時克。」此四六集句，真可以爲戲笑。東坡表啓樂語中間有全句對，皆得自然遊戲三昧，非用意求巧也。翟公巽《謝對衣金帶表》云：「謂臣有緇衣之宜，敝予又改；以臣從大夫之後，不可徒行。」其爲越州以擅放税降官，《謝表》云：「豈若秦人，坐視越人之瘠；既安劉氏，敢虞晁氏之危。」氣象渾厚，亦可喜也。王履道大扇對頗傷粗疏。《寓簡》

翟公巽雖爲蔡京所汲引，然抗直不爲屈。初，代宰相作《賀日有戴承表》，末云：「衆非后何戴，率傾就望之心；無不爾或承，永懷畏愛之德。」京讀終篇，曰：「奇文也。然『無不爾或承』對『衆非后何戴』，似乎偏枯。欲以『臣不命其承』易之，亦不失『承』字，而稍加親切，如何？」公巽曰：「勝矣，然業已供本。」竟不易，京亦不能奪也。未幾，又代作《天神示現表》，有云：「聖神受命，穆清告成禹錫；祖宗在帝，左右顧予湯孫。」末云：「在天對越，乏清廟肅雍之儀；前席具言，愧宣室鬼神之問。」京曰：「國有盛事如此，公巽之文真爲時而出也。」公巽徐曰：「疇昔不命其承，抑云過矣；今日爲時而出，厥有旨哉。」京雖惡其不遜，然尚能容之。石林嘗喜道之。同上

王狀元君貺，天聖庚午甲科及第，元豐戊午，垂五十年方有重金之賜，謝表特優，略云：「横金三紀，未佩隨身之魚；賜帶萬釘，改觀在廷之目。豈伊散任，得拜恩章。車服以庸，品儀辨等。國朝故事，惟二府刻毬路之花；文武近班，通一例號遇仙之樣。獨承面命，度越朝規。此蓋陛下寵厚老臣，禮加常制，憫事三朝之舊，俾階四府之崇。奉以垂腰，既表重鏐之麗；寶之在體，更增上笏之華。」《玉壺清話》

宣和初，童貫平方寇。既歸，與王黼生隙。黼大懼，遂媚貫，奮當北伐事。四年夏，不謀於衆，兵遽起。魯公時已退休，亟請對，具爲上言，勺止不可。未幾，伯氏亦有宣撫命。于是魯公垂涕頓首上前曰：「臣不任北伐，寧自甘閒退。今臣子行，誠無以曉天下，願陛下保全老臣。」上不

聽。則曰：「臣請效括母。」及語伯氏曰：「吾將哭師也。」及後燕山告功，魯公以表賀上，其末云：「臣慮終而不慮始，知守而不知通。有靦初心，徒欣盛烈。」上覽表時，喜見顔色，曰：「太師能自直守如此。」因以殽核酒醴頒賚甚寵，俾公慶伯氏之歸也。《鐵圍山叢談》

案：蔡絛之作《蕞談》，專欲顛倒是非，誑誣史筆，語語爲伊父出脱。然天下後世終不可欺，適成其欲蓋彌彰爾。

龍川陳亮奏書阜陵，幾至大用，阨于卿相，流泊有年。光皇賜對，問以禮樂刑政之要，亮舉君道師道以爲對。時諸賢以光皇久闕問安，更進迭諫。亮獨于末篇有「豈在一月四朝爲禮」之説。光皇以爲善處父子之間，故親擢爲第一。發卷首得亮，上大喜曰：「天下英才，爲朕所得。」命詞臣行亮制曰：「往贊侯藩，姑循近比。朕之待爾，豈止是哉。」蓋有意於大用也。亮謝阜陵表云：「昔者論天下大計之小，臣亦嘗勸聖人隱憂之良。會一時排擯，十五載之多奇；末路遭逢，四百人之自見。共幸奮身於今日，獨知回首於當年。」末聯云：「設科取士，雖舊貫之相仍；陳力復讎，亦大義之難廢。」阜陵稱獎。水心先生序龍川之文，乃謂同父使不以進士第一人及第，則誠狼疾人矣。龍川獄事蓋爲父也，天意佑之而諸公競全活之。水心先生不當以是冠篇首。龍川雖不爲進士第一人，其上阜陵三書詎可泯乎？或謂水心先生微時蓋亦頓挫流滯，故因龍川之序而自道耳。水心進士第二人也。驪塘危公稹嘗以龍川書氣振，對策氣索，蓋是要做狀元也。《四朝聞見録》

東萊呂成公祖謙集《皇朝文鑑》既成，孝宗錫名《文鑑》，除公直秘閣暨賜御府金帛，成公《謝表》云：「既叨中秘清切之除，復拜御府便蕃之賜。」陳騤時爲中書舍人，執奏以爲此特編類之勞，恐賞太厚。上不悦陳。成公遂力辭帖職，上不從。同上

朱文公慶元二年冬十二月癸丑褫職罷祠，臺臣擊「僞學」，至榜朝堂。未幾，張貴謨指論《太極圖説》之非，而沈繼祖以追論伊川、程正公爲察官。而胡紘草公疏未上，會以遷去職，遂轉授繼祖，故有是命。公遂拜表稱謝曰：「罪多擢髮，分甘兩觀之誅；量極包荒，姑示片言之貶。迨復尋於白簡，始知麗于丹書。鐫延閣論撰之名，輟真祠香火之奉。兹爲輕典，永賴洪庥，捧戴奚勝，感藏曷喻。中謝。伏念臣草茅賤品，江海孤生。蚤值明時，已誤三朝之眷獎；晚逢興運，復叨上聖之深知。召自藩維，擢參經幄。略無可紀，足稱所蒙。既遠去于朝行，即永歸於農畝。然猶畀之秩禄，使庇身於卜祝之間；寘在清流，容厠跡于圖書之府。所宜恭恪，或逭悔尤。乃弗謹於彝章，遂自投於憲綱。果煩臺劾，盡發陰私。上瀆宸嚴，下駴聞聽。凡厥大譴大呵之目，已皆不忠不孝之科。至於衆惡之交歸，亦乃羣情之共棄。而臣瞶眊，初罔聞知，及此省循，甫深疑懼。豈謂乾坤之造，特回日月之光。略首從之常規，既俾但書于薄罰；稽眚終之明訓，倘許卒遂於餘生。是宜衰涕之易零，惟覺大恩之難報。此蓋伏遇皇帝陛下堯仁廣覆，舜哲周知，謂表正於萬邦，已極忠邪之判；則曲全於一物，未傷黜陟之公。遂使頑蒙，獲逃竄殛。臣敢不涵濡聖澤，刻

勵愚衷。雖補過修身，無及桑榆之暮景；然在家憂國，未忘葵藿之初心。」同上

唐莊宗滅梁，齊王張存義上表待罪。莊宗降詔釋之，召見大喜，開懷慰納，若見平生故人，恨得齊王之晚。因再上表，叙述屢爲朱梁窺圖，偶脱虎口，逼爲親，且非素志。《乞雪表》數句云：「伏念臣曾棲惡木，曾飲盗泉，實有瑕疵，未蒙昭雪。」鴻詞也。復下詔雪之。《洛陽縉紳舊聞記》

今時士大夫論四六，多喜其用事精當，下字工巧，以爲膾炙人口。此固四六所尚，前輩表章固不廢此。然其剛正之氣形見於筆墨間，讀之使人聳然，人主爲之改容，姦邪爲之破膽。元符末，劉元城自貶所起帥鄆，當過闕，公《謝表》云：「志惟許國，如萬折之而必東；忠以事君，雖三已之而無愠。」坐是遂不得入見。大觀間，陳了翁在通州，編修政典局取《尊堯集》，了翁以表繳進，其語有云：「愚公老矣，益堅平險之心；精衛眇然，未捨填波之願。」後竟再坐貶。此二表於用事下字亦皆精切，而氣節凛凛如嚴霜烈日，與退之所謂登泰山之封、鏤白玉之牒者似不侔矣。《梁溪漫志》

退之《南山》詩云：「或齊若友朋，或差若先後。」人多不知「先後」之義。練塘洪慶善吏部興祖引《前漢志》云：「見神於先後宛若。」其注云：「兄弟妻，關中呼爲先後。」予觀東坡《徐州謝上表》云：「信道直前，曾無坎井之避；立朝寡助，誰爲先後之容。」或疑「先後」不可對「坎井」，蓋不知亦出于此也。同上

翟公巽參政汝文守越，以擅免民間和買縑帛四十餘萬，爲部使者所劾，貶秩。公《謝表》云：「欲安劉氏，無嫌晁氏之危；豈若秦人，坐視越人之瘠。」迨去郡，郡人安其政，將相率投牒借留。公知之，命取其牘以來，即書其上云：「固知京兆，姑爲五日之留；無使稽山，復用一錢之送。」其用事精當若此。同上

宣和四年，朝廷信童、蔡之言，欲招納北人，因命涇原經略招討使种公師道爲河東、河北、陜西路宣撫司都統制，王稟、揚可世副之，有旨令便道徑赴本司。師道既至高陽，見宣撫司童貫，問出師之日，因極論其不可，曰：「前議某不敢與聞，今此招納事恐不可以輕舉。苟失便利，誰執其咎？」貫曰：「都統不用多言。貫來時面奉聖訓，不得擅殺北人。王師過界，彼當簞食壺漿來迎，又安用戰？今特藉公成名以壓衆望耳。」遂作黄旗，大書聖語，立於軍中以誓衆，督師道行甚亟。師道不得已，遂調軍過界河。師道未濟，已有北人來迎敵，我師既不敢與之交兵，唯整陣避之而已。揚可世與麾下皆重傷，士卒死者甚衆，復還界河之南。北人隔河來問違背誓書，師出何名？師道遣其屬康隨具以河北宣司所申北人陳乞事答之。衆譁然曰：「安得此事！」遂薄我軍，箭發如雨。師道於是遣康隨詣宣司，告以北人之語，且問進退之策。宣司不知所爲，乃令移兵暫回。北人追襲，直至城下，屬大風雨，士卒驚走，自相蹂踐，兵甲填滿山谷。知真定府沈積中以其事聞于朝。上怒甚，遂罷師道兵柄，責授右衛將軍致仕。師道表謝云：「總戎失律，誤國宜誅。厚恩

寬垂盡之年，薄責屈黜幽之典。孤根有託，危涕自零。伏念臣西海名家，南山舊族。讀皁囊之遺策，知黄石之奇書。妄意功名，以傳門户。荏苒星霜之五紀，始終文武之兩途。緩帶輕裘，自愧以儒而爲將；高牙大纛，人驚投老而得侯。屬興六月之師，仰奉萬全之策。衆謂燕然之可勒，共知頡利之就擒。而臣智昧乘時，才非應變。筋力疲于衰殘之後，聰明耗于昏瞀之餘。頓成不武之資，乃有罔功之實。何止敗乎國事，蓋有玷乎祖風。深念平生，大負今日。豈意至仁之度，不加既耄之刑。俾上節旄，亟歸田里。乾坤施大，螻蟻命輕。皇帝陛下睿智有臨，神武不殺。得駕馭英雄之要道，明制服夷狄之大方。察臣臨敵失機，不出求全之過計；念臣守邊積歲，嘗收可録之微勞。許免竄投，獲安閒散。臣敢不拊赤心而自誓，擢白髮以數愆。煙閣圖形，既已乖于素望；灞陵射獵，將遂畢于餘生。」《獨醒雜志》

紹興九年十月二十一日，詔皇太后宫殿名「慈寧」，三十日畢功，羣臣上表云：「臣等言：德之大者，必盡萬物之報以稱其禮；孝之至者，必得四表之心以寧其親。天祚文武之隆，世基任姒之德。仰模太紫，前考異宫。宜昭揭於鴻名，以對揚於流澤。臣中賀。竊以來朝置衛，遠存長樂之鴻名；中禁承顔，近著寶慈之茂實。皆以體王居於宸極，據寶勢於坤靈。廣一人欽愛之風，極萬世尊崇之奉。載新令典，允屬聖時。伏惟皇帝達孝通於神明，要道形於德教。紹復大業，對越祖宗在天之靈；抑畏小心，躬蹈帝王高世之行。人與能而樂戴，天復命以中興。上推履武之祥，丕

啓生商之慶。方且致天下之養，用寅奉於母儀；成路寢之安，示日嚴於子道。臣等率籲衆志，懇款抒誠。用稽合於前章，極榮施於顯號。叶情文而竝舉，焕典册以增華。輦道中通，朝夕燕兩宫之奉；珮環入觀，清禁奉萬年之觴。示垂裕於無疆，益儲休於有美。伏請建皇太后宫殿以『慈寧』爲名。」時顯仁太后尚羈北庭，讀此真堪爲高廟泣下也。《楓窗小牘》

丞相范陽公盧攜清苦律身，剸斷無滯。代天理物，必先鶉衣鷇食，遐陬遠裔，以是四方之譽翕然歸之。乾符丁酉歲，因與同列廷諍機務，詞氣相高，朝廷兩解之，偕授賓翼儲闈，分秩洛、汭、河朔三鎮。屢貢表詞，且以棄瑕擢用爲請。先是，常山帥王景崇者，年十有八，繼襲父位，朝廷常姑息之。時每律琯三周，則各隆品爵，仍與幽魏竝制。幽魏繼有更變，景崇時獨得軍情，以是爵位相懸，鎮至劇品。景崇時已檢校太尉兼中書令、常山郡王，食邑五千户，實食襲三百户，窮極勳賞，無以加焉。而幽魏官秩尚卑，以鎮州故未行册命。常山揣朝廷方用恩澤，懷撫方伯。青徐之野，尚聚萑蒲，餉輓方繁，兵力且困，乃上表，其略曰：「臣當道與盧龍、魏博往例三載考績，咸蒙寵榮。今者以臣官位稍崇，而兩鎮久稽成命。臣弟冀州刺史、檢校工部尚書景儒，自委郡符，亟聞美政，誠慚内舉，堪委外藩。請迴臣官榮，授景儒一鎮，意圖易定。」時内臣秉權者固欲與之，諸相無言，獨崔公沆曰：「一失其機，噬臍無及。魏博豈無骨肉，必俯瞰洛城顯然，盧龍坐邀封社，此際何術枝梧？」詔書再往，勤請益堅，表云：「願得手足之榮，共竭股肱之效。」聖上爲之旰食，

乃詔范陽公以兵部尚書入覲，到京旬日，拜特進門下侍郎兼户部尚書平章事，三鎮有表賀宰輔得其人。時公以步蹇未任衙謝，上因命中書官就宅問計，對曰：「臣待罪台司五環星歲，前後三鎮以甘言佞臣，美貺餌臣，臣皆拒而不納。或所論奏不違程式者，翌日允之。仍召奉使小將顯皇恩，且誡曰：可否面定，不自外來，無爲賄妄於其間也。前日驛書已告爾帥矣，宜以覆族爲慮。以是知臣一心事主，必合信臣。臣請與書，諭以是非禍福之源，君臣父子之道。」立進書草。盧公才辨詞藻，尤工於指諭事理。上覽書色動，命中使送春服象尺者賫往。及回表云：「冀州刺史景儒自聆擢用，黎庶偃轅，令望加官，勤留當道。」且言：「臣濫分茅土，曾乏内勞。位冠三台，官崇一品。方思讓爵，不敢貪榮。幽魏加官，請循往例。」上大悦。《唐闕史》

定軍山，曹公南征漢中，張魯降，乃命夏侯淵等守之。劉備自陽平關南渡沔水，遂斬淵首，保有漢中。諸葛亮之死也，遺令葬於其山，因即地勢，不起墳壟。唯深松茂柏，攢蔚川阜，莫知墓營所在。山東名高平，是亮宿營處，有亮廟。亮薨，百姓野祭，步兵校尉習隆、中書郎向充共表云：「臣聞周人思召伯之德，甘棠爲之不伐；越王懷范蠡之功，鑄金以存其象。亮德軌遐邇，勳蓋來世。王室之不壞，實賴斯人。而使百姓巷祭，戎夷野祀，非所以存德念功、追述在昔者也。今若盡順民心，則黷而無典；建之京師，又逼宗廟。此聖懷所以惟疑也。臣謂宜近其墓，立之沔陽，斷其私祀，以崇正禮，始聽立祀。」斯廟蓋所啓置也。《水經注》

表章自叙以兩臣字對説，由東坡至汪浮溪多用之。然須要審度君臣之間情義厚薄及姓名眷顧於君前如何，乃爲合宜。坡《湖州謝表》云：「知臣愚不適時，難以追陪新進；察臣老不生事，或能牧養小民。」《登州表》云：「於其黨而觀過，謂臣或出於愛君；就所短以求長，知臣稍習於治郡。」《潁州表》云：「意其忠義許國，故暫召還；察其老病畏人，復許補外。」汪《謝徽州》云：「謂臣不改歲寒，故起之散地；察臣素推月旦，故付以本州。」《爲陸藻謝給事中》云：「知臣椎鈍無他，故長奉賢王之學；憫臣踐揚滋久，故亟升法從之班。」凡此所言，皆可自表於君前者。劉夢得《代竇郡容州表》有「察臣前任事實，恕臣本性朴愚」之句，坡公蓋本諸此。近年後生假倩作文，不識事體，至有碌碌常流，乍得一壘，輒云「知臣」、「察臣」之類，真可笑也。《容齋四筆》

李巨川字下巳，姑臧人也。華帥韓建重其才，奏令掌書奏。乾寧中，駕幸三峰，上返正，轉假禮部尚書，充黄州節度判官。上至華清宫，遣使賜建御容一軸，時巨川草《謝表》以示(其)〔吴〕子華。其中有「彤雲似蓋以長隨，紫氣臨關而不度」，子華吟味不已，因草篇與巨川對壘，略曰：「霧開萬里，克諧披覩之心；掌拔一峰，兼助捧持之力。」《摭言》

景祐中，范文正公以言事觸宰相，黜守饒州，到任《謝表》云：「此而爲郡，練優優布政之方；必也立朝，增蹇蹇匪躬之節。」天下歎公至誠於國，始終不渝，不以進退易其守也。《澠水燕談》

汪彦章四六之工，自少年即妙。崇寧三年，霍端友榜，瓊林苑宴謝頒冰，彦章作《謝表》有

云：「使嗽潤而吭清，得除煩而滌穢。順時致養，俯同豳雅之春開；受命知榮，固異衛人之夕飲。」又云：「防履深薄之危，不昧至堅之漸。子孫傳誦，記御林金盌之香；生死不忘，動宫井玉壺之潔。」《墨莊漫録》

翟三丈公，宣和末蔡絛約之用事，外召從官七人，公巽再以瑣闥召，力辭之，未至闕，有旨落職宫祠，繼而復還待制。公作《謝表》有云：「彈貢禹之冠，誠非本志；奪伯氏之邑，其又何言。」又云：「惟一與一奪之命，無有二三；而三仕三已之心，敢懷慍喜。」人多稱之。同上

嘉定和戎，湖南帥曹彦約賀表云：「過也更也，何傷日月之明；赦之宥之，式彰天地之大。」一時傳誦。吾郡羅蓬伯之詞也。《鶴林玉露》

宋元憲晚歲有詩云：「老矣師丹多忘事，少之燭武不如人。」其後元厚之作執政參知政事，一日，奏事差誤，神宗顧謂曰：「卿如此忘事耶？」明日乞退，遂用元憲語作《乞致仕表》云：「少之燭武尚不如人，老矣師丹仍多忘事。」神宗讀表至此，憐其意而留之。歐陽文忠公《謝致仕表》云：「雖伏櫪之馬，悲鳴難戀於君軒；而曳尾之龜，涵養未離於靈沼。」元厚之後作《致仕表》云：「蹌蹌退舞，敢忘舜帝之笙鏞；翯翯歸飛，亦在文王之靈沼。」又《謝致仕表》云：「冥鴻雖遠，正依天宇之高華；微藿雖傾，尚遡日華之明潤。」其意謂萬物不離于天地，雖致仕亦不離君父也。子瞻爲《筆説》，大以此爲妙，云：「古人謝致仕表未有能到此者。」《四六話》

表章有宰相氣骨，如范堯夫《謝自臺官言濮王事謫安州通判表》云：「内外皆君父之至慈，出處蓋臣子之常節。」又青州劉丞相罷省官，《謝起知滑州表》云：「視人郡章，或猶驚畏；諭上恩旨，罔不歡欣。」又云：「詔令明具，止於奉行；德澤汪洋，易於宣究。」愛其語整雅有大臣氣象。劉丞相守鄆，《謝表》云：「雖進退必由其道，所願學者古人；顧功烈如此其卑，終難收於士論。」此真罷相表也。同上

譚昉，曲江人，荆公少年仕宦韶州之友也，特善牋表。荆公在金陵，稱其一對云：「車斜韻險，競病聲難。」「競病」二字，曹景宗故事也。白樂天《與元微之書》曰：「何處春深好。」時以斜、車二字爲韻，往來幾百篇。同上

沈存忠緣永樂陷没謫官，久之，元祐中復官分司，以表謝曰：「洪造與物，難回霜霰之餘；聖恩及臣，更過天地之力。雖奮竭之心，難伸于已廢之日；惟忠孝之志，敢忘於未死之前。」皆新語也。同上

丁晉公在海外十四年，及北遷道州，《謝表》云：「心若傾葵，漸暖長安之日；身同旅雁，乍浮楚澤之春。」又《謝復祕書監表》云：「炎荒萬里，歲律一周。傷禽無振羽之期，病樹絶沾春之望。」人亦哀之。同上

孫賁公素除河東轉運使，託先子代作《謝表》，蓋河東，堯故都之地，曰：「富歲三登，有唐叔

得禾之異；輿情百樂，興堯民擊壤之歌。」末云：「過太行回顧雲下，義感親闈；望長安遠在日邊，心馳帝闕。」公素讀之，笑曰：「公乃末篇寓忠孝之意也。」同上

閻令洵仁善四六，而一字不肯妄下，心求警策以過人。《謝再除陝西轉運使表》曰：「識道重來，端同老馬；操刀却視，若宰全牛。」《謝復官表》曰：「悲未見于齊羊，笑中分于鄭鹿。」臨死作《發運使表》曰：「轉輸九路，回泝萬艘。過冒職名，出持使旨。夢游帝所，驚晬色之回春；來自日邊，覺容光之照水。漸浮楚澤，回望堯雲。伏念臣少也羈孤，長而疵賤，學中《論語》、《孟子》，粗識指歸；仕遇神考、泰陵，俱蒙獎擢。而臣志未伸於每剉，恩不報而逾深。髀消乘傳之餘，心折號弓之後。侵尋晚景，辜負明時。頃畢通喪，適逢初政。饟軍西塞，賜對中宸，曲荷聖知，徑除宰屬。忽除怨府，升置儒林。未免螢窗之瘽，但愧桑榆之晚。三光倒影，自一壺中；萬里提封，幾半天下。然而承平既久，積弊日深。公私困於盜攘，官政習於涵養。偷安則如抱薪救火，欲速則如以堇療飢。必待更張，庶能漸正。然恐約束未周於郡縣，謗傷已達於闕朝。明月夜光，寧無按劍；高山流水，自有知音。仰恃聖明，俯殫勤拙，天心論報，没齒爲期。」同上

盧多遜丞相謫海外，國史載其《謝表》云：「流星已遠，拱北極以無由；海日空懸，望長安而不見。」又其孫載作《范陽家誌》，附其臨終自作《遺表》，略云：「昔日位居黄閣，衆口鑠金；此時身謝朱崖，蔓草縈骨。」雖有五代衰氣，然亦可哀矣。同上

揚子安侍郎坐黨籍謫官洛陽，其《謝再任宫祠表》云：「地載海涵，莫測包荒之度；春生秋殺，皆成造化之功。」邸報至丹陽，蔡元度在郡見報，驚歎諷咏之。同上

熊伯通任金陵，爲王荆公幕府官，代公作《立貴妃表》云：「有警戒相承之道，無險詖私謁之心。」荆公取而用之。後人因用此一聯，相承不已。同上

元之自黄移蘄州，臨終作《遺表》曰：「豈期遊岱之魂，遂協生桑之夢。」蓋昔人夢生桑，而占者云：「桑字乃四十八。」果以是歲終。元之亦以四十八而没也。臨歿用事，精當如此，足以見其安於死生之際矣。同上

四六貴出新意，然用景太多，而氣格低弱，則類俳矣。唯用景而不失朝廷氣象，語劇豪壯而不怒張，得從容中和之道，然後爲工。王岐公作慈聖皇后山陵使，掩壙慰表云：「雁飛銀漢，雖閲景於千齡；龍繞青山，終儲祥於百世。」滕元發《乞致仕表》云：「雲霄鴻去，免羅繒繳之施；野渡舟横，無復風波之懼。」吕太尉《謝賜神宗御集表》云：「鳳生而五色，悵丹穴之已遥；龍藏乎九淵，驚驪珠之忽得。」凡此之類，皆以氣勝與語勝也。子瞻與吉甫同在館中，吉甫既爲介甫腹心進用，而子瞻外補，遂爲仇讎矣。元祐初，子由作右司諫，論吉甫之罪莫非蠹國殘民，至比之吕布。自資政殿大學士貶節度副使，安置達州。而子瞻作中書舍人，行《謫詞》又劇口詆之，號爲元凶。吉甫既至達州，《謝表》末云：「龍鱗鳳翼，固絶望于攀援；蟲臂鼠肝，一冥心於造化。」以子瞻兄

弟與我所争者，蟲臂鼠肝而已。子瞻見此表於邸報，笑曰：「福建子難容，終會作文字。」同上

王荆公與吴沖卿丞相同年同歲，又修婚姻之好。熙寧中，越兩制舊人三十餘輩，用爲三司使、樞密使副，又薦代己爲相。沖卿遂擺其跡，欲與荆公異，力薦與荆公論事貶斥之人，如吕晦叔、李公擇、程伯淳。又欲稍變新法，乃力言荆公家事，荆公兄弟不和事。荆公去而不復召者，沖卿力也。公在金〔陵〕熟聞之，因中使傳宣撫問，以表謝云：「晚由朴學，上誤聖知。智曾昧于保身，忠每懷于許國。讒誣甚巧，竊憂解免之難；危拙更安，特荷眷憐之至。況遠迹久孤之地，實邇言易間之時。而離明昭晰于隱微，解澤頻繁于疏逖。」所謂「邇言易間」，乃謂沖卿也。未幾，沖卿薨于位，公作輓詞云「氣鍾舊國山川秀」者，譏其鄉里本建州也。同上

唐張巡之守睢陽，賊勢方熾，城孤勢蹙，人困食竭，以紙布煮而食之，而意自如。其《謝金吾將軍表》曰：「想峨眉之碧峰，預游西蜀；追騄駬于玄圃，保壽南山。逆賊禄山殺戮黎獻，腥膻闕廷。臣被圍四十七日，凡一千八百餘戰。主辱臣死，當臣致命之時；惡稔罪盈，是賊滅亡之日。」其忠勇如此。許遠亦有文，其《祭纛文》爲時所稱，謂「太一先鋒，蚩尤後殿。蒼龍持弓，白虎捧箭」。又《祭城隍文》云：「智井鳩翔，老堞龍攫。」皆文武雄健，志氣不衰，真忠烈之士也。同上

案：數行内屬對奇變，想見籌略如神，筆鋒蹈厲，亦具嚙齒穿齦之概。

神宗自潁王即位。元豐中，升潁州爲順昌軍節鎮，時元厚之罷參政，作潁守，令郡中老儒士

胡士彦作《謝表》。公覽之，以筆抹去，疾書其紙背，一揮而成，略曰：「燾土立社，是開王者之封；乘龍御天，厥應聖人之作。按圖雖舊，厥命維新。」又曰：「興言駿命之慶基，宜建中軍之望府。謂文武之德聖而順，唐虞之道明而昌。合爲嘉名，以侈舊服。」同上

《資治通鑑》成，徧賜宰執、侍從及校讎官。各以表謝，獨芸叟表能盡著書始終，今載於此，略見《通鑑》本末焉。略曰：「英宗皇帝患學者不能徧窺，況人主何暇周覽。思有所述，頗難其人。疇若臣宰，莫如光者。神宗皇帝揮宸翰以錫名，敕經筵而進讀。目爲《通鑑》，時則弗迷；資彼治原，舍茲安出。」又曰：「上下馳騁于數千載間，出入相隨于十九年内。尚假言官之督責，孰諳俚俗之謗嗤。卒成一代之書，仰副兩朝之志。雖古者興亡事蹟，固已燦然；而光之筋力精神，于此盡矣。又旅游東國，嘗屢歎于斯文；留滯周南，遂克終于先業。嗟君臣之際遇，已極丹青；何父子之淪亡，忽悲風露」云云。張芸叟又有詩謝范學士淳父云：「《通鑑》初成賜近臣，不遺疏賤帝恩均。我投湘水五千里，君滯周南二十春。東觀汗青身似夢，西齋削稿事如新。細思當日修書者，只有三人今一人。」謂劉貢父、道原、范淳父也。淳父時爲講筵，芸叟爲臺官也。同上

《通鑑》成，温公託范淳父作《進書表》，今刊於《通鑑》後者是也。同上

豫章潘興嗣家有李主歸朝後《乞潘慎修掌記室手表》。慎修，李氏之舊臣，而興嗣之祖也。其表略云：「昨因先皇臨御，問臣頗有舊臣相伴否？臣即乞元慪。元慪方在幼年，于篋表素不

諳習，後來因出外問得劉鋹，曾乞得廣南舊人洪侃。今來已蒙遣到徐元楀，其潘慎修更不敢陳乞。所有表章，臣且勉厲躬親。臣亡國殘體，死亡無日，豈敢别生僥覬，干撓天聽？只慮章奏之間，有失恭慎，伏望睿慈察臣素心。」其銜位稱「檢校太尉、右牽牛衛上將軍、上柱國、隴西郡公、食邑千户」，後連劄子云：「奉聖旨光禄寺丞徐元楀、右贊善大夫潘慎修，竝令往李煜處。」而大年作《慎修誌文》云「喬木不勝，空悲故國；曳裾王府，猶見故君」者，謂此也。李後主手表，僕嘗模得之，愛其筆札清妙不凡。兵火亡失已久，因記其梗槩焉。後見大年所作《慎修墓誌》乃云：「俾事故君，是爲主介。思喬木于故國，尚見世臣；曳長裾于王門，兼掌記室。」同上

范淳父爲其叔祖景仁草《進樂表》云：「法已亡于千載之後，聲欲求于千載之前。事爲至難，理若有待。」又爲呂正獻草《遺表》云：「才力緜薄，豈期位列于三公；疾疢嬰纏，敢望年踰于七十。」世謂能道二公胸中事也。同上

劉攽貢父《謝東京漕表》，略曰：「不知足而爲屨，是匪難能；懲于羹而吹齏，乃非適變。」亦薄時之奔競功利者非難爾。同上

元章簡公厚之致表云：「正至衣冠，莫綴邇聯之列；歲時斗酒，尚霑甲令之恩。」又《謝越州表》云：「驅車萬里，虚出玉關之門；乘駟一麾，幸至會稽之邸。」《謝子著寧除職表》：「疲牛抱犢，同均豐草之甘；倦鳥將雛，不失上林之樂。」皆爲人稱誦。其作《王荆公相麻》亦世所稱工。

然腦詞乃云：「若礪與舟，世莫先于汝作；有衮及繡，人久佇于公歸。」或以爲先後失倫。《四六談麈》

劉丞相莘老罷相，自鄆徙青，《謝表》云：「東方大國，莫如鄆、青；微臣何人，繼爲帥守。」趙清憲正夫自吏部侍郎除中司，《謝表》云：「省部六曹，禮爲清選；憲臺三院，丞總大綱。」同上

高平范相《謝罷相表》云：「常欲惜慎名器，俾士夫革奔競之風；不敢妄圖事功，冀宗社獲和平之福。」翟參政公巽與公書，取此云：「庶幾革奔競之風，格和平之福，如公所云也。」同上

外大父晁舍人《謝落職表》云：「投鼠忌器，輒詈天子之從臣；翦爪及膚，不識朝廷之大體。」指耿黄門而言。同上

葉石林少藴知福州，其《賀朝會表》云：「緊昔艱難，孰測聖人之勇；迨兹平定，益知天子之尊。」同上

四六叢話卷十三

章疏六一

《文心》叙書思之作曰章表、曰奏啓，蓋表章與奏疏殊科，獻替與拜颺異義。漢京初肇人文，厥體亦未畫一。倪寬、終軍，表章之選也；公孫、吾丘，奏疏之長也。魏晉以來漸趨排偶。而臣工言事之文剴切，尚遵古式，未嘗不直抒胸臆、刊落陳言。丹陛陳情，妍華足尚；皂囊封事，風力彌遒。自陳隋以訖唐初，詞學大興，掞才差廣，則百官抗疏，今體亦多。至於辨析天人，極言得失，猶循正鵠，罔飾雕蟲。蓋奏疏一類，下係民瘼，上關政本，必反覆以伸其説，切磋以究其端。論冀見從，多浮靡而失實；理惟共曉，拘聲律而難明。此任、沈所以棲毫，徐、庾因之避席者也。不習無不利，疇是通變以盡神；有能有不能，孰則得心而應手。若夫擅場挾兩，摛藻爲春，要可自成一家，不必人所應有。辭無險易，灑翰即工；文無精麤，敷言輒儷。惟陸宣公爲集大成也。公少掇詞科，驟登禁署。際猜疑之日，當遷播之餘。執

羈紲以從行，奉丹鉛而侍直。焚草尚存其什一，牽裾不避於再三。惟艱難險阻，以相依敷；心腹腎腸，而屢進若。料涇原兵變之萌，策淮蔡弭兵之計。出李晟危亡之地，消楚琳反側之心。二寇情形，兩稅利弊。救公輔之忠良，辨延齡之姦蠹。幾先獻納，卜筮是孚；事後彌縫，苞桑倍切。以石投石，將有感於斯文；啓心沃心，庶不負於所學。至其筆則長於論斷，善於敷陳。理勝而將以誠，詞直而出於婉。忠懇如聞於太息，曲折殆盡於事情。是以弼君德則經義醇如，進規益則棐忱藹若。計邊防算賦，則手口兼營；糾讒慝姦邪，則冰霜共烈。卷舒之態自然，襞積之痕盡化。又若述梁洋之雨潦，叙師旅之艱辛，畫手詩情，名聯雋對。所謂妙手偶得之耳，公豈作意而爲之哉？下及五季宋初，猶有竊慕風流、拾取膏馥者。然而天姿懸絶，學步難工，非失之膚庸，即傷於堆垛。故知蹇駑不可以希驥，螢爝會見其自熄也。初公有別集十五卷，文、賦、表、狀皆有之。意公所爲表必更有章相追琢、黼黻光華、淩轢王唐、陶鎔六代者，惜乎不得而讀之矣。公既爲騈體一大家，故別立奏疏一門別於表焉。序《章疏第六》。

李義府恃恩放縱，婦人淳于氏有容色，坐繫大理，乃託大理丞畢正義曲斷出之。或有告之者，詔劉仁軌鞫之。義府懼謀泄，斃正義於獄。侍御史王義方將彈之，告其母曰：「奸臣當路，懷

禄而曠官，不忠；老母在堂，犯難以危身，不孝。進退惶惑，不知所從。」母曰：「吾聞王陵母殺身以成子之義。汝若事君盡忠，立名千載，吾死不恨。」義方乃備法冠，横玉階彈之。先叱義府令下，三叱乃出，然後跪宣《彈文》曰：「臣聞春鶯鳴於獻歲，蟋蟀吟於始秋。物有微而應時，士有賤而言忠者。」乃庭劾義府曰：「臣聞誣下罔上，聖主之所宜誅；心狠貌恭，明時之所必罰。是以隱賊陷一作「掩」。義，不容唐帝之朝；竊幸乘權，終齒漢王之劍。中書侍郎李義府，因緣際會，遂階通職。不思盡忠竭節，對揚王休，策蹇勵駑，祇奉皇眷；而乃憑附城社，蔽虧日月，託公行私，交游羣小。貪冶容之美，原有罪之淳于；恐漏泄其謀，殞無辜之正義。挾山超海之力，望此猶輕；迴天轉地之威，方斯更烈。此而可恕，孰不可容。方當金風屆節，玉露啓途，霜簡與秋典共清，忠臣將鷹鸇竝擊。請除君側，少答鴻私，碎首玉階，庶明臣節。」高宗以毁辱大臣，貶萊州司户。《大唐新語》

魏元忠男昇娶滎陽鄭遠女。昇與節愍太子謀誅武三思，廢韋庶人，不克，爲亂兵所害，元忠坐繫獄。遠以此乃就元忠求離書。今日得離書，明日改醮。殿中侍御史麻察不平之，草狀彈曰：「鄭遠納錢五百萬，將女易官。先朝以元忠舊臣，操履堅正，豈獨尚兹賢行，實欲榮其親一作「姻」。戚，遂起復授遠河内縣令，遠子良解褐洛州參軍。既連婚國相，父子崇赫，迨元忠下獄，遂誘相離，今日得書，明日改醮。且元忠官歷三朝，榮躋十等，雖金精屢爍，而玉色常温。遠胄雖參

(華)[軍],身實凡品。若言齊鄭非偶,不合結褵;既冰玉交歡,理資同穴。而下山之夫未遠,御輪之壻已周。無問寄死託孤,見危授命,斯所謂滓穢流品,玷辱衣冠,而乃延首靦顏,重塵清鑒。九流選叙,須有淄澠;四裔遐陬,宜從擯斥。」遠從此廢棄。朝野咸貴一作「賞」。察之公直。同上

定安公主初降王同皎,後降韋擢,又降崔詵。詵先卒。及公主薨,同皎子繇爲駙馬,奏請與其父合葬。勅旨許之。給事中夏侯銛駁曰:「公主初昔降婚,梧桐半死。逮乎再醮,琴瑟兩亡。則生存之時,已與前夫義絶;殂謝之日,合從後夫禮葬。今若依繇所請,却祔舊姻。但恐魂而有知,王同皎不納於幽壤;死而可作,崔詵必訴於蒼天。國有典章,事難逾越。銛謬膺駁正,敢廢司存。請傍移禮官,以求指定。」朝廷咸壯之。同上

開元九年,左拾遺劉彤上表論鹽鐵曰:「臣聞漢武帝爲政,厩馬二十萬,後宮數萬人。殫匱之甚,什百當今。然而財未嘗不足者,何也?豈非古取山澤而今取貧人哉?取山澤,則公利厚而人歸於農;取貧人,則公利薄而人去其業。故先王之作法也,山澤有官,虞衡有職,輕重有術,禁發有時。一則專農,二則饒富,濟人盛事也。臣謂當今宜行之。夫煮海爲鹽,採山鑄錢,伐木爲室者,豐餘之輩也;寒而無衣,饑而無食,傭賃自資者,窮苦之流也。若能山海厚利,奪豐餘之人;薄斂輕徭,免窮苦之子。所謂損有餘益不足,帝王之道不可謂然。」文多不盡載。同上

大中七年冬,詔來年正月一日御含元殿受朝賀。璘時爲左補闕,《請權御宣政殿疏》曰:「闕

輔之内，方軫聖慈。伏見去歲之初，權御宣政，從宜之制，出自宸衷。事簡禮全，人心爲便。伏乞且推此例，停御含元，待至豐年，却依舊典。所冀觴稱萬壽，不愆元會之期；禮酌一時，益表聖明之美。」《因話録》

徐賢妃貞觀二十三年上疏諫太宗息兵罷役，其略曰：「大業者易驕，願陛下難之；善始者難終，願陛下易之。」又曰：「漆器非延叛之方，桀造之而人叛；玉杯豈招亡之術，紂用之而國亡。侈麗之源，不可不遏。作法於儉，猶恐其奢；作法於奢，何以制後。」《全唐詩話》

會昌三年，贊皇公爲上相，中書覆奏：「奉宣旨，不欲令及第進士呼有司爲座主，趨附其門，兼題名、局席等條疏進來者。伏以國家設文學之科，求真正之士，所宜行敦風俗，義本君親，然後升一作「申」。於朝廷，必爲國器。豈可懷賞拔之私惠，忘教化之根源，自謂門生，遂成膠固，所以時風寖薄，臣節何施。樹黨背公，靡不由此。臣等商量今日以後，進士及第，任一度參見有司，向後不得聚集參謁有司宅置宴。其曲江大會朝官及題名、局席，竝望勒停。緣初獲美名，實皆少雋；既遇春節，難阻良遊。三五人自爲宴樂，竝無所禁，惟不得聚集同年，廣爲宴會。」於是向之題名，各盡削去。蓋贊皇公不由科第，故設法以排之。洎公失意，悉復舊態。《摭言》

觀歷代史册，人主之大莫先於納諫。陸宣公云：「以太宗有經緯天地之文，有底定禍亂之武，有躬行仁義之德，有理致太平之功。其爲休烈耿光，可謂盛極矣。然而人到於今稱詠，以爲

道冠前古，澤被無窮者，則從諫改過爲其首焉。」是知諫而能從，過而能改，帝王之美莫大於斯。子美「刺規多諫諍，端拱自光輝」之句即此意也。《碧溪詩話》

太祖皇帝既下河北，欲乘勝取幽燕。或以師老爲言，太祖不能決。時納言趙中令留守汴都，走書問之。趙回奏曰：「所得者少，所失者多。非惟得少之中尤難入手，又從失多之後别有關心。」太祖得奏，即日班師。《漫笑録》

開禧間，陳宜中與權、劉黼聲伯、黄鏞器之、林則祖興周、曾唯師孔、陳宗正學亦以上書得謫，號「六君子」。至景定初，時相欲收時譽，竝擢高第。既而林則祖、陳宗先死，曾屢遭黜。三公者相繼召試，居言路，出藩入從。咸淳癸酉間，聲伯自海閫召爲從官翰苑，與權自閩帥擢秋官，居瑣闥，器之起家知廬陵，兼倉節。是歲六月，正言郭閶劾器之云：「虚名多足以誤世，實德乃可以服人。」又云：「黄鏞偶儕六士，遂得虚名。昨守吴門，怪狀百出。愧士不敢謁學，畏軍不敢閲武。暨綰郡符，復兼庾節。怪誕仍不可枚數矣。」越宿，陳與權入奏曰：「朝廷建官，本欲兼收實用；臣子事上，豈容徒竊虚名。倘公議有及於斯，恐頃刻難安於位。比觀諫垣造膝之抨彈，斥去廬陵治郡之無狀。一皆公論，何預孤踪。但首發虚名之誤世，上係國家；而明指六士以修言，已形辭色。蓋亦謂忝論思之數，將使自知進退之謀，欲使特畀閒廩，以穆師言。」詔不允，云：「虚名誤世，辭氣若過於抑揚；實德服人，指意則有所歸重。援是求去，非朕攸聞。」劉聲伯亦一再上疏求

去，不允。郭不自安，乞罷言職者亦再，云：「直言無忌者諫之職，何敢容私？轉喉觸諱者語之窮，安能逆料？惟茲吉守，舊有直聲。惜其預六士之稱，不能終譽若此。今指其兩郡之政，謂非虛名可乎？二臣何見，相繼引嫌。實是實，虛自虛，人品固難於概論；聞所聞，見所見，事理委無以相干。」亦不允其請。《齊東野語》

哲宗初眷遇范忠宣公最厚。元祐末，再相，屬宣仁上仙，以舊臣例請退，上堅留，不可，以觀文殿大學士知陳州。陛辭，上面諭曰：「有所欲言，附遞以聞。」至陳久之，元祐用事之臣投竄江湖皆已踰歲，即上章懇論，請悉放還。其辭略曰：「竊見呂大防等竄謫江湖已更年祀，未蒙恩旨，久困拘囚。其人等或年齒衰殘，或素縈疾病，不諳水土，氣血向衰，骨肉分離，舉目無告。將恐殞先朝露，客死異鄉。不惟上軫聖懷，亦恐有傷和氣。恭惟陛下聖心仁厚，天縱慈明，豈有股肱近臣、簪履舊物，肯忘軫惻，常俾流離？但恐一二執政之臣記其往事，嫉之太甚，以爲今日之愆皆其自取，啓迪之際不爲詳陳。殊不知呂大防等得罪之由，只因持心失恕，好惡任情，以異己之人爲怨仇，以疑似之言爲謗訕。違老氏好還之誡，忽孟某反爾之言。誤國害公，覆車可鑑。豈可尚遵前轍，靡恤效尤哉！」章既上，即束裝計程，果被謫落職，知隨州。《却掃編》

伯温崇寧中居洛，因過仁王僧舍得葉子册故書一編，有趙普中書令雍熙三年爲鄧州節度使日諫太宗皇帝伐燕疏與劄子各一道，其憂國愛君之深，意出乎文章之外者，雖雜陸宣公論事中不

辨也。疏曰：「武勝軍節度使臣趙普。右臣自二月中伏覩忽降使臣，差船糧草。及詳教命，知取幽州，既奉指揮，尋行科配，非時舉動，莫測因由。爾後雖聽捷音，未聞成事，稍稽尅復，俄及炎蒸。飛芻輓粟以猶繁，環甲持戈而未已。民疲師老，漸恐有之。臣自此月以來，轉增疑慮。潛思陛下萬幾在念，百姓爲心，聖略神功，舉無遺算。至於平收浙右，力取河東。垂後代之英奇，雪前朝之憤氣。四海咸歸於掌握，十年時致於雍熙。惟彼蕃戎，豈爲敵對？此際官家何須挂意，必是有人扶同諂佞，誑惑聰明，因興不急之兵，稍涉無名之議。非論曲直，但覺淹延。將成六月之征，頗有千金之費。以兹忖度，深抱憂虞。竊念臣雖寡智謀，麤親墳典。千古興亡之理，得自簡編；百王善惡之徵，聞於經史。其間禍淫福善，莫不如影隨形，焕若丹青，明如日月。嘗爲大訓，歷代寶之。臣讀《史記》，見漢武帝時主父偃、徐樂、嚴安輩所上長書。及唐玄宗時，宰相姚元崇直奏十事，可以坐銷患害，立致昇平。惟慮至尊未能留意，醫時救弊，無出於斯。又聞前事爲後事之師，古人是今人之則。據其年代，雖即不同；量彼是非，必然無異。輒思抄録，專具進呈。伏望聖慈特垂披覽，謹具逐件如後云云。伏念臣謬以庸材，叨居顯位。幸遇千年之運，深承二聖之知。從白屋而上青霄，非由智略；出卑僚而登極位，只是遭逢。恩私何啻於車魚，報效不如於犬馬。麤懷性識，嘗積驚惶。所恨者齒髮衰殘，精神減耗，既不能獻謀闕下，又不能効命軍前。惟有微忱，書章上奏。今者伏自朝廷大興禁旅，遠伐山戎。驅百萬户之生靈，咸當輦運；致數十

州之土地，半失耕桑。所得者少，所失者多。臣又聞聖人不凝滯於物，見可而進，知難而退，理有變通，情無拘執。故前所謂事久則慮易，兵久則變生。臣之愚誠，深懼於此。如忽遲晚，恐失機宜。而況旬朔之間，便爲一月。竊慮内地先困，邊廷荒凉。北敵則弓硬馬肥，轉難擒制；中國則民疲師老，應誤指呼。臣今獨興沮衆之言，深負彌天之過，輒陳狂瞽，抑有其由。竊以暮景殘光，能餘幾日，酬恩報義，正在今時。恐勞宵旰之憂，寧避僭踰之罪。虔希聖德，早議抽軍。聊爲一縱之謀，别有萬全之策。伏望皇帝陛下安和寢膳，惠養疲羸。長令户外不扃，永使邊烽罷警。自然殊方慕化，率土歸仁。既四裔以來王，料契丹而安往？又何必勞民動衆，賣犢買刀？有道之事易行，無爲之功最大。如斯弔伐，是又萬全。臣又竊料陛下非次興兵，恐因偏聽，其奈人多獻佞，事久易微。大凡小輩各務身謀，誰思國計。或承宣問，皆不實言，盡解欺君，嘗憂敗事。得之則姦邪獲利，失之則社稷懷憂。昨者直取幽州，未審誰爲謀者。必無成算，俱是誑言。其於虚實之間，此際總應彰露。伏望尋其尤者，特正姦人之罪，免傷聖主之明。所貴詐僞悛心，忠臣盡力，共畏三千之法，同堅八百之基。臣於此時欲吐肺肝，先寒毛髮，驚疑猶豫，數日沈思。又念往哲臨終，尚能尸諫；微臣未死，争忍面諛？明知逆耳之言，不是全身之計。但念恩同卵翼，命直鴻毛。將酬國士之知，豈比衆人之報。投荒棄市，甘當此日之刑；竊禄偷安，不造來生之業。惟祈聖明，特賜察量，更存細微，别具劄子，冒犯冕旒。臣無任傾心瀝懇，憂國忘家，涕泗徬徨，激切屏

營之至。」《聞見前録》

司馬温公嘗言：「范景仁之勇決，吕獻可之先見，吾弗如也。」或問先見何事，公曰：「介甫新入政府，其所欲變更之事未盡著，而獻可排之甚力。」然其辭不過曰「外示朴野，中懷險詐。學師孔、孟，術慕管、商」而已，當時雖温公亦以獻可之言爲過也。《泊宅編》

夏公竦雖舉進士，本無科名，以父殁王事授潤州丹陽簿，即上書乞應制舉，其略曰：「邊障多故，羽書旁午。而先臣供傳遽之職，立矢石之地，忘家殉國，失身行陣。陛下哀臣孤幼，任之州縣，惟陛下辨而明之。若陛下以枕石漱流爲達，則臣世居市井；若陛下以金榜丹桂爲才，則臣未忝科第；若陛下以鳩杖鮐背爲德，則臣始踰弱冠；若陛下以荷戈控弦爲勇，則臣生本緜弱。若陛下令臣待詔公車，條問急政，對揚紫宸，指陳時事，猶可與漢唐諸儒方轡竝驅而較其先後矣。」召赴中書，試論六首：一曰《定四時别九州聖功孰大論》、二曰《考定明堂制度論》、三曰《光武二十八將功業先後論》、四曰《九功九法爲國何先論》、五曰《舜無爲禹勤事功業孰優論》、六曰《曾參何以不列四科論》。是歲遂中制科。《青箱雜記》

真西山入對，上問當今廉吏。西山既以趙政夫爲對，翼日又奏：「臣昨所舉廉吏未盡。如崔與之之出蜀，惟載歸艎之圖籍；揚長孺之守閩，靡侵公帑之毫釐。皆當今廉吏也。」《鶴林玉露》

以十年爲一衮，其説見白樂天集中詩云：「年開第七衮，屈指幾多人。」是時六十三元日詩

也。又曰：「行開第八袠，可謂盡天年。」注曰：「時俗謂七十以上開爲第八袠。」蓋以十年爲一袠耳。近時壽聖皇太后慶八十，而廟堂有辭免恩例劄子曰：「昌齡協千秋之會，東朝開八袠之期。」又曰：「慶闈開八秩之算，三世奉萬年之觴。」盍改「開」爲「登」字。《野客叢書》

太平之改官名，蓋以熙陵初即位未改舊名，因避諱而然也。是時正以職事官爲官名，如吏部尚書至於職官令録皆虚名也，而不得實蒞其事。知判官爲職事，如判尚書都省至於權知某州縣皆實職也，而不關所帶之官。以階爲恩，以勳爲品，以爵邑功臣爲假寵，以檢校試官爲帶銜。故咸平四年，左司諫知制誥楊億轉對上疏有曰：「勳散之設，名品實繁。朝散銀青，猶關命服。護軍柱國，全是虚名。欲乞自今常參官勳散俱至五品者許封贈，官勳階俱至三品者許立戟。又五等之爵施之於今，雖有啓封之稱，曾無胙土之實。苴茅建社，固不可以遂行；翼子貽孫，亦足稽於舊典。欲乞内外官封至伯子男者許蔭子，至公侯者許蔭孫，國公者許嫡子嫡孫一人襲封。又當今功臣之稱始於德宗幸奉天，扈蹕將士竝加『奉天定難功臣』之號。因一時之賞典，爲萬世之通規。近歲以來，將相大臣加至十餘字者，尤非經據，不可遵行，所宜削除，以明憲度。」可以見當時士大夫之厭虚名者矣。《愧郯録》

嘉定間，寶謨閣學士許奕病篤，口占《遺表》云：「臣非衰病，偶染微痾。當湯熨可去之時，臣則以疾而爲諱；及鍼砭已窮之後，醫遂束手而莫圖。静思膏肓所致之由，大抵脉絡不通之故。

固知養患成禍，豈惟理身則然；苟能疏壅預防，以之醫國亦可。」蓋指近事，以爲身喻也。乾道間，胡周伯尚書亦云：「賈誼號通達國體，大瘇跋盭，類辟病痱，皆借一身喻之。今日國體何病也？能言病未必能處方，不能言病而輒處方，誤人死矣。今日之病，名風虚。虚，内也；風，外也。外風忽中，半身不遂，靖康也。幸其半存，建炎也。咎已往，半存之身常凛凛不自保也。今欲併治不遂者，怵市道之説，售嘗試之方，湯熨砭石雜然而進，使誼復生，必慮中風再至，至半存之身亦不能救矣，所謂可痛哭流涕者也。」蓋本吕獻可《乞致仕表》云：「臣本無痼疾，偶直醫者用藥乖方。不知脉候有虚實，陰陽有順逆，診察有標本，治療有後先。妄投湯劑，率任情意。差之指下，禍延四肢。寖成風痺，遂難日步。非徒憚跋盭之苦，又將虞心腹之變。勢已及此，爲之奈何。雖然一身之微，固所未恤；其如九族之託，良以爲憂。是思逃禄以偷生，不俟引年而退政。」三公之論實祖誼云。《碧溪詩話》

富文忠公熙寧二年再相，王荆公爲參知政事，始用事，與文忠不協。文忠力丐去，以使相判河南府，上章自劾，繼改亳州。今録於此：「清時竊禄，難逃素食之譏；白首佐朝，遂起蔽賢之誚。幸聖明之洞照，舉毫髮以無遺。顧此薄材，尚容具位。中謝。竊念臣業非經遠，識寡通方。少因章句之科，得偕羣俊；長脱簿書之秩，獲事三朝。仁宗之顧遇匪輕，英廟之丁寧尤甚。旋屬大人繼照，飛龍在天。思肯構於先基，勿遐遺於萬物。澗蘋何美，雜圭璧以薦羞；槽馭已疲，復

驊騮之共駕。殫力雖勞於負嶽，小心更甚於履冰。果不克堪，遂貽彈劾。如安石者，學强辯勝，年壯氣豪，論議方卻於古人，措置肯諧於僚黨。至使山林末學，草澤後生，放自得之良心，樂人傳之異説。蚩蚩者子，譊譊其書，足以干名，足以取貴。拖紳朝序者，非安石之黨則指爲俗吏；圜冠校學者，異安石之學則笑爲迂儒。嘆古人之不生，恨斯文之將喪。臣竊觀安石平居之間，則口筆周、孔；有爲之際，則身心管、商。至乃忽故事於祖宗，肆巧譏於中外。喜怒惟我，進退其人。待聖主爲可欺，視同僚爲不物。臺諫官以兹切齒，謂社稷付在何人？士大夫罔不動心，以朝廷安用彼相？爲臣及此，事主若何。臣非不能秉筆華衮之前，而正其非；覆身青蒲之上，而排其失。重念陛下方當淵默堯舜，中和禹湯。同天德之尚寬，待人臣之有體。徒膏脣吻，莫補聰明。且區區晉朝，尚有相先之下佐；況赫赫昭代，豈有不和之大臣？愚念及斯，衆言陋此。伏乞陛下特申雄斷，大決羣疑。正安石過舉之謬，以幸保家邦；白臣等後言之罪，而俾歸田里。如其尚矜微朽，處以便藩，不惟有遂於物情，亦以不妨於賢路。如是則始終事聖，史傳不附於姦朋；去就爲臣，物議庶歸於直道。」其臨薨二表尤懇切，舊有之，今不復存。《野老紀聞》

武宗嗣位，宣宗居皇叔之行，密遊外方，或止江南名山，多識高道僧人。初聽政，謂宰相曰：「佛者雖異方之教，深助理本，所可存而勿論，不欲過毁以傷令德。」乃遣下詔，會昌中靈山古跡招提棄廢之地，並令復之，委長吏擇僧之高行者居之，唯出家者不得妄度也。懿宗即位，唯以崇佛

爲事。相國蕭倣、裴坦時爲常侍諫議，上疏極諫，其略云：「臣等聞元祖之道，用慈儉爲先；素王之風，以仁義是首。相沿百世，作則千年。至聖至明，不可易也。如佛者生於天竺，去彼王宫。割愛中之至難，取滅後之殊勝。名歸象外，理出塵中。非爲帝王所能慕也。」廣引無益有損之義，文多不録。文理婉順，與韓愈元和中上《請除佛骨表》不異也。懿皇雖聽覽稱奬，竟不能止。《北夢瑣言》

四六叢話卷十四

啓　七一

原夫囊封上達，宫廷披一德之文；尺素遥傳，懷袖寘三年之字。下達上之謂表，此及彼之謂書。表以明君臣之誼，書以見朋友之悰。泰交之恩洽而表義顯，《谷風》之刺興而書致衰。若乃敬謹之忱，視表爲不足；明慎之旨，侔書爲有餘，則啓是也。昔者藩國臣僚，馳箋霸府；三公掾屬，奏記私朝。厥後緹幕芙蓉，殷勤而報聘；春蹊桃李，繾綣而酬知。競貢長箋，争懷綵筆。效韡滋衆，繼踵尤多。上壽多男，請徵雜遝；登庸及第，賀答紛紜。舊館脱驂，載筆致朋游之雅；相見執雉，揮毫志耿介之思。羈旅慳囊，裁之乞米；美人繡段，持以報瓊。則有詞林水鏡，閬苑羽儀，具隻眼以論才，迴青眸以待客。簪裾輳集，三讀流聲；珠玉紛投，一言改價。高可以俯拾青紫，下不失得利齒牙。由是競費工夫，彌精製作。换清銜於校字，盈篇皆形聲點畫之奇；發吟興於田園，累幅盡襏襫苧蒲之趣。以至東海使槎，託遥

情於溯斗；西湖隱墅，寄新製於迴軒。亦可謂妙極毫端，思超物表者矣。至若謝玄暉短章，玉麈金屑；梁簡文諸作，貝彩珠光。劉氏弟昆，尤高三筆；庾家父子，籍甚庭芬。陳伯玉雅有清聲，駱義烏時騫逸氣。柳子厚精純而俶儻，李義山密緻以清圓。蘇長公不合時宜，味含薑桂；陸務觀素稱作達，語帶烟霞。斯啓筆之分途，竝作家之盛軌也。自任元受、李梅亭之倫，或隸事多冗，或使才太過，真意不存，緣情轉失，我思古人，翩其反矣。是以駢儷之文，其盛也，啓之爲用最多；其衰也，啓之爲弊差廣。何則？西秦東洛，不出寰宇之書；僕射司空，自有勳閥之簿。烏衣玉樹，按姓譜而如新；珪月梢雲，驗歲華而益麗。必也盡遺窠臼，別出機杼，始可揚古調以賞音，進文心而奏績也。叙《啓第七》。

啓者，開也。高宗云「啓乃心，沃朕心」，取其義也。孝景諱啓，故兩漢無稱。至魏國箋記，始云「啓聞」。奏事之末，或云「謹啓」。自晉來盛啓，用兼表奏。陳政言事，既奏之異條；讓爵謝恩，亦表之別幹。必斂飭入規，促其音節，辨要輕清，文而不侈，亦啓之大略也。《文心雕龍》

俞益期《與韓康伯箋》曰：「檳榔信南游之可觀。子既非常，木亦特奇。大者三圍，高者九丈。葉聚樹端，房生葉下，華秀房中，子結房外。其擢穗似黍，其綴實如穀。其皮似桐而厚，其節似竹而穊。其內空，其外勁，其屈如覆虹，其申如縋繩。本不大，末不小，上不傾，下不叙。稠直

亭亭，千百如一。步其林則寥朗，庇其蔭則蕭條。信可以長吟，可以遠想矣。性不耐霜，不得北植，必當遐樹海南。遼然萬里弗遇長者之目，自令人恨深。」《齊民要術》

文德中，劉子長出鎮浙西，行次江西，時蘇威侍郎猶爲郎吏，亦遇於此。進士褚載緘二軸投謁，誤以子長之卷而贄於威。威覽之，連有數字犯威家諱，威因拱而矍然。載錯愕，白以大誤，尋以長牋致謝，略曰：「曹興之圖畫雖精，終慙筆誤；殷浩之兢持太甚，翻達空函。」《摭言》

唐羅給事隱、顧博士雲俱受知於相國令狐公。顧雖鹺商之子，而風韻詳整。羅亦錢塘人，鄉音乖刺。相國子弟每有宴會，顧獨與之，豐韻談諧，莫辨其爲寒素之士也。顧文賦爲時所稱，而切於成名，嘗有啓事陳於所知，只望丙科盡處，竟列名於尾株之前也。羅既頻不得意，未免怨望，竟爲貴子弟所排，契闊東歸。《北夢瑣言》

羅隱謝裴庭翰詩卷曰：「澤國佳人，雖裝半面；營邱辯士，或獻空籠。」《摭言》

梁劉孝綽《謝建安王餉米等啓》：傳教李孟孫宣教旨，垂賜米酒瓜筍，菹脯鮓茗，至味芳雲，

杜潭抽節等。《筍譜》

梁元帝爲妾夜珠《謝東宮賚合心花釵啓》曰：「夜珠昔往陽臺，雖逢四照；曾遊澧浦，慣識九衢。未有仍我爵釵，還勝翠羽，飭以南金，裝兹麗玉。」《侍兒小名録》

前進士韓熙載《江北行狀》云：「熙載本貫齊州，隱居嵩岳。雖叨科第，且晦姓名。今則慕義

來朝，假身爲賈。既及疆境，合貢行藏。某聞釣巨鰲者，不投取魚之餌；斷長鯨者，非用割雞之刀。是故有經邦治亂之才，可以踐股肱輔弼之位。得之則佐時成績，救萬姓之焦熬；失之則遁世藏名，卧一山之蒼翠。某爰思幼稚，便異諸童。竹馬蒿弓，固罔親於好弄；杏壇槐里，寧不倦於修身。但勵志以爲文，每棲身而學武。得麟經於泗水，寧怪異圖；受豹略於邳垠，方酣百一作「勇」戰。占惟奇骨，夢以生松。敢期墜印之文，上愧擔簦之路。於是攖龍領，編虎鬚。繕獻捷之師徒，築受降之城壘。争雄筆陣，決勝詞鋒。運陳平之六奇，飛魯連之一箭。場中勍敵，不攻而自立降旗；天下鴻儒，遥望而盡推堅壘。横行四海，高步出羣。姓名遂列於煙霄，行止遂離於塵俗。且口有舌而手有筆，腰有劒而袖有鎚。時方亂離，迹猶飄泛。徒以術精韜略，氣激雲霓。箕口張而陰電摇，怒呼發而暑雷動。神駈鬼殿，天蓋地車。鬪霹靂於雲中，未爲蹻捷；喝樗蒲於筵上，不是粗豪。藴機權而自有英雄，仗勁節而豈甘貧賤？但攘袂叱吒，拔劒長嗟。不偶良時，孰能言志；既逢昭代，合展壯圖。伏聞大吴肇基，聿修文教。聯顯懿於中土，走明恩於外蕃。萬邦咸貞，四海如砥。爕和天地，巖廊有禹、稷、臯、陶；灑掃烟塵，藩翰有韓、彭、衛、霍。豈獨漢稱三傑，周舉十人。凝王氣於神都，吐祥光於丹闕。急賢共理，侔漢氏之懸科；待旦旁求，類周人之設學。而又隣邦接畛，敵境連封。一條雞犬相聞，兩岸馬牛相望。彼則待之以力，數年而頻見傾亡；此則禮之以賢，一坐而更無騷動。由是見盛衰之勢，審吉凶之機。得不上順天心，次量人

事。且向明背暗，捨短從長，聖賢所圖，古今一致。然而出青山而裹足，渡長淮而棄繻。派遥終赴於天池，星遠須環於帝座。是攜長策，來詣大朝。伏惟司空楚劍倚天，秦松發地。言雄封則平窺絳灌，語兵機則高掩孫吴。經授素王，書傳元女。莫不鞭撻宇宙，驅役風雷。勞愁結而髀肉生，憤氣激而臂鑾起。一怒而豺狼竄懾，再呼而神鬼愁驚。摠鑾鼓而簸朱旆，雷奔電走；掉燕鎚而揮白刃，斗落星飛。命將拉龍，使兵合虎。可以力平鯨海，可以拳擊鰲山。破堅每自於先登，敵無不克；策馬嘗時於後殿，功乃非矜。國家賴如股肱，邊境用爲保障。勳藏盟府，名鏤景鐘。今則化舉六條，地方千里。示之以寬猛，化之以温恭。繕甲兵而耀武威，綏一作『緩』。户口而卹農事。漫灑隨車之雨，洗活嘉田；輕摇逐扇之風，吹消沴氣。可謂仁而有斷，謙而逾光。賢豪向義以歸心，姦宄望風而屏迹。竚見秉旄仗鉞，列土分茅。修職貢以勤王，控臨四海；率諸侯而定霸，彈壓八方。遐邇具瞻，威名洽著。况復設庭燎以待士，開雪宫以禮賢。前席請論其韜鈐，危坐願聞於興廢。古今英傑，孰可比方。某才越通津，以觀至化。及陳上謁，罔棄謏才。是敢輒述行藏，鋪畫一作『盡』。毫幅。况聞鳥有鳳魚有龍，草有芝泉有醴。斯皆嘉瑞，出應昌期。某幸處士倫，謬知人理。足以副明君之奬善，恢聖代之樂賢。昔婁敬布衣，上言於漢祖；曹劌草澤，陳謀於魯公。失范增而項氏不興，得吕望而周朝遂霸。使遠人之來格，實至德之克昭。謹具行止如前。伏請准式。順義六年七月歸明進士韓熙載狀。」《江表志》

宋齊丘爲儒日修啓投姚洞天，略云：「城上之嗚嗚曉角，吹入愁腸；樹頭之颯颯秋風，結成離緒。」又云：「其如干懇萬端，無奈饑寒兩字。」時有識者云：「當須殍亡。」後果如其言。同上

東坡嶺外歸，與人啓云：「七年遠調，不意自全；萬里生還，適有天幸。」所襯字皆漢人語也。又《黄門謝復官表》：「一毫以上，皆出於帝恩；累歲偷安，有慚於公議。」秋毫皆帝力也，用張敖語。《四六談塵》

案：所襯字皆出《漢書》，此説甚精。蓋麤才貪使卷軸，往往填砌地名人名以爲典博，成語長聯堆排割裂以爲能事，轉入拙陋。至於活字謂不妨杜園傖氣，殊不知大爲識者所嗤。惟作家主於用意，不主於用事。當其下筆，若自抒胸臆，諦加玩味，則字字有成處，渾然天成。此杜詩、韓筆所以妙絶古今也。不知此者，不可與言四六。

汪退傅初坐陳東、歐陽澈事降官，後復，以啓謝廟堂，時相作答啓云：「一男子之上書，人何足道；諸大夫曰可殺，公豈容心。」熊太學叔雅詞也。同上

陸益中德先解人，宣和中再爲執法，閤門孝友，嘗彈蔡絛。范丞相建炎間答其啓云：「久居言路，評彈多權貴之臣；屢掌文衡，登拔皆純正之士。」范射策日，陸曾謂其不純正。舒起居清國詞也。同上

林文節子中以啓賀東坡入翰苑曰：「父子以文章名世，蓋淵、雲、司馬之才；兄弟以方正決

科，邁晁、董、公孫之學。」其褒美如此。《清波雜志》

楊文公億初入館時年甚少。故事，初授館職必以啓事謝先達。時公啓事（又）〔有〕曰：「朝無絳、灌，不妨賈誼之少年；坐有鄒、枚，未害相如之末至。」一時稱之。《却掃編》

案：用事有意，則活潑潑地。如賈生厄於絳、灌，以致時宰，豈復佳事？然翻轉説來，彌見屬對之長。此丹成九轉、點鐵成金手也。

李易安賀人孿生啓中有云：「無午未二時之分，有伯仲兩楷之佀。既繫臂而繫足，實難弟而難兄。玉刻雙璋，錦挑對褓。」注曰：「任文二子孿生，德卿生於午，道卿生於未。張伯楷、仲楷兄弟形狀無二。白汲兄弟母不能辨，以五綵繩一繫於臂，一繫於足。」《鄉嬛記》

四六文用經史全語，又須詞旨相貫，若徒積疊以爲奇，乃如集句也。楊文公居陽翟時，謝希深與之啓云：「曳裾而前，士念無君子者；解組弗顧，公其如蒼生何？」文公書於扇，曰：「此文中虎也。」蓋善其用經如己出，特爲豪健。《隱窟雜志》

近世四六多失文體，且類俳，而時有可觀。劉斯立爲其父丞相歸葬謝啓云：「晚歲《離騷》，魂竟招於異域；平生精爽，夢猶託於古人。」汪伯彦罷相，吕元直當國。汪自辨殺陳、陽事，吕令熊彦詩報啓云：「方一男子之上書，衆知無罪；而諸大夫曰可殺，公獨何心。」方有銜命出境者，執政爲報書云：「念寇至君孰與守，敢幸偷安；而兵交使在其間，幾能釋怨。」如此類可喜者，不

可概舉，但全篇體格爲不稱是耳。《寓簡》

孫廣伯術《謝東萊舉改官啓》云：「清朝薦士，寒門蒙座主特達之知；絳帳傳經，賤子辱侍講非常之遇。」蓋孫公莘老受知正獻公，廣伯常從滎陽學也。《紫薇詩話》

前輩有士人登科，作太原職官，能文輕脱，嘲侮同官，爲衆所怨。太原帥戒之，因作啓事謝云：「才非一鶚，難居累百之先；智異衆狙，遂起朝三之怒。」同上

滕元發甫《賀正獻公拜相啓》曰：「玉璜釣瀨，家傳渭水之風；金鼎調元，代出山東之相。」又云：「寰區大抃，盡還仁祖之風；朝野一辭，復見申公之政。」當時稱之。《二老堂詩話》

《梁書・劉杳傳》：周捨問杳：「尚書官著紫荷橐，相傳云挈橐，竟何所出？」杳答曰：「《張安世傳》：『持橐簪筆事孝武皇帝數十年。』韋昭、張晏注竝云：『橐，囊也。近臣簪筆以待顧問。』」《能改齋漫録》：「劉偉明《贈熊本詩》云：『西清寓直荷爲橐，左蜀宣風繡作衣。』蓋用《劉杳傳》『著紫荷橐』事、張安世持橐簪筆之意，而偉明乃以『荷』爲菱荷之『荷』，何耶？歐陽文忠《回吴舍人啓》云：『紅藥翻階，直禁垣之清切；紫荷持橐，陪法從以雍容。』又《上胥偃啓》云：『白蟬素簡以香生，兹焉辟惡；紫袷荷囊而備問，最近清光。』乃知誤非一人。然《隋・樂志》：『尚書録令、僕射朝服綴紫荷。録令、左僕射左荷，右僕射、吏部尚書右荷。』此又何耶？姑俟博識者。」又《西溪叢語》：「被紫荷橐，案荷囊，即持荷之荷也。或以爲紫荷囊，非也。宋子京云：『猥挈荷

囊，預從豹乘。』皆沿襲之誤。」如二家所云，是歐、宋果誤矣。予案《晉·輿服志》：「八坐尚書荷紫，以生紫爲袷囊，綴之於服，加於左肩。昔周公負成王，制此服衣，至今以爲朝服。或云漢世用盛奏事，負之以行。」《宋書·禮志》：「朝服，肩上有紫生袷囊，綴之朝服外，俗呼曰紫荷。」《南齊書·輿服志》：「紫袷囊名曰契囊，世呼爲紫荷。」《隋·禮儀志》：「梁制，尚書令、僕射、尚書，銅印墨綬，朝服，納言幘、進賢冠，佩水蒼玉，腰劍，紫荷，執笏。」詳諸書所云，則是帶此囊於朝服之外，故云著，亦猶《世説》云謝遏少年時好著紫羅香囊之義也。吴曾、姚寬俱惑於「契囊」、「持橐」之語，遂以「荷」作去聲讀，姚又直改「著」爲「被」。如二公所云，是衣紫而負囊也，由未見紫袷爲囊之制，又不知晉宋間俗呼爲紫荷，故未免紛紛如此。歐陽公云「紫袷荷囊而備問」，可謂真識紫荷者也。吴所引綴紫荷事乃禮儀志言後魏之(志)〔制〕，非《樂志》也。持橐事見《趙充國傳》，非《張安世傳》，而注中亦無韋昭。此又劉杳記之不審也。《雲谷雜記》

王仲嶷字豐父，岐公子，有風采，善詞翰，四六尤工，以名家典郡，頗著績效。英宗立珪，預聞大議，賜額書題，豐父表謝有「金梠賜第，玉篆題碑」之對。建炎初知袁州，坐失守削籍。後秦會之再入相，豐父以啓懇之云：「黄紙除書，久無心於夢寐；青氈舊物，尚有意於陶鎔。」會之爲開陳，詔復原官奉祠。《揮麈餘話》

孫仲益每爲人作墓碑，得潤筆甚富。有爲晉陵主簿者，父死，欲仲益作誌銘，先遣人達意於

孫云：「文成，縑帛良粟，各當以千濡毫也。」仲益欣然落筆，且溢美之。既刻就，遂寒前盟，以紙筆龍涎建茗代其數，且作啓以謝之。仲益極不堪，即以駢儷之詞報之云：「米五斗而作傳，絹千匹以成碑。古或有之，今未見也。立道旁碣，雖無愧詞；諛墓中人，遂成虚語。」《揮麈後録》

熊叔雅彦早有文名，紹興初入館，秦會之秉鈞，指爲趙元鎮客，擯不用者十年。慈寧回鑾，會之以功陞維垣，叔雅以啓賀之云：「大風動地，不移存趙之心；白刃在前，獨奮安劉之略。」會之大喜，起知永州，已而擢漕湖北。同上

曾文清吉父，孔毅父之甥也，早從學於毅父。文清以蔭入仕，大觀初以銓試合格五百人爲魁，用故事，賜進士出身。紹興中，明清以啓贄見云：「傳經外氏，早侍仲尼之閒居；提筆文場，曾寵平津之爲首。」文清讀之，喜曰：「可謂著題矣。」後與明清詩云：「吾宗擇壻得羲之，令子傳家又絶奇。甥舅從來多酷似，弟兄如此信難爲。」徐敦立覽之笑曰：「此乃用前日之啓爲體修報耳。」同上

李漢老與秦會之賀進維垣啓云：「推赤心於腹中，君既同於光武；有大勳於天下，相自比於姬公。」秦答之云：「君既同於光武，仰歸美報上之誠；相自比於姬公，其敢犯貪天之戒。」漢老得之，皇恐者累月。《揮麈三録》

案：「自比」，「自」字從「既」字來，直謂自然耳，而檜惡之者，以其嫌於「自用」之「自」也。

一字不檢，卒爲權姦所忌，其可率爾操觚哉！

蔡持正既孤，居陳州，鄭毅夫判州事，從毅夫作賦。吴處厚與毅夫同年，得汀州司理，來謁毅夫，間與持正游。明年，持正登科，寖顯於朝矣。處厚忤荆公，抑不得進。已而持正登庸，處厚乞憐頗甚，賀啓云：「播告大廷，延登右弼。釋天下霖雨之望，慰海内巖石之瞻。帝渥俯臨，輿情共慶。恭惟集賢相公，道包康濟，業茂贊襄。秉一德以亮庶工，遏羣邪以持百度。始進陪於國論，俄列畀於政經。論道於黄閣之中，致身於青霄之上。竊以閩川出相，今始五人；蔡氏登庸，古惟二士。澤于秦而騁辨，汲汲霸圖；義輔漢以明經，區區暮齒。孰若遇休明之運，當强仕之年。尊主庇民，已陟槐庭之貴；代天理物，遂躋鼎石之崇。處厚早辱埏陶，竊深欣躍。豨苓馬勃，敢希下良醫之求；木屑竹頭，願充乎大匠之用。」然持正終無汲引之意云。同上

朱弁字少張，徽州人，學文頗工。早歲漂泊，游京洛間，晁以道爲學官於朝，一見喜之，歸以從女。弁以啓謝之云：「事大夫之賢者，以其兄子妻之。」同上

鄭毅夫自負時名，國子監以第五人選，意已不平，謝主司啓詞有「李廣事業，自謂無雙；杜牧文章，止得第五」之句，又云：「騏驥已老，甘駑馬以先之；巨鼇不靈，因頑石之在上。」主司深銜之。他日廷策，主司復爲考官，必欲黜落以報其不遜，既而發考卷，獬乃第一人及第。《夢溪筆談》

楊文公之生也，其胞蔭始脱，則見兩鶴翅交掩塊物而蠕動，其母急令密棄諸溪流。始出户，

而祖母迎見，亟啓視之，則兩翅歘開，中有玉嬰，轉仄而啼，舉家驚異，非常物也。余宣和間，於其五世孫德裕家見其八九歲時《病起謝郡官》一啓，屬對用事如老書生，而筆蹟則童穉也。《春渚記聞》

宣和間雖風俗已尚諂諛，然猶趨簡便，久之乃有以駢儷牋啓與手書俱行者。主於牋啓，故謂手書爲小簡，然猶各爲一緘。已而或厄於書吏不能俱達，於是駢緘之，謂之雙書。《老學菴筆記》

晉人所謂「不意永嘉之末，復聞正始之音」，永嘉、正始乃魏晉年名。胡武平《上呂丞相啓》云：「手提天鐸，鏘正始之遺音；夢授神椽，擯奪朱之亂色。」蓋不悟正始爲年名也。同上

丁晉公貶崖時，權臣實有力焉。後十二年，丁以祕監召還光州，致仕時，權臣出鎮許田，丁以啓謝之，其略曰：「三十年門館，游從不無事契；一萬里風波，往復盡出生成。」其婉約如此。又自夔漕召還知制誥，謝兩府啓：「二星入蜀，難分按察之權；五月渡瀘，皆是提封之地。」後云：「謹當揣摩往行，軌躅前修。效慎密於孔光，不言温樹；體風流於謝傅，惟詠蒼苔。」《湘山野録》

余外祖王詷子文《上蔣子禮除右相啓》曰：「早登黄閣，獨見名公之少年；今得舊儒，何憂左轄之虚位。」皆用杜詩語「扈聖登黄閣，名公獨少年」、「左轄頻虚位，今年得舊儒。」爲洪文敏稱賞，載之《隨筆》。《貴耳集》

項平齋自號江陵病叟。余侍先君往荆南，所訓「學詩當學杜詩，學詞當學柳詞」，扣其所以，云：「杜詩、柳詞皆無表德，只是實語。」嘗爲潭教，與帥啓云：「拉淚過故人之墓，驚鬢髮之皆

非；倚杖看祝融之峯，喜山色之如舊。」同上

秋塘陳敬甫善有《雪篷夜話》三卷，淳熙間一豪士。嘗書貴家扇云：「春風一日歸深院，巫峽千山鎖暮雲。」有《滿江紅》詞曰：「三月風前花薄命，五更枕上春無力。」《上李季章啓》云：「父子太史公，提千古文章之印；玉堂真學士，躋中朝公輔之班。」同上

至元間平原郡公趙氏與芮，宋福王也，其子娶全竹齋少保之女，婚啓内一聯云：「休光蔚北，苟安公位之居；回首江南，惟重母家之念。」儘有味。《輟耕録》

劉子玄直史館時，宰臣蕭至忠、紀處訥等竝監修國史。子玄以執政秉權，時多掣肘，辭以著述無功，求解史任。奏記於至忠等，其略曰：「伏見每汲汲於勸誘，勤勤於課責。云經籍事重，努力用心。或歲序已奄，何時輟手。綱維不舉，督課徒勤。雖威以刺芒一作『判骨』。之刑，勖以懸金之賞，終不可得也。《語》云『陳力就列，不能者止』。僕所以比者布懷知己，歷訟一作『訟』。羣公，屢辭載筆之官，欲罷記言之職者，正爲此耳。當今朝號得人，國稱多士。蓬山之下，良直比一作『差』。肩；芸閣之間，英奇接武。僕既功虧刻鵠，筆未獲麟。徒殫大官之奉，一作『膳』。虚索長安之米。乞以本職，還其舊居，多謝簡書，請避賢路。」文多不盡載，至忠惜其才，不許。子玄著《史通》二十篇，備陳史册之體。《大唐新語》

李石鎮江陵，辟崔鉉爲戎倅。一旦拂衣而去，既入京，登上第，俄升翰苑。李未離荆渚，崔既

秉鈞衡，李乃馳牋賀之曰：「某早拜光塵，叨承眷與。深蒙異分，屢接清言。幸曾顧於厚恩，俯見循於末契。去載分麾南楚，拜節西秦。思賢方詠於嘉魚，棲止實慙於威鳳。賓筵初啓，曾陪樽俎之歡；將幕未移，已在陶鎔之下。光生隣郡，喜溢轅門。豈惟九土獲安，斯亦一方多幸。」乃掌記李隲之辭也，於今播於衆口。《南楚新聞》

真宗朝，錢希白賢良方正擢第。慶曆中，子明逸子飛、彦遠子高相繼制舉登科。嘉祐末，蘇軾弟轍同年制策入等，衣冠以爲盛事。故子高謝啓曰：「兩朝之盛，相繼者父子；十年之間，竝進者兄弟。」子瞻《汝州謝表》曰：「兄弟竝竊於賢科，衣冠或以爲盛事。」而子瞻入等尤高，故謝啓曰：「誤玷久虚之等。」希白從孫藻皇祐五年登進士第，是年書判一作「晚書」。中選，後十年復登科舉，謝啓曰：「十年三第，屢玷於主司；一門四人，無替於祖烈。」《澠水燕談録》

余外舅家收柳公權親筆啓草二十四，皆小楷，字僅盈分，而結體遒媚，意態舒徐，有尋丈之勢。紙長不過七寸，廣亦如之。中興重興祕省，賀方回之子首以獻書得官。秦太師付以搜訪遺逸，外舅之兄張公觀言以所得託賀納之秦府，秦進之上。方張自待次虔州瑞金簿易監聞思院，其季復以所得投之中人，引秦事爲證，亦歸天上，獨外舅兩啓尚存，云：「上翰林柳學士璨：某謬至顯榮，皆承閼乏。昨者璽書慰勉，蘭省遷超。雖上意欲壯於軍威，在外臣轉深於官謗。此皆學士曲垂獎令，一作「會」。潛爲扶持。繼音容商本作「客」。於北風，爲主人於東道。況兼姻媾，早接清華。

推魏公感外家之情，用何氏奉諸姨之敬。念深外舅，商本作『妹』。亦愛愚夫。不然，則安得道已隔而分猶敦，官轉尊而志愈下。藏之不忘，佩以彌芳。思奉冰霜，邈同雲漢。仰計亘霄路於高閣，隔人烟於禁垣。嘯嗽霞高，從容日近。閑揮彩筆，時弄紫泥。益彰叔夜鸞鶴之姿，轉映王恭神仙之狀。便當乘游灝氣，濯弄瑶池。乘陰陽之鑪錘，補一作『輔』。天地之槖籥。異時獲賜，今日先知。瞻望風猷，常在魂夢。某再拜。」又：「侍郎頡頏重霄，騰凌迥漢。刻名仙館，絶跡人寰。潤飾鴻猷，承迎中旨。金莖瑞路，雲表先嘗；玉輦靈桃，窗間暗識。方推獨步，誰敢争衡？况藝奮神工，時推妙翰。鳳鸞異態，龍虎殊姿。白首何人，墨池誰子？後生是畏，前聖有言。若非思與神凝，韻無累俗，則安能致兹遒逸，超彼等夷，窮鍾蔡之楷模，入王張之閫域？往者韋相公嘗謂侍郎能以書諫者，今則行執陶鈞，坐登台輔；終提一筆，以絶百僚；後命之來，延頸而俟。某素無動效，叨濫寵榮。一授藩垣，兩遷官秩。猶以處牀操扇，麄商本作『相』。識孤虚；跨馬彎弓，未爲遲暮。誓將丹懇，以奉休明。所冀侍郎猥録孤微，終垂庇遇，使其晚節無愧平生下情」云云。前輩俱跋爲柳筆，然非柳亦不能造此。但啓中有筆諫之語，豈他人上柳啓，柳自書之耶？當有辨之者。《雲麓漫鈔》

案：上二啓綺麗細緻，使義山爲之不過如此，而其名竟不傳。知唐人擅四六者多湮没，何可勝道。可慨也！

夏文莊守安州，宋莒公兄弟尚皆布衣。文莊異待，命作《落花》詩，莒公一聯曰：「漢皋佩冷臨江失，金谷樓危到地香。」子京一聯曰：「將飛更作回風舞，已落猶成半面妝。」是歲詔下，兄弟將應舉，文莊曰：「詠落花而不言落，大宋君當狀元及第。又風骨秀重，異日作宰相。小宋君非所及，然亦須登嚴近。」後皆如其言，故文莊在河陽，莒公登庸，以别紙賀曰：「所喜者昔年安陸，早識台光。」蓋爲是也。《青箱雜記》

楊文公爲執政所忌，母病，謁告，不俟朝旨，徑歸韓城，與弟倚居，踰年不調。公有啓謝朝中親友曰：「介推母子願歸綿上之田；伯夷弟兄甘受首陽之餓。」後除知汝州，而希旨言事者攻擊不已，公又有啓與親友曰：「已擠溝壑，猶下石而弗休；方困蒺藜，尚關弓而相射。」同上

范文正公幼孤，隨母適朱氏，因冒朱姓名説，後復本姓，以啓謝時宰曰：「志在投秦，入境遂稱於張禄；名非霸越，乘舟乃效於陶朱。」以范蠡、范雎亦嘗改姓名故也。又僞蜀翰林學士范禹偁亦嘗冒張姓，謝啓云：「昔年上第，曾標張禄之名；今日故園，復作范雎之裔。」然不若文正之精切。同上

錢塘林逋著高節，以詩名，當世名公多與之游。天聖中，丞相王公隨以給事中知杭州，日與唱和，親訪其廬，見其頹陋，即爲出俸錢新之，逋乃以啓謝王公，其略曰：「伏蒙府主給事，差人送到留題唱和石一片，拜賜軒榮，以庇風日。衡茅改色，猿鳥交驚。夫何至陋之窮居，獲此不朽之

奇事。竊念頃者親賢鉅公，出鎮藩服，亦嘗顧邱樊之側微，念土木之衰病，不過一枉駕一式廬而已，未有迂迴玉趾，歷覽環堵。當纓蕤之盛集，擄風雅之祕思。率以賡載，始成編軸。且復搆他山之堅潤，刊羣言之鴻麗，珠聯綺錯，雕縟相照，輩植置立，賁於空林。信可以奪山水之清暉，發斗牛之寶氣者矣。」迨景祐初，逋尚無恙，范文正公亦過其廬，贈詩曰：「風俗因君厚，文章到老醇。」其激賞如此。同上

案：和靖文筆絶少傳者，此作精妙冲逸，近王無功一流，視「疏影横斜」膾炙諸聯，似更進一格，可寶也。

王禹偁老精四六，有同時與之在翰林而大拜者，王以啓賀之曰：「三神山上，曾陪鶴駕之游；六學士中，獨有漁翁之歎。」白樂天曾有詩云「元和六學士，五相一漁翁」故也。同上

永叔頗聞晏因《賦雪》詩有語。《隱居詩話》云：「晏元獻殊作樞密使，一日雪中退朝，歐陽修、陸經二學士過之，因置酒共賞。歐陽即席賦詩有『須憐鐵甲冷徹骨，四十餘萬屯邊兵』，元獻快然不悦。」其後歐陽出守青社，晏亦出殿宛邱。歐乃作啓，叙生平出處以致謝悃，其略曰：「伏念相公始掌貢舉，修以進士而被選掄。及當鈞衡，又以諫官而蒙奬擢。出門館不爲不舊，受恩知不爲不深。」晏得書，即於紙尾作數語，授掌記謄本答之，甚滅裂。坐客怪而問焉，晏徐曰：「作答知舉時一門生書也。」意終不平。《潘子真詩話》

邢郭夫詩寄無己，無己和云：「漢廷用少公何在，不使羣飛接羽翰。今代貴人須白髮，挂冠

高處未宜彈。」蓋元祐之初，多用老成故也。又《除官》一篇云：「扶老趨嚴詔，徐行乃聖時。端能幾字正，敢恨十年遲。肯復金根繆，寧辭乳媪譏。向來憂畏斷，不盡鹿門期。」或云才得一正字亦未便云「趨嚴詔」。後作啓復云：「名雖文字之選，實爲將相之儲。」又云：「頭童齒豁，敢辭乳媪之譏；聞淺見輕，益畏金根之謬。」《王直方詩話》

文之所以貴對偶者，謂出於自然，非假於牽强也。《潘子真詩話》記禹玉元豐間以錢二萬、酒十壺餉吕夢得，夢得作啓謝之，有「白水真人，青州從事。」禹玉歎賞，爲其切題。後毛達可有謝人惠酒啓云：「食窮三載，曾無白水之真人；出餞百壺，安得青州之從事。」此用夢得語，尤爲無功，非惟出於剽竊，亦是白水真人爲剽竊也。至若東坡得章質夫書遺酒六瓶，書至而酒亡，因作詩寄之云：「豈意青州六從事，化爲烏有一先生。」二句渾然，絶無斧鑿痕，更覺真切。《復齋漫録》

孫元中啓事云：「好事多載酒殽，時念揚雄之句；諸公盡登臺省，誰憐鄭老之窮。」對偶亦新奇。《三山老人語録》

周益公《校正文苑英華序》云：「以堯韭對舜華，非閱《本草注》，安知其爲菖蒲。」案：梁元帝《玄覽賦》：「金鹽玉豉，堯韭舜華。」論此也。余讀他書亦有用者，如《顔聚》載梁太子《賚河南菜啓》則云：「堯韭未儔，姬歜非喻。」又以堯韭對姬歜矣。固曰堯韭出《本草》，而不知所以名之之意。後見《典術》曰：「聖王之仁，功濟天下者堯也。天星降精於庭爲韭，感百陰爲菖蒲焉。」今菖

蒲是也。《續古叢編》

興化隱士陳易隱居廬山，歸乃築室於興化縣之蔡溪巖，不下山者三十年。襟抱易曠，風韻瀟然，見者無不愛慕忘歸。蔡子由正言首以八行薦之，易以啓事謝之云：「心若死灰，枉被吹嘘之力；身如槁木，難施雕琢之功。」又云：「昔在儒門，雖齷修於八行；晚歸祖道，惟務了於一心。心既已忘，行復何有。」終不起。《墨客揮犀》

孫覿仲益尚書四六清新，用事切當。宣和中，與家兄子章同爲兵部郎。未幾，子章出知無爲軍，仲益繼遷言官，自南牀亦出知和州。時淮南漕俞晌以無爲歲額上供米後時，委知州取勘無爲當職官吏。仲益得檄，漫不省也，置而不問，亦不移文。已而米亦辦。子章德仲益，以啓謝之。仲益答之，有云：「苞茅不入，敢加問楚之師；輔車相依，自作全虞之計。」人頗稱賞，以爲精切也。《墨莊漫録》

庾肩吾《謝銅研筆格啓》云：「煙磨青石，已踐孔子之壇；管插銅龍，還笑王生之筆。」《硯譜》

薛制機言有作《上巳請客啓》云：「三月三日，長安水邊多麗人；一觴一詠，會稽山陰修禊事。」又云：「良辰美景，賞心樂事，四者難并；崇山峻嶺，茂林修竹，羣賢畢至。」《貴耳集》

秦檜秉權寖久，植黨締交，牢不可破。高皇淵默雷聲，首更大化，懲言路壅蔽之弊，召湯元樞、岳鵬舉於外，執法殿中，遷侍御史。時有選人任盡言者，居下僚，好慷慨論事，聞其除，啓以賀

之曰：「伏審光奉明綸，榮躋横榻。國朝更西都三府之制，故御史不除大夫；端公居南司五院之中，與獨坐迭爲憲長。自昔雖稱於雄劇，比歲或乖於選掄。污我霜臺，賴公雪恥。輒陳管見，少助風聞。請言有宋之姦臣，無若亡秦之巨蠹。十九載輔國而專政，亘古無之；三百年列聖之貽謀，掃地盡矣。乃至糊名而較藝，亦復肆志而逞私。敢以五尺之童，連冠兩科之士。老牛舐犢，愛子誰無；野鳥爲鸞，欺君實甚。公攘名器，報微時簞食之恩；峻立刑誅，鉗當世搢紳之口。一時謫籍，半坐流言。父子至於相持，道路無復偶語。每除言路，必預經筵。蓋緣乳臭之雛，實預金華之講。受其頤指，應若影從。忠臣不用，而用臣不忠；實事不聞，而聞事不實。逮政府樞庭之有闕，必諫官御史而後除。所以復鷹犬之報，而搏吠已憎；疎鴛鷺之班，而孤危主勢。私竊富貴之勢利，豈止於子孫而爲臣；仰奪造化之爐錘，至不容人主之除吏。方當宁之意，未罪魏其；而在位之臣，專阿王氏。致學官之獻佞，假題目以文姦。引前代興王之詩，爲其子就試之讖。旋從外幕，擢置中都。冀招致於妖言，啓包藏之異意。忠憤扼腕，智識寒心。上愧漢臣，既乏朱雲之請劍；下慙唐室，未聞林甫之斲棺。坐令存歿之姦，備極寵榮之典。正緣和議，常贊睿謀。故聖主念功，務曲全於體貌；然憲臺議罪，當明正於典刑。賞當功，所以示朝廷之至恩；罰當罪，所以貽臣子之大戒。政若偏廢，國將若何。敢爲上言，莫如君重。恭惟侍御氣剛而志烈，學老而才雄。自親擢於中宸，即大符於民望。明目張膽，士林日誦於讜言；造膝沃言，天下咸受其陰

賜。雖直道盡更其覆轍，而宏綱獨漏於吞舟。惟九重之委任寖隆，故四海之責望尤備。願言彈擊，無置渠魁。矧今日之新除，有昔人之故事。章仁約自稱鵰鶚，才固絶倫；張文紀不問狐狸，惡惟誅首。縱黄壤之已隔，在白簡以難逃。使六合之間，忠義之心如日；九泉之下，邪佞之骨常寒。庶幾紹興湯御史之名，不在慶曆唐子方之下。其他世俗之諂語，諒非方正之樂聞。側聽褒遷，别當修致。」湯得之喜，袖以白上，天顔爲回。故一時公議頓明，姦諛膽落，盡言其助也。任字元受，有集名《小醜》，楊誠齋爲之序。同上

姚橘洲尹臨安時，吴履齋拜相。姚語客作啓賀之，商量起句，彭晉叟云：「轉鴻鈞運紫軸，萬化一新；自龍首到黄扉，百年幾見。」同上

錢易希白子彦遠字子高、明逸字子飛，俱以賢良登科。族人藻醇老，既應説書、進士俱中第，又應中大科。熊伯通以啓賀藻知制誥曰：「七年三第，閲賢良文學之科；一門四人，襲潤色討論之職。」四人謂易、惟演、明逸及藻也。蘇子瞻作翰林，林子中方以言者去國在外，以啓賀曰：「父子以文章名世，盡淵、雲、司馬之才；兄弟以方正決科，邁晁、董、公孫之學。」與其後爲中書舍人，謫二蘇告詞之語異矣。《四六話》

文章有彼此相資之事，有彼此相須之對，有彼此相須而曾不及當時事，此所以助發意思也。唐人方有此格，謂之互换格，然語猶拙。至後人襲用講論而意益妙，如楊汝士《陪裴晉公東雒夜

宴》詩曰：「昔日蘭亭無艷質，此時金谷有高人。」止於此而已。至永叔《和杜岐公》詩曰：「元劉事業時無取，姚宋篇章世不知。二美惟公所兼有，後生何者欲攀追。」其後蘇明允《代人賀永叔作樞密啓》曰：「在漢之賈誼，談論俊美，至於諸侯相，而陳平之屬，實爲三公；唐之韓愈，詞氣磊落，終於京兆尹，而裴度之倫，實在相府。然陳平、裴度，未免謂之不文，而韓愈、賈生，亦嘗悲於不遇。蓋人之於世，美惡必自有倫；而天之於人，賦予亦莫能備。」此又何啻出藍更青，研朱益丹也。後至荆公《賀韓魏公罷相啓》，略云：「國無危疑，人以静一。周勃、霍光之於漢，能定策而終以致疑；姚崇、宋璟之於唐，善致理而未嘗遭變。紀在舊史，號爲元功。固未有獨運廟堂，再安社稷，弼亮三世，敉寧四方。崛然在諸公之先，焕乎如今日之懿。若夫進退之當於義，出入之適其時。以彼相方，又爲特美。」此又妙矣。同上

王荆公父名益，以都官員外郎通守金陵，而元厚之作金陵幕官，其契分久矣。荆公既相，神宗欲慎選翰林學士，時厚之久在外，老於從官。荆公對曰：「有真翰林學士，但恐陛下不能用耳。」上固問之，因道姓名。上久之，曰：「元絳在外，久不以文稱，且令爲制誥如何？」荆公曰：「陛下果不能用耳。況已作龍圖閣直學士，難下遷知制誥。」遂自外徑除翰林學士，中外大驚。既就列，有稱職之譽，不久遂參大政。故厚之深德荆公。其後荆公居金陵，厚之以太子少保致仕，歸平江，以啓謝荆公曰：「眷林泉之樂，方遂乞骸；望衮繡之歸，徒深引脰。」同上

唐張籍用裴晉公薦爲國子博士，而東平帥李師道解爲蒞事，籍賦《節婦吟》見志以辭之云：「君知妾有夫，贈妾雙明珠。感君纏綿意，繫在紅羅襦。妾家高樓連苑起，良人持戟光明裏。知公用心如日月，事夫誓擬同生死。還君明珠雙淚垂，何不相逢未嫁時。」先子元祐中除知陳留縣而辭之，以啓謝君益曰：「抱璧懷沽，雖免匹夫之罪；還珠自歎，空成節婦之吟。」同上

邵龢自陝西運使移知鄧州，先子以啓賀之云：「教實是西，浸被南明之國；民將愛父，竚興前古之歌。」乃邵氏自陝移鄧之啓也。同上

元豐末，劉誼以論常平不便罷提舉官勒停，游金陵，以啓投王荆公，令其再起，稍更新法之不便于民者。荆公答以啓，略曰：「起于不得已，蓋將有行；老而無能爲，云何不止。」同上

張洎參政事，江南李後主時爲大臣，國亡受知太宗，復作輔臣。時王元之禹偁爲翰林學士，洎手書古律詩兩軸與之，元之以啓謝云：「追踪季札辭吴，盡變爲《國風》；接武韓宣適魯，獨明於《易象》。」謂其自他國而入中朝也。同上

顧起敦詩罷臺官久之，得太原倅，與先子同官，素相好也。敦詩作火山軍試官，歸詫得人，且言其解頭作謝啓甚工，云：「夢蕉中之鹿，奚辨其真；探頷下之珠，適遭其睡。」先子喜謂敦詩曰：「主文何太恍惚耶。」同上

曾丞相子宣三直玉堂，作牋表有氣而備朝廷體。其《賀章子厚復資政啓》曰：「浩若江海，風

波莫之動摇；屹如楝梁，蚍蜉無以傾撓。」其自南遷歸丹陽，聞之大觀元會，作表以賀，略云：「九賓在列，鏘劒佩而肅鴛鸞；五輅在庭，明旂常而載日月。」蓋雖老而文不衰，亦久在朝居文字職，習性然也。同上

劉丞相摘死新州，至元符末用登極恩，追復故官，其子跂以啓謝執政，略曰：「晚歲《離騷》，難招魂於鬼域；平生精爽，或見夢於故人。」用李衛公夢於令狐綯乞歸葬，精爽可畏故事也。一本：「晚歲《離騷》魂，竟招于異域；平生精爽夢，猶託於故人。」

王文恪公陶常言四六如「蕭條」二字須對「綽約」，與「據鞍矍鑠」須對「攬轡澄清」，若不協韻則不名爲聲律矣。文恪《謝正字啓》，略云：「雕蟲篆刻，童子尚恥於壯夫；血指汗顔，斲者徒羞於巧匠。」又《謝自陳移守許表》一聯云：「有汲黯之直，未死淮揚之郊；無黄霸之才，願老潁川之守。」謂陳州淮揚郡，許州乃潁川郡。黄霸自潁川入爲三公，而我不敢願也。用事親切如此。同上

韓子華丞相兄弟將相貴仕，爲潁川甲族，罷相後得帥鄉郡，文恪賀啓曰：「夙推荀氏之龍，重致潁川之鳳。」謂荀氏八龍，及黄霸守潁川，致鳳凰之瑞也。同上

國朝故事，作館職則如登科，例有謝啓。王異除館職，作啓與同舍裴煌如晦，而啓中有云：「伏惟某天澤育物，内恕及人。」其後云：「仰答異恩之賜，次酬洪造之私。」謂洪造如大造也。如

晦閲之，驚起還異啓。同上

秦少游觀在元祐諸館職，最後自校對黄本書籍方除正字，以啓謝諸公，當時稱之，用《三國志》蜀秦宓博識，諸葛孔明呼爲學士；爲唐詩人秦系自號東海釣鼇客，張建封始署爲校書郎。少游用此當家二故事作啓，略云：「切覩前史，具見鄙宗。西蜀中郎，孔明呼爲學士；東海釣客，建封任以校書。雖爲校相之品題，且匪朝廷之選用。夫何寡陋，遽爾遭逢。」同上

爲帥守而踵父祖嘗所居，自昔以爲盛事。本朝如此，比者亦有之，多見於謝上表啓。紹聖中，歐陽叔弼棐知蔡州，其父文忠公之舊治也，《謝宰執啓》云：「惟近輔之名邦，實先人之舊治。高城不改，自疑華表之歸；老吏幾稀，尚守朱門之舊。追懷今昔，倍劇悲欣。」靖康中，翟公巽自翰苑出守會稽，其父思之舊治也，《謝表》云：「惟昔先臣，再臨東越；豈其暮齒，乃踵前修。朱邑世祠，猶有奉嘗之舊；恬侯家法，自憐孝謹之衰。敢不慰問耆年，覽觀謡俗。無忘遺愛之厚，永念教忠之餘。」皆謂是也。《南窗紀談》

永寧劉相鄴字漢藩，咸通中自長春宫判官召入内庭，特敕賜及第，中外賀緘極衆，惟鄆州李尚書種一章最著，乃福建韋尚書岫之辭也。於時韋佐鄆幕，略曰：「用敕代榜，由官入名。仰温樹之煙，何人折桂；泝甘泉之水，獨我登龍。禁門而便是龍門，聖主而永爲座主。」又曰：「三十浮名，每年皆有；九重知己，曠代所無。」《摭言》

四六叢話卷十五

啓　七二

余里中士，每秋賦與計偕，貧不能行者，或仰給勸駕。嘉泰辛酉，永嘉周夢與吕齡宰德化垂滿矣，士有以故例請者，弗報。贄以啓，束裝而俟，又弗報。怒而索其贄。余適謁琴堂，坐間夢與口占授扎吏復之曰：「伏承寵翰，見索長箋。愛莫能留，感而且駭。珠璣在側，固知酬應之難；筆研生塵，未免紆遲之咎。趙客有辭而取璧，楚人敢訶於亡弓。所恨具舟，已及瓜而代去；無由洗眼，觀奪錦之歸來。更冀恢弘，以基光大。」畢緘，顧余作釋語曰：「予非摩訶薩陲，乃諸公之提婆達多耳。」予笑莫敢言。《桯史》

寧宗乙丑之元，吴畏齋自鄂召還，過京口，以先君湖湘之契先來訪，余亟謝不敏。既而留中爲大蓬，未幾，遂以祕撰帥荆。時北事已章灼，余念數路出師具有殷鑒，雖上流運奇，先王有遺規，而今未必能。且是時招僞官，遣妄牒，亹亹多費，實無益於事，天下寒心，因草一啓代贄及之。

畏齋在丹陽館，一覽輒喜，親作數語謝曰：「抗身名以衛社稷，久沈射虎之威；疏王爵以大門閭，將表食牛之氣。有來相過，允荷不忘。監倉學士風烈承宗，詞華振俗。喜北平之有後，幸郎君之克家。庾氏卑官，王孫令器，必有表薦，以發休嘉。至於陳義之甚高，與夫期待之太過，此則諸君子之責，而非一郡守之憂。某行官沔鄂之間，即有兵民之寄。當呼老校退卒，問先烈之宏規；將與羣公貴人，誦故侯之名緒。叙謝之意，匆草莫殫。」於是一得之謀，頗徹於諸公間矣。又一年，宇文顧齋録本去，會除次對，謬以充自代薦，且有志識不凡之褒，初未相識也。故予投謝有曰：「初不求於識面，亶自得於知心。」蓋指此。同上

龔聖任言林德崇義嘗爲劇縣有聲，其與監司啓有云：「鳴琴堂上，將貽不治事之譏；投巫水中，必得擅殺人之罪。」時以爲名言。劉潛夫宰建陽，亦有一聯云：「每嗟民力，至叔世而張弓；欲竭吏能，恐聖門之鳴鼓。」語意尤勝。信乎治邑之難也。《齊東野語》

傅伯壽爲浙西漕憲，韓侂胄用事，伯壽首以啓贄之曰：「澄清方效於范滂，跋扈遽逢於梁冀。人無恥矣，咸依右相之山；我則異歟，獨仰韓公之斗。首明趨向，願出陶鎔。」由是擢用，至僉書樞密院事。韓敗，追三官，奪執政恩。同上

皇甫謐讀《匈奴傳》，不識「撑犂孤〔塗〕」之字。余觀歐陽文忠公少時《代王狀元謝及第啓》云：「陸機閱史，尚靡識於撑犂；枚皐屬文，徒率成於骫骳。」文忠公以爲陸機，蓋誤也。黄朝英

《緗素雜記》以不知文忠用撐犁事爲恨。然嘗觀《匈奴傳》，單于姓攣鞮氏，其國稱之曰撐犁孤〔塗〕單于。匈奴謂天爲撐犁，謂子爲孤塗。單于，廣大之貌。班固釋其義非不詳明。《考古質疑》

夢得《送周使君》云：「只恐鳴騶催上道，不容待得晚菘嘗。」乃周彦倫《答文惠太子問山中菜食》云：「春初早韭，秋末晚菘。」此以兩字用事者。《送熊判官》云：「臨軒弄郡章，得人方付此。」乃用漢高弄印睨堯事，此一字用事者。《碧溪詩話》

臨江丁熺，乙丑諒闇榜第四人，爲他恩例所壓抑，居第八，授永州，教章采代爲作啓謝辯。章云：「諸公袞袞，皆自下以升高；一介休休，獨瞻前而顧後。」廖羣玉亟稱於賈，改隆興節推。《浩然齊雅談》

王宣子守吴，幕僚投啓有云：「仲舒哀然舉首，豈久相於江都；望之雅意本朝，姑暫居于馮翊。」宣子喜之，舉以京剡。楊廷秀以大蓬漕江東，其屬亦有啓云：「斯文之得喪在天，領袖素尊於海内；賢者之出處以道，旌旗已至於江東。」公亦欣然剡上。同上

雪中有游士，春時誤入趙孟蟻之園者，爲其家幹僕所辱。訟之於官，郡守趙必槐德符治之。士子以啓爲謝云：「杜陵之厦千萬間，意謂大庇寒於天下；齊王之囿四十里，不知乃爲阱於國中。」同上

劉自之被召試，用虚齋趙以夫之薦也。既而爲庸齋趙汝騰所激，於是以盧鉞威（伸）〔仲〕補

其選，盧以同里之嫌辭之云：「楚亡弓楚得弓，難泯同鄉之迹；漢刻印漢銷印，初何反汗之嫌。」卒辭之。又蕭振再知四川，趙莊叔行詞云：「刻印銷印如轉圜，朕嘗虚己；失馬得馬如反掌，卿勿容心。」同上

王似《賀太常丞兼翰林權直》一聯云：「白也無敵，雅宜翰林供奉之才；赤爾何如，暫習宗廟會同之事。」又《賀司業除翰苑》云：「國子先生，晨入太學；翰林學士，夜對禁中。」同上

周益公嘗戲作《賀冬啓》云：「數九九而哦詩，自憐午瘦；辨多多而有酒，驟覺冬肥。」同上

士人李元亮抱材尚氣，崇寧中在太學，蔡嶷爲學録，元亮惡其人，不以禮事之。蔡擢第魁多士，元亮失意歸鄉。大觀二年冬，復詣學，道過和州。蔡解褐即超用，纔二年，至給事中，出補外，正臨是邦。元亮不肯入謁，蔡便命駕先造所館。元亮驚喜出迎，謝曰：「所以來，顓爲門下之故。方修贄見之禮，須明旦扣典客，不意給事先生卑躬下賤如此，前贄不可復用，當别撰一通，然後敬謁。」蔡退，元亮營一啓，旦而往焉。其警策曰：「定館而見長者，古所不然；輕身以先匹夫，今無此事。」蔡摘讀嗟激，留宴連夕，贈以五十萬錢，且致書延譽諸公間，遂登三年貢士科。《容齋三筆》

秦會之當軸，士夫投獻必躬自披閲。有蜀士投啓干闕，其間一聯云：「乾坤二百州，未有託身之所；水陸八千里，來歸造命之司。」秦尤稱道之，遂得陞擢。《游宦紀聞》

世南家舊藏高麗國使人狀數幅，乃宣和六年九月，其國遣使金紫光禄大夫司空知樞密院事

上柱國李資德、副使太中大夫尚書禮部侍郎柱國賜紫金魚袋金富轍至本朝謝恩進奉，各有四六，做中國體。李之詞云：「跂予望之，適江干之弭節；亦既覯止，幸堂上之披風。況飛五朵之雲，特貺千金之幣。禮當拜受，心則愧惶。」金之詞云：「穆如清風，幸被餘光之照；酌彼行潦，可形將意之勤。幸被寬裕而有容，敢以菲微而廢禮。所呈一作『塵』。名品，別具染濡。」同上

或謂《文選》沈約碑「獻替帷扆，實掌喉脣」，《尚書》謂「喉舌」，而以爲「喉脣」，無乃好異。僕謂此語承襲已久，不但約也。如宋趙伯符表曰：「無宜復司喉脣。」宋文目送王華等曰：「此四賢一時之秀，同掌喉脣。」且沈約所言，不但此碑也，於《范雲墓志》亦曰：「乃作喉脣，帝猷必舉。」是知此語非獨一處也。僕又觀崔駰《尚書箴》曰：「龍作納言，奉命惟允，山甫翼周，實司喉吻。」不但喉脣也，又有喉吻之説。是以胡宗愈啓曰：「崇禁臺喉吻之司，首巖廊股肱之寄。」《野客叢書》

僕嘗用古人全句合爲一聯曰：「籠中翦羽，仰看百鳥之翔；側畔沉舟，坐閲千帆之過。」自以爲工。近觀《漫録》謂任忠厚有《投時相啓》正有此一聯，但改「側」字爲「岸」字耳。上句乃韓退之詩，下句乃劉夢得詩。同上

饒節字德操，臨川人，以文章著名，與其僕爲浮屠。德操名如璧，僕名如琳，至江浙樂靈隱山川，因挂錫。琳抱疾，德操躬進藥餌，既卒，盡送終之義。後主襄陽，天寧夏均父倪爲請疏，其略云：「無復挾書，更逐康成之後；何憂成佛，不居靈運之先。」又云：「豈惟江左公卿，盡傾支遁；

獨有襄陽耆舊，未識道安。」時稱其精當。德操自號倚松道人，所爲詩文皆高邁，號《倚松集》云。《梁溪漫志》

《跋袁光禄轂與東坡同官事蹟》：「時羅公亦爲杭之貳車，有啓云：『談笑風雲，咳吐珠玉。弟兄射策，有機、雲慷慨之風；父子談經，無歆、向異同之論。是故名動四海，號稱三蘇。』亦爲坡所深知。」《攻媿集》

《特進汪公行狀》：「大司成澥以耆儒名，翰林學士藻以文章顯，嘗謝司成薦舉，止用張衡《思玄賦》汪氏龍魚及《檀弓》童汪踦事，且曰：『遥遥譜牒之相傳，没没衣冠之不振。雖更魏晉之遠，莫厠崔盧之間。』槩可知矣。」同上

《詅癡符序》：「公諱庚，子長其字也。余伯父揚州爲漕使，公首以長牋進謁，有曰：『衰懷錯落，有秋風鱸鱠之思；舊學荒凉，無春草池塘之夢。』伯父一見擊賞，延爲賓客。」同上

胡忠簡公乞斬秦檜，編管昭州監，登聞鼓院，陳剛中以啓送之曰：「屈膝請和，知廟堂禦侮之無策；張膽論事，喜樞庭經遠之有人。身爲南海之行，名若泰山之重。」又云：「誰能屈大丈夫之志，寧忍爲小朝廷之謀。知無不言，願請尚方之劍；不遇故去，聊乘下澤之車。」亦貶安遠令。《宋名臣言行録》

案：剛中字彦柔。

陳亮少以文名於天下，至老方第，常抱不平之恨，故及第後謝宰執，其啓云：「數十年窮居畎畝，未諧豹變之懷；五千言上徹冕旒，誤中龍頭之選。」又云：「如某者材不逮乎中人，學未臻於上達。十年璧水，一几明窗。六達帝廷，上恢復中原之策；兩譏宰相，無輔佐上聖之能。荷壽皇之兼容，恢漢光之大度。留張齊賢以貽主上，俾宋廣平而冠羣儒。静言叨冒之多，知自吹嘘之力。」同上

案：龍川摇筆即有推倒豪傑氣概，然「留張齊賢」句即宋朝事，不應使。宋人往往有之，非體也。

吕成公代其父倉部自黄州易守池州啓云：「爰考唐朝，有杜牧把麾之舊；洎臨秋浦，亦齊安解組之餘。雖後先遷徙之偶同，顧今昔風流之非匹。」同上

董彦遠若璩案：「彦遠名逌，東平人，徽猷閣待制，即撰《廣川書跋》十卷、《畫跋》六卷者。」除正字，《謝啓》叙字學，涉獵該洽，其略云：「殘經不悟於郭亡，董疏：「『莊公二十有四年，郭公』胡傳曰：『此郭公也，先儒或以爲郭亡。』郭亡之説本《新序》。」闕文徒存於夏有。閔疏：「『成二年，衛侵齊，與齊師遇。石子欲還，孫子曰：「不如戰也。」夏，有』杜註：『闕文，失新築戰事。』」馬不足一者，既失其全；閔疏：「《萬石君傳》：『建爲郎中令書奏事，事下，讀之曰：「誤書馬者，與尾當五，今乃四，不足一。」上譴死矣。』」虎多於六者，自乖其數。閔疏：「《顔氏家訓》：『《後漢書・酷吏》：「樊曄爲天水郡守，民歌曰：『寧見乳虎穴，不入冀府寺。』」而江南書本，「穴」皆誤作「六」。夫虎豹穴居，事之較著，所以班超

云：「不入虎穴，寧得虎子。」寧當論其六七乎。』」書殘武殪，閔疏：「『宣六年，《周書》曰：「殪戎殷。」』殪即壹，戎即殷也。《中庸》『壹戎衣而有天下』，鄭註：『衣讀如殷，齊人言殷聲如衣。』某按：壹戎，武成文啓，指爲殘，似據《康誥》」頌亂湯齊。閔疏：「《長發》『至于湯齊』，毛傳：『齊如字。』《禮記・孔子閒居》註：『音躋。』《詩》孔疏言三家詩有讀爲躋者。下文『聖敬曰躋』，《閒居》『躋』作『齊』，音齋，故曰亂。」烏寫混淆，閔疏：「《海録碎事》：『古語云：字經三寫，烏焉成馬。』則本文『寫』字似有誤。」董疏：「『寫』當作『焉』。」魚魯雜糅。閔疏：「張鷟云：『魯之與魚，淄澠莫辨。』《抱朴子》云：『以魚爲魯，以帝爲虎。』」增河南之邑爲雒，減漢東之國爲隋。閔疏：「《事文類聚》：『漢以火行忌水，故洛字去水而加隹。隋以周齊不遑寧處，故隋字去辵而從隋。』」避上則辠不從辛，閔疏：「《説文》『辠』字從辛從自，言辠人蹙鼻苦辛之狀。秦以『辠』似『皇』字，改爲『罪』。」絶下則對因去口。董疏：「古『對』字本從口，《説文》云：『漢文帝以口多非實，改從士。』」柬合而誎氏微，足省而踈姓絶。閔疏：「《晉書・束據傳》：『本姓誎。其先避仇改焉。』《束皙傳》：『漢踈廣之後。王莽末，廣曾孫孟達避難，自東海徙居沙鹿山南，因去「踈」之「足」，遂改姓焉。』」定文於六穗之禾，訓同於導；閔疏：「《顔氏家訓》：『《封禪書》：「導一莖六穗于庖犧雙觡共觝之獸。」此「導」訓擇，光武詔云「非徒有豫養導擇之勞」是也。《説文》云：「䆃，禾名。」引《封禪書》爲證，無妨，自當有禾名䆃，但非相如所用。「禾一莖六穗于庖」，豈成文乎？縱强爲此語，則下句當云「麟雙觡共抵之獸」，不得云犧也。』某按：《史記》載此書，䆃下從禾。《漢書》、《文選》俱從寸。顔註導，擇也。」分序於八寸之策，勢異爲宗。董疏：「《北史・徐遵明傳》：『見鄭康成《論語序》云「書以八寸策」，誤作「八十宗」，因曲爲之説。其僻也如此。』」丁尾亂真，董疏：「《莊子》云：『丁子有尾。』李頤註：『夫萬物無定形，形無定稱。在上爲首，在下爲尾。世人謂右行曲波爲尾，

今「丁子」二字雖左行曲波，亦是尾也。』按：《説文》『丁』字作巾，是無尾也。故曰亂真。」鉤須失實。閔疏：「《荀子・不苟篇》『鉤有須』註：『即丁子有尾也。丁之曲者爲鉤。須與尾皆尾類，是同也。」董疏：「按《説文》：鉤，曲也。丁之曲者爲鉤，今鉤曲而丁直，故曰失實。」書立書肖，而既謬國名；閔疏：「劉向《戰國策序》：『本字多誤脱爲半字，以趙爲肖，以齊爲立。』」爲卷爲端，而遂乖服制。董疏：「《玉藻》：『龍卷以祭，玄端而朝日於東門之外，聽朔於南門之外。』註：『卷，或作衮，字之誤也。』孔疏：『《禮記》本或作「卷」字，其正經《司服》及《覲禮》皆作「衮」字，故鄭註《王制》云：「卷，俗讀，其通則曰衮。」是也。』又註：『「端」當爲「冕」字之誤也。』孔疏：『知「端」當爲「冕」者，以下諸侯皮弁聽朔，朝服視朝，是視朝之服卑于聽朔。今天子皮弁視朝，玄端聽朔，則是聽朔之服卑於視朝，與諸侯不類。且聽朔大，視朝小，故知端當冕也。』」篆形誤僞，誰正雲興之祁祁；閔疏：「《顔氏家訓》：『《詩》云：「有渰淒淒，興雨祁祁。」毛傳：「渰，陰雲貌。淒淒，雲行貌。祁祁，徐貌。」按：渰已是陰雲，何勞復云「興雲祁祁」耶。「雲」當爲「雨」，俗寫誤耳。』」隸體散亡，共守鸞聲之鉞鉞。閔疏：「《説文》：鉞，車鑾聲，從金戉，聲呼會切。《詩》曰：『鑾聲鉞鉞。』俗作『鐬』，以鉞作斧戉之戉，非是。今《庭燎》作『噦噦』。」鎖定銀鐺之名，閔疏：「《顔氏家訓》：『《後漢書》：「囚司徒崔烈以銀鐺鏁。」銀鐺，大鏁也。世多作金銀字。武烈太子亦誤，嘗作詩云：銀鎖三公脚。』」車改金根之目。閔疏：「《事文類聚》：『退之子昶性闇劣，爲集賢校理，史傳有「金根車」，悉改「根」字作「銀」字。』」知一束二縫之爲來，閔疏：「《説文》：來，周所受瑞麥。來麰一束二縫，象芒束之形，天所來也，故爲行來之來。」指二首六身之爲亥。郡章立信，救時惟正於四羊；閔疏：「《東觀漢記》：『馬援上書，成皐令印。皐字爲白下羊，丞印四下羊，尉印白下人。人下羊，即一縣長吏。印文不同，恐天下不正者多，符印所以爲信也，所宜齊同，事下大司空，正郡國

印章。』」國史傳疑，考義共惑於三豕。閔疏：「《家語》：『卜商返衛，見讀史志者云：「晉師伐秦，三豕度河。」子夏曰：「非也，己亥耳。」讀史志者問諸晉史，果日己亥。』」傅會作九禾之秀，離析爲三刀之州。閔疏：「《事文類聚》：光武生濟陽縣舍。是歲縣界有嘉禾生，一莖九穗，因名曰秀。晉王濬爲廣漢太守，夜夢三刀懸于卧室梁上，須臾，又夢一刀。主簿李毅曰：三刀爲州字文，又益一刀者，明府其臨益州乎。果然。」董疏：「按《説文》，秀字從禾從乃，不從九也。州字從川，不從刀也。故曰傅會，曰離析。」合樂之奏，妄加文武之爲斌；閔疏：「魏明帝太和初，公卿奏歌以詠德，舞以象事，于文文武爲斌，謹製樂舞，名章斌之舞。」董疏：「《説文》本作『彬』，文質備也。從文配武，過爲鄙淺，故曰妄加。」定經之名，誤合日月之爲易。閔疏：「易，蜥易，蝘蜓，守宫也。象形，從勿。祕書説日月爲易，象陰陽也。徐曰：『謂下爲月字也。』見《説文》及《韻補》。」董疏：「吾衍謂《説文》引《蒼頡》易字象蜥蜴形。蜥蜴善變，則知古人託之以喻其變，不疑也。虞翻曰『日月爲易』，不可從。」字失部居，改白水真人之兆；閔疏：「《光武帝紀》：王莽篡位，忌惡劉氏，以錢文有金刀，故改爲貨泉。或以貨泉字爲白水真人。」董疏：「《説文》泉字，象水流出成川形，不從白，亦不從水也。故曰字失部居。」書忘形象，作非衣小兒之謡。閔疏：「《朝野僉載》：『裴炎爲中書令時，徐敬業欲反，令駱賓王爲謡曰：「一片火，兩片火，緋衣小兒當殿坐。」教炎莊上小兒誦之，並都下童子皆唱。炎遂與合謀内應。』又《唐書·裴度傳》：『張權輿欲傾度，作僞謡云：「非衣小兒坦其腹，天上有口被驅逐。」』據啓非字似用張謡，但以儷白不類，惟加系旁，始失裴字形象，對又較精。」董疏：「『非』當作『緋』。」四十八安取於桑，閔疏：「《事文類聚》：『蜀何祗夢井中生桑，以問占夢趙植，植曰：「桑非井中之物，會當移植。然桑字四十下八，壽恐不過此。」祗後至犍爲太守，四十八果卒。』」董疏：「何祗事見《益部耆舊傳》。俗桑字從四十八。按《説文》，從叒從木，不從十從八也。故曰安取于桑。」三十七未足語世。閔疏：「《秦始皇紀》、《會稽碑》俱四字句，獨『三十有七年』多一字。元申屠駉家

藏舊刻『丗有七年』，三十爲丗，速達反。退之自謂識字，故孔戣志銘亦云『孔世丗八。丗字世字，俗俱作世。』董疏：「《説文》世字從卉，三十并也，音撒。三十年爲一世，七字從一，世旁作七，似七字，乃從卉而曳長之，不從七也，故曰未足語世。」梁父七十二家，名雖俱在；閔疏：「《漢·郊祀志》：齊桓公欲封禪，管仲曰：『古者封泰山禪梁父者七十二家，而夷吾所記者十有二焉。』」董疏：「桓譚《新論》：『泰山之上有八百餘處，而可識者僅七十有二。』」尉律四十九類，書蓋已亡。閔疏：「尉律，見《説文叙》，徐鍇曰：『尉律，漢律篇名。』」董疏：「《藝文志》：『元始中，徵天下通小學者以百數，各令記事于庭中。揚雄取其有用者作《訓纂篇》，凡八十九章。』四十九，疑作八十九，未知是否。」誤存舟二間之爲航，閔疏：「《顔氏家訓》：『亘從二間舟，《詩》云「亘之秬秠」是也。今之隸書轉舟爲日，何法盛《中興書》乃以舟在二間爲舟，航字誤。』」安識門五日之爲閏。」閔疏：「『襄九年，晉復伐鄭。十二月，癸亥，門其三門。閏月，戊寅，濟于陽阪。』註：『此年無閏月戊寅，戊寅是十二月二十日。疑閏爲門字，閏內王爲五字，月爲日字。晉攻鄭門，門各五日。癸亥去戊寅十六日，以癸亥始攻，攻輒五日，凡十五日也。』」學者偏觀而求其事之所出，亦多識之一也。若璩按：「余晚得董斯張《吹景集》載與其僚壻閔元衢合疏彦遠此啓，曰：『困學翁所不能詳其出者，吾兩人以數年排纂力，始語語分疏之，寧非曠世一大快！』余故録之于逐句下。董斯張，字遐周。閔元衢，字康侯。並烏程人。」《困學紀聞》

洪景盧《周茂振入館謝啓》雖不若董彦遠之博，如「桃茮難悟，若璩按：「《馮衍傳》註云：『茮字似棗文，又連桃。後學者輒改茮爲棗，以桃棗易明，桃茮難悟也。』啓正用章懷太子註成句。」柳卯本同。幼婦外孫之義，女郎世子之名。」按：「《南史·賈希鏡傳》：古冢有銘云：『青洲世子，東海女郎。』帝問希鏡，對曰：『此是晉司馬越女嫁苟晞兒。』」亦儷語之工者。同上

端平初，濟王夫人吴氏復舊封，其父與蔣右史良貴有連。良貴託先君代爲謝丞相啓，其末聯云：「孤忠未泯，敢忘漆室之憂葵；厚德難酬，願效老人之結草。」良貴稱賞。同上

傅至樂上周益公啓云：「東門之柳自凋，玄都之桃何在？彼刀頭之舐蜜，得未錙銖；况井眉之居瓶，恍如夢寐。」蓋指張説也。同上

或上朱文公啓云：「行藏勛業，銷倚樓看鏡之懷；窈窕岐嶇，寄尋壑經邱之趣。」同上

或試縣學見黜，後預鄉薦，以啓謝縣令，有不平之意。令答云：「大敵勇，小敵怯，昔固有之；今日是，前日非，吾無愧矣。」若璩按：「宋處州士子終場者六人，三人與選，謝主司啓云：『同矍圃之觀人，去者半，存者半；類孔門之取友，益者三，損者三。』」同上

毛憲守長沙，謝韓平原云：「湖南之地二千里，序詩幸託于昌黎；平原之客十九人，脱穎願同于毛遂。」同上

毛澤民啓云：「揚子雲貌寢官卑，經雖玄而謂白；九方堙機深識妙，馬本驪而爲黄。」李清卿啓云：「斯風未泯，則朝取温造，而暮拔石洪；吾道不行，則近舍皇甫，而遠求居易。」同上

洪舜俞薦于鄉，鞏嶸監試。後鞏爲江東憲使，舜俞分教番陽，啓云：「東坡倅錢塘，曾在門外鵠袍之列；半山憲江左，亦賞梁間燕語之詞。」徐淵子爲越教，答項平甫云：「正恐異時風舞雩之流，不無或者月離畢之問。」或答洪舜俞云：「魯直大名，有皎潔江梅之句；少游下蔡，無丁東玉

佩之詞。」同上

有郡守招士人教子，辭曰：「士而託于諸侯，非其義也；師不賢于弟子，將焉用之。」張宣公答教官云：「識其大者，豈誦説云乎哉；何以告之，曰仁義而已矣。」同上

東坡詞源如長江大河，汹涌奔放，瞬息千里，可駭可愕，而於用事對偶精妙切當，人不可及。如《張子野買妾》詩全用張氏事，《祭徐君猷文》全用徐氏事，《送李方叔下第》詩用古戰場日五色，皆當家事，殆如天成。徐君猷、孟亨之皆不飲，作詩戲之，用徐邈、孟嘉飲酒事，仍各舉當時全語以爲對。其通守餘杭日，《答高麗使私覿狀》云：「歸時事於宰旅，方勞遠勤；發私幣于公卿，亦蒙見及。」發幣一事非外夷使者致饋之故實乎？《梁溪漫志》

有薦人而不副所期者，因答謝牋曰：「金丸初落，曾見紿於能言；玉柄頻揮，笑誤誇其解舞。」能言鴨，陸龜蒙事。解舞鶴，羊叔子事，《世説》所謂羊公鶴也。《寓簡》

世南頃在瑞安董宰熠書室中，見其所録誠齋先生與周益公小簡，心竊愛之，讀數過輒能成誦。今二十年矣，追思尚記首尾，其間必有脱誤處，他時得見大全集，當借本改正之。謾記於此：「萬里伏以涉秋益熱，恭惟少保觀使丞相，小陌雲莊，天棐忠藎，鈞候萬福，憲眷均慶。某近得報，知閣下釋位去國，而莫知風帆所止。昨收尤延之書，乃知度夏於陽羨。吾人仕宦，有進便有退，有出便有處。丞相勢位，豈不能築河沙而障屋溜。君子得時行道，而不得究其所蘊，良可

憾者。然道之興廢，聖人歸諸命；斯文得喪，聖人歸諸天。則又何憾焉！當庚午試南宫，丞相雪中騎一馬於前，而某荷一繖於後。當此之時，豈知丞相至此？布衣位極上宰，此後復奚求哉？郤嚴寒、飲醇酒之論，丞相尚記憶否？已矣！姑置此事。獨世路風波，真可畏耳！近讀邸報，得《感事》詩云：『去國還家一歲新，鳳山錦水更登臨。别來蠻觸幾百戰，寫盡山川多少心。何自閒人無藉在，不妨冷眼看升沉。荷花正鬧蓮蓬嫩，月下松醪且滿斟。』當左揆進步時，高揖辭去，此舉甚善，惜宿留耳。聲利之場，輕就者，固不爲世所怒，蔡定夫是也；而不輕就者，亦復不恕，何哉？朱元晦是也。論至於此，則去就辭舍，皆不可恕。可畏！可畏！」云云。又嘗記其答益公惠鳩兔橘酒小柬云：「錦羽在桑，翩翩二七；褐衣缺口，躍躍一雙。挾歡伯以俱來，與木奴而偕至。恭惟某官，文章羹酒，儒學鳳麟。遊梁王之兔園，夙推能賦；賜漢庭之鳩杖，晚冠耆英。《橘頌》續《騷》，《酒箴》飽德。填然四美，萃此一翁。某已嘗占辭，敬致占節。」云云。觀此，足見善于體物者也。《游宦紀聞》

永福古有讖語曰：「天保石移，瑞雲來奇。龍爪花紅，狀元西東。」乾道間，福清天保瑞雲寺後石崖，横山而行，嚙地成蹊。既而永邑東鄉石壁谿巖松上産龍爪瑞花，其年蕭公國梁果魁天下，次舉黄公定，臚唱第一。此狀元西東之應也。蕭公登科歲，第一人本丞相忠定趙公。故事，設科以待草茅士，凡預屬籍挂仕版者法當遜避。唱名日，陞蕭公爲榜首。其謝啓有云：「預飛龍

之選，淮安論次以當先；無汗馬之勞，酇侯何功而居上。」蓋用宗室及蕭家事。至今膾炙人口。同上

有士人投啓事於真西山，以「爵齒德」對「師尚父」，又用「運籌帷帳之中」，館客哂之。西山曰：「師尚父謂可師可尚可爲人父。《漢書》言『帷幄』，《史記》作『帷帳』，不可哂也。」《湛淵静語》

陳同甫名亮，婺州人，淳熙癸丑大魁，作報家書云：「我第一，滕强恕第二，朱質第三，喬行簡第五。」其時三魁與第五名皆婺人，盛哉！《謝朝士啓》有云：「衆人之所不樂，寘在二三；主上以爲無他，擢居第一。」蓋答策論恢復頗不合朝論云。同上

趙忠定去國，趙師劭上書寧皇，請斬忠定以謝天下。蓋欲媚韓也。忠定之事既白，後溪劉左史一作「司」。光祖適帥荆襄，辟公之子崇模爲機幕。劉公未知師劭事，先辟其弟某。崇模與危公積爲同年，囑危草牋以謝劉公，云：「今聞其弟之當來，欲使爲寮而並處。念交游之讎不同國，而況天倫；無羞惡之心則非人，是乖風教。故勝母之里不可入，迫人之驛不可居。豈容同堂合席之至懽，乃有操戈入室之遺類？縱罪不相及，然水中之蠏且將避之；倘機或未忘，則海上之鷗不當下矣。竊謂父子之間，寧間於存没；賓主之際，則在於從違。且昔辱甄收，本見齒忠臣之後；若今惟苟合，是玷名惡子之中。得士如斯，在公安用？」劉公得崇模牋，愕寘几上，即草檄勒回師劭弟。請斬忠定，師劭也，其弟固不預，崇模義不得與之同游。《顔氏家訓》述盧氏事，子弟

固能累父兄，父兄亦能累子弟也。《四朝聞見録》

歐陽公《歸田録》載夏英公《辭免奉使啓》云：「義不戴天，難下穹廬之拜；禮當枕塊，忍聞鞮鞨之音。」歐陽公稱之。其中又有一聯云：「王姬作館，接仇之禮既嫌；曾子回車，勝母之遊遂輟。」亦不減前語。然是時文章方埽除五代鄙陋之習，故此等語見稱於時。自是而後，四六之工蓋十倍於此矣。《梁溪漫志》

四六用事固欲切當，然雕鎸太過則反傷正氣，非出自然也。國初有年八十而魁大廷者，其謝啓云：「白首窮經，少伏生之八歲；青雲得路，多太公之二年。」此語殆近乎俳。近有士子年十有九，以詩賦擢第，予爲之作啓云：「年踰賈誼，亦濫置于秀材；齒少陸機，顧何能于《文賦》？」蓋二者之年齒適相上下也。同上

靖康元年冬十月，予作《將歸賦》以貽吕少汲，欲求侍養。公以啓事見答曰：「伏承主簿，惠以華牋，副之佳什。屬詞近古，陳義甚高。横槊賦詩，不廢軍中之樂；登高舒嘯，少賒社下之歸。祝頌方深，濡染奚既。」遂堅留幕下數日。《珊瑚鉤詩話》

《左傳》「定公八年」：「陽虎入晝，客氣也。」《南史》：「宋尚書左丞荀松與顔延之啓云：『高自比擬，客氣虚張。』」《續釋常談》

故事，制科分五等，一二等皆虚，惟以下三等取人。然中選者亦皆第四等，獨吴正肅公嘗入第

三等，後未有繼者。嘉祐中，蘇氏兄弟始皆入三等。已而子由以太直爲胡武平所駁，復降爲四等。設科以來，止吴正肅與子瞻入第三等而已。故子瞻《謝啓》云：「誤占久虚之等。」《石林燕語》

汪彦章《投李伯紀啓》云：「孤忠貫日，正二儀傾側之中；凛氣横秋，揮萬騎笑談之頃。」又云：「士頌公冤，咸舉幡而集闕下；帝從民望，令免胄以見國人。」其贊美至矣。及草《伯紀謫詞》曰：「朋姦罔上，有虞必去于驩兜；欺世盗名，孔子先誅於正卯。」當時有問彦章者，彦章云：「我前啓自直一翰林學士，而彼不我用，安得不醜詆之。」《鶴林玉露》

曾魯公識度精審，練達治體。當其在中書，方天下奏報紛紜，雖日月曠久，未嘗有廢忘之者。其爲文章尤長於四六，雖造次簡牘亦屬對精切。曾布爲三司使，論市易事被黜，曾公有柬别之，略曰：「塞翁失馬，今未足悲；楚相斷蛇，後必爲福。」曾赴饒州，道過金陵，爲荆公誦之，亦歎愛不已。《東軒筆録》

陳正敏《遯齋閒覽》：「梁灝八十二歲，雍熙二年狀元及第。其《謝啓》云：『白首窮經，少伏生之八歲；青雲得路，多太公之二年。』後終祕書監，卒年九十餘。」此語既著士大夫，亦以爲口實。予以國史考之，梁公字太素，雍熙二年廷試甲科。景德元年，以翰林學士知開封府，暴疾，卒年四十二。子固亦進士甲科，至直史館，卒年三十二。史臣謂梁方當委遇，中道夭謝。又云梁之秀中道而摧、明白如此，遯齋之妄不待考也。《搜採異聞録》

王欽臣除太僕卿，東坡賀啓有云：「萬事不理，問伯始而可知；三篋若亡，問一作『賴』。安世而一作『之』。猶在。」其後孔平仲《賀蘇子容頌吏部尚書》復云：「萬事不理，當問胡公；三篋若亡，請詢安世。」《泊宅編》

朱熠本武臣，嘗爲《内夫人妹内官弟婚啓》，理廟見之，大加賞異，特旨授官，至參知政事。其啓云：「環帝座之九星，貂珥曾參於畫室；羅嬪嬙之九御，魚軒嘗綴於彤闈。俱從天上之神仙，來結人間之嘉會。所由燕爾，夫豈偶然。令弟從長奕世近龍光，月殿斯沾於湛露；舍妹夫人十年陪鳳輦，霓裳猶燦於朝霞。水流紅葉之無心，琴續朱絃而有託。瓊臺不怕雪，甫歌采鸞之詩；玉杵曾擣霜，辱贈雲英之詠。」朱乃武舉狀元，温州人，理宗微時識之。《詩詞餘録》

李文靖公沆爲相，專以方嚴重厚鎮服浮躁，尤不樂人論説短長附己。胡祕監旦謫商州，久未召，嘗與文靖同爲制誥，聞其拜參政，以成啓賀之，詆前居職罷去，云：「吕參政以無功居左丞，郭參政以酒失爲少監。辛參政非才謝病，優拜尚書；陳參政新任失旨，退歸兩省。」而譽文靖甚力，意將以附之。文靖慨然不樂，命小吏封置别篋，曰：「吾豈真優於是者耶？亦適遭遇耳。乘人之後而譏其非，吾所不爲。」終爲相，旦不復用。《厚德録》

天聖中，《賀五王出閤啓》云：「芝函曉列星飛，降天上之書；棣萼晨輝岳立，愛日中之字。」隱五字。《侯鯖録》

案：隱五字固已，星飛切勑宣，岳立切拜命，日中竝切王字。故爲巧不可階，非如算博士硬砌以爲絶物也。

錢塘關景仁子開爲税官，爲其下告訐。郡守械之獄。子開弟子東經往會稽告急於兵部侍郎汪彦章。汪爲馳書屬杭守，事遂釋。子開具啓謝汪，未達而死。子東爲致之。汪書其後曰：「解晏子之驂，昔曾伸于賢者；挂徐君之劍，今有感於斯文。」《夷堅志》

薛制機言有賀自長沙移鎮南昌者啓云：「夜醉長沙，曉行湘水，難教檣燕之留；杜詩。朝飛南浦，暮捲西山，來聽佩鸞之舞。王勃。」又有《賀除直祕閣依舊沿江制置司幹辦公事》云：「望玉宇瓊樓之邃，何似人間；從綸巾羽扇之游，依然江表。」《山房隨筆》

浦江吴渭字清翁，號潛齋，宋時嘗爲義烏令，元初退食于吴溪，延致鄉遺老方韶父與閩謝皐羽、吴思齊主于家，作月泉吟社。四方吟士從之，三子者乃爲其評較揭賞之，又送詩，賞小劄《序月泉社》。吴清翁盟詩預于丙戌小春望日，以《春日田園雜興》爲題，至丁亥正月望日收卷，月終結局，收二千七百三十五卷，選中二百八十名，三月三日揭榜。第一名，公服羅一縑七丈，筆五貼，墨五笏。第二名，公服羅一縑六丈，筆四貼，墨四笏。第三名，公服羅一縑五丈，筆三貼，墨三笏。第四名至第十名，春衿羅一縑，筆二貼，墨二笏。第十一名至二十名，各深衣布一縑，筆一貼，墨一笏。第二十一名至三十名，各深衣布一縑，筆一貼。第三十名至五十名，各筆一貼，墨一

笏，吟箋二沓。月泉吟社送詩，賞小劄。第一名羅公福云：「伏以月泉舊社，久盟湖海之交；春日新題，賸寫田園之興。得《周南》而正始，可冀北之空羣。執事振響武林，舒翹文苑。種秧澆藥，已朝市之無心；放犢聽鶯，更池塘之入夢。杼機自別，冠冕爲宜。某心所甚欣，手之不釋。詩成奪錦，誦珠玉者翕然；禮以爲羅，愧瓊瑶則多矣。餘如元穎，竝致葑菲。」第二名司馬澄翁云：「執事清涵繡湖，香竝班史。菜花天秧穀候，偶迎著面之風；野泉甕煙隴犂，總是關心之事。雖居蕭次，猶占盧前。」第三名高宇云：「伏以友連湖海，夙聞詩錦之名；題借田園，尚愧禮羅之意。有來匡鼎，豈遜盧前。執事文陣稱雄，武林擢秀。四時春始，成石湖老去之吟；三徑人閒，得彭澤歸來之趣。襟期樂矣，囊穎宜哉。某得是高吟，從而深刻。問巢父之珊瑚安在，此則長留；縱衛人之瓊玫可將，終然匪報。」倪梓云：「田園雜興，偶徽舊社之同盟；湖海俊遊，爲賦長城之五字。執事假富春山，爲通德里。耕織圖村田樂，放開塵外之懷；社翁胙蠶媪符，道盡眼前之景。以俗爲雅，此詩可羣。」全泉翁云：「執事東晉衣冠，西豳風俗。閒庭芳草倦遊，甘隱於白雲；緑水新秧歸牧，穩眠於斜日。卓爾有立，異乎所聞。」躡雲云：「月泉壤地，密依隣燭之光；春日田園，賸喜奚囊之興。翩其傑製，壯我齊盟。執事絲瀨清風，爐峯瑞氣。土脈融林陰合，搜吟不赦於韶華；社公醉蠶妾愁，敗意直憂於秋雨。誠爲蒼勁，可但清新。」識字耕夫云：「農圃餘生，結同盟之社友；湖山佳處，有識字之耕夫。所謂伊人，夫豈卑我。語無排奡，體不效崑。墅

鷺山鶯，動金谷當年之感；婦蠶夫秣，逼石湖春日之吟。」天目山人云：「月泉社友，爰歃舊盟；天目山人，爲題春興。不勝佳甚，豈果遠而。執事望邑鄰輝，平齊宗派。詠牛羊茁壯，仍觀戲水之乳鶩；知燕雀生成，又喜巡簷之窠密。有噲其鱸，或拊而歌。」安定書隱云：「執事昔者中庸，今之安定。趣雄物表，牛倦鳥喧；景入用中，風微水滑。且能慕義熙之士，豈欲進正始之音。」槐窗居士云：「執事名稱東國越之雄，句比西家施之麗。浴蠶飛燕，墅色摇春；依犢市蛆，扉陰移月。摹成小景，曲盡巧心。」姜仲澤云：「月泉理社，竊雙溪明月之餘輝；春日田園，動白雪陽春之絶唱。執事採摭羣言，牢籠百態。歸燕忙，睡牛穩，頗歡顔社酒之嘗；斷烟濕，流水香，更切齒村尨之吠。高標聳若，秀句宜哉。」方尚老云：「秧疇麥稜，畫圖巧寄於聲中；社酒農書，詩史隱存於言外。烏龍嶺之地靈尚矣，白雲村之宗派依然。某薄云芋獻，并以穎歸。」第二十名趙必范自署學古翁，回詩賞劄云：「效休文之八詠，知類農歌；拔毛遂於衆中，見高匠目。矧謝池僅止五字，而魯語尤戒多爲。首而録全，思則過半。恭惟執事雙桐政美，五柳門深。續雅道於一綫之餘，亦言其興；尋吟盟于千里之外，夫豈無人。乃采艱辛之辭，特置次癸之列。月泉分貺，雲壑懷慚。某夢斷鈞天，心游樂地。視元穎可爲至寶，奚有於今；裁白苧而製深衣，於焉學古。」第三十名趙必折自署愛雲仙友，回詩賞劄云：「田園歸隱，夙欽彭澤之高風；筆研久荒，難得石湖之秀句。不慚鄙劣，冒爾擬騷。誤辱甄收，敢言奔殿。敬惟執事山林富貴，軒冕錙銖。釣月耕雲，

詎輸製錦；傍花隨柳，雅稱調琴。可見知幾之老成，居然遠世而肥遯。適憑佳興，用拂清人。餌絲梟釣江湖，貨元穎貿珠璧。此意古矣，其利溥哉。某溝壑餘生，泥塗下士，有懷農圃，靡就犂鉏。茲效顰唐士之五言，恰躨足《周南》之一轂。僅逃孫外，免媿盧前。自謂狂吟，思復青氊而遠矣；或云駝榜，會歌白苧以邀之。」《月泉吟社序》

月泉舊社，久褰詩錦之華；季子後人，獨倣禮羅之意。遂從昨歲，編致新題。春日田園，頗多雜興；東風桃李，又是一番。鄉邦之勝友雲如，湖海之英游雷動。古囊交集，鉅軸横陳。誰揭青銅，尚詢黄髮。無舍女學，何至教琢玉哉；不用道謀，是在主爲室者。俾得臣而寓目，與舅犯以同心。睠惟騷吟，良出工苦。所貴相觀而善，亦多自負所長。能雄萬夫，定羞與絳灌等伍；如降一等，乃待以季孟之間。欲辛甘燥濕之俱齊固甚難，以曲直輕重而見欺亦不可。念偉事或偶成於戲劇，彼讒言特借譬而揄揚。我詩如檜曹，何幸縱觀於諸老；此聲得梁楚，固將不負於齊盟。一點無他，三辰在上。《月泉吟社誓詩壇文》

案：此文假借穿鑿處，亦是南宋遺調，但其筆意跳脱，屬對清新，元人中固所罕及。

晝寢方興，調飢正甚。忽蒙簡翰，賜以盤餐。當一葉報秋之初，乃韭花逞味之始。助其肥羜，實謂珍羞。適口之餘，銘肌倍切。謹修狀陳謝，伏惟鑒察。謹狀。《楊凝式帖》

司馬温公還朝作門下侍郎，至大拜，四方賓客賀啓語稍過重者，必以書謝郤而還之者至多。

吴處厚爲太常博士，啓賀公曰：「伏以賢國之基用其賢，所以固國；忠民之望擢其忠，乃以得民。蓍龜制命一頒，輿情共悦。恭惟某官道高致主，德裕庇民。磨涅而堅白弗渝，用舍而行藏自遂。蓍龜先見，昔已推其至誠；松柏後凋，今乃顯其孤操。方當倚注之際，勉率奮熙之功。庶令四海風謡，播休聲而不已；千秋史策，傳茂實以無窮。」温公手柬還之曰：「稱譽太過，不敢克當。」處厚復啓納之曰：「處厚前日喜公拜命，無階踵賀，輒貢短啓，叙致悃愊。伏蒙謙損特甚，乃謂『稱譽太過，不敢克當』，即時封還，使處厚既赧且惕，逃罪無地。然又以前啓凡二十句，止百餘字，字皆摭實而言，殆無半語虚飾。故首叙國家輔佐須以忠賢爲本，而選用必先從民之望，如此則國家安而民悦。若公之進退出處，謂之忠耶？非耶？今既大用，然則天下之人悦乎？故啓稱『用賢所以固國』、『擢忠乃以得民』，蓋謂是也。又公在先朝，專以正道輔拂，故啓稱『道高致主』。專欲惠養元元，故啓稱『德裕庇民』。久居散地，未嘗隕穫，故啓稱『磨涅而堅白弗渝』。力辭貴位，略不絆戀，故啓稱『用舍而行藏自遂』。往日之明，則可謂『蓍龜之先見』；今日之事，則足見『松柏之後凋』。然處厚復以大臣之下，其實難副，故又愛公而申勸之曰：『方當倚注之際，勉率奮熙之功。』則庶幾『四海風謡，播休聲而不已；千秋史策，傳茂實以無窮。』蓋此等事又在卒功終譽之後，當竢他日見之。乃知此啓竝無愧辭。今再遣一介仰塵左右，伏惟台慈，特賜收留。」温公乃受焉。因備書此段，以見温公之謙德每如是也。《四六話》

表啓中最以長句中四字爲難，以其語少意多，因舊爲新，涵不盡意故也。前人之語能稱此格者，如劉原《謝館職啓》：「整齊百家，是正六藝。」元厚之《謝表》：「塤篪萬民，金玉百度。」彭器資《上章子厚啓》：「報國丹心，憂時白髮。」舒信道《謝復職官表》：「九幽路曉，萬蟄户開。」蓋可傳載諷詠者尤難也。同上

叔祖逍遥公初不入黨籍。朱震子發内相以初廢錮，乞依黨籍例命一子官，伋代作謝啓云：「念昔先人，親逢命世。升堂傳道，有自淵源。刻石刊章，偶逃黨部。上元豐太常之第，奉建中宣室之咨。忤彼權臣，斥從常調。」《四六談麈》

趙承之鼎臣作《謝李元量釜狀元啓》云：「嘉禾當御，輒先農父之嘗；神龜效靈，偶出豫且之網。」同上

方念蒙《上時相啓》云：「三已無怨，雖知衆口之爍金；萬折必東，自信臣心之如水。」下句完結。同上

汪彦章《賀吕成公初大拜啓》云：「方羣臣憂杞國之天，靡遑朝夕；乃兩手取虞淵之日，重正乾坤。」同上

周子武祕自中司帥越日，伋在崇道外，初與伋啓云：「訪羽人於丹丘，莫繼後塵之雅躅；受釐事於宣室，即期前席之崇觀。」後見李雅州端民云：「某之詞也。」同上

趙祖穎奇與與伋同在太學，中秋趣人作會，啓云：「庾亮樓邊，漸覩挂簷之月；揚雄宅畔，幾無載酒之人。方孤坐以無聊，欲就眠而未可。伏惟某人輕財有朱家之度量，好客繼鄭莊之風流。酒滿尊中，屢極詼諧之飲；錢流地上，曾無鄙吝之心。東閣之宴欲開，南樓之興不淺。雖一石滅燭在淳于髡，豈敢望而；五斗解醒如劉伯倫，不無覬也。願挈青州之從事，亟濡東海之波臣。心若摇旌，側聽黄金之諾；言猶在耳，盍追長夜之歡。過此以還，未知所措。」同上

正和以後，宰執多不答外郡書啓。舊見司馬温公元祐間答在外監司郡守賀啓云：「豈期聖澤，遽陟宰司。覆餗致凶，實民瞻之未允；循墻引避，顧天意之靡回。成命既頒，愧顔無寄。重煩謙德，遠貺徽言。」同上

陳後山無己《賀梁右轄啓》云：「辭榮遁禄，雖自計之甚都；挈國躋民，如人望之未已。」同上

叔祖逍遥公舊爲四六，極其精思。嘗作《謝改官啓》云：「志在天下，豈若陳孺子之云乎；身寄人間，得如馬少游而足矣。」有《雜編事類》，號「武庫」，兵火後亡之。同上

僕自幼嘗聞鄉中長老言潮至夷亭出狀元，不曉所謂。己亥、庚子連歲大旱，鹹鹵之水果至崑山境上，所謂夷亭末地。是時黄由魁天下。次舉，鄉中又籍籍言潮水至夷亭，未以爲信也。甲辰歲，衛涇又魁天下。蘇之爲州，自本朝開國以來，未有占大魁者，而連舉預焉，甚爲鄉中偉觀。僕嘗作啓賀衛魁，一聯有曰：「謂夷亭兩見潮水，君其應吉讖而登大魁；而姑蘇連出異人，我欲作

雅歌而紀盛事。」蓋實録也。《野客叢書》

曹汾尚書鎮許下，其子希幹及第，用錢二十萬。牓至鎮，開賀宴日張之於側。時進士胡錡有啓賀，略曰：「桂枝折處，著萊子之采衣；楊葉穿時，用魯連之舊箭。」後之名第同故也。又曰：「一千里外，觀上國之風光；十萬軍前，展長安之春色。」《清異録》

乾寧中駕幸三峯，殷文圭者攜梁王表薦及第，仍列於牓内。時楊令公行密鎮維揚，奄有宣浙揚汴，榛梗久矣。文圭家池州之青陽，辭親間道至行在，無何，隨牓爲吏部侍郎裴樞宣諭判官。至大梁，以身事叩梁王，王乃上表薦之。文圭復擬飾非，遍投啓事於公卿間，略曰：「於菟獵食，〔無〕非尺璧之珍；鶢鶋避風，不望洪鐘之樂。」同上

陶岳，商公父也，與寇萊同年。岳調密州幕屬，寇守密。寇且少陶公，就拜講長少禮，陶納之。後有啓謝寇公云：「與韓非同傳，於老子何傷；以叔向爲兄，是仲尼太過。」《過庭録》

四六叢話卷十六

頌　八一

頌者，四始之一，詩教之隆。昔元音暢而雅樂正，民氣樂而頌聲作。宣其純懿，既異於風；紀彼鏗鏘，復殊於雅。所以美盛德之形容，告成功於郊廟。頌有頌之聲焉，故笙曰頌笙，琴曰頌琴。曳履歌商聲，若出於金石；歛䶗息蜡音，並合於籥章。頌有頌之義焉，穆如之風既作，静正之人宜歌。《勺》、《桓》、《賚》、《般》，事取止戈之武；《駉》、《駜》、《泮》、《閟》，美則遂荒於東。誠以揚厲無前，式崇殷薦，和聲依永，摶拊克諧，樂體心聲，互臻其極爾。周季轍東，迹熄聲寢。至於漢初，郊祀樂章，全體頌音，而獨不追三頌而踵奚斯，應九韶而繼咸墨。豈以宫商協下管之盛，而茅黍忝升中之錫乎？謙讓未遑，美備斯闕。王褒《得賢》，論也，而以頌名，義雖協而音未諧，出詩入文，濫觴於此矣。馬融《廣成》，賦也，而以頌名，既不歌而多敷布，化頌爲賦，名義滋紊矣。揚雄之於《充國》，史岑之於《出師》，褒顯名臣，贊述良

將。來歸飲鎬，有頡頏羣雅之思；維岳降神，得風正四方之意。以合雅者爲投頌，固知似是而不同。《九章》有《橘頌》，劉伶頌酒德，覃及庶草，同乎放言。山榛隰苓，擬佩芳於之子；傾罍酌兕，寫隱憂於碩人。以嘉頌而亞歌風，自是支岐之別出也。厥後許善心《神雀》一篇，染濡立就，博麗非常。然考其詞藻，不出王、顔曲水之章；覈其情文，大似禰、張羽族諸賦。淺夫怖王子安《乾元》、《九成》二頌，纚纚萬言，實循斯軌。集腋而成粹白，積材而構凌雲。厥後其汪洋，深識譏其泛騖也。惟相如《封禪》，筆既高華，頌復淵妙，文園絶筆，雄視百代。大於唐則有《中興頌》焉。次山老於文學，事屬當仁，以《春陵》徹婉之作，值皇輿反正之年。於宋則有《咸筆淋漓，摩蒼崖之峭崒；清音激越，韻浯水之琮琤。惟促節三韻，斯爲創體。有聱牙之硬語，無澀體之纖淳內禪頌》焉。山松英年蹈厲，驚采琳瑯，力追中文，心儀帝則。義媲肇聲。子厚《貞符》，同其旁魄；曼卿《皇雅》，遜彼精純。然則後之作者，必聲諧金奏，禋。美聖學必窺于有密緝熙，述武功則陳夫繹思於鑠。喬皇數典，有墮山翕河之觀；揖讓修容，多載弁絲衣之盛。然後五篇比于珠玉，四巡蔚其英聲。於以追公旦之多材，訂考父所誦述，則爲之歌頌曰：盛哉乎德，侯其禕而！敘《頌第八》。

四始之至，頌居其極。頌者，容也，所以美盛德而述形容也。昔帝嚳之世，咸墨爲頌，以歌九

韶。自商以下，文理允備。夫化偃一國謂之風，風正四方謂之雅，容告神明謂之頌。風雅序人，事兼變正；頌主告神，義必純美。魯國元脱，曹補。以公旦次編，商人以前王追録，斯乃宗廟之正歌，非讌饗之常詠也。《時邁》一篇，周公所製，哲人之頌，規式存焉。夫民各有心，勿壅惟口。晉輿元作「興」，曹改。之稱原田，元作「由」，曹改。魯民之刺裘鞸，直言不詠，短辭以諷，丘明子高，並諜爲誦。斯則野誦之變體，浸被乎人事矣。及三閭《橘頌》，情采芬芳，比類寓意，又覃及細物矣。至于秦政刻文，爰頌其德。漢之惠景，亦有述容。沿世並作，相繼於時矣。若夫子雲之表充國，孟堅之序戴侯，武仲之美顯宗，史岑之述熹元作「僖」，曹改。后，或擬《清廟》，或範《駉》、《那》，雖淺深不同，詳略各異，其褒德顯容，典章一也。至於班、傅之《北征》、《西巡》，元作「逝」。變爲序引，豈不褒過而謬體哉？馬融之《廣成》、《上林》，疑作《東巡》。雅而似賦，何弄文而失質乎？又崔瑗《文學》，蔡邕《樊渠》，並致美于序，而簡約乎篇。摯虞品藻，頗爲精覈；至云雜以風雅，而不變旨趣，徒張虚論，有似黄白之僞説矣。及魏晉辨頌，鮮有出轍。陳思所綴，以《皇子》爲標；陸機積篇，惟《功臣》最顯。其褒貶雜居，固末代之僞體也。原夫頌惟典雅，辭必清鑠。敷寫似賦，而不入華侈之區；敬慎如銘，而異乎規戒之域。揄揚以發藻，汪洋以樹義，一作「儀」。唯纖曲巧致，與情而變，其大體所底，如斯而已。《文心雕龍》

詩有六義，六曰頌。《莊子》曰：黄帝張《咸池》之樂，有姚氏爲頌。《辭學指南》

《王褒傳》：「上令褒與張子僑等並待詔從游獵，所幸宮館輒爲歌頌，第其上下以差賜帛。」《漢書》

《趙充國傳》：「初，充國以功德與霍光等圖畫未央宮。成帝時，西羌常有警，上思將帥之臣，追美充國，乃詔黄門郎揚雄即充國圖畫而頌之。」同上

元和中，肅宗始修古禮，巡狩方岳，崔駰上《西巡頌》以稱漢德，辭甚典美。《後漢書》

靈帝思感舊德，乃圖畫胡廣及太尉黄瓊於省内，詔議郎蔡邕爲其頌。同上

永平中，神爵集，孝明詔上《爵頌》，百官上頌文皆比瓦石，惟班固、賈逵、傅毅、楊終、侯諷五頌比於金玉。《論衡》

黄伯仁嘗爲《龍馬頌》，其文甚麗。《魯國先賢傳》

汝水又東，與廣成澤水合。水出狼皐山北澤中。安帝永初元年，以廣成遊獵地假與貧民。元初二年，鄧太后臨朝，鄧騭兄弟輔政，世士以爲文德可興，武功宜廢，寢蒐狩之禮，息戰陣之法。於時馬融以文武之道，聖賢不墜，五材之用，無或可廢，作《廣成頌》云：「大漢之初基也，揆厥靈圃，營於南郊。右轡三塗，右枕嵩岳。面據衡陰，背箕王屋。浸以波溠，演以滎洛。金山石林，殷起乎其中。神泉側出，丹水涅池，怪石浮磬，燿焜於其陂。」馬融《上廣成頌序》云：「陛下履有虞烝烝之孝，外舍諸家，每爲憂疾。聖恩普勞，遣使交錯，稀有曠絶，時時寧息，又無以自娱樂。殆非所以逢迎太和，裨助萬福也。臣愚以爲方

涉冬節，農事閒隙，宜幸廣成，覽原隰，觀宿麥，勸收藏，因講武校獵，使寮庶百姓復覩羽旄之美，聞鐘鼓之音。」《水經注》

陽水又東逕陽城東南。昔在宋世，是水絶而復流，劉晃賦《通津》焉。魏太和中，此水復竭，輟流積年。先公除州，即任未期，是水復通，澂映盈川，所謂「幽谷枯而更溢，窮泉輟而復流」矣。海岱之士又頌《通津》焉，平昌尨氏孫道相頌曰：「唯彼繩泉，竭踰三齡。祈盡珪璧，謁窮斯牲。道從隆替，降由聖明。」耋民河間趙嶷頌曰：「敷化未期，元津潛施。枯源揚瀾，涸川滌陂。」北海郭欽曰：「先政輟津，我后通津。」但頌廣文煩，難以具載。同上

陳思王《宜男花頌》云：「世人有女求男，取此草食之尤良。」《齊民要術》

宣陽門外四里至洛水，上作浮橋，所謂永濟橋也。神龜中，常景爲《洛汭頌》，其辭曰：「浩浩大川，泱泱清洛。導源熊耳，控流巨壑。納穀吐伊，貫周淹亳。近達河宗，遠朝海若。兆惟洛食，實同土中。上應張柳，下據河嵩。寒暑攸叶，日月載融。帝世光宅，殽函下風。前臨少室，卻負太行。制巖東邑，峭峘西疆。四險之地，六達之莊。恃德則固，失道則亡。詳觀古列，考見丘墳。乃禪乃革，或質或文。周餘九列，漢季三分。魏風衰晚，晉景雕曛。天地發揮，圖書受命。皇建有極，神功無競。魏籙仰天，元符握鏡。璽運會昌，龍圖受命。乃睠書軌，永懷寶定。敷茲景跡，流美洪謨。襲我冠冕，正我神樞。水陸兼會，周鄭交衢。爰勒洛汭，敢告中區。」《洛陽伽藍記》

盧仝《茶歌》：「至尊之餘合王公，何事便到山人家。」上不忘君也。「安知百萬億蒼生，命墮

巔崖受辛苦。」不忘民也。此乃盡臣子敬上念下之意也。元結《中興頌》，前代帝王有盛德大業者，必見於歌頌。若今歌頌大業便不言德，此乃得《春秋》一字褒貶之意也。夫以歌頌之作，不專爲稱美設也，多寄意於譏諷，一則有愛君之誠，一則有貶上之意，二者雖若相反，而於措詞立言各有所主，不得不然。《螢雪叢説》

玄宗好大馬，御廄至四十萬匹，遂有沛艾大馬，命王毛仲爲監牧使，燕公張説作《駉牧頌》。天下一統，西域大宛歲有來獻，詔於此地置羣牧。筋骨行步，久而方全。調習之能，逸異並至。骨力追風，毛彩照地，不可名狀，號木槽馬。時主好藝，韓君閒生，遂命悉圖其駿，則有玉花驄、照夜白等。時岐薛寧申王廄中皆有善馬，韓並圖之，遂爲古今獨步。《歷代名畫記》

釋鑒興《天台山居頌》：「湯玉入甌，糟雲上箸。」謂湯餅瑩滑，糟薑岐秀焉耳。《清異録》

《吴書》：「陳化使魏，魏文帝因酒酣，嘲問曰：『吴魏峙立，誰將平一海内者乎？』化對曰：『《易》稱帝出乎震，如一作「加」。聞先哲知命，舊説紫蓋黄旗，運旺東南。』帝心奇其辭。」又《江表傳》：「初，丹陽尹玄雲使蜀，得司馬徽與劉廙論運命曆數事。玄詐增其文以誑國人曰：『黄旗紫蓋，見於東南，終有天下者，荆揚之君乎？』」六朝以來都於東南，故「黄旗紫蓋」之語，文士多引用之。雖皆知其爲符瑞事，而罕有究其義者。李善最號博洽，其注《文選》「紫蓋黄旗」之句，亦不過引司馬徽書而已。余嘗見薛道衡《隋高祖功德頌》云：「談黄旗紫蓋之氣，恃龍蟠虎踞之險。」雖

知黃旗紫蓋爲氣，終以未得其所自爲恨。一日讀《宋書・符瑞志》云：「漢世術士言黃旗紫蓋見於斗牛之間，江東有天子氣。」胸中於是釋然。因知讀書不厭於多也。《雲谷雜記》

中興二朝，授受之懿，追媲堯禹。一時薦紳名士，親逢盛際，濃墨大字，以侈千一之遇者間有之，而史不多見。三松王才臣子俊者，家廬陵，以文名江西，嘗作《淳熙内禪頌》一篇，其文贍蔚典麗。余甲戌歲在九江，才臣自蜀東歸，嘗訪余而出其槀，其文曰：「惟皇上帝，簡在宋德，誕集大命，於我藝祖。厥初造草昧，相時之黔，淪胥於虛。浮頤沉顛，靡所底定。其孰躋之，緊我是恃。寧濡我躬，俾即於夷塗。匪位之懷，我圖我民；匪天我私，惟我有仁。八聖嗣厥理，益以厚厥澤。動植是洽，堪輿是塞。叶氣茲有羨，以溢於罔極。計其攸鍾，是必有甚盛德。使之横絶古今，焜煌典册，而後天之報施，乃不爽厥則。惟我高宗，克靈承於茲。屬時陽九，天步用艱。勍敵外陵，狗鼠内訌。民罔奠居，皇綱就淪。惟我高宗，克弘濟於茲。左秉招摇，右抱干將。灑掃函夏，復壽炎籙，茲惟難能哉！典時神天，歷載三紀。民生春熙，治象日舒。曾靡是居，俾聖嗣是荷，茲惟難能哉！惟我壽皇，紹大歷服。聖謨無所事改慮，我則闡之俾益光；聖治無所事改爲，我則熙之俾益昌。志靡一不繼，事靡一不述。我興問寢，明星在天；我往視膳，麗日在户。起敬起愛，用家人禮，祀越二十八，曾靡間厥。肇思篤於親，爰釋大位。高宗神孫，伊我聖子。我是用禪，先後惟一軌，皇乎休哉！邃古之茫，赫胥大鴻。楷麻繩書，不可考也已。羲圖炳文，民用有

識。孔删自唐，登載益焕。惟堯聖神，談者稽焉。蕩蕩巍巍，匪天弗則。遜於虞嬀，首出帝典。重華是仍，亦以授禹。由姒以降，莫返於古初。或以謂臣：堯舜禹之事懿矣！揆之於今，其可儷歟？臣曰：奚直儷之耳！堯陟元后七十載，遭時不易，洚水滋儆。才者十六，未宣乃庸；凶族有四，未麗於辟。日蘉萬微，以悴於厥衷。式時元德，歷試罔不績。主祭賓門，天人交歸焉。於廟受終，夫豈其艱。舜生登庸，越其在位，歷載各三十。宅帝即真，又三十有三。稽圖揆齡，九秩或有衍。脱躧萬乘，兹非其時哉！惟我高宗，春秋五十有六；惟我壽皇，春秋六十有三。黄屋赤霄，委而弗留。從容退居，靡倦大耄。以今准昔，其决孰需焉！以虞易唐，嬀變而姒。惟誠於位，兢兢釋厥負。乃若爲天子父，以天下養，世無傳焉。惟我壽皇，聖孝孔時，力靡遺餘。愛敬既究，熙以鴻號。錫類湛恩，燕及人老；鉅典盛儀，輝赫萬世。惟我皇上，聿駿前躅，日肅興衛。來覲來省，翼翼如也，愉愉如也。以昔視今，其孝孰隆焉！故曰：奚直儷之耳！臣惟昔者《封禪》、《典引》、《正符》等篇，其事至末矣，侈於麗藻，以掞不朽。矧今宏休，軼於古始，頌聲弗宣，不其缺歟？作宋一經，以駕帝典。顧瞻朝著，將有人焉。臣賤不敢與兹事。堯極立民，康衢有謡。載在萬世，不以賤廢。臣誠不佞，請試效之。謹拜手稽首而作頌曰：太初冥冥，孰究孰營。羲儀圖之，靡麗於成。有聖惟勳，疏之瀹之，斧其不條，而荒廢之。匪世不皁，匪穹不佑，可燕可守，而勛以不有。乃遜於華，與世爲公。何以告之，曰允執其中。華述厥志，亦以命文命。率克念厥

而遽晦厥光。帝降而王，功弗德之逮。庸不列五帝，而祖三代。孰如我皇，惟德崇崇。顯號鴻章，貽我垂拱。勳迫大耄，乃禪於華。華逮陟方，俾夏建厥家。孰如高宗，及我壽皇，與齡方昌，厥度，亦以燕罔極。帝開明堂，百辟來賀。四夷攸同，莫敢或譌。不肅不厲，不震不竦。焯其舊爰及聖上，篤其明昌。惟是四條，式克至今。藝祖高宗，壽皇之心。匪時匪今，振古之式。勿替維彼槐庭，謂匪儒弗居。列聖一心，諱兵與刑。維鯁言是聽，維大猷是經。鍾我高宗，啓我壽皇。夫，毋刻爾刑，顧質之書。爾有嘉言，爾則我告。我賞我勸，如彼害何悼。不以干戈，而置詩書。祖之思。洗時之腥，仁涵於肌。靈旗焰焰，平國惟九。其長既貸，矧彼羣醜。吾子吾孫，吾士大如帝之初。於萬千年，曾靡或渝。孰條不根，孰委不源。念我高宗，允遜孔艱。匪高宗是懷，藝承之，匪亟匪徐。二十八年，四方于于。國是益孚，生齒益蕃。于野于朝，肅肅閒閒。聖子重熙，始時春秋，五十有六。嚮用康寧，以燕遐福。亟其予子，以密退藏。其子爲誰，繄我壽皇。壽皇啓。不吝於權，盍居乃功。釋焉不居，惟壽皇之公。壽皇之公，其孰發之。念我高宗，中心怛之。玉音。曰余一人，實倦於勤。退處北宫，以篤於親。赫是大寶，畀我聖子。聖子惟睿，天命夙以視我斯今。粤歲己酉，二月壬戌。天仗宵嚴，彤庭曉蹕。穆穆壽皇，如天斯臨。羣后在位，奉承曾莫闚厥藩。天將開之，必固培之。厥培以豐古，尚克回之。豈惟回之，視培淺深。軼而躪之，紹，以共闡厥盛。皇皇惟天，而勳則之。絶德與功，紹者克之。我瞻我稽，閱世惟千。泯泯棼棼，

休，蔚其並隆。萬壽無疆！日三受朝，衮冕煌煌。維時壽皇，萬壽無疆！日三受朝，衮冕煌煌。維時皇上，治益底厥極。親心載寧，萬邦以無斁。萬姓謳歌，于室于塗。微臣作頌，以對於康衢。」又自作序其後，謂：「元次山言前代帝王有盛德大業者必見於歌頌。蓋帝王之世，以詩頌爲一件最緊切事，專設採詩之官以搜求之。重以其時，教養有方，人人能文。故郊祀天地則有頌，祀四岳河海則有頌，講武類禡則又有頌，薦魚獻鮪等事亦皆有頌。後世於詩頌既不甚經意，而能文之士亦不世有。鴻烈麗藻，率不相值。且如有肅宗復兩京之功，又適有元結能作頌。有憲宗平淮蔡之功，適有韓愈、柳宗元能作碑若雅。是以其功烈益大，彰明灼著，足以傳示無極。子俊於前輩無能爲役，亦詎敢謂能文。然所述《淳熙頌》，鄉曲一二鉅公皆盛有所稱道，以爲可以庶幾古作者云。」才臣蓋師誠齋，誠齋亟稱其文。至於四六，踵六一、東坡之步武，超然絶塵，崛奇層出，自汪彦章、孫仲益諸公而下不論也。《桯史》

案：此頌雖不以四六，然藻麗古雅如《封禪》、《典引》諸篇，非深於《選》學者不能，故亟登之。至《桯史》又稱才臣爲誠齋高弟，其四六踵六一、東坡之步武。則其擅場久矣，惜未見其集也。

吴曾《漫録》曰：「梁沈約《詠梨》詩：『但令入玉盤。』子美詩：『竹裏行厨洗玉盤。』」僕謂用「玉盤」字，如江淹《楊梅頌》云：「爲我羽翼，委君玉盤。」謝惠連《橘賦》：「受以玉盤，登君子堂。」吴均《橘賦》：「金衣之果，亦委體於玉盤。」《漫録》謂子美用此二字起於沈約，非也。《野客叢書》

「福不盈眦，禍溢於世」，乃班固《答賓戲》，見《西漢叙傳》。鮑照《河清頌》曰：「物不盈眥，美溢金石。」同上

張説撰《宋璟遺愛頌》有曰：「尚書東漢之雅望，黄門北齊之令德。宋氏世名，公濟其美。」蓋指宋均與宋欽道也。僕考之，欽道固璟之派，而均乃姓宗，非姓宋也。案：宋均、宗均，《碑》與《傳》所著甚明，可證也。此史文差誤耳。又考《唐世系》，璟正前漢中尉昌之後，説《碑》自宜引此。同上

案：此條宋宗辨譌博而精矣，然此非引用之疵也，史自傳疑，於碑何與焉。

張説爲《廣州宋璟頌》曰：「犦牛牲兮菌雞卜，神降福兮公壽考。」東坡《韓文公碑》用此四字。《困學紀聞》

西山先生曰：「累舉以前程文，唯渡江以前之文，如《導洛通汴》、《北郊慶成》、《大河東流》、《紹聖元會》，皆妙絶，不可不熟讀。」《辭學指南》

癸未陳自修試《閱武頌》及露布，冠絶一場。表中有瑕疵，不取。知舉言文辭警拔，詔注教官。同上

王器之《漢西域三十六國内屬頌序》云：「小國二十有七，九次大國。紀述其事，備於班固列傳。列叙其國，見於荀悦《漢紀》。總而名以内屬，則有范蔚宗所著本傳存焉。」此叙事之法。同上

四六叢話卷十七

書　九一

《易》曰：「書不盡言，言不盡意。」《傳》曰：「言以足志，文以足言。」夫書之於文，豈異旨哉？何一則務其文足，一則歎其不盡？豈欲足者不患其才多，無盡者良難以詞逮乎？蓋書文類筌蹄之設，言意同魚兔之藏。筌蹄期以周緻，而道契忘機；魚兔宅於深微，而理同觀化。必使調筆染墨，和以天倪；循覽披吟，呈夫活潑。故託名姓於毫錐，學類無用；體風流於妙札，奔且長留。俾與波而浮沈，俗情多怪；倘買菜而求益，故態非狂。次第商榷，亦性情之嘉會也。今夫人密邇所親，晤言一室；舊雨被其行迹，清風喻夫故人。及雲雨一乖，音塵不嗣。惟開緘可以論心，即千里宛如覿面。是以叙山川之妙麗，則刻畫兼圖繪之長；溯歡讌之流連，則管穎挾歌吟之致。述絶域之悲，颯然如風沙之滿目；談行旅之困，凄兮歎霜雪之交侵。感物何工，乃賢於荆州之十部；綴詞何巧，乃貴於安石之碎金。故知明衷曲，披

款誠，釋幽憂，慰思憶，莫切於書。風人之義，諷諭猶以比興而見；書筆之旨，肝膽直以一二而陳。且夫魚鱗鶴翅，附致本奇；龍劍虬鐘，冥通尤速。操神明若左契，化秦越如一家。繫徽置棘，江淹抗志而獲伸；拭玉張旃，徐陵攄詞而來復。悲惟去國，希範感之數行；憂能傷人，文舉理之片牘。或默或語，每曠世而相憐；有情無情，亦聞聲而興慨。此蒯生所以流涕於報燕，保安所以苦身以贖郭也。抑書之爲說，直達胸臆，不拘繩墨。縱而縱之，數千言不見其多；斂而斂之，一二語不見其少。破長風於天際，縮九華於壺中。或放筆而不休，或藏鋒而不露。孝穆使魏求還諸篇，推波助瀾，萬斛之源泉也。劉峻追答劉沼一書，一波三折，雲中之寸爪也。李義山《與劉稹書》鼓怒溢涌，繼響徐公；《與令狐書》抑遏掩蔽，追蹤劉作。自爾以還，厥風稍替矣。夫書，源溯春秋，派流唐宋。上書達乎表啓，尺牘旁該談論。若懵茲緣起，漫爲塗逭，則穆之之百牘，有不若殷浩之空函；舉燭之誤書，轉勝於埽門之三上也。叙《書第九》。

大舜云：「書用識哉。」所以記時事也。蓋聖賢言辭，總爲之一作「尚」。書。書之爲體，主言者也。揚雄曰：「言，心聲也；書，心畫也。聲畫形，君子小人見矣。」故書者，舒也。舒布其言，陳之簡牘，取象於夬，貴在明決而已。三代政暇，文翰頗疏。春秋聘繁，書介彌盛。繞朝贈士會以策，子家與趙宣以書，巫臣之遺子反，子產之諫范宣。詳觀四書，辭若對面。又子服敬叔進弔書

於滕君，固知行人挈辭，多被翰墨矣。及七國獻書，詭麗輻輳；漢來筆札，辭氣紛紜。觀史遷之《報任安》，東方朔之《難公孫》，楊惲之《酬會宗》，子雲之《答劉歆》，志氣槃桓，各含殊采，竝杼軸乎尺素，抑揚乎寸心。逮後漢書記，則崔瑗尤善。魏之元瑜，號稱翩翩；文舉屬章，半簡必録；休璉好事，留意詞翰，抑其次也。嵇康《絶交》，實志高而文偉矣；趙至叙元作「贈」，王性凝改。離，迺少年之激切也。至如陳遵占辭，百封各意；禰衡代書，親疏得宜。斯又《御覽》作「皆」。尺牘之偏才也。

詳總書體，本在盡言。言以散鬱，陶託風采，故宜調暢《御覽》作「滌蕩」。以任氣，優柔以懌懷。文明從容，亦心聲之獻酬也。若夫尊貴差序，則肅以節文。戰國以前，君臣同書。秦漢立儀，始有表奏，王公國内，亦稱奏書，張敞奏書於膠后，其義美矣。迄至後漢，稍有名品，公府奏記，而郡將奏牋。記之言志，進己志也。牋者，表也，表識其情也。崔實奏記於公府，則崇讓之德音矣；黄香奏牋於江夏，亦肅恭之遺式矣。公幹牋記，麗而規益，子桓弗論，故世所共遺。若略名取實，則有美於爲詩矣。劉廙謝恩，喻切以至；陸機自理，情周而巧。牋之爲善者也。原牋記之爲式，既上窺乎表，亦下睨乎書。使敬而不懾，簡而無傲，清美以惠其才，彪蔚以文其響，蓋牋記之分也。

夫書記廣大，衣被事體，筆劄雜名，古今多品。是以總領黎庶，則有譜籍簿録；醫曆星筮，則

有方術占試；申憲述兵，則有律令法制；朝市徵信，則有符契券疏；百官詢事，則有關刺解諜；萬民達志，則有狀列辭諺。竝述理於心，著言於翰，雖藝文之末品，而政事之先務也。故謂譜者，普也。注序世統，事資周普；鄭氏譜《詩》，蓋取乎此。籍者，借也。歲借民力，條之於版；春秋司籍，即其事也。簿者，圃也。草木區別，文書類聚。張湯、李廣，爲吏所簿，別情僞也。録者，領也。古史《世本》，編以簡策，領其名數，故曰録也。方者，隅也。醫藥攻病，各有所主，專精一隅，故藥術稱方。術者，路也。算曆極數，見路乃明。《九章》積微，故以爲術；《淮南萬畢》，皆其類也。占者，覘也。星辰飛伏，伺候乃見。精觀書雲，故曰占也。式者，元脱。則也。陰陽盈虚，五行消息，變雖不常，而稽之有則也。律者，中也。黄鐘調起，五行以正，法律馭民，八辟克平。以律爲名，取中正也。令者，命也。出命申禁，有若自天。管仲下令如流水，使民從也。法者，象也。兵謀無方，而奇正有象，故曰法也。制者，裁也。上行於下，如匠之制器也。符者，孚元作「厚」，謝改。也。徵召防僞，事資中孚；三代玉瑞，漢世金竹，末代從省，易以書翰矣。契者，結也。上古純質，結繩執契。今羌胡徵數，負販記緡，其遺風歟。券者，束也。明白約束，以備情僞，字形半分，故周稱判書。古有鐵券，以堅信誓。王褒髯奴，則券之楷也。疏者，布也。布置物類，撮題近意，故小券短書，號爲疏也。關者，閉也。出入由門，關閉當審。庶務在政，通塞應詳。韓非云：「孫亶回，元作『四』，朱改。聖相也，而關於州部。」蓋謂此也。刺者，達也。詩人諷刺，周禮三

刺，事叙相達，若針之通結矣。解者，釋也。解釋結滯，徵事以對也。牒者，葉也。短簡編牒，如葉在枝。温舒截蒲，即其事也。議政未定，故短牒咨謀。牒之尤密，謂之爲籤；籤者，纖一作「籤」。密者也。狀者，貌也。體貌本原，取其事實，先賢表謚，並有行狀，狀之大者也。列者，陳也。陳列事情，昭然可見也。辭者，舌端之文，通己於人。子産有辭，諸侯所賴，不可已也。諺者，直語也。喪言亦不及文，元作「交」。故弔亦稱諺。廛路淺言，有實無華。鄒穆公云：「囊滿儲中。」皆其類也。《（太）〔牧〕誓》曰：「古人有言，牝雞無晨。」《大雅》云：「人亦有言。」「惟憂用老。」並上古遺諺，《詩》《書》可引者也。至於陳琳諫辭，稱「掩目捕雀」；潘岳哀辭，稱「掌珠」「伉儷」。並引俗説而爲文辭者也。夫文辭鄙俚，莫過於諺，而聖賢《詩》《書》，採以爲談，況踰於此，豈可忽哉？觀此四條，並書記所總。或事本相通，而文意各異，或全任質素，或雜用文綺，隨事立體，貴乎精要。意少一字則義闕，句長一言則辭妨，並有司一作「詞」。之實務，而浮藻之所忽也。然才冠鴻筆，多踈尺牘，譬九方堙之識駿足，而不知毛色牝牡也。言既身文，信亦邦瑞，翰林之士，思理實焉。《文心雕龍》

秦嘉字士會，隴西人也，爲郡主掾。一作「計」。其妻徐淑，寢疾，還家不獲面別，嘉與妻書曰：「不能養志，當給郡使。隨俗順時，僶勉當去。知爾所苦，尚未有瘳。想念悒悒，勞心無已。當往遠路，趨走飛塵。非志所慕，慘慘少樂。又計往還，將彌時節。念發同怨，意猶遲遲。欲暫相見，

有所屬託。今遣車往，想必有方。」淑答書曰：「知屈珪璋，應奉歲使。策名王府，觀國之光。雖失高素皓然之業，亦是仲尼執鞭之操也。自初承問，心願東還。迫疾惟亟，抱歎而已。日月已盡，行有伴列。想嚴裝已辦，發邁在近。誰謂宋遠，企予望之。室邇人遐，我勞如何？深谷逶迤，而君是陟；高山巖巖，而君是越。斯亦難矣。長路悠悠，而君是踐；冰霜慘烈，而君是履。身非形影，何得動而輒俱；體非比目，何得同而不離。於是誦萱草之喻，以消兩家之思；割今者之恨，以待將來之歡。今適樂土，優遊京邑。觀王都之壯麗，察天下之珍妙，得無目翫意移，往而不能出耶？」嘉重報妻書曰：「車還空反，甚失所望。兼叙遠別，恨恨之情，顧尤悵然。閒得此鏡，既明妍媸，反觀文采，世所希有，意甚愛之，故以相與。竝寶釵一雙，妙香四種，素琴一張，常所自彈也。明鏡可以鑒形，寶釵可以耀首，芳香可以馥身，素琴可以娛耳。」淑又報嘉書曰：「鏡有文彩之麗，釵有殊異之觀。芳香既珍，素琴益好。惠異物於鄙陋，割所珍以相賜，非恩之厚，孰肯若斯？覽鏡執釵，情想髣髴；操琴詠詩，恩心成結。敕以芳香馥身，喻以明鏡鑒形，此言過矣，未獲我心也。昔詩人有飛蓬之感，婕妤有誰榮之歎，素琴之作，當須君歸；明鏡之鑒，當待君還。未奉光儀，則寶釵不列也；未侍帷帳，則芳香不發也。」鍾嶸《詩品》曰：「二漢爲五言，不過數家，而婦人居二。徐淑《寶釵》之作，亞《團扇》矣。」《西溪叢語》

《歲時記要》：「劉孝綽《與弟書》云：『方弘遊典墳，寤歌林澗。覽典袠於千載，觀榮落於四

時。』」《五色線》

《謝幾卿傳》：「湘東王在荆鎮，與書慰勉之。幾卿答曰：『仰尋惠渥，陪奉遊宴。漾桂棹於清池，席落英於曾岨。蘭香兼御，羽觴競集。濤波之辯，懸河不足譬；春藻之詞，麗文無以匹。』」《梁書》

陸景《與兄安成王書》曰：「仰承發止，已次新林。三湘奥區，九疑形勝。加以夏壁奇雲，秋江迴月，翰飛紙落，理豐辭富。賞未興餘，時希逮憶。」《卧游録》

晉安王《答廣信侯書》：「仰承縱賞山中，遊心人外。往而忘返，有會昔言。率物從務，無由獨往。仰此高蹤，寸心如結。」同上

陶弘景《答謝中書書》：「山川之美，古今共談。高峰入雲，清流見底。兩岸石壁，五色交輝。青林翠竹，四時俱備。暗霧相歇，猿鳥亂鳴。夕日欲流，沈鱗競躍。實是欲界之仙都，自康樂以來，未有能與其奇者。」同上

吴均《與顧章書》：「僕去月謝病，還覓薜蘿，梅溪之西，有石門山者。森壁争霞，孤峰限日。幽岫含雲，深溪蓄翠。蟬吟鶴唳，水響猿啼。嚶嚶相雜，綿綿成韻。既素重幽居，遂葺宇其上。幸富菊花，偏饒竹實。山谷所資，於斯已辦；仁智所樂，豈徒語哉。」同上

又《與施從事書》：「故鄣縣東三十五里有青山，絶壁千尺，孤峰入漢。歸飛之鳥，千翼競

來；企水之猿，百臂相接。秋露爲霜，春蘿被徑。信足蕩累頤物，娛衷散賞。」同上

又《與(朱)〔宋〕元思書》：「自富陽至桐盧一百許里，水皆縹碧，千丈見底。游魚細石，直視無礙。急湍甚箭，猛浪若奔。夾岸高山，皆生寒樹，負勢競上，互相軒邈。争高直指，千百成峰。泉水激石，泠泠作響；好鳥相鳴，嚶嚶成韻。經綸昔務，咸窺谷忘返矣。」同上

宗測《答豫章王書》：「性同鱗羽，愛止山壑。眷戀松筠，輕迷人路。縱宕巖流，有若狂者，忽不知老至。而今鬢已白，豈容課虚責有，限魚鳥慕哉？」同上

王僧孺《答江炎書》：「蹲林卧石，藉卉班荆，不過田畯野老。漁父樵客，酌醴焚枯，嗚嗚相勞。一作『范』。羹藜含糗，果然滿腹。詠高梧而賦脩竹，背清淮而遊長林。留東閣以從容，登石室而高視。」同上

西竺千歲和尚《與行脚僧書》：「三峨高出，五岳秀甲，九州震旦國第一山也。」同上

帛道猷《與道壹書》：「始得優游山林之下，縱心孔釋之書。觸興爲詩，淩峯採藥，服餌蠲痾，樂有餘也。但不與足下同日，以此爲恨耳。」同上

玄暢《與傅炎書》：「貧道棲荆累稔，年衰疹積，厭毒人喧，所以遠託岷界，卜居斯阜。抱郭懷邑，迴望三方；負巒背岳，遠矚九流。以去年四月創功覆簣，輒疏山讚以露愚抱。」同上

方望《辭隗囂書》：「望聞烏氏有龍池之山，微徑南通，與漢相屬。其旁時有奇人，聊及閒暇，

廣求其人。」同上

習鑿齒《與謝安書》：「西望隆中，想卧龍之吟；東眺白沙，思鳳雛之聲。南眷城郭，懷羊公之舊風；北臨楚墟，存鄧公之高蹤。游目檀溪，念崔、徐之交；肆覽漁梁，追二公之迹。若乃裴杜、和傳之故居，繁欽、王粲之舊宅，遺事滿目。」同上

梁簡文《答湘東王書》：「暮春美景，風雲韶麗。蘭葉堪把，沂川可浴。盡游玩之美，致足樂耶。」同上

杜之松《再與王績書》：「敬想結廬人境，植杖山阿，林壑地之所豐，煙霞性之所適。蔭丹桂，藉白茅，濁酒一杯，清琴數弄，誠足樂也。」同上

唐高祖屯兵晉陽，遣裴仁則齎書至李密。密負其强，自爲盟主，作書報曰：「頃者皇綱失統，人神離擾，運窮陽九，數終百六。四海業業，常懷逐鹿之心；百姓嗷嗷，家有瞻烏之望。故炎帝衰則軒轅出，夏癸亂而成湯起。尚勤二十七位，終勞五十二載。大極横流，重安區域。及周之季世，七雄竝據；漢之末年，三分鼎峙。雖由天時，亦由人事。自大業昏凶，年逾一紀，牝雞司晨，飛虎擇肉。十旬一作『游略』。莫返，終傷五子之歌；層臺一作『宫室奢侈』。是營，寧止百金之費。加以巡幸靡極，役用無窮。筋力盡於征伐，賦税窮於箕斂。夫行妻寡，父出子孤。溝壑如亂麻之多，大陸有積屍之氣。況雄圖早著，壯志遠聞。白武安之用兵，張文成之運策。遂能見機而作，觀釁

而動。奮臂鵲起，拂衣豹變。是知一繩所繫，寧維大厦之顛；阿膠欲投，未止黃河之濁。昔項伯辭楚，微子去殷，非夫明哲，豈能及此。與兄派流雖異，根系本同。俱禀鳳喙之風，共承龍德之後。實願永作維城，長爲磐石。自惟虚薄，幸藉時來。海内英雄，共推盟主。鋭師百萬爲旅，上將四七成羣。牛馬谷量，羅紈山積。開鉅橋之粟，襁負攸歸；發敖倉之米，人夫斯賚。故能長淮之北，滄海以西，莫不篚厥玄黃，争獻牛酒，轟轟隱隱，如霆如雷。滅周者九鼎知輕，亡秦者三户云衆。況晉陽之城，表裏山川，共爲脣齒，天下誰敵。所望左提右挈，戮力同心。執子嬰于咸陽，殰商辛于牧野，豈不偉哉！豈不休哉！願追步騎數千次於河内，聽待至日，即欲會盟。當時面奉光儀，親論進止，東都江都，消息來去，具知動静。今凉風已届，大火將流，戎略務殷，惟宜動息。今脱蒙親降玉趾，側聽金聲，雲霧既披，適願無已。」唐公得書，大笑曰：「李密陸梁放肆，不可以折簡致之。吾方安輯西京，未遑東伐，既絶便是更生一秦，宜優待之，使其遷善。」記室承指報密曰：「頃者崑山火烈，海水羣飛，赤縣邱墟，黔黎塗炭。布衣戍卒，鋤耰荆棘。争帝圖王，狐鳴蜂起。翼翼京洛，强弩圍城；膴膴周原，僵屍滿路。大盗移國，莫之敢指。吾雖庸劣，幸承餘緒。出爲八使，入典八屯。雖云位未爲高，足成非賤。素飡當職，僶俛叨榮。從容平勃之閒，誰云不可。但顛而不扶，通賢所責。主憂臣辱，物議徒然。等袁安之流涕，極賈生之痛哭。所以仗旗投袂，大會義兵。援撫河朔，親和蕃塞。兵陳天下，志在尊隋。以弟見機而作，一日千里。雖

鳴起舞，豹變先鞭。啓宇當塗，聿來中土。兵臨郟鄏，將來辱旨，莫我肯顧。天生烝庶，必有司牧。當今爲牧，非子而誰。老夫年逾知命，願不及此，欣戴大弟，攀鱗附翼，早膺圖籙，以寧億兆。宗盟之長，屬籍見容。復封于唐，斯榮足矣。殪商辛于牧野，所不忍言；執子嬰于咸陽，非敢聞命。汾晉左右，尚須安輯；盟津之會，未暇卜期。今日鑾輿南幸，恐同永嘉之軌。顧此中原，鞠爲茂草。興言感歎，實疚于懷，未盡虚襟，用增勞軫。名利之地，鋒鏑縱横，深慎垂堂，勉茲鴻業。」誠大雅之詞也。密得書大喜，自是信使頻遣往來，有道士徐鴻客上《經天緯地策》一篇于密。軍旅揮霍，失其本文，題其封曰：「大衆雖聚，恐師老米盡，人散厭戰，難以成功。」勸密乘進取之機，因士馬之鋭，沿流東指，直詣江都。密雖未遑遠略，心異其言，以書招之曰：「齊州長史至得所上奇策一篇，理智優長，文采密麗。覽而味之，佳翫無已。夫天地閉，賢人隱，少微光，處士見。故崆峒之上，軒轅問於廣成；汾水之陽，唐帝從於缺齧。是知肥遯爲美，齊物攸歸。雅度與蘭杜俱芳，高風共雲霞竝映。孤門承世胄，地藉餘緒，平生大志，豈圖富貴？只爲時逢板蕩，代屬艱虞。厭海水之羣飛，憫蒼生之塗炭。便與二三人傑，百萬虎旅，欲受降於軹道，將問罪于商郊。未遇玄女，已思黄石。詎有啓沃謀猷，弼成韜鈐者也。百戰百勝之奇，七縱七擒之略，每求符筮，實勞夢想。惟師學究本原，術苞奇政。八風五星之候，玉函金匱之形，莫不洞曉於心，若指諸掌。今龍戰於野，鶴翔寥廓。或出或處，且變且更。濡足授首，是曰仁人；除暴静亂，方稱君子。贊

我興運，今也其時。師宜躡屩擔簦，用虞卿之禮；一作『褫』。披裘輓輅，襲婁敬之風。引領瞻望，拂席相待。遲聽酈生之談，方聞左車之說。桂樹山幽，歲云暮矣。桃花源遠，想見其人。冬首薄寒，比如宜也。想攝養有方，當無勞慮。庶不遠千里，早赴六軍。孤已勒彼州令以禮相送，冀面非遥，遺此不多。」及書送鴻客，晦跡林野，莫知所之。東都越王侗即位，密遣房彦藻詐欲降隋，越王乃授密太尉尚書令兼征討諸軍事。越王仍别與密書以伸厚意：「皇帝敬問太尉尚書令東道行軍元帥上柱國魏國公司農卿李儉等至，覽表具之。公以厚地鴻材，冠冕當世；連城重價，領袖一時。加以博學令聞，雄才上略，縉紳攸仰，雅俗傾心。朕昔居藩邸，久相傾尚，眷言敬愛，載勞夢想。常恨以事塗之情，未遂神交之望，鬱結何似！今屬王室不造，賊臣作難，地承丕緒，應此盟命。公孝義爲心，聞於遠邇；仁恕待物，形於内外。且卿相門，克昌自久。高祖撫運之年，明聖在藩之日，非爲義合，實亦家通。今公智足匡時，威足戡亂。奮高世之略，動勤王之師，經綸國家，雪復讎恥，此是公之任也，更俟何人？前度公此懷必可暗寄，故馳遺尺一，聊布腹心。今覽公表，事若符契。詞高理至，義重情深，執對循環，以悲以慰。昔韓信之道合漢高，竇融之功成河右，以古譬今，萬分非一。今日以前，咸共刷蕩。使至已後，彼此通懷。七政之重，佇公匡弼；九伐之制，委公指麾。皇靈在上，幽祇在下，福謹禍盈，天地常數。公率義衆，翦戮兇醜，朕與天下共賞之；宇文化及滔天搆逆，傾覆帷扆，朕與天下共誅之。且夫元兇初謀，誑惑内外，及行大祠，

殘忍極理，文爲霸相，據有宫闈。文武官大夫，凡有所職，心痛鼻酸，聲徹天壤。今公率有名之師，接無妄之衆，頽山壓卵，覆海滅熒，不俟終日，元功早建。朕以赤心委公，公以素懷付朕，魚水一合，金石不移，即是韓彭更生，伊周再出。欲公存心撝挹，以效古人。而古往今來，彼何人也！道高者不以俗務爲累，德厚者不以名實爲心。公運此謀猷，除彼喪亂，匪躬之節，出于世表，豈以名秩而挂雅懷？但功高茂實，義弘往策，屈己從務，亦達者之心。故有今授，恩禮之耳。既彼此義合，蠲類家公，所授官秩，悉依前定，承制封拜，事有舊章，任公便宜，量加除授，必若頒行，詔策待報，即送告身，務在機權，勿爲形迹。如摧破凶徒，已遂意於洪遠，令起釁之黨，擒獲送身，非直朕之甘心，亦甚表公深意。梟類才蠢，命延晷刻。待公東行事畢，返旆西討，尅復關河，矯足可待。司農卿李儉等既將君意遠來，非無勞役，所以竝據授官，以答來貺。總戎之地，去此稱遥。東望風煙，情深曷極。秋首猶暑，晝夜務殷，期保千金，慰兹延望。隱若敵國，非獨往賢。今與公合圖，亦是幽明注意，公其勉之，嗣天心也。故遣銀青光禄大夫大理卿張權等指宣往意。」權至，密北面就臣服，拜受詔敕。《壺關録》

吴保安字永固，河北人，任遂州方義尉。其鄉人郭仲翔，即元振從姪也。仲翔有才學，元振將成其名宦，會南蠻作亂，以李蒙爲姚州都督，帥師討焉。蒙臨行辭元振，元振乃見仲翔謂蒙曰：「弟之孤子未有名宦。子姑將行，如破賊立功，某在政事當接引之，俾其糜薄俸也。」蒙諾之。

仲翔頗有翰用，乃以爲判官，委之軍事。至蜀，保安寓書於仲翔曰：「幸共鄉里，籍甚風猷。雖曠不展拜，而心常慕仰。吾子國相猶子，幕府碩才，果以良能而受委寄。李將軍秉文兼武，受命專征，親綰大兵，將平小寇。以將軍英勇，兼足下才能，師之克殄，功在旦夕。保安幼而嗜學，長而專經。才乏兼人，官從一尉。僻在劍外，地邇蠻陬。鄉國數千，關河阻隔。況此官已滿，後任難期。以保安之不才，厄選曹之格限，更思微禄，豈有望焉。將歸老邱園，轉死溝壑。側聞吾子急人之憂，不遺鄉曲之情，忽垂特達之眷，使保安得執鞭弭以奉周旋，録及細微，薄霑功效，承兹凱入，得預末班。是吾子丘山之恩，即保安銘鏤之日，非敢望也，願爲圖之。惟照其款誠，而寬其造次焉，策駑蹇以望招攜。」仲翔得書，深感之，即言於李將軍。至姚州與戰，破之。乘勝深入，蠻覆而敗之，李身死軍没，仲翔爲虜。蠻利財物，其没落者令其家贖之，人三十匹。保安至姚州，適值軍没，遲留未返。而仲翔于蠻中間關致書於保安曰：「永固無恙？頃辱書未報，值大軍已發，深入賊庭，果逢撓敗。李公戰没，吾爲囚俘。假息偷生，天涯地角，顧身世已矣，會鄉國窅然。才謝鍾儀，居然受縶；身非箕子，日見爲奴。海畔牧羊，有類于蘇武；宮中射雁，寧期于李陵。吾自陷蠻夷，備嘗艱苦，肌膚毁剔，血淚滿池。生人至艱，吾身盡受。以中華世族，爲絶域窮囚，日居月諸，暑退寒襲，思老親於舊國，望松檟於先塋，忽忽發狂，腷臆流慟，不知涕之無從。行路見吾，猶爲悲慼！吾與永固雖未披款，而鄉里先達，風味相親，想覩光儀，不離夢寐。作蒙枉問，承間

便言。李公素知足下才名，則請爲管記。大軍去遠，足下來遲。乃足下自後于戎行，非僕遺於鄉曲也。足下門傳遺慶，天祚積善，事期不入，而身名竝全。向若早事麾下，同參幕府，則絶域之人，與僕何異？吾今在厄，力屈計窮。而蠻俗没留，許親族往贖，以吾國相之姪，不同衆人，仍苦相邀，求絹千匹，此信通聞，仍索百縑。願足下早附帛書，報吾伯父，宜以時到，得贖吾還。使亡魂復歸，死骨更肉，惟望足下耳。今日之事，情不辭勞。若吾伯父已去廟堂，難以諮啓，即願足下親脱石父，解夷吾之驂；往贖華元，類宋人之事。濟物之道，古人猶難。以足下道義素高，名節特著，故有斯請，而不生疑。若足下不見哀矜，猥同流俗，則僕生爲俘囚之豎，死則異鄉之鬼耳。更何望哉！已矣！吴君無落吾事。」保安得書，甚感之。時元振已卒，保安乃爲報，許贖仲翔。仍傾其家，得絹二百匹往，因住雟州，十年不歸，經營財物，前後得絹七百匹，數猶未至。保安素貧窶，妻子猶在遂州，貪贖仲翔，遂與家絶。時姚州都督楊安居乘驛赴郡，見保安妻哭，異而訪之，濟其所乏。安居馳至郡，求保安見之，曰：「吾常讀古人書，見古人行事，不謂今日親覩於公。何分義情深妻子意淺，捐棄家室求贖友朋而至是乎？吾初到，且于庫中假官絹四百匹濟公，待友人到後，吾徐爲填還。」保安喜，取其絹，令蠻中通信者持往。間二百日，而仲翔至姚州，形狀憔悴，殆非人也。方與保安相識，語相泣也。《紀聞》

秦韜玉父爲左軍將，韜玉出入田令孜之門。僖宗幸蜀，韜玉以工部侍郎爲令孜神策判官，小

歸，公主文，韜玉准敕及第，仍編入榜中。韜玉以書謝新人呼同年曰：「三條燭下，雖阻門闌；數仞墻邊，幸同恩地。」《全唐詩話》

唐光啓三年，中書令高駢鎮淮海。是時，浙西軍亂，周寶奔毘陵。駢聞之，大喜，遽遣使致書於周曰：「伏承走馬，已及奔牛。今附虀一瓶，葛粉十斤，以充道途所要。」奔牛堰石在常州西，蓋諷其虀粉也。《廣陵妖亂志》

李茂貞《與杜讓能書》曰：「明公捨築入夢，投竿爲師，踐履中台，制臨外閫。」《舊唐書》

北齊王侍中琳敗於壽春，爲陳所殺，故吏倉曹朱瑒《與陳徐僕射書》曰：「庶孤墳既築，或飛負土之燕；豐碑式樹，時留墮淚之人。不使壽春城下，惟傳報葛之夫；滄洲島上，獨有悲田之客。」徐義之領琳首，葬之於八公山側。《五代新説》

陳徐僕射陵文變舊體，多有新意，九錫尤美，爲一代文宗。初使于齊，齊人留之，致書楊僕射愔曰：「晨看旅雁，心赴江淮；昏望牽牛，神馳揚越。朝千悲而掩泣，夜萬緒而迴腸。何必足趙魏之黄塵，加幽并之白骨。遂使東平拱樹，長懷向漢之悲；西洛孤墳，恒表思鄉之夢。」僕射言而得還。同上

案：徐孝穆《與楊僕射書》議論曲折，情詞相赴。「氣盛而物之浮者大小畢浮」，不意駢儷有此奇觀。至末段聲情激越，頓挫低佪，尤神來之筆。

吴公子札聘於上國，宿于戚，聞孫林父擊鐘，曰：「夫子之在此，猶燕之巢於幕上。」夫幕非燕巢之所，言其至危也。故潘岳《西征賦》云：「危素卵之累殼，甚玄燕之巢幕。」丘希範《與陳伯之書》云：「將軍魚遊沸鼎之中，燕巢飛幕之上，不亦惑乎！」蓋用此意。後人因此言燕事多使巢幕，似乎無謂。《藝苑雌黄》

趙綺困於場屋，將自三山北渡以歸梁京，爲邏者所得，遂下廷尉，從獄中上書曰：「初至江干，覺天網之難漏；及歸棘寺，知獄吏之可尊。」後主覽之，批其末曰：「陵雖孤恩，漢亦負德。」乃釋其罪。明年，綺狀元及第。《江南餘載》

《三朝史·孟昶傳》云：「其在蜀日，改元廣政。周世宗既取秦鳳，昶懼，致書世宗，自稱大蜀皇帝。世宗怒其抗禮，不答。」其書真迹藏樓大防所，用録於左：「七月一日，大蜀皇帝謹致書於大周皇帝閤下：竊念自承先訓，恭守舊邦，匪敢荒寧，于茲二紀。頃者晉朝覆滅，何建來歸。不因背水之戰争，遂有仇池之土地。洎審遼君歸北，中國且空。暫興敝邑之師，更復成都之境。下缺數字。實爲下國之邊陲。其後漢主徑自并汾，來都汴浚。聞征車之未息，尋神器之有歸。伏審貴朝先皇帝應天順人，繼統即位。奉玉帛而未克，承弓劒之空遺。但傷嘉運之難諧，適嘆新歡之且隔。以至前載忽勞睿德，遠舉全師。土疆盡隸於大朝，將卒亦拘於貴國。幸蒙皇帝惠其首領，頒以衣裘，偏裨盡補。其職員士伍，偏加於糧賜。則在彼無殊於在此，敝都寧比於雄都。方懷全

活之恩，非有放還之望。今則指揮使蕭知遠、馮從讜等押令將士等已到當國，具審皇帝迴開仁愍，深念支離，厚給衣裝，兼加巾屨，給沿途之驛料，散逐分之緡錢。仍以員僚之迴，安知所報。此則皇帝念疆埸則已經革代，舉干戈則不在盛朝，特軫優容，曲全情好，永懷厚義，常貯微衷。載念前在鳳州，支敵虎旅，偶于行陣，曾有拘擒。其排陣使胡立已下，尋在諸州安排，及令軍幕收管，自來各支廩食，竝給衣裝。却緣比者不測宸襟，未敢放還鄉國。今既先蒙開釋，已認沖融。歸朝雖愧于後時，報德未稽于此日。其胡立已下，今各給鞍馬衣裝錢帛等，專差御衣庫使李德昭部領送至貴境，望垂宣旨收管。矧以昶昔在齠齔，即離并都，亦承皇帝鳳起晉陽，龍興汾水，合叙鄉關之分，以陳玉帛之歡。倘蒙惠以佳音，即佇專馳信使。謹因胡立行次，聊陳感謝，詞莫披述。伏惟仁明，洞垂鑒念，不宣。」常跋其後云：「歐陽文忠公《五代史·世家序》云：『蜀嶮而富，故其典章粲然。』此書文亦奇。頃歲姚令威注《五代史》，惜乎不見是卷也。」《揮麈後録》

案：姚寬字令威，即著《西溪叢語》者。《五代史補注》惜不傳於世矣。

左拾遺張九齡，以姚元之重望，爲上所信任，奏記勸其遠諂躁，進純厚。其略曰：「任人當才，爲政大體，與之共理，無出此途。而公之用才，非無知人之鑒，其所以失溺，在緣情之舉。」又曰：「自君侯職相國之重，持用人之權。而淺中弱植之徒，已延頸企踵而至。諂親戚以求譽，媚賓客以取容。其間豈有不才，所失在於無恥。」元之嘉納其言。《涉史隨筆》

《何澹傳》：「澹以資政殿大學士提舉洞霄宫，起知福州。澹居外，常怏怏失意，以書祈侂胄，有曰：『迹雖東冶，心在南園。』園，侂胄家圃也。侂胄憐之，進觀文殿學士，尋移知隆興府。」《宋史》

神宗朝，王文恪公陶爲御史中丞，論宰相韓魏公不押常朝班，至詆爲跋扈。韓公力請去位，王公亦出爲郡。或謂王公之語太過。予以爲尊君重朝廷，固當防微杜漸如此。使爲宰相者，人人皆忠賢如魏公，雖不押常朝班，未爲過也。不幸而有懷姦藏禍之臣，廢法而逼上，則將有御史抨彈之所不能正者矣。抑《春秋》之義責備於賢者，如魏公名德之重，蓋可以責備矣，王公待之不輕也。予從其家得其《申中書狀》，尚可以想見其風采，今爲載之。狀云：「朝廷之儀，本乎極辨；御史之職，主乃繩愆。況文德者，天子之正衙；宰臣者，庶寮之表帥。間緣多故，遂闕立班。近者臺司檢坐敕文，兩有申請。伏蒙相公意似開允，欲赴輒停。今又數朝，依舊空報。當久廢之時，則止是因循而有失；暨申明之後，則遂成固意以不恭。有司義在守官，君子愛人以德，朝廷新立，詎可忽諸？矧相公晏退私門，禮接賓客，將迎謙屈，未始憚勞，豈可趣奉朝儀，反有難易？尊君接下，輕重不侔。謹三請以盡誠，幸再思而服義。人言可畏，風憲難私。伏望自明日常朝，每日依敕文輪赴文德殿立班。所貴大臣有謹法之名，憲府無隳官之罪。」《寓簡》

案：狀亦書記之流，《雕龍》云：「萬民達者，則有狀列辭諺。」又曰：「狀者，貌也。體貌本原，取其事實。」故以狀附於書云。

歐陽永叔以讒罷政事，吕微仲時爲館職，與公書曰：「巧言萋斐，徒成貝錦之文；雅行委蛇，奚玷素絲之節。」其謹嚴精確如此，文忠深歎服之。同上

紹興要盟，禮文之際多可議，而受書之儀特甚。乾道五年，欲遣使直之，先以陵寢爲辭。時范石湖爲侍講，充祈請使。十月，范還報章，有曰：「抑聞附請之辭，欲變受書之禮。出於率易，要以必從。」上於是知其忠勤。後八年，迄參大政云。《桯史》

李衛公在朱崖，表弟某侍郎遣人餉以衣物，公有書答謝之，曰：「天地窮人，物情所棄。雖有骨肉，亦無音書。平生舊知，無復弔問。閣老至仁念舊，再降專人，兼賜衣服器物茶藥至多。開緘發紙，涕咽難勝。大海之中，無人拯卹。資儲蕩盡，家事一空。百口嗷然，往往絶食。塊獨窮悴，終日若饑。惟恨垂没之年，須作餒而之鬼。十月末伏枕七旬，藥物陳裛，又無醫人，委命信天，幸而自活。」書後云：「閏十一月二十日，從表兄崖州司户參軍同正李德裕狀侍郎十九弟。」《容齋續筆》

案：德裕以大中二年十月自潮州司馬貶崖州，所謂閏十一月正在三年，蓋到崖纔十餘月爾，而窮困如是。《唐書》本傳云貶之明年卒，則是此書既發之後，旋踵下世也。當是時宰相皆其怨仇，故雖骨肉之親，平生之舊，皆不敢復通音問。而某侍郎至於再遣專使，其爲高義絶俗可知，惜乎姓名不可得而考耳。

劉禹錫《再遊玄都觀詩序》云：「唯兔葵燕麥，動揺春風耳。」今人多引用之。予讀《北史・邢劭傳》載劭一書云：「國子雖有學官之名，而無教授之實，何異兔絲燕麥、南箕北斗哉？」然則此語由來久矣。《爾雅》曰：「莃，兔葵。蘥，雀麥。」郭璞注曰：「頗似葵而葉小，狀如藜。雀麥，即燕麥，有毛。」《廣志》曰：「菟葵，爚之可食。」古歌曰：「田中菟絲，何嘗可絡？道邊燕麥，何嘗可穫？」皆見於《太平御覽》。《上林賦》：「葴析苞荔。」張揖注曰：「析，似燕麥，音斯。」葉庭珪《海録碎事》云：「兔葵，苗如龍芮，花白莖紫。燕麥草似麥，亦曰雀麥。」但未詳出於何書。《容齋三筆》

李太白《上安州裴長史書》云：「白竊慕高義，得趨末塵。何圖謗言忽生，衆口攢毁，將恐投杼下客，震於威嚴。若使事得其實，罪當其身，則將浴蘭沐芳，自屏於烹鮮之地，惟君侯死生之。願君侯惠以大遇，洞開心顔，終乎前恩，再辱英盼，必能使精誠動天，長虹貫日。若赫然作威，加以大怒，即膝行而前，再拜而去耳。」裴君不知何如人，至譽其貴而且賢，名飛天京，天才超然，度越作者，稜威雄雄，下慴羣物。予謂白以白衣入翰林，其蓋世英姿，能使高力士脱靴于殿上，豈拘拘然怖一州佐者耶？蓋時有屈伸，正自不得不爾。白此書自叙其平生云：「昔與蜀中友人吴指南〔同遊於楚，指南〕死於洞庭之野，一作『上』。白禫服慟哭，炎月伏屍，猛虎前臨，堅守不動，遂權殯於湖側。數年來，觀筋骨尚在，雪泣持刃，躬申洗削，裹骨徒步，負之而趨，寢興攜持，無輟身手，遂丐貸營葬於鄂城。」其存交重義如此。《容齋四筆》

韓子蒼《挽中山韓師》云：「金絮盟猶在，灰釘事已新。」後村以爲語妙而意婉。蓋宣靖之禍，自滅遼取燕始。上句指韓，下句指童蔡也。又梁徐勉以時人聞喪事，相尚以速。勉上疏云：「屬纊才畢，灰釘已具。」又陳徐陵遺楊遵彦書云：「若鄙言爲繆，來旨必通。分請灰釘，甘從斧鉞。」不特出前書也。《浩然齋雅談》

神宗嘗謂錢穆父少師曰：「卿與高麗王書云：『免諸梁陰陽之患，悦滕文哭泣之哀。』可謂得體矣。」《李忠定公集》

德祐元年五月，太皇太后詔諭吕文焕等息兵通好，詔曰：「賈似道專制朝政十有五年，挾智行私，矜己自用，結怨軍民，失信鄰國。戰功當賞而不賞，邊費當支而不支。盡心力以守襄城者坐視不救，備己財以增郢兵者反受責言。遂使諸道離心，三軍解體。比者請師出督，畏死偷生，不戰而逃，莫知所在。自古失律之師，未有如此之謬者。吾已明正其罪。但念吾年七十，抱病卧久，嗣君幼沖，煢煢在疚。念北方之兵，薄吾近地，宗社危急，不可以一朝居。似道召禍至此，老身幼主實受其殃。因思爾文焕，世受國恩，久當事任，守城六載，備殫勤勞，著爾赤心。爾文虎昔受先朝之知，嘗任師旅之寄。一時捨此，度非本心。三人在北，豈能遂忘本朝之舊，不念吾國之危？兹用手披敷陳吾意，三人爲吾轉道此意於師。相吾老幼雖不足念，生靈何辜，受此荼毒。不知何道可以息民？何辭可以通好？願亟爲我圖，俾王室不壞。理宗在天之靈，要必降於爾

衷。故茲詔示，想宜乎悉。」吕文焕回本國書云：「報國盡忠，自許初心之無愧；居城守難，豈期末路之多差。茲祈轉念昔日之功，庶可少伸今日之款。明公問信，歸人欲言。伏念少列戎行，壯臨邊徼。干戈滿目，輕性命於鴻毛；弓箭在腰，繫死生於馬足。不憚馳驅於西北，誓將屏蔽於東南。幸以微勞，屢收薄效。至若襄城之計，最爲淮甸之危。蠢茲無厭之人，指將必攻之地。迅烈如水火之衝擊，震蕩如風雨之去來。坐一日爲尤難，居九年而可奈。南向高築，蓋欲拒我喉襟；樊城盡屠，其在翦我羽翼。雖劉也先首於犯順，而焦然中苦於黨姦。孤城其若彈丸，謂可靴尖之踢倒；長江雖曰天塹，或欲投鞭而斷流。敵焰如斯，先聲屢至。臣能死爾，仰天而哭，伏地而哀。男既生氓，析骸而爨，易子而食。尚冀廟堂之念我，急令鄰郡以聚兵。委病痛於九年之間，案肌肉於羣虎之口。思念張巡之死守，不如李陵之詐降。猶期後圖，可作内應。國手局敗留著，此豈出尋常之機；俗眼圖耳覩形，奈不識驪黄之馬。豈使忠臣偶陷於他國，亦從絶意不念於鄉閭。固知死也何補於生？安有食焉不任其事？因銜北命，乃擁南兵。視以犬馬，報以仇雠。非曰子弟，攻其父母，不得已也，尚何言哉！臣焕等死罪。幸荷今皇上亶其好生，開以自新之路。明公都督雖是開罪，藹然念舊之情，安敢固違，永爲背叛？見今按兵不動，卧轍不驚，撫此良臣，伏覩景命。且秦穆公之數殺馬，在野人猶知報恩；如齊桓公之相射鉤，君子終無忘怨。」《唐宋遺事》

張詠正直少合，與楊億頗相知善，嘗遺億書云：「世之才豪，須藉智識制之，則豪氣不暴。縱

不與伊吕竝轡，亦合著範不朽，屑屑罹禍者，自古何限？蓋智不及氣耳。大率負絶世之才，遇好文之主，迹繫中禁，聲馳四方，苟加順氣於和，嗇精於漠，超然獨到，邈與道俱，不臻長世之期，足爲瑞時之長。」億文辭侈博，落筆即成。生平纂集數百卷，其劬勞至矣。然皆聲韻偶儷，編組事物，鮮有及理之文。詠之書，其真益友之言與。《儒林公議》

案：大凡辯博之才，記誦之學，矜才則多，去道甚遠。矜才則遭忌，昧道則寡識。此王楊盧駱所以爲裴行儉所料也。楊億之文雅近四子，而器識稍高，然卒以疎放始罹讒口，終洩機事，位既黜辱，年亦不長。忠定勤勤規切，有以也夫。故曰「文以載道」，億於道未之見，雖妃青儷白，談天雕龍，一藝之長耳。若柳子厚、蘇文忠對偶之文，無不根極於道，雖處困厄，其精神自超然物外，豈可同年語哉？

契丹知王師屢爲元昊所衄，遣使劉六符、蕭英貽書求關南之地，述周世宗取地之後，有人神共憤，廟社不延之語，自謂與元昊素定君臣之分，世爲甥舅之親。又云：「殊無忌器之嫌，輒肆殘人之伐。」乃遣富弼報聘，許歲增金幣，以代關南賦輸。同上

吴處厚曰：「近世釋子多務於吟詠，惟國初贊寧，獨以著書立言，尊崇儒術爲事，極爲王禹偁所激賞，與之書曰：『使聖人之道，無傷於明夷；儒家者流，不至於迷復。』」同上

許魯齋仕元世祖朝，以哈麻短毁，不得行其學，力求歸田。觀其與人書有曰：「春日池塘，秋

風禾黍。夏末雨蠶老麥收，冬將寒囷盈箱積。門喧童稺，架滿詩書。山色水光，詩懷酒興。是以心思意緒，日日在此。安此樂此，言亦此，書亦此。百周千折，期必得此而後已。」魯齋雖不明言其所以求去之意，然而人生得天地所與分内之樂，亦不過是矣。《東軒客談》

周世宗時，陶尚書穀奉使江南，韓熙載遣家妓奉盤匜及旦，有書謝云：「巫山之麗質初臨，霞侵鳥道；洛浦之妖姬自至，月滿鴻溝。」舉朝不能會其詞，熙載因召家妓訊之。云：「是夕適浣濯焉。」《緗素雜記》

楊文公既佯狂歸陽翟，祥符六年也。中朝士大夫自王魏公而下，書問常不輟，皆自爲文，而用其弟倚士曹名，奏牘則託之母氏。其《答王魏公書》末云：「介推母子，絶希緜上之田；伯夷兄弟，甘守西山之餓。」當時服其微而婉云。《石林燕語》

鄭太穆郎中爲金州刺史，致書於襄陽于司空頔。鄭書傲睨自若，似無部吏之禮，書曰：「閣下爲南溟之大鵬，作中天之一柱。騫騰則日月小，摇動則山岳頽。真天子之爪牙，諸侯之龜鑑也。太穆幼孤二百餘口，饑凍兩京，小郡俸薄，尚爲衣食之憂。溝壑之期，斯須至矣。伏惟賢公息雷霆之威，垂特達之節，賜錢一千貫、絹一千匹、器物一千事、米一千石、奴婢各十人。」且曰：「分千枝一葉之影，即是濃陰；減四海數滴之泉，便爲膏澤。」于公見書，亦不嗟訝，曰：「鄭使君所需，各依來數一半。」以戎旅之際，不全副其本望也。《雲溪友議》

王相綸嘉、熙間以親老辭督府，辟其書曰：「昔温太真絶襟違母，以奉廣武之檄，心雖忠而人議其失性；徐元直指心戀母，以辭豫州之命，情雖窘而人予其順天。」《困學紀聞》

《文心雕龍》云：「士衡才優，而綴辭尤煩；士龍思劣，而雅好清省。」今觀士龍《與兄書》曰：「往日論文，先辭而後情，尚潔而不取色澤。兄文章高遠絶異，然猶皆嫌微多，但清新相接，不以此爲病耳。若復令小省，恐其妙欲不見。雲今意視文，乃好清省，欲無以尚意之至，此乃出自然。」同上

車永茂安外甥石季甫見使爲鄮令，便道之職。茂安《與陸士龍書》曰：「老人及姊自聞此問，不能復食。姊晝夜號泣，舉家慘慼。昨全伯始有一信來，是句章人，具説此縣既有短狐之疾，又有沙虱又作『蝨』，《玉篇》：『蟲穴也。』害人。聞此消息，倍益憂慮。足下可具示土地之宜，企望來報。」士龍答書曰：「縣去郡治，不出三日，直東而出，水陸並通。西有大湖，廣縱千頃。北有名山。南有林澤。東臨巨海，往往無涯，汎船長驅，一舉千里。北接青徐，東洞交廣。海物惟錯，不可稱名。遏長川以爲陂，燔茂草以爲田。火耕水種，不煩人力。決泄任意，高下在心。舉鍤成雲，下鍤成雨。既浸既潤，隨時代序。官無逋滯之穀，民無飢乏之慮。衣食常充，倉庫恒實。榮辱既明，禮節甚備。爲君甚簡，爲民亦易。季冬之月，牧既畢，嚴霜隕而蒹葭萎，林鳥祭而罻羅設。因民所欲，順時遊獵，結罝繞岡，密罔彌山，放鷹走犬，弓弩亂發。鳥不得飛，獸不得逸。真光赫之

觀，盤戲之至樂也。若乃斷遏海浦，隔截曲隈，隨潮進退，采蜯捕魚。鱣鮪赤尾，鯸齒比目，不可紀名。鱠鰡鰒，炙鯊鯸，烝石首，臛鯊鯊，真東海之俊味，肴膳之至妙也。及其蜯蛤之屬，目所希見，耳所不聞，品類數百，難可盡言也。昔秦始皇至尊至貴，前臨終南，退燕阿房，離宮別館，隨意所居，沈淪涇渭，飲馬昆明。四方奇麗，天下珍玩，無所不有，猶以不如吴會也。鄉東觀滄海，遂御六軍，南巡狩，登稽嶽，刻文石，身在鄮縣三十餘日。夫以帝王之尊，不憚爾行。季甫年少，受命牧民，武城之歌，足以興化。桑弧蓬矢，丈夫之志；經營四方，古人所歎，何足憂乎！且彼吏民，恭謹篤慎，敬愛官長，鞭朴不施，聲教風靡。漢吴以來，臨此縣者，無不遷變。尊大人賢姊上下，當爲喜慶歌舞相送，勿爲慮也。」茂安又答曰：「於母前伏讀三周，舉家大小，豁然忘愁。足下此書，足爲典誥。雖《山海經》、《異物志》、《二京》、《三都》，殆不復過也。恐有其言，能無其事耳。」愚謂士龍之書，筆勢縱放，真奇作也。可以補《四明郡乘》之闕遺，故詳著之。同上

劉之達煇《上李肅之納拜書》曰：「古之君子，一言語而禮義明，一施設而風俗厚。如釋之進王生之韈，而漢世重名；如裴度當李愬之謁，而蔡人知禮。」同上

東坡云：「盛時一失貴反賤，桃笙葵扇安可常。」不知「桃笙」爲何物，偶閲《方言》「簟，宋衛之間謂之笙」，乃悟桃笙，以桃竹爲簟也。梁簡文《答湘東王獻簟書》云：「五離九折，出桃枝之翠筍。」乃謂桃枝竹簟也。桃竹出巴渝間，杜子美有《桃竹杖歌》。同上

柳子厚《與王參元書》云：「家有積貨，士之好廉名者，皆畏忌不敢道足下善。」嘗考李商隱《樊南四六》有《代王茂元遺表》：「元與弟季參元俱以詞場就貢，久而不調。」茂元，棲曜之子也。商隱誌王仲元云：「第五兄參元教之學。」同上

案：《樊南集》有《代濮陽公遺書》，即爲茂元作也。至誌王仲元文，未見，想李集所傳未全。

晉魏間詩尚未拘聲律對偶，陸雲相謔之辭所謂「日下荀鳴鶴，雲間陸士龍」者，乃正爲的對。至於「四海習鑿齒，彌天釋道安」之類，不一而足。乃知此禮出於自然，不待沈約而後能也。舊嘗不解「四海」、「彌天」爲何等語，因讀梁惠皎《高僧傳》，載習鑿齒《與安書》云：「夫不終朝而雨六合者，彌天之雲也；弘淵源而敷八極者，四海之流也。」故摘其語以爲戲爾。《石林詩話》

四六叢話卷十八

碑誌十一

夫篆刻新而色絲著，川原貿而石墨華。伊人白璧，固知無愧詞之難；吉夢神椽，實惟大手筆之任。事難徵實，諛墓攫其多金；時鮮能文，貞珉鬱其無字。蓋勒勳庸器，古有鏤金；鐫德穹碑，今歸伐石。朝廷懿美，録在史官；家世音徽，式之神道。碑版之用遠矣。粤自韓公起衰，歐陽復古，始以《史》《漢》之文甄叙，以《詩》《書》之義發揮。振臂一呼，隨風而靡然。自東漢訖於唐宋，人才輩出，作者相望。蘭蓝不絶其芳，琬琰聿彰其寶。莫不激揚流品，追琢詞條。漢季中郎，尤爲傑出。《林宗》、《太丘》之篇，《楊公》、《橋公》之製，抉荀、揚之藴，抽典誥之華，淵乎其思，粹乎其質，班、張之儔，瞠焉其後已。魏晉以還，斯事不廢。或載沈於層波，或式刊于第二。士衡有似賦之譏，興公獲多枝之咎。不存者，東阿三十之銘；可語者，韓陵一片之石。自孝穆以耆碩峙江左而蜚聲，子山以客卿入關西而掞藻，一時規隨人

傑，悉被衮榮；窈窕姬姜，胥徵彤美。猗歟盛矣！若夫格沿齊、梁，文高秦、漢，詞雄而意古，體峻而骨堅，稱有唐之冠冕，爲昌黎所服膺者，其惟張燕公乎！體經神，續騷裔，昭璧采，叶韶和。流鬱以運氣，俊偉以任才，無刓缺之鋒鋩，有天成之章句。二相協德，誦配崧高；諸將銘功，述同盲左。爛爛兮五緯芒寒，飄飄乎三山風引也。至若王右丞碑文豪健，《六祖》一碑，熟精内典，希風《頭陀寺》之文；吕衡州文筆清新，《受降城》一銘，曉暢邊情，接踵《燕然山》之美。李衛公《幽州紀聖功碑》，經濟大文，英雄本色，自非兼資文武，未易學步邯鄲也。

夫唐人尤工楷法，碑碣存者獨多，苔蘚之下，典縟猶新。而鯨鏗春麗，競秀增華，未有如初唐四傑者。事雖僻沉，必有切義；文惟鋪叙，不乏妍詞。後學津梁，於是乎在。宋代碑版，駢儷亦多。徐騎省撰南唐後主之碑，傷心國步，而仰惻宸襟；晏元獻撰章懿太后之碑，塗改生民，而未契睿旨。是知辭尚體要，文本性情。將列於著作之林，必原於忠厚之至。是以孤忠自矢，雖居讒間嫌疑之地，而情事獲申；至孝未光，雖以執經秉直之思，而文采更晦。秉筆之士，不可不知也。誌者，識也，納諸墓之謂也。魏文貞《李密墓誌》一篇，神鋒百鍊，卓絶古今。夫碑通於史，而儷别於古。原其所以同，復推其所以異，是在大雅宏達之才矣。叙《碑誌第十》。

余以太和十八年，從高祖北巡，届於陰山之講武臺。臺之東有《高祖講武碑》。碑文是中書

郎高聰之詞也。自臺西出即廣德殿所在也。其時帝幸龍荒，遊鸞朔北，南秦王仇池楊難當捨蕃委誠，重譯拜闕，陛見之所也，故殿以廣德爲名。魏太平真君三年，刊石樹碑，勒宣時事，碑頌云：「肅清帝道，振懾四荒。有蠻有戎，自彼氐羌。無思不服，重譯稽顙。恂恂南秦，歛歛推亡。峨峨廣德，奕奕焜煌。」侍中司徒東明公崔浩之詞也。《水經注》

羅水又西北逕袁公塢，又西北逕潘岳父子墓，前有碑。岳父芘，瑯琊太守，碑石破落，文字缺敗。岳碑題云《給事黄門侍郎潘君之碑》，碑云：「君遇孫秀之難，闔門受禍。故門生感覆醢以增慟，乃樹碑以記事。」太常潘原之詞也。同上

介休城東有郭林宗、宋子浚二碑。林宗，縣人也，辟司徒，舉太尉，以疾辭，其碑文云：「將蹈洪崖之遐迹，紹巢由之逸軌。翔區外以舒翼，起天路以高峙。禀命不融，享年四十有三。建寧四年正月丁亥卒。凡我四方同好之人，永懷哀痛，乃樹碑表墓，昭銘景行云。」蔡伯喈謂盧子幹、馬日磾曰：「吾爲天下碑文多矣，皆有慙容，唯郭有道無愧于色矣。」同上

東晉謝太傅墓碑，但樹貞石，初無文字，蓋重難製述之意也。《劉賓客嘉話録》

夢得曰：「柳八駁韓十八《平淮西碑》：『左飧右粥』，何如我《平淮西雅》曰『仰父俯子』？韓碑兼有帽子。使我爲之，便説用兵伐叛矣。」《全唐詩話》

白傅弟敏中曾任諫官，獻疏請叔謚，上曰：「何不取醉吟先生傳表墓耶？」卒不賜謚。及後

在相，奏立神道碑，其文即李義山之辭也。《賈氏談録》

「密章」二字見《晉書》山濤等傳，然其義殊不深曉。自唐以來，文士多用之。近世若洪舜俞行《喬行簡贈祖母制》亦云：「欲報含飴之德，可稽制蜜之章。」「蜜」字皆從虫。相傳謂贈典既不用印，而以蠟爲之。蜜即蠟，所以謂之蜜章。然劉禹錫《爲杜司徒謝追贈表》云：「紫書忽降於九重，密印加榮於後夜。」《李國長神道碑》云：「煌煌密章，肅肅綸言。」《王崇述神道碑》云：「没代流慶，密章下賁。」宋祁《孫奭謚議》云：「密章加等，昭飾下泉。」又《祭文》：「恤恩告第，虩書密章。」「密」字乃亚從山，莫知其義爲孰是。豈古字可通用乎？或他別有所出也。《齊東野語》

右《德州長壽寺舍利碑》，不著書撰人名氏。碑武德中建，而所述乃隋事也。其事迹文辭皆無取，獨録其書爾。余屢歎文章至陳、隋不勝其弊，而怪唐家能臻致治之盛，而不能遽革文弊，以謂積習成俗，難於驟變。及讀斯碑有云：「浮雲共嶺松張蓋，明月與巖桂分藂。」乃知王勃云「落霞與孤鶩齊飛，秋水共長天一色」，當時士無賢愚，以爲警絶，豈非其餘習乎？《六一題跋》

東坡《表忠觀碑》，先列奏狀以爲序，至「制曰可」而系之以銘。其格甚新，乃倣柳柳州所作《壽州安豐縣孝門銘》。蓋以忠比孝，全用其體制耳。柳宗元《孝門銘》，史臣既全載於《唐·孝友傳》，文甚典雅。蘇公《表忠觀碑》視柳有加，宜乎金陵王氏以太史公年表許之。二文旨意，其允合於史法矣。《學齋佔畢》

莒公常言：「宋宣獻公作《西太乙宫碑》，文之極摯者也。」《筆記》

張九齡爲相，明皇欲以凉州都督牛仙客爲尚書，執不可，曰：「仙客，河湟一使典耳，擢自胥吏，目不知書。陛下必用仙客，臣實恥之。」帝不悦。因是遂罷相。觀九齡集中有《贈涇州刺史牛公碑》，蓋仙客之父，譽之甚至，云：「福善莫大於有後。仙客爲國之良，用商君耕戰之圖，修充國羌人之具。出言可復，所計而然，邊捍長城，主恩前席。」正稱其在凉州時，與所諫止尚書事亦才一年，然則與仙客非有夙嫌，特爲公家忠計耳。《容齋隨筆》

世俗多言月中桂爲娑羅樹，不知所起。唐天寶初，安西進娑羅枝，狀言：「臣所管四鎮拔汗那國，有娑羅樹，特爲奇絶，不庇凡草，不止惡禽。近來得樹枝二百莖以進。」余比得楚州淮陰縣唐開元十一年海州刺史李邕所作《娑羅樹碑》云：「非中夏物土所宜有者，婆娑十畝，蔚映千人。惡禽翔而不集，好鳥止而不巢。深識者雖徘徊仰止而莫知冥植，博物者雖沈吟稱引而莫辨嘉名。隨所方面，頗證靈應。東瘁則青郊苦而歲不稔，西茂則白藏泰而秋有成。嘗有三藏義净，還自西域，齋戒瞻歎。於是邑宰張松質請邕述文建碑。」觀邕所言惡禽不集，正與上説同。《容齋四筆》

池州銅陵縣孚貺侯廟有唐中和二年二月一碑，其詞云：「晉故晉陽太守兼揚州長史張寬牒。奉處分，當道先準詔旨，許行墨勑，獎勸功勳，雖幽顯不同，而褒昇一致。神久標奇絶，早揖英風，靈迹屢彰，神道不昧。夫寵贈之典，非列藩宜爲；神功既昭，乃軍都顒請。是行權制，用副人心。

謹議褒贈游擊將軍宣州都督。」張魏公宣撫川、陝，便宜封爵諸神，本諸此。同上

永叔謂：「『春與猿吟兮，秋鶴與飛。』疑碑之誤。」此最退之用工處，不知何故反於此疑之。《廣川書跋》

《詩》云：「高山仰止，景行行止。」言人有景行，當效而行之，如山之高當仰之。今人書簡有使「景仰」者，疏矣。魏文帝書云「高山景行，深所仰慕」爲是。任彥昇《太宰碑》云：「瞻彼景山，肅然望慕。」雖引《詩》「陟彼景山」，然不出「景行」「高山」之意也。《西溪叢語》

肅王與沈元用同使北，館於燕山愍忠寺。暇日無聊，同行寺中，偶有唐人碑，詞皆偶儷，凡二千餘言。元用素强記，即朗誦一再，肅王不視，且聽且行，若不經意。元用歸，欲矜其敏，取紙追書之，不能記者闕之，凡闕十四字。書畢，肅王視之，即舉筆盡補其所闕，無遺者，又改元用謬誤四五處，置筆他語，略無矜色。元用駭服。《老學菴筆記》

頭陀寺在鄂州城之東隅石城山後，有南齊王簡棲碑，唐開元六年建，韓熙載撰碑陰云：「皇上鼎新文物，教被華夷。如來妙旨，悉已徧窮；百代文章，罔不備舉。故是寺之碑，不言而興。」案此碑立於己巳歲，當皇朝之開寶二年，南唐危蹙日甚，距其亡六年爾。熙載且言其主「鼎新文物，教被華夷」，固已可怪，又以窮佛旨、舉遺文及興是碑爲盛，誇誕妄謬，真可爲後世笑。《入蜀記》

杜詩：「安得壯士挽天河，淨洗甲兵長不用。」裴行儉碑曰：「洗兵諸真之水，刷馬草心之

山。」皆有洗兵之語，所謂「挽天河」語，子美之前罕聞。《野客叢書》

頌人惠用棠陰事，本召伯「蔽芾甘棠」之義。據《詩》無「陰」字，然用「棠陰」字久矣，如謝莊策文「棠陰虚館」是也。又有一棠陰事，見沈約碑，曰：「痛棠陰之不留。」注：「落棠山，日入之地。」今人類知棠陰爲甘棠之陰，而落棠山事，鮮有知者。同上

神宗初欲爲《韓魏公神道碑》，王禹玉爲學士，密詔禹玉具故事有無。禹玉以唐太宗作《魏徵碑》、高宗作《李勣碑》、明皇作《張説碑》、德宗作《段秀實碑》及本朝太宗作《趙普碑》、仁宗作《李用和碑》故事以聞。於是御製碑賜魏公家。或云即禹玉之詞也。熙寧三年十二月，王禹玉參知政事。八年六月，韓魏公薨。此云禹玉爲學士，非也。《石林燕語》

李百藥父與友人共讀徐陵文，有「刈琊琊之稻」句，歎不得其事。百藥進曰：「《春秋》『鄅子藉稻』，杜預謂在琅琊。」客大驚，號奇童。今案：昭公十八年《傳》「鄅人藉稻」注云：「鄅，姬姓國也，其君自藉稻。」蓋履行之。昭公十八年《經書》「邾人入鄅」注云：「鄅國，今琅琊開陽地也。」蓋藉當呼爲典籍之籍者，謂履行之而記其數也。周之六月，夏之四月，稻方生也。而徐陵以爲刈，非矣。《嬾真子》

徐鉉歸朝後，乞爲故主李煜作墓碑，朝廷從之。案：翟耆年《籀史》：「太平興國中詔侍臣撰《李煜神道碑》，有欲中傷徐鉉者奏曰：『吴王事莫若徐鉉爲詳。』遂詔鉉撰，鉉乞存故主之義云云。」非鉉乞撰。此所記殊誤。謹附訂於此。其

辭有云：「盛德百世，善繼者所以主其事；聖人無外，善守者不能固其存。西隣起釁，南箕搆禍。投杼致慈親之貳，乞火無隣婦之詞。」又曰：「孔明罕應變之略，不成近功；偃王躬仁義之行，終於亡國。」《浩然齋雅談》

案：徐鉉《碑》云：「東隣搆禍，南箕扇疑。」《東軒筆録》云：「東隣謂錢俶也。」此云「西隣」，殆誤。蓋蜀亡距下江南已十年矣，不當牽涉也。

晏元獻公撰《章懿太后神道碑》，破題云：「五嶽峥嶸，崑山出玉；四溟浩渺，麗水生金。」蓋言誕育聖躬，實繫懿后。奈仁宗夙以母儀事明肅劉太后，膺先帝擁祐之託，難爲直致，然才者則愛其善比也。獨仁宗不悦，謂晏曰：「何不直言誕育朕躬，使天下知之。」晏公具以前意奏之。上曰：「此等事卿宜置之，區區不足較，當更别改。」晏曰：「已焚草於神寢。」上終不悦。迨升祔，二后赦文，孫承旨忭當筆，協聖意直叙曰：「章懿太后丕擁慶羡，實生眇躬，顧復之恩深，保綏之念重。神馭既往，仙遊斯邈。嗟乎！爲天下之母，育天下之君。不逮乎九重之承歡，四海之致養。念言一至，追慕增結。」上覽之，感泣彌月。明賜之外，悉以東宫舊玩密賚之。歲餘參大政。孫忭，字夢得，眉山人。天聖進士，參知政事。謚文懿。有集。《湘山野録》

唐五代之際，以文紀事者，多用故事，而作史者因而舛誤。回鶻烏介可汗走保黑車子族，李德裕記聖功碑云：「烏介并丁零以圖安，依康居而求活。」所謂「康居」，用《漢書》郅支事也。而

《舊史》云：「烏介依康居求活。」《困學紀聞》

顔魯公爲《郭汾陽家廟碑》云：「端一之操，不以險夷槩其懷；堅明之姿，不以雪霜易其令。」斯言也，魯公亦允蹈之。同上

楊盈川《叙郡守》云：「代臨本州，則元賓之父喜形於色；繼爲太一作『本』。守，則張翕之子迎者如雲。」《叙縣令》曰：「仁之所懷，幼童不忍擊將雛之雉；明之所斷，老父不能争食粟之雞。」對的語工。同上

杜甫《鄭駙馬宅宴洞中》，今考少陵作《皇甫德儀碑》云：「有女臨晉公主，出降代國長公子滎陽潛曜。」又云：「忝鄭莊之賓客，遊竇主之山林。」鄭潛曜見《孝友傳》。同上

《出瞿塘峽》詩：「五雲高太甲，六月曠摶扶。」註不解「五雲」之義。嘗觀王勃《益州夫子廟碑》云：「帝車南指，遁七曜於中階；華蓋西臨，藏五雲於太甲。」《酉陽雜俎》謂燕公讀碑，自「帝車」至「太甲」四句悉不解，訪之一公，一公言北斗建午，七曜在南方，有是之祥，無位聖人當出。「華蓋」以下卒不可悉。愚謂老杜讀書破萬卷，必自有所據，或入蜀見此碑而用其語也。《晉・天文志》：「華蓋杠旁六星曰六甲，分陰陽而配節候。」太甲恐是六甲一星之名。然未有考證，以一行之邃于星曆，張燕公、段柯古之殫見洽聞，而猶未知焉，姑闕疑以俟博識。同上

《游林慮西山記》：「厓北轉有大石，方丈餘，雪瑩掌平枕溪，號石席，上刻杜相公美所作銘。

銘云：『溪石齒齒，溪水潺潺。鳴玉跳珠，水流石間。涓涓溪月，泠泠溪風。風吟松梢，月湛杯中。欲醉而歌，既醉而卧。悠悠千古，浮雲之過。』辭清婉，字畫亦遒逸可愛。」《歸潛志》

五季文章趣卑陋極矣，然當時諸僭僞，其國頗亦有人。吾頃遊博白之宴石山，號普光禪寺者，爲屋數椽而已。其山迴絶，洞穴奇怪，得一碑，乃僞漢時人爲寺記。特喜其兩語曰：「蔬足果足，松寒水寒。」《鐵圍山叢談》

庾信《宇文盛墓誌銘》云：「受圖黄石，不無師表之心；學劍白猿，遂得風雲之氣。」牧之《題李西平宅》云：「受圖黄石老，學劍白猿翁。」亦即舊爲新之一端也。《潘子真詩話》

高公所生母麥氏即隋將鐵杖曾孫，與母别時年十歲。母撫其首泣曰：「與汝分别，再見無時。然汝胸上七黑子，他人云必貴。吾若不死得重見，記取此言。汝常弄我臂上雙金鐶，吾亦留看，待見汝示之，慎勿忘却。」即與訣别。向三十年後，知母在隴州，雖使人迎候，終不獲望見。及到，子母並不相識，母問曰：「與汝别時記語否？」「胸前有黑子。」母曰：「在否？」即解衣視之。母亦出金鐶示之。一時號泣，累日不止。上聞，登時召見，封越國夫人，便於養父母家安置。十餘年後卒，葬東京原，燕公誌墓曰：「驗七黑於子心，辨雙鐶於母臂。」即此事也。《高力士傳》

梁均帝晉天福中始葬，故妃張氏獨存。考功員外商鵬爲誌文曰：「七月有期，不見望陵之妾；九疑無色，空餘泣竹之妃。」後唐武皇還師渭北，不獲入覲，幕客李襲吉作《違離表》云：「穴

禽有翼，聽舜樂以猶來；天路無梯，望堯雲而不到。」五代之際，工翰墨者無以過此也。《文昌雜録》

自唐以來，未爲墓志銘，必先有行狀，蓋南朝以來已有之。按：梁江淹爲《宋建太妃周氏行狀》，任昉、裴野亦皆有行狀。《能改齋漫録》

董君《新序》稱甫爲《淑妃皇父碑》在開元二十三年，最少作也。余案：是年甫才二十四歲，宜爲少作。然案《碑》文，妃卒、葬皆在二十年，然此碑乃其子壻鄭濳耀令甫作，未必在是年。《碑》末云：「甫忝鄭莊之賓客，游竇主之園林。以白頭之嵇、阮，豈獨步於崔、蔡。野老何知，斯文見託。」若其壯年所作，豈得序稱「白頭嵇、阮」與「野老何知」哉？又其銘云：「日居月諸，邱隴荆杞。列樹拱矣，豐碑缺然。」則其立碑蓋在葬後，非葬時所作也。蓋董君不考立碑年，但考其葬年，故誤耳。《東觀餘論》

四言雖文辭巨伯輒不能工，水心有是言矣。劉濳夫亦以四言尤難，《三百五篇》在前之故。韋氏云：「『誰謂華高，企其齊而；誰謂德難，厲其庶而。』使經聖筆，亦不能删。」余思如律以《三百五篇》，則韋氏爲工，世殊體異。後之銘詩，莫非四言也。如蘇公所撰《范蜀公誌銘》云：「君實之用，出而時施，如彼水火，寧除渴饑；公雖不用，亦相其行，如彼山川，出雲相望。」《深雪偶談》

孫仲益覿《鴻慶集》，大半銘志，一時文名獵獵起，四方爭輦金帛請，日至不暇給。今集中多云云，蓋諛墓之常不足詫，獨有武功大夫李公碑列其間，儼然一璫耳，亟稱其高風絶識，自以不獲

見之爲大根，言必稱公，殊不作於宋用臣之論謚也。其銘曰：「請共一德，歷踐四朝。如砥柱石，不震不摇。」亦太侈云。《桯史》

《韻略》上聲二腫字險窄。予向作《汪莊敏銘詩》八十句，唯蕭敏中讀之曰：「押盡一韻。」今考之，猶有十字越用一董内韻，其詞曰：「維天生材，萬彙傾竦。侯王將相，曾是有種。公家江東，世繹耕壟。桃溪之涘，是播是種。孰丰厥培，爇此圭珙。公羈未奮，逸駕思駷。沈酣《春秋》，蹈迪周孔。徑策名第，稍辭渫䆝。横經湘沅，士敬如捧。蓬萊方丈，佩飾有琫。應龍天飛，薈蔚雲滃。千官在序，摩厲從臾。吾惟片言，借箸泉湧。正冠霜臺，過者卞悚。顔顔殿祀，聲氣不動。公云顯仁本攢，巫史呼洶。昌言一下，恩浹千家。𤞞粥孔熾，邊戒毛氄。婞婳當位，左掣右擁。公云當今，沸渭混澒。天威震耀，誰不憤踊。遂遷中司，西柄是董。出關啓旆，籌檄倥偬。業業荆襄，將懦日拱。投袂電赴，如尊乃勇。鄧唐蔡陳，馳捷齊踵。佛貍歸骴，民恃不恐。璽書賜朝，百揆參總。亞勛贊册，國勢尊鞏。督軍載西，寄責采重。方規許洛，事援秦隴。符離罔功，奇畫膠拲。鈞樞建使，宰席亢寵。還臨西州，夾道歡擁。有銜未𢘫，病癖〔且〕尰。曾不憖遺，使我心愯。湘湖高邱，草木蔚蓊。維水容裔，淮山巃嵸。矢其銘詩，詞費以冗。奈何乎公，萬禩毋聳。」若韓、孟、籍、徹會合聯句三十四韻，除蜙、蛹二字《韻略》不收外，餘皆不出二腫中。雄奇激越，如大川洪河，不見涯涘，非瑣瑣潢汙行潦之水所可同語也。《容齋四筆》

柳子厚、劉夢得，皆坐王叔文黨廢黜。劉頗飾非解謗，而柳獨不然，其《答許孟容書》云：「早歲與負罪者親善，始奇其能，謂可以共立仁義，裨教化。暴起領事，人所不信，射利求進者，百不一得，一旦快意，更恣怨讟，詆訶萬狀，盡爲敵讐。」及爲叔文母劉夫人墓銘，極其稱誦，謂：「叔文堅明直亮，有文武之用。待詔禁中，道合儲后。獻可替否，有康弼調護之勤；訏謨定命，有扶翼經緯之績；將明出納，有彌綸通變之勞。内贊謨畫，不廢其位。利安之道，將施於人。而夫人終於堂，知道之士，爲蒼生惜焉！」其語如此。《容齋續筆》

太平興國中，吴王李煜薨，太宗詔侍臣撰《吴王神道碑》。時有與徐鉉争名而欲中傷之者，面奏曰：「知吴王事迹莫若徐鉉爲詳。」太宗未悟，遂詔鉉撰碑。鉉遽請對而泣曰：「臣舊事李煜，陛下容臣存故主之義，乃敢奉詔。」太宗始悟讓者之意，許之。其警句云：「東鄰遘禍，南箕扇疑。投杼致慈親之惑，乞火無里婦之談。始勞(因)〔固〕壘之師，終後塗山之會。」太宗覽讀稱歎。東鄰，謂錢俶也。《東軒筆録》

郭訥撰《右武衛將軍柳泰碑》云：「碑篆盡假於余。柔翰徒施，實慚於墨妙；貞石既刻，有愧於色絲。」《文苑英華》

唐吕向《聖頌碑》云：「翰藻自天，發揮神化，建碑於廟，以光寵焉。」又云：「樹之平地，嶷若斷山。六龍盤礴糾其上，羣神離立負其下。」當是頌玄宗所建華嶽碑也。《石墨鐫華》

讀退之《羅池廟碑》「北方之人兮，爲侯是非；千秋萬歲兮，侯無我違」，輒流涕有感。《唐庚文録》

姚元崇與張説同爲宰輔，頗懷疑阻，累以事相侵。張銜之頗切。〔姚〕既病，戒諸子曰：「張丞相與吾不叶，舋隙甚深。然其人少懷奢侈，尤多服翫。吾身殁之後，以吾嘗同僚，當來弔。汝其盛陳吾平生服翫寶帶重器羅列於帳前，若不顧，汝速計家事，舉族無類矣；目此，吾屬無所虞，便當録其翫用，致於張公，仍以神道碑爲請。既獲其文，登時便寫進，仍礱石以待之，便令鎸刻。張丞相見事遲於我，數日之後必當悔，若却徵碑文，以刊刻爲詞，當引使視其鎸刻，仍告以聞上。」訖姚既殁，張果至，目其翫服三四，姚氏諸孤悉如教誡。不數日文成，叙述該詳，時爲極筆。其略曰：「八柱承天，高明之位列；四時成歲，亭毒之功存。」後數日，果使使取文本，以爲詞未周密，欲重加刊改。姚氏諸子乃引使者示其碑，仍告以奏御。使者復命，悔恨撫膺，曰：「死姚崇猶能算生張説，吾今日方知才之不及也。」《明皇雜録》

綿州魏城縣人王助，舉進士，有奇文，蜀自李白、陳子昂後，繼之者乃此人也。嘗撰《魏城縣道觀碑》，詞華典贍。於時薛逢牧綿州，見而賞之，以其邑子延通，因改名助，字次安，壯其文類王勃也。自幼歸刊建，薛使君列銜於碑陰以光其文，雖兵亂焚蕩，而螭首巋然。好事者經過皆税駕碑下而覽之。助後以瞽廢，無聞於世，賴河東公振發增價，而子孫榮之。其子朴仕蜀，至翰林學士。《大中遺事》

四六叢話卷十九

判十一

自昔東鈞參聽，吏尚其師；天水違行，爻呈其象。端本貴臻於無訟，惟誠能折以片言。周爭左右，王子不能舉其要；衛訟君臣，鍼莊於是爲之理。甫刑垂訓，簡乎存明啓之占；《康誥》勤咨，否蔽涉旬時之念。判之造端，自此始也。漢世莅民，緣飾經術。董仲舒《春秋決獄》二百餘事，應劭《漢朝議駁》八十二條，皆其類也。康成《聚訟》，議禮而不爲觀民；伯喈《獨斷》，博古而非因察獄。雖復明習文法，根極化原。據事直書，期悉應乎經義；貳端析律，用申誠於惟良。粗舉科條，務從質直。魏晉以下，文體風華，而訐訟少衰，教條亦鮮。江東才秀如雲，判名不立；《文選》雕績滿眼，判缺有間。惟《文心》略舉厥義，附之契、券，曰其字半分曰判。按《周禮》媒氏之判，實男女之婚籍；後世之判，乃州郡之爰書。亦名同而實異耳。李元紘曰：「南山可移，判不可改。」則其時才吏見美，判牘爭鳴。奮筆峥嶸，共泉流而朗鏡；敷詞精切，偕象魏以俱

懸矣。唐以此試士，俾習法律，重其入彀，參之身、言、書之長。苟謝不能，不獲與俊造選之列。選人以此拔萃，律學以此致身。於是潤案牘以《詩》《書》，化刀筆爲《風》《雅》。大凡判之爲體，貴綜覈名實，考驗辭情。熟諳令甲之篇，洞悉姦壬之狀。處堂上而聽堂下，敬兩辭而明單詞。俾學斷斯獄，必無疑竇之滋；奏當之成，無易初辭之揆。此判之本義也。若乃試士之判，則又有異。設甲以爲端，假乙以致詰。米鹽瑣細，不必盡麗刑章；蕉鹿紛紜，欲其稍介疑似。盜瓜逢幻，迹類子虛；剉草致傷，事同戲劇。而獄具磔鼠，如漢廷老吏之爲；筆控剸犀，同竇鍔發硎之用。所傳白居易《甲乙判》百篇，張鷟《龍筋鳳髓判》若干首。白體氣高妙，若先輩之程文；張詞意精妍，擬近時之行卷。均屬能事，無庸伸此而抑彼也。宋詞科亦不試判，惟涖政頗尚綴文。張乖崖誅鋤猾吏，讀判示之，愕然絀服，即其驗也。若周南冀北，坡公不狥狎邪；玉爵彩雲，司馬特寬醉吏。亦時時見于他説云。前明定科場制二場，試表一篇，判五道。國朝因之。行之既久，士子往往宿搆暗記，漸成鈔胥具文。我皇上敦崇實效，風勵學官。乾隆二十二年特命二場罷表判不用，改作五言八韻一首，尋又移詩於第一場。數十年來，士子習於聲詩，博通爾雅，翕然丕變矣。因唐人習之既久，多可喜者，小道可觀，略登於篇。敘《判第十一》。

裴炎之弱冠爲同州司户，略不視案牘。刺史李崇儀召入，勵而責之。炎之出，問户佐

曰：「文案幾何？」對曰：「急者二百餘道。」炎之曰：「有何多？　如此逼人！」命每案後連紙十張，令五六人供研墨點筆。　炎之不上廳，語主案者略言其事意，倚柱而斷之，詞理縱横，文筆燦爛，手不停綴，落紙如飛。　傾州官寮觀者如堵。　既而迴案於崇儀。　降階謝曰：「公詞翰若此，何忍藏鋒以成鄙夫之過。」《大唐新語》

裴景昇爲尉氏尉，以無異效，不居最課。　考滿，刺史皇甫亮曰：「裴尉苦節若是，豈可使無上考。」爲之詞曰：「考秩已終，言歸有日。　千里無代步之馬，三月乏聚糧之資。　食惟半菽，室如懸罄。」苦心清節，從此可知。同上

陸象先爲益州長史，奏嘉卭路遠，請鑿岷山之南以從捷近。　發卒從役，居人不堪，多道亡瘉死，行旅無利。　左拾遺張宣明監姚巂諸軍事兼招慰使，乃親驗其路，審其難險，移牒益州曰：「此路高山臨雲，深谷無景，至有斗絶巨嶮，殆不通人蹤。　經之者必搏壁傍崖，脅息而度。　雖竟日登頓，二十許里。　木人猶堪淚下，鐵馬亦可蹄穿。」象先覽之，兢惕罷役。同上

韋陟贈吏部侍郎，有一致仕官叙五品，陟判之曰：「青氈展慶，曾不立班；　朱紱承榮，無宜卧拜。」時人推其强直。同上

吕太一遷户部員外。　户部與吏部鄰司，吏部移牒户部，令墻宇悉竪棘，以防令史交通。　太一牒報曰：「眷彼吏部，銓綜之司。　當須簡要清通，何必竪籬插棘。」省中賞其俊拔。同上

高宗時，司農欲以冬藏餘菜賣之百姓，以墨勅示僕射蘇良嗣。判曰：「昔公儀相魯，猶拔去園葵；況臨御萬邦，而販蔬鬻菜。」事竟不行。《隋唐嘉話》

相國令狐公楚自河陽徵入，至閿鄉暴風，有裨將飼官馬在逆旅，屋毁馬斃。到京，公旋大拜，時魏義通以檢校常侍代鎮三城。裨將當還，緣馬死，懼帥之責，以狀請一字爲押，公援筆判曰：「廐焚魯國，先師惟恐傷人；屋倒閿鄉，常侍豈宜問馬？」《因話録》

貞元中，度支欲砍取兩京道中槐樹造車，更栽小樹，先符牒渭南縣尉張造。造批其牒曰：「近奉文牒，令代官槐。若欲造車，豈無良木？恭惟此樹，其來久遠。東西列植，南北成行。輝映秦中，光臨關外。不惟用資行者，抑亦曾蔭學徒。拔本塞源，雖有一時之利；深根固蔕，須存百代之規。況神堯入關，先駐此樹；玄宗幸嶽，見立豐碑。山川宛然，原野未改。且召伯所憇，尚自保全；先皇舊游，寧宜翦伐。思人愛樹，《詩》有薄言；運斧操斤，情所未忍。」付司具狀牒上度支，使仍具奏聞，遂罷。造尋入臺。《唐國史補》

開元二十一年，安禄山自范陽入奏，張九齡謂同列曰：「亂幽州者是人也。」其後從張守珪，失利。九齡判曰：「穰苴出軍，必誅莊賈；孫武行令，猶戮宫嬪。守珪軍令若行，禄山不宜免死。請斬之。」玄宗惜其勇，令白衣効命。後至蜀，追恨不從九齡言，命使酹於墓。《感定録》

崔沆及第年爲主罰録事，同事盧彖俯近關宴，堅請假往洛下拜慶。及同年宴於曲江亭子，彖

以雕幰載妓，微服鞾鞚縱觀，爲團司所發。沆判曰：「深攙席帽，密映氈車。紫陌尋春，便隔同年之面；青雲得路，可知異日之心。」《摭言》

歐陽文忠好推挽後學。王向少時爲三班奉職幹當滁州一鎮，時文忠守滁州。有書生爲學子不行束修，自往詣之，學子閉門不接。書生訟於向，向判其牒云：「禮聞來學，不聞往教。先生既已自屈，弟子寧不少高。盍二物以收威，乃兩辭而造獄。」書生不直向判，徑持牒以詣歐公。公一閱大稱其才，遂爲之延譽獎進，成就美名，卒爲聞人。《夢溪筆談》

廬山簡寂觀道士王告好學有文，與星子令相善。有邑豪修醮，告當爲都工。都工薄有施利，一客道士自言衣紫，當爲都工，訟於星子云：「職位顛倒，稱謂不便。」星子令封牒與告，告乃判牒云：「客僧做寺主，俗諺有云；散衆奪都工，教門無例。雖紫衣與黃衣稍異，奈本觀與別觀不同。非謂稱呼，蓋利乎其中。有物妄自尊顯，豈所謂大道無名。宜自退藏，無抵刑憲。」告後歸貫，登科爲健吏，至祠部員外郎、江南西路提點刑獄而卒。同上

唐銓選擇人之法有四：一曰身，謂體貌豐偉；二曰言，言辭辯正；三曰書，楷法遒美；四曰判，文理優長。凡試判登科謂之入等，甚拙者謂之藍縷。選未滿而試文三篇謂之宏辭，試判三條謂之拔萃。中者即授官。以書爲藝，故唐人無不工楷法。以判爲貴，故無不習熟。判語必駢儷，今所傳《龍筋鳳髓判》及《白樂天集·甲乙判》是也。自朝廷至縣邑，莫不皆然，非讀書善文不可

也。辛臣每啓擬一事，亦必偶數十語。今鄭畋勑語、堂判猶存。世俗喜道瑣細遺事，參以滑稽，目爲花判，其實乃如此。《容齋隨筆》

《唐史》稱張鷟早慧絶倫，以文章瑞朝廷，屬文下筆輒成，入應制舉皆甲科。今其書傳于世者，《朝野僉載》、《龍筋鳳髓判》也。《僉載》紀事皆瑣尾擿裂，且多媟語。百判純是當時文格，全類俳體，但知堆垛故事，而於蔽罪議法處不能深切，殆是無一篇可讀，一聯可味。如白樂天《甲乙判》則讀之愈多，使人不厭。聊載數端於此。「甲去妻後，妻犯罪，請用子蔭贖罪。甲不許，判曰：『不安爾室，盡孝猶慰母心；薄送我畿，贖罪寧辭子蔭。縱下山之有怒，一作「怨」。曷陟屺之無情。』」「辛夫遇盜而死，求殺盜者而爲之妻。或責其失節，不伏。判云：『夫讎不報，未足爲非；婦道有虧，誠宜自恥。《詩》著靡他之誓，百代可知；《禮》垂不嫁之文，一言以蔽。』」「丙居喪，年老毁疾，或非其過禮，曰：『哀情所鍾。』判云：『況血氣之既衰，老夫耄矣；縱哀情之罔極，吾子忍之。』」「丙妻有喪，丙於妻側奏樂。妻責之，不伏。判云：『儼衰麻之在躬，是吾憂也；調絲竹以盈耳，於汝安乎？』」「甲夜行，所由執之。辭云：『有公事，欲早趨朝。』所由以犯禁不聽。判云：『非巫馬爲政，焉用出以戴星？同宣子俟朝，胡不退而假寐？』」「乙貴達，有故人至，坐之堂下，進以僕妾之食，曰：『故辱而激之。』判曰：『安實敗名，重耳竟慙於舅犯；感而成事，張儀終謝於蘇秦。』」「丙娶妻，無子，父母將出之，辭曰：『歸無所從。』判云：『雖配無生育，誠合比於

斷絃；而歸靡適從，度可同於束緼。』」「乙爲三品，見本州刺史不拜。或非之，稱：『品同。』判云：『或商周不敵，敢不盡禮事君；今晉鄭同儕，安得降階卑我？』」若此之類，不背人情，合於法意，援經引史，比喻甚明，非「青錢學士」所能及也。元微之有百餘判，亦不能工。余襄公集中亦有判兩卷，粲然可觀。《容齋續筆》

唐韋執誼自宰相貶崖州司户，刺史命攝軍事衙推，牒詞云：「前件官久在朝廷，頗諳公事，幸祈佐理，勿憚縻賢。」當時傳以爲笑。同上

唐世節度、觀察諸史辟置寮佐以至州郡差掾屬，牒語皆用四六，大略如告詞。李商隱《樊南甲乙集》、顧雲《編稿》、羅隱《湘南雜稿》皆有之。故韓文公《送石洪赴河陽幕府序》云：「撰書辭，具馬幣。」李肇《國史補》載崖州差故相韋執誼攝軍事衙推，亦有其文，非若今時只以吏牘行遣也。錢武肅在鎮牒鍾廷翰攝安吉主簿云：「勅淮南、鎮海、鎮東等軍節度使，牒將仕郎試祕書省校書郎鍾廷翰，牒奉處分。前件官儒素修身，早昇官緒，寓居霅水，累歷星霜，克循廉謹之規，備顯温恭之道。今者願求録用，特議掄材，安吉屬城印曹闕吏，俾期差攝，勉效公方，儻聞佐理之能，豈吝超昇之獎。事須差攝安吉縣主簿牒舉者。」此牒今藏於王順伯家，其字畫端嚴有法，其文則掌書記所撰，殊爲不工。《容齋三筆》

遣司封員外郎、充史館修撰權審，於衢路突尚書左僕射、平章事崔鉉，判曰：「宰相之統庶

僚，僕射之臨郎吏，豈有導騎已過，按轡横衝？ 權審久在班行，合諳典故，便知素履，且舉舊條，遣都省罰七直。」審以素履之言難誣不就，尋左遷宿州刺史。自爾不獲立朝矣。《東觀奏記》

主簿貪賄于魯，魯乃判曰：「汝雖打草，吾已驚蛇。」《續釋常談》

杜審言字必簡，恃才高以傲世，見疾。蘇味道爲天官侍郎，審言集判，出謂人曰：「味道必死。」人驚問故，答曰：「彼見吾判，且羞死。」《新唐書》

温公家舊有一琉璃盞，爲官奴所碎。洛尹怒令糾録聽温公區處，公判云：「玉爵弗揮，典禮雖聞於往記；彩雲易散，過差宜恕於斯人。」《彦周詩話》

顔魯公爲臨川内史。邑有楊志堅者，嗜學而居貧，山妻厭其饘藿不足，索書求離。志堅以詩送之曰：「平生志業在琴詩，頭上如今有二絲。漁父尚知谿谷暗，山妻不信出身遲。荆釵任意撩新鬢，鸞鏡從他畫别眉。今日便同行路客，相逢即是下山時。」其妻持詩詣州，請公牒以求别適。魯公案其妻曰：「楊志堅素爲儒學，徧覽九經，篇咏之間，風騷可摭。愚妻覩其未遇，遂有離心。王生一作『歡』。之廩既虚，豈遵黄卷；朱叟之妻必去，寧見錦衣。污辱鄉閭，敗傷風俗。若無褒貶，僥倖者多。阿王決二十後任改嫁，楊志堅贈布絹各二十疋，米二十石。便署隨軍，仍令遠近知悉。」江左十數年來，莫有敢棄其夫者。《雲溪友議》

案：别本云：「楊志堅早親儒教，頗負詩名。心雖慕于高科，身不霑于寸禄。愚妻覩其未遇，曾

不少留。靡追冀缺之妻，贊成好事；耑學買臣之婦，厭棄良人」云云。與此小異，應並存之。

子瞻通判杭州，嘗權領郡事。新太守將至，營妓投牒乞從良，子瞻判曰：「五日京兆，判狀不難；九尾野狐，從良任便。」有妓者色藝爲一郡之魁，聞判亦來投牒。子瞻惜其去，判云：「慕周南之化，此意可嘉；空冀北之羣，所請不允。」其善謔如此。《志林》

太學生劉仁軌等省試落第，撾鼓申訴：「准式卯時付問頭，酉時收策試。日晚付問頭，不盡經業，更請重試。」臺付法，不伏。科罪：「劉仁軌青衿胄子，黄卷書生。非應奉之五行，異王充之一覽。天下第一，希聞胡廣之才；日下無雙，罕見黄童之譽。春秋一日，徒棄光陰；文史三冬，虚淹歲月。有司試策，無鼂錯之中科；主者銓量，落公孫之下第。理合逡巡斂分，退坐授銓；豈得俛仰自如，肆情撾鼓？狀稱問頭付晚，策自難周。銓退者既恨獨遲，簡得者不應偏早。訴人之口，皆有愛憎；試官之情，終無向背。傲不可長，驕不可盈。若引窺覘之門，恐開僥倖之路。豸冠奏劾，自合甘從；馬喙無冤，何煩苦訴？宜從明典，勿信浮辭。」《龍筋鳳髓判》

主爵員外郎梁璨奏：「左僕射魏宰無汗馬之勞，御史大夫李嘉無佐命功，竝妄爵也，請皆追奪。」評允：「疏茅建社，削桐開國。隆定鼎於昌基，茂勤王之令典。公侯珪組，百代相仍；帶礪山河，千秋不絶。衹如吴鄧四縣，東海之功臣；蕭曹萬家，西京之佐命。莫不甘棠敦化，光宣召伯之風；大樹辭榮，獨擅將軍之氣。魏宰智不動俗，曾無汗馬之勳；李嘉謀不出凡，詎展饑鷹之

效。無功而祿，不可勵勳臣；無德而官，如何獎朝士？昔豕突命賞，僞新於是覆亡；羊爛封侯，更始由其喪敗。爵人失敘，錫土無綱。自遵操斧之柯，豈踵覆車之轍。」同上

杜俊對仗，遺箭於仗內。御史彈付法。辯雪：「杜俊幼乏過庭，少虧函丈。濫荷苴茅之蔭，叨居蘭桂之叢。故得佩韘龍軒，腰鞬鳳闕。不能翕肩斂氣，對黼帳以兢魂；俛首曲躬，臨玉階而側足。豈得欽承聖旨，曾無戰灼之心；侍奉天威，敢縱胡盧之笑。石慶謹厚，未著於朝儀；鄧通驕淫，已塵於國典。不恭之罪，付衛碏以懲科；無禮之徒，從日磾而訓戒。雖仗内落箭，未見遺弓；律有正條，相須乃坐。二罪竝發，自合從重而論；一狀既成，不可累求其過。」同上

御史嚴宣前任洪洞縣尉日，被長史田順鞭之。宣爲御史，彈順受贓二百貫，勘當是實。順訴宣挾私彈事。勘問，宣挾私有實，順受贓不虛。翻異：「田順題輿晉望，讓珮汾陽。作貳分城，參榮半刺。性非卓茂，酷甚崔林。鞭危甯以振威，辱何夏而逞志。嚴宣昔爲郊尉，雌伏喬玄之班；今踐憲司，雄飛杜林之位。祁奚舉薦，不避親讎；鮑永繩愆，寧論貴賤；許揚大辟，詎顧微嫌？振白鷺之清塵，糾黃魚之濁政。貪殘有實，贓狀非虛。此乃爲國鋤凶，豈是挾私彈事？二百鍰坐法有常科，三千獄條刑茲罔赦。」同上

工部員外郎趙務支蒲、陝布供漁陽軍，幽、易絹入京。百姓訴不便。務欵：「布是麤物，將以供軍。絹是細絹，擬貯官庫。」判罷：「趙務鳴鶴登朝，含雞伏奏。轉箸之敏，未見稱奇；聚米之

能，無聞播美。張蒼之善算國用，詎肯留情？馮勤之巧計軍儲，何足介意？迴長作短，異趙逵之精心；變近成遥，殊顧談之屈指。蒲陝之布，卻入漁陽；幽易之絹，返歸關隴。同北轅之適越，類東走之望秦。人之情乎，緊獨無也！細絹稱以納庫，麤布貯以充軍。非直運者苦勞，抑亦兵家賈怨。宜從削黜，以肅頑愚。」同上

飛騎將軍劉恭膂力出羣，弓馬超衆，眇其一目，恐不堪侍奉，欲放歸田里，又惜其身材。判留：「主上股肱是爲，心膂攸寄。漢高之得樊噲，廓去妖氛；曹公之有典韋，克寧寰宇。劉恭力齊烏獲，勇若專諸。非無孟悦之才，實兼任鄙之狀。登城斷布，所向無前；礫石投人，誰當餘勇？越稷門之宇，俊健有聞；舉大國之關，驍雄可尚。昔子夏喪目，猶講授於西河；左丘失明，亦備書於東魯。殷堪雖眇，作牧於江濱；丁儀止婚，興嗟於魏帝。用大掩小，棄短從長。川澤納汙，山藪藏疾。蛇銜輝乘，不以細纇分嫌；虹氣連城，不以微瑕致損。大材可録，小疹何傷？既要所須，宜依舊定。」同上

洛陽人祁玄泰賄司勳令徐整，作僞勳插入甲奏。大理斷泰爲首，整爲從。泰不伏。駁正：「止戈爲武，靖亂之嘉謀；致果爲毅，安邊之茂軌。疇庸命賞，將酬犬馬之功；書勞策勳，用答鷹揚之效。祁玄泰姦回是務，逞狙詐於千端；徐整貪詐爲懷，縱狼心於百變。勳緣筆注，官逐賄成。將此白丁，插名黃綬。雖復龍蛇共澤，善惡斯殊；終是鷄鶴同羣，是非交錯。整行詐業，泰受僞

動。兩竝日拙爲非，一種雷同獲罪。執行故造，造者自合流刑；囑請貨求，求者元無首從。」同上

山陽公主爲子求内官，覬得侍衛。駁審：「山陽分輝若木，派浪咸池。七襄之駕既嚴，萬金之禮斯盛。張敖勳舊，竊湯沐之微滋；竇固名宗，霑脂粉之餘潤。但任人以器，有國之大經；官不私親，前王之令範。拜官牀下，特聞丞相之男；乞衛宫中，惟允左師之息。燕王之請身入侍，竟不從依；館陶之爲子求郎，終無允許。若有言有行，吴越可以正除；無德無功，昆季寧容濫及？宜銓其器識，察其廉能，待得實才，方可詳擇。」同上

劉貢父作國子監直講。英宗即位，久而車駕方出。太學生除直日外，竝迎駕。時有齋直日，以不得預也，乃潛出看駕。既而衆退，以潛出之罪申直講，直講難其辭。貢父遽判其狀尾曰：「黄屋初出，莫不咸觀；青衿何爲，乃獨塊處？可特免罰。」衆以爲當。《四六話》

唐咸通中，西川僧法進刺血寫經，聚衆教化寺。所司申報，高燕公判云：「斷虜既是凶人，刺血必非善事。貝多葉上，不許塵埃；俗子身中，豈堪腥膩？宜令出境，無得惑人。與一繩遞出東界。」所司不喻繩文，賜錢一千，送出東郭。幸而誤免。後卒於荆州玉泉寺。《北夢瑣言》

陸大同爲雍州司田，時安樂公主、韋温等侵百姓田業，大同盡斷還之。長吏懼勢，謀出大同。會將有事南郊，時已十月，長吏乃舉牒令大同巡縣勸田疇，冀他判司摇動其按也。大同判云：「南郊有事，北陸已寒。丁不在田，人皆入室。此時勸課，切恐煩勞。」長吏益不説。《大唐新語》

四六叢話卷二十

序 十二

先師韋編三絶，翼贊前經。《文言》檃括乎乾坤，《序卦》發揮乎爻象。此則序所由昉，序作者之意者也。《詩》包四始，《大序》與《小序》並傳；《書》總百篇，古文與今文同録。使非先賢載筆，史臣大書，比興奚自以灼知？遺佚何由而徧考？或謂《詩序》可存，而《書序》可删者，非也。迨元凱發明五例，荀爽撰輯九師，景純退黜六家，康成鍼砭《三傳》，此則儒家者流詮述大意者也。子長作《史》，序亦多途。「書」分爲十，鋪陳政典；「表」列爲八，稽核世年。班、范迭乘，沿繼一體。《酷吏》、《游俠》，創例必書。《黨錮》、《獨行》，微詞別著。六朝而下，闕文罕見。序説非長，敷義尚侈，腴言勿翦。若乃詳家世而陳緣起，新凡例而綜全書，則司馬氏《自序》亦序之一格也。孟堅《叙傳》，實踵斯作。子雲、相如，因自序而爲傳；靈均、敬通，即騷賦以叙懷。彦和《序志》，夢執丹漆以南行，子玄《自序》，恐覆醬瓿而泣血。修

名不立，没世無稱。哲人君子所兢兢爾。嘗考《文心》論列諸體，獨不及序。惟《論説》篇有「序者次事」一語，豈以序爲議論之流乎？夫序之與論，故屬懸殊。序譬之衣裳之有冠冕，而論則繪象之九章也；序比于網罟之有綱維，而論則烏羅之一目也。文集之有序也，自玄晏噓揚，《三都》紙貴。厥後昭明感於五柳，義等式廬；滕王美彼蘭成，榮同置醴。而彦昇述文憲之作，既大類頌文；載之弁宣公之言，又全成傳體。《玉臺新詠》，其徐集之壓卷乎？美意泉流，佳言玉屑。其爛熳也若蛟蜃之噓雲，其鮮新也如蘭茗之集翠。洵足仰苞前哲，俯範來兹矣。《會昌一品集序》，詞沿唐季，氣軼漢京。義山灑穠芳而削藁于前，滎陽奮健翰而竄定於後。等百谷之上善，若兩驥之争驅。固稟古序之規模，亦昭後學以觀止也。若乃《蘭亭》志流觴曲水之娱，《滕閣》標紫電青霜之警，此宴集序之始也。悲哉秋之爲氣，黯然别之銷魂，此贈别序之始也。今我不樂，烟景笑人，如詩不成，罰酒有數，蓋李太白、王摩詰尤擅其勝焉。何以處我，珍重臨歧，非曰無人，殷勤贈策，蓋王子安、陳伯玉並推厥長焉。其他支流派别，百種千名。撫絃操暢，先箎新聲；顧曲徵歌，迭翻雅引。序誠多方也矣。敘《序第十二》。

序者，序典籍之所以作也。《文選》始于《詩序》，而《書序》、《左傳序》次之。宋朝端拱元年，王元之試《詔臣僚和御製雪詩序》，遂爲直史館。則試序亦舊制也。《辭學指南》

余按《漢書·梁孝王傳》稱王以功親爲大國，廣睢陽城七十里，大治宫室，爲複道，自宫連屬於平臺三十餘里。梁王與鄒枚、司馬相如之徒極遊於其上。故齊隨郡王《山居序》所謂「西園多士，平臺盛賓。鄒、馬之客咸在，伐木之歌屢陳。是用追芳昔娱，神遊千古，故亦一時之盛事」。謝氏《賦雪》亦曰：「梁王不悦，遊於兔園。」今也歌堂淪宇，律管薶音，孤基塊立，無復曩日之望矣。《水經注》

《王融傳》：「上幸芳林園，禊宴朝臣，使融爲《曲水詩序》，文藻富麗，當世稱之。後日宋弁於瑶池堂謂融曰：『昔觀相如《封禪》，以知漢武之德；今覽王生詩序，用見齊王之盛。』」《齊書》

夫安親揚名，陳乎三德；立身行道，備乎六行。孝無優劣，能使甘泉自湧，鄰火不焚。地出兼金，天降神女。騰麟自擾，嘯虎遵仁。陳弇黄雀之祥，禽兼赤石之瑞。孟仁之笋出林，中華之梓生屋。感通之至，良有可稱。按：「甘泉自湧」四語與《藝文類聚》載梁元帝《孝德傳序》同。《金樓子》

余中年承乏，攝牧神州。戚里英賢，南冠髦俊。車如流水，俱踵許掾之門；人同連璧，咸登樂尹之館。按：與《藝文類聚》所載梁元帝《懷書志序》同。同上

《孝德傳序》曰：「夫天經地義，聖人不加；原始要終，莫踰孝德。能使甘泉自湧，鄰火不焚。地出黄金，天降神女。感通之至，良有可稱。」同上

《忠臣傳序》曰：「夫天地之大德曰生，聖人之大寶曰位。因生所以盡孝，因位所以立忠。事

君事父，資敬之禮寧異；爲臣爲子，率由之道斯一。忠爲令德，竊所景行。且孝子、列女、逸民，咸有列傳。至於忠臣，曾無述製。今將發篋陳書，備加論討。」同上

《忠臣傳·諫諍篇序》曰：「富貴寵榮，人所不能忘也；刑戮流放，人所不能甘也。而士有冒雷霆犯顔色，吐一言終知自投鼎鑊、取難刀鋸而曾不避者，其故何也？蓋傷茫茫禹迹，毁于一朝；赫赫宗周，滅成禾黍。何者？百世之後，王化漸頹。欽若之信既盡，解網之仁已泯。徒以繼體所及，守器攸歸，出則清警傳蹕，處則憑玉負扆。事無暫舛，意有必從。所謂生於深宫之中，長于婦人之手，未嘗知憂，未嘗知懼。況惑褒人之巧笑，迷陽阿之妙舞，重之以刳斮，用之以逋逃，亦有傾天滅地、汙宫瀦社之罪，拔本塞源、裂冠毁冕之釁。於是策名委質、守死不二之臣，以剛腸疾惡之心，確乎貞一之性，不忍見霜露麋鹿栖於宫寢，麥穗黍離被於宗廟。故瀝血抽誠，披胷見款，赴焦爛於危年，甘滅亡於昔日。冀桐宫有反道之明，望夷無不言之恨。而九重懸遠，百雉嚴絶。丹心莫諒，白刃先指。見之者掩目，聞之者傷心。然後嗚條有不收之魂，商郊致白旗之戮。」同上

《忠臣傳·死節篇序》曰：「自非識君臣之大體，鑒生死之宏分，何以能滅七尺之軀，殉一顧之感？然平路康衢，從容之道進；危途險徑，忠貞之節興。登平路者易爲功，涉險途者難爲力。從容之用，世不乏人；忠貞之槩，時難屢有。」同上

《丹陽尹傳序》曰：「《傳》曰：『大夫受郡。』《漢書》曰：『尹者，正也。』及其用人，實難斯授。廣漢和顔接下，子高自輔經術。孫寶行嚴霜之誅，袁宏留冬日之愛。自二京板蕩，五馬南渡，固乃上燭天文，下應地理。爾其地勢，可得而言。東以赤山爲成臯，南以長淮爲伊洛，北以鍾山爲華阜，西以大江爲黄河。既變淮海爲神州，亦即丹陽爲京尹。雖得人之盛頗愧前賢，而盼遇之深多用宰輔。皇上受圖負扆，寶曆維新。制禮以告成功，作樂以彰治定。豈直四三王六五帝，孕夏陶周而已哉！若夫位以德叙，德以位成。每念忝莅京河，兹焉四載，以入安石之門，思勤王之政，坐真長之室，想清談之風，求瘼餘晨，頗多暇景。今綴采英賢，爲《丹陽尹傳》。」同上

《全德志序》曰：「老子言『全德歸厚』，莊周言『全德不刑』，《吕覽》稱『全德之人』，故以『全德』創其名也。此志隆大夫爲首。伊人有學有辯，不夭不貧。寶劍在前，鼓瑟從後。連環炙轂，雍容卒歲；駟馬高車，優游宴喜。既令公侯據掌，復使要荒蹶角。入室生光，豈非盛矣！若乃河宗九策，事等神鈎；陽雍雙璧，理歸玄感。南陽樊重，高閣連雲；北海公沙，門人成市。咨此八龍，各傳一藝。夾河兩郡，家有萬石。人生行樂，止足爲先。但使樽酒不空，坐客恒滿。寧與孟嘗聞琴承睫淚下、中山聞樂悲不自禁同年而語也？」同上

《懷舊志叙》曰：「吾自北守琅臺，東探禹穴。觀濤廣陵，面金湯之設險；方舟宛委，眺玉笥之干霄。臨水登山，命儔嘯侣。中年承乏，攝牧神州。戚里英賢，南冠髦俊。蔭真長之弱柳，觀

茂宏之舞鶴。清酒繼進，甘果徐行。長安羣公爲其延譽，扶風長者刷其羽毛。于是駐伏熊迴駟□，原缺一字。命鄒湛召王祥。余顧而言曰：『斯樂難常，誠有之矣。日月不居，零露相半。素車白馬，往矣不追；春華秋實，懷哉何已。獨軫魂交，情深宿草。』故備書爵里，陳懷舊焉。」同上

贈祕書監顔元孫撰。《史籀》之興，備存往制。筆削所誤，抑有前聞。豈唯豕上加三，蓋亦馬中闕五。追斯以降，舛謬實繁。積習生常，爲弊滋甚。元孫伯祖，故祕書監。貞觀中刊正經籍，因録字體數紙，以示讎校楷書，當代共傳，號爲《顔氏字様》。懷鉛是賴，汗簡攸資。時謁頓遷，歲久還變。後有《羣書新定字様》，是學士杜延業續修。雖稍增加，然無條貫。或應出而靡載，或詭衆而難依。且字書源流起於上古，自改篆行隸，漸失本真。若總據《説文》，便下筆多礙。當去泰去甚，使輕重合宜。不揆庸虛，久思編輯。頃因閑暇，方契宿心。遂參校是非，較量同異。其有義理全僻，罔弗畢該；點畫小虧，亦無所隱。勒成一卷，名曰《干禄字書》。以平、上、去、入四聲爲次，具言俗、通、正三體。偏旁同者，不復廣出。謂忩、殳、氐、回、臼、召之類是也。字有相亂，因而附焉。謂彤、肜、宂、究、禕、褘之類是也。所謂俗者，例皆淺近，唯籍帳文案券契藥方，非涉雅言，用亦無爽，儻能改革，善不可加。所謂通者，相承久遠，可以施表奏牋啓尺牘判狀，固免詆訶。若須作文言及選曹銓試，兼擇正體用之尤佳。所謂正者，竝有憑據，可以施著述文章對策碑碣，將爲允當。進士考試，理宜必遵正體。明經、對策貴合經注本文。有此區別，其故何哉？夫筮仕觀光，惟人所急；循名責實，有國恒

規。既考文辭，兼詳翰墨。昇沈是繫，安可忽諸？用捨之間，尤須折衷。目以《干禄》，義在兹乎。綆短汲深，誠未達於涯涘；岐多路惑，庶有歸於適從。如曰不然，請俟來哲。《干禄字書》

張説作《上官昭容文集序》云：「古者有女史記功書過，有女尚書決事宫闈。昭容兩朝專美，一日萬幾，顧問不遺，應接如響。雖漢稱班媛，晉譽左嬪，文章之道不殊，輔佐之功則異。迹祕九天之上，身没重泉之下。嘉猷令範，代罕得聞。庶幾後學，嗚呼何一作『可』。仰！然則大君據四海之圖，懸百靈之命。喜則九圍挾纊，怒則千里流血，静則黔黎乂安，動則蒼甿罷弊。入耳之語，諒其難乎！貴而勢大者疑，賤而禮絶者隔，近而言輕者忽，遠而意忠者忤。惟窈窕柔曼，誘掖善心。忘味九德之衢，傾情六藝之圃。故登崑巡海之意寢，翦吴刈越之威息，璿臺珍服之態消，從禽嗜樂之端廢。獨使温柔之教漸於生人，風雅之聲流于來葉。非夫玄黄毓粹，貞明助思，衆妙扶識，羣靈挾志，誕異人之寶，授興王之瑞，其孰能臻斯懿乎！鎮國太平公主，道高帝妹，才重天人，昔嘗同游東壁，共宴北海。倏來忽往，物在人亡。憫雕琯之殘言，悲素扇之空曲。上聞天子，求椒房之故事；有命史臣，叙蘭臺之新集。」《全唐詩話》

賀知章年八十六，卧病，冥然無知。疾損，上表乞爲道士還鄉，明皇許之。捨宅爲觀，賜名千秋。命其男曾子會稽郡司馬，賜鑑湖剡川一曲，詔令供帳東門，百僚祖餞。御製送詩并序云：「天寶三年，太子賓客賀知章鑒止足之分，抗歸老之疏。解組辭榮，志期入道。朕以其年在遲暮，

用循挂冠之事，俾遂赤松之游。正月五日將歸會稽，遂餞東路，乃命六卿庶尹大夫供帳青門，寵行邁也。豈惟崇德尚齒，抑亦勵俗勸人。無令二疏獨光漢册，乃賦詩贈行。」同上

初三藏翻《因明譯經》，僧栖玄以論示尚藥奉御吕才，才遂張之廣衢，指其長短，著《破義圖》，其序云：「豈謂象繫之表，猶開八正之門；形器之先，更弘二知之教。」立難四十餘條。詔才就寺對論。才辭屈禮拜。《酉陽雜俎》

高秀實云：「元氏豔詩麗而有骨，韓偓《香奩集》麗而無骨。」時李端叔意喜韓偓詩，誦其序云：「咀五色之靈芝，香生九竅；咽三危之瑞露，美動七情。」秀實云：「勸不得也，勸不得也。」《彦周詩話》

徐陵《玉臺新詠序》云：「南都石黛，最發雙蛾；北地燕支，偏開兩臉。」崔正熊《古今注》云：「燕支出西方，土人以染，中國謂之紅藍，以染粉爲婦人色。」而俗乃用烟脂或臙脂字，不知其何義也。杜少陵「林花著雨臙脂溼」，亦用此二字。而白樂天「三千宫女燕支面」，卻用此二字。殊不可曉。《竹坡詩話》

近世有《螢雪叢説》，俞成元德所作。「王勃《滕王閣序》『落霞與孤鶩齊飛，秋水共長天一色』，世率以爲警聯。然落霞者，飛蛾也，即非雲霞之霞，土人呼爲霞蛾。至若鶩者，野鴨也，野鴨飛逐蛾蟲而食之故也，所以齊飛，若雲霞則不能飛也。」蓋勃之言所以摹寫遠景，以言遠天之低，

故鶩之飛幾若與落霞齊爾。勃下句云「秋水共長天一色」，亦以遠水連天，上下一色，皆言滕王閣眺望遠景在縹緲中如此奇也，故當時以其形容之妙歎服二句，以爲天才。縱使方言以蛾爲霞，而野鴨逐飛蛾食之，形於賦詠，何足爲奇？俞氏又謂「若雲霞則不能飛」，殊不知前輩以飛霞入詠者甚多，宋謝瞻詩「高屋眺飛霞」，鮑照云「繡甍結飛霞」，江淹《赤虹賦》「霞晃朗而下飛」。《考古質疑》

王右軍《蘭亭叙》不入《文選》，王勃《滕王閣序》不入《文粹》，世多疑之。《遯齋閒覽》謂：「『天朗氣清』，乃是秋景。『絲竹管絃』，語爲重複。」大慶竊謂自古以清明爲三月節，則是時天氣固清明矣。而《宣紀》神爵元年三月詔曰：「天氣清静，神魚舞河。」然則所謂「天朗氣清」，何足爲病？蓋右軍承前人之誤，要未可以分寸之瑕而棄盈尺之夜光也。乃若王勃之文，或者謂「時維九月，序屬三秋」，言九月則三秋可知，此與「絲竹管絃」同一病也。況豐城劍氣，上衝斗牛，而星分翼軫，分野尤差。然大慶考之《唐書・勃傳》：「九月九日，都督大宴滕王閣，時勃乃作《序》。」夫唐人以上巳與重陽爲令節，都督既於是日啓宴，勃不應止泛舉九月，蓋「月」字乃「日」字之誤也。且既言九月，又言三秋，是誠贅矣，如云「九日」，則不可無三秋字。今之碑本，乃郡守張公澄所書，亦誤以九日爲九月，譌謬相承，遂致勃有重複之病。至於豫章之地，昔人所謂吴頭楚尾。按《地理志》，楚地翼軫分野，既曰楚尾，則「星分翼軫」，豈謂深失？要之勃所作《序》，實近乎俳，然唐初之文，大率如此，至韓昌黎始變而爲古文爾，又豈容遽以是黜之？然則二文之不入《選》、

《粹》，毋亦蕭統、姚鉉偶意見之不合，故去取之過苛歟！雖然，二子之文不入《選》、《粹》而傳至於今，膾炙人口，良金美玉，自有定價，所謂瑕不掩瑜，未足韜其美也。同上

張孝曾之父少師與洪忠宣久陷金國，其後獲歸，而終身爲秦檜之所抑。近世陳容公儲跋其《墓碑》云：「流離區脱，視死如飴，君子有性焉，不謂命也。絶漠來歸，忠不見録，君子有命焉，不謂性也。」暨檜殞，忠宣、少師二公如生，故曰知性知命，則知天矣。《浩然齋雅談》

《題胡邦衡侍郎撰胡從周寺丞誌文》：「金昆玉友，無復二難；鴻筆瓌詞，有華三絶。緗篋中之遺跡，附冢上之豐碑。解白墮之嘲，倏焉隔世；圖朱褒之夢，恍若平生。偉《詩》《禮》之傳芳，森兒孫其競爽；尚襲藏於手澤，期光紹於寶章。」白墮、朱褒皆一時實事。《益公題跋》

任昉稱王儉「在物斯厚，屈身以約。玩好絶於耳目，布素表於造次。室無姬姜，門多長者。立言必雅，未嘗顯其所長；持論從容，未嘗言其所短。弘長風流，許與氣類。雖單門後進，必加善誘。最以丹霄之價，弘以青冥之期。詮品人倫，各盡其用。居厚者不矜其多，處薄者不怨其少」。余嘗玩斯文不能釋手。作人如此，安往而不得其所哉？故書以遺静翁，或有補於智者千慮之失。《山谷題跋》

《春游詩序》云：「誇柘彈於禽林，競韓盧於獸苑。」《女紅餘志》

晉王氏最盛，然數派，非一族也。惟瑯琊之派最盛，皆導之適派也。善乎李翰作《鳳閣王侍

郎傳論贊序》曰：「太子晉之後，有錯爲魏將，蒯爲秦將。自秦至漢，有吉有駿；自漢至晉，有祥有覽。其正緒也，則悦、洽、珣、珉；其旁支也，則渾、戎、衍、經。」此説正得其源流。《野客叢書》

王勃云：「落霞與孤鶩齊飛，秋水共長天一色。」當時以爲工。僕觀《駱賓王集》亦曰：「斷雲將野鶴俱飛，竹響共雨聲相亂。」曰：「金飈將玉露俱清，柳黛與緗荷漸歇。」曰：「緇衣將素履同歸，廊廟與江湖齊致。」此類不一，則知當時文人皆爲此等語。且勃此語不獨見於《滕王閣序》，如《山亭記》亦曰：「長江與斜漢争流，白雲將紅塵並落。」歐公《集古録》載《德州長壽寺碑》與《西清詩話》如此等語不一。僕因觀《文選》及晉宋間人往往有此語，信知唐人句格皆有自也。陳子昂曰：「殘霜將落日交輝，遠柳與煙霞共色。」曰：「新交與舊識俱歡，林壑共煙霞對賞。」同上

尹知章序《鬼谷子》曰：「蘇秦、張儀往事之，受《捭闔》之術十有三章，復受《轉丸》、《胠篋》三章。」《文心雕龍》云：「《轉丸》騁其巧辭，《飛鉗》伏其精術。」《困學紀聞》

鄭亞《會昌一品集叙》云：「周勃、霍光雖有動伐，而不知儒術；枚皐、嚴忌善爲文章，而不至巖廊。」歐陽公曰：「劉、柳無稱於事業，姚、宋不見於文章。」其言簡而明，非唐人所及也。同上

《周書・王會》「東越海蛤」，或誤爲「侮食」，而王元長《曲水詩序》用之，其「别風淮雨」之類乎。同上

駱賓王云：「類同心異者，龍蹲歸而宋樹伐；質殊聲合者，魚形出而吴石鳴。」「龍蹲」謂孔

子，《春秋演孔圖》：「孔子坐如蹲龍，立如牽牛。」同上

盧肇《海潮賦後序》：「馬褐牛衣。」古未有對者。　同上

朱文公謂六朝人多精於《禮》，當時專門名家有此學，朝廷有禮事用此等人議之。唐時猶有此意，潘徽《江都集禮序》曰：「明堂曲臺之記，南宮東觀之説，鄭王徐賀之答，崔譙何庾之論，簡牒雖盈，菁華蓋鮮。」杜之松借王無功《家禮問喪禮新義》。無功條答之，又借王儉《禮論》，則謂：「往於處士程融處曾見此本，觀其制作，動多自我，周孔規模，十不存一。」今諸儒所著皆不傳，蓋《禮》學之廢久矣。同上

庾信《馬射賦》云：「落花與芝蓋齊飛，楊柳共春旗一色。」王勃效其語，江左卑弱之風也。同上

汪藻字彦章。孫覿序公文曰：「天下有能事，而文章爲難工。自漢迄唐，千有餘歲，一時大手筆作爲文章，閎麗精深，桀然視天下而自立不朽，蓋幾人而已。杜子美詩格力自天，雄跨百代，爲古今詩人之冠，至他文輒不工。荀卿所謂『藝之至者不兩能』，信矣。夫道散文弊，作者衆矣。詞句儇淺，益不逮前。其間心競力取，馳騁上下，欲一蹴以造古人之域，而擇之不精，守之不固，狗名而媮，習鄙而陋，固不足與於斯文。左太沖積十年之勤僅成一賦，劉伯倫以一《酒德頌》終身。而一能之善，一語之工，亦遂列於作者之林而名後世。今公之文，所謂閎麗精深，桀然視天下後世者也。公生平無所好，至讀古聖賢之書，屬而爲詞章，如啗土炭嗜昌歜，寤寐千載，心慕手

追，貫穿百家，網羅舊聞，推原天人道德之旨，古今興壞理亂得失之迹。而意有適者，必寓之於此。登高望遠，屬思千里，凡耳目之所接，雜然觸於中而發於詠歌者，必寓之於此。崎嶇兵亂，潛深伏隩，悲歌慷慨，酣醉亡聊而不平有動於心者，亦必寓之於此。技與道俱，習與空會，文從字順，體質渾然，不見刻畫。如千石之鍾，萬石之簴，叩之輒應，愈叩而愈亡窮，何其盛也！」《宋名臣言行録》

黄太史詩云：「緑荷菡萏稍覺晚，黄菊拒霜殊未秋。」觀太史詩意，似直以菡萏爲蓮花。夫菡萏本蓮花未開之狀，故《説文》云：「芙蓉，華未發，菡萏；已發，芙蓉。」宋之問《秋蓮賦序》云：「玉池清泠，紅渠菡萏。」李白詩亦有「鏡湖三百里，菡萏開荷華」之語，于此蓋可知矣。《甕牖閒評》

吾友黄載萬歌詞號《樂府廣變風》，學富才贍，意深思遠，直與唐名輩相角逐，又輔以高明之韻，未易求也。吾每對之歎息，誦東坡先生語曰：「彼嘗從事於此，然後知其難，不知者以爲苟然而已。」夏幾道序之曰：「惜乎語妙而多傷，思窮而氣不舒。賦才如此，反嗇其壽，無乃情文之兆歟！」載萬所居齋前梅花一株，甚盛，因録唐以來詞人才士之作凡數百首爲齋居之玩，命曰《梅苑》，其《序引》云：「呈妍月夕，奪霜雪之鮮；吐臭風晨，聚椒蘭之酷。情涯殆絶，鑒賞斯在。莫不抽毫騷彩，比聲裁句，召楚雲使興歌，命燕玉以撫節。粧臺之篇，賓筵之章，可得而述焉。」《樂府廣變風》有賦梅花數曲，亦自奇特。按《梅苑序》云：「莫不抽毫遣滯，騷彩舒衷。」《碧雞漫志》

唐有「《文選》學」，故一時文人多宗尚之，少陵亦教其子宗文、宗武熟讀《文選》。少陵詩多用《選》語，但善融化不覺耳。至如王勃諸人便不然，《滕王閣序》「層臺聳翠，上出重霄；飛閣流丹，下臨無地。」即王屮《頭陀寺碑文》：「層軒延袤，上出雲霓；飛閣逶迤，下臨無地。」「落霞與孤鶩齊飛，秋水共長天一色。」即庾子山《馬射賦》：「落花與芝蓋齊飛，楊柳共春旗一色。」能拔足流俗，自成一家，韓、柳、李義山、李翺數公而已。滕王閣舊置王詩序碑當正位，昌黎作《重修滕王閣記》居其旁。古心江公治隆興，遂遷韓碑居正，退勃於旁。公嘗刻碑陰，略云：「勃八代未變之文，俳優語也。昌黎文一變八代，直至於道。」舊見墨本，今亡之。《湛淵静語》

昔者仲尼删《三百篇》，梁太子選《十九首》。厥後沿朝垂名者不少，苦志者彌多，入室升堂有其數矣。然六藝之旨，二《南》之風，後來未甚窮目。沈淪者怨刺傷多，取事者《雅》《頌》一貫。亂後江南，鄭都官、王貞白用情創志，不共轍，不同塗，俱不及矣。今覩淦陽宰隴西李中，字有中，緣情入妙，麗則可知。出示全編，備多奇句。祇如「乾坤一夕雨，草木百年春」，此乃王澤所均，春風廣扇。《姑蘇懷古》云：「歌舞一場夢，煙波千古愁。」因想繁華之日，引成興歎之詞。《書王秀才壁》句：「貧來賣書劒，病起憶江湖。」詩入興歎，時政如何。《賦鄭道士琴》：「秋月空山寂，涼風一夜生。」乃景清虚，真風迴返。《徐司徒池亭》句：「扶疏皆竹樹，冷澹似瀟湘。」心匠所到，景致尤疎。《落花》句：「酷恨西園雨，生憎南陌風。」阻公子歡，動旅人感。《寒江暮泊寄左偃》云：

「煙火人家遠，汀洲暮雨寒。」詩人之作，客况淒然。《秋雨》句：「秋聲在梧葉，潤氣逼書帷。」《廬山》句：「谷春攢錦繡，石潤疊瓊琳。」比興之言，搜羅尤異。《江行夜泊》句：「半夜風雷過，一天星斗寒。」恐怖一場，虛明徹曉。《寄劉鈞》云：「閒花半落處，幽客未來時。」《得故人消息》句：「夢歸殘月曉，信到落花時。」肺腸難述，懷想可知。《訪龍光謙上人》云：「相留看山雪，盡日論風騷。」見請道之相於，望寒山之不舍。又七言《宿廬山白雲峯重道者院》句：「雲開碧落星河近，月出滄溟世界秋。」又《海上從事秋日書懷》句：「千里夢隨殘月斷，一聲蟬送早秋來。」又《夜泊寄詩友》：「魚龍不動澄江遠，烟霧皆收皎月高。」《東林寺遠大師》句：「杉檜已依靈塔老，烟霞空鎖影空深。」《登毗陵青山樓有感》句：「千里吴山青不斷，一邊遼海浸無窮。」《訪洞仙宫不遇邵道者》句：「羽客不知何處去，洞前花落立多時。」《憶溪居》句：「杜若菰蒲烟雨歇，一溪春色屬何人。」《賦泉》句：「誰當秋霽後，獨聽月明中。」《柴司徒亭前假山》句：「螢影夜潛疑曉起，茶烟朝出認雲歸。」衆目所觀，他心不到。《春暮懷故人》句：「池館寂寥三月暮，落花重疊蓋莓苔。」惜春眷戀不忍掃，感物心情無計開。」《贈王道士》云：「槎浮海上波濤濶，酒滿壺中天地春。」論玄酒太羹，常徒有愛；述神龍真虎，賢者則知。公負勤苦，值干戈從軍之後，受命以來，上表中朝，乞歸故國，以同氣没世。二親在堂，棄一宰于淮西，獲安家于都邑，公之忠孝彰矣，賢彦稱之。載被朱衣，猶思丹桂。乃爲言曰：且名隨牓上者衆，藝逐雲高者稀。今之人衹儔方干處士，賈島長江，

何須第一者哉！公理淦民，飲淦水，清白著矣，歌詠興焉。況今賢爲寶，以禮示人，必當闔籍將書，清庭即踐。愚生於邂逅得遂披承，時也。素月流天，澄江如練。對滄洲而援筆，乏麗藻以當仁。以公五七言兼六言一百篇，目曰《碧雲集》。癸酉年八月五日序。孟賓於《碧雲集序》

王右軍《蘭亭序》「絲竹管絃」本出《前漢·張禹傳》，而「三春之季，天氣肅清」見蔡邕《終南山賦》，「熙春寒往，微雨新晴，六合清朗」見潘安仁《閒居賦》，「仲春令月，時和氣清」見張平子《歸田賦》，安可謂春間無天朗氣清之時？王右軍此筆蓋直述一時真率之令趣耳。脩禊之際，適值天宇澄霽，神高氣爽之時，右軍亦不可得而隱，非如今人綴緝文詞，並爲春間華麗之語以圖美觀也。《野客叢書》

蓋聞玄枵之野，鬼方難測；朱鳥之會，神道莫知。而緹縵曉披，既辨黄鍾之氣；靈臺夕望，便知玉井之色。復以談乎天者，雖絶名言之外；存乎我者，還居稱謂之中。余幼學星文，多歷歲稔。海中之書，略加尋究；巫咸之説，偏得研求。雖紫微迢遞，如觀掌握；青龍顯晦，易乎窺攬。羨門五將，亟稱玩習；韓終六王，常所寶愛。至於周王白雉之筮，殷人飛燕之卜。著名聚雪，非闕北極之山；卦有密雲，能擁西郊之氣。文通七聖，世經三古。山陽王氏，真解談玄；河東郭生，纔能射覆。兼而兩之，竊自許矣。梁元帝《洞林自叙》

唐高無際《漢武帝後庭鞦韆賦序》云：「臣才非馬融，位叨麟閣。屬祕書監博陵崔公畫鞦韆

障，而得一觀皓齒蛾眉，徧於後庭，鞦韆之觀樂焉。」《文苑英華》

吕温《地志圖序》云：「廣陵李該，博達士也，學無不通，尤好地理。乃裂素爲方儀，據書而畫，命之曰《地志圖》。觀其粉散百川，黛凝羣山，元氣剖判，成乎筆端。」同上

《李德裕集序》二首，蓋鄭亞先委商隱代作，亞後改定，故有異同。今《德裕集》用鄭亞作。《文苑英華辨證》

《李文饒别集·與桂州鄭中丞書》曰：「某當先聖御極，再參樞務，兩度册文及《宣懿太后祔廟制》、《聖容贊》、《幽州記》、《聖功碑》、《討回鶻制》、《討劉稹制》、五度黠戛斯書、兩度用兵詔勑及先聖改名制、告昊天上帝文并奏議等，勒成十五卷。貞觀初有顏、岑二中書，代宗朝常相、元和初某先太師忠公，一代盛事，皆所潤色。小子詞業淺近，獲繼家聲，武宗一朝册命典誥、軍機羽檄，皆受命撰述，偶副聖情。伏恐製序之時要知此意，伏惟詳悉。謹狀。」馮氏曰：「此序規模並遵來示也。」同上

顧野王爲《虎丘山序》云：「高不抗雲，深無藏景。卑非培塿，淺異棘林。路若絶而復通，石將斷而更綴。抑巨麗之名山，信大吴之勝壤也。」《太平寰宇記》

開元十二年，沙門一行造黄道游儀以進，玄宗親爲之序，文多不盡載，其略曰：「孰爲天大，此焉取則。均以寒暑，分諸晷刻。盈縮不愆，列舍不忒。制器垂象，永鑑無惑。」因遣太史官馳往

安南及蔚州測候日影，經年乃定。《大唐新語》

鄧王從益出鎮定州，後主率近臣餞綺霞閣，賦詩，自爲序，其略云：「秋山滴翠，暮壑澄空。愛公此行，暢乎遐覽。」馬令《南唐書》

陶晟，虢州人，終於荆州副使知州事。公能詩，與宫師王相溥善，常有詩往來屬和。翰林承旨陶公穀叔事之。自前延安軍司馬授華州行軍，陶翰林爲序，親書以送之。《送從叔赴華下序》略曰：「聖上即位之三年，命前延安軍司馬參戎闔於華下，綏舊俗也。踐華寧秦之境，遠皇猷者五十有九年。自昭宗東遷，歲在甲子，至聖朝壬戌歲五十有九年矣。庚子山詩云：「秦華二境間，皇猷遠南夏。」比已亡失數句。赤驥嘶風而可仰，玉蟾耀彩以如晝。潛編嘉作，別俟知音。攀琪樹而笑天風，鼎遷《周頌》；控文鰩而飛赤水，幅裂《韓詩》。」辭多不載。《洛陽舊聞記》

《山海經》，漢劉歆典校爲十八篇，謂出唐虞之際，而益籌類物之善惡者著《山海經》也。至晉郭璞注序亦云：「夏后之迹，靡列於將來；八荒之事，有開於後裔。」亦爲禹初書矣。《續古叢編》

余觀昔人蓋有序他人文集者矣，如蕭穎士之於李翰，權德輿之於陸贄，劉禹錫之於柳宗元，李漢之於韓愈，皆以其行成言立，故爲紀述其事，以傳世示後耳。《鶴山題跋》

《路州張希元司馬集序》：「魯宫遺篆，汲冢遺編，無不日覽萬言，暗識三篋。且如落猿殪兕之巧，顧鵠迴鸞之妙，詳諸別傳，可略言焉。」《張燕公集》

林魁《金陵辨》：唐指京口曰金陵。杜審權自潤州除尚書右僕射制曰：「頃罷機務，鎮于金陵。」駱賓王《送閻五還潤州詩序》云：「言返維桑，修送指金陵之地。」如此不可枚舉。蓋當時江寧、句容俱隸潤州故也。《上元縣志》

慶曆末，祁公告老，退居南京，與太子賓客致仕王涣、光禄公致仕畢世長、兵部分司朱貫、尚書郎致仕馮平爲五老會，吟醉相勸，士大夫高之。《澠水燕談録》

附睢陽五老圖詩并序

「夫蹈榮名而保終吉，卻貴勢而躋遐耇。白首一節，人生所難。今致政宫師相國杜公，雅度敏識，圭璋巖廟，清德令望，龜準當世。功成自引，得謝君門。視所難得者，則安享之；謂所難行者，則恬居之。燕申睢陽，與賓客太原王公、故衛尉河東畢公、兵部沛國朱公、駕部始平馮公，咸以耆年挂冠，優游鄉梓，暇日宴集爲五老會，賦詩酬唱，怡然自得。宋人形於繪事，以紀其盛。昔唐白樂天居洛陽爲九老會，於今圖識相傳，以爲勝事。距兹數百載，無能紹一。以今況昔，則休烈鉅美過之。明逸遊公之門久矣，以鄉關世契，倍厚常品。今假守留鑰，日登翹館，因得圖像，占述序引，以代鄉校謡詠之萬一。至和丙申中秋日，錢明逸序。」《杜祁公》詩：「五人四百有餘歲，俱稱分曹與挂冠。天地至仁難補報，林泉幽致評盤桓。花朝月夕隨時樂，雪鬢霜髯滿座寒。若也睢陽爲故事，何妨列向畫圖看。」《事文類聚》

薛田，河東人，知益州，有《成都書事一百韻并序》：「金軈粤壤，玉壘名區。風物尚饒，曠古稱最。僕守兹職任，五年再至。初則木牛流馬，馳八使以均財；次則皂蓋朱幡，奉一麾而作鎮。歷覽勝異，慷慨興懷。古人曰：非感發不可以言詩，非聲詩不可以導志。故言成志激，流爲美談。偶因公退，輒作《成都書事一百韻》，止陳乎益都事蹟，罔暇以外景加諸。庶幾謬發於斐然，詎敢芳揚于作者。」《成都文類》

《晉書》及《南史》《陶潛傳》皆云：「潛彭澤令，素簡貴，不私事上官。郡遣督郵至縣，吏白應束帶見之。潛歎曰：『吾不能爲五斗米折腰，拳拳事鄉里小人。』即日解印綬去，賦《歸去來》以遂其志。」案陶集載此辭自有序曰：「余家貧，耕植不足以自給。彭澤去家百里，故便求之。及少日，眷然有歸歟之情。何則？質性自然，非矯勵所得。饑凍雖切，違己交病。悵然慷慨，深愧平生之志，猶望一稔，當斂裳宵逝。尋程氏妹喪於武昌，情在駿奔。自免去職，在官八十餘日。」觀其語意，乃以妹喪而去，不緣督郵。所謂「矯勵」、「違己」之說，疑必有所屬，不欲盡言之耳。詞中正喜還家之樂，略不及武昌，自可見也。《容齋三筆》

杜詩《贈李校書》：「衆中每一見，使我潛動魄。」案《文選》江淹詩序云：「蛾眉豈同貌，而俱動於魄；芳草寧共氣，而皆悦于魂。」則動魄之説，杜亦有所本也。《藝苑雌黄》

四六叢話卷二十一

記　十三

記者，文筆之統宗，經子之徑術。夫渾噩焕郁，史包四代之文；征範貢歌，《書》標七觀之美。體則角立，記乃無聞。説者謂《禹貢》、《武成》、《金縢》、《顧命》，記之屬似之。烏策篆素，兆啓軒羲，蘭葉芝英，道光姬姒。《東觀紀事》，學洽於見聞；《孔子三朝》，理苞夫讖緯。曲臺肄禮，襲經典而尤尊；冬官補亡，詳軌文而更奥。文之有記，於是著矣。竊原記之爲體，似賦而不侈，如論而不斷。擬序則不事揄揚，比碑則初無誦美。《陽羨風土》，堪列《職方》；《荆楚歲時》，宜增《月令》。《默記》徵一代之傳，《鄭記》守一師之説。提鉛握槧，同衮鉞於《春秋》；書笏珥彤，攝言動于左右。蓋自漢以上，抽聖人之緒，而半入於經；自漢以下，成一家之言，而兼通夫史。嘗考蕭氏《文選》，有奏記而無記；劉氏《文心》，有書記而無記。則知齊梁以上，列記不多。雖蓮峰菡萏，時有述征；源水桃花，兹惟招隱。偶爾涉筆，

匪以立名。若乃趙至《入關》之作，鮑照《大雷》之篇，叔庠擢秀於桐廬，士龍吐奇於鄮縣，莫不摹山水，繪烟嵐，列土毛，覃海錯。跌宕以行吟，迤邐而命筆。實皆記體，曲被書稱。假尺牘以寄才情，因懷人而蜚藻思，抑獨何哉！記之盛也，則《洛陽伽藍》是已。以彼顧瞻瀍澗，屬意琳宫；揆彼土圭，興言玉步。占塔鈴之語風，賦相輪之耀日。外以彰彼都之奢儉，内以誌舊邑之興衰。情深而意態翩躚，筆妙而鎸鑱飛動。集兹衆美，蔚爲大觀。自唐以後，記始大鳴。柳子《永州八記》，追躡化工，獨開生面，大放厥詞，昌黎所歎。其實擷《騷》、《辨》之英華，陶班、張之麗製，自《選》學中來也。然則融古文之迹，掞今體之詞。平泉標花木之奇，甫里志泉石之美。如退之《雜畫記》入徐、庾之手筆，豈不生妍妙於秋毫？皇甫《絳守園池記》投枚、馬之鑪錘，亦猶駁蹄弛以鞭轡也。有宋諸子，厥體尤繁。格律不無旁侵，波瀾更爲壯闊。或於入手叙事，而後始發揮；或於結尾點題，而前多布置。有出處事少，宜於鋪張；有出處事多，妙在翦截。此則詞科之習蹊，而非文苑之高蹈耳。叙《記第十三》。

紀者，記事之文也。西山先生曰：《禹貢》、《武（城）〔成〕》、《金縢》、《顧命》，記之屬似之。《文選》止有奏記而無此體。《古文苑》載後漢樊毅《修西嶽廟記》，其末有銘，亦碑文之類。至唐始盛，獨孤及《風后八陣圖記》今之擬題倣此。若今題，則以承詔撰述者爲式。《辭學指南》

東萊先生曰：「作記有叙其事於首者，如宫殿經始于某年某月，落成于某年某月之類，先説在頭一段，然後入『爲之記曰』云云。周子充《漢未央宫記》首云『漢高皇帝』云云、『八年，丞相蕭何始治未央宫』云云是也。有叙其事於尾者，如詹叔義《漢城長安記》末云『城肇功於元年正月，已事于五年九月』云云、『爲門者十有二，南北則象斗形』云云，洪景伯《唐勤政務本樓記》末云：『樓成於開元二年之九月』云云是也。」同上

凡作文字，先要知格律，次要立意，次要語贍。所謂格律，但熟考總類可也。所謂立意，如學記泛説尚文，是無意也，須就題立意，方爲親切。柳子厚《柳州學記》説「仲尼之道，與王化遠邇」，此兩句便見嶺外立學，不可移于中州學校也。所謂語贍，如韓退之《南海神廟文》「乾端坤倪，軒豁呈露」一段，老蘇《兄涣字序》説風水一段是也。雖欲語贍，而不可太長，謂事事言語。不可近俗，如青編中對聖賢語，黄卷上與古人遊之語皆是。不可多用難字。熟看韓、柳、歐、蘇，先見文字體式，然後徧考古人用意下句處。同上

又須作一册編體製，轉換處不拘古文與今時程文，大略編之。如《喜雨亭記》：「亭以雨名，志喜也。」柳文《宣王廟碑》：「仲尼之道，與王化遠邇。」似此之類，此作記起頭體製也。歐公《真州發運圖一作「園」。記》中間一節，此記中間鋪叙體製也。柳《萬石亭記》附零陵故事之類，此記末後體製也。同上

西山先生曰：「記題有出處事多，如唐折衝府者；出處事少，如漢步壽宫者。事多貴乎善翦

截，不然則繁冗矣；事少貴乎鋪張，不然則枯瘠矣。」同上

記序以簡重嚴整爲主，而忌堆疊窒塞；以清新華潤爲工，而忌浮靡纖麗。同上

唐遺客省使嚴永瞍入蜀軍以窺虚實，其《笏記》曰：「伏自朱温肆逆，運屬昭宗。三年痛别於西秦，一旦迴遷於東洛。誅殘南北，焚爇宫闈。雖列藩盡是唐臣，無一處不沾僞命。由是大唐中興。皇帝念高祖、太宗之業，倏爾膘張；恨朱温、崔允之徒，同謀篡弑。遂乃神幾迴發，心鼎熒然。竭滄波而誓戮鯨鯢，芟林莽而决除虎兕。十年對壘，萬陣交鋒。雪久困於生靈，乃選練其死士。過汶水，搏王彦章於馬前；旋汜關，斬朱友正於樓上。劍霜未匣，槍雪猶彈。段凝領八萬雄師，倒戈伏死；趙巖知一人應運，引領待誅。遂使賊將歸心，謀夫拱手。取乾坤只勞八日，救塗炭遂定四維。」此詞亦頗壯烈也。《幸蜀記》

王元之《待漏院記》：「相君至止，煌煌火城。」案李肇《國史補》：「正旦曉，漏院已前三司使、大金吾皆以樺燭擁馬，謂之火城。」《希通録》

張芝叟作《鳳翔吴生畫記》，秦少游作《五百羅漢圖記》，皆法韓退之《畫記》，俱無愧也。《墨莊漫録》

退之作記，記其事爾。今之記乃論也。少游謂《醉翁亭記》亦用賦體。《後山詩話》

朝應期作《真州天開圖畫記》曰：「公試爲我矯首而望，江都宅其東，牙檣錦纜，還有隋煬帝

之遺蹟可鑒乎？瓜步拱其西，金戈鐵馬，還有魏太武退師之故道可襲乎？南則建業，孫仲謀拔刀斫案之怒，今尚可激乎？北則臨淮，南霽雲抽矢射浮圖之恨，今尚可償乎？」此意出於汪彦章《京口月觀記》、米南宫《壯觀亭記》。《月觀記》曰：「嘗與子四顧而望之：其東曰海門，鴟夷子皮之所從遯也；其西曰瓜步，魏太武之所嘗至也。若其北廣陵，則謝太傅之所築埭而居也。江中之流，則祖豫州之所擊楫而誓也。」《壯觀亭記》曰：「嘗試與客指天末之叠巘，望林表之平陸，曰：此吴蜀之所争也。此六朝之所都也。此曹孟德、劉玄德之所摧敗奔北，而陸遜、周瑜之所得志而長驅也。此梁武之所不能有，而侯景之所陸梁而睢盱也。此孫皓、陳叔寶窮侈極麗，惟日不足，而今日之荒墟也。」漁隱謂：「東坡《超然臺記》其略曰：『南望馬耳常山，出没隱見，若近若遠，庶幾有隱君子乎？其東則盧山，秦人盧敖之所從遯也。西望穆陵，隱然如城郭，師尚父、齊威公之遺烈猶有存者。北俯濰水，慨然太息，思淮陰之功，而弔其不終。』此語本祖習鑿齒書意。其後《月觀記》等從而效之。習書曰：『吾來襄陽，從北門入。西望隆中，想卧龍之吟；東眺白沙，思鳳雛之聲；北臨樊墟，存鄧老之高；南眷城邑，懷羊公之風。』」《野客叢書》

案《文選》，吴質在元城《與魏太子箋》亦有此一段文意，是又在習氏之前。

唐李商隱《修華嶽廟記》：「夫華嶽者，在西之宗鎮。正基周秦之墟，仰蔭星井之曜。協金德以主生，含素靈而養物。其狀也，則削成萬仞，秀出雲漢。芝草植于其庭，醴泉流於其下。連帶

岡阜，跨抱原野。谷雲所潤，則土爲神區；膏雨所降，則澤沾萬里。斯乃風雲之所宫府，物類之所歸藏。盡精靈之至極，窮山岳之壯麗。是以神明居其宅，游仙萃其宇。往世以來，莫不崇之。故配天之義，載在《虞書》；秩宗之禮，列於祭典。大唐應期，承天受命。紹重基於萬世，闡皇風於五葉。敬神炳靈，祈之以信，而神降之福，衆祥並應，致治太平，灾害不作。自非誠之所感，孰能臻此？開成元年九月戊戌，遣元舅侍中太宰征東大將軍遼西王遼西常英、冠軍將軍禮曹尚書河内公河内茍尚、立節將軍安定侯直勤侯尼須薦以三特，建立殿廟，造作碑闕，庶使明神永安其居。夫有一善之行，尚稱之於時；立一惠於物，尚咏之於世。況至公配之於兩儀，仁澤濟之於生民，稽之於義，容可已乎？遂命史臣爲之頌曰：奕奕西嶽，實曰華山。基洞水府，峻極於天。跨原抱阜，包谷懷川。幽壑澄潤，虚岫揚煙。峭崿空籠，茂林重邃。吐納風雲，殖生萬類。體静兼仁，惠有攸利。神明是居，游仙是庇。巘以崇宗，谷以虚受。則天之高，擬地之厚。潤澤無窮，體實長久。功配兩儀，德均徽猷。朝咨上宰，達兹靈宇。正以準繩，參以規矩。材用不愆，顯章有序。庶幾神居，永寧其所。」《華嶽集志》

案：商隱此記，《樊南甲乙集》無之，獨見於《華嶽全集》，爲諸家蒐羅之所不及。

予知制誥日，與余恕同考試，恕曰：「夙昔師範徐騎省爲文。騎省有《徐孺子亭記》，其警句云：『平湖千畝，凝碧乎其下；西山萬疊，倒影乎其中。』他皆常語。近得舍人所作《涵虚閣記》，

終篇皆奇語。自渡江來未嘗見此，信一代之雄文也。」《談苑》

若蘭《迴文錦詩圖》云：「亦有英靈蘇蕙子，只無悔過竇連波。」連波，竇滔字也。《武后記》云：「因述若蘭之多才，復美連波之悔過。」《山谷題跋》

司馬相如賦曰：「臨曲江之隑川。」《劇談》曰：「曲江，本秦隑州。唐開元中疏鑿爲勝境。」歐陽詹《曲江記》其略曰：「兹地循源北峙，迴岡旁轉，圓環四匝，中成坎窞，窊窌澒洞，生泉翕源。東西三里而遥，南北三里而近。崇山濬川，鉤結盤互，不南不北，湛然中停。蕩惡含和，厚生蠲疾，涵虚負景，氣象澄鮮，滌慮延歡，棲神育靈。」觀此可得其樂矣。《遊城南記》

作記之法，《禹貢》是祖。自是而下，《漢官儀》載馬第伯《封禪記儀》爲第一，其體勢雄渾莊雅，碎語如畫，不可及也。其次柳子厚山水記，法度似出於《封禪儀》中，雖能曲折回旋作碎語，然文字止於清峻峭刻，其體便覺卑薄。《席上腐談》

東坡云：「余自東武適文登，並海行數日，道傍諸峰真若劍鋩。」誦子厚詩，知海上多奇峰也。子厚記云：「每風自四山而下，振動大木，掩冉衆草，紛紅駭緑，蓊葧薌氣。」子厚、夢得皆善造句，若此句殆入妙矣。夢得云：「水禽嬉戲，引吭伸翮。紛驚鳴而決起，拾綵翠於沙礫。」亦妙語也。同上

《雲陽記》曰：「谷口去雲陽宫八十里，流潦沸騰，飛泉漱灑。兩岸峭壁，孤竪横盤，凛然凝冱。每入定中，朱明盛暑，當晝暫暄，凉秋晚候，緼袍不煖，所謂寒門也。漢世以爲避暑之處。」同上

四六叢話卷二十二

論　十　四

原夫今體之文，尤工箋奏；詞林之選，雅善頌銘。占辭著刻楮之能，叙事美貫珠之目。質緣文而見巧，情會景以呈奇。尚已！夫文采葩流，枝葉横生，此駢體之長也。師其意不師其辭，爲時似不爲恒似，此古文所尚也。若乃命微言以藻思，責奥義於腴詞；以妃青媲白之文，求辨博縱横之用；譬之蟻封奔騁，珮玉走趨。舌本閒强，恐類文家之吃；筆端繁擁，終滋腹笥之貧。固難以作致其情，工用所短也已。雖然，盤根錯節，利器斯呈；染涣游睢，錦章自顯。化剛爲柔，百鍊有以致其精；以難而易，累丸所以喻其至。固有論屈百家，文包異采。前輩飛騰而入，一斑灼爍，於今揚而搉之，堪以指數矣。粤自鄴中高唱，七子蔚興。王、劉既擅篇章，陳、阮彌精書檄。齊軼材於驥足，享敝帚於千金。莫不驪頷探奇，牛耳争長。子桓品第羣才，提衡嘉會，庶幾激異氣而獲伸，抱霸才而得主。此《典論》所以爲論文之

祖也。《三百篇》後,《九歌》變《騷》,五言肇漢。雖志在千里,或付高歌;穆如清風,差標雅尚。然美稗勿翦,正變罔甄。鍾君挺彼慧才,哀兹雅什,超驪黄以定價,從象罔以索珠,數語著陽秋,一言高月旦,此《詩品》所以爲論詩之祖也。賦家之心,包括天地;文人之筆,涵茹古今。高下在心,淵微莫識。爾其徵家法,正體裁,等才情,標風會。内篇以叙其體,外篇以究其用,統二千年之汗牛充棟,歸五十首之謟胥擢肝,捶字選和,屢參解悟。《宗經》、《正緯》,備著源流,此《文心》所以探作家之旨,而上下其議論也。聲偶戒膚,摘瑕則義切;對屬惡拙,翻案則詞遒。發絢爛于斯文,訂乖離于舊史。而且正史之外,臚列者數百家;點煩之餘,辨正者數百事。不特婉章志晦,識載筆之孔艱;抑使墜簡遺編,覩前修之崖略。《史通》之論,有功於史也。偉矣! 若是者豈非論説之精華,四六之能事? 其他若《非有》之軼羣,《四子》之大雅,《博奕》、《養生》之俊邁,《辨命》、《勞生》之奇偉,而《廣絶交》一篇,雲譎波詭,度越數子。此皆藝苑之瓊瑶,詞林所膾炙,與夫匡劉經術,韓柳文豪,西晉老莊,北宋策判,固將驤首而振劇驂,不甘垂翅而同退鷁也。叙《論第十四》。

聖哲元作「世」,朱按《玉海》改。彝訓曰經,述經叙理曰論。論者,倫也。倫理無爽,則聖意不墜。「無爽」,元作「有無」,「聖」字上無「則」字。從《御覽》改。昔仲尼微言,門人追記,故仰其經目,稱爲《論語》。

蓋羣論立名，始于兹矣。自《論語》已前，經無「論」字，《六韜》二論，後人追題乎。詳觀論體，條流多品：陳政則與議説合契，釋經則與傳注參體，辨史則與贊評齊行，銓文則與叙引共紀。故議者宜言，説者説語，傳者轉師，注者主解，贊者明意，評者平理，序者次事，引者允辭。八名區分，一揆宗論。論也者，彌綸羣言，而研精元脱，朱補。一理者也。是以莊周《齊物》，以論爲名；不韋《春秋》，六論昭列；至石渠論藝，白虎講聚，述聖通經，論家之正體也。及班彪《王命》，嚴尤元作「允」，朱改。《三將》，敷述昭情，善入史體。魏之初霸，術兼名法；傅嘏、王粲，校練名理。迄至正始，務欲守文；何晏之徒，始盛玄論。於是聃周當路，與尼父争塗矣。詳觀蘭石之《才性》，仲宣之《去伐》，叔夜之《辨聲》，太初之《本無》，輔嗣之《兩例》，平叔之二論，竝師心獨見，鋒穎精密，蓋人倫之英也。至如李康《運命》，同《論衡》而過之；陸機《辨亡》，效《過秦》而不及，然其美矣。次及宋岱、元作「代」。郭象，元作「蒙」，朱云：據舊本作「宋岱、郭象」。岱有《通易論》一卷。鋭思于機神之區；夷甫、裴頠，交辨於有無之域。竝獨步當時，流聲後代。然滯有者，全繫於形用；貴無者，專守於寂寥。徒鋭偏解，莫詣正理。動極神源，其般若之絶境乎？逮江左羣談，惟玄是務。雖有日新，而多抽前緒矣。至如張衡《譏世》，韻似俳説；孔融《孝廉》，但談嘲戲；曹植《辨道》，體同書抄。言不持正，論如其已。原夫論之爲體，所以辨正然否，窮于有數，追于無形，鑽堅求通，鉤深取極，乃百慮之筌蹄，萬事之權衡也。故其義貴圓通，辭忌枝碎。必使心與理合，彌縫莫見其隙；辭共心密，

敵人不知所乘。斯其要也。是以論如《御覽》作「辟」。析薪，貴能破理。斤利者，越理而橫斷；辭辨者，反義而取通。覽文雖巧，而檢跡知妄。唯君子能通天下之志，安可以曲論哉？

若夫注釋爲詞，解散論體，雜文雖異，總會是同。若秦君延楊云：《注疏》作「延君」。之注《堯典》，十餘萬字；朱普之解《尚書》，三十萬言。所以通人惡煩，羞元作「差」，朱改。學章句。若毛公萇之訓《詩》，安國孔氏之傳《書》，鄭君之釋《禮》，王弼之解《易》，要約明暢，可爲式矣。

說者，悅也。兑爲口舌，故言咨悅懌；過悅必僞，故舜驚讒說。說之善者，伊尹以論味隆殷，太公以辨釣興周，及燭武行而紓鄭，端木出而存魯，亦其美也。暨戰國爭雄，辨士雲踴，從横參謀，長短角勢。轉凡騁其巧辭，飛鉗伏其精術。一人之辨，重於九鼎之寶；三寸之舌，强於百萬之師。六印磊落以佩，五都隱賑而封。至漢定秦楚，辨士弭節。酈君既斃於齊鑊，蒯子幾入乎漢鼎。雖復陸賈籍甚，張釋傅會，杜欽文辨，婁護脣舌。頡頏萬乘之階，抵噓公卿之席，竝順風以託勢，莫能逆波而泝洄矣。夫說貴撫會，弛張相隨，不專緩頰，亦在刀筆。范（睢）〔雎〕之言事，李斯之止逐客，竝煩情入機，動言中務，雖批逆鱗，而功成計合，此上書之善說也。至於鄒陽之說吴梁，喻巧而理至，故雖危而無咎矣。敬通之說元脫，孫補。鮑鄧，事緩而文繁，所以歷騁元作「聘」，柳改。而罕遇元作「過」。也。凡說之樞要，必使時利而義貞，進有契於成務，退無阻於榮身。自非譎敵，則唯忠與信。披肝膽以獻主，飛文敏以濟辭，此說之本也。而陸氏直稱「說煒曄以譎誑」，何哉？《文心雕龍》

《全德志論》曰：「物我俱忘，無貶廟廊之器；動寂同遺，何累經綸之才。雖坐三槐，不妨家有三徑；但接五侯，不妨門垂五柳。使良園廣宅，面水帶山，饒甘果而足花卉，葆筠篁而玩魚鳥。九月肅霜，時饗田畯；三春捧繭，乍酬蠶妾。酌斗酒而歌《南山》，烹羔豚而擊西缶。或出或處，竝以全身爲貴；優之游之，咸以忘懷自逸。若此衆君子可謂得之矣。《金樓子》

東坡居士以桑榆之末景，憂患之餘生而後學道，雖爲達者所笑，然猶賢乎已也。以嵇叔夜《養生論》頗中余病，故手寫數本，其一贈羅浮鄧道士。《東坡題跋》

《説文》蕙、萱、蘐、萲皆一字也。令人忘憂，通作「諼」。據《爾雅》，諼，訓忘也。因其忘，故古用諼草字。嵇康《養生論》云：「合歡蠲忿，萱草忘憂。」《西溪叢語》

古人文章自應律度，未以音韻爲主。自沈約增崇韻學，其論文則曰：「欲使宮羽相變，低昂殊節。若前有浮聲，則後須切響。一篇之内，音韻盡殊；兩句之中，輕重悉異。妙達此旨，始可言文。」自後浮巧之語，體制漸多，如傍犯、蹉對、假對、雙聲、疊韻之類。詩又有正格、偏格。類例極多，故有二十四格、十九圖、四聲八病之類。今略舉數事。如徐陵云：「陪游馺娑，騁纖腰於結風；長樂鴛鴦，奏後聲於度曲。」又云：「厭長樂之疏鐘，勞中宮之緩箭。」雖兩「長樂」，意義不同，不爲重複，此類爲傍犯。如《九歌》：「蕙殽蒸兮蘭藉，奠桂酒兮椒漿。」當曰「蒸蕙殽」對「奠桂酒」，今倒用之，謂之蹉對。如「自朱耶之狼狽，致赤子之流離。」不惟「赤」對「朱」、「耶」對「子」，兼

「狼狽」、「流離」乃獸名鳥名，如此之類，皆爲假對。《夢溪筆談》

南朝詞人謂文爲筆，故《沈約傳》云：「謝玄暉善爲詩，任彦昇工於筆。約兼而有之。」又《庚肩吾傳》：梁簡文《與湘東王書》論文章之弊曰：「詩既若此，筆又如之。」又曰：「謝（眺）〔朓〕、沈約之詩，任昉、陸倕之筆。」《任昉傳》又有「沈詩任筆」之語。《老學庵筆記》

牛僧儒《守在四夷論》曰：「夏捨淑德而嬖妹喜，是色攻而亡也；商捨德音而耽愔愔，是聲攻而亡也。」按《左傳》：「子革誦《祁招》之詩曰：『祁招之愔愔，式昭德音。』」杜預曰：「愔愔，安和貌。」嵇康《琴賦》其辭曰：「愔愔琴德，不可測兮。」李周翰注云：「愔愔，静深也。」李善又引劉向《雅琴賦》云：「游余心以廣觀兮，聽德音之愔愔。」然則愔愔者，所以形容德音之美也。子政、叔夜皆以此美琴德。而僧儒乃謂商耽愔愔而亡，則是以愔愔同之靡靡也，亦大誤矣。《敬齋古今黈》

茶之所産，六經載之詳矣，獨異美之名未備。謝氏《論茶》曰：「此丹丘之仙茶，勝烏程之御荈，不止味同露液，白況霜華。豈可爲酪蒼頭，便應代酒從事。」楊（衍）〔衒〕之作《洛陽伽藍記》曰：「食有酪奴。」指茶爲酪粥之奴也。《臆乘》

《唐六典》注崔實《正論》云：「熊經鳥伸，延年之術，故華陀有六禽之戲，魏文有百抯之鍛。」《後漢・華陀傳》云「五禽」。《困學紀聞》

晉夏侯太初《辯樂論》：「伏羲有網罟之歌，神農有豐年之詠，黄帝有龍衮之頌。」元次山《補

樂歌》有《網罟》《豐年》二篇。《文心雕龍》云：「二言肇於黄世，《竹彈》之謠是也。」《竹彈》歌見《吳越春秋》。　同上

徐彦伯《樞機論》曰：「《中庸》鏤其心，《左階》若璩案：「今《家語》作《右階》。」銘其背。」「《中庸》鏤其心」，未詳所出，但有服膺之語。若璩案：「鏤心即服膺。彦伯澀體，芻狗爲卉人，竹馬爲篠驂，大率類此。」　同上

晉戴邈上表曰：「上之所好，下必有過之者焉。是故雙劍之節崇，而飛白之俗成；挾琴之容飾，而赴曲之和作。」蓋用阮籍《樂論》之語。《樂論》云：「吳有雙劍之節，趙有挾琴之客。」　同上

劉知幾曰：「能言吾祖，郯子見師，不識其先，籍談取誚。」同上

鄧名世曰：「春秋時善論姓氏者，魯有衆仲，晉有胥臣，見《晉語》。鄭有行人子羽，皆能探其本源，自炎黄而下，如指諸掌。」同上

歐陽文忠公爲舉子時，客隨州就試，試《左氏失之誣論》，中云：「石言于晉，神降于莘。内蛇鬭而外蛇傷，新鬼大而故鬼小。」主文者以爲一篇之警策，遂擢以爲冠。《避暑録話》

山谷《與王觀復書》曰：「劉勰嘗論文章之難云：『意翻空而易奇，文徵實而難工。』此語沈、謝輩爲儒林宗主時好作奇語，故後生立論如此。好作奇語自是文章病，但當以理爲主，理得而辭順，文章自然出羣拔萃。」張文潛《答李推官書》可以參觀。若璩案：「何屺瞻謂山谷引用劉語亦失其本旨。蓋劉云：『方其搦翰，氣倍詞前；暨乎篇成，半折心始。何則？意翻空而易奇，言徵實而難巧也。』此乃謂爲文者言不能足其

志。」《困學紀聞》

《文心雕龍》云：「《論語》已前，經無『論』字。」晁子止云：「不知《書》有『論道經邦』。」若璩案：「『論道經邦』乃晚出《書·周官》篇，本《考工記》『或坐而論道』來。」同上

借對自古有之，如《王褒傳》：「年逾艾服，任隆台衮。」江總作《陸尚書誄》：「鴈行攸序，龍作閒才。」《沈約墓志》「以彼天爵，鬱爲人龍」之類是也。對偶中有關兩字者，如梁元論曰：「雖坐三槐，不妨家有三徑；雖接五侯，不妨門垂五柳」之類是也。《野客叢書》

釋慧琳《孝經注》一卷，陸德明曰：「慧琳，宋世沙門，秦郡人。」琳著《辨正論》曰：「《孝經》者，自庶達帝，不易之典；從生暨死，終始具焉。略十八章，孝治居其一。揆吏任所奉，民胥是賴。貫徹神明，釐道風俗。先王奉法，則乾象著明；哲后尊親，則山川表瑞。遂有青鷹合節，白雉馴飛，墳柏春枯，潛魚冬躍。行之邦國，政令刑於四海；用之鄉人，德教加於百姓。故云孝者，始於事親，中於事君，終于立身也。秦懸吕論，一字番成可貴；蜀寶揚言，千金更招深怪。惟孝經川阜無資，功侔造化。比重則五岳山輕，方深則四海流淺。風雨不能亂其波濤，處虚未足栖其令譽。」《隋書》

崔逸，清河人，論書云：「山川草木，反覆於寸紙之間；日月星辰，迴環於尺牘之上。」《書苑菁華》

張洎爲舉人,張佖在江南已通,洎每求見,稱從表姪孫。既及第,稱姪。稍貴,稱弟。及秉政,不復論中表,以庶僚遇之。佖怨洎入骨。俱仕中國,洎作《錢俶謚議》云:「亢而無悔。」佖奏駁之,洎廣引經傳自解。《温公瑣語》

《東皐雜録》:「《詩》:『伐木丁丁,鳥鳴嚶嚶。』鄭箋:『嚶嚶,兩鳥聲。』正文與注皆未嘗及黄鳥。自白樂天作《六帖》始類入《鶯門》。」余謂今人吟咏多用「遷鶯」、「出谷」事,皆循習唐人之誤。《南史》劉孝標《絶交論》:「嚶鳥相召,星流電激。」是真得詩意。《考古質疑》

韓退之之文,得歐公而後發明。陸宣公之議論,陶淵明、柳子厚之詩,得東坡而後發明。子美之詩,得山谷而後發明。後世復有揚子雲,必愛之矣。誠然!誠然!《歲寒堂詩話》

范純仁堯夫丞相薨,禮官謚曰「忠宣」。考功鄧忠臣議曰:「每思捐身而報國,一作『開策』。常願休兵而息民。祇如扶危而濟傾,寧恤跋前而疐後。」又曰:「讒言亂國,而明蔡確之無罪;姦黨投石,而謂大防之可原。當衆人莫敢言之時,在偏州無所用之地,義形正色,憤激至誠。非特救當世正人端士之織羅,直欲戒後世亂臣賊子之迷國。狥公忘己,爲國惜賢。」又曰:「父母之國,有時而去;股肱之義,於是或虧。放之江湖,忽如草芥。紉蘭澤畔,更甚屈原之忠;占鵩坐隅,已分賈生之死。」又曰:「側席南望,而悵浮雲之蔽;趨節東歸,而詠零雨之濛。」又曰:「法座想見其風采,詔書相望于道塗」云云。時論皆以爲允當。崇寧初,追奪元謚,并定謚覆官,並罰銅。

二年六月，言者再論，忠臣得宫祠。《墨莊漫録》

晚學遽讀《新唐書》，輒能壞人文格。《舊唐書》贊語云：「人安漢道之寬平，不厭高皇之嫚罵。」其論唐亡云：「決江海以救焚，焚救而溺至；引鴆爵以止渴，渴止而身亡。」亦自有佳處。《唐庚文録》

四六叢話卷二十三

銘箴贊 十五一

文有昔合而今分者，詩與賦、頌是也。後人雅尚才華，好爲纂組。侈附庸而蔚成大國，導濫觴而極彼通津。故析詩於賦，而都京演富於千言；又貳頌於詩，而宫殿縟采於四韻。古人則五際六義，渾然和同而已。又有昔盛而今尠者，銘與箴、贊是已。前賢智雄絶代，心小一身，觀物博而約義精，稱名小而取類大。故户牖几席，感物援詞以警；高卑俯仰，即事攬筆而書。末學則熟視無睹，闃然不嗣也已。

夫銘之爲道有二也，一以勒勳，一以垂戒。孟堅有《燕然》之作，銛鋒直指，抗雞塞之威稜。景陽成《劍閣》之章，迅采騣馳，振蠶叢而讋慄。若乃誦芬先世，歸美前勳，則昭之碑版，系以銘詞，即其遺也。至於景鐘刻漏，豪灑如椽，座右室隅，文傳不朽。比之嘉量志其允臻，三緘昭其敬慎，無不同耳。又有焦尾三紋，菱花四出，掘古甃而苔痕暈碧，泛層淵而冰彩横

空。或體學《盤中》，或文摹籀史。時逢幽異，屢獲清新。不備蒐羅，偶登一二。至若華陽《瘞鶴》，滄海留蹤；紫府新宫，羣仙卓筆。飄飄乎淩雲之氣，非烟火中人所髣髴也。

箴之爲道，亦有二焉。一以自勵，一以盡規。箴言胥顧，佩藥石於韋弦；小人攸箴，勗虞衡於原草。子雲、亭伯，繼作百篇，而《文選》僅取茂先《女史》一首，豈非義篤典章，詞歸確切耶？張藴古《大寶》一箴，原於陳戒之遺；李德裕《丹扆六箴》，時著忠規之益。辰告其猶，日躋以敬，琅琅可誦，郁郁乎文也。

贊之爲言助也。《皋陶謨》稱：「思曰贊贊襄哉。」《大禹謨》云：「益贊於禹。」竝協力股肱，垂文謨訓。若羲文十翼，夫子有贊述之言；襃貶一詞，游、夏有莫贊之義。至班固作史，詮量人物；郭璞注雅，播美芳馨。則贊之所自始，大抵採三加之祝辭，合康衢之謠諺，宜彰繪事，兼摭賢蹤。如《石室像贊》，《列女圖頌》，所謂圖以賢聖，綷以藻詠是也。子山雜頌五十首，音韻鏗鏘，事辭周密矣。蓋其義隆歎美，體極襃崇。故《文心》考實，與頌同原；《史通》覈才，偕論合揆。懿括行間，神流簡外，得贊之旨矣。近代文人，若銘、箴、贊雖非絶響，鮮克專精。夫小物克勤，嘉名肇錫，斯前聖敷文之要，先賢造道之階。砭愚訂頑，振關中之木鐸；謹言慎動，導伊洛之淵源。如《七十二弟子贊》及濂閩諸賢贊，竝傳薪道脉，發藻儒宗，於戲盛矣！叙《銘箴贊第十五》。

昔帝軒刻輿几以弼違，大禹勒筍簴而招諫。成湯盤盂，著日新之規；武王户席，題必戒之訓。周公慎言於金人，仲尼革容於欹器。則先聖鑒戒，其來久矣。故銘者，名也。觀器必也正名，審用貴乎盛德。蓋臧武仲之論銘也，曰：「天子令德，諸侯計功，大夫稱伐。」夏鑄九牧之金鼎，周勒肅慎之楛矢，令德之事也；吕望銘功於昆吾，仲山鏤績於庸器，計功之義也；魏顆紀勳於景鐘，元作「銘」，曹改。孔悝表勤於衛鼎，稱伐之類也。若乃飛廉有石槨之錫，靈公有蒿里之謚，銘發幽石，吁可怪矣。趙靈勒跡於番吾，元作「禺」，楊改。秦昭刻博元作「傅」，朱改。於華山，夸誕示後，吁可笑元作「茂」，又作「戒」。也。詳觀衆例，銘義見矣。至於始皇勒岳，政暴而文澤，亦有疎通之美焉。若班固燕然之勒，張昶華陰之碣，序亦盛矣。蔡邕銘思，獨冠古今。橋元作「僑」，孫改。公之鉞，元作「箴」。吐納典謨；朱穆之鼎，全成碑文。溺所長也。至如敬通雜器，準矱戒銘，而事非其物，繁略違中。崔駰品物，讚多戒少；李尤積篇，義儉辭碎。蓍龜神物，而居博弈之中；衡斛嘉量，而在臼杵之末。曾名品之未暇，何事理之能閑哉！魏文九寶，器利辭鈍。唯張載元作「采」，謝改。《劍閣》，其才清采，迅足駸駸，後發前至，勒銘岷漢，得其宜矣。

箴者，所以攻疾防患，喻鍼石也。斯文之興，盛於三代。《夏》《商》二箴，餘句頗存。及周之辛甲，《百官箴》一篇，體義備焉。迄至春秋，微而未絶。故魏絳諷君於后羿，楚子訓民於在勤。戰代已來，棄德務功，銘辭代興，箴文委絶。至揚雄稽古，始範《虞箴》，作卿尹州牧二十五篇。及

崔、胡補綴，總稱《百官》。指事配位，鞶鑑可徵。信所謂追清風於前古，攀辛甲於後代者也。至於潘勗《符節》，要而失淺；温嶠《（傅）〔侍〕臣》，博而患繁；王濟《國子》，引廣一作「多」。事雜；一作「寡」。潘尼《乘輿》，義正體蕪。凡斯繼作，鮮有克衷。至於王朗《雜箴》，乃寘巾履，得其戒慎，而失其所施。觀其約文舉要，憲章戒銘，而水火井竈，繁辭不已，志有偏也。

夫箴誦於官，銘題於器，名目雖異，而警戒實同。箴全禦過，故文資确元作「確」，朱改。切；銘兼褒讚，故體貴弘潤。其取事也，必覈元作「覆」。以辨；其摛文也，必簡而深。此其大要也。然矢言之道蓋闕，庸器之制久淪，所以箴銘異用，罕施於代。惟秉文君子，宜酌其遠大焉。《文心雕龍》

讚者，明也，助也。二字從《御覽》增。昔虞舜之祀，樂正重讚，蓋唱發之辭也。及益讚於禹，伊陟讚於巫咸，竝颺言以明事，嗟歎以助辭也。故漢置鴻臚，以唱拜爲讚，即古之遺語也。至相如屬筆，始讚荆軻。及遷《史》固《書》，託讚褒貶，約文以總録，頌體以論辭。又紀傳後元作「侈」，朱考《御覽》改。評，亦同其名。而仲洽《流别》，謬稱爲述，失之遠矣。及景純注雅，動植必讚，一作「讚之」，從《御覽》改。義兼美惡，亦猶頌之變耳。然本其爲義，「本」字從《御覽》增。事生奬歎，所以古來篇體，促而不廣，一作「曠」，從《御覽》改。必結言於四字之句，盤桓乎數韻之辭，約舉以盡情，昭灼以送文，此其體也。同上

沔水又東逕隆中，歷孔明舊宅北。亮語劉禪云：「先帝三顧臣於草廬之中，咨臣以當世之

事。」即此宅也。車騎沛國劉季和之鎮襄陽也，與犍爲人李安共覲此宅，命安作宅銘云：「天子命我，於沔之陽。聽鞞鼓而永思，庶先哲之遺光。」王隱《晉書》云：「李興，密之子也，一名安。」後六十餘年，永平之五年，習鑿齒又爲其宅銘焉。《水經注》

萬歲通天元年，鑄九鼎成，置於東都明堂之庭。其蔡州鼎銘，武后所置，文曰：「羲農首出，軒昊應期。唐虞繼踵，湯禹乘時。天下光宅，域内雍熙。上天降靈，方建隆基。」紫微令姚崇奏曰：「聖人啓運，休兆必彰。請宣付史館。」明皇御名已兆於此。《全唐詩話》

《崔融傳》：「武后幸嵩高，見融銘《啓母碣》，歎美之。及已封，即命銘《朝覲碑》。」《唐書》

姚子貫，陳郡人，有寶鏡，背銘云：「鏡焉作自尚方，銅焉産自丹陽。觀其寶觀其藏，延年益氣樂且康，芳名寶鏡俱未央。」《鄉嬛記》

山谷《茶磨銘》云：「楚雲散盡，燕山雪飛。江湖歸夢，從此袪機。」《侯鯖録》

東坡倅錢塘日，夢神宗召入禁，宫女環侍。一紅衣女捧紅靴一雙，命軾銘之。覺而記其中一聯云：「寒女之絲，銖積寸累。天步所臨，雲蒸霧起。」既畢進御，上極歎其敏。《冷齋夜話》

魏鄭公《砥柱銘》：「挂冠莫顧，過門不息。」《淮南子》云：「禹之趨時，冠挂而不顧，履遺而不取。」《鹽鐵論》云：「簪墮不掇，冠挂不顧。」《困學紀聞》

《冠辭》「令月吉日」、「吉月令辰」，互見其言。《論語》「迅雷風烈」、《九歌》「吉日兮辰良」，相

錯成文。《士昏禮目録》「日入三商爲昏」，疏云：「商謂商量，是漏刻之名。故三光靈曜，亦日入三刻。爲昏，不盡爲明。」案：馬氏云：「日未出，日没後，皆二刻半，前後共五刻。」今云三商者，據整數而言，其實二刻半也。《詩正義》云：「《尚書緯》謂刻爲商。」夏文莊《蓮華漏銘》：「五夜持宵，三商定夕。」蓋取此。蘇子美亦云：「三商而眠，高舂而起。」同上

真宗皇帝祀汾而還，駕過伊闕，親灑宸翰，爲銘勒石，文不加點，羣臣皆呼萬歲。其文曰：「夫結而爲山，融而爲谷。設險阻於地理，資守距於國都。足以表坤載之無疆，示神州之大壯者也。矧復洪源南導，高岸中分。夏禹濬川，初通關塞。周成相宅，肇建王城。風雨所交，形勢斯在。靈葩珍木，接畛而揚芬。盤石檻泉，奔流而激響。寶塔千尺，蒼岸萬尋。祕等覺之真身，刻大雄之尊像。豈獨勝游之是屬，故亦景貺之潛符。躬薦兩圭，祝汾陰而祈民福；言旋六轡，臨洛宅而觀土風。既周覽於名區，乃刊文於貞珉。銘曰：高闕巍峩，羣山迤邐。乃固王城，是通伊水。形勝居多，英靈萃止。螺髻偏摩，雁塔高峙。奠玉河溪，回輿山址。鳴蹕載臨，貞珉斯紀。」《楓窗小牘》

吾家舊鏡，傳爲楊妃故物，徑尺許，厚七分，背紋精古，有銘，其略曰：「粉壁交映，珠簾對看。潛窺聖淑，麗則常端。」聖淑字名少空，有竝后之象。明皇八月五日生也，始置誕節，名千秋節。方鎮進鏡，若紫絲承露囊，此幾是耶。《畫墁録》

鳳州遁跡山有𨻶家崖。景德二年，軍人楊忠忽入一洞穴，穴中有石匣，而架一坐鏡，圍五寸，背鑄水族回環，有銘三十二字，曰：「錬一作『煉』。形神治，瑩質良工。當眉寫翠，對臉傳紅。如珠出匣，似月停空。綺窗繡幌，俱涵影中。」方取鏡，而聞後有風雨聲。既出穴，鏡存而匣已爛矣。詳其文，乃是粧鏡，不知何代之物，而文義甚佳。惜其不見於文集，而獨見於郡志。故傳録之以補款識之一云。《學齋佔畢》

余在金陵，有饔人以一方石鎮宅，一作「肉」。視之若有鐫刻。試取石洗濯，乃《宋海陵王墓銘》，謝朓撰并書，其字如鍾繇，極可愛。余攜之十餘年，文思副使夏元昭借去，遂託以墜水，今不知落何處。此銘朓集中不載，今録於此：「中樞誕聖，膺圖受命。於穆二祖，天臨海鏡。顯允世宗，温文著性。三善有聲，四國無競。嗣德方衰，時惟介弟。景祚云及，多難攸啓。載驟軨獵，高闕代邸。庶辟欣欣，威儀濟濟。亦既負扆，言觀帝則。正位恭己，臨朝淵默。虔思寶諦，一作『締』。負荷非克。敬順天人，高遜明德。西光已謝，東旭又良。龍纛夕儷，葆挽晨鏘。風摇草色，日照松光。春秋非我，晚夜何長。」《夢溪筆談》

丙爵丁爵鑑二甲，其文曰：「仙山竝照，智水齊名。花朝艷彩，月夜流明。龍盤五瑞，鸞舞雙精。傳聞仁壽，始驗銷兵。」文體乃唐人，鏡之一作「其」。體製亦不甚古。《東觀餘論》

長兄伯聲云：「洛中董氏蓄雷琴一張，中題云：『山虛水深，萬籟蕭蕭。古無人蹤，惟石嶕

嶢。』狀其聲也。」《西溪叢話》

滕達道蓄雷威琴，中題云：「石山孫枝，樣蒻伏羲。將扶大隱，永契神機。」徐浩書，字類石經，今歸居氏矣。同上

李巽伯云：「先公得雷威琴，錢氏物也。中題云：『嶧陽孫枝，匠成雅器。一聽秋堂，三月忘味。』故號『忘味』，云爲當代第一。」同上

長兄伯聲云：「昔至澠邑，獲一古琴，中題云：『合雅大樂，成文正音。徽絃一泛，山水俱深。』雷威斵，一作『斷』。歐陽詢書。」同上

有士人攜一古琴，其名曰冰清，斷紋鱗皴，制作奇崛。識與不識皆謂數百年物。腹有銘，稱晉陵子題。銘曰：「卓哉斯器，樂惟至正。音清韻高，月苦風勁。瓅餘神爽，泛絶機靜。雪夜敲冰，霜天擊磬。陰陽潛感，否臧前鏡。人其審之，豈獨知政。」又書「大曆三年三月三日」。上底蜀郡雷氏斵鳳沼，内書「貞元十一年七月八日再修，士雄記。」《桯史》

洪景伯兄弟應博學宏詞，以《克敵弓銘》爲題，洪惘然不知所出。有巡鋪老卒睹於案間，以問洪云：「官人欲知之否？」洪笑曰：「非爾一作『而』。所知。」卒曰：「不然，我本韓世忠太尉之部曲。從軍日，目見有人以神臂弓舊樣獻於太尉，太尉令如其制度製以進御，賜名克敵。」并以歲月告之。洪盡用其語，首云：「紹興戊午五月，大將」云云。主文大以驚喜。蓋熙寧中西人李宏中

創造，因内侍張若水獻於裕陵者也。《揮麈三録》

泰陵書《戒石銘》賜郡國曰：「爾俸爾禄，民膏民脂。下民易虐，上天難欺。」用《蜀檮杌》中所載孟王昶文云：「朕念赤子，旰食宵衣。言之令長，撫養惠綏。政存三異，道在七絲。驅雞爲理，留犢爲規。寬猛得所，風俗可移。無令侵削，無使瘡痍。下民易虐，上天難欺。賦輿是切，軍一作『是』。國是資。朕之賞罰，固不踰時。爾俸爾禄，民膏民脂。爲民父母，莫不仁慈。勉爾爲戒，體朕深思。」凡二十四句，昶亦可稱。後熙陵表出，言簡理盡，遂成至一作「王」。言。《貴耳集》

紫巖張公謫居永州二水，憂國耿耿，一日慨然作《丸墨》、《笻杖銘》。墨之銘曰：「存身於昏昏，而天下之理固已昭昭；斯爲瀟湘之寶，余將與之逍遥。」笻杖之銘曰：「用則行，舍則藏，惟我與爾。危不持，顛不扶，將焉用彼。」同上

余僑寓後圃有一大井，是武肅王外祖家舊物。井上有文曰：「於維此井，渟育坎靈。有莘有邰，實此儲英。時有長虹，上貫青冥。是維王氣，宅相先徵。爰啓霸主，奠綏蒼氓。沛膏漸澤，配德東溟。臣羅隱謹頌。」《楓窗小牘》

東坡遊羅浮山，作詩示叔黨，其末云：「負書從我盍歸去，羣仙正草《新宫銘》。汝應奴隸蔡少霞，我亦季孟山玄卿。」坡自注曰：「唐有夢書《新宫銘》者，云『紫陽真人山玄卿撰。』其略曰：『良常西麓，原澤東泄。新宫宏宏，崇軒巘巘。』又有蔡少霞者，夢人遺書碑銘曰：『公昔乘魚車，今履

瑞雲，躅空仰塗，綺軨輪囷。』其末題云『五雲閣吏蔡少霞書』。」余案：唐小説薛用弱《集異記》載蔡少霞夢人召去，令書碑，題云《蒼龍溪新宮銘》，紫陽真人山玄卿撰。其詞三十八句，不聞有五雲閣吏之説。「魚車」、「瑞雲」之語，乃《逸史》所載陳幼霞事，云蒼龍溪主歐陽某撰。蓋坡公誤以幼霞爲少霞耳。玄卿之文，嚴整高妙，非神仙中人嵇叔夜、李太白之流不能作，今紀於此，云：「良常西麓，源澤東泄。新宮宏宏，崇軒轔轔。雕珉盤礎，鏤檀竦粢。碧瓦鱗差，瑤階肪一作『脉』。截。閣凝瑞霧，樓橫祥霓。騶虞巡徼，昌明捧闌。珠樹規連，玉泉矩洩。靈飆遐集，聖日俯晰。太上游儲，無極便闕。百神守護，諸真班列。仙翁鵠立，道師冰絜。飲玉成漿，饌瓊爲屑。桂旗不動，蘭幄互設。妙樂競奏，流鈴間發。天籟虛徐，風簫泠澈。鳳歌諧律，鶴舞合節。三變《玄雲》，九成《絳雪》。易遷徒語，童初詎説。不一作『如』。毁乾坤，常新一作『自有』。日月。清寧二百三十一年四月十二日建。」余頃作廣州《三清殿碑》，仿其體爲銘詩曰：「天池北阯，越嶺東麓。銀宮旟旟，瑤殿矗矗。陛納九齒，闥披四目。楯角儲清，簷牙衮縟。雕牖甜砢，鏤楹熠煜。元尊端拱，泰上秉籙。繡黼周張，神光睟穆。寶帳流黄，温屏結緑。翠鳳于旗，紫霓溜褥。星伯振鷺，仙翁立鵠。昌明侍几，眉連捧纛。月節下墮，曦輪旁燭。凍雨清塵，矞雲散縠。鈞籟虛徐，流鈴禄續。童初渟瀯，勾漏蓄縮。嶽君有衡，海帝淮儵。中邊呵護，時節朝宿。颶母淪威，瘧妃謝毒。丹崖罷繳，赤子纍福。億齡聖壽，萬世宋籙。」凡四十句。讀者或許之，然終不近也。《容齋隨筆》

退之《馬蹄研銘》云：「天馬有靈，迹在于石。」《漢武紀》「獲汗血馬」注：「踏石汗血，一日千里。」踏石有跡，以言蹄之堅有力。《猗覺寮雜記》

東坡《月日研銘》：「石宛宛兮黑白月。」《法苑珠林》：「西方有一月分黑白，一日至十五爲白，十六至三十爲黑。」同上

《春秋》：僖二十年「新作南門」。傳皆以爲書不時。劉原父曰：「非也。南門者何？天子之法門也。庫門，天子皐門；雉門，天子應門。魯不務公室而僭天子之門制，《春秋》常事不書，今特書新作南門者，罪魯之僭天子也。」原父自以爲得《春秋》之遺旨，先儒之所不及，可謂新意矣。然予觀唐人陸龜蒙所著書有《兩觀銘》曰：「兩觀雉門，實僭天子。」然則原父之説，龜蒙爲先得之矣。《寓簡》

《崔琦傳》：「河南尹梁冀聞琦才，請與交。冀行多不軌，琦數引古今成敗以戒之，冀不能受。乃作《外戚箴》。」《後漢書》

潘岳《新婚箴》，防微測隱，文麗旨深。《北堂書鈔》

姚崇《口箴》云：「君子欲訥，吉人寡詞。利口作戒，長舌爲詩。斯言不善，千里違之。勿謂可復，駟馬難追。惟静惟默，澄神之極。去甚去泰，居物之外。多言多失，多事多害。聲繁則淫，音希則大。室本無暗，垣亦有耳。何言者天，成蹊者李。似不能言，爲世所尊。言不出口，冠時

之首。無掉爾舌，以速爾咎。無易由言，亦孔之醜。欽之謹之，可大可久。欽之伊何？三命而走。謹之伊何？三緘其口。勉哉夫子，行矣勉旃。書之屋壁，以代韋絃。」《全唐詩話》

李德裕《舌箴序》曰：「余宿於洞庭西，夢與中書令姚公偶坐，如舊相識。問余曰：『子見僕所作《口箴》乎？』余對曰：『去歲居守東都，一作「門」。於公曾孫諫議郃處睹金石之刻。』遂莞爾而笑曰：『孫子猶能藏之。』」又曰：「余感姚公之夢，乃爲《舌箴》云。」同上

唐太宗初即位，直中書省張蘊古上《大寶箴》，凡六百餘言，遂擢大理丞。《新唐書》附其姓名於《文藝・謝偃傳》末，又不載此文，但云「諷帝以民畏而未懷，其辭挺切」而已。《資治通鑑》僅載其略云云。其文大抵不凡，既不爲史所書，故學者亦罕傳誦。蘊古爲丞四年，以無罪受戮。太宗尋悔之，故有覆奏之旨。傳亦不書，而以爲坐事誅，皆失之矣。《舊唐書》全載此箴，仍專立傳。不知宋景文何爲削之也。《容齋五筆》

真文忠公《自箴》曰：「學未若臨邛之邃，量未若南海之寬。制行劣于莆田之懿，居貧媿于義烏之安。」臨邛魏鶴山了翁、南海崔菊坡與莆田陳宓、義烏徐僑。《困學紀聞》

李德裕《文箴》曰：「文之爲物，自然靈氣。惚恍而來，不思而至。杼軸得之，澹而無味。琢刻藻繢，彌不足貴。如彼璞玉，磨礲成器。奢者爲之，錯以金翠。美質既彫，良寶斯棄。」《辭學指南》

箴者，諫誨之辭，若鍼之療疾，故名箴。《盤庚》：「無伏小人之攸箴。」《庭燎》：「因以箴之。」召公曰：「師箴。」

師曠曰：「工誦箴諫。」《文心雕龍》曰：「《夏》《商》二箴，餘句頗存。」《夏箴》見於《周書·大傳篇》，《商箴》見於《吕氏春秋·名類篇》。又《謹聽篇》有《周箴》。周辛甲爲太史，命百官官箴王闕，虞人掌獵爲箴。漢揚雄擬其體，爲十二州、二十五官箴。後之作者咸依倣焉。隋杜正藏舉秀才《擬匠人箴》，擬題肇於此。唐進士亦或試箴。顯慶四年試《貢士箴》，開元十四年《考功箴》，廣德三年《轅門箴》，建中三年《學官箴》。同上

西山先生曰：「箴、銘、贊、頌，雖均韻語，然體各不同。箴乃規諷之文，貴乎有警戒切劘之意。《詩·庭燎》、《沔水》等篇，左氏《虞人箴》、揚子雲《百官箴》、張茂先《女史箴》、白居易《續虞人箴》、柳公綽《太醫箴》、王元之《端拱箴》，《文粹》中諸箴，可寫作一帙，時時反覆熟誦，便知體式。」同上

《馬燧傳》：「德宗賜燧《台衡銘》曰：『天列台星，垂象于人。聖人則天，亦建輔臣。以翼以弼，爲衡爲鈞。如耳目應心，如股肱運身。是則同體，孰云非親。』又曰：『君臣相得，萬邦作乂。感同風雲，合若符契。以道匡救，盡規獻替。木必從繩，金其用礪。』」《舊唐書》

王導《麈尾銘》曰：「誰謂質卑，御於君子。拂穢淨暑，虛心以俟。」許詢《白麈尾銘》曰：「蔚蔚秀格，偉偉奇姿。荏弱軟潤，雲散雪飛。君子遠之，探玄理微。」陸龜蒙《麈尾賦》有曰：「叩《易》論玄，驅今駕古。散入神明之蹟，中含道德之祖。」此形容揮用之趣。獨孤綬《竹如意賦》有

曰：「發奥滌玄，遐鉤獨索。」亦是形容用處，優於黽蒙。二公所作全不似唐人文章。麋之大者爲麈，羣麋隨之，皆依麈尾而轉。《緯略》

《瘞鶴銘》，今存於焦山及寶墨亭者，凡文字句語讀之可識及點畫之僅存者百三十餘言，而所亡失幾五十字。計其完書畫蓋九行，行之全者率二十五字，而首尾不與焉。熙寧三年春，余與汾陽郭逢源公域、范陽張褘子偉索其逸遺於焦山之陰，偶得十二字於亂石間。表、留、惟、寧十字完，餘二字譌缺。石甚迫隘，偃卧其下，然後可讀。故昔未之見，而世不傳。其後又有「丹陽外仙，江陰真宰」八字與「華陽真逸，上皇山樵」爲侶，似是真侶之號。今取其可考者，次序之如此。其間闕文雖多，如「華亭」、「廖廓」之類，亦可以意讀也。《瘞銘記》

附《瘞鶴銘》：

鶴壽不知其紀也。壬辰歲得於華亭，甲午歲化於朱方。天其未遂吾翔寥廓耶？奚奪之遽也？乃裹以玄黄之幣，藏之茲山之下。仙家無隱，我故立石旌事，篆銘不朽。詞曰：

相此胎禽，浮邱著經。山陰降蹟，華表留名。真惟仿佛，事亦微冥。西竹法里，宰耳歲辰。鳴語解化，浮邱去莘。左取曹國，右割荆門。後蕩洪流，前固重扃。我欲無言，爾也何明？爰集真侶，瘞爾作銘。宜直示之，惟將進寧。丹陽仙尉、江陰真宰立石。

有爲竹枕作銘云：「珊瑚枝，琥珀盤，流蘇帳暖駿飛鸞，莫忘此君同歲寒。」亦佳語也。《浩然齋

雅談》

趙南仲丞相入汴日，嘗經宿境，見奇石，不忍舍。其後治圃溧水，第因語曩事，時趙邦永在旁，退即負之而來，儼然昔所見也。蓋當時意公所喜，即令人舁至，轉江而歸焉。公猶憶其左跗闕如，視之果然。適一匠睨而噩，歎曰：「異哉！當年所失，某適得之。」取而脗合，渾然天成。公異其事而銘之云：「昔我于役，在宿之野。煙磊塵阿，應接不暇。維州所宅，挺立翹楚。既賞而稱，欲去而佇。今我來居，於溧之北。孰爲而至，不謀而得。河浙相望，邈風馬牛。一念所到，造化與疇。工胡運斤，夷於左股。迫而視之，闕如其故。人力攸及，理無復全。疇昔啓之，匠亦有言。執藝函山，留余可續。匪尺而量，匪管而測。乃命之前，乃挈之聯。如磁引鐵，如鸞膠絃。於戲！棄而取之，石無所欣戚也；斷而續之，石無所損益也。物各付物，天契其天。我銘此石，莫非自然。」此馮可遷之文也。余嘗誌其事於《野語》，而闕此文，今詳書之。同上

揚雄依《虞箴》作十二州、十二官箴而傳於世，不具九官。崔氏累世彌縫其間，胡公又以次其首目而爲之辭，署曰《百官箴》。《文章流別論》

《李德裕傳》：遣使獻《丹扆六箴》，帝手詔答曰：「卿之宗門，累著聲績。冠内廷者兩代，襲侯伯者六朝。果能激愛君之誠，喻詩人之旨，在遠而不忘忠告，諷上而常深慮微。博我以端躬，約予以循禮。三復規諫，累夕稱嗟。置之座隅，用比韋弦之益；銘諸心腑，何啻藥石之功。」劉夢得

《口兵戒》「可以多食，勿以多言」，本《鬼谷子》「口可以食，不可以言」。《舊唐書》

張詠性剛急，嘗作《鯸鮧魚賦》，其序略曰：「江有若覆甌者，漾於中流，移晷不没，舟人曰：『此嗔魚也。觸物則怒，多爲鵰鳶所食。』遂索書驗名，古謂之鯸鮧，因而賦之，亦欲刺世人之褊薄者。」又爲《褊箴》云：「百行同轍，一褊則缺。」其意亦欲自警也。然終以剛直不躋柄用。《儒林公議》

《薛道衡傳》：「年十三，講《左氏傳》，見子産相鄭之功，作《國僑贊》，頗有詞致，見者奇之。」《隋書》

陸德明受學于周弘正。王世充僭號，署爲散騎侍郎，德明服巴豆散，遂移病成皐。及入朝，太宗引爲宏文館學士，使閻立本寫真，褚亮爲之贊曰：「經術爲貴，玄風可師。勵學非遠，通儒在茲。」《大唐新語》

唐武都符載，字原之，有奇才，栖青城山。韋南康鎮蜀，辟爲支使。韋公於二十四化設醮，請撰齋詞。於時陪飲於摩訶之池，符公離席盥漱，命使院小吏十二人捧研，人分兩題繞步池濱，各授口占，其敏速如此。劉闢時爲金吾倉曹參軍，依栖韋公，特與撰真讚，其詞云：「矯矯化初，氣傑文雄。靈蝺出水，秋鶚乘風。行義則固，輔仁乃通。他年良覿，麟閣之中。」洎京兆變故，彭城知留務起雄據之意，符爲其所縻，凡有代奏，愈更恭順。劉闢之敗也，幕僚多罹其禍。惟符生以牋奏稿草一篋呈高崇文相公，長揖東下，棲於廬山，即前之真讚可謂有先鑑也。《北夢瑣言》

余嘗夢客有攜詩相過者，覺而記其數句若銘贊者，云：「道之所以成，不害其耕；德之所以修，不賊其牛。」《東坡志林》

州著姓常氏自忠毅公與檜不合，退居海上，遂家焉。其後有號蒲溪者，亦官參知政事，入本朝。子孫多不學，嘗言有厥祖遺像一幅，以兵亂失之，後復得之。因出以示余，其像瘦惡而髯，戴貂蟬冠。像間有贊曰：「佑時生甫，同德暨湯，治格一隆，力成再造。長樂温靖，遂哲王孝理之心；海宇阜登，一作『豊』躋斯民仁壽之域。公功棐迪，帝庸作歌。列辟具瞻，謂相君之形惟肖；睿辭敦獎，見王者之制坦明。郁郁乎其文哉！皜皜不可尚已！」其後題曰：「紹興龍集壬申仲春穀旦門下士武原魯璪拜贊。」余甚疑之，此贊以宰相，兩常公皆不得柄國，奈何有此語？後檢宋《范茂明集》有《代賀秦太師畫像啓》，摘去和戎等語，而借以爲贊也。年代既久，淪落民間，爲常氏所得，復以魯璪爲本州人，益信而不疑耳。不知魯中紹興甲午趙逵榜，檜方柄國，故稱門下。第不知茂明何故代璪作啓。余備録以示，常氏不以爲然，愈益珍重。是忘乃祖之仇，子孫誠不可不學如此。《樂郊私語》

嘗見御製《盤松贊》墨本云：「天錫瑞木，得自嶔岑。枝蟠數萬，榦不倍尋。怒騰雲勢，静奏琴音。凌寒鬱茂，當暑陰森。封以腴壤，邇以碧潯。越千萬年，以慰我心。」《玉堂雜記》

林子善家藏崔慤畫龜甚佳，朱希真作贊曰：「骨爲裘褐，氣爲饘饘。孰令汝壽，惟蟲知天。

他日碧波蓮葉上，不知誰見小如錢。」《浩然齋雅談》

莊簡吴秦王益，以元舅之尊，芒鞵筇杖，縱行三竺，濯足冷泉，爲邏者聞奏。召之，光堯笑謂曰：「夜來冷泉之遊，樂乎？」王頓首謝。光堯曰：「朕宫中亦有此景，卿欲見之否？」蓋疊石疏泉，像飛來香林之勝。架堂其上曰冷泉。中揭一畫，乃圖莊簡野服濯足於石上，且御製一贊云：「富貴不驕，戚畹稱賢。掃除膏粱，放曠林泉。滄浪濯足，風度蕭然。國之元舅，人中神仙。」於是盡醉而罷，因以賜之。《齊東野語》

東坡《三馬贊》：「振鬣長鳴，萬馬皆瘖。」此皆記不傳之妙學，文者能涵泳此等語，自有入處。《野老紀聞》

坡公《九馬贊》言薛紹彭家藏曹將軍《九馬圖》，杜子美所爲作詩者也。其詞云：「牧者萬歲，繪者惟霸。甫爲作誦，偉哉九馬。」讀此詩文數篇，真能使人方寸超然，意氣横出，可謂妙絶動宫商矣。《容齋五筆》

烏程縣之東數十里有泊宅村，時人不曉泊宅之義。余寓居之明年，買田適在村下。因閲金石遺文，昔顔魯公守湖州，張志和浮家泛宅，往來苕霅間，乃志和泊舟之所也。余喜卜築之，初聞同里之高風，遂得友其人於千載，因作詩識之。王侍郎漢之一見而號余泊宅之少翁，仍爲贊曰：「形色保神，環無初終。粉飾大鈞而爲之容，是爲泊宅之少翁。」《泊宅編》

案：泊宅在郡東四十里，沈埸、長超諸山環之，澄波千頃，桑麻相接，深秀清遠，最佳處也。村居有二潘先生，文筆秀出。先大父曾造其廬，爲忘年交，觴詠竟日，樂其幽勝。歲辛卯，梅嘗先大父、先君子兩世窀穸，卜吉于此，蓋先靈之所安也。覽沙水之迴環，攀松楸而景慕，遠想煙波散人之風，近緬二潘先生之蹟，他年得賦遂初，結廬於此，自謂平生志願畢矣。一潘先生長爲笠亭先生，丙辰進士，官贛司馬，年七十餘卒。梅及奉教言。次爲健君先生，丁巳進士，官閩之永定令，循吏也。二公詩文冠一時，而笠亭先生之學尤邃。我友履中，壬午孝廉，健君先生之次子也，高才絶人，孝友直諒。梅與同筆研者二十年，每歎其精敏爲不可及。歿時年未四十，屢至其居，迴腸久之。

九齡爲《宋之望寫真贊》云：「使君族兄曰之望者，以賈生之謫居，有顧君之畫絶。偉公之貌，作爲是圖。意得神傳，筆精形似。」《曲江集》

周顯德中嘗詔王朴考正雅樂。朴以爲十二律管互吹，難得其真，乃依京房爲《律準》，以九尺之絃十三，依管長短斷分寸設柱，用七聲爲均，樂乃和。至景祐元年九月，帝御觀文殿，詔取王朴《律準》觀視，御筆篆寫「律準」字於其底，復付太常祕藏本寺，模勒刻石於廳事，博士直史館宋祁爲之贊曰：「有周有臣，嗣古成器。絃寫琯音，柱分律位。俾授攸司，謹傳來世。上聖稽古，規庭閱視。嘉御正聲，親銘寶字。奎鉤奮芒，河龍獻勢。樂府增榮，乾華俯賁。用協咸韶，永和天

地。」《楓窗小牘》

東坡《笑笑先生贊》：「竹亦得風，夭然而笑。」世皆以夭爲天，然非也。《説文》笑字，竹得風，其體夭屈如人之笑。《猗覺寮雜記》

恭孝儀王諱仲湜，王之生也，有紫光照室，及視則肉塊，以刀剖塊，遂得嬰兒。先兩月，母夢文殊而孕動。二帝北狩，六軍欲推王而立之，仗劍以却黄袍，曉其徒曰：「自有真主。」未幾，高宗即位于應天，王間關渡南，上屢嘉歎。王祭濮園，嘗自贊其容曰：「熙寧六載，歲在癸丑。月當孟夏，二十有九。予乃始生，濮祖之後。性比山麋，貌同野叟。隨圓就方，似無惟有。惟忠惟孝，不污不苟。皓月清風，良朋益友。湛然靈臺，確乎不朽。」蓋自叙其推戴事也。子孫視諸邸最爲繁衍，蓋恭孝之報云。《四朝聞見録》

劉貢父過寶應僧舍，壁有畫山水，極妙，貢父贊之曰：「昆侖有名，瑶池非實。在夢暫覯，觀幻旋失。惟是墨妙，半壁蕭瑟。崎巇坎壈，雲舒川疾。是心中象，非筆端物。大士觀化，四海一室。」《默記》

四六叢話卷二十四

檄露布　十六一

今夫樽俎折衝，坐而制勝；飛矢走驛，禮在則然。是以籌筆相資，經武有式。幕府膺上才之選，書生策管記之勤焉。夫創禽機振以倏顛，破竹刃迎而立解。善戰籌不戰之利，先人有奪人之心。酈生掉舌，憑軾下城；韓信出奇，傳檄略地。定筰存笮，蜀重文園之筆；閉關絶使，晉資吕相之辭。武事而文備，先聲而後實。非所稱師如時雨，令布疾雷者乎？兵法曰：「明其爲賊，敵乃可克。」漢王責項以十事，隗囂罪莽以三條，此檄之始也。閫外懸於千里，故插羽以飛；軍中辦於斯須，故磨盾立就。其發憤驅除，則詞同祝網；其招徠歸附，則義篤止戈。至其誅渠魁，暴首惡，秉純剛，發犀利，文烈崑岡之火，氣挾溟漲之波，勁語磔肝腸，詆詞窮穢媟。孔璋愈頭風之作，不過數語之誅心；賓王厲牝晨之詞，亦僅兩言之得意。而姦雄覺愧汗之流離，武氏轉咨嗟而不輟者，豈虚也哉！

露布者，師出有功，捷書送喜者也。武布文沈，或擬霄零渥澤；匹縑尺版，或取衆著明文。要以偃伯靈臺，洗兵瀚海，作都人之觀聽，狀士氣之飛揚。山立總干，舞乃成於宿夜；戈迴却景，餘可賈於知方。宣前茅後勁之威，合小怯大勇之義。太師頒其左律，司勳叶夫景風。昔左氏之叙城濮，蒙馬以虎皮；《國策》之述田單，束刃於牛角。史公寫濰水之戰，長河不流；范史志昆陽之師，猛獸股慄。皆汪洋恣肆，不可方物。若能資彼奇情，助茲壯采，豈不足張吾三軍，加人一等乎？若于公異作李西平露布，則又敷陳事實，妙極情文，著語不多，九重動色，可爲師法耳。

夫檄與露布，六朝不甚區别，故《文心》合而爲一。唐宋以後，則檄文在啓行之先，露布當克敵之後，名實分矣。至於敵愾，本屬同途，故彦和以皦然爲先，西山謂少麤無害。若達心而懦，無乃失辭；即美秀而文，猶爲不稱。必其胸藏武庫，抵十萬之甲兵；律中奇音，振五聲之金石。斯不特推倚馬之才，並可繼摩崖之迹爾。叙《檄露布第十六》。

昔震雷始於曜電，出師先乎威聲。故觀電而懼雷壯，聽聲而懼兵威。兵先乎聲，其來已久。昔有虞始戒於國，夏后初誓於軍，殷誓軍門之外，周將交刃而誓之。故知帝世戒兵，三王誓師，宣訓我衆，未及敵人也。至周穆西征，祭公謀父稱「古有威讓之令，令有文告之辭」，即檄之本源也。

及春秋征伐，自諸侯出，懼敵弗服，故兵出須名，振此威風，暴彼昏亂，劉獻公之所謂「告之以文辭，董之以武師元作『師武』。」者也。齊桓征楚，詰元作「誥」。苞汪本作「菁」。茅之闕；晉厲伐秦，責箕郜之焚。管仲吕相，奉辭先路，詳其意義，即今之檄文。暨乎戰國，始稱爲檄。檄者，皦也。宣露於外，皦然明白也。張儀《檄楚》，書以尺二，明白之文，或稱露布。播諸視聽也。

夫兵以定亂，莫敢自專。天子親戎，則稱「恭行天罰」；諸侯御師，則云「肅將王誅」。故分閫推轂，奉辭伐罪，非唯致果爲毅，亦且厲辭爲武。使聲如衝元作「衝」。風所擊，元作「繫」。氣似欃槍所掃，奮其武怒，總其罪人，懲其惡稔之時，顯其貫盈之數，摇奸宄之膽，訂信慎之心。使百尺之衝，摧折於咫書；萬雉之城，顛墜於一檄者也。觀隗囂之檄亡新，布元作「有」。其三逆，文不雕飾，而辭切事明，隴右文士，得檄之體矣。陳琳之檄豫州，元脱。壯有骨鯁，雖奸閹攜養，章密太甚，發邱摸金，誣過其虐。然抗辭書釁，皦然露骨元作「固」，孫改。又一本作「暴露」。矣。敢指曹公之鋒，幸哉免袁黨之戮也。鍾會移蜀，徵驗甚明；桓公檄胡，觀釁尤切。並壯筆也。凡檄之大體，或述此休明，或叙彼苛虐，指天時，審人事，算彊弱，角權勢，標蓍龜於前驗，懸鞶鑑於已然。雖本國信，實參兵詐，譎詭以馳旨，煒曄以騰説，凡此衆條，莫或違之者也。故其植義颺辭，務在剛健。插羽以示迅，不可使辭緩；露板以宣衆，不可使義隱。必事昭而理辨，氣盛而辭斷，此其要也。若曲趣密巧，無所取才矣。又州郡徵吏，亦稱爲檄，固明舉之義也。

移者，易也，移風易俗，令往而民隨者也。相如之《難蜀老》，文曉而喻博，有移檄之骨焉。及劉歆之《移太常》，辭剛而義辨，文移之首也。陸機之《移百官》，言約而事顯，武移之要者也。故檄移爲用，事兼文武。其在金革，則逆黨用檄，順元作「煩」，曹改。命資移，所以洗濯民心，堅同元作「用」，曹改。符契，意用小異，而體義大同，與檄參伍，故不重論也。《文心雕龍》

高宗時，諸王鬭雞，王勃在沛王府，戲爲文檄英王雞，帝見之大怒曰：「此殆交搆之漸。」即日竄勃。《全唐詩話》

唐垂拱四年，安撫大使狄仁傑檄告西楚霸王項君將校等，略曰：「鴻名不可以謬假，神器不可以力爭。應天者膺樂推之名，背時者非見幾之主。自祖龍御宇，横噬諸侯。任趙高以當軸，棄蒙恬而齒劍。沙丘作禍於前，望夷覆滅於後。七廟墮圮，萬姓屠掠。鳥思静於飛塵，魚豈安於沸水？赫矣皇漢，受命玄穹。膺赤帝之真符，當素靈之缺運。俯張地紐，彰鳳舉之符；仰緝天綱，鬱龍興之兆。而君潛游澤國，嘯聚水鄉。矜扛鼎之雄，逞拔山之力。莫測天符之所會，不知曆數之有歸。遂奮關中之翼，竟垂垓下之翅。蓋實由於人事，焉有屬於天亡？雖驅百萬之兵，終棄八千之子。以爲殷鑒，豈不惜哉！固當匿魄東峰，收魂北極。豈合虚承廟食，廣費牲牢？仁傑受命方隅，循革攸寄，今遣焚燎祠宇，削平臺室，使蕙櫋一作『檄』。銷爐，羽帳隨煙。君宜速遷，勿爲人患。」檄到如律令，遂除項羽廟，餘神並盡，惟會稽禹廟存焉。《耳目記》

永昌陵卜吉，司天監相地形勢，謂太祖之後，當再有天下。靖康末，趙子崧守陳州。子崧先在郡中剽竊此説。至是適天下大亂，二聖北狩，與門人傅亮等歃血爲盟，以倖非常，傳檄有云：「藝祖造曆千齡而符景運，皇天祐宋六葉而生眇躬。」繼知高宗已濟大河，惶懼歸命，奉表勸進。高宗羅致元帥幕，亟欲大用。會與大將辛道宗争功，宗得其檄文進之，究治得情。高宗不欲暴其事，以他罪竄子崧於嶺外。《揮麈餘話》

大兵渡江，賈似道即出檄書播告中外曰：「洪惟藝祖，肇造我邦。至於高宗，爰宅吴會。以仁守國，以德配天。未嘗行一不義，殺一不辜。可以質諸無疑，證諸不悖。理宗四十一年，忠厚之澤著於生民。先帝十一載，恭儉之心何負天下？不念元温羣從，尚受卵翼之恩；李陵一門，初無毫髮之損。國家厄運，一至於此；人心忠義，夫豈無之？太皇后七衰之聖躬，今天子孤惸之沖質，在人情猶知恤鄉鄰之老幼，豈臣子忽坐視君父之阽危？寧無邦國忠臣，亦有江湖豪傑。其合倡義之旅，載馳勤王之師，如陶士行慷慨之征，申張魏公忠赤之志。救日之弓，救月之矢，便直指於旌旗；如礪之山，如帶之河，尚永堅於盟誓。檄到諸路，咸使聞知。」《三朝野史》世皇下江南檄，枚舉賈似道無君之罪，宋國臣民其不誠服者歟？其文曰：「宅中圖大，天開一統之期；自北而南，雷動六師之衆。堪嗟此宋，信任非人。處之師相之尊，委以國柄之重。世濟其惡，真兇悖之賈充；謀及乃心，效姦雄之曹操。不學無識，舞術弄權。誇滸黄僅免其身，比

河清莫大之績。承君之寵，如彼其專；貪天之功，確乎不拔。惜官爵以揔寶貨，苛條法以苦賢才。奪土田而無地可耕，變闤闠而物價騰踴。藉鄙猥者伴食於廟堂，任反側者失兵於邊徼。恬視雷星之召異，罔聞水火之降災。滿朝皆其私人，用將因其重賂。用白札而破世守之法，曲丹筆而容天討之刑。民心已離而不知，天命將革而未悟。方且貪湖山之樂，聚寶玉之珍。弗顧母死，奪制以貪榮；乃乘君寵，立幼而固位。以己峻功碩德，而自比於周公；欺人寡婦孤兒，反不如於石勒。深懷禍慝，自肆姦邪。合正兩觀之誅，可紓百姓之怒。我大元皇帝聰明知睿，神武慈仁，焚香祝天，誓莫殺而混海宇；振兵略地，隨所向而宣皇威。一戰乘勝而渡江，諸將列降而獻土。厥角稽首，迎我前茅；後實先聲，易如破竹。昭茲天順人信之助，成我風行草偃之功。合宇宙以清寧，蘇人民而鎮撫。恩寬幼主以下，罪止元惡之身。自今檄到應，守令以境土投拜，除大支犒賞外，仍其官職。謹檄。」《輟耕録》

東魏檄梁云：「毒螫滿懷，妄敦戒業；躁競盈胸，謬治清淨。」可謂切中其膏肓矣。誠齋詩云：「梵王豈是無甘露，不爲君王致蜜來。」曾景建云：「此身已屬侯丞相，誰辨金錢贖帝歸。」《困學紀聞》

祖君彦檄光武「不格于反支」，乃明帝事，見王符《潛夫論》。反支日，用月朔爲正，戌亥朔一日，申酉朔二日，午未朔三日，辰巳朔四日，寅卯朔五日，子丑朔六日。　同上

武后見駱賓王爲徐敬業作檄，讀至「一抔之土未乾，六尺之孤何在」，曰：「宰相安得失此人乎！」李襲吉爲李克用與梁書，朱全忠讀至「毒手尊拳，交相於暮夜；金戈鐵馬，蹉踩於明時」，歎曰：「李公僻處有士如此，使吾得之，傅虎以翼。」文章號令，豈可不擇人？李德裕「勿以子孫之謀，而存輔車之勢」，三鎮凜凜，不敢結連。封敖「傷居爾體，痛在朕躬」，將士爲之感服。文章之功，省力於長槍大劍如此。《猗覺寮雜記》

唐于公異爲李西平作《收京城露布》云：「肅清宮禁，祗謁寢園。鍾簴不移，廟貌如故。」皆以爲工，而不知其所自。先是，傅季友爲宋公劉裕作《謁五陵表》云：「山川無改，城闕爲墟。宮廟隳頓，鍾簴空列。」又宇文周平高齊詔曰：「幽青海岱，折簡而來；冀北河南，傳檄可定。」公異蓋出此也。近世陳履常稱曾南豐表語云：「鉤陳太微，星緯咸若。崑崙渤澥，波濤不驚。」信爲奇偉，然韓退之先云：「析木天街，星宿明潤。北岳醫閭，鬼神受職。」子固亦淵源於此耳。世間好語往往壞於相似，前輩要作不經人道語，然用意過當，反累正氣。爲文務大體，又似不當如此，要自清新簡遠爲貴耳。《寓簡》

唐人詩文或於一句中自成對偶，謂之當句對，蓋起於《楚詞》「蕙蒸蘭藉」、「桂酒椒漿」、「桂櫂蘭枻」、「斲冰積雪」。自齊梁以來，江文通、庾子山諸人亦如此。王勃《宴滕王閣序》一篇皆然，若「襟三江」、「帶五湖」，「控蠻荆」、「引甌越」，「龍光」、「牛斗」，「徐孺」、「陳蕃」，「騰蛟起鳳」，「紫電

青霜」，「鶴汀鳧渚」，「桂殿蘭宫」，「鐘鳴鼎食之家」、「青雀黄龍之舳」，「落霞」、「孤鶩」，「秋水」、「長天」，「天高」、「地迥」，「興盡悲來」，「宇宙盈虚」，「丘墟已矣」之類是也。于公異《破朱泚露布》亦然，如「堯舜禹湯之德」，「統元立極之君」，「卧鼓偃旗」，「養威蓄鋭」，「夾川陸而左旋右抽」，「抵邱陵而浸淫布濩」，「聲塞宇宙，氣雄鉦鼓」，「貙兕作威，風雲動色」，「乘其跲一作『跕』藉，取彼鯨鯢」，「自卯及酉」，「來拒復攻」，「山傾河泄」，「霆鬬雷馳」，「自北徂南」，「輿尸折首」，「左武右文」，「銷鋒鑄鏑」之辭是也。《容齋續筆》

案：公異，蘇州吴人，擢進士第，李晟表爲掌書記。

檄，軍書也，祭公謀父所謂威責之令，文告之辭。東萊先生曰：「晉侯使吕相絶秦，檄書始於此。」然春秋之世，鄭子家使執訊與書以告趙宣子，晉之邊吏責鄭王使詹伯辭於晉，王子朝使告諸侯，皆未有檄之名。戰國時，張儀爲檄告楚相，其名始見。魯仲連爲書約矢遺燕將。秦尉佗移檄。蒯通説范陽令曰：「傳檄而千里定。」韓信曰：「三秦可傳檄而定。」漢有羽檄。顔師古曰：「檄以木簡爲書，長尺二寸。有急加鳥羽，示速也。」《急就篇注》：「檄，以木爲之，長二尺。」《説文》亦云：「二尺書。」李左車曰：「奉咫尺之書。」自相如之後，檄書見於史策者不可勝紀。揚雄曰：「軍旅之際，飛書馳檄用枚皋。」謂其爲文敏速也。唐以前不用四六，周益公《擬漢河西大將軍諭隗囂》、倪正父《擬晉奮威將軍豫州刺史諭中原豪傑》皆用四六。然散文爲得體，如東萊《漢使諭莎車諸國》是也。《釋文》曰：「檄，激也。」《文心雕龍》曰：「檄，皦也。宣布於外，

皦然明白。」《辭學指南》

《册府元龜序》曰：「暴揚過惡，張皇威武，使忠義奮發而邪謀沮壞。諭去就之理，陳逆順之狀，俾知改圖易轍，轉禍爲福。誕告士民，使知不得已而用兵，非無名而黷武。」同上

西山先生曰：「檄、露布，乃軍中文字。檄貴鋪陳利害，感動人意。」同上

所業檄題欲出《唐大將軍河南招慰使傳州縣檄》。出題出《夏侯端傳》，乃高祖創業之初，非因兵興盜起，稍覺氣象佳，但所疑者一慰字耳。漢以前無檄，六朝以前未有露布。編題之初，須要知此。漢檄不須四六，如司馬相如《論蜀檄》之類，漢無四六之文故也。晉檄亦用散文，如袁豹《伐蜀檄》之類。隋唐以來方用四六，如祖君彦、駱賓王檄。鄭畋移檄藩鎮。同上

唐李商隱《檄劉稹》曰：「驚地底之鼓角，駭樓上之梯衝。喪貝躋陵，飛走之期既絶；投戈散地，灰釘之望斯窮。」盧汝弼《檄李克用》云：「致赤子之流離，自朱邪之板蕩。」祖君彦《檄洛州》云：「審配死於袁氏，不如張郃歸曹；范增困於項王，未若陳平從漢。」同上

袁豹《伐蜀檄》：「當全蜀之强，士民之富，子陽不能自安於庸㷉，劉禪不敢竄命於南中。荆邯折謀，伯約挫鋭。故知成敗有數，非可智延。此皆益土前事，當今元龜也。盛如盧循，强如容超。淩威南海，跨制北岱。樓船萬艘，掩江蓋汜；鐵馬千羣，充原塞隰。然廣固之攻，陸無全雉；左里之戰，水靡全舟。或顯戮京畿，或傳首萬里。故知逆順有勢，難以力抗。斯又目前殷

鑒，深切著明者也。」同上

露布，人多用之，亦不知其始。春秋佐助期曰：「武露布，文露沈。」宋均云：「甘露見其國，布散者人尚一作『上』。武，文采者則甘露沈重。」《侯鯖録》

用兵獲勝，則上其功狀於朝，謂之露布，今博學宏詞科以爲一題。雖自魏晉以來有之，然竟不知所出，唯劉勰《文心雕龍》云：「露布者，蓋露板不封，布諸觀聽也。」唐莊宗爲晉王時，擒滅劉守光，命掌書記王緘草露布，緘不知故事，書之於布，遣人曳之，爲議者所笑。然亦有所從來，魏高祖南伐，長史韓顯宗與齊戍將力戰，斬其裨將。高祖曰：「卿何爲不作露布？」對曰：「頃聞將軍王肅獲賊二三人，驢馬數匹，皆爲露布，私每哂之。近雖得摧敵，擒斬不多，脱復高曳長縑，虛張功捷，尤而效之，其罪彌甚，臣所以斂毫卷帛，解上而已。」以是而言，則用絹高懸久矣。《容齋四筆》

西山先生曰：「露布貴奮發雄壯，少麤無害。不然則與賀勝捷表無異矣。」《辭學指南》

露布之名始於漢。按《光武紀》注：「漢制度曰：制詔三公，皆璽封，尚書令印重封，露布州郡。」《祭祀志》注引《東觀書》：「有司奏孝順號露布，奏可。」又「李雲露布上書」，注謂「不封也」。魏改元景初詔曰：「司徒露布，咸使聞知。」蜀漢建興五年春伐魏詔曰：「丞相其露布天下。」此皆非將帥獻捷所用。《通典》云：「後魏攻戰克捷，欲天下聞知，乃書帛建於漆竿上。名爲露布，自此始也。」任城王勰曰：「露布者，布于四海，露之耳目。」王肅獲賊二三，皆爲露布。韓顯宗有高曳長縑，虛張

功捷之議。孝文稱傅脩期下馬作露布。齊神武破芒山軍，爲露布，杜弼即書絹，不起草。唐制，下之通上，其制有六。三曰露布，兵部侍郎奉以奏聞，集羣官東朝堂，中書令宣布。隋開皇中撰《宣露布禮》。張昌齡爲崐丘道記室，《平龜兹露布》爲士所稱。于公異爲招討府掌書記，朱泚平，露布曰：「臣既肅清宫禁，祗奉寢園，鍾簴不移，廟貌如故。」德宗咨嘆焉。薛收爲露布，或馬上占辭。封常清于幕下潛作捷布。東晉未有露布，隆興初，以《晉破苻堅》命題，似有可疑。然《文章緣起》曰：「漢賈逵爲馬超伐曹操作」，而《魏志》注謂虞松從司馬宣王征遼東，及破賊，作露布。《隋志》有《魏武帝露布文》九卷。《世説》云：「桓温北征，令袁宏倚馬前作露布，手不輟筆，俄成七紙。」則魏晉已有之。嘗考《宋書》云：「楊文德建露版馳告朝廷。」《文心雕龍》曰：「露布者，蓋露板不封，布諸視聽也。」宋朝王元之《擬李靖平突厥露布》，此擬題之始歟。同上

柳子厚《平黄賊牒》云：「徵側之勇冠一方，竟就伏波之戮；吕嘉之威行五嶺，終摧下瀨之師。嗟此陋微，自貽擒滅。」同上

李充曰：「檄不切厲則敵心陵，言不矜壯則軍容弱。」同上

《談苑》云：「徐鍇嗜學該博，仕江左，領集賢學士。嘗學注李商隱《樊南集》，悉知其用事所出。有《代王茂元檄劉稹書》云：『喪貝躋陵，飛走之期既絶；投戈散地，灰釘之望斯窮。』獨恨不知灰釘事。及觀後漢杜篤《論都賦》云：『誉一作「焚」。康居灰珍奇，椎鳴鏑釘鹿蠡。』商隱之雕篆

如此。」又《藝苑雌黄》云：「予考之《南史·陳本紀》云：『祆酋震慴，遽請灰釘。』此語又在商隱之前矣。」《耳目記》

杭學自昔多四方之人。鄭清之當國，以游士多無檢束，率以私喜怒軒輊人，甚者植黨叩閽，風俗寖壞，遂行諸州縣各試於學。趙京尹移牒，俾游士限日出境。乃爲檄文，相率而去，云：「天之將喪斯文，實係興衰之運。士亦何負於國，遽罹斥逐之辜。静言思之，良可醜也。慨祖宗之立法，廣學校以儲才。非惟衒豐芑以貽後人，蓋亦隆漢都而尊上國。肆惟皇上，克廣前猷。炳炳宸奎，釐爲四學；戔戔束帛，例及諸生。蒙教育之如天，恨補報之無地。但思粉骨，何恨觸喉。直言安石之姦，共惜陽城之去。實爲公議，不利小人。始陰諷其三緘，終盡打於一網。不任其咎，移過於君，是誠何心，空人之國。鄭僑猶謂毁校不可，李斯尚知逐客爲非。今彼不顧行之，使我何顔居此？厄哉吾道，告爾同盟，毋見義以不爲，宜行己而有恥。苟爲温飽，可勝周粟之羞；相與提攜，莫蹈秦坑之禍。斯言既出，明日遂行。」八月朔，乃相率而去。《齊東野語》

嘉定六年夏五月甲子，余過劒門，即得武連尉湯君丁卯檄稾以相示者，陳義開偉，讀之慨然。因惟天下之生，一治一亂，蓋氣數屈伸之變，人事昏明之感所不能免也。而使斯人猶有所憑依以自立者，則以天彝人紀未嘗一日間斷耳。晉侯不安於自裂之服冕，更始愧汗於盛陳之郎衛，劉仁恭慙於自有之旌節。彼盜賊小人，懷姦怙亂，蓋陷溺之深者，其心術猶能時時發見。本朝數巨

寇，其馮阻作昏，如益如貝，如邕如睦；其挾敵以叛，如昌如豫如曦。莫不有死難反正之臣。雖然，是受任典職者耳。而奮自布衣，無尺寸之柄，而獨以區區之筆舌，扶植人心如湯君者，豈不益可尚哉！《鶴山題跋》

會友人游山，檄語曰：「人有殘縑敗素，繪一山一水，愛之若異寶，得之必千金。至於日與真景會，則略不加喜。無乃貴僞而賤真耶？行樂之真，今日正在我輩。春雨既霽，春風亦和。或坐釣鷗邊，或行歌犢外。百年瞬息，歡樂幾何！肴核杯盤，隨意所命，毋以豐約拘也。檄書馳告，盍勇而前。」《田間書》

《隋·禮儀志》：「後魏每攻戰尅捷，乃書帛建於竿上，名爲露布。其後相因施行。」《事物紀原》引《世説》袁虎倚馬爲桓温作北伐露布，見於晉。二者俱未爲得。漢賈逵爲馬超作伐曹操露布，自後漢已有之。然露布之語，其來亦久矣。《漢官儀》：「凡制書皆密封，惟赦贈令司徒印露布。」要有此也。《東齋紀事》

《前漢·張釋之傳》云：「假如愚民取長陵一抔土，而陛下何以加其法乎？」顔注云：「抔，音步侯切，謂以手掬之也，其字從手。不忍言毁撤，故止云取土耳。今學者讀爲杯勺之杯，非也。杯非應盛土之器也。」郭氏佩觿論杯、抔二字云：「杯，奔來切，杯勺也。抔，步侯切，手掬也。亦古文裒字。」駱賓王《爲徐敬業檄武后》云：「一抔之土未乾，六尺之孤安在。」正用《漢史》語。《藝

苑雌黄》

露布，捷書之别名也。諸軍破賊，則以帛書建於竿上，兵部謂之露布。自漢以來有其名。所以名露布者，謂不封檢，露而宣布，欲四方速知，亦謂之露版者。魏武奏事云「有警急輒露版插翼」是也。宋時沈璞爲盱眙太守，與臧質共拒魏軍，軍退，質與璞全城使自上露版。然則露版，古今通名也。《封氏聞見記》

李凝古，給事中損之子，沖幼聰敏絶倫，工爲燕許體文。中和中，從彭門時溥，溥令製露布進黄巢首級。凝古辭學精敏，義理該通，凡數千言，冠絶一時，天下迎風。《野客叢書》

唐太尉韋公昭度，舊族名人，位非忝竊。而沙門僧澈承恩，爲人潛結中禁，京兆與一二時相皆因之大拜。悟達國師知玄乃澈之師也，嘗鄙之。諸相在西川行在，每謁悟達皆申跪禮，國師揖之，請於僧澈處喫茶。後掌武伐成都，田軍容致檄書曰：「伏以太尉相國，頃因和尚方始登庸。在中書則開鋪賣官，居翰苑則借人把筆。」蓋謂此也。《北夢瑣言》

四六叢話卷二十五

祭誄 十七一

古人云：死生亦大矣！俛仰而忽爲陳迹，瞻顧而邈若山河。雖達人高致，怛化渾忘；烈士壯懷，憑生曷貴。而脱驂舊館，至人出涕於一哀；化鶴歸來，仙客含悲于千載。太上未免有情，凡民詎能自已？是以素車白馬，言愴元伯之魂；斗酒隻雞，來副橋公之約。作驢鳴而慷慨，蜇蠅翼以低徊。竝各抒寫性靈，感傷物故。喪則有輓，奠則有文，其來舊矣。原夫送終崇盡飾之文，知死有致哀之道。祖廷包奠，命宗祝以陳書；盂酒豚肩，布几筵而肅告。撰儀於《喪服雜記》，而務極其褒；選言于《大招》、《招魂》，而稍從其質。蓋作者多端，而厥體宜辨。牛羊踐隴，痛可作于九原；臺榭凝塵，悵餘情于宿草。弔古者原本論世，而趣屬撫懷；傷逝者美在言情，而功多叙事。南遷弔屈，賈傅以之擬《騷》；豐屋弔莊，嵇生以之慢世。士季之酹諸葛，令禁樵蘇；義山之祭伏波，功除旱魃。此弔古者所爲一往而情深也。

至若泉臺玉樹，畚鍤青山；孺子束芻，羊曇尺箠。安仁遺挂，子敬亡琴；饕風虐雪之辰，青楓白楊之路。或神傷而立骨，或死别而吞聲。代三踊以短章，寫九迴于半幅。連篇盈其瑰泣，積字溢其鮫珠。此傷逝者所爲長歌以當哭也。夫工拙異方，淺深殊致，至于入妙，往往動人。嘗深論之，雍門之琴，隣家之笛，非情之至，曷興其感？寂然悵知音之遥，淒然增伉儷之重，非文之至，曷稱其情？情不欲極，歛之而逾深；文不欲肆，蓄之而彌厚。有體存焉耳。魏晉哀章，尤尊潘令；晚唐奠醊，最重樊南。潘情深而文之綺密尤工，李文麗而情之惻愴自見。令嫺祭夫，文僅二百字，莊雅之神長于哀怨矣；昌黎《祭十二郎文》，思緒繁亂，真摯之情不事文采矣。設文不及潘，情不如李，體遜劉媛，真愧韓公，索莫寡神，闒單失力，恐荀文若之風流，僅堪借面；杜子春之曲調，未足移情也。傳云：「臨喪能誄。」古者尤重誄文，《馬汧督》、《陶徵士》二首可爲準則。後人飾終，其大者託之行狀碑誌，其細者見於哀輓祭文。厥風邈矣！　叙《祭誄第十七》。

周世盛德，有銘誄之文。大夫之材，臨喪能誄。誄者，累也，累其德行，旌之不朽也。夏商已前，其詳靡聞。周雖有誄，未被于士。又賤不誄貴，幼不誄長，在萬乘則稱天以誄之。讀誄定謚，其節文大矣。自魯莊戰乘邱，始及于士。逮尼父卒，哀公作誄，觀其慭遺之切，嗚呼之歎，雖非叡

作，古式存焉。至柳妻之誄惠子，則辭哀而韻長矣。暨乎漢世，承流而作。揚雄之誄元后，文實煩穢，沙麓撮其要，而摯疑成篇，有脱誤。安有累德述尊，而闊略四句乎？杜篤之誄，有譽前代。吴誄雖工，而他篇頗疏，豈以見稱光武，而改盼千金哉！傅毅所制，文體倫序。孝山崔瑗，辨絜相參。觀其序事如傳，辭靡律調，固誄之才也。潘岳構意，專師孝山，巧於序悲，易入新切，《御覽》作「麗」。所以隔代相望，能徵厥聲者也。至如崔駰誄趙，劉陶誄黄，竝得憲章，工在簡要。陳思叨名，而體實繁緩；文皇誄末，旨言自陳，其乖甚矣。若夫殷臣誄湯，追褒玄鳥之祚；周史歌文，上闡后稷之烈。誄述祖宗，蓋詩人之則也。至於序述哀情，則觸類而長。傅毅之誄北海，云「白日幽光，雰霧杳冥」，始序致感，一作「惑」，從《御覽》改。遂爲後式，景而效者，彌取於工元作「功」，謝改。矣。詳夫誄之爲制，蓋選言録行，傳體而頌文，榮始而哀終。論其人也，曖乎若可覿；道其哀也，悽焉如可傷：此其旨也。

碑者，埤也，上古帝皇，紀號封禪，樹石埤岳，故曰碑也。周穆紀跡于弇山之石，亦古碑之意也。又宗廟有碑，樹之兩楹，事止元作「正」。麗牲，未勒勳績。而庸器漸缺，故後代用碑，以石代金，同乎不朽，自廟徂墳，猶封墓也。自後漢以來，碑碣雲起，才鋒所斷，莫高蔡邕。觀楊賜之碑，骨鯁訓典；陳郭二文，詞一作「句」，從《御覽》改。無擇言；周（乎）〔胡〕衆碑，莫非清允。其叙事也該而要，其綴采也雅而澤。清詞轉而不窮，巧義出而卓立，察其爲才，自然而至。孔融所創，有慕伯

喈，張陳兩文，辨給足采，亦其亞也。及孫綽爲文，志在碑誄；温王郤庾，辭多枝雜。桓彝一篇，最爲辨裁。夫屬碑之體，資乎史才，其序則傳，其文則銘。標序盛德，必見清風之華；昭紀鴻懿，必見峻偉之烈。此碑之制也。夫碑實銘器，銘實碑文，因器立名，事光當作「先」。於誄。是以勒石讚勳者，入銘之域；樹碑述(已)〔亡〕者，同誄之區焉。《文心雕龍》

《劉惔傳》：「孫綽爲之誄曰：『居官無官官之事，處事無事事之心。』時人以爲名言。」《晉書》

劉孝綽三妹，一適東海徐悱。悱爲晉安郡卒，喪還建鄴，妻爲祭文，詞甚愴悽。悱父勉本欲爲哀辭，及見此文，乃閣筆。《南史》

《李華傳》：「華文辭綿麗，少宏傑氣，時謂不及蕭穎士。而華自疑過之，因作《弔古戰場文》，極思研確已成，汙爲古書，雜置梵書之庋。它日與穎士讀之稱工，華問：『今誰可及？』穎士曰：『君加精思，便能至矣。』華愕然而服。」《唐書》

李道昌唐大曆十三年爲蘇州觀察使，一日郡城外虎丘山有鬼題詩二首云云，道昌異其事，遂具奏聞，準勅令致祭。道昌爲文曰：「嗚呼！萬古丘陵，化無再出。君若何人？能嫻詩筆。何代而亡？誰人子姪？曾作何官？是誰仙室？寂莫夜臺，悲乎白日。不向紙上，石中隱出。桃源三月，深草垂楊。黄鶯百囀，猿聲斷腸。不題姓氏，寧辨賢良。嗚呼哀哉！歎昔先賢。空傳經史，終無再還。青松嶺上，嵯峩碧山。大唐正業，已記詩言。痛復痛兮何處賓，悲復悲兮萬

古墳。能作詩兮動天地，聲悲怨兮淚霑巾。感我皇兮列清酌，願當生兮事明君。」祭後經數日，再有詩一絶題於石上曰：「幽冥雖異路，平昔忝攻文。欲知潛昧處，山北兩孤墳。」後於山寺之北果有二墳，極高大，荆榛蓁茂。詢諸耆老，竟不知何姓氏。《全唐詩話》

陸龜蒙卒，顔蕘誌其墓，吴子華爲祭文曰：「觸不碎潭下月，拭不滅玉上塵。」《摭言》

東坡受知神廟，雖謫而實欲用之。東坡微解此意，論賈誼謫長沙事，蓋自況也。復作《神廟挽詞》云：「病一作『別』。馬空嘶櫪，枯葵一作『英』。已怯一作『泫』。霜。」此非深悲至痛，不能道此語。在元祐間，獲鬼章，作《告裕陵文》云：「將帥用命，争酬未報之恩；神靈在天，難逃不漏之網。」後人輒謂東坡以微文謗訕，天乎！寧有是哉！《許彦周詩話》

東坡《祭徐君猷文》云：「平生彷彿，尚陳中聖之觴；厚夜渺茫，徒挂初心之劍。」因其姓而用事，尤爲中的。《苕溪漁隱叢話》

趙令人李號易安，其《祭湖州文》曰：「白日正中，歎龐翁之機捷；堅城自墮，憐杞婦之悲深。」婦人四六之工者。《四六談麈》

王黄州以昌黎《祭裴太常文》「甒石之儲常空於私室，方丈之食每盛於賓筵」爲慚筆，蓋不免類俳。陳止齋亦以昌黎《顔子不貳過論》爲慚筆，蓋不免科舉氣。余觀昌黎《祭薛中丞文》，豈亦所謂慚筆者邪？然《顔子論》乃少作，不足怪。二祭文皆爲衆人作，則稍屈筆力以略傍衆人意。

雖退之亦有不得已焉耳。《林下偶談》

嘉定間，宇文紹節爲樞密，卧病，王醫師涇投藥而斃。宰執往祭之，命南宮舍人李師普爲文，末句曰：「云誰過歟？醫師之罪。」相府書吏張日新寫至此，執白衛王曰：「既是誤投藥劑，豈可謂之醫師？只當改作『庸醫之罪』。」衛王首肯之。又嘉定初，玉堂草休兵之詔有曰：「國勢漸尊，兵威已振。」日新時在學士院爲筆吏，仍兼衛王府書司，密白衛王曰：「『國勢漸尊』之語，恐貽笑於人，不當素以爲弱也。」衛王是其説，改曰「國勢尊隆，兵威振勵」。蓋吏胥亦有識義理，文字之不可不檢點也如此。《容齋隨筆》所載一事亦然。《癸辛雜識》

夏文莊初謚文正，劉原父持以爲不可，至曰：「天下謂竦邪，而陛下謚之『正』。」遂改今謚。宋子京作祭文，乃曰：「惟公温厚粹深，天與其正。」蓋謂夏公之正，天與之而人不與。當時自有此一種議論，故張文定甚惡石徂徠，詆之甚力，目爲狂生。東坡《議學校貢舉狀》云：「使孫復、石介尚在，則迂闊矯誕之士也，可施之於政事之間乎？」其言亦有自來。歐公作《王洙原叔參政墓誌》曰：「夏竦卒，天子以東宫恩賜謚『文獻』。洙爲知制誥，封還曰：『此僖祖謚也。』於是太常更謚『文莊』。」與他書異。《老學菴筆記》

《東坡手澤》云：「元豐六年十一月二十七日，天欲明，夢數吏持紙一幅，其上題云『請《祭春牛文》』。余取筆書云：『三陽既至，庶草將滋。爰出土牛，以戒農事。衣被丹青之好，本出泥

塗；成毁須臾之間，誰爲喜愠。』吏微笑曰：『此兩句復當有怒者。』傍有一吏云：『不妨。此是唤醒他。』」盤洲《祭勾芒神文》曰：「天子命我盡牧南海之民，農人告余將有西疇之事。念銅虎謹班春之職，出土牛示嗣歲之期。」此當是帥廣時所作，意雖與東坡不同，而詞語瓌妙似之。《四六餘話》

孔氏《雜説》：「牙者，旗也。太守出則有門旗，遺法也。」古兵法擇吉日祭牙。後漢滕輔、晉袁宏、顧愷之、宋王誕皆有《祭牙文》，吴胡綜有《大牙賦》，皆謂武備之意。《野客叢書》

東坡作《鍾子翼哀詞》，用四字七字爲句：「崆峒摩天，章貢漱石致兩確。」荀子《成相篇》格也，句皆協韻，如「人主無賢，如瞽無相何倀倀。」王文考《靈光殿賦》：「彤彤靈宫，巋嵬穹崇，紛厖鴻兮。」其下皆協韻，但加兮字。《猗覺寮雜記》

韓退之文章上繼班馬，蓋不待言。然當時亦有異論，《平淮碑》遂至磨仆，此憲宗迫於諸將之意爾。至皇甫湜乃謂退之文如長江秋注，千里一道，然施於灌溉，或爽於用。湜學退之，不知退之未嘗爲無用之文也，况不親炙之者乎！《羅池廟碑》卓絶古今，舊史乃曰：「南人好巫，退之遂實其傳。此文之紕繆者。」然後世何嘗以此等之言爲信。青蠅之矢，變亂白黑，何益哉！劉夢得氣高不伏人，《祭退之文》極言稱贊：「鸞鳳一鳴，蜩螗革音。手持文柄，高視寰海。權衡低昂，瞻我所在。三十餘年，聲名塞天。」牧之云：「杜詩韓筆愁來讀，似倩麻姑癢處抓。天外鳳凰誰得髓，無人解合續絃膠。」皆實録也。同上

慶元六年，朱文公終於正寢，郡守傅伯壽以黨禁不以聞於朝，猶遣人以賻至其家辭焉。時故舊莫敢致哀，陸公游僅以文祭云：「某有捐百身起九原之心，傾長河注東海之淚。路修齒耄，神往形留。公殁不忘，庶其歆饗。」僅此六句，詞有所避，而意亦至矣。《四朝聞見録》

東坡之文浩如河漢，濤瀾奔放，豈區區束縛于隄防者。而作《徐君猷祭文》及《徐州鹿鳴燕詩序》全用四六，效唐人體而益工，蓋以文爲戲耶。《梁溪漫志》

梁簡文《大同哀辭》曰：「陳蕃所憇之家，久記玄録之歲；華歆所聞之語，已定北陵之期。」按《搜神記》：陳仲舉宿黄申家。《列異傳》：華子魚宿人門外。皆因所宿之家生子，而夜有扣門者，言所與歲數。《困學紀聞》

仲長子光《中説》稱之，王無功爲傳云：「著《獨遊頌》及《河渚先生傳》以自喻。」文中子比之虞仲、夷逸，又爲《祭文》云：「明道若昧，進道若退。鳥飛知還，龍亢靡悔。藏用以密，養正以蒙。不見其始，孰知其終。」同上

《東坡祭范蜀公文跋》：「唐人贊狄梁公云：『取日虞淵，洗光咸池。潛授五龍，夾之以飛。』公稱蜀公云：『導日而昇，燦如長庚。』事固不侔，詞意亦卓然過之。」《攻媿集》

《隱逸傳》：「張愈，六召不應，杜門著書，未就，卒。妻蒲氏名芝，賢而有文，爲之誄曰：『高視往古，哲士實殷。施及秦漢，餘烈氛氲。挺生英傑，卓爾逸羣。孰爲今世，亦有其人。其人伊

何？白雲隱君。嘗曰丈夫，趨世不偶。仕非其志，禄不可苟。營營末途，非吾所守。吾生有涯，少實多艱。窮亦自固，困亦不顛。不貴人爵，知命樂天。脱簪散髮，眠雲聽泉。有峰千仞，有溪數曲。廣成遺趾，吴興高躅。疏石通徑，依林架屋。麋鹿同羣，晝遊夜息。嶺月破雲，秋霖灑竹。清意何窮？真心自得。放言遺論，何榮何辱。孟春感疾，閉户不出。豈期遂往，英標永隔。抒詞哽噎，揮涕汍瀾。人誰無死，惜乎材賢。已矣吾人，嗚呼哀哉！』」宋史

有人問袁侍中曰：「殷仲堪何如韓康伯？」答曰：「理義所得，優劣乃復未辨。然門庭蕭寂，居然有名士風流，殷不及韓。」故作誄云：「荆門晝掩，閒庭晏然。」《卧遊録》

丘道護誄道士曇諦曰：「梨柚薦甘，蒲筍爲蔌。」《筍譜》

班固作《文帝叙贊》曰：「我德如風，民應如草。」而潘岳作《晉世祖誄》曰：「我德如風，民應如蘭。」《野客叢書》

汪季路逵得御製《祭土地》文稿真蹟，寶藏之，其文云：「維淳熙五年，歲次戊戌，太上皇帝遣具階張宗尹，特設牲牢旨酒珍果香花，致祭於本宫土地之神：神有百職，職各不同。典司草木，土示是供。我游湖園，乃獲奇松。植之禁苑，百態千容。婆娑偃蓋，天矯騰龍。翠色凝露，清音舞風。醉吟閒適，余情所鍾。壅培封植，久或力窮。鳥烏外擾，蟻蠹内攻。神其勦絶，勿使能終。精邪竊據，盗斧適逢。神其呵逐，勿使遺縱。常令勁質，坐閲隆冬。堅踰五柞，弱異雙桐。歷千

萬年，鬱鬱葱葱。牲牢旨酒，嗣録汝功。尚饗。」《玉堂雜記》

張九齡開元中爲中書令。至（武）德初，玄宗在成都，思九齡之先覺，詔曰：「正大厦者，柱石之力；昌帝業者，輔相之臣。生則保其雄名，殁則稱其盛德。飾終未允於人望，加贈實存於國章。故中書令張九齡，維岳降神，濟川作相，開元之際，寅亮成功。讜言定於社稷，先覺合於蓍龜。永懷賢弼，可謂大臣。竹帛猶存，樵蘇必禁。爰從八命之秩，更重三台之位。可賜司徒，仍令遣使，就韶州致祭者。」《大唐新語》

《朱弁傳》：「弁留金，王倫先歸，以弁《奉送徽宗大行》之文爲獻，其辭曰：『歎馬角之未生，魂消雪窖；攀龍髯而莫逮，淚灑冰天。』帝讀之感泣。」《宋史》

李太尉再貶珠崖。先是，韋相公執誼薨變於此。今珠崖有韋公山，贊皇感其遠謫不還，爲文以祭曰：「維大中年月日，趙郡李德裕謹以蔬醴之奠，祭於故相國韋公僕射之靈：嗚呼！皇道咸寧，藉乎賢相。德邁皋陶，功宣吕尚。文字世推，智謀神貺。一遘讒嫉，遠投荒瘴。地雖厚兮不察，天其高兮不諒。野綴澗蘋，思違秬鬯。信成禍深，業崇身喪。某亦竄跡南陬，從公舊邱。永泯軒裳之願，長爲猿鶴之愁。嘻吁絶域，寤寐西周。倘知公者，惻公非罪；不知我者，謂我何求。其心若水，其死若休。臨風敬弔，願與神游。嗚呼」云云。《雲溪友議》

崔大雅在翰苑，夜直玉堂，忽有内降文字，秉燭視之，乃撰《祭牀婆子文》，恍然不知格式，又

無舊可據，甚以爲窘。忽思周丞相爲翰長，來早有朝見，使人邀過院中請問。云亦有故事，但如常式。皇帝遣某人致祭於牀婆子之神，曰「汝典司牀簀」云云。然則牀婆子名字與世俗同而不可改也。偶子舍舉子見蓐媪行此禮，因記之。《聞話録》

高廟在建康，有大赤鸚鵡自江北來，集行在承塵上，口呼「萬歲」。宦者以手承之，鼓翅而下，足有小金牌，有「宣和」二字。因以索架置之，稍不驚怪。比上膳，以行在草草無樂，鸚鵡大呼：「卜尚樂，起方響。」久之，曰：「卜娘子不敬萬歲。」蓋道君時，掌樂宫人以方響引樂者，故猶以舊格相呼。高廟爲罷膳，泣下。後此鳥持至臨安，忽死。高宗親爲文祭之云：「金距絳裳，何意朱紫。乘軒駭散，纏羅罥死。不遠長江，來自汴水。匪飢則附，曰忠自矢。謝跡雲端，投身禁裏。每呼舊人，以勵近侍。禽言若斯，鳥官誰似。云何委羽，歸魂鶉尾。借號有烏，來朝無雉。漸肯爲儀，曆仍輝紀。」宸翰灑灑，一時大手當爲閣筆。《楓窗小牘》

東坡《祭柳子玉文》：「郊寒島瘦，元輕白俗。」此語具（服）〔眼〕。客見詰曰：「子盛稱白樂天、孟東野詩，又愛元微之詩，而取此語，何也？」僕曰：「論道當嚴，取人當恕。此八字，東坡論道之語也。」《彦周詩話》

蔣重珍伯父能禪，其亡也，重珍祭之以文云：「不必輕生前以爲空，不必重死後以爲實。」此語極有味。《浩然齋雅談》

東坡以建中靖國元年七月二十七日殁於常州，時錢濟明侍其傍，白曰：「端明平生學佛，此日如何？」坡曰：「此語亦不受。」遂化。李廌爲文以弔之曰：「道大難名，才高衆忌。皇天后土，知平生忠義之心；名山大川，還千載英靈之氣。」士大夫稱其詞該而美。《石門題跋》

杜篤與美陽令交遊，數從請託，不諧，頗相恨。令怒，收篤送京師，會大司馬吴漢薨，世祖詔諸儒誄之。篤於獄中爲誄，辭最高。帝美之，賜帛免刑。《東觀漢記》

杜子美《祭房相國》：「九月用茶藕蓴鯽之奠。」蓴生於春，至秋則不可食，不知何謂？而晉張翰亦以秋風動而思菰菜蓴羹鱸膾，鱸固秋物，而蓴不能曉也。《墨莊漫録》

代宗獨孤妃薨，贈貞懿皇后，得葬。尚父汾陽王在邠州，以其子尚主之故，欲致祭，遂問諸從事，皆云：「自古無人臣祭皇后之儀。」汾陽曰：「此事須得柳侍御裁之。」時予外伯祖殿中侍御史諱芳，字伯存。掌汾陽書記，奉使在京。即以書急召之。既至，汾陽迎笑曰：「有切事，須藉侍御爲之。」遂説祭事，殿中君初亦對如諸人，既而曰：「禮緣人情。令公勳德不同常人，且又爲國姻戚，自令公始，亦謂得宜。」汾陽曰：「正合子儀本意。」殿中君草祭文，其官銜之首稱駙馬都尉郭曖父，其中叙特恩許致祭之意，辭簡禮備，汾陽覽之大喜。其文列於左：「維某年月日，駙馬都尉郭曖父、關内河東副元帥司徒兼中書令汾陽郡王臣子儀，謹遣上都進奏院官傅濤敢昭告於貞懿皇后行宫：伏惟德曜坤靈，明齊月魄。母儀萬國，化洽六宫。光輔聖人，贊成陰教。載榮史策，式

播謳謡。奄違聖日，上仙靈界。遐邇痛憤，宫闈哀慕。臣幸忝諸親，男尚貴主，天人之美，鞠育所鍾，姻戚光榮，宗族咸戴。今園陵禮備，祖載及期。臣限守方鎮，不獲陪侍行宫，瞻望靈駕，不勝摧慕。伏荷皇恩，眷以國戚，許申祭禮，超越等夷，古今所絶，獨開聖造。無任惶恐銘戴之至，謹獻牲牢庶羞之奠。尚饗。」《因話録》

遠嘗一日謁冰華丈於其所居烟雨堂，語次偶誦人祭先生文，至「降鄒陽於十三世，天豈偶然；繼孟軻於五百年，吾無間也」之句，冰華丈曰：「此老夫所爲者。」因請降鄒陽事，冰華云：「元祐初，劉貢父夢至一官府，案間文軸甚多，偶取一物展視，云：『在宋爲蘇某。』逆數而上十三世，云：『在西漢爲鄒陽。』蓋如黄帝時爲火師，在周爲柱下史，只一老聃也。」《春渚紀聞》

詩惡蹈襲古人之意，亦有襲而愈工，若出於己者。蓋思之愈精，則造語益深也。魏人章疏云：「福不盈身，禍將溢世。」韓愈則曰：「歡華不滿眼，咎責塞兩儀。」李華《弔古戰場文》曰：「其存其没，家莫聞知。人或有言，將信將疑。《漁隱叢話》作『蓋將信疑』。娟娟心目，夢寐見之。」陳陶則云：「可憐無定河邊骨，猶是深閨夢裏人。」蓋愈工於前也。《臨漢隱居詩話》

吉守李彌遜立公祠於郡庠，杉溪劉才郡撰《奉安祭文》曰：「陰虹吐氛，暫翳圓景。斗於星中，孤光炯炯。洪河潰溢，滔天横鶩。屹然中流，見此砥柱。屬時多艱，遠歷中否。乾維坤軸，毹㲪輕彼。蠢蠢而貪生，望我兵而風靡。堂堂忠襄，鐵石肝腸。鍚矯矯兮人中之龍，其皆屈節於犬

羊。蹈九死而不悔，豈憚夫凶鋒之與逆鋌。卒抗憤而玉折，激勞烈以遐彰」云云。「建炎己酉，敵騎渡江，主將宵遁，守輒屈降。敵欲脇公，百計俱設。書字於紙，示以死活。公直奮筆，就死不懾。敵知志終不可回，遂肆殘毒。梁壞山摧，勁氣旁徹。地裂天開，萬身莫贖。嗚呼哀哉！相彼泰華，攙天獨出。烈日秋霜，下肅萬物。惟公之節，冠山跨日。奸顱逆胔，生死愧恨。忠胸義膽，聞風爭奮。惟公之功，啓迪興運」云云。

寶叔向所用柰花事出《晉史》，云成帝時，三吴女子相與簪白花，望之如素柰。傳言天公織女死，爲之著服。已而杜皇后崩，其言遂驗。紹興五年，寧德皇后訃音從北庭來，知徽州唐煇使休寧尉陳之茂撰疏文，有語云：「十年罹恨，終弗返于蒼梧；萬國銜冤，徒盡簪于白柰。」是時正從徽廟蒙塵，其對偶精確如此。《容齋四筆》

曹子建作《王仲宣誄》曰：「流裔畢萬，末胄稱王。厥姓斯氏，條分葉散。世滋芳烈，揚聲秦漢。」向注：「秦有王離、王翦，漢有五侯，是揚聲也。」僕案：王粲係畢公高之後，畢封於魏，後十代，文侯盛，至孫稱惠王，因以王爲氏。而秦之離、翦自周太子晉之後。漢之五侯自齊田和之後。此三派元不相干，而此引離、翦、五侯爲畢氏裔，條分葉〔散〕，失也。故新莽姚之孫，以姚嬀陳田王氏五姓爲宗室，且禁元城王氏勿與四姓爲婚，而己自取王訢之女。魏東萊王基爲子納大原王沉女，皆不以爲嫌，蓋知此也。庾信作《宇文傑墓志》亦有是誤。《文苑策問》曰：「巨君之姓，曾

非馭鶴之苗。」《野客叢書》

吴履齋開慶之變再入相，言者附賈似道，描畫彈劾。貶循州而殂。菊巖芙蕊祭以文曰：「潞公不能不疏，温公不能不毁，趙忠簡不能不遷，寇萊公不能不死。爾民無福，豈天奪之？我士無禄，豈天厭之？嗚呼！後世而無先生者乎，孰能志之？後世而有先生者乎，孰能待之？」《山房隨筆》

廖明略正一爲四六甚工，舊見《爲安厚卿舉掛功德疏》云：「梁木其摧，嘆哲人之逝；天堂若有，須君子而登。生也有涯，没而不朽。痛兩楹之夢奠，圮萬里之長城。」其《祭文》云：「昊天不惠，奪我元老。唐安得鑑，楚弗觀寶。盛德且然，小智寧保。」先公云：「明略生平之學，熟於高氏小史。」《四六談麈》

《隆祐哀册》，徐師川撰，云：「作合泰陵，賢而不見答；制政房闥，聖而不可知。」席大光偶目告，辭其書，遂以命趙叔簡書之。同上

《唐書·蕭華傳》曰：「上元初，以中書侍郎同中書門下平章事。李輔國用事，求宰相，蕭拒之，輔國怨。會肅宗大漸，矯詔罷華爲禮部尚書，引元載以代。方代宗諒闇，貶華爲峽州司馬，卒。」其言如此。僕考劉長卿《祭蕭華文》曰：「龍潛少海，公佐儲闈。朝有巨姦，動履危機。十年調護，不處嫌疑。國移大盗，公陷敵圍。忽受拘逼，誓酬恩私。果翻賊黨，來赴京師。天地載開，

君臣相逢。獨持一心，翊戴南宫。明略戡難，丹誠狥公。輔國佞幸，敢亂朝經。潛申讜言，請奪禁兵。謀泄隙開，反爲所傾。倉卒之際，播遷無名。東出昭丘，南浮洞庭。寄身滄江，泛若浮萍。水國生疾，炎洲促齡。」讀劉《祭文》則知華嘗佐儲宫，嘗陷絶域，全節而歸。華之去國，史但謂輔國用事，求宰相，華拒之，以此致怨，不知華嘗建言於朝，奪輔國兵柄，謀之不密，反爲所傾如此。史又謂貶華爲峽州司馬卒，而《祭文》謂江州刺史，且曰「水國生疾，炎洲促齡」，疑華出爲江州刺史，在任得疾，繼貶南方而卒。皆傳所不同也。《大唐新語》

四六叢話卷二十六

雜文 十八一

能文之士，無施不可。多或累幅，少即數言。修短不可以加損，珠玉倏成於咳唾。蓋物相雜而其文以生，亦體屢遷而惟變所適。雖無當於賦頌銘讚之流，亦未始非著作文章之任，則《雕龍》有《雜文》一目，《叢話》仍之。夫雜物撰德，括《爻》、《繫》之大全；雜服博依，究《詩》《禮》之精奧。纚纚紺絳，織文有雜組之華；琚瑀玠璜，衝牙叶雜佩之響。是知道在稊稗，小而莫破；言無枝葉，寸有所長。嘻笑怒駡，可誦而傳；橘柚柤梨，竝適於口。洵詞人之能事，亦文苑之奇觀也。《文心》所綜，厥有三焉。一曰答問，始於宋玉，假物送難，託喻申懷。至《解嘲》肆其波瀾，《賓戲》嚴其旗鼓，此後踵述雖多，莫之能尚。若韓昌黎《進學解》則雄奇傑出，前無古人矣。一曰七發，始於枚乘，原本七情，故名《七發》。觀濤之作，浩瀚縱橫，詞湧濤波，氣軼江海，信乎奇作。自後擬作甚多，傅咸爲輯《七林》，然惟柳子厚《晉問》一

篇，精刻獨造，追軼枚叟。他若子建、孟陽，亦同塵士矣。其一則猗彼連珠，委同繁露。珠以喻其輝之灼灼，連以言其琲之纍纍。參差結韻，比興爲長。倘興情罔寄，則圓折而未見走盤；比義不深，則夜光而猶非綴燭。惟士衡、子山，意趣淵妙，徑寸呈姿，闌干溢目矣。此三者，《文心》之所列也。若乃潭潭啓大壯之規，莫莫表扶傾之業。美輪崇奂，善頌合賀燕之歡；鳥革翬飛，《斯干》兆維魚之吉，則有所謂上梁文者。又若春朝合樂，聖節呼嵩，雲龍萬品之在庭，匏竹鈞天之入夢。又或幕府開樽，台階弭節，紅豆催玲瓏之唱，烏絲寫幼婦之詞。侑以儷詞，諧茲雅奏，則有所謂樂語、致語、口號者。象簡霓衣，道家之祕籙；貝書梵夾，内典之真文。鸞鶴吹笙，鹿盧引蹻，香花蓋鉢，水田披衣，振法鼓而升衆香，傳步虛而聞天樂，一誠所感，齋潔遥通，則有所謂青詞、疏語者。堯有封人之祝，而羣方聳觀華之思；壽居諸福之先，而五老協告期之慶。雖同《上林》、《子虚》之談，不失萬國歡心之義，則有所謂《五方老人祝壽文》者。至於娱意率情，命筆遺墨，枕流漱石，鷗鳥同盟，雲氣芝英，點波生態，則又有若劉峻《金華山棲志》、索靖《草書狀》者。夫片鱗寸爪，皆含變化之姿；三脊兩秬，盡入還丹之用。識尺捶之莫窮，究巵言之日出，推而暨之，而文不可勝用矣。叙《雜文第十八》。

張均，丞相説之子也，説最鍾愛，其情見於《岳州别均》之詩。説爲丞相知官考，均時任中書

舍人，特注之曰：「父教子忠，古之善訓。祁奚舉子，義不務私。至於潤色王言，彰施帝載，道參墳典，例絶功常。恭聞前烈，尤難其任。豈以嫌疑，敢撓綱紀。」考上下。《全唐詩話》

案：均能文，爲大理卿。禄山盜國，爲僞中書令。免死，流合浦。

《王義方傳》：貶吉安丞，道南海，舟師持酒脯請福。義方酌水誓曰：「有如忠獲，戾孝見尤。四維廓氛，千里安流。神之聽之，無作神羞。」是時盛夏，濤霧蒸湧。既祭，天雲開露。人壯其誠。《唐書》

後主常製《却登高文》曰：「玉斝澄醪，金盤繡餻。茱房氣烈，菊蕊香豪。左右進而言曰：惟芳時之令月，可藉野以登高。矧上林之同幸，而秋光之待褒乎？予告之曰：昔予之壯也，意如馬，心如猱。情槃樂恣，懽賞忘勞。悁心志於金石，泥花月於詩騷。輕五陵之得侶，陋三秦之選曹。量珠聘妓，紉綵維艘。被墻宇以耗帛，論丘山而委糟。年年不負登臨節，歲歲何曾捨逸遨。小作花枝金翦菊，長裁羅被翠爲袍。今予之齒老矣，心悽焉而忉忉」云云。陸游《南唐書》

學士之職，所草文辭名目寖一作「浸」廣。拜免公王將相妃主曰制，賜恩宥曰赦書、曰德音，處公事曰勅榜文，號令曰御札，賜五品官以上曰詔、六品以下曰勅書，批勅羣臣表奏曰批答，賜外國曰蕃書，道曰青詞，釋門曰齋文，聞教坊宴會曰白語，土木興建曰上梁文，宣勞賜曰口宣。此外更有祝文、祭文、諸王布政、榜號、簿隊、（曰）〔名〕讚、佛文、疏語，後有别受詔旨作銘、碑、墓誌、樂

章、奏議之屬。此外章表歌頌應制之作。舊説，唐朝宮中常于學士取眼兒歌，僞〔蜀〕學士作桃花文，孟昶學士辛寅遜題桃符云「新年納餘慶，佳節號長春」是也。《楊文公談苑》

柳子厚《正符》、《晉説》雖模寫前人體裁，然自出新意，可謂文矣。劉夢得著《天論》三篇，理雖未極，其辭至矣。韓退之《送窮文》、《進學解》、《毛穎傳》、《原道》等，諸篇皆古人意思未到，可以名家矣。《筆記》

杜鎬尚書，鴻博之士也，因看孫逖之文集曰「慎寬之詔」，沈思良久曰：「嘗徧閲羣書，『慎寬』無所出也。當是填音鈿。寬之詔，出《毛詩》哀卹之意也。慎寬，傳寫之誤耳。」《丁晉公談録》

余游儋耳謁姜唐佐，唐佐不在，見其母，母迎笑，食余檳榔。余問母識蘇公否，母曰：「識之。然無奈好吟詩。公嘗杖而至，問曰：『秀才何往？』我言入村落未還。有包燈心紙，公以手拭開，書滿紙，囑曰：『秀才歸當示之。』」余索讀之，醉墨欹傾，曰：「張睢陽生猶駡賊，嚼齒穿齦；顔平原死不忘君，握拳透爪。」《冷齋夜話》

燕邸萊洲洋川公家裝褫古今畫爲十册，東坡過之，因爲書籤仍題其後云：「高堂素壁，無舒卷之勞；明窗净几，有坐卧之安。」《夷堅志》

東坡作《惠州白鶴新居上梁文》，叙幽居之趣。蓋以文爲戲，自此老啓之也。其後葉少藴作《石林草堂上梁文》，孫仲益作《西徐上梁文》，皆效其體格，然不能無優劣矣。余亦嘗效之，有

云：「春風雨足，耕隴首之曉雲；秋日鱸肥，釣波心之寒月。」《苕溪漁隱叢話》

四六施於制誥表奏文檄，本以便於宣讀，多以四字六字爲句。宣和間多用全文長句爲對，習尚之久，至今未能全變，前輩無此體也。此起於王咸平翰苑之作，人多傚之。四六之工在於翦裁，何必以全句對全句爲工。《四六談塵》

四六經語對經語，史語對史語，詩語對詩語，方妥帖。太祖郊祀，陶穀作文，不以籩豆有楚對黍稷惟馨，而曰：「豆籩陳有楚之儀，黍稷奉維馨之薦。」近世王初寮作《寶籙宫青詞》云：「上天之載無聲，下民之虐匪降。」時人許其翦裁。同上

文穆范公成大晚歲卜築於吴江盤門外十里，蓋因闔閭所築越來溪故城之基，隨地高下而爲亭榭，所植多名花，而梅尤多。别築農圃堂對楞伽山，臨石湖，蓋太湖之一派，范蠡所從入五湖者也，所謂姑蘇前後臺相距亦止半里耳。壽皇嘗御書「石湖」二大字以賜之，公作《上梁文》所謂「吴波萬頃，偶維風雨之舟；越戍千年，因築湖山之觀」者是也。又有北山堂、千巖觀、天鏡閣、壽樂堂，他亭宇尤多，一時名人勝士篇章賦咏，莫不極鋪張之美。乾道壬辰三月上巳，周益公以春官去國，過吴，范公招飲園中。夜分，題名壁間云：「吴臺越壘，距門纔十里，而陸沉於荒煙蔓草者千七百年。紫薇舍人，始創别墅，登臨得要，甲於東南。豈鴟夷子成功於此，扁舟去之，天閟絶景，須苗裔之賢者，然後享其樂邪。」爲擊節，而前後所題盡廢焉。《齊東野語》

後魏温子昇《閶闔門上梁祝文》云：「惟王建國，配彼太微。大君有命，高門啓扉。良辰是簡，枚卜無違。雕梁乃架，綺翼斯飛。八龍杳杳，九重巍巍。居宸納祐，就日垂衣。一人有慶，四海爰歸。」此上梁文之始也。《困學紀聞》

徐淵子《上梁文》云：「林木翳然，便有濠濮間想；清風颯至，自謂羲皇上人。」初寮啓云：「得知千載，正賴古書。作吏一行，便廢此事。」皆全句。同上

「驢非驢，馬非馬。」《漢·西域傳》。「烏不烏，鵲不鵲。」《戰國策》。可以爲對。若璩按：「後魏宣武孝明，民間謡曰：狐非狐，貉非貉。」同上

傅景仁云：「烹羊炰羔，唯『帶牛佩犢』可對。」同上

「億載萬年，爲父爲母；四海九州，悉主悉臣。」迂齋對。同上

宋正甫詩：「三甲未全，一丁不識。」同上

攻媿爲姜氏慶七十致語云：「今日王孫，猶有承平之故態；舊時竹馬，得見會昌之新春。」承平、王孫，見柳文《姜嶼誌》。同上

衢州稽古閣書《皋陶謨》於屏，其《上梁文》云：「皋陶若稽古，事三朝稽古之君；孔子與斯文，爲萬世斯文之主。」同上

寒山子詩，如施家兩兒事出《列子》，羊公鶴事出《世説》。對偶之工者，青蠅、白鶴，黄藉、白

丁，青蚨、黄絹，黄口、白頭，七札、五行，緑熊席、青鳳裘。同上

權載之問左氏云：「夏五之闕，艮八之占。」名對也。同上

東坡先生《惠州白鶴峰上梁文》云：「自笑先生今白髮，道傍親種兩株柑。」時先生六十二歲也，意謂不十年不著子，恐不待也。章申公父銀青公俞年七十，集賓親爲慶會，有餉柑者，味甘而實極瑰大，既食之，嘉其種，即令收核種之後圃，坐人竊笑蓋七八也。後公食柑十年而終。《春渚紀聞》

《張敞傳》：「長安中浩穰」註：「穰，音人掌反。」只此一音。李商隱作平聲，用「曲荷恩澤，方尹浩穰。既殊有截之權，合首無彊之祝」。固雖一意，然於理合從上聲。《野客叢書》

《辨官本法帖》：「此卷有云：『伯趙鳴而戒晨，爽鳩習而揚武。』此張説《送賈至》文也。乃知法帖中真僞相半。」《東坡題跋》

蜀道觀中，鑿井得一碑，刻文似賦似贊，曰：「有物有物，可大可久。採乎蠶食之前，用乎火化之後。成湯自上而臨下，夷父虚中而見受。氣應朝光，功參夜漏。白英聚而雪甊，黄酥凝而金醜。轉制不已，神趨鬼驟。金歟？玉歟？天年上壽。無著於文，訣之在口。」後有隱士言是漢時陰真人所著錬丹法，後雜著於《子玉碑》。僕恨不得其門户，聊復存之。《許彦周詩話》

東坡曰：世間之物，未有無對者，皆自然生成之象。雖文字之語，但學者不思耳。如因事當時爲之語曰：「劉蕡下第，我輩登科。」則其前有「雍齒且侯，我屬何患」。太宗曰：「我見魏徵常

嫵媚。」則德宗乃曰：「人言盧杞似姦邪。」《冷齋夜話》

東坡鎮維揚，幕下皆奇豪。一日，石塔長老遣侍者投牒求解院，東坡問長老欲何往，對曰：「歸西湖舊廬。」即令出別候指揮。東坡於是將僚佐同至石塔，令擊鼓，大衆聚觀。袖中出疏，使晁無咎讀之，其詞曰：「大士何曾出世，誰作金毛之聲；衆生各自開堂，何關石塔之事。去無作相，住亦隨緣。戒公長老，開不二門，施無盡藏。念西湖之久別，亦是偶然；爲東坡而少留，無不可者。一時稽首，重聽白搥。渡口船迴，依舊雲山之色；秋來雨過，一新鐘鼓之聲。謹疏。」余謂戒公甚類杜子美黄四娘耳，東坡妙觀逸想，託之以爲此文，遂與百世俱傳也。同上

向余避地雲間泗濱時，其地有林泉之勝，無烽燧之虞。同時嘉遯者皆文人高士，因倣司馬温公故事，俾余作約語云：「百歲光陰，萬物乃天地逆旅；四時行樂，我輩亦風月主人。幸居同泗水之濱，況地接九山之勝。儘可傍花隨柳，庶幾游目騁懷。節序駸駸，莫負芒鞋竹杖；杯盤草草，何慙野蔌山肴。雖云一餉之清歡，亦是百年之嘉話。敢煩同志，互作遨頭。慨元祐之耆英，衣冠遠矣；集永和之少長，觴詠依然。訂約既勤，踐言勿替。用附於此，以見真率之會，不讓遊山之樂也。」《輟耕録》

王惟忠爲閫帥，與余晦爲同里，薄其爲人。晦深銜之。及敗績，棄城而走，晦遂甘心焉。既申乞鐫降，又令其黨陳大方、丁大全力攻之，必欲置之死地，遂興大獄。或者以其罪不至死，冤

之。後二年，陳大方白晝有覩，恐甚，遂設醮以謝過，青詞有云：「閫帥暴尸於都市，幽魂銜怨於冥途。莅職柏臺，盡出同僚之議；並居梓里，初無纖隙之疑。」未幾暴卒。繼即余晦患瘰癧，繞項隳首而死。可畏哉！《癸辛雜志》

曾文肅初與蔡元長兄弟皆臨川王氏之親黨，後來位勢既隆，遂爲仇敵。崇寧初，文肅爲元長擠其相位，文肅以觀文守南徐。時元度帥維揚，赴鎮過郡，元度開宴甚勤，自爲口號云：「並居二府，同事三朝。悵契闊於當年，喜逢迎於斯地。」又云：「對掌紫樞參大政，同擔赫日上青天。」謬爲恭敬如是，而中實不然。《揮麈餘話》

朱新仲少仕江寧，在王彥昭幕中，有《代顔昭春日留客致語》云：「寒食止數日間，才晴有雨；牡丹蓋十數種，欲折又芳。」皆魯公帖《牡丹譜》中全語也。《揮麈後録》

先大父大觀初守九江，有同年生宋景瞻者，姑溪人。其子惠直爲德化縣主簿，迎侍其父以來，先祖愛其清修好學，甚前席之教，以習宏詞科，日與出題。會王彥昭涣之出帥長沙，令作樂語以燕犒之。時有王積中者，知名士也，以特起爲僉書節度判官，且俾預席。其稿不存，但記憶三聯云：「少年射策，有賈太傅之文章；落筆驚人，繼沈中丞之翰墨。從來汝潁之間，固多奇士；此去瀟湘之地，或逢故人。況有錦帳之郎官，來爲東道；且邀紅蓮之幕客，共醉西園。」先祖讀之大喜，以爲句句着題，薦之於時相，已而中詞科，聲名籍甚。同上

楊文公云：「豈期遊岱之魂，遂協生桑之夢。」世以其年四十八，故稱其「生桑之夢」爲切當，不知「遊岱之魂」出《河東記》韋齊休事，亦全用也。《老學菴筆記》

東坡天人也，凡作一文必有深旨，撰《小兒致語》云：「自古以來，未有祖宗之仁厚；上天所佑，願生賢聖之子孫。」其意深切著明。《貴耳集》

楊冠卿館於九江戎司，趙温叔罷相帥荆南，道由九江，守帥合宴，楊作《致語》云：「相公倦台鼎，喜看衮繡之東歸；潯陽無管絃，且聽琵琶之舊曲。」温叔再三稱道。同上

劉震孫長卿，號朔齋，知宛陵日，吴毅夫潛丞相方閒居。劉曰：「陪午橋之游。」奉之亦甚至，嘗攜具開宴，自撰《樂語》，一聯云：「入則孔明，出則元亮，副平生自許之心；兄爲東坡，弟爲欒城，無晚歲相違之恨。」毅夫大爲擊節。劉後以召還，吴餞之郊外，劉賦《摸魚兒》一詞爲别，末云：「怕緑野堂邊，劉郎去後，誰伴老裴度。」毅夫爲之揮淚，繼遣一价追和此詞，併以小奩侑之，送數十里外，啓之，精金百星也。前輩憐才賞音如此，近世所無。《齊東野語》

劉潛夫、王實之平昔論交最深，且意氣不相下。實之蹭蹬，凡六爲别駕，其爲吉倅適潛夫宜春之麾與之相先後，潛夫開宴爲餞，且侑之《樂語》，有云：「有謫仙人駿馬名姬豪放之風，無杜陵老殘杯冷炙悲辛之態。」又云：「擁通德而著書，命便了而酤酒。麗人歌陶秀實郵亭之句，一作『典』好事繪韓熙載夜宴之圖。賀客盈門，勸展驥而爲引駕；長官分席，歎無蟹而有監州。」極摹寫之

妙焉。既而賓之報席，亦有侑語云：「七年三出使，山岳漸見動摇；十載六監州，風月不禁分破。陌上歌採桑曲，惱殺羅敷；觀中賦種桃詩，壓倒夢得。梅花入句，如何遜之在揚州；薏苡滿船，如伏波之歸交趾。忌名下人，棄沅芷湘蘭而不佩；漏禁中語，覺階薇砌藥之無情。」皆能搔着癢處也。《浩然齋雅談》

葉隆禮士則謫居袁州，袁之士友醵酒以招之，蜀士張汴朝宗作《樂語》，一聯云：「掃地焚香，有蘇州之雅淡；仰天拊缶，無楊氏之怨傷。」士則大稱之。同上

吾州城北芝山寺爲禁煙遊賞之地，寺僧欲建華嚴閣，請余作《勸緣疏》，其末一聯云：「大善知識五十三，永壯人天之仰；寒食清明一百六，鼎來道俗之觀。」或問一百六所出，應之曰：「元微之《連昌宫詞》：『初過寒食一百六，店舍無煙宫樹緑。』是以用之。」《容齋四筆》

東坡雪堂既毁，紹興初，黄州一道士自捐錢粟再營建。士人何頡斯舉作《上梁文》，其一聯云：「前身化鶴，曾陪赤壁之遊；故事换鵝，無復黄庭之字。」可謂奇語。同上

聖節所用祝頌樂語，外方州縣各當筵致語一篇，又有王母像者。若教坊，惟祝聖而已。歐陽公集乃載《五方老人祝壽文》五首，其東方曰：「但某泰山老叟，東海真仙。溜穿石而增究始終，松避雨而備知歲月。羲氏定三百六日，嘗守寅賓之官；夷吾紀七十二君，盡覩登封之事。遇安期而遺棗，笑方朔之偷桃。風入律而來自巖前，斗指春而光臨洞口。昔漢武帝嘗懷三島之勝遊，

有羡門生欲謁巨公於昭代。今則紫庭降聖，華渚開祥。遠離朔日之方，來展望雲之懇。千八百國，咸歸至治之風；億萬斯年，共禱無疆之壽。」其頌只四句，西中南北方皆然。集中不云何處所作，今無復用之。《容齋五筆》

東坡在翰林，作《擒鬼章奏告永裕陵祝文》云：「大獮獲禽，必有指蹤之自；豐年多廩，孰知耘耔之勞。昔漢武命將出師，而呼韓來庭效於甘露；憲宗厲精講武，而河湟恢復見於大中。」其意蓋以神宗有平唃氏之志，至於元祐乃克有成，故告陵歸功，謂武帝、憲宗亦經營於初，而績效在二宣之世，其用事精切如此。坡内制有《温公安葬祭文》云：「元豐之末，天步爲艱；社稷之衛，中外所屬。惟是一老，屏予一人。名高當世，行滿天下。措國於泰山之安，下令於流水之源。歲月未周，綱紀略定。天若相之，又復奪之。殄瘁之哀，古今所共。知之者神考，用之者聖母。馴致其道，太平可期。長爲宗臣，以表後世。往奠其葬，庶知予懷。」而石本頗不同，其詞云：「元豐之末，天步維艱。社稷之衛，存者有幾。惟是一老，屏予一人。措國於泰山之安，下令於流水之原。歲未及期，綱紀略定。道之將行，非天而誰。天既予之，又復奪之。惟聖與賢，莫如天何。然其所立，天亦不能奪也。知之者神考，用之者聖母。馴致其道，終於太平。永爲宗臣，與國無極。於其葬也，告於其柩。」今莫能考其所以異也。同上

案：坡意歸功神宗，則「指蹤」句乃人臣語，頗爲語累，非千慮之一失乎？

東坡詩「三郎官爵如泥土，争唱弘農得寶歌」，注皆不載出處。《嬾真子録》嘗記開元中有劉朝霞獻俳文於明皇云：「遮莫你古來五帝，怎如我今代三郎。」明皇兄弟六人，一人早亡，故明皇太子時號五王宅，寧王、薛王，明皇兄也；申王、岐王，明皇弟也。《希通録》

四月初八日，謝太后壽崇節，初九日，度宗乾會節，賈似道命司封郎中黄蜕作《致語》，中有一聯云：「聖母神子，萬壽無疆亦萬壽無疆；昨日今朝，一佛出世又一佛出世。」滿朝縉紳皆喜之。《三朝野史》

王荆公熙寧初召還翰苑，初侍經筵之日，講《禮記》曾參易簀一節曰：「聖人以義制禮，其詳見於牀笫之間；君子以仁行禮，其勤至於垂死之際。姑息者，且止之辭也。天下之害，未有不由於且止者也。」此説不見於文字，余得之於從伯父彦遠。《老學菴筆記》

案：宋人説經如此，此八股所濫觴也。「以義制禮」四句宛是兩小比矣，義精辭確，故荆公爲制義之始。

語有不當文理而承襲用之不以爲異者，如宋氏詔曰：「謝玄功參微管。」陳蕭沉表曰：「功深微管。」傅亮碑：「道亞黄中，功參微管。」似此甚多。任彦升《彈文》曰：「惟此庸固，理絶言提。」取《毛詩》「言提其耳」之義，謂「言提」歇後語。《野客叢書》

後漢周澤爲太常清修時，人爲之語曰：「一歲三百六十日，三百五十九日齋，一日不齋醉如

泥。」《南史》：孔覬明曉政事，判決無壅。衆爲之説曰：「孔公一月二十九日醉，勝他二十九日醒。」僕嘗效程子山作《酒榜》，其間一聯云：「一月二十有九日，笑人世之太狂；百年三萬六千場，容我生之長醉。」同上

東坡先生元祐中以翰苑發策試館職，有曰：「今朝廷欲師仁祖之淳厚，惟百官有司不舉其職而或至於媮；欲法神考之勵精，恐監司守令不識其意而流入於刻。」左正言朱光庭首擿其事，以爲不恭。御史中丞傅堯俞、侍御史王巖叟交章劾奏，一時朝議譁然。宣仁臨朝宣諭曰：「詳覽文意，是指今日百官有司監司守令言之，非是譏諷祖宗。」紛紛踰時始小定。既而亦出守。政和間，葛文康勝仲爲大司成，又發策私試，有曰：「聖上懋建大中，克施有政。忠恕崇厚，同符昭陵；綜覈勵精，遹追寧考。殆將收二柄而總攬之也。今欲嚴督責肅逋慢，而無刻核之迹；隆牧養流愷悌，而無姑息之過。諸生謂當如何？」今見《丹陽集》中。是時語忌最嚴，而無一人指疵之者。蓋二策問語意如一，而禍福大異，蓋有命也。《桯史》

案：岳氏以東坡及葛二策如一而禍福有異歸之於命，固也。雖然，亦緣東坡名重故爾，是以盛名之下不可不慎。

《送窮文》：「小黠大癡。」案：《張敏集・奇士劉披賦》：「古語有之，小癡爲大黠，小黠爲大癡。」《困學紀聞》

《跋史太師答范參政薦崔宫教帖》：「乾道間，丞相魏文節公守吴門，魏惠憲王鎮宣城，過郡宫教，爲教官作《樂語》，有云：『天上風姿，咸仰吾君之子；人間官品，休論異姓之王。』丞相極稱之。」《攻媿集》

《鄮林居士文集·序上梁文》云：「坊名五柳，仰陶令之高風；洲號百花，乃東坡之遺事。」其尚友前賢類此，標致可知矣。同上

《跋姜氏上梁文稿》：「鑰以外門之故，向來親見上梁文屬稿之初，宜奉公慶七十，時丞相壽春魏公見，委以《樂語》，有云：『生長東都，親見開元之盛際；從游諸老，及聞正始之遺音。』又云：『今日王孫，猶有承平之故態；當年竹馬，得見會昌者幾人。』丞相頗以爲然。姜氏家風蓋有自來，其興則未艾也。」同上

《答杜仲高旃書》云：「老態日見，夏秋間病足延痛左腕。嘗作《醮詞》云：『四肢而三痛楚，十日而九呻吟。』其況可知。」同上

《北行日録》：「入東京，賜宴，口宣云：『卿等遠持使節，來會歲元，適冒寒威，宜加宴勞。』再傳口宣云：『卿等來朝歲旦，遠抗使旌。爰增原隰之華，宜有甘芳之錫。』賜東館宴，口宣云：『來持使節，遠冒寒威，宜頒在鎬之恩，以示禮賓之意。』又云：『遠涉道途，衝冒霜雪，爰嘉勞勩，宜錫芳甘。』賜銀合湯藥敕：『卿會朝歲旦，蒙犯寒威。眷惟將命之恭，有加勞勩；宜錫衛生之物，迎

致沖和。』至燕賓館，白琮賜宴，李顯金賜酒果入，張鉉撫問。琮宣云：『遠持使節，已次近郊。宜示宴慈，以彰眷遇。』顯金云：『遠乘軺傳，已次國門。宜有寵頒，以休勞勩。』鉉云：『會朝歲旦，弭節宴亭。爰念勤勞，宜加省問。』射弓宴，張倬賜生餼，高薫賜宴，完顔高賜酒果。倬宣云：『遠將慶幣，來會春朝。方休徒御之勞，宜有餼牽之賜。』薫云：『長途遠届，使事告成。將觀射御之容，宜示宴私之寵。』高云：『已成使事，將向歸途。宜有珍頒，以彰寵遇。』新樂縣賜宴口宣云：『復將使指，少憩中途。宜示宴慈，以光行色。』又云：『使命改轅，价藩弭節。宜頒寵賜，增重皇華。』」同上

輝平生四泛大江，備嘗艱險，每遇龍祠，薰鑪瀝觴惟謹。至小孤山謁廟，見幡脚及花瓶中小青蛇盤結，舉首蜿蜒者甚衆，祝者云：「神今日在廟，歆享而然。」歸舟後，夜夢入廟如儀，且口占祝文。既覺，但記「浩若川流，倘不葬於魚腹；赫然廟貌，尚可薦於豚蹄」一聯耳。《清波雜志》

吴江三高亭，祠鴟夷子皮、張季鷹、陸魯望，而議者以子皮爲吴大仇，法不當祀，復有戲作文彈之者云：「范蠡越則謀臣，吴則敵國。以利誘太宰嚭而脱彼句踐，鼓兵却公孫雒而滅我夫差。既遂厥謀，反疑其主。鄙君如鳥喙，累大夫種以伏誅；目己曰鴟夷，載西施子而潛逃。」又云：「如蠡者變姓名爲陶朱，詭踪跡於江海。語其高節則未可，謂之智術則有餘。假扁舟五湖之名，居笠澤三高之首。況當此無邊勝境之地，豈容著不共戴天之仇」云云。鴟夷之見黜於吴宜也。同上

唯室先生作《追薦弟青詞》有曰：「氣分父母，孰如兄弟之親；痛切肺肝，無甚死生之隔。」人以此四句爲切當於理。僕觀白樂天《祭弟文》曰：「親莫愛於弟兄，別莫痛於死生。」唯室此言，蓋樂天意耳。《野客叢書》

賈師憲八月八日生辰，四方善頌者以數千計，皆諂詞囈語也。郭應酉居安《聲聲慢》云：「捷書連晝，甘雨灑通宵，新來喜沁堯眉。許大擔當，人間佛力須彌。年年八月八日，長記他、三月三時。平生事，想祇和天語，不遣人知。　一片閒心鶴外，被乾坤係定，虹玉腰圍。閶闔雲邊，西風萬籟吹齊。歸舟更歸何處，是天教、家在蘇堤。千千歲，比曾參、多箇綵衣。」且侑以儷語云：「綵衣宰輔，古無一品之曾參；衮服湖山，今有半閒之姬旦。」所謂「三月三日」，蓋頌其葙草坪之捷，而「歸舟」，乃舫齋名也。《齊東野語》

太傅吴元美創嶽宫三清殿，寓公咸在。吴以題梁遜黽年黄公，公即解手帕，濡墨大書云：「風馬雲龍，儼百神勾陳之位；金枝玉葉，拱萬齡宸極之尊。」詞語鏗潤，書法高古。吴初見公，略不經意，復疑濡筆染墨非法，既而雙美，始大喜心服，歸語子姪，因曰：「此公不特詞翰可敬，其才出人數等。」《宋名臣言行録》

張南軒《寢疾微吟》云：「舍瑟而作，敢忘事上之忠；鼓缶而歌，當盡慎終之理。」疾革，一朋友求教力疾，謂之曰：「蟬蜕人欲之私，春融天理之妙。」同上

聖朝乾德，蜀主出降。二月，除吕公餘慶知軍府事。先是，蜀至每歲除日，諸宫門各給桃符一對，俾題「元亨利貞」四字。時僞太子善書札，選本宫策勳府桃符，親自題曰「天垂餘慶，地接長春」八字，以爲詞翰之美也。至是，吕公名餘慶，太聖誕聖節號長春，先兆皎然。《茅亭客話》

温庭雲字飛卿，或云作筠，與李商隱齊名，時號曰「温李」。李謂温曰：「近得一聯句云『遠比趙公三十六年宰輔』，未得偶句。」温曰：「何不云『近同郭令二十四考中書。』」《北夢瑣言》

杜審琦，昭德皇太后之兄也，視太祖、太宗皆甥也。一日，陳内宴於福寧宫，昭憲后臨之，祖宗以渭陽之重，終宴侍焉。及爲壽之際，二帝皆捧觴列拜，樂人史金著者致詞於簾陛之外，其略曰：「前殿展君臣之禮，虎節朝天；後宫伸骨肉之情，龍衣拂地。」祖宗特愛之。《玉壺清話》

張鎡《南湖集》附録《捨宅誓願疏文》：案此文從石刻對録，凡剥蝕字以葉石君《金石文隨録》手稿填補，小字側書以别之。「大乘菩薩戒弟子承事郎、直祕閣新權通判臨安軍府事兼管内勸農事張鎡右：鎡一心歸命本師釋迦牟尼佛，當來下生彌勒尊佛西方極樂世界，阿彌陀佛十方法界，諸佛諸大菩薩，緣覺聲聞，大梵天王，帝釋尊天，四大天王，韋陀尊天，守護正法，天龍八部，大權聖衆，五嶽四瀆，名山大川，祠廟神祇。伏望不離真際，普賜證明。鎡恭以欲導羣迷，必闡揚於佛道；將興遺教，宜建立於僧坊。勝福難思，契經具載。鎡生佛滅後，值法住時，幸發無上心願，學第一義。念真乘難逢于曠劫，思慧命嘗續于未來。助行欲妙於莊嚴，隨力當施於利益。深心所在，至願方陳。闍

浮乃衆生選佛之場，震旦多大乘得道之器。教法東漸，而獨此爲盛；祖師西來，而其傳不窮。由是衆多之伽藍，偏我清浄之國土。或居名山勝地，或居赤縣神州。皆古德之所興，實檀那之自創。伏遇主上體佛心而治天下，崇祖道而護宗門。惟錢塘駐蹕之方，乃寰宇觀光之地。昔相國曾聞十禪之建，今在所未見一刹之隆。如來演教于王城，蓋居精舍；宗師接人於鬧市，可乏叢林。都民膠擾，而罕聞説法之音；衲子往來，而靡有息肩之處。慨斯闕典，久矣經懷。昨倦處於舊廬，遂更謀於别業。園得百畝，地占一隅。幽當北郭之鄰，秀踞南湖之上。雖混京塵，而有山林之趣；雖在人境，而無車馬之喧。爰翦荆榛，式營棟宇。勞一心而經始，歷二歲而落成。念勝處可作精藍，而薄德豈宜於大厦。顧棲身之尚賴，姑假舍而寓居。浮生自歎於艱虞，幻質累縈於疾疢。求佛祖之加被，祈天龍之護持。增長善根，銷除宿業。年得踰於知命，運獲度于多灾。必法尊經，變穢方而成浄域；定依前哲，捨居宅而爲梵宫。用分常産之田，永作香厨之供。願主席者皆有道行，使挂錫者咸悟心源。爲東方立光明幢，與末世灑甘露雨。插草不離于當念，布金何借于他緣。言弗苟陳，誓無終悔。鎡鑄慮事有多障，時不待人。先期或至於報終，異議恐紛於身後。宗族長幼，朋友親姻，或稱亂命之難從，或謂名教之有害。引屈到嗜芰之説，誚王旦削髮之言。壞我良因，奪我素志，以至恃勢力而求指占，由賄賂而請住持。輒汙招提，妄談般若，是出佛身之血，是斷正法之輪。死當墮于阿鼻，生亟遭于奇禍。特將此誓痛警若人，俾革一時之狂心，勿

受歷劫之極苦。蓋念起立塔廟，飯食沙門。流通大事之緣，成就圓機之善。恭願皇圖鞏固，睿算增延。期永措于兵刑，庶宏持于像教。上薦祖先父母，次及知識冤親。八難三途，四生九類，悉資薰而獲益，總解脱以超輪。廣此願心，周乎法界。作菩提之妙行，爲浄業之正因。佛國俱空，畢竟首登于極樂；法身非有，不妨面奉于彌陀。普與有情，同成此道。謹疏。」《南湖集》

劉祁《歸潛志》(府)〔附〕録元好問《外家别業上梁文》：「窮於途者返于家，乃人情之必至；勞以生而佚以老，亦天道之自然。方屬風霜匽薄之餘，而有里社浮湛之漸。兹焉卜築，今也落成。遺山道人，蟫蠹書癡，雞蟲禄薄，猥以勃窣槃跚之迹，仕於危急存亡之秋。左曹之斗食未遷，東道之戈船已御。久矣公私之俱罄，困于春夏之長圍。窮甚析骸，死惟束手。人望荆兄之通好，義均紀季之附庸。出涕而女於吴，莫追于既往；下車而封之杞，有覬于方來。謀則僉同，議當孰抗。爰自上書宰相，所謂試微軀於萬仞不測之淵；至于喋血京師，亦常保百族于羣盗垂涎之口。皇天后土，實聞存趙之謀；枯木死灰，無復哭秦之淚。初一軍構亂，羣小歸功。劫太學之名流，文鄭人之逆節。命由威制，佞豈願爲？就磨甘露御書之碑，細刻錦溪書叟之筆。蜀家降欵，具存李昊之世修；趙王禪文，何預陸機之手迹。伊誰受賞，於我嫁名。悼同聲同氣之間，有無罪無辜之謗。耿孤懷之自信，聽衆口之合攻。果吮癰舐痔之自甘，雖竄海投山其何恨？惟彼證龜而作鼈，始於養虺以成蛇。追韓之騎甫還，射羿之弓隨彀。以流言之自止，知神聖之可憑。復齒平

民，僅延殘喘。澤畔而湘纍已老，樓中而楚望奚窮？懷先人之敝廬，可憐焦土；眷外家之宅相，更愧前途。豈謂事有幸成，計尤私便。東諸侯助竹木之養，王録事寄草堂之貲。占松聲之一丘，近桃花之三洞。東墻西壁，無補拆之勞；上雨旁風，有閉藏之固。已與編户細民而雜處，敢用失侯故將而自名。因之挫鋭以解紛，且以安常而處順。老盆濁酒，便當接田父之歡；春韭晚菘，尚愧奪園夫之利。彼扶摇直上，擊水三千；韋杜城南，去天尺五。坐廟堂佐天子，蓋有命焉；使鄉里稱善人，斯亦足矣」云云。《歸潛志》

案：《歸潛志》有録崔立事一段，文多不載。此其附録當合史鑑考之，可知其體要，而遺山文特瑰瑋雄麗，大家筆墨，故自不同。

前載史越王《辭免太傅表》，得之聞見，以爲出於余公天錫之父。暨儲行之孫沐録示，則非辭免表，蓋青詞，云：「反本狐丘，寓誠獺祭。念此闔門之多指，迫於投老之一身」云云，欲用「侵尋歲月，八十有三」，未有其對。訥齋馮端方在坐，應曰：「補報乾坤，萬分無一。」王稱賞久之。《四六話》中亦載，謂其本於古人之聯。未知前今所載孰是。《四朝聞見録》

趙韓王疾，夜夢甚惡，使道流上章禳謝。道流請章旨，趙難言之，從枕躍起，索筆自草曰：「情關母子，弟及自出於人謀；計協臣民，子賢難違乎天意。乃憑幽祟，逞此强陽。瞰臣氣血之衰，肆彼魘呵之厲。倘合帝心，誅既不誣管蔡；幸原臣死，事堪永謝朱均」云云。密封，令勿發，

向空焚之。火正爇函，而此章爲大風所掣，吹墜朱雀門，爲人所得，傳誦於時。竟不起。《楓窗小牘》

蜀中庾傳昌舍人始爲永和府判官，文才敏贍，傷於冗雜，因候相國張公，有故未及見。庾怒而歸草一啓事，僅數千字，授於謁者，拂袖而去。他日，張相爲朝士曰：「庾舍人見示長箋，不可多得。雖然，曾聞其草角觚牒詞動乃數幅。」譏其無簡當體要之用也。黄籙壇場，星辰備位。顧雲博士爲高燕公草齋詞云：「天静則星辰可摘。」奇險之句施於至敬，可乎？國子司業于晦曾上崔相國允啓事數千字，上自堯舜，下及隋唐，一興一替，歷歷可紀，殊非簡略所有。儒生中通變者鮮矣。《北夢瑣言》

錢熙泉南，才雄之士，進《四夷來王賦》萬餘言。太宗愛其才，擢館職。嘗撰《三酌酸文》，世稱精絶，略曰：「渭州凝碧，早抛釣月之流；商嶺排青，不逐眠雲之客。」又：「年年落第，春風徒泣於遷鶯；處處羇遊，夜雨空悲於斷雁。」鄉人李慶孫哭之曰：「《四夷》妙賦無人誦，《三酌酸文》舉世傳。」《四六話》

懷東游至翠微峰，衆盛。懷當營炊，自汲澗，折擔悟旨，顯公印可以爲奇。辭去，久無耗。有僧自淮上來，曰：「懷出世鐵佛矣。」顯使誦出世之語，曰：「譬如雁過長空，影沈寒水，雁無遺踪之意，水無留影之情。」顯激賞久之。《僧寶傳》

端師子始見弄獅子者，發明心要，則以彩帛像其皮，時時著之，因以爲號。秦少游聞其道高，

請升座。端以手自指曰：「天上無雙月，人間止一僧。一堂風冷淡，千古意分明。」少游首肯之。能誦《法華經》，必得錢五百乃開帙，日誦數句即持錢地坐，去其缺薄者，易之而去。好歌《漁父詞》，月夕必歌之達旦。有狂僧回頭和尚以左道鼓動流俗，士大夫亦安其妄，方對丹陽呂公肉食。端徑至指曰：「正當與麽時，如何是佛？」回頭不能遽對，端捶其頭，推倒乃行。又有妖僧號不託，掘秀州城外地，有佛像，建塔其上，傾城敬信。端見揕住曰：「如何是佛？」不託擬議，端趯之而去。章相子厚請升座，使俞秀老撰疏，叙其事曰：「推倒回頭，趯翻不託。七軸之《蓮經》未誦，一聲之《漁父》先聞。」端聽僧官宣至此，以手揶揄曰：「止。」乃引聲吟曰：「本是瀟湘一釣客，自東自西自南北。」大衆雜然稱善，端笑曰：「我觀法王法，法王法如是。」下座。同上

陳氏曰：京鏜帥蜀，上巳出遨，楊奇爲《樂語》曰：「三月三日，豈無水邊麗人；一觴一詠，亦有山陰褉事。」又云：「良辰美景賞心樂事，四者難并；崇山峻嶺修竹茂林，羣賢畢至。」一時傳誦。《文獻通考》

月泉在德清縣慈相寺，出石罅間，形如半月。呂東萊疏云：「斷崖吐月，纔出半規；古甃涵星，尚懷全璧。久矣寶匳之廢，時哉玉斧之修。護此清寒，祓其氛翳。名高詩社，再傳和仲之符；價重帝城，復佳文饒之運。」《湖州府志》

蘇德祥，漢相禹珪之子，建隆四年進士第一人登第。初還鄉里，太守置宴以慶之，作樂，伶人

致語曰：「昔年隨侍，曾爲宰相郎君；今日登科，又是狀元先輩。」《澠水燕談録》

丁晉公少以文稱，南遷，作《齋僧疏》云：「補仲山之衮，雖曲盡於巧心；和傅説之羹，實難調於衆口。」至南海，有詩云：「草解忘憂憂底事，花名含笑笑何人。」士大夫傳誦，服其精巧。《五總志》

劉孝標遊東陽山，作《山志》，其文富有妙語。《研北雜志》

正獻公守河陽，范蜀公、司馬温公往訪公，其燕設口號有云：「玉堂金馬，三朝侍從之臣；清洛洪河，千古圖書之奥。」《紫薇詩話》

伊尹負鼎干湯。《莊子》成玄英疏云：「負玉鼎以干湯。劉孝標《栖山志》曰：『故有忽白璧而樂垂綸，負五鼎而要卿相。』」《楚辭·天問》云「后帝」，「謂殷湯也。言伊尹始仕，因緣烹鵠鳥之羹，修玉鼎以事於湯，湯賢之，遂以爲相」。獨《孟子》以爲不然也。《西溪叢語》

先子於河東一官員家見東坡親墨《春宴致語》云：「春爲陽中，生物各遂其性；樂以天下，聖人豈私其身。」又云：「主上方麴蘖羣賢而惡旨酒，鼓吹六藝而放鄭聲。雖白雪陽春，難解天顔之一笑；而獻芹奉職，各盡野人之寸心。」今集中蓋無此。《過庭録》

孫宣公諱奭，以太子少傅致仕，居於鄆。一日，置宴詩廳，仁宗嘗賜詩，刻石所居之壁上。語客曰：「白傅有言：『多少朱門鎖空宅，主人到老不曾歸。』今老夫歸矣。」喜動於色。復顧石守道，諷《易·離卦》九三爻，且曰：「樂以忘憂，自得小人之志；歌而鼓缶，不興大耋之嗟。」公以淳德奥

學勸講禁中二十餘年，晚節勇退，優游里中，終始全德，近世少匹。《澠水燕談録》

案：寒家出宣公之後，自宣公至大父行三十六世矣。梅聞之伯兄，伯兄聞之叔祖宮允公云。

孫仲益《山居上梁文》云：「老蟾駕月，上千崖紫翠之間；一鳥呼風，嘯萬木丹青之表。」又云：「衣百結之衲，捫蝨自如；拄九節之笻，送鴻而去。」奇語也。《鶴林玉露》

嘗記殿司薦陣亡疏，略云：「虎頭食肉，彼何人斯；馬革裹尸，深負公等。戰河南，戰河北，(母)〔毋〕忘此日之精忠；出山東，出山西，再作乘時之將相。」《隨隱漫録》

寶祐甲寅，江東多虎，有司行禬禳之典，青祠末聯云：「雖曰寅年之足，或有數存；去其乙字之威，尚祈神力。」蓋古詩有「寅年足虎狼」之句，傳謂虎威如乙字，對屬甚切。《山房隨筆》

《建州大中寺餘慶長老再開堂疏跋尾》：「右疏，先太師夔所作也。元祐中，先公任松溪尉，師往邑之中峰寺，語道相契，數以手帖往還。時吕參政謫居建安，嘗詢衲僧中可與語者，先公以師對。吕乃請往大中寺。一日，約先公同游武夷山，及歸，師已遷化。方其示寂升堂，集衆告辭，跏趺而逝，經一晝夜，顏色不變。吕公泣涕痛悔，恨未嘗欸叩師之關鍵。先公謂師平日所得奇特，盍歸誠祈懇，倘能復來。吕公焚香再拜，以小磬就師耳根擊之，師忽開眼笑曰：『已相别，何必爾。爲公當再留七日。』遂下坐，復居方丈。吕公咨問道要，且請師再開堂，以疏文屬先公撰

述，其間有『維摩示疾而莫匪爲人，阿難辭世而重來説法』之語，蓋紀實也。既七日，再升堂而化，吕公爲作碑，且載本末，置寺中。」《李忠定公集》

附疏

法門差别，善財勤南歷之誠；祖道流通，達摩露西來之旨。萬派殊流而宗於一海，千年暗室而破在一燈。雖桃發前邨，自含真諦；而琴逢妙指，方暢清音。喻之者良馬見鞭，迷之者癡猿捉月。蓋飯色之殊寶器，所感不齊；則藕絲之挂須彌，終難信解。不有宗匠，誰爲津梁。餘師上人，物外逍遥，法中奇特，爲己則心境俱泯，應機則殺活臨時。禪律通融，昔契樂天之問；雲山静遠，今難思大之居。而况維摩示疾，而莫匪爲人；阿難辭世，而重來説法。既俯從乎輿願，宜遂演乎潮音。肯令雞嶺曇花不開閩嶺，必使曹溪法雨重灑建溪。至道不煩，當仁不讓。謹疏。

李嗣真直弘文館，高宗東封還，幸孔子宅廟，命有司爲祝文。司文郎中富少穎沙直撰進，不稱旨，御筆抹一作「滅」。破，付左寺丞。賀蘭敏之以下戰慄，一作「戢候」。遽召嗣真，峠筆立就。一作「成」。其章句云：「庶能不遺百代，助損益而可知；永鑑千年，同比肩而爲友。」高宗覽之問曰：「誰爲此文？」有司言嗣真。高宗曰：「此人那解我意，遂有此句。」詔加兩階。《大唐新語》

武肅將築捍海塘，患江濤衝激，命强弩五百以射濤頭，又親築胥山祠禱之曰：「願息忠憤之

氣，暫收洶湧之潮。」函詩一章置海門云：「傳語龍王并水府，錢塘借與築錢城。」既而濤頭遂趨西陵。《吴越備史》

唐世節度、觀察諸使辟置寮佐以至州郡差掾屬，牒語皆用四六，大略如告詞。李商隱《樊南甲乙集》、顧雲《編稿》、羅隱《湘南雜稿》皆有之。故韓文公《送石洪赴河陽幕府序》云：「撰書辭，具馬幣。」李肇《國史補》載崖州差故相韋執誼攝軍事衙推，亦有其文，非若今時只以吏牘行遣也。錢武肅在鎮牒鍾廷翰攝安吉主簿云：「敕淮南、鎮海、鎮東等軍節度使，牒將仕郎試祕書省校書郎鍾廷翰，牒奉處分，前件官儒素修身，早昇官緒，寓居霅水，累歷星霜，克循廉謹之規，備題温恭之道。今者願求録用，特議論材，安吉屬城印曹闕吏，俾期差攝，勉效公方。儻聞佐理之能，豈悋超昇之獎？事須差攝安吉縣主簿牒舉者，故牒。貞明二年三月日牒。」此牒今藏於王順伯家，其字畫端嚴有法，其文則掌書記所撰，殊爲不工，但印記不存矣。謂主簿爲印曹，亦佳。《容齋三筆》

唐考功法，雖執政大臣皆有考詞，亦有賜考者，亦有自書其考者。高宗時，唐臨自述其考曰：「形如死灰，心若鐵石。」德宗時，陽城自書其考曰：「撫字心勞，催科政拙。」《猗覺寮雜記》

邵公濟《謁武侯廟文》云：「公昔高卧，隱然一龍。鬼蜮亂世，其誰可從。惟明將軍，漢氏之宗。相挽以起，意氣所同。欲持尺箠，盡逐姦雄。天未悔禍，世豈能容。惟史臣壽，姦言非公；惟大夫周，誤國非忠。廟食故里，差此南充。置公左右，不堪僕童。我實鄙之，築公之宫。春秋

之法，孰公不恭。俾千萬年，仰其高風。」陳壽、譙周，皆巴郡人。今果州陸務觀《籌筆驛》詩：「運籌陳迹故依然，想見旌旗駐道邊。一等人間管城子，不堪譙叟作降牋。」公濟之文蓋果州作。若璩案：「降箋實出郤正手。」《困學紀聞》

李煜在國時自作《祈雨文》：「尚乖龍潤之祥。」《野客叢書》

裴景昇爲尉氏尉，以無異效，不居最課。考滿，刺史皇甫亮曰：「裴尉苦節若是，豈可使無上考，選司何以甄録也。俗號考終爲『送路考』，省校無一成者。然敢謁愚思，仰申清德，當冀中也。」爲之詞曰：「考秩已終，言歸有日。千里無代步之馬，三月乏聚糧之資。食惟半菽，室如懸磬。苦心清節，從此可知。不旌此人，無以激勸。」時人咸稱亮之推賢。景昇之考，省知左最，官至青刺。《大唐新語》

優詞、樂語，前輩以爲文章餘事，然鮮能得體。王安中履道政和六年天寧節，集英殿宴，作《教坊致語》，其誦聖德云：「蓋五帝其臣莫及，自致太平；凡三代受命之符，畢彰殊應。」又云：「歌太平既醉之詩，賴一人之有慶；得久視長生之道，參萬歲以成。」純可謂妙語也。至《放小兒隊詞》云：「戢戢兩髦，已對襄城之問；翩翩羣舞，却從沂水之歸。」《放女童詞》云：「奏閬圃之雲謡，已瞻天而獻祝；曳廣寒之霓袖，將偶月以言歸。」益更工麗而切當矣。履道之掌内制，可謂稱職。凡樂語不必典雅，惟語時近俳乃妙。王履道《天軍節宴小兒致語》云：「五百里采，五百里衛，外并有截之區；八千歲春，八千歲秋，共上無疆之壽。」又《正旦宴小兒致語》云：「君子有酒

多且旨，得盡羣心；化國之日舒以長，對揚萬壽。」孫近叔詣《宣和春宴女童致語》云：「黛耜載耕於帝籍，廣十千維耦之疆；青圭往祓於高禖，兆則百斯男之慶。」皆爲得體。然未若東坡《秋宴教坊致語》云：「南極呈祥，候秋分而老人見；西夷慕義，涉流沙而天馬來。」又《春宴致語》云：「稍寬中昃之憂，一均湛露之澤。方將麴糵羣賢而惡旨酒，鼓吹六義而放鄭聲。雖白雪陽春，莫致天顔之一笑；而獻芹負日，各盡野人之寸心。」則又不可跂及矣。樂語中有俳諧之言一兩聯，則伶人於進趨誦詠之間尤覺可觀而警絶，如（不）〔石〕懋敏若《外州天寧節錫宴》云：「飛碧篆之爐烟，薰爲和氣；動紅鱗之酒面，起作風波。」何安州得之《外州上元》云：「五雲縹緲，出危嶠於靈鼇；九陌瑩煌，下繁星於陸海。暗塵隨馬，素月流天。如熙熙登春臺，舉欣欣有喜色。」孫和州《送交代》云：「渭城朝雨，寄别恨於垂楊；南浦春波，眇悉心於碧草。」皆爲人所膾炙也。《墨莊漫録》

吴正肅試賢良方正科殿試策，因論古今風俗之變皆隨上所好惡，有曰：「城中大袖，外有金帛之奢；雨下墊巾，衆爲一角之效。」是時試策猶間用對偶句也。仁宗喜此兩句，對輔臣誦之，有意大用正肅者實肇於此。蓋仁宗聖性節儉，自家刑之於天下，戒在於變俗，而稱此聯耳。《四六話》

伮在建業時，華藏寺一老沙彌法光誦經得度，屬韓子蒼作《化錢疏》，座間索筆草云：「法光身本仕族，志慕佛乘。依華藏以出家，誦《楞嚴》而得度。敢言四事，尚乏三衣。本來一物也無，政須行乞；他日寸絲不挂，用此酬恩。」《四六談麈》

王叔言子游守召，與伋狀云：「倒屣以待諸公，要出我門；解榻而迎使君，未有此客。喜接辭之伊邇，仍問政之可期。」同上

連　珠

揚雄覃思文閣，業深綜述，碎文瑣語，肇爲連珠，《玉海》作「揚雄覃思文闕，碎文瑣語，肇爲連珠」。其辭雖小而明潤矣。《文心雕龍》

自《連珠》以下，擬者間出。杜篤、賈逵之曹，劉珍、潘勗之輩，欲穿明珠，多貫魚目，可謂壽陵匍匐，非復邯鄲之步；里醜捧心，不關西子之嚬矣。惟士衡運思，理新文敏，而裁章置句，廣於舊篇，豈慕朱仲四寸之璫乎！夫文小易周，思閑可贍。足使義明而詞淨，事圓而音澤，磊磊自轉，可稱珠耳。同上

《三輔決録注》：趙岐擬前代連珠之書四十章上之。《蔡邕傳》：著連珠。《文苑》：傅毅、劉珍並著《連珠》。《文選》：陸機《演連珠》五十首。傅玄《叙連珠》：「興於漢章之世，班固、賈逵、傅毅受詔作之，合於古詩諷興之義。」《玉海》

《文選注》引揚雄《連珠》、杜篤《連珠》。宋庠撰《連珠》一卷，倣陸機之作。同上

《隋志》：陸機《連珠》一卷，何承天注。《文選》：劉孝標注。謝靈運《連珠》五卷。陳證《連珠》十

五卷。黄芳《連珠》一卷。梁武《連珠》一卷，沈約注。約謂「金鑣互騁，玉軑並馳。」梁武帝《制旨連珠》十卷，邵陵王綸注，又陸緬注。梁有《設論連珠》十卷，謝靈運撰。《南齊書》：劉祥著《連珠》十五首。同上

《唐志》：謝靈運《連珠集》五卷，梁武帝《制旨連珠》四卷，陸緬《注》十一卷。康顯《海藏連珠》三十卷。同上

《文章緣起》：「《連珠》，揚雄作。沈約曰：『連珠之作始自子雲，蓋謂辭句連續，互相發明，若珠之結排也。』」同上

武帝賜到溉連珠曰：「研磨墨以騰文，筆飛毫以書信。如飛蛾之赴火，豈焚身之可吝。必耋年其已及，可假之於少蓋。」其見知賞如此。《南史》

案：蓋，溉之孫，鏡之子也。

所謂連珠者，興於漢章之世。班固、賈逵、傅毅三子受詔作之，而蔡邕、張華之徒又廣焉。其文體辭麗而言約，不指説事，情必假喻以達其旨，而賢者微悟，合於古詩勸興之義，欲使歷歷如貫珠，易覩而可悦，故謂之連珠也。傅玄《連珠叙》

《繁露》十七卷，紹興間董某所進。臣觀其書，辭意淺薄，間掇取董仲舒策語雜置其中，輒不相倫比。臣固疑非董氏本書矣。又班固記其記《春秋》凡數十篇，《玉杯》、《繁露》、《清明》、《竹

林》各爲之名，似非一書。今董某進本通以《繁露》冠書，而《玉杯》《清明》《竹林》特各居其篇卷之一，愈益可疑。他日讀《太平寰宇記》及杜佑《通典》，頗見所引《繁露》語言，顧董氏今書無之。《寰宇記》曰：「三皇驅車抵谷口。」《通典》曰：「劍之在左，蒼龍之象也；刀之在右，白虎之象也；鉤之在前，朱雀之象也；冠之在首，玄武之象也。四者人之盛飾也。」此數語者，不獨今書所無，且其體致全不相似。臣然後敢言今書之非真本也。牛亨問崔豹：「冕旒以繁露者何？」答曰：「綴玉而下垂如繁露也。」則繁露也者，古冕之旒似露而垂。是其所從假以名書也。以杜、樂所引推想其書，皆句用一物以發己意，有垂旒凝露之象焉。則《玉杯》、《竹林》同爲託物又可想見也。漢魏間人所爲文，名有連珠者，其聯貫物象以達己意，略與杜、樂所引同，如曰「物勝權則衡殆，形過鏡則影窮」者，是其凡最也。以連珠而方古體，其殆《繁露》之所自出歟？其名其體皆契合無殊矣。《演繁露》

七

枚乘摛豔，首製《七發》，腴辭雲搆，夸麗風駭。蓋七竅所發，發乎嗜欲，始邪末正，所以戒膏粱之子也。自《七發》以下，作者繼踵。觀枚氏首唱，信獨拔而偉麗矣。及傅毅《七激》，會清要之工；崔駰《七依》，入博雅之巧。張衡《七辨》，結采綿靡；崔瑗《七厲》，植義純正。陳思《七啓》，

取美於宏壯；仲宣《七釋》，致辨於事理。自桓麟《七説》以下、左思《七諷》以上，枝附景從，十有餘家。或文麗而義暌，或理粹而辭駁。觀其大抵所歸，莫不高談宫館，壯語畋獵，窮瑰奇之服饌，極蠱媚之聲色。甘意摇骨體，楊云：當作「髓」。豔詞動魂識。雖始之以淫侈，而終之以居正，然諷一勸百，勢不自反。子雲所謂「先騁鄭衛之聲，曲終而奏雅」者也。惟《七厲》叙賢，歸於儒道，雖文非拔羣，而意實卓爾矣。《文心雕龍》

浙江水流於兩山之間，江川急濬，兼濤水晝夜再來。來應時刻，常以月晦及望尤大，至二月八月最高，峨峨二丈有餘。《吴越春秋》以爲子胥、文種之神也，故潮水之前揚波者伍子胥，後重水者大夫種。是以枚乘曰：「濤無記焉。然海水上潮，江水逆流，似神而非，於是處焉。」《水經注》

柳子《晉問》：「魏絳之言：『近寶則公室乃貧。』」案《左傳・成公六年》，此乃韓獻子之言。何屺瞻曰：「詩文中誤用事，有自誤者，有因古人之誤而亦誤者。如《晉問》作魏絳，乃出《水經注》，非不記《左傳》，故以示博，此又一例也。」　《困學紀聞》

「夏屋渠渠。」箋云：「設禮食，大具，其意勤勤。」正義：「王肅云大屋。」崔駰《七依》説宫室之美云：「夏屋渠渠。」《文選・靈光殿賦》注引《七依》作「蘧蘧」。《檀弓》：「見若覆夏屋者矣。」注：「夏屋，今之門廡，其形旁廣而卑。」正義：「殷人以來始屋四阿，夏家之屋惟兩下而已，無四阿，如漢之門廡。」同上

「厚」字，狼口切。《元和聖德詩》：「孩養無告，仁滂施厚。皇帝神聖，通達先古。」《詩·巧言》：「蛇蛇碩言，出自口矣。巧言如簧，顏之厚矣。」《易林·頤之節》曰：「文王四乳，仁愛篤厚。」枚乘《七發》：「貴人之子，必宮居而閨處，飲食則溫淳甘膬，音昌芮反。脭醲肥厚。」《芥隱筆記》

《周易·遯卦》：「肥遯，無不利。」「肥」字古作「巤」，與古「蜚」字相似，即今之「飛」字，後世遂改爲肥字。《九師道訓》云：「遁而能飛，吉孰大焉。」張平子《思玄賦》云：「欲飛遯以保名。」注引《易》：「上九，飛遁，無不利。」謂去而遷也。曹子建《七啓》云：「飛遯離俗。」程氏《易傳》引《漸》「上九，鴻漸於陸」爲「鴻漸於逵」，「小狐汔濟」，「汔」當爲「訖」，豈未辨證此耶？《西溪叢語》

案《爾雅》：「山有穴曰岫。」嘗因是而觀諸古，如淵明「雲無心以出岫」，徐幹《七喻》云「棲遲乎穹谷之岫」，其意皆如《爾雅》之言，所謂山之穴也。然或直以岫爲山，相承誤用。謝玄暉云：「林表吳岫微。」張平子《南都賦》：「岫繚繞而滿庭。」是亦以岫爲山，又在玄暉之前矣。《考古質疑》

枚乘作《七發》，創意造端，麗旨腴詞，上薄《騷》些，蓋文章領袖，故爲可喜。其後繼之者，如傅毅《七激》、張衡《七辨》、崔駰《七依》、馬融《七廣》、曹植《七啓》、王粲《七釋》、張協《七命》之類，規仿太切，了無新意。傅玄又集之以爲《七林》，使人讀未終篇，往往棄諸几案。柳子厚《晉問》乃用其體，而超然別立新機杼，激越清壯。漢晉之間諸文士之弊於是一洗矣。東方朔《答客難》自是文中傑出，揚雄擬之爲《解嘲》尚有馳騁自得之妙，至於崔駰《達旨》、班固《賓戲》、張衡《應閒》，

皆屋下架屋，章摹句寫，其病與《七林》同。及韓退之《進學解》出，於是一洗矣。《毛穎傳》初成，世人多笑其怪，雖裴晉公亦不以爲可，惟柳子獨愛之。韓子以文爲戲，本一篇耳，妄人既附以《革華傳》，至於近時，《羅文》、《江瑶》、《葉嘉》、《陸吉》諸傳，紛紜雜沓，皆託以爲東坡，大可笑也。《容齋隨筆》

韓昌黎《雉帶箭》詩，東坡嘗大字書之，以爲絶妙。余讀曹子建《七啓》論羽獵之美云：「人稠網密，地逼勢脅。」乃知韓公用意所來處。《容齋三筆》

《文選》張景陽《七命》曰：「浮三翼，戲中沚。」其事出《越絶書》，李善注頗言其略，蓋戰船也。其書云：「闔閭見子胥，問船運之備，對曰：『船名大翼、小翼、突冑、一作「冒」。樓船、橋船。大翼者，當陵軍之車。小翼者，當陵軍之輕車。』」又《水戰兵法内經》曰：「大翼一艘，廣一丈五尺三寸，長十丈；中翼一艘，廣一丈三尺五寸，長九丈；小翼一艘，廣一丈二尺，長五丈六尺。」大抵皆巨戰船，而昔之詩人乃以爲輕舟。梁元帝云：「日華三翼舸。」又云：「三翼自相追。」張正見云：「三翼木蘭船。」元微之云：「光陰三翼過。」其他亦鮮用之者。《容齋四筆》

鄱陽素無圖經地志。元祐六年，餘干進士都頡始作《七談》一篇，叙風土人物云：「張仁有篇，徐濯有説，顧雍有論，王德璉有記，而未有形於詩賦之流者，因作《七談》。」其起事則命以「建端先生」，其正語則以「畢意子」。其一章，言澹浦、彭蠡山川之險勝，番君之靈傑。其二章，言濱

湖蒲魚之利，膏腴七萬頃，柔桑蠶繭之盛。其三章，言林麓木植之饒，水草蔬果之衍，魚鼈禽畜之富。其四章，言銅冶鑄鍊，陶埴爲器。其五章，言宫寺游觀，王遥仙壇，吴氏潤泉，叔倫戴堤。其六章，言鄱江之水。其七章，言堯山之民，有陶唐氏之遺風。凡三千餘字，自謂八日而成，比之太沖十稔、平子十年爲無歉。余偶於故篋中得之，惜其不傳於世，故表著於此。其所引張、徐、王、顧所著，今不復存，更爲可恨也。《容齋五筆》

案：乾隆四十一年四月平定兩金川，大功告成。梅時在薇省，進呈《典頌》一篇，系以五詩，亦八日而成。雖文思淺薄，無可舉似前人，敬惟德神功，照耀千古。於以磬管蠡末技，附於衢壤之遺，則託義更崇，非若《晉問》、《七談》徒以一都一邑相誇美也。

漢樂安相李尤，字伯仁，作《七疑》云：「橙醯筍葅。」《筍譜》

魏侍中王粲作《七釋》云：「越鱎涼拘，金一作『全』。筍葅菁。」同上

梁簡文帝《七勵》云：「澄瓊漿之素色，雜金筍之甘葅。」又《春晚賦》云：「望初篁之傍嶺，愛新荷之發池。」同上

沈約製《郊居賦》，其間曰：「駕雌霓之連蜷，泛大江之悠永。」出示王筠，筠讀「雌霓」爲「雌鶂」，約喜謂曰：「『霓』字惟恐人讀作平聲。」司馬温公謂非「霓」字不可讀作平聲，蓋約協側聲故爾。僕考之「雌霓」二字，東方朔《東諫》中已嘗用之矣。張衡《七辨》亦曰：「建雌霓以爲旗。」《野

客叢書》

東坡《橄欖》詩曰：「待得微甘回齒頰，已輸崖蜜十分甜。」《冷齋夜話》謂事見《鬼谷子》，崖蜜，櫻桃也。漫叟、漁隱諸公引《本草》石崖間蜂蜜爲證。僕謂坡詩爲橄欖而作，疑以櫻桃對言蜂蜜，則非其類也，固自有言蜂蜜處，如張衡《七辨》云「沙餳石蜜」，乃其等類。同上

枚乘作《七發》，屬文之士若傅毅、劉廣世、崔駰、李尤、桓麟、崔琦、劉梁、馬融、張衡作《七激》、《興》、《依》、《疑》、《説》、《蠲》、《舉》、《厲》、《辨》之篇。傅玄作《七謨》，又集《七林》。曹植作《七啓》，并命王粲作。張協作《七命》，陸機《七證》，劉劭《七華》，顔延之《七繹》，沈佺期《七引》。《玉海》

《唐志》：卞氏《七林集》十二卷。同上

《隋志》：十卷。梁十二卷，《録》二卷，卞景撰。梁又有《七林》三十卷，《音》一卷，亡。謝靈運《七集》十卷。同上

八月既望，江濤濆湧，屹如雪山，傾動地軸，惟餘杭郡當其衝，實天下壯觀也。枚乘《七發》言「江水逆流，海水上潮」，所駕軼者、所擢拔者、所揚汩者、所温汾者、所滌汔者，卹然足駴，波涌雲亂，「如三軍之騰裝」，駕鮫龍，從大白，「蹈壁衝津」，「横奔似雷行」，「弭節伍子之山」，「聲如雷鼓」，其狀似矣，此真浙江之濤也。然乘乃以謂觀乎廣陵之曲江，何哉？廣陵之曲江，則今之揚

子江是也。揚子乃暗潮，無潮頭也。不然，廣陵安得伍子之山哉？《寓簡》

自昔文章之言水者，如《七發》、《上林》、《子虛》等，皆詠奇雄武，神變非常，其狀甚偉。獨未有言火者，韓退之乃作《陸渾山》詩，極於詭怪，讀之便如行火所焮，轇攸衝噴，其色絳天。阿房欲灰而回禄煽之。然不見造化之理，未可與語性空。真火之妙也。同上

四六叢話卷二十七

談諧 十九

自來慧業文人，筆舌互用。顧以口吻生花，難於毫端浣露者。取辦於俄頃之間，涉趣於無方之域，自非積卷填胸，靈機脱口。思滯則失敏，才儉則鮮通。口才筆才，熊魚不能兼嗜；世説俗説，溲勃亦所取資。匡鼎解頤，談不廢諧；季主捧腹，諧而善談。至若抵掌華屋之下，絶纓優笑之傍，睉四筵而旁若無人，喙三尺而舌不留語，有是哉！談固游揚之助，而諧亦滑稽之雄乎。魏、晉而下，善清談者尚名理，非叶宫商；務詼諧者多微言，寧成組織。自《選》學盛行，詞華聿振。步摇條脱，的對天然；戰栗羽毛，敷言殊雅。北海之美，順流而靡涯；東吴之咍，引伸而莫竟。讕辭璅語，蔚映吟壇；熱熟杜園，流傳雋永。是則談何容易！或見巧於因難，諧乃不窮，更應機而鬬捷也。雖然，談有虚實之分，諧有雅鄭之異。樵夫騰笑，曾何慕於羣居，虚與實之分也；白圭自箴，聊游情于善謔，雅與鄭之分也。是以富

鄭公辨酬累卵，樽俎增輝；唐舉子嚮答三條，風簷生色。間徵雅令，蒐經史之英詞；偶寄春聯，得沂雩之佳趣：是實而非虛者也。至若楊尤以厥姓互嘲，時父以其名相戲，或裁翦經文而不切本事則無工，或杼軸新意而都無成處則不貴：此虛而無實者也。東陽芭蕉之彈，何郎魱蟹之議，固已獨出巧意，不蹈古人。又東坡試穆父以傀儡之制，西山戲梅亭以竹夫人之封，竝不假耽思，立抽妙緒，自成文理，頗耐研尋：斯皆雅而非鄭者也。他若顧兔續貂之句，犬蹲鴟拂之詞，徒增嗤噱，無益心思：是又鄭而非雅者也。學者遺其虛，課其實，肆其雅，放其鄭。《剖纙》、《射覆》，踵嘉文於前；《逐貧》、《送窮》，振芳塵於後。庶幾談非復老生之常，而俳不爲聖人所禁也哉。敘《談諧第十九》。

諧之言皆也，辭淺會俗，皆悦笑也。昔齊威元作「宣」，許改。酣樂，而淳于説甘酒；楚襄讌集，而宋玉賦《好色》。意在微諷，有足觀者。及優旃之諷漆城，優孟之諫葬馬，竝譎辭飾説，抑止昏暴。是以子長編《史》，列傳滑稽，以其辭雖傾回，意歸義正也。但本體不雅，一作「雜」。其流易弊。於是東方、枚皐，餔糟啜醨，無所匡正，而詆嫚媟元作「媟」，謝改。弄，故其自稱爲賦，迺亦俳也。見視如倡，亦有悔矣。至魏文元作「大」。因俳説以著《笑元作「茂」，孫改。書》，薛綜憑宴會而發嘲調，雖抃推疑誤。席，而無益時用矣。然而懿文之士，未免枉轡。潘岳《醜婦》之屬，束晳《賣餠》之類，尤而

一作「相」。效之，蓋以百數。魏晉滑稽，盛相驅扇，遂乃應瑒之鼻，方於盜削卵；張華之形，比乎握春杵。曾是莠言，有虧德音。豈非溺者之妄笑，元作「茂」，朱改。胥靡之狂歌歟！《文心雕龍》

宋清老於辭場舉止可笑，嘗試賦，誤落官韻，撫膺曰：「宋五坦率矣。」由此大著。後禮部上甲乙名，明皇先問曰：「宋五坦率否？」或曰：「有客譏宋濟曰：『白袍何紛紛。』答曰：『爲朱袍紫袍紛紛耳。』」《摭言》

石資政中立好諧謔。楊大年方與客棋，石自外至，坐於一隅。大年因誦賈誼《鵩賦》以戲之云：「止於坐隅，貌甚閑暇。」石遽答曰：「口不能言，請對以臆。」《歸田録》

羣公對雪，尚隆之曰：「麪堆金井，誰調湯餅。」吴永素曰：「玉滿天山，難刻珮環。」坐間服其韻精。《雲仙雜記》

盧吉州肇開成中就江西解試，爲試官末送，肇有啓謝曰：「巨鼇贔屭，首冠蓬山。」試官謂之曰：「昨某限以人數擠排，雖獲申展，深慚名第奉浼，焉得翻有『首冠蓬山』之謂？」肇曰：「必知明公垂問，大凡頑石在一片處上，巨鼇戴之，豈非首冠耶？」一座聞之大笑。《摭言》

徐黄州之子叔廣十四秀才，先生與其舅張仲謨書所謂「十三十四者，皆俊性者」是也。張無盡過黄州，黄州有四侍人，適張夫人攜其一往一作「住」。壻家爲浴兒之會，無盡因戲語云：「厥有美妾，良由令妻。」公即續之爲小賦云：「道得徽草鄭趙，姓稱孫姜閻齊。浴兒於玉潤之家，一夔

足矣；侍坐于冰清之側，三英粲兮。」《春渚紀聞》

案：先生謂坡公也。

滕達道未遇時，與諸生講學於僧舍。主僧出，諸生夜盜其犬而烹之。事聞有司，治其罪，滕公爲丐免，守曰：「如能爲《盜犬賦》，則將釋之。」滕公即口占其詞曰：「僧既無狀，犬誠可偷。輟藍宫之夜吠，充絳帳之晨羞。摶飯引來，猶掉續貂之尾；索綯牽去，驚回顧兔之頭。」守大笑，即置不問。《梁溪漫志》

蜀人任子淵好謔，鄭宣撫剛中自蜀召歸，其實秦會之欲害之。鄭公治蜀有惠政，人猶覬其復來。數日，乃聞秦氏之指，人人太息，衆中或曰：「鄭不來矣。」子淵對曰：「秦少恩哉！」人稱其敢言。《老學菴筆記》

荆公、禹玉熙寧中同在相府，一日，同侍朝，忽有虱自荆公襦領而上，直緣其鬚。上顧之笑，公不自知也。朝退，禹玉指以告公，公命從者去之。禹玉曰：「未可輕去，輒獻一言以頌虱之功。」公曰：「如何？」禹玉笑而應曰：「屢遊相鬚，曾經御覽。」荆公亦爲之解頤。《墨客揮犀》

曾有秀才因盗絹被執，以試賦獲免。其警對云：「窺其户而闃其無人，心乎愛矣；見其利而忘其有義，卷而懷之。」同上

張乂，延平人，少負才，入太學有聲，爲節性齋長，既又爲時中齋長。其人眇小而好作爲，動

以苛禮律諸生，同舍多不平之。莆田林叔弓亦輕浮之士也，於是以其名字作詩賦各一首嘲之，其警聯云：「身材短小，欠曹交六尺之長；腹内空虚，乏劉又一點之墨。」詩警句云：「中分爻兩段，風使十横斜。文上元無分，人前强出些。」曲盡形容之妙，聞者絶倒。又私試《闢四门賦》云：「想帝女下嬪，大展親家之禮；諒商均不肖，幾成天子之堂。」《九尺》云：「假令晏子來朝，莫窺其面；縱使曹交入見，僅露其頭。」《顔淵具體而微賦》云：「博我以文，約我以禮，望之儼然。道與之貌，天與之形，眇乎小爾。」亦皆叔弓之所爲也。《齊東野語》

先大父官會稽時，儀掾謝某疏雋尚氣，好直言。而士曹王某者挾勢險傲，恨謝不下己，譖于太守，將誣按致之深文。先大父爲辯白，得免，猶以公罪罰俸。謝至簽廳，掀髯自若，而士曹者以進奉。王黼得賜緋魚，同日受命，誇炫甚喜，因誚謝曰：「謝儀掾之刑書，薄乎云爾！」謝應聲曰：「王士曹之章服，赤也何如！」自通守下數十人無不絶倒。《寓簡》

衡山有道人，本書生，棄家隱山中。一旦，入城市藥，故人忽見之，怪其神氣清明，問其何爲，對曰：「佩蕙紉蘭，已是青山獨往；採芝食柏，終當白日上昇。」故人邀飲酒，倏不見。同上

余童子端蒙，鄱之樂平人，由學省登紹興戊辰第。幼學已能文，同里項氏極愛重之，欲納爲壻，其意未決。一日，余來訪，項謂曰：「偶得寫景句云：『杜宇一聲春晝永，午夢驚殘。』子能對否？」余應聲曰：「黄鸝百囀曉風清，宿酲消盡。」項大喜，即以女妻之。《游宦紀聞》

王嘉叟自洪倅召爲光禄丞，李德遠亦召爲太常丞。一日，相遇於景靈幙次，李謂王曰：「見公告詞云：『其鐫月廩，仍褫身章。』謂通判借牙緋，入朝則服緑又俸薄也。」王答之曰：「亦見君告詞矣。」李曰：「云何？」曰：「具官李浩，但知健羡，不揆孤寒。既名右相之名，又字元樞之字。」謂史丞相張魏公也，滿座皆笑。《老學菴筆記》

詞賦以對的而用事切當爲難，張正素云：「慶曆末，有試《天子之堂九尺賦》者，或云：『成湯當陛而立，不欠一分；孔子歷階而升，止餘六寸。』意用《孟子》曹交言成湯九尺、《史記》孔子九尺六寸事。有二主司，一以爲善，一以爲不善。争久之不決，至上章交訟，傳者以爲笑。」若論文體，固可笑，若必言用賦取人，則不可謂對偶不的而用事不切當也。《避暑録話》

案：石林此論大謬。詞賦固以的對切事爲上，要歸於雅飭乃佳。如唐人《尺波賦》曰：「躍甯戚之鯉，半未能容。」巧而尤雅，故爲妙絶。如「成湯」云云更成何語！可謂效西子之顰、學邯鄲之步者矣。況天下未有文體可笑而猶得以對偶用事見長者也。石林誤矣。

魯直《次炳之玉版紙詩韻》曰：「王侯鬚若緣坡竹。」注：「王褒《髯奴詞》：『離離若緣坡之竹，鬱鬱若青田之苗。』」按《古文苑》所載《髯奴詞》乃黄香所作，非王褒所作。褒所著者《僮約》耳。《野客叢書》

小宋狀元謂：「退之《毛穎傳》，古人意思未到，所以名家。」洪慶善謂：「《毛穎傳》，柳子厚以

爲怪。余以爲烏有、子虛之比。」《容齋隨筆》謂：「《毛穎傳》，人多以爲怪，子厚獨愛之。」退之此作疑有所本，人自不知耳。觀《隋志》謂《古俳諧文》三卷。如沈約《彈芭蕉文》亦載其間，烏知自古以來無《毛穎傳》？比者觀《蜀志》：先主嘲張裕曰：「昔吾居涿縣，特多毛姓，東西南北皆諸毛也，涿人之稱曰諸毛」云云。《毛穎傳》萌芽此意，其間如曰「自結繩以至秦，陰陽卜筮、占相醫方、族氏山經地志，九流百家之書，皆所詳悉」，此意出於蔡邕、成公綏《筆賦》、郭璞《筆贊》。異時文嵩作《松滋侯傳》，司空圖作《容成侯傳》，而本朝東坡先生作《羅文》等傳，其機杼又自退之始也。同上

治平中，御史有抨呂狀元溱杭州日事者，其語有「歡遊疊嶂之間，家家失業；樂飲西湖之上，夜夜忘歸」。執政笑謂言者曰：「軍巡所由不收犯夜，亦宜一抨。」《湘山野録》

孫樵《送茶與崔刑部書》曰：「晚甘侯十五人遣侍齋閣。此徒皆聞一作『請』。雷而摘，拜水而和。蓋建陽丹山碧水之鄉，月澗雲龕之品，慎勿賤用之。」《清異録》、

往時科場例寬，試官有在簾下看舉子作文者，故傳「三條燭盡，燒殘士子之心；八韻賦成，驚破試官之膽」之語。但場中不許見燭，豈有試官自謂「三條燭盡」之理？此蓋五代夜試時事也。五代時，竇貞固謂晝短，舉子文字難了，因請夜試，許用三條燭，故韋貽永詩云：「三條燭盡鐘初動，九轉丹成鼎未開。」此亦夜試之詩，于此可見矣。《甕牖閒評》

用驢磨麪，見六朝宋袁淑俳詩文《驢山公九錫》，云：「嘉麥既熟，實須精麪。負磨回衡，迅若轉電。」《猗覺寮雜記》

何胤侈于味，食必方丈，後稍欲去其甚者，猶食白魚、䱌腊、糖蟹，使門人議之。學士鍾岏議曰：「䱌之就腊，驟于屈伸；而蟹之將糖，躁擾彌甚。仁人用意，深懷惻怛，至於車螯母蠣，眉目内闕，慙渾沌之奇；脣吻外緘，非金人之慎。不榮不悴，曾草木之不若；無聲無臭，與瓦礫而何異。故宜長充庖厨，永爲口實。」後梁韋琳，京兆人，南遷於襄陽，天保中爲舍人，涉獵有才藻，善劇談，嘗爲《䱌表》以譏刺時人，其詞曰：「臣䱌言：伏見除書，以臣爲粽，一曰『糝』。熬將軍油，蒸校尉臛。州刺史脯腊如故，肅承將命，含灰屏息，憑籠臨鼎，載兢載惕。臣美愧夏鱣，味慙冬鯉，常恐鮐服之誚，每懼鼈巖之譏。是以漱流湖底，枕石泥中。不意高賞殊私，曲蒙鈞拔。遂得超昇綺席，忝預玉盤；遠厠玳筵，猥頒象箸。澤覃紫腴，恩加黄腹。方當鳴薑動椒，紆蘇佩欓。輕瓢纔動，則樞盤如烟；濃汁暫停，則蘭肴成列。宛轉緑虀之中，逍遥朱脣之内。啣恩噬澤，九殞弗辭。不任屏營之誠，謹列銅鎗門，奉表以聞。詔答曰：省表具悉。卿池沼縉紳，陂渠俊乂。穿蒲入荇，肥滑有聞。允堪茲選，無勞謝也。」《酉陽雜俎》

馮謐總戎廣陵，爲周師所陷，乃削髮披緇以紿周人，將圖間道南歸，爲識者所擒，送至行在。時鍾謨亦使周，人或譏之，曰：「昔日旌旗，擁出坐籌之將；今朝毛髮，化爲行脚之僧。」世宗甚

悦，因釋罪歸之。《南唐近事》

唐語曰「二十四考中書令」，謂汾陽王也，而無其對。或以問平甫，平甫應聲曰：「萬八千户冠軍侯。」不惟對偶精切，其貴亦相當也。《後山詩話》

吴僧贊寧，國初爲僧録，頗讀儒書，博覽强記，辭辨縱横。有安鴻漸者，文詞雋敏，尤好嘲詠，嘗街行遇贊寧與數僧相隨，鴻漸指而嘲曰：「鄭都官不愛之徒，時時作隊。」贊寧應聲曰：「秦始皇未坑之輩，往往成羣。」時皆善其捷對。漸鴻所道乃出鄭谷詩「愛僧不愛紫衣僧」也。《六一詩話》

沈存中《筆談》説《虞書》「戛擊鳴球，搏拊琴瑟以詠」，謂：「鳴球非可以戛擊也，和之至，詠之不足，有時而至於戛且擊。琴瑟亦非可以搏拊也，和之至，詠之不足，有時而至於搏且拊。所謂手舞足蹈之而不知其然者。」若然，則鳴球、琴瑟當不成聲，何名爲樂乎？觀《詩新義》云：「『方叔率止，鉦人伐鼓。』鉦所以退而止，鼓所以動而進。方其動而進也，鉦人亦奮而伐鼓，則士勇於進可見矣。」夫鉦鼓各自有人，今使鉦人奮而伐鼓，不幾於亂行乎？此兩説自是一類。余嘗以其語戲作一聯一作「聯句」。云：「士勇而前，致鼓鉦之亂擊；樂和之至，合球瑟以無聲。」此亦可以一拊掌。《捫蝨新話》

余初登詞科，再至臨安，寓於三橋西沈亮工主簿之館。沈以余買飯於外，謂爲不便，自取家饌日相供。同年湯丞相來訪，扣旅食大槩，具爲言之。湯公笑曰：「主人亦賢矣。」因戲出一語

曰：「哀王孫而進食，豈望報乎？」良久，余應之曰：「爲長者而折枝，非不能也。」公大激賞而去。汪聖錫爲祕書少監，每食罷會茶，一同舍輒就枕不至，及起，亦戲之曰：「宰予晝寢，於予與何誅。」衆未有言，汪曰：「有一對，雖於今事不切，然却是一箇出處，云：子貢方人，夫我則不暇。」同舍皆合詞稱美。《容齋四筆》

梅權衡，吴人也，入試不持書策，人皆謂奇才。及府題出《青玉案賦》，以「油然易直子諒之心」爲韻，場中競講論如何押諒字。權衡於庭樹下以短篳畫地起草，日晡，權衡詩賦成。張季遐前趨，請權衡所納賦押諒字以爲師模。權衡乃大言曰：「押字須商量，争應進士舉。」季遐且謙以薄劣，乃率數十人請益。權衡曰：「此韻難押，諸公且聽上坐，聽某押處解否。」遂朗吟曰：「恍兮惚兮，其中有物；惚兮恍兮，其中有諒。犬蹲其旁，鴟拂其上。」權衡又講青玉案者是食案，所以言犬蹲、鴟拂也。衆大笑。《乾𦠆子》

錢穆父試賢良對策日，東坡晚往迓其歸，置酒相勞。舉令，穆父得傀儡除鎮南軍節度使制，首句云：「勤勞王家，出入幕府。」東坡見此兩句，大加歎賞。蓋世以傀儡起於王家也。《復齋漫録》

東坡嘗令門人輩作《人不易物賦》，或人戲作一聯云：「伏其几而升其堂，曾非孔子；襲其書而戴其帽，未是蘇公。」蓋元祐之初，士大夫效東坡頂短簷高桶帽，謂之子瞻樣，故云。《王直方詩話》

趙令畤字德麟，東坡作《秋陽賦》云：「趙王之孫，有賢公子，宅於不毛之土，而詠無言之詩。」

蓋時字也。坡云：「且教别處使不得。」同上

李公甫謁真西山，丐詞科文字，西山留之小飲書房，指竹夫人爲題，曰：「蘄春縣君祝氏可衛國夫人。」公甫援筆立成，末聯云：「保抱攜持，朕不忘乙夜之寢；展轉反側，爾其形四方之風。」西山擊節稱賞。蓋八字用《詩》、《書》全語，皆婦人事。而「形四方之風」又見竹夫人玲瓏之意。其中頌德云：「常居大厦之間，多爲凉德之助。剖心析肝，陳數條之風刺；自頂至踵，無一節之瑕疵。」《鶴林玉露》

案：嘉熙己亥四月，誕皇子，告廟祝文，公甫以學士當筆，以四柱作一聯云：「亥年己月，無長蛇封豕之虞；午日丑時，有歸馬放牛之兆。」時方有蜀警。人咸賞其中的。

熙寧新法行督責監司尤切。兩浙路張靚、王庭老、潘良器等因閲兵赴妓樂筵席侵夜，皆黜責。又因借同寮船家人而坐計傭者，有作絲鞋而坐剩利者，降斥紛紛。是時孔嗣宗爲河北提點刑獄，求分司而去。嗣宗性滑稽，作啓事叙其意，略曰：「弊室數椽，聊避風雨；先疇二頃，粗足衣糧。這回自在赴筵，到處不妨聽樂。倩得王郎伴舅，且免計傭；賣了黑黍新絲，不憂剩利。」蓋謂是也。《東軒筆録》

尤梁溪延之博洽工文，與楊誠齋爲金石交。淳熙中同爲青宫寮采，無日不相從。二公皆善謔，延之嘗曰：「有一經句請祕監對，曰『楊氏爲我。』」誠齋應曰：「尤物移人。」衆皆歎其敏確。

《鶴林玉露》

有士人誤中秋賦，求人作謝啓，或戲與一對云：「蓮花裏點燈，偶然而已；草屋上失火，茅著可知。」《侯鯖録》

傅欽之作中丞，言劉仲馮。一日，貢父逢之，曰：「小姪何過，致起臺章。」欽之慚云：「也只三平二滿文字。」貢父熟視，笑曰：「七上八下人材。」同上

省試《王射虎侯賦》云：「講君子必争之藝，飾大人所變之皮。」《貴老爲其近於親賦》云：「覩茲黄耇之狀，類我嚴君之容。」試官大噱。《談苑》

陳郎中亞有滑稽雄聲。有陋儒者貢所業，舉止凡下，陳玩之曰：「試請口占盛業。」生曰：「某卷中有《方地爲輿賦》。」誦破題曰：「粵有大德，其名曰坤。」陳應聲曰：「吾聞子此賦久矣，（明）〔得〕非下句云『非講經之座主，乃傳法之沙門』乎？」滿座大笑。《湘山野録》

元符中上巳日錫燕從臣，命御新龍舟。蔡元長忽墜於金明池，萬衆喧駭。蔡得浮木憑出，遂入次舍，方一身淋灕，蔣穎叔唁公曰：「元長幸免瀟湘之溺。」蔡大笑，答曰：「幾同洛浦之游。」《有宋佳話》

或傳富鄭公奉使遼國，遼使者云：「蚤登箕子之峰，危如累卵。」答曰：「夜宿文人之館，安若泰山。」又曰：「酒如綫，因針乃見。」富答曰：「餅如月，遇食則缺。」《玉蓮詩話》

倪苦心爲新詩，嘉聲早播，遠之吉州謁宗人太守郎中邁。邁曰：「魏文惜陳思之學，潘岳褒正叔之文。」貴集一家之盛如此。《全唐詩話》

案：邁謂滕邁也。

梁湘東王嘗出軍，有人將婦從者。王曰：「才愧李陵，未能先誅女子；將非孫武，遂欲驅戰婦人。」徐君蒨爲咨議參軍，幼聰明，即應聲曰：「項籍壯士，猶有虞兮之愛；紀信成功，亦資姬人之力。」《雞肋編》

薛保遜大中朝尤肆輕佻，其子昭緯頗有父風，常任祠部員外，時李系任小儀，王蕘任小賓。正旦立仗班退，昭緯朗吟曰：「左金烏而右玉兔，天子旌旂。」蕘遽請下句，昭緯應聲答曰：「上李系而下王蕘，小人行綴。」聞者靡不閧哂。《摭言》

苗振以第四人及第，既而召試館職。晏丞相語之曰：「君久從吏事，必疏筆硯。今將就試，宜少溫習。」振率然答曰：「豈有三十年爲老娘而倒綳孩兒者乎？」晏公俛而哂之。既而試《澤宫選士賦》，韻押有「王」字，振押之曰：「率土之濱莫非王。」由是不中選。晏公聞而笑曰：「苗君竟倒綳孩兒矣。」《東軒筆録》

彭祭酒學校馳聲，善破經義，每有難題，人多請破之，無不曲當。後有兩省同僚，嘗戲之，請破「月子彎彎照幾州，幾家歡樂幾家愁」。彭停思久之，云：「運於上者，無遠近之殊；形於下者，

有悲歡之異。」人益歎伏。《雲麓漫鈔》

餘干有王德者，僭竊九十日爲王，有一士人被執作詔云：「兩條脛脡，馬趕不前；一部髭髯，蛇鑽不入。身坐銀校之椅，手執銅鎚之鎟。翡翠簾前，好似漢高之祖；鴛鴦殿上，有如秦始之皇。應文武百官，不許著草履上殿。」王德就擒，此士人得以作詔免。《貴耳集》

金朝律賦之弊不可言。大定間，諸公所作氣質渾厚，學問深博，猶可觀。其後張承旨行簡知貢舉，惟以格律痛繩之，洗垢求瘢苛甚。其一時士子趨學，模題畫影，至不成語言，以是有甘泉甜水之諭，文風寖衰。故士林相傳但君題小賦必曰「國欲圖治，君當灼知」，隔句貼多用「可得而知」四字。故文人見一舉子必指曰：「又一可得而知者。」有人云：聞一老師令席生作《漢高祖斬白蛇賦》。席生小賦破題云：「蛇不難斬，君當灼知。」師改曰：「不然。不若『國欲圖治，君當斬蛇。』」又令作《鴻雁來賓賦》，曰：「秋既云至，雁當灼知。」此可以軒渠也。《歸潛志》

四六叢話卷二十八

總論二十一

文之時義遠矣。侈言博物，積卷徵長，刻意爲文，清言入妙。尚心得者遺雕僞，以爲堆垛無工；富才情者忽神思，則曰空疏近陋。各競所長，人更相笑。僕以爲齊既失之，而楚亦未爲得也。夫一畫開先，有奇必有偶；三統遞嬗，尚質亦尚文。翦綵爲花，色香自别。惟白受采，真宰有存。西漢之初，追蹤三古，而終軍有奇木白麟之對，兒寬攎奉觴上壽之辭。胎息微萌，儷形已具。迨乎東漢，更爲整贍，豈識其爲四六而造端歟？踵事而增，自然之勢耳。六朝以來，風格相承，妍華務益。其間刻鏤之精，昔疏而今密；聲韻之功，舊澁而新諧。非不共欣於斧藻之工，而亦微傷於酒醴之薄矣。夫瑰麗之文，以唐初四傑爲最。而四子之中，尤以王氏子安爲尤。五雲太甲，千古莫識其原；七曜中階，一公僅通其説。而落霞孤鶩，妙極天然；畫棟珠簾，非由故實：所以多多益辨者，乃其乙乙獨抽者也。至擺落四六恒

蹊，一追古文超妙，實歐陽倡之而蘇、王繼焉。跡其高文淳意，罔弗牢籠；至於儷字助語，皆有成處。惟其烟墨之滓，千洗而無痕；芍藥之和，一啜而畢散：所以不著一字者，愈徵博極羣書也。然則畫家有南、北二宗，禪門有頓、漸二義，各有歸趣，微得端倪。善夫東坡之論曰：「入都市而總百貨，必有一物以攝之，故文以意爲之統宗。」則是宜僚弄丸而兩家之難解也。山谷之論曰：「織廻文而成七襄，必得錦機以就之，故文以機爲之驅駕。」則是秋御執綏而交衢之舞作也。極而論之，行文之法，用辭不如用筆，用筆不如用意。虎頭傳神，添毫欲活；徐熙没骨，著手成春：此用筆之妙也。言對爲易，事對爲難，反對爲優，正對爲劣：此用意之長也。隸事之方，用史不如用子，用子不如用經。「九經」苞含萬彙，如仰日星；諸子總集百靈，如探洞壑：此子不如經之説也。南朝之盛，「三史」竝有專門；隋唐以來，諸子束之高閣。而捋撦稍廣，理趣不深：此史不如子之辨也。苟非筆意是求，而惟辭之尚，非無纖穠，謂之勦説可也；若非經史是肄，而雜引虞初，非不奥博，謂之哇響可也。録集諸老先生之説，而輒附管見如右。叙《總論第二十》。

揚子雲曰：「軍旅之際，戎馬之間，飛書馳檄，用枚皋。廊廟之下，朝廷之中，高文典册，用相如。」《西京雜記》

《杜銓傳》：銓族孫裕，字慶延，位止樂陵令。子正玄，字知禮，少傳家業，耽志經史。隋開皇十五年，舉秀才，試策高第。曹司以策過左僕射楊素，怒，以策抵地，不視。時海内惟正玄一人應秀才。素志在試退正玄，乃手題使擬司馬相如《上林賦》、王褒《聖主得賢臣頌》、班固《燕然山銘》、張載《劍閣銘》、《白鸚鵡賦》，曰：「我不能爲君住宿，可至未時令就。」正玄及時竝了。素讀數遍，大驚曰：「誠好秀才。」命曹司録奏。《北史》

《庾信傳》：「東海徐摛爲左衛率，摛子陵及信竝爲抄撰學士，既有盛才，文竝綺豔，故世號爲『徐庾體』。當時後進競相模範，每有一文，京都莫不傳誦。」《周書》

世稱王、楊、盧、駱。楊盈川之爲文，好以古人姓名連用，如「張平子之略談，陸士衡之所記」、「潘安仁宜其陋矣，仲長統何足知之」，號爲「點鬼簿」。賓王好以數對，如「秦地重關一百二，漢家離宫三十六」，號爲「算博士」。《全唐詩話》

唐光啓中，成都人侯翮風儀端秀，有若冰壺，除郡不赴，歸隱導江别墅。王蜀先主圖伯屈致幕府，先俾節度判官馮涓俟其可否。馮有文章大名，羈寓成都，爲侯公軫恤，甚德之。其辟書即馮涓極筆也。侯有謝書上王先主，其自負云：「可以行修牋表，坐了檄書。」《北夢瑣言》

唐末鳳翔判官王超推奉李茂貞，挾曹馬之勢，牋奏文檄，恣意翱翔。王蜀先主初下成都，馮涓節制判，掌其奏牋，歲久轉廳，以掌記辟韋莊郎中於權變之間，未甚愜旨。閬州人王保晦有文

才而無體式，然其切露直致，易爲曉悟，加以鳳翔用王超牋奏，超以一本舊族，思偶風雲，每遇飛章，言僞而辯。蜀先主愛之，以二王書題表稿（云）〔示〕長樂公。公乃致書遜謝，倍加贊賞，其要曰：「有眼未見，有耳未聞。」蓋譏其阻兵恃强，失事君去就。王超有《鳳鳴集》三十卷行於世。後又有名石欽若者，體效其筆，爲劉知俊判官，隨軒降蜀，不能謙退遠害，賓主争露鋒穎。閲其緘題表章行行然，宜其見忌而取禍也。同上

唐相國裴公坦一作「恒」大和八年及第，自以舉業未精，遽此叨忝，未嘗曲謝座主，辭歸鄠縣别墅，三年肄業不入城。歲時恩地惟啓狀而已，至於同年鄰於謝絶。掩關勤苦，文格乃變。然始到京，重獻恩門文章，詞采典麗，舉朝稱之。後至大拜，爲時名相。同上

《送窮文》蓋出於揚子雲《逐貧賦》，制度始終極相似。而《逐貧賦》文類俳，至退之亦諸戲而語稍莊，文采過《逐貧》矣。大概擬前人文章，如子雲《解嘲》擬宋玉《答客難》，退之《進學解》擬子雲《解嘲》，柳子厚《晉問》擬枚乘《七發》，皆文章之美也。至於追逐前人不能出其範圍，雖班孟堅之《賓戲》、崔伯庭之《達旨》、蔡伯喈之《釋誨》，僅可觀焉，況下者乎！《山谷題跋》

世傳孔毅夫《野史》一卷，凡四十事，有云「子瞻四六表章不成文字」。其他如潞公、范忠宣、吕汲公、吴沖卿、傅獻簡諸公，皆不免譏議。予謂決非毅夫所作，蓋魏泰《碧雲騢》之流耳。《容齋隨筆》

四六駢儷於文章家爲至淺，然上自朝廷命令詔册，下而縉紳之間牋書祝疏，無所不用，則屬辭比事固宜警策精切，使人讀之激昂諷味不厭，乃爲得體。姑摭前輩及近時綴緝工緻者十數聯以詒同志。王元之《擬李靖平突厥露布》，其叙頡利求降且復謀竄曰：「穽中餓虎，暫爲掉尾之求；韝上饑鷹，終有背人之意。」《蘄州謝上表》曰：「宣室鬼神之問，敢望生還；茂陵封禪之書，已期身後。」范文正公微時嘗冒姓朱，及後歸本宗，作啓曰：「志在逃秦，入境遂稱於張禄；名非伯越，乘舟偶效於陶朱。」用范蠡、范（睢）〔雎〕皆當家故事。鄧潤甫行《貴妃制》曰：「《關雎》之得淑女，無險陂私謁之心；《雞鳴》之思賢妃，有警戒相成之道。」紹聖中，《百僚請御正殿表》曰：「皇矣上帝，必臨下而觀四方；大哉乾元，當統天而始萬物。」東坡《坤成節疏》曰：「至哉坤元，德既超於載籍；養以天下，福宜冠於古今。」《慰國哀表》曰：「大哉孔子之仁，泫然流涕；至矣顯宗之孝，夢若平生。」《謝賜帶馬表》曰：「枯羸之質，匪伊垂之而帶有餘；歛退之心，非敢後也而馬不進。」王履道《大燕樂語》曰：「五百里采，五百里衛，外包有截之區；八千歲春，八千歲秋，上祝無疆之壽。」《除少宰余深制》曰：「蓋四方其訓，以無競維人；必三后協心，而同底於道。」時并蔡京爲三相也。《執政以邊功轉官詞》曰：「維皇天付予，庶其在此；率寧人有指，敢弗於從。」翟公巽行《外國王加恩制》曰：「宗祀明堂，所以教諸侯之孝；大賚四海，不敢遺小國之臣。」知越州日，以擅發常平米救荒降官，《謝表》曰：「敢效秦人，坐視越人之瘠；既安劉氏，理知晁氏之危。」

孫仲益試詞科日,《代高麗國王謝賜燕樂表》曰:「玉帛萬國,干舞已格於七旬;簫韶九成,肉味遽忘於三月。」又曰:「蕩蕩乎無能名,雖莫見羹墻之美;欣欣然有喜色,咸豫聞管籥之音。」自中書舍人知和州,既壓境,見任者拒不納,以啓答羣僚曰:「雖文書銜袖,大人不以見疑;然君命在門,將軍爲之不受。」鄰郡不發上供錢米,受旨推究,爲平亭其事,鄰守馳啓來謝,答之曰:「包茅不入,敢加問楚之師;輔車相依,自作全虞之計。」汪彦章作《靖康册康王文》曰:「漢家之厄十世,宜光武之中興;獻公之子九人,惟重耳之尚在。」爲中書舍人試潭州,進士何烈卷子内稱臣及聖,問不舉覺,坐罷職,《謝表》曰:「謂子路使門人爲臣,雖誠悖理;而徐邈云酒中有聖,初亦何心。」又曰:「書馬者與尾而五,常負譴憂;網禽而去面之三,永銜生賜。」宋齊愈坐於金國立諸臣狀中,輒書「張邦昌」字,送御史臺,責詞曰:「義重於生,雖匹夫不可奪志;士失其守,或一言幾於喪邦。」又曰:「眭孟五行之説,豈所宜言;袁宏《九錫》之文,兹焉安忍。」責張邦昌曰:「雖天奪其衷,坐愚至此;然君異於器,代匱可乎?」知徽州,其鄉郡也,《謝啓》曰:「城郭重來,疑千載去家之鶴;交遊半在,或一時同隊之魚。」何掄除秘書少監,未幾以口語出守邛,《謝啓》曰:「雲外三山,風引舟而莫近;海濱八月,槎犯斗以空還。」楊政除太尉,湯岐公草制曰:「遠覽漢京,傳楊氏者四世;近稽唐室,書系表者七人。」謂楊震子秉、秉子賜、賜子彪,四世爲太尉。李德裕《辭太尉》云:「國朝重惜此官,二百年間纔七人。」其用事精確如此。蔣子禮拜右相,王訶賀啓曰:

「早登黃閣，獨見明公之妙年；今得舊儒，何憂左轄之虛位。」皆用杜詩語「扈聖登黃閣，明公獨妙年。」「左轄頻虛位，今年得舊儒。」亦可稱。《容齋三筆》

乾道初年，張魏公以右相都督江淮。議者謂兩淮保障不可恃，公親往視之，會歸朝未至而免相，文惠公當制，其詞曰：「棘門如兒戲耳，庸謹秋防；衮衣以公歸兮，庶聞辰告。」所謂兒戲者，指邊將也，而讀者乃以爲詆魏公。其尾句曰：「《春秋》責備賢者，慨功業之維艱；天子加禮大臣，固始終之不替。」所以悵惜之意至矣。《王太寶致仕詞》曰：「閔勞以事，聖王隆禮下之仁；歸潔其身，君子盡遺榮之美。」太寶有遺泄之疾，或又謂有所譏，而實不然。罷相後，起帥浙東，《謝表》曰：「上丞相之印，方事退藏；懷會稽之章，遽叨進用。」《謝生日詩詞啓》曰：「五十當貴，適買臣治越之年；八千爲秋，辱莊子大椿之譽。」時正五十也。紹興壬戌詞科《代樞密使謝賜玉帶表》，文安公曰：「有璞於此必使琢，恍驚制作之工；匪伊垂之則有餘，允謂便蕃之賜。」主司喜焉，擢爲第一。乙丑年，《代謝賜御書周易尚書表》，予曰：「八卦之説謂之索，奉以周旋；百篇之義莫得聞，坦然明白。」尾句曰：「但驚奎壁之輝，從天而下；莫測龜龍之秘，行地無疆。」亦忝此選。《代福州謝曆日表》曰：「神祇祖考，既安樂於太平；歲月日時，又明章於庶證。」正用《詩·鳧鷖序》：「太平之君子，能持盈守成，神祇祖考安樂之也。」《洪範》庶證「歲月日時無易，百穀用成，乂用明，俊民用章」，皆上下聯文，未嘗輒增一字。《淵聖乾龍節疏》曰：「應天而行，早得尊於

《大有》；象日之動，偶蒙難於《明夷》。」《易·大有》卦「柔得尊位」、「應乎天而時行」，《左傳》叔孫豹筮遇《明夷》，「象日之動，故曰君子於行」，《彖》辭云：「内文明而外柔順，以蒙大難」，亦純用本文。乾道丁亥，《南郊赦文》曰：「皇天后土，鑒於成命之詩；藝祖太宗，昭我思文之配。」讀者以爲壯。後語曰：「天地設位而聖人成能，既積一作『接』。緼紛之貺；雷雨作解而君子赦過，式流汪濊之恩。」此文先三日鎖院所作，冬至日適有雷雪之異，殆成讖云。葉子昂參知政事，爲諫議大夫林安宅所擊，罷去，林遂副樞密。已而置獄治其言，皆無實，林責居筠，葉召拜左揆，予草制曰：「既從有北之投，亟下居東之召。有欲爲王留者，孰明去就之忠。無以我公歸兮，大慰瞻儀之望。」本意用「公歸」之事，指邦人而言也，故云「瞻儀」。而御史單時疑之，謂人君而稱臣爲我公，彼蓋不詳味詞理耳。子昂坐冬雷罷相，予又當制，曰：「調陰陽而遂萬物，所嗟論道之非；因災異而劾三公，實負應天之愧。」蓋因有諷議也。《嗣濮王加恩制》曰：「天神明而照知四方，既下臨於精意；王孫子而本支百世，茲載錫於蕃釐。」又曰：「春秋享祀，獨冠周家之宗盟；老成典型，蔚爲劉氏之祭酒。」《士㣧制》曰：「克羞饋祀，事其先而萬國歡心；肅倡和聲，行於郊而百神受職。」《賜宰臣辭免提舉聖政書成轉官詔》曰：「爲天子父尊之至，永惟傳序之恩；問聖人德何以加，莫越重華之孝。」《賜葉資政辭召詔》曰：「見晛曰消，顧何傷於日月；得時則駕，宜亟會於風雲。」《賜史大觀文以新蜀帥改越辭免詔》曰：「王陽爲孝子，敢煩益都之行；莊助留侍中，姑奉會

稽之計。」吴璘在興元，修塞兩縣决壞渠爲田，《獎諭詔》曰：「刻石立作三犀牛，重見離堆之利；復陂誰云兩黄鵠，詎煩鴻郤之謡。」用老杜《石犀行》云「秦時蜀太守，刻石立作三犀牛」，及翟方進壞鴻郤陂，童謡云「反乎覆，陂當復。誰云者，兩黄鵠」等語也。劉共甫自潭帥除翰林學士，答詔曰：「不見賈生，兹趨長沙之召；既還陸贄，宜膺内相之除。」《批執政辭經修哲宗寶訓轉官》曰：「念疊矩重規，當賢聖之君七作；而立經陳紀，在謨訓之文百篇。」哲廟正爲第七主，而《寶訓》百卷也。《答蔣丞相辭免》曰：「永維萬事之統，知非艱而行惟艱；有不二心之臣，帥以正孰敢不正。」禮部爲宰臣以顯仁皇后小祥請吉服，奏曰：「練而慨然，禮應順變；期可已矣，懼或過中。」又曰：「漢中天二百而興，益隆大業；舜至孝五十而慕，獨耀前徽。」時高宗聖壽五十四也。《辛巳親征詔》曰：「惟天惟祖宗，方共扶於基緒；有民有社稷，敢自佚於宴安。」又曰：「歲星臨於吴分，定成淝水之勳；鬭士倍於晉師，可决韓原之勝。」是時歲星在楚，故云。檄書曰：「爲劉氏左祖，飽聞思漢之忠；徯湯后東征，必慰戴商之望。」又曰：「侯王寧有種乎？人皆可致；富貴是所欲也，時不再來。」《紫宸大宴致語》曰：「廟（貌）〔謨〕先定，百官修輔而厥後惟明；黼座端臨，五帝神聖而其臣莫及。」《修聖政轉官詞》曰：「念五馬浮江之後，光啓中興；述六龍御天以來，式時猷訓。」又曰：「薦於天而天是受，永言覆燾之恩；問諸朝而朝不知，詎測形容之妙。」《汪觀文復官詞》曰：「作雷雨之解而宥罪，在法當原；如日月之食而及更，於明何損。」《步帥陳敏制》

曰：「亞夫持重，小棘門霸上之將軍；不識將屯，冠長樂未央之衛尉。」《吴挺興州制》曰：「能得士心，吴起固西河之守；差强人意，廣平開東海之興。」《起復知金州制》曰：「惟天不弔，壞萬里之長城；有子而賢，作三軍之元帥。」《蕭鷓巴詞》曰：「隨會在秦，晉國起六卿之懼；日磾仕漢，秺侯傳七葉之芳。」《姚仲復官制》曰：「李廣數奇，應恨封侯之相；孟明一眚，終酬拜賜之師。」《追封皇第四子邵王詞》曰：「舉漢武三王之策，方茂徽章；念周文十子之宗，獨留遺恨。」時已封建三王也。《趙忠簡謚制》曰：「見夷吾於江左，共知晉室之何憂；還德裕於崖州，豈待令狐之復夢。」《王彦贈官詞》曰：「申帶礪以丹書之誓，方休甲第之功臣；挂衣冠於神虎之門，竟失戊營之校尉。」《向起贈官詞》曰：「馳至金城郡，方思充國之忠；生入玉門關，竟負班超之望。」《李師顔贈官制》曰：「青天上蜀道，久嚴分閫之權；黑水惟梁州，愴失安邊之傑。」《襄帥王宣贈官詞》曰：「黄河如帶，莫申劉氏之盟；漢水爲池，空墮羊公之淚。」王淪以太常少卿朔祭太廟，忘設象尊、犧尊，《降官詞》曰：「犧象不設，已廢司彝之供；餼羊空存，殊乖告朔之禮。」《潼川神加封詞》曰：「駕飛龍兮靈之斿，具嚴涣命；驅厲鬼兮山之左，終相此邦。」《青城山蠶叢氏封侯詞》曰：「想青城侯國之封，自今以始；雖白帝公孫之盛，於我何加。」《陽山龍母詞》曰：「居然生子，乘雲氣以爲龍；惟爾有神，時雨暘而利物。」《魏丞相贈父詞》曰：「大名之後必大，非此其身；和戎如樂之和，幸哉有子。」魏蓋以使者定和議，旋致大用。《贈母詞》曰：「藏盟府之國功，不殊魏絳；

成外家之宅相，重見陽元。」《封妻姜氏詞》曰：「筮仕於晉曰魏，方開門户之祥；娶妻必齊之姜，孰盛閨闈之美。」《虞丞相贈父詞》曰：「活千人有封，非其身者在其子；德百世必祀，畸於人者侔於天。」《周仁贈父詞》曰：「有子能賢，高舉而集吴地；受予顯服，會同而朝漢京。」用東方朔《非有先生傳》「高舉遠引，來集吴地」及《兩京賦》「春王三朝，會同漢京」也。《奬諭吴珽詔》曰：「閫外制將軍，方有成於東鄉；舟中皆敵國，應無慮於西河。」《梁丞相醴泉使兼侍讀制》曰：「珍臺閒館，獨冠皋伊之倫魁；廣厦細旃，尚論唐虞之盛際。」又《答詔》曰：「一言可以興邦，念爲臣之不易；三宿而後出晝，勉爲王而留行。」《王丞相進玉牒加恩制》曰：「載籍之傳五三，壯太祖太宗之立極；賢聖之君六七，耀永昭永厚之貽謨。」《批以旱得雨請御殿》曰：「念七月之間則旱，咎證已深；雖三日以往爲霖，憂端未貫。」餘不勝書。惟記從兄在泉幕，淮東使者，其友壻也，發京狀薦之。爲作謝啓曰：「襟袂相連，夙愧末親之孤陋；雲泥懸望，分無通貴之哀憐。」皆用杜詩。其下句人人知之，上句乃《贈李十五丈》云：「孤陋忝末親，等級敢比肩。」人生意氣合，相與襟袂連。」此事適著題，而與前《送韋書記》詩句，偶爾整齊用之，故併記於此。但以傳示子孫甥姪，不足爲外人道也。同上

熙寧罷詩賦，元祐復之，至紹聖又罷，於是學者不復習爲應用之文。紹聖二年始立宏詞科，除詔、告、制、勅不試外，其章表、露布、檄書、頌、箴、銘、序、記、誡諭凡九種，以四題作兩場引試，

唯進士得預，而專用國朝及時事爲題，每取不得過五人。大觀四年，改立詞學兼茂科，增試制詔，内二篇以歷代史故事，每歲一試，所取不得過三人。紹興三年，工部侍郎李擢又乞取兩科裁訂，别立一科，遂增爲十二體，曰制、曰誥、曰詔、曰表、曰露布、曰檄、曰箴、曰銘、曰記、曰贊、曰頌、曰序。凡三場試六篇，每場一古一今，而許卿大夫之任子亦就試，爲博學鴻詞科，所取不得過五人。任子中選者，賜進士第。雖用唐時科目，而所試文則非也。自乙卯至紹熙癸丑，二十榜，或三人，或二人，或一人，并之三十三人，而紹熙庚戌闕不取。其以任子進者，湯岐公至宰相，王日嚴至翰林承旨，李獻之學士，陳子象兵部侍郎，湯朝美右史，陳峴方進用，而予兄弟居其間，文惠公至宰相，文安公至執政，予冒處翰苑。此外皆係已登科人，然擢用者，惟周益公至宰相，周茂振執政，沈德和、莫子齊、倪正父、莫仲謙、趙大本、傅景仁至侍從，葉伯益、季元衡至左、右史，餘多碌碌。而見存未顯者，陳宗召也。然則吾家所蒙亦已過矣。同上

王勃等四子之文皆精切有本原，其用駢儷作序記碑碣，蓋一時體格如此。而後來頗議之，杜詩云：「王楊盧駱當時體，輕薄爲文哂未休。爾曹身與名俱没，不廢江河萬古流。」正謂此耳。身名俱没以責輕薄子，江河萬古流指四子也。韓公《滕王閣記》云：「江南多游觀之美，而滕王閣獨爲第一。及得三王所爲序賦記等，壯其文辭。」注謂「王勃作《游閣序》」。又云：「中丞命爲記。竊喜載名其上，詞列三王之次，有榮耀焉。」則韓之所以推勃亦爲不淺矣。勃之文，今存者二十七

卷云。《容齋四筆》

所在州郡相承以表奏書啓委教授，因而餉以錢酒。予官福州，但爲撰公家謝表及祈謝晴雨文，至私禮牋啓小簡皆不作。然遇聖節樂語嘗爲之，因又作他用者兩三篇，每以自愧。鄒忠公爲潁昌教授，府守范忠宣公屬撰《興隆節致語》，辭不爲。范公曰：「翰林學士亦作此。」忠公曰：「翰林學士則可，祭酒司業則不可。」范公敬謝之。前輩風節可畏可仰如此。同上

自屈原詞賦假爲日者問答之後，後人作者悉相規倣。司馬相如《子虛》、《上林賦》以子虛、烏有先生、亡是公，揚子雲《長楊賦》以翰林主人、子墨客卿，班孟堅《兩都賦》以西都賓、東都主人，張平子《兩京賦》以憑虛公子、安處先生，左太沖《三都賦》以西蜀公子、東吴王孫、魏國先生，皆改名换字，蹈襲一律，無復超然新意、稍出於法度規矩者。晉人成公綏《嘯賦》無取賓主，必假逸羣公子乃能遣詞。枚乘《七發》只以楚太子、吴客爲言，而曹子建《七啓》遂有玄微子、鏡機子，張景陽《七命》有沖漠公子、徇華大夫之名。言語非不工也，而此習根著未之或改。若東坡先生《後杞菊賦》破題直云：「吁嗟先生，誰使汝坐堂上稱太守？」殆如飛龍搏鵬騫翔扶摇於煙霄九萬里之外，不可搏詰，豈區區巢林翾羽者所能窺探其涯涘哉！《容齋五筆》

李商隱儷偶繁縟，旨能感人，人謂其横絶前後無儔者。今《樊南甲乙集》皆四六，自爲序，又有古賦及文共三卷，辭旨怪詭。宋景文《序傳》中云「譎怪則李商隱」，蓋以此。《郡齋讀書志》

商隱四六稿草，方其刻意致思，排比聲律，筆畫雖真，本非用意，然字體姸媚，意氣飛動，亦可尚也。《宣和書譜》

四六全在編類古語，唐李義山有《金鑰》，宋景文有《一字至十字對》，司馬文正亦有《金桴》，王岐公最多，在中書極久，生日例有禮物之賜，集中謝表，其用事多同而語不蹈襲。李衛公作《文箴》云：「譬諸日月，雖終古嘗見，而光景常新。」宣和末，《罪己詔》如「天變譴見而朕不悟，百姓怨懟而朕不知。」乃用宣公語字文叔通詞也。《四六談麈》

國初，士大夫例能四六，然用散語與故事爾。楊文公刀筆豪贍，體亦多變，而不脱唐末五代之氣，又喜用古語，以切對爲工，乃進士賦體爾。歐陽少師始以文體爲對屬，又善叙事，不用故事陳言而文益高，次退之云。王特進暮年表奏益工，但傷巧爾。《後山詩話》

本朝古文，柳開仲塗、穆修伯長首爲之唱，尹洙師魯兄弟繼其後。歐陽文忠公早工偶儷之文，故試於國學、南省皆爲天下第一。既擢甲科，官河南，始得師魯，乃出韓退之文學之，公之《自叙》云爾。《聞見前録》

掖垣非有出身不除，自嘉泰、嘉定以來，百官見宰相盡不納所業。至端平，衘袖書啓亦廢，文人才士無所一作「有」。自見，碌碌無聞者雜進。三十年間，詞科又罷，兩制皆不是當行，京諺云「戾家」是也。不過人主上宰相一作「臣下」。一啓耳，初無王言訓誥之體。如拜平章二相三制，豈不有

慙於東坡？如《改元》、《災異》、《罪己》諸詔，豈不有愧於陸贄？因讀陸放翁《南唐書》，李王小國耳，自有陶穀、徐鉉，錢王尚有羅隱，不意堂堂中國，不能得一士如小國之陶、徐，兩浙之羅隱者，良可歎也。《貴耳集》

熊克字子復，博學有文。王季海守富沙日，漕使開宴，命子復譔《樂語》。季海讀之稱善，詢司謁者曰：「誰爲之？」答曰：「新任某州熊教授也。」自此甚見前席。别後，子復一向官湖湘間，不相聞者幾二十年。及改秩，作邑滿，造朝謁光範。季海時爲元樞，詢子復曰：「近亦有著述乎？」子復以兩編獻。一日後殿奏事畢，阜陵從容曰：「卿見近日有作四六者乎？」時學士院闕官，上不訪之趙丞相而訪之季海，於是以陸務觀等數人對。上云：「朕自知之。今欲得在下僚未知名者爾。」季海遂及子復姓名，上曰：「此人有近作可進來。」季海退以所獻繳入。翌日，上謂季海曰：「熊克之文，朕嘗觀之，可喜。」蓋欲置之三館兼翰苑也。季海奏云：「如此恐太驟，不如且除院轄，徐召試，使克文聲著於士大夫間，則人無閒言。」阜陵然之，遂除提轄文思院。《齊東野語》

《跋熊舍人四六後》：「裕陵見伯通外制，手批付中書曰：『熊本文詞，朕自知之。』荆公亦曰：『讀熊君奏報，如面相語。』」《放翁題跋》

元祐垂簾，凡熙、豐法令有不便於民者，罷之惟恐不速。諸公但知目前事勢不得不爾，然議之則曰：「以母變子。」此皆非真識事體者。惟坡公訓詞獨曰：「是以子改父也。」從而闢之，則又曰：

能推本於神宗一作「考」。欲爲而未能之意。文寬夫、范堯夫、韓子華、孫知一作「和」。甫、安厚卿之去，公所草詔，皆以先朝付託爲詞。而用楊元素、陳彦叔、李邦直、吕穆仲、唐義問之詞，亦惓惓於先帝之約束。温文正公以議新法不合去，終元豐不起，而臨奠之文曰：「知之者神考，用之者聖母。」吕惠卿被遇神考，致位宰席，其南遷之詞亦曰：「此先皇帝之意。」至於熙寧宰相之卒，不過曰：「四方觀功業之成，遽起山林之興。」亦未嘗深詆之也。今觀公辭中書舍人四字一作「官」。之奏，始歸美於神考，其詞氣和平而不懟也，其識慮深長而有託也。使時賢而皆知此意也，豈不足以章先志而弭後變。一作「憂」。矧神考固嘗流涕於二后之請，憤惋於安上門之圖，慟哭於永樂城之敗。凡即於元祐諸賢者又未嘗不知之，特當時未有將順而正救之者耳。其曰：「受先朝之知，雖宣仁亦嘗言之。」公非姑爲是詞也。《鶴山題跋》

莊、荀皆文士而有學者，其《説劍》、《成相賦》篇與屈《騷》何異？揚子雲之文好奇而卒不能奇也，故思苦而詞艱。善爲文者，因事以出奇，江河之行順下而已，至其觸石赴谷，風搏物激，然後盡天下之變。子雲惟好奇，故不能奇也。《後山詩話》

元微之《樂府古題序》云：「詩之爲體二十四，名賦、頌、銘、贊、文、誄、箴、詩、行、詠、吟、題、怨、歎、篇、章、操、引、謡、歌、曲、辭、調，皆詩人六義之餘。」《彦周詩話》

王豐父待制，岐公丞相之子，少年詞賦登科，文章世其家。世所見者表、章、序、記應用之文

耳，其詩精密，人鮮知者。同上

本朝之文，循五代之舊，多駢儷之詞。楊文公始爲「西崑體」。穆伯長、六一先生以古文倡，學者宗之。《雲麓漫抄》

李漢老云：「汪彦章、孫仲益四六各得一體。汪善鋪叙，孫善點綴。」《野老紀聞》

石林凡看書文字，採兩字以上對句，舉子用作賦，入仕用作四六，顯達作制誥；兩字議論，舉子用作論策，入仕用作長書，顯達用作劄子。同上

古人凡在文章之苑者，其下筆皆有所法，不苟作也。班固《序傳》謂「斟酌六經，參考衆論」，然則文章自六經者上也，其次亦各有所祖，而因時爲變態。劉夢得《與柳子厚論平淮西碑》：「若在我手，當學《左傳》。」蓋如左氏叙謀帥事而爲之也。不有所法，不足明文章。相如《美人》本於《好色》，退之《送窮》出於《逐貧》，杜牧《晚晴》蓋本《小園》，歐公《黄楊》實則《枯樹》，其他往往如是，未可以一二舉也。秉筆者詎可易哉！《續骫骳説》

唐李商隱凡作文必聚書於左右，檢視終日，人謂之「獺祭魚」。宋楊大年爲文用故事，使子姪檢討出處，用片紙録之，文成而後掇拾，人謂之「衲被」。《西軒客談》

四六有伐山語，有伐材語。伐材語者，如已成之柱桷，略加繩削而已。伐山語則搜山開荒，自我取之。伐材謂熟事也，伐山謂生事也。生事必對熟事，熟事必對生事，皆生則傷於奥澁，皆

熟則無工。《四六話》

柳文多有非子厚之文者。《馬退山茅亭記》，見於《獨孤及集》。《百官請復尊號表》六首，皆崔元翰作。貞元五年，子厚方十七歲。《爲裴令公舉裴冕表》，邵説作。冕大曆四年歿，八年子厚始生。《請聽政第三表》，《文苑英華》乃林逢《第四表》，云「兩河之寇盜雖除，百姓之瘡痍未復」，乃穆宗、敬宗時事。《代裴行立謝移鎮表》，行立移鎮在後，亦他人之文。《柳州謝上表》，其一乃李吉甫《彬州謝上表》也。《舜禹之事》、《謗譽》、《咸宜》三篇，晏元獻云恐是博士韋籌作。《愈膏肓疾賦》，晏公亦云膚淺不類柳文。宋景文謂集外文一卷，其中多後人妄取他人之文，冒柳州之名者。然非特《外集》也，劉夢得《答子厚書》曰：「獲新文二篇，且戲予曰：『將子爲巨衡，以揣其鈞石銖黍。』」此書不見於集。《食蝦蟇》詩，韓文公有答，今亦不傳。則遺文散佚多矣。《困學紀聞》

鄭毅夫若璩按：「毅夫，名獬。安陸人。進士第一，官翰林學士。《宋史》有傳。」謂唐太宗功業雄卓，然所爲文章纖靡浮麗，嫣然婦人小兒嘻笑之聲，不與其功業稱。甚矣淫辭之溺人也。《神宗聖訓》亦云：「唐太宗英主，乃學庾信爲文。」《温泉銘》、《小山賦》之類可見。　同上

韓文公云：「六字常語，一字難。」《文心雕龍》云：「善爲文者，富於萬篇，貧於一字。」若璩案：「《雕龍》又云：『易字艱於代句。』」　同上

《辭學指南》：「西山先生問傅公景仁以作文之法，傅公曰：『長袖善舞，多財善賈。』子歸取

古人書熟讀而精甄之，則蔚乎其春榮，薰乎其蘭馥有日矣。』」同上

攻媿樓公曰：「申錫赴宏辭多用奇字，已在選中，用倦矣字而有司以爲犯廟諱嫌名而罷之。」同上

徐子儀試垂中，以一字疑，再試，以一事疑。同上

倪正父曰：「前人援引經語欲合律度，截長爲短，避重就輕，一字之間必加審訂。」同上

鄧潤甫撰《龍興節祝壽詞》用「負黼扆，憑玉几」，岑象求云：「非所當用以祝壽。」劉子明作《皇子剃胎髮文》用「克長克君」之語，吏持以請曰：「内中讀文書最以語忌爲嫌，既克長又克君，殆不可用也。」嗣明亟易之。陳述古《草明堂赦文》用「奉祠紫宫」語犯俗嫌。陳去非草《朱勝非起復制》用「方宅大憂」，言者以爲事涉人君。陳自明草《右相制》用「昆命元龜」，倪正父謂人臣不當用乞貼麻。又腦辭用「故國之有世臣」，雖有《孟子》出處，後來引用多以爲不祥事，宜曰「天生賢佐，國有世臣」便無瑕疵矣。詞臣草《貴妃制》用「釐降」二字、《侂胄制》用「聖之清，聖之和」，皆犯公論。綦北海草《吴玠制》云：「陸海神臯，既失秦川之利；銅梁劍閣，敢言蜀道之難。」辛炳奏：「玠方屏翰四川，乃云『既失秦川之利』，乞改正，毋使遠方大將重以爲忌。」遂改「秦川」爲「秦中」。德壽宫慶典，吴挺之客草賀表有「揚命」二字，蘇熙之曰：「『導揚末命』，此《顧命》中語，奈何用之？」洪景盧紹興中作《謝曆日表》，一聯云：「神祇祖考，既安樂於太平；歲月日時，又明章於庶

證。」乾道中，外郡采取用之，洪曰：「今光堯在德壽，所謂考者何哉？」張文潛謝表用「我來自東」，彭汝霖謂表用「我」字大無禮。洪景盧草《葉顒制》曰：「無以我公歸兮，大慰瞻儀之望。」本意用「公歸」之句，指邦人而言也。胡云：「『瞻儀』而單時，疑之謂人君而稱臣爲『我公』。」楊文公於契丹答書用「隣壤交懽」，不免以字嫌。又嘗戒門人爲文宜避俗語，既而公作表云：「德邁九皇。」門人鄭戩曰：「未審何時得賣生菜。」公笑而易之。開禧用兵，詔諭天下，首聯云「匹夫無不報之仇」，何其陋也！劉炳草《嘉王制》用「烝烝孝友之風」，言者謂「烝烝」之語何自而出，始誦《書》者皆能知之。命辭立意可如是乎？汪彦章草赦書云：「八世祖宗之澤，豈汝能忘；一時社稷之憂，非余獲已。」議者謂并道君數之，不應曰「祖宗」。信乎，作文之難也！同上

夏文莊曰：「美辭施於頌贊，明文布於牋奏。詔誥語重而體宏，歌咏言近而旨遠。」同上

黄山谷曰：「古之能爲文章者，真能陶冶萬物。雖取古人之陳言入於翰墨，如靈丹一粒，點鐵成金。又如世巧女文繡妙一世，設欲作錦，必得錦機乃能成錦。」同上

廖明略曰：「四六須要古人好語换却陳言。」同上

朱文公曰：「作文自有穩字，古之能文者纔用便用著。」同上

韓子蒼曰：「爲科舉之文，已略倣依三代之體，則他日遺言立意自當不愧古人。」「魯連之檄過於長戟勁弓，陸贄之詔賢於元勳宿將，文之不可已也如是。裴晉公不喜於《平淮》而喜於韓愈

之碑，李衛公不喜於《平潞》而喜於封敖之制，非功之難能，明其功之爲難也。」同上

西山先生曰：「傅公景仁以詞學進，黄公鈞稱其文猶濯錦於蜀江，而虞雍公亦謂其璞玉而加琢也。昔雲龕述初寮之文有曰：『幽眇透射若貫珠隙，明麗整飭若截綺尺。』某於公文亦云。」同上

汪彦章謂傅自得曰：「今世綴文之士雖多，往往昧於體製，獨吾子爲得之，不懈則古人可及也。」同上

《辭學指南序》：博學宏詞，唐制也，吏部選未滿者，試文三篇，賦、詩、論。中者即授官。韓退之謂所試文章亦禮部之類。然名相如裴、陸，文人如劉、柳，皆由此選制舉。又有博學通議、博通墳典、學兼流略、辭擅文場、辭殫文律、辭標文苑、手筆俊拔、下筆成章、文學優贍、文翰秀逸、辭藻宏麗、文辭清麗、文辭雅麗、藻思清華、文經邦國、文藝優長、文史兼優之名。皇朝紹聖初元，取士純用經術。五月，中書言唐有辭藻宏麗、文章秀異之科，皆以衆之所難勸率學者，於是始立宏辭科。二年正月，禮部立試格十條章表、賦、頌、箴、銘、誡諭、露布、檄書、序、記。除詔、誥、赦、勑不試，又再立試格九條，曰章表、露布、檄書以上用四六。頌、箴、銘、誡諭、序、記。以上依古今體，亦許用四六。四題分兩場，歲一試之。大觀四年五月以立法未詳，改爲辭學兼茂科，除去檄書，增入制詔，仍以四題爲兩場，内二篇以歷代故事借擬爲題，餘以本朝故事或時事。蓋質之古以覘記覽之博，參之今以觀翰墨之華。宣和五年七月，職方員外郎陳磷奏歲試不無幸中，乃有省闈附試之詔。由是三歲一

試。紹興三年，工部侍郎李擢請別立一科，七月詔以博學宏詞爲名，凡十二體，曰制、誥、詔、書、表、露布、檄、箴、銘、記、贊、頌、序，古今雜出，六題分爲三場，每場一古一今，三歲一試，如舊制。先是，惟有科第者許試。至是，不以有無出身，皆許應詔。先以所業三卷每題二篇。納禮部，上之朝廷，下中書後省考，其能者召試，其取人以三等。蓋是科之設，紹聖歙取華藻，大觀俶尚淹該，爰暨中興，程式始備。科目雖襲唐舊，而所試文則異矣。朱文公謂是科習諂諛夸大之辭，競駢儷刻雕之巧，當稍更文體，以深厚簡嚴爲主，然則學者必涵詠六經之文以培其本云。《辭學指南》

後村劉公曰：「四六家以書爲料。料少而徒恃才思，未免輕疎；料多而不善融化，流爲重濁。二者胥失之。」同上

東萊先生曰：「作文固欲多，不甚致思則勞而無功，不若每件精意作三兩篇。謂如制文武宗室建節作帥，各作三兩篇，其他詔表箴銘頌贊記序之類，亦事事作三兩篇，皆須意勝語贍，與人商榷，便無遺恨，則能事畢矣。初作文字，須廣以示人，不可恥人指摘疵病而不將出。蓋文字自看終有不覺處，須賴他人指出。凡作四六，須聲律諧和，若語工而不妥，不若少工而瀏亮。」李漢老曰：「爲文之法，有筆力，有筆路。筆力到二十歲便定，後來長進，只就上面添得些子。筆路則拈弄時轉開拓，不拈弄便荒廢。」杜牧之曰：「文以意爲主，氣爲輔，以辭采爲兵衛。」陸士衡曰：「怵他人之我先。」韓退之曰：「唯陳言之務去。」李文饒曰：「譬諸日月，雖終古常見，而光景常新。」

朱文公曰：「古人作文多摹倣前人，學之既久，自然純熟。韓、柳答李翺、韋中立書，可見其用力處。」歐陽公曰：「爲文有三多，看多，做多，商量多。」同上

客有言表章所用字，有合回互處者，「危」、「（辭）〔亂〕」、「傾」、「覆」之類。通考士書，如「罪出」、「憂去」，甚至以「申一作『中』。謝」爲「叙謝」，初以爲過，及見元祐一小説言蘇明允作《權書》，歐陽公大奇之，爲改書中「崩」、「亂」十餘字，奏於朝。哲宗嘗書鄭谷雪詩于扇：「亂飄僧舍茶烟溼」，改「亂飄」爲「輕飄」。《清波雜志》

「爲文之體，意不貴異而貴新，事不貴僻而貴當，語不貴古而貴淳，事不貴怪而貴奇。」宋元獻公序云。同上

前輩作四六，不肯多用全經語，惡其近賦也。然意有適會，語亦有不得避者，但不得强用之爾。子瞻作《吕申公制》云：「既得天下之大老，彼將安歸；乃至國人皆曰賢，夫然後用。」氣象雄傑，格律超然，固不可及。劉丞相莘老舊以詩賦知名，晚爲表章，尤温潤閑雅。《青州謝上表》云：「雖進退必由其道，每願學於古人；然功烈如此其卑，終難收於士論。」何傷其用經語也。自大觀後，時流争以用經句爲工，於是相與裒次排比，預蓄以待用，不問切當否，一作「其如何」。驫可牽合則必用之。雖有甚工者，而文氣掃地矣。《避暑録話》

案：此條論駢體之弊甚當。又案：《穀山筆麈》云：「漢、唐贈答詩，不必知其爲誰，而一

段精神意氣，非其所與者不足以當之。近代之詩，必點出姓名官爵地名以爲工妙，而不知其反拙矣。」其論亦切中，并録之。

東方朔始作《答客難》，雖揚子雲亦因之作《解嘲》，此猶一作「由」。是《太玄》、《法言》之意，正子雲所見也，故班固從而作《答賓戲》。東京以後，諸賢《釋誨》一作「譏」。《應問》，紛然迭起。枚乘始作《七發》，其後遂有《七啓》、《七攄》等，後世始集之爲《七林》。文章至此，安得不衰乎！惟韓退之、柳子厚始復傑然知古作者之意。古今文辭變態已極，雖源流不免有所從來，終不肯屋下架屋。《進學解》即《答客難》也，《送窮文》即《逐貧賦》也，小有出入便成一家。子厚《天問》、《晉問》、《乞巧文》之類，高出魏、晉，無後世因緣卑陋之氣。至於諸賦，更不蹈襲屈、宋一句，則諸人皆在嚴忌、王褒上數等也。同上

「天子居丹扆，廷臣獻六箴。」此省題詩也。「白髮不愁身外事，《六幺》且聽醉中詞。」此律詩也。二公之所以對者見之於詩，無非借數而已。《周以宗强賦》：「故蒼籙之興起，始諸姬而阜康。」《東門種瓜》詩：「青門無外事，尺地足生涯。」二公之所以對者見於賦、詩，無非借數與器而已。詩史以「皇眷」對「紫宸」，曲詞以「清風」對「紅雨」，或以「青州從事」對「烏有先生」，或以「披綿黄雀」對「通印子魚」，「因朱耶之板蕩，致赤子之流離。」「談笑有鴻儒，往來無白丁。」是皆老於文學而見於駢四儷六之間者，自然假借使得好，不知膾炙幾千萬口也。嘗記陳季陸應行先生舉

似作賦之法，用「高皇」對「小白」。《螢雪叢説》

《左傳》「晉鄭焉依」，今讀爲「延」字，非「嫣」字也。然觀庾信有「晉鄭靡依」之語，是讀爲「嫣」字矣。考《顔氏家訓》諸子書，焉字，鳥名，或云語詞，皆音嫣。自葛洪《用字苑》分焉字音訓：若訓何、訓安，當音嫣，如「於焉嘉客」、「於焉逍遥」、「焉用佞」、「焉得仁」之類是也。如送句及助語，當音延，如「有民人焉」、「晉鄭焉依」之類是也。江南至今分爲二音，河北混爲一音。然則「晉鄭焉依」者，謂晉鄭相依耳。焉者，語助。而庾信謂「靡依」，則失其義。《野客叢語》

《晉書》載陸遜、機造王武子，武子置羊酪指示陸曰：「卿吴中何以敵此？」陸曰：「千里蓴羹末下鹽豉。」或者謂「千里」、「末下」皆地名，蓴、豉所出之地。而《世説》載此語則曰：「千里蓴羹但未下鹽豉耳。」觀此語則非地名。東坡詩曰：「每憐蓴菜下鹽豉。」又曰：「未肯將鹽下蓴菜。」坡意正協《世説》。然杜子美詩曰：「我思未下芋，君思千里蓴。」張鉅山詩曰：「一出修門道，重嘗末下蓴。」觀二公所云，是又以「千里」、「末下」爲地名矣。僕謂「末下」少見出處，「千里蓴」言者甚多，加《南史》載沈文季謂崔祖思曰：「千里蓴羹，非關魯衛。」梁太子啓曰：「吴愧千里之蓴，蜀慚七菜之賦。」吴均移曰：「千里蓴羹，萬丈名膾。」其見稱如此。同上

文章各有體，本不可相犯。故古文不宜蹈襲古人成語，當以奇異自强；四六宜用前人成語，復不宜生澁求異。如散文不宜用詩家句，詩句不宜用散文言。律賦不宜犯散文言，散文不宜犯

律賦語。皆判然各異，如雜用之，非惟失體，且梗目難通。然學者闇於識，多混亂，文出且互相詆誚，不自覺知。此弊雖一二名公不免也。《歸潛志》

洪氏遵試《克敵弓銘》，未知所出。有老兵持硯水，密謂洪曰：「即神臂弓也。」凡制度輕重長短，無不語洪，有司以爲神。洪獨不記太祖即位之三年，作神臂弓以威天下，何耶？寧皇試宏博之士於類試所，時徐鳳少監與今宗簿劉澹然俱試。徐訪知主司有欲出《唐曆八變序》者，合用一行禪師《山河兩界曆》以爲據。時鮑明法華字澣之爲廷評，明於曆學，且朝廷方用以修曆。鮑爲劉里人，徐謂劉曰：「君盍訪鮑借《兩界曆》，吾二人共之。」劉唯唯。翌日，訪鮑得《兩界曆》，具知其詳，不復與徐共。及試已迫，徐自訪鮑借《曆》，鮑語徐曰：「只有一草本，從周原註：『劉字。』持去數日矣。」及試之日，果出《曆序》，劉甚得意，自以爲即神臂弓比。徐于叙末但略云：「亦有一行《兩界曆》，以非正史所載，故不書。」時祕書陳璧閱卷，陳素不習詞學，閱劉卷方以獨用《山河曆》事爲疑，又閱徐卷謂「非正史所載」，批劉卷首云：「六篇精博，文氣亦作者，但不必用《山河兩界》事，似失之贅。」是歲劉、徐俱黜。其後徐又試六篇，俱精詣，《代嗣王謝賜玉帶表》用《禮記》孚、尹二字，以尹爲平聲。凡用經釋音當以首釋爲証，用史釋音當以末釋爲証。徐用第二音，故主司疑其平側失律。然徐非失黏，但用於隔聯上一句四字内，亦何傷於音律？主司過矣，公論屈之。余嘗訪真文忠公，席間偶叩以今歲詞學有幾人。文忠答以「試者二十人，皆曾來相訪，昨某問教

人膽得貢院草卷本出來，内一卷佳甚，且自純瑩。此人如何不來見某？且如《謝賜金水滴硯尺》，破題便用品字。如此之類，某在試闈考校必是圈出。蓋不特此，自是六篇純瑩，天下固有人才。」予謂文忠曰：「莫是徐子儀原注：『徐字。』卷？」文忠曰：「文字相似，恐子儀未到這般純瑩處。」揭示則徐卷也。徐試《三家星經序》，備記甘公、巫咸、石申夫歲星順逆與今紅黄黑所圈，主司驚異，已寘異等。而末篇贅用《周禮》巫原注：「音筮。」咸爲証，遂申都臺，付國子監看詳。徐、真本共習此科，且同硯席。文忠已中異等，爲玉堂寓直，徐三試有司始中。文忠立朝，徐猶爲親奉祠，反爲冷官。真出漕江東，徐始得掌故。徐後亦寓直玉堂，官至列監。遲速皆命也。徐奉祖母，孝稱於鄉，惜乎不及文忠之榮親云。《四朝聞見録》

嘉定間，未嘗詔罷詞學，有司望風承意太過，每遇郡一作「羣」。試，必摘其微疵僅從申省，予載之詳矣。水心先生著爲《進卷》、《外稿》，其論宏詞曰：「宏詞之興，其最貴者四六之文。然其文最爲陋而無用，士大夫以對偶親切、用事精的相夸，至有以一聯之工而遂擅終身之官爵者。此風熾而不可遏，七八十年矣。前後居卿相顯人，祖父子孫相望於要地者，率詞科之人也。既已爲詞科，則其人已自絶於道德性命之本統，以爲天下之所能者盡於區區之曲藝。則其患又不止於舉朝廷高爵厚禄以予之而已。蓋進士等科，其法猶有可議而損益之。至宏詞，則直罷之而已矣。」先生《外稿》蓋草於淳熙自姑蘇入都之時，是書流傳則盛於嘉定間。雖先生本無意於嫉視詞科，

亦異於望風承意者，然適值其時，若有所爲。文忠真公亦素不喜先生之文，蓋得於里人張彥清之説，以先生之文失之支離。文忠得先生《習學記言》觀之，謂此非記言，乃放言也。豈有激歟？水心先生之文精詣處有韓柳所不及，可謂集本朝文之大成者矣。文忠四六，近世所未見，如《史相服闋加官制詞》云：「素冠欒欒，方畢三年之制；赤舄几几，爰新百揆之瞻。」又謂史相曰：「陳平之智有餘，蕭相之功第一。」戒詞云：「天難諶斯，當毋忘惟幾惟康之戒；民亦勞止，其共圖既庶既富之功。」《撫諭江西寇曲赦詔》，其中一二聯云：「自有乾坤至於今日，未聞盜賊可以全軀。」又曰：「弄潢池之兵，諒非爾志；焚崑岡之玉，亦豈予心。」又行《永陽郡王制詞》云：「若時懿屬，可限彝章。其登公朝位棘之尊，仍疏王社苴茅之賞。」蓋文忠既入剳廟堂，謂二恩恐不可得而兼，故致微詞云。同上

忠定季子崇實閒因與予商搉駢儷，以爲此最不可忽。先公居政地，間以此觀人，至尺牘小簡亦然，蓋不特駢儷。或謂先公曰：「或出於他人之手，則難於知人矣。」先公曰：「不然。彼能倩人做好文字，其人亦不碌碌矣。」此先公掄才報國之一端也。崇實爲相家賢胄，遊京幙爲元僚，有雋聲，而誠實出於天性，真稱其名，惜乎天不假年云。同上

古今人作詩話多矣，近世謝景思伋作《四六談塵》，王性之銍作《四六話》，甚新而奇，前未嘗有。然《談塵》載陳去非草《義陽朱丞相起服制》云：「『眷予次輔，方宅大憂。』有以『宅憂』爲言

者，令貼麻。陳改云：『方服私艱。』説者又以爲語忌。」又云：「叔祖逍遥公謝顯道也。初不入黨籍，朱子發震内相以初廢錮，乞依黨籍例命一子官。伋爲作謝啓云：『刻石刊章，偶逃部黨。』」案景思記此二事皆誤。「宅憂」二字乃有旨令㮰處厚貼麻，去非曾待罪，非令其自貼改也。謝顯道崇寧元年入黨籍，至四年立姦黨碑時出籍久矣。一子得致仕恩，僅監竹木務而卒，故子發爲請於朝，復得一子官。其奏牘云「名在黨籍」是也。景思記當時所見，偶爾差舛。恐誤作史者采取，故爲是正之。《梁溪漫志》

蜀中石刻《東坡文字稿》，其改竄處甚多，玩味之可發學者文思。今具注二篇於此。《乞校正陸贄奏議上進劄子》：「學問日新」下云「而臣等才有限而道無窮」，於「臣」字上塗去「而」字。「竊以人臣之獻忠」改作「納忠」。「方多傳於古人」改作「古賢」，又塗去「賢」字，復注「人」字。「智如子房而學則過」，改「學」字作「文」。「但其不幸，所事暗君」，改「所事暗君」作「仕不遇時」。「德宗以苛察爲明」改作「以苛刻爲能」。「以猜忌爲術，而贄勸之以推誠；好用兵，而贄以消兵爲先；好聚財，而贄以散財爲急」，後於逐句首皆添注「德宗」二字。「治民馭將之方」，先寫「馭兵」二字，塗去，注作「治民」。「改過以應天變」改作「天道」。「遠小人以除民害」改作「去小人」。「以陛下聖明，若得贄在左右，則此八年之久，可致三代之隆」，自「若」字以下十八字竝塗去，改云「必喜贄議論，但使聖賢之相契，即如臣主之同時」。「昔漢文聞頗、牧之賢」，改「漢文聞」三字作「馮唐

論」。「取其奏議編寫進呈」，塗去「編」字，却注「稍加校正繕」五字。「臣等無任區區愛君憂國感恩思報之心」，改云「臣等不勝區區之意」。《獲鬼章告裕陵文》：自「孰知耘耔之勞」而下云「昔漢武命將出師，而呼韓來廷効於甘露；憲宗厲精講武，而河湟恢復見於大中」，後乃悉塗去不用。「獷彼西羌」改作「憬彼西戎」。「號稱右臂」改作「古稱非愛」。「尺寸之疆」改作「非貪」。自「不以賊遺子孫」而下云「施於沖人，坐守成算。而董氊之臣阿里骨外服王爵，中藏禍心，與將鬼章首犯南川」，後乃自「與將」而上二十六字竝塗去，改云「而西蕃首領鬼章首犯南川」。「爰敕諸將」改作「申命諸將」。「蓋酬未報之恩」改作「爭酬」。「生擒鬼章」改作「生獲」。其下一聯初云「報谷吉之冤，遠同彊漢；雪渭水之恥，尚陋有唐」，亦皆塗去，乃用此二事別作一聯云「頡利成擒，初無渭水之恥；郅支授首，聊報谷吉之冤」。末句「務在服近而柔遠」改作「來遠」。同上

公論唐人開元燕、許云：「文氣不振，倔强其間。自韓退之一變，復古還西京之舊。」然在許昌觀《唐文粹》，稱其碑頌，往往愛張、蘇之作。又覽唐皇甫湜持正《諭業》云：「所舉燕、許文極當。文奇則涉怪，施之朝廷，不須怪也。」蓋亦取燕、許。《欒城遺言》

學士備顧問，司典誥，凡天下之書，一有所不觀，何以稱職？《辭學指南》

葛文康公曰：「記問之博，當如陶隱居恥一事不知；記問之審，又當如謝安不誤一事。」同上

《詩》、《書》須節一編以備四六之用。長句作一處節，如「乃心罔不在王室」、「學有緝熙於光明」之類。四

字作一處，如「迄用有成」、「熙帝之載」之類。兩字作一處。如「疇咨」、「若時」、「燕及」之類。同上

張説謂人曰：「楊盈川之文，如懸河注水，酌之不竭，既優於盧，亦不減王。『恥居王後』則信然，『愧在盧前』則爲誤矣。」《大唐新語》

張説、徐堅同爲集賢學士十餘年，好尚頗同，情契相得。時諸學士凋落者衆，唯説、堅二人存焉。説手疏諸人名與堅同觀之，堅謂説曰：「諸公昔年皆擅一時之美，敢問孰爲先後？」説曰：「李嶠、崔融、薛稷、宋之問，皆如良金美玉，無施不可。富嘉謨之文，如孤峰絶岸，壁立萬仞，藂雲鬱興，震雷俱發，誠可畏乎！若施於廊廟，則爲駭矣。閻朝隱之文，則如麗色靚粧，衣之綺繡，燕歌趙舞，觀者忘憂。然類之風雅，則爲罪矣。」堅又曰：「今之後進文詞孰賢？」説曰：「韓休之文有如太羹玄酒，雖雅有典則，而薄於滋味。許景先之文，有如豐肌膩體，雖穠華可愛，而乏風骨。張九齡之文，有如輕縑素練，雖濟時適用，而窘於邊幅。王翰之文，有如瓊林玉斝，爛然可珍，而多有玷缺。若能箴其所闕，濟其所長，亦一時之秀也。」同上

洪邁，忠宣公皓之幼子也，作翰林學士，有文名。制詞有典式，喜用艱深之詞以作碑記，世亦以此寶之。在鄱陽居。先公在仕路，亦相善。其兄适丞相，遵樞密，先公亦與之相善。《澗泉日記》

雲龕四六、佛語皆好，但碑版文字體制未甚古。雖欲叙事，却傷於多處。然文字却不摘裂，雅奥温潤可玩，今刊於黄州。同上

先公常談崔德符詩，又稱王荆公四六，好范致能字畫、陸務觀詩歌、周洪道四六、洪景盧文章。同上

揚雄作《太玄》以準《易》、《法言》以準《論語》，作賦箴皆有所準。班孟堅作《二京賦》擬《上林》、《子虛》，左太沖《三都賦》擬《二京》。屈原作《九章》，而宋玉述《九辨》。枚乘作《七發》，而曹子建述《七啓》。張衡作《四愁》，而仲宣述《七哀》。陸機作《擬古》，而江文通述《雜體》。雖華藻隨時，而體律相倣。退之《進學解》乃同於《客嘲》。近代歐陽公《醉翁亭記》步驟類《阿房賦》，《晝錦堂記》議論似《盤谷序》。東坡《黄樓賦》氣力同於《晉問》，《赤壁賦》卓絶近於《雄風》，則知所自來矣。《珊瑚鉤詩話》

文章各有體，六一公爲一代文章冠冕，亦以其事事合體。如作詩即幾及李杜，碑銘記序即不減韓退之，作《五代史》即與司馬子長并駕，作四六一洗崑體，作奏議庶幾陸宣公。蓋得文章之全者。《瑞桂堂暇録》

約房之府君既卒，貧無以葬，好事者爲作一疏求賻，平淡簡易，截斷衆流。其起聯云：「有喪未舉，行道之人忍聞；見義不爲，秉彝之天安在。」四六尤難作，宋末如方、岳、李、劉諸公，駢花儷葉，聯芳媲麗，至有一句累十餘字，則失其爲四六之體矣。與其事異而句奇，孰若句平而字雅。去陳腐，取渾成，方可以言制作之妙。如近世徐耕莘《辭郡倅請觀禮書》末云：「招非其招，士固且爲小相；役

則往役，我未免於鄉人。」時以敕役不及赴也。用事切，著對仗，無出其右。《詩詞餘話》

以文體爲詩，自退之始；以文體爲四六，自歐陽公始。《捫蝨新語》

《北海先生文集序》：「唐文三變，宋之文亦幾變矣。止論駢儷之體，亦復屢變。作者争名，恐無以大相過，則又習爲長句，全用古語，以爲奇倔，反累正氣。況本以文從字順，便於宣讀，而一聯或至數十言，識者不以爲善也。惟公與汪龍溪追述古作，謹四六之體，至於今行之。」《攻媿集》

忠定公爲御史中丞，一日於行香所，宰相張齊賢呼參知政事温仲舒爲鄉弟，及他語尤鄙。公以非所宜言，失人臣體，遂彈奏之。齊賢深以爲恨，後於上殿短公曰：「張詠本無文，凡有章奏皆姻家王禹偁代爲之。」禹偁前任翰林，作齊賢罷相麻，其詞醜詆。及再入中書，禹偁亦再知制誥。故兩中傷之。公聞自辯曰：「臣苦心文學，縉紳莫不知。今齊賢以臣假手於人，是掩上之明，誣臣之非，罪也。」上曰：「卿平生著述幾多？可進來。」公遂以所著進。上閲於龍圖閣，賜坐，取常所執紅綃金龍扇賜公，且稱文善。公起再拜。《澠水燕談録》

案：忠定，乖崖先生謚也。

渡江以來，汪、孫、洪、周四六皆工，然皆不能作詩，其碑銘等文亦只是詞科程文手段，終乏古意。近時真景元亦然，但長於作奏疏。魏華甫奏疏亦佳，至作碑記，雖雄麗典實，似一篇好策耳。《鶴林玉露》

富鄭公以茂材異等起布衣，未嘗歷進士。既召試館職，乃以不能爲詩賦懇辭。詔試策、論各一，自是遂爲故事。制科不試詩賦，自富公始，至子瞻復不落策而試論三篇。《避暑録話》

姜夔《自述書》云：「丞相京公不獨稱其禮樂之書，又愛其駢儷之文。」《齊東野語》

東萊先生曰：「凡作四六，須聲律協和。若語工而不妥，不若少工而瀏亮。上句有好語而下句偏枯，絶不相類，不如兩句俱用常語。」《辭學指南》

程門高弟如逍遥公楊中立、游定夫皆工四六。後之學者乃謂談經者不習此，豈其然乎？《四六談麈》

金朝取士止以詞賦爲重，故士人往往不暇讀書爲他文。一云「不暇習爲他文。」嘗聞先進故老見子弟輩讀蘇黄詩輒怒斥，故學者止工于律賦，問之他文則懵然不知。間有登第後始讀書爲文者，諸名士是也。南渡以來，士人多爲古學，以著文作詩相高。然舊日專爲科舉之學者疾之爲仇讎，若分爲兩途，互相詆譏。其作詩文者目舉子爲科舉之學；爲科舉之學者指文士爲任子弟，笑其不工科舉。殊不知國家初設科舉用四篇文字，本取全才。蓋賦以擇制誥之才，詩以取風騷之旨，策以究經濟之業，論以考識鑒之方。四者俱工，其人材爲何如也！而學者不知，狃于習俗，止力爲律賦，至于詩策論俱不留心。其弊基于爲有司者止考賦而不究詩策論也。吾嘗記故老云泰和間，有司考諸賦已定去取，及讀策論則止用筆點廟諱御名，且數字數與塗注之多寡。有司如此，

欲舉子輩專精，難矣！　南渡後，趙、楊諸公爲有司，方于策論中取人，故士風稍變，頗加意策論。又于詩賦中亦辨别讀書人才，以是文風稍振，然亦謗議紛紜。　然每貢舉非數公爲有司，則又如舊矣。《歸潛志》

泰和、大安以來，科舉之文弊，蓋有司惟守格法，無育材心，故所取之文皆猥弱陳腐，苟合程度而已。其逸才宏氣，喜爲奇異語者，往往遭絀落，文風益衰。及宣宗南渡，貞祐初詔免府試，而趙閑閑爲省試，有司得李欽叔賦，大愛之。　蓋其文雖格律稍疏，然詞藻莊嚴詞藻，一作「雕藻」。絶俗，因擢爲第一人，擢麻知幾爲策論魁，于是舉子輩譁然，愬于臺省，投狀陳告趙公壞了文格，又作詩譏之。　臺官許道真奏其事，臺官，一作「臺省」。將覆考，久之方息。　俄欽叔中宏詞科，遂入翰林，衆始厭服。　正大中，欽叔復爲省試，有司得史學優賦，大愛之，亦擢爲第一，於是舉子輩復大譟。　蓋史之賦比李尤疏，第以學問詞氣見其爲大手筆。　又賦中多用禽獸對屬，衆言何考官取此賦爲魁，蓋其中口味多也。　又曰可號學優爲百獸家。一作「百禽家」。　俄學優對廷策中之，議者亦息。　嗟乎！士皆安卑習陋久矣，一旦見其有軒昂峭異者，其怪駭宜哉！　夫科舉本以取天下英才，格律其大約也。　或者捨彼取此，使士有遺逸之嗟。　而趙、李二公不徇衆好，獨所取得人，彼議者紛紛，何足校也。同上

四六叢話卷二十九

作家一《文選》家

昭明太子蕭統

字德施，小字維摩，武帝長子也。生而聰叡，三歲受《孝經》、《論語》，五歲徧讀五經，悉通諷誦。中大通三年薨，年三十一。所著文集二十卷，《文選》三十卷。《南史》

梁昭明太子《文選》，三十卷。《唐志》

附文選序

式觀元始，眇覿玄風；冬穴夏巢之時，茹毛飲血之世，世質民淳，斯文未作。逮乎伏羲氏之王天下也，始畫八卦，造書契，以代結繩之政，由是文籍生焉。《易》曰：「觀乎天文，以察時變；

觀乎人文，以化成天下。」文之時義遠矣哉！ 若夫椎輪爲大輅之始，大輅寧有椎輪之質？ 增冰爲積水所成，積水曾微增冰之凛，何哉？ 蓋踵其事而增華，變其本而加厲。 物既有之，文亦宜然，隨時變改，難可詳悉。

嘗試論之曰：《詩序》云：「詩有六義焉，一曰風，二曰賦，三曰比，四曰興，五曰雅，六曰頌。」至於今之作者，異乎古昔，古詩之體，今則全取賦名。 荀、宋表之於前，賈、馬繼之於末。 自兹以降，源流實繁。 述邑居則有「憑虚」「亡是」之作，戒畋遊則有《長楊》、《羽獵》之制。 若其紀一事，詠一物，風雲草木之興，魚蟲禽獸之流，推而廣之，不可勝載矣。

又楚人屈原，含忠履潔，君匪從流，臣進逆耳，深思遠慮，遂放湘南。 耿介之意既傷，抑鬱之懷靡愬。 臨淵有懷沙之志，吟澤有憔悴之容。 騷人之文，自兹而作。

詩者，蓋志之所之也，情動於中而形於言：《關雎》、《麟趾》，正始之道著；桑間、濮上，亡國之音表。 故風雅之道，粲然可觀。 自炎漢中葉，厥塗漸異：退傅有「在鄒」之作，降將著「河梁」之篇。 四言五言，區以別矣。 又少則三字，多則九言，各體互興，分鑣竝驅。 頌者，所以遊揚德業，褒讚成功。 吉甫有「穆若」之談，季子有「至矣」之歎。 舒布爲詩，既言如彼；總成爲頌，又亦若此。 次則箴興於補闕，戒出於弼匡；論則析理精微，銘則序事清潤；美終則誄發，圖像則讚興。 又詔誥教令之流，表奏牋記之列，書誓符檄之品，弔祭悲哀之作，答客指事之制，三言八字之文，篇辭引序，碑碣誌狀，衆

制蠭起，源流間出。譬陶匏異器，竝爲入耳之娱；黼黻不同，俱爲悦目之翫。作者之致，蓋云備矣。余監撫餘閒，居多暇日。歷觀文囿，泛覽辭林，未嘗不心遊目想，移晷忘倦。自姬、漢以來，眇焉悠邈，時更七代，數逾千祀。詞人才子，則名溢於縹囊；飛文染翰，則卷盈乎緗帙。自非略其蕪穢，集其清英，蓋欲兼功，大半難矣。若夫姬公之籍，孔父之書，與日月俱懸，鬼神争奥，孝敬之準式，人倫之師友，豈可重以芟夷，加之翦截？老、莊之作，管、孟之流，蓋以立意爲宗，不以能文爲本，今之所撰，又以略諸。若賢人之美辭，忠臣之抗直，謀夫之話，辯士之端，冰釋泉湧，金相玉振，所謂坐狙邱，議稷下，仲連之卻秦軍，食其之下齊國，留侯之發八難，曲逆之吐六奇，蓋乃事美一時，語流千載，概見墳籍，旁出子史。若斯之流，又亦繁博，雖傳之簡牘，而事異篇章，今之所集，亦所不取。至於記事之史，繫年之書，所以褒貶是非，紀別異同，方之篇翰，亦已不同。若其讚論之綜緝辭采，序述之錯比文華，事出於沈思，義歸乎翰藻，故與夫篇什，雜而集之。遠自周室，迄於聖代，都爲三十卷，名曰《文選》云爾。凡次文之體，各以彙聚。詩賦體既不一，又以類分。類分之中，各以時代相次。

李　善

江都人，顯慶中累補太子内率府録事參軍，崇賢館直學士兼沛王侍讀，注《文選》六十卷，表上之。賜絹百二十疋。《唐書》

《欽定四庫全書簡明目録》：「《文選註》六十卷，李善註。據李匡乂《資暇集》稱善註《文選》有初註、覆註、三註、四註，其絶筆之本皆釋音訓義，註解甚多。此本所註甚詳，當即絶筆之本也。《文選》爲文章淵藪，善註又考證之資糧，一字一句罔非瓌寶。古今總集以是書爲弁冕，良無忝焉。」

李善《文選辨惑》，十卷。《唐志》

《文選》，六十卷，梁昭明太子蕭統德施撰，唐崇賢館學士江都李善註，北海太守邕之父也。

《直齋書録解題》

附上文選註表

臣善言：竊以道光九野，縟景緯以照臨；德載八埏，麗山川以錯峙。垂象之文斯著，含章之義聿宣。協人靈以取則，基化成而自遠。故羲繩之前，飛葛天之浩唱；嬀簧之後，掞叢雲之奥詞。步驟分途，星躔殊建，球鍾愈暢，舞詠方滋。楚國詞人，御蘭芬於絶代；漢朝才子，綜鞶帨於遥年。虚玄流正始之音，氣質馳建安之體。長離北度，騰雅詠於圭陰；化龍東騖，煽風流於江左。爰逮有梁，宏材彌劭。昭明太子業膺守器，譽貞問寢；居肅成而講藝，開博望以招賢，搴中葉之詞林，酌前修之筆海。周巡綿嶠，品盈尺之珍；楚望長瀾，搜徑寸之寶。故撰斯一集，名曰《文選》，後進英髦，咸資準的。伏惟陛下經緯成德，文思垂風。則大居尊，耀三辰之珠璧；希聲

應物，宣六代之雲英。孰可撮壤崇山，導涓宗海。臣蓬衡蕞品，樗散陋姿。沿河委莢，夙非成誦；崇山墜簡，未議澄心。握玩斯文，載移涼燠，有倏永日，實昧通津。故勉十舍之勞，寄三餘之暇，弋釣書部，願言注緝，合成六十卷，殺青甫就，輕用上聞。享帚自珍，緘石知謬。敢有塵於廣內，庶無遺於小說。謹詣闕奉進。伏願鴻慈，曲垂照覽。謹言。顯慶三年九月日上表。

李邕

字泰和。父善始注《文選》，釋事而忘意，書成以問邕，邕不敢對。善詰之，邕意欲有所更。善曰：「試爲我補益之。」邕附事見義，善以其不可奪。故兩書竝行。《唐書》

吕延祚

《欽定四庫全書簡明目録》：「《六臣註文選》六十卷，不知編緝者名氏。陳振孫《書録解題》已有是名，則南宋本矣。其稱六臣者，吕延濟、劉良、張銑、吕向、李周翰五臣註，合李善註爲六也。五臣註非善註之比，然詮釋文句間有寸長，彙爲一編，亦頗便於循覽焉。」

《六臣文選》，六十卷，唐工部侍郎吕延祚開元六年表上號《五臣集註》。五臣者，常山尉吕延濟、都水使者劉承祖男良、處士張銑、吕向、李周翰也。以李善注惟引事不説意義，故復爲此注，

後人併與李善原注合爲一書，名《六臣注》。東坡謂五臣乃俚儒之荒陋者，反不及善。如謝瞻詩「苛慝暴三殤」，引「苛政猛於虎」，以父與夫爲殤，非是。然此説乃實本於善也。《直齋書録解題》

李善注此句但云：「苛猶虐也。」初不及三殤，不審直齋之説何所本。隨齋批注。　同上

蕭　該

《文選音》，十卷。《唐志》

僧道淹

《文選音義》，十卷。《唐志》

公孫羅

《注文選》，六十卷。又《音義》，十卷。《唐志》

曹　憲

《文選音義》。卷亡。《唐志》

《曹憲傳》：以《文選》授諸生，魏模、李善傳授其學。《玉海》

康國安

《注駁文選異義》，二十卷。《唐志》

許淹

《文選音》，十卷。《唐志》

孟利貞

《續文選》，十三卷。《唐志》

卜長福

《續文選》，二十卷。開元十七年上，授富陽尉。《唐志》

卜隱之

《擬文選》，三十卷。開元處士。《唐志》

陳仁子

《欽定四庫全書簡明目録》：「《文選補遺》，四十卷。仁子本講學家，故執真德秀《文章正宗》之法以甲乙《文選》，殆難以口舌與争。然僅云以此書補《文選》，不云以此書廢《文選》。使兩書竝行，各明一義，用以救專尚華藻之失，亦未嘗無裨，較舉一廢百者所見猶廣矣。」

周明辨

《文選彙類》，十卷。《文選類聚》，十卷。《宋志》

常寶鼎

《文選名氏目録》，十卷。《宋志》

卜　隣

《續文選》，二十三卷。《宋志》

蘇　易　簡

《文選書英》，十二卷。《玉海》

《文選雙字類要》，三卷。摘取雙字以類編集。《直齋書録解題》

王　若

《選腴》，五卷，天台王若撰，以五聲韻編集《文選》中字，淳熙元年序。《直齋書録解題》

作家二《楚辭》家

屈　原

名平，楚之同姓也，爲楚懷王左徒。上官大夫讒之，王怒而疏平。平故憂愁幽思而作《離

楚屈原被讒放流，作《離騷》諸賦。後有宋玉、唐勒之屬。漢淮南王安著書，而吴有嚴助、朱買臣貴顯，文辭竝發，故世傳《楚辭》。《漢志》

屈原賦二十五篇，唐勒四篇，宋玉十六篇。《漢志》

宋　玉

集一卷。《屈原傳》言「楚人宋玉、唐勒、景差之徒」，蓋皆原之弟子也。而玉之辭賦獨傳，至以屈宋竝稱於後世。案《隋志》：集三卷。《唐志》：二卷。今書乃《文選》及《古文苑》中録出者，未必當時本也。《直齋書録解題》

淮南王安

安入朝獻所作《内篇》，上愛秘之，使爲《離騷傳》。師古曰：「傳謂解説之，若《毛詩傳》。」旦受詔，日食時上。《漢書》

淮南王《章句》，其書已亡。《隋志》

朱買臣

邑子嚴助貴幸，薦買臣。召見，説《春秋》，言楚詞，帝甚説。《漢書》

被公

宣帝時徵，能爲楚辭，帝甚説之。《漢書》

劉向

《楚辭》十七卷，漢護都水使者光禄大夫劉向集，後漢校書郎南郡王逸叔師注，知饒州曲阿洪興祖慶善補注。逸之注雖未能盡善，而自淮南王安以下爲訓傳者，今不復存，其目僅見於隋唐志，獨逸注幸而尚傳。興祖從而補之，於是訓詁名物詳矣。《直齋書録解題》

揚雄

好辭賦，乃作書，摭《離騷》文而反之，自岷山投諸江流以弔屈原，名曰《反離騷》。又旁《離騷》作重一篇，名曰《廣騷》。又旁《惜誦》以下至《懷沙》一卷，名曰《畔牢愁》。李奇曰：「畔，離也。牢，

聊也。與君相離愁而無聊也。」《漢書》

王　逸

順帝時著《楚詞章句》，行於世。《後漢書》

案：逸註《楚詞》，《隋志》作十二卷，《唐志》作十六卷，《宋志》作十七卷。

梁　竦

感悼屈原，作《悼騷賦》，繫玄石沉之。《後漢書》

應　奉

著《感騷》三十篇。《後漢》

郭　璞

《注楚辭》，十卷。《唐志》

案：璞注，《隋志》作三卷。

楊穆

《楚辭九悼》，一卷。《隋志》

皇甫遵訓

《參解楚辭》，七卷。《隋志》

徐邈

《楚辭音》，一卷。《隋志》

宋處士諸葛氏

《楚辭音》，一卷。《隋志》

孟奥

《楚辭音》，一卷。《隋志》

釋道騫

道騫能爲楚聲，音韻清切，至今傳《楚辭》者皆祖騫公之音。《隋志》

劉杳

《離騷草木疏》，二卷。《隋志》

無名氏

《離騷釋文》一卷，古本，無名氏。洪氏得之吴郡林虙德祖。其篇次不與今本合。〔今本〕首《騷經》，次《九歌》、《天問》、《九章》、《遠遊》、《卜居》、《漁父》、《九辨》、《招魂》、《大招》、《惜誓》、《招隱》、《七諫》、《哀時命》、《九懷》、《九歎》、《九思》。《釋文》亦首《騷經》，次《九辨》，而後《九歌》、《天問》、《九章》、《遠遊》、《卜居》、《漁父》、《招隱士》、《招魂》、《九懷》、《七諫》、《九歎》、《哀時命》、《惜誓》、《大招》、《九思》。洪氏按：王逸《九章注》云「皆解於《九辨》中」，則《釋文》篇第蓋舊本也，後人始以作者先後次序之耳。朱侍講案：天聖十年陳説之序以爲舊本篇第混并，乃考其人之先後，重定其篇第。然則今本説之所定也。余案：《楚辭》，劉向所集，王逸所注，而《九

歎》、《九思》亦列其中，蓋後人所益也歟。《直齋書録解題》

洪興祖

《楚辭考異》一卷，興祖撰。興祖少時從柳展如得東坡手校《楚辭》十卷，凡諸本異同，皆兩出之。後又得洪玉父而下本十四五家參校，遂爲定本，始補王逸《章句》之未備者。書成，又得姚廷輝本，作《考異》附古本《釋文》之後。其末又得歐陽永叔、孫莘老、蘇子容本於關子東、葉少協，校正以補《考異》之遺。洪於是書用力亦已勤矣。案：《文獻通考》作《補注楚辭》十七卷、《考異》一卷。晁公武曰：「凡王逸《章句》有未盡者，補之。」《自序》云：「以歐陽永叔、晁文元諸家參考之，爲定本。又得姚廷輝本，作《考異》。」此所云亦二書，蓋因《補注》已見前條，故不復載，然標題終爲脱落也。《直齋書録解題》

晁補之

《重定楚辭》十六卷、《續楚辭》二十卷、《變離騷》二十卷，禮部郎中濟北晁補之无咎撰。去《九思》一篇入《續楚辭》，定著十六卷，篇次亦頗改易，又不與陳説之本同。《續》、《變》二編皆《楚辭》流派，其曰「變」者，又以其類《離騷》而少變也。新序三篇述其意甚詳，然其去取之際或有不可盡曉者。《直齋書録解題》

周紫芝

《楚辭贅説》四卷，司郎宣城周紫芝少隱撰。嘗爲《哀湘纍賦》以反賈誼、揚雄之説，又爲此書，頗有發明。《直齋書録解題》

朱子

《楚辭集註》八卷、《辨證》二卷，侍講新安朱子元晦撰。以王氏、洪氏注或迂滯而遠於事情，或迫切而害於義理，遂别爲之注。其訓詁文義之外，有當考訂者則見於《辨證》，所以祛前注之蔽陋而發明屈子微意於千載之下，忠魂義魄，頓有生氣。其於《九歌》、《九章》尤爲明白痛快。至謂《山海經》、《淮南子》殆因《天問》而著書，説者反取二書以證《天問》，可謂高世絶識、毫髮無遺恨者矣。公爲此《注》在慶元退歸之時，序文所謂「放臣棄子、怨妻去婦」，蓋有感而託者也。其生平於六經皆有訓傳，而其殫見洽聞、發露不盡者，萃見於此書。嗚呼偉矣！其篇第視舊本益賈誼二賦而去《諫》、《歎》、《懷》、《思》。屈子所著二十五篇爲《離騷》，而宋玉以下則曰《續離騷》。其言「《七諫》以下辭意平緩、意不深切，如無所疾痛而强爲呻吟者」，尤名言也。《直齋書録解題》

其寓情草木，託意男女，以極游觀之適者，變風之流也。其序事陳情，感今懷古，以不忘乎君

臣之義者，變雅之類也。至於語昏冥而越禮，攄積憤而失中，則又風雅之再變矣。其語祀神歌舞之盛，則幾乎頌之變也，又有甚焉。自原之後，作者繼起，而宋玉、賈生、相如、揚雄爲之冠，《七諫》以下無足觀者，而褒爲最下。朱子《自序》

《楚辭後語》六卷，朱子撰。凡五十二篇。以晁氏《續》、《變》二書刊定，而去取則嚴而有意矣。《直齋書録解題》

林應辰

《龍岡楚辭説》五卷，永嘉林應辰渭起撰。以《離騷》章分段釋爲二十段，《九歌》、《九章》諸篇亦隨長短分之。其推屈子不死於汨羅，比諸浮海居夷之意，其説甚新而有理。以爲《離騷》一篇辭雖哀痛而意則宏放，與夫直情徑行、勇於蹈河者不可同日語，且其興寄高遠，登昆侖、歷閬風、指西海、陟陞皇，皆寓言也。世儒不以爲實，顧獨信其從彭咸葬魚腹以爲實者，何哉？然沈湘之事傳自司馬遷，賈誼、揚雄皆未嘗有異説，漢去戰國未遠，決非虚語也。《直齋書録解題》

黄伯思

《校定楚辭》十卷、《翼騷》一卷、《洛陽九詠》一卷，祕書部郎昭武黄伯思長睿撰。其序言：

屈、宋諸騷，皆書楚語、作楚聲、紀楚地、名楚物，故可謂之「楚辭」。若「些」、「只」、「羌」、「誶」、「謇」、「紛」、「侘傺」者，楚語也；悲壯頓挫，或韻或否者，楚聲也；沅、湘、江、澧、修門、夏首者，楚地也；蘭、茝、荃、葯、蕙、若、蘋、蘅者，楚物也。既以諸家本校定，又以太史公《屈原傳》至陳説之《序》附以今《序》，别爲一卷，目以《翼騷》。《洛陽九詠》者，伯思所作也。《直齋書録解題》

呂成公

《離騷章句》一卷，以《離騷經》一篇爲十六章。公謂王逸嘗言劉向典校，分《離騷》爲十六卷。班固、賈逵各作《離騷章句》，惟一卷傳焉，餘十五卷闕而不録。今觀屈平所作凡二十有五，各有篇目，獨此一篇謂之《離騷》，竊意劉向所分即此篇，猶一篇之中有數章焉。故嘗因逸之言，即《離騷》一篇反復求之，考其文之起伏、意之先後，固有十六章次第矣。因而分之，爲十六章。《東萊集》中不載。《郡齋讀書志》

林至

《楚辭補音》一卷，建寧倅谷水林至所著。李大異爲之序。《直齋書録解題》

王勉

《楚辭章句》二卷、《楚詞釋文》一卷、《離騷約》二卷。《宋・藝文志》

吴仁傑

《欽定四庫全書簡明目録》：「《離騷草木疏》四卷，宋吴仁傑撰。取《離騷》所用草木一一詮釋，謂原多本《山海經》，每引以爲説，殊爲膠滯。然徵引宏富，頗爲博物之助。」

四六叢話卷三十

作家 三 賦家

宋玉

見《楚辭》家。

賈誼

雒陽人。年十八以能誦《詩》、《書》屬文稱於郡中。河南太守聞其秀材，召置門下，甚幸愛。文帝召以爲博士，絳、灌、馮敬之屬盡害之。於是天子疏之，以爲長沙太傅。作《鵩鳥賦》。《漢書》

司馬相如

字長卿，蜀郡人。少好讀書。爲武騎常侍，後拜文園令。《漢書》

案：長卿之于賦，其猶子長之于史乎。惟其牢籠天地，苞括宇宙，與夫疏宕有奇氣者，異曲而同工。是以班固、揚雄之流，苦精竭思而終于不可及也。

董仲舒

集一卷，漢膠西相廣川董仲舒撰。案隋、唐志皆二卷，今惟録本傳中三策及《古文苑》所載《士不遇賦》、《詣公孫弘記室書》二篇，其平生著書如《玉杯》、《繁露》、《清明》、《竹林》之類，其泯没不存者多矣，所傳《繁露》亦非本真也。《直齋書録解題》

王褒

字子淵，蜀人也。宣帝時爲諫議大夫。其後太子體不安，苦忽忽善忘，不樂。詔使褒等皆之太子宫虞侍太子，朝夕誦讀奇文及所自造作。疾平，復及歸。太子喜褒所爲《甘泉》及《洞簫頌》，令後宫貴人左右皆誦讀之。後方士言益州有金馬碧雞之寶，宣帝使褒往祀，于道病死。《漢書》

枚乘

字叔，淮陰人。爲吴王濞郎中，善屬辭。武帝以蒲輪徵乘，道死。子臯從行。上有所感，輒使賦之，凡百二十篇。《漢書》

《枚叔集》一卷，漢弘農都尉枚乘撰。《隋志》：梁時有二卷，亡。《唐志》復著録。今本乃于《漢書》及《文選》諸書鈔出者。《直齋書録解題》

劉向

《劉中壘集》五卷，劉向子政撰。前四卷，《封事》竝見《漢書》，《九歎》見《楚詞》，末《請雨華山賦》見《古文苑》。《直齋書録解題》

揚雄

字子雲，成都人。少好學，年四十餘，自蜀來游京師，大司馬王音薦雄待詔，除爲郎，給事黄門。《漢書》

《欽定四庫全書簡明目録》：「《揚子雲集》，六卷。《隋志》、《唐志》皆載雄集六卷。其本久

佚，宋譚愈始裒合殘剩，釐爲五卷。明萬曆中，鄭璞又補輯爲六卷，即此本也。所收諸箴凡三十篇。然雄箴實止二十八篇，此雜以崔駰、崔瑗之作，殊失考訂。

《揚雄集》，三卷。古無雄集，皇朝譚愈好雄文，患其散在諸篇籍，離而不屬，因綴輯之，得四十餘篇。《郡齋讀書後志》

《揚子雲集》，五卷，大抵皆録《漢書》及《古文苑》所載。二十四箴一卷，今廣德軍所刊本校集中無《司空》、《尚書》、《博士》、《太常》四箴，集中所有皆據《古文苑》，而此四箴或云崔駰，或云崔子玉，疑不能明也。《直齋書録解題》

案：《文選注》引揚雄《蜀都賦》、《太玄賦》、《覈靈賦》，又引《釋愁》。又《北史》：司馬膺之注《蜀都賦》。

杜　篤

字季雅，京兆杜陵人。光武時，以關中表裏山河，先帝舊京，不宜改營洛邑，乃上奏《論都賦》。《漢書》

案：《杜篤集》，《隋志》：一卷。《唐志》：五卷。

班彪

字叔皮，扶風安陵人。性沈重好古。更始敗時，隗囂擁衆天水，彪乃避難從之，傷時方艱，乃著《王命論》，欲以感之，而囂終不寤，遂避地河西。河西大將軍竇融以爲從事，彪乃爲融畫策事漢。及融徵還京師，光武問曰：「所上章奏誰與參之？」融對曰：「皆從事班彪所爲。」《後漢書》

班固

字孟堅。年九歲能屬文誦詩賦，及長，遂博貫載籍。顯宗時，除蘭臺令史，遷爲郎，乃上《兩都賦》。《後漢書》

邊讓

字文禮，陳留浚儀人。能屬文，作《章華賦》。《後漢書》

馮衍

字敬通，京兆杜陵人。作賦自厲，命其篇曰《顯志》。顯志者，言光明風化之情，昭章玄妙之

思也。《後漢書》

張衡

字平子，南陽西鄂人。少善屬文。時天下承平日久，自王侯以下莫不踰侈，乃擬班固《兩都》作《二京賦》，因以諷諫，十年乃成。《後漢書》

馬融

字季長，扶風茂陵人。美辭貌，有俊才，爲校書郎。桓帝時爲南郡太守，梁冀諷有司奏融在郡貪濁，免官。赦還，拜議郎。融才高博洽，爲世通儒，盧植、鄭玄皆其徒也。善鼓琴，好吹笛，常坐高堂，施絳帳，前授生徒，後列女樂，弟子以次相傳，鮮有入其室者。《後漢書》

傅毅

字武仲，扶風茂陵人。少博學。建初中，肅宗博召文學之士，以毅爲蘭臺令史。竇憲遷大將軍，以毅爲司馬，班固爲中護軍，憲府文章之盛冠于當時。著詩、賦、誄、頌、祝文、《七激》、連珠，凡二十八篇。《後漢書》

王　逸

字叔師，南郡宜城人。元初中，舉上計吏，爲校書郎。順帝時，爲侍中。著《楚辭章句》行于世，其賦、誄、書、論及雜文凡二十一篇，又作《漢（書）〔詩〕》百二十三篇。子延壽，字文考，有儁才。少遊魯，作《靈光殿賦》。後蔡邕亦作之，未成，及見延壽所爲，甚奇之，遂輟翰。《後漢書》

王　景

杜陵杜篤奏上論遷都，欲令車駕遷還長安。景以宫廟已立，恐人情疑惑，會有神雀諸瑞，乃作《金人論》，頌洛邑之美，天人之符。《後漢書》

蔡　邕

字伯喈，陳留國人。董卓辟邕議郎，遷尚書。及卓被誅，王允收邕，死獄中。《後漢書》

《欽定四庫全書簡明目録》：「《蔡中郎集》，六卷。邕集久佚，今因哀輯而成者凡有二本：一爲張溥《百三家集》本，一爲陳留新刻本。此即陳留本也。凡詩、文九十四首，與張本互有增損。張本《薦董卓表》一篇，此本散去。考劉克莊《後村詩話》已論邕此表，則宋本已有之。此本蓋爲

鄉曲諱也。」

邕博學，好辭章、術數、天文，妙操音律。在東觀欲補《漢紀》，自陳十意。及付獄，乞黥刖以成書，不能得，遂死獄中。所著文章百四篇，今録止存九十篇，而銘墓居其半，或曰碑，或曰銘，或曰神誥，或曰哀讚，其實一也。嘗自云爲《郭有道碑》獨無愧辭。《郡齋讀書志》

《唐志》：二十卷。今本闕亡之外纔六十四篇，其間有稱建安年號及爲魏宗廟頌述者，非邕文也，卷末有天聖癸亥歐陽静所書《辨證》甚詳。《直齋書録解題》

案：賦莫盛于兩漢，其時聲偶未興，才人傑思一寄之于賦，故史著録者至數百家千有餘篇，雖不盡傳，而沈博絶麗之作，至今膾炙，非後世所可及也。

禰衡

字正平，平原般人。少有才辯，而氣尚剛傲，好矯時慢物。爲黄祖所殺，時年二十有六。《後漢書》

曹植

見三國、六朝諸家。

王　粲

字仲宣，山陽人。獻帝西遷，徙長安，以西京擾亂，乃之荆州依劉表。太祖辟爲丞相掾。魏國既建，拜侍中。初粲與人共行，讀道邊碑，人問曰：「卿能闇誦乎？」曰：「能。」因使背而誦之，不失一字。觀人圍棊，局壞，粲爲覆之。棊者不信，以帊蓋局，使更以他局爲之。用相比校，不誤一道。性善算，作算術，略盡其理。卒年四十一。《魏志》

粲博物多識强記，善屬文，舉筆便成，無所改定。時人常以爲宿製，然正復精意覃思亦不能加。著詩、賦、論、議垂六十篇，今集有八十一首。按《唐・藝文志》，粲集十卷。今亡兩卷，其詩文返多于史所記二十餘篇，不曉其故。《郡齋讀書志》

劉　楨

字公幹，太祖辟爲丞相掾，以不敬被刑，刑竟署吏。《典略》曰：「太子嘗請諸文學，酒酣坐歡，命夫人甄氏出拜。坐中衆人咸伏，而楨獨平視。太祖聞之，乃收楨，減死輸作。」《魏志》

案：《文選注》引劉楨《魯都賦》曰：「蓋如飛鶴，馬似遊魚。」

劉劭

字孔才，廣平邯鄲人。作《趙都賦》，明帝美之，詔劭作《許都》、《洛都賦》，時外興軍旅，内營宮室，劭作二賦皆諷諫焉。《魏志》

《劉劭集》，二卷。《隋志》

杜摯

郎中令河東杜摯著文賦，頗傳於世。《文章敘録》曰：「摯字德魯，初上《笳賦》，署司徒軍謀吏，後舉孝廉，除郎中，轉補校書。」《魏志》

徐幹

字偉長，爲司空軍謀祭酒掾屬，五官將文學。《先賢行狀》曰：「幹聰識洽聞，操翰成章。建安中，太祖特加旌命，以疾休息。」《魏志》

案：《水經注》引徐幹《齊都賦》，又《文選注》引何正《許都賦》、吴質《魏都賦》。

何晏

晏，何進孫，母尹氏爲太祖夫人。晏長于宮省，尚公主，少以才秀知名，好《老》、《莊》言，作《道德論》及諸文賦，著述凡數十篇。字平叔。《魏志》

陸機

字士衡，吴郡人。少有異才，文章冠世。爲牙門將。吴滅，太傅楊駿辟爲祭酒。太安初，穎與河間王起兵，假機後將軍河北大都督。機始臨戎而牙旗折，意甚惡之。戰于鹿苑，機軍大敗，死之。《晉書》

《陸機集》，十卷。機，抗之子。初造張華，華重其名，如舊相識，嘗謂之曰：「人之爲才，常恨才少，而子更患多。」葛洪著書亦稱歎焉。所著文章凡三百餘篇，今存詩、賦、論、議、箋、表、碑、誄一百七十餘首。以《晉書》、《文選》較正外，餘多舛誤。《郡齋讀書志》

陸雲

字士龍，六歲能屬文。少與兄機齊名，雖文章不及機，而持論過之，號曰「二陸」。吴平，入

洛，機初詣張華，華問雲何在，機曰：「雲有笑疾，未敢自見。」俄而雲至。華爲人多姿致，又好帛繩纏鬚。雲見而大笑。與荀隱素未相識，嘗會華坐，華曰：「今日相遇，可勿爲常談。」雲因抗手曰：「雲間陸士龍。」隱曰：「日下荀鳴鶴。」鳴鶴，隱字也。雲又曰：「既開青雲覩白雉，何不張爾弓挾爾矢？」隱曰：「本是雲龍騤騤，乃是山鹿野麋。獸微弩强，是以發遲。」華撫手大笑。機敗，并收雲。所著文章三百四十九篇，又撰《新書》十篇，並行于世。《晉書》

《陸士龍集》十卷。太康平吴，二陸入洛，張茂先所謂利獲二俊者也。遜、抗之後而有機、雲，可謂代不乏人矣。然皆不免其身。才者，身之累也，況居亂世乎？機好遊權門，抑又有以取之耶？《直齋書録解題》

阮籍

字嗣宗，陳留尉氏人。父瑀，魏丞相掾，知名於世。籍容貌瓌傑，志氣宏放。籍本有濟世志，屬魏晉之際，天下多故，名士少有全者，籍由是不與世事，遂酣飲爲常。文帝初欲爲武帝求婚於籍，籍醉六十日，不得言而止。鍾會數以時事問之，欲因其可否而致之罪，皆以酣醉獲免。鄰家少婦有美色，當壚沽酒，籍嘗詣飲，醉便卧其側。籍既不自嫌，其夫察之亦不疑也。兵家女有才色，未嫁而死，籍不識其父兄，徑往哭之，盡哀而還。其外坦蕩而内淳至，皆此類也。景元四年冬

卒，時年五十四。《晉書》

《阮籍集》十卷。籍志氣宏放，博覽羣籍，尤好《莊》、《老》。屬文不留思，嗜酒能嘯，善彈琴，當其得意忽忘形骸。雖不拘禮教，而發言玄遠。晉帝輔政，爲從事中郎，後求爲步兵校尉。《郡齋讀書志》

嵇康

字叔夜，譙國銍人。有奇才，博覽，無不該通。拜中散大夫。東平吕安服康高致，每一相思，輒千里命駕，康友而善。後安以事繫獄，辭相證引，遂復收康。《晉書》

《欽定四庫全書簡明目録》：「《嵇中散集》十卷。《晉書》爲康立傳，舊本因題曰晉者，繆也。其集散佚，至宋僅存十卷。此本爲明黄省曾所編，雖卷數與宋本同，然王楙《野客叢書》稱康詩六十八首，此本僅詩四十二首，合雜文僅六十二首，則又多所散佚矣。」

康美詞氣，有風儀，土木形骸，不自藻飾。學不師授，博覽該通。長好《莊》、《老》，屬文玄遠。以魏宗室婚拜中散大夫。景元初，鍾會譖於晉文帝，遇害。《郡齋讀書志》

《嵇中散集》十卷。叔夜本姓奚，自會稽徙譙之銍縣嵇山，家其側，遂氏焉。取「稽」字之上，志其本也。案《晉書》本傳：「銍縣有嵇山，家於其側，因而命氏。」此云「取稽字之上」，蓋以「嵇」與「稽」字體相近，爲不忘會

稽之意。《文獻通考》作「取嵇」恐誤。所著文論六七萬言，今存於世者僅如此。《唐志》猶有十五卷。《直齋書録解題》

潘岳

字安仁，滎陽中牟人。少以才穎見稱，早辟司空太尉府，舉秀才。孫秀爲小史給岳，岳數撻辱之，秀常銜忿。及秀爲中書令，岳於省内謂秀曰：「孫令猶憶疇昔周旋不？」答曰：「中心藏之，何日忘之。」俄而秀遂誣岳爲亂，誅之。《晉書》

習鑿齒

字彦威，襄陽人。爲滎陽太守。《晉書》

張華

字茂先，范陽方城人。少孤貧，自牧羊，同郡盧欽見而器之。鄉人劉放亦奇其才，以女妻焉。華學業幽博，辭藻温麗，朗贍多通，圖緯方技之書莫不詳覽。爲太常博士，轉兼中書郎。後詔加右光禄大夫，封壯武郡公，遷司空。爲趙王倫所殺。《晉書》

《張華集》三卷。茂先家有書三十乘，天下奇秘悉在。博物洽聞，世無與比。集有詩一百二十、哀詞册文二十一、賦三。《郡齋讀書志》

向　秀

字子期，河内懷人。清悟有遠識，應本郡計入洛，文帝問曰：「聞有箕山之志，何以在此？」秀曰：「以爲巢許未達堯心，豈足多慕。」後爲黄門侍郎。《晉書》

殷仲文

爲驃騎參軍，出爲東陽太守。《晉書》

案：仲文，陳郡人也。

嵇　含

字君道，家在鞏縣亳邱。舉秀才，除郎中。時弘農王粹以貴公子尚主，圖莊周於室，集朝士，使含爲讚。援筆爲弔文，文不加點。粹有愧色。《晉書》

郭璞

字景純，河東聞喜人。好經術，博學有高才，而訥於言論，詞賦爲中興之冠。著《江賦》，其辭甚偉，爲世所稱。後復作《南郊賦》，帝見而嘉之，以爲著作佐郎。王敦謀逆，使璞筮，璞曰：「無成。」敦怒，收璞斬之。敦平，追贈弘農太守。《晉書》

案：《隋志》：璞集十七卷。

傅玄

字休奕，北地泥陽人。少孤貧，博學善屬文。州舉秀才，遷司隸校尉。卒年六十二，謚曰剛。子咸，字長虞，舉孝廉。贈司隸校尉。《晉書》

案：《隋志》引《朝會賦集》，十五卷。梁三十卷。

庾闡

字仲初，潁川鄢陵人。好學，九歲能屬文。拜給事中。吴國内史虞潭爲太伯立碑，闡製其文。又作《揚都賦》，爲世所重。年五十四卒，謚曰貞。《晉書》

庾闡《揚都賦》成，庾亮云：「可三《二京》四《三都》。」於是人人競寫，都下爲之紙貴。《世説》

曹　毗

字輔佐，譙國人。少好文籍，善屬詞賦，徵拜太學博士，累遷至光禄勳。凡所著文筆十五卷，傳於世。《晉書》

案：毗亦著《揚都賦》，亞於庾闡。《隋志》：《庾闡集》九卷。《曹毗集》十卷。

潘　尼

字正叔，少有清才，位至太常博士。《晉書》

案：尼，滎陽人。祖勗，尚書右丞。岳從子也。

成公綏

字子安，東郡白馬人。少有俊才，詞賦甚麗，不求聞達。時有孝烏集其廬舍，綏謂有反哺之德，以爲祥禽，乃作賦美之。張華雅重綏，每見其文，歎伏以爲絶倫。卒年四十三。所著詩賦雜筆十餘卷，行於世。《晉書》

案：《隋志》：《成公綏集》九卷。梁十卷。

左思

字太沖，齊國臨淄人。家世儒學，貌寢口訥，而辭藻壯麗。不好交游，惟以閒居爲事。造《齊都賦》，一年乃成。復欲賦三都，會妹芬入宫，移家京師，乃詣著作郎張載訪岷邛之事。遂搆思十年，門庭藩溷皆著紙筆，遇得一句，即便疏之。自以所見不博，求爲省書郎。及賦成，時人未之重。自以其作不謝班、張，恐以人廢言。安定皇甫謐有高譽，思造而示之。謐稱善，爲其賦序。張載爲注《魏都》，劉逵注《吴》、《蜀》而序之曰：「觀中古以來爲賦者多矣，相如《子虛》擅名於前，班固《兩都》理勝其辭，張衡《二京》文過其意。至若此賦，擬議數家，傳辭會義，抑多精致，非夫研覈者不能練其旨，非夫博物者不能統其異。世咸貴遠而賤近，莫肯用心於明物。斯文吾有異焉，故聊以餘思爲其引詁，亦猶胡廣之於《官箴》、蔡邕之於《典引》也。」陳（紹）〔留〕衛瓘又爲思賦作《略解》，序曰：「余觀《三都》之賦，言不苟華，必經典要，品物殊類，稟之圖籍。辭義瓌瑋，良可貴也。有晉徵士故太子中庶子安定皇甫謐，西周之逸士，耽籍樂道，高尚其事，覽斯而慷慨，爲《三都序》。中書著作郎安平張載、中書郎濟南劉逵，並以經學洽博，才章茂美，咸皆悅玩，爲之訓詁。其山川土域，草木鳥獸，奇怪珍異，僉皆研精所由，紛散其義矣。余嘉其文，不能默已，聊藉二子

之遺忘，又爲之《略解》，祇增煩重，覽者闕焉。」自是之後，盛重於時。司空張華見而歎曰：「班、張之流也。使讀之者盡而有餘，久而更新。」於是豪貴之家競相傳寫，洛陽爲之紙貴。初，陸機入洛，欲爲此賦，聞思作之，撫掌而笑，與弟雲書曰：「此間有傖父，欲作《三都賦》，須其成，當以覆酒甕耳。」及思賦出，機絶歎伏，以爲不能加也，遂輟筆焉。《晉書》

案：《隋志》：《左思集》二卷。梁有五卷。

棗　據

字道彦，潁川長社人。美容貌，善文辭。弱冠辟大將軍府，遷尚書郎。賈充請爲從事中郎，遷庶子。所著詩賦論四十五首。《晉書》

木　華

案《七志》曰：華，字玄虚，爲楊駿府主簿。傅亮《文章志》：廣川木玄虚爲《海賦》，文甚儁麗，足繼前良。李充《翰林論》曰：木氏《海賦》壯則壯矣，然首尾負揭，狀若文章，亦由未成而然也。

王廙

字世將，丞相導從弟。爲濮陽太守。元帝作鎮江左，廙弃郡過江，帝見之大悦。及帝即位，奏《中興賦》，疏曰：「雖未必宣揚盛美，亦詩人嗟嘆詠歌之義也。」《晉書》

案：《隋志》：廙集十卷。

顧愷之

字長康，晉陵無錫人。博學有才氣，嘗爲《筆賦》。俗傳愷之有三絶：才絶、畫絶、癡絶。年六十二卒。所著文集及《啟矇記》行於世。《晉書》

孫綽

字興公。博學，善屬文，有高尚之志。居於會稽，游放山水十有餘年，乃作《遂初賦》以致其意。絶重張衡、左思之賦，每云：「《三都》《二京》，五經之鼓吹也。」嘗作《天台山賦》，詞致甚工。初成，以示友人范榮期云：「卿試擲地，當作金石聲也。」榮期曰：「恐此金石非中宫商。」然每至佳句，輒云：「應是吾輩語。」時大司馬桓温欲經緯中國，以河南初平，將移都洛陽。綽乃上疏，温

不悦，曰：「致意興公，何不尋君《遂初賦》，知人家國事耶！」《晉書》

袁宏

字彦伯，有逸才，文章絶美。累遷大司馬桓温府記室。温重其文筆，專綜書記。後爲《東征賦》，賦末列稱過江諸名德而獨不載桓彝。温知之甚忿，而憚宏一時文宗，不欲令人顯問。後游青山，飲歸，命宏同載，行數里，問宏云：「聞君作《東征賦》多稱先賢，何故不及家君？」宏答曰：「尊公稱謂非下官敢專，既未遑啓，不敢顯之耳。」温疑不實，乃曰：「君欲爲何辭？」宏即答曰：「風鑒散朗，或搜或引。身雖可亡，道不可隕。宣城之節，信義爲允也。」温泫然而止。宏賦又不及陶侃，侃子胡奴嘗於曲室抽刃問宏曰：「家公勳跡如此，君賦云何相忽？」宏窘急，答曰：「我已盛述尊公，何乃言無？」因曰：「精金百汰，在割能斷。功以濟時，職思靖亂。長沙之勛，爲史所貨。」胡奴乃止。從桓温北征，作《北征賦》，皆其文之高者。嘗與王珣、伏滔同在温坐，温令滔讀其《北征賦》，至「聞所聞於相傳，云獲麟於此野。誕靈物以瑞德，奚授體於虞者。疚尼父之洞泣，似實慟而非假；豈一性之足傷，乃致傷於天下」，其本至此便改韻。珣云：「此賦方傳千載，無容率爾。今於『天下』之後，移韻徙事，然於寫送之致，似爲未盡。」滔云：「得益寫韻一句，或爲小勝。」温曰：「卿思益之。」宏應聲答曰：「感不絶於余心，溯流風而獨寫。」珣誦味久之，謂滔

曰：「當今文章之美，故當共推此生。」《晉書》

陶潛

《欽定四庫全書簡明目録》：「《陶淵明集》八卷。今所傳六朝别集，惟此與《謝朓集》爲原書。然亦北齊陽休之所編，增入《聖賢羣輔録》、《孝傳》二書，已非昭明太子八卷之舊。宋庠校正又未能辨二書之依託，遂流傳至今。今删除二書，仍存八卷。雖未必合昭明之原第，而黜僞存真，庶幾猶爲近古焉。」

《集》十卷。淵明，潯陽人，晉、宋史皆有傳。晉安帝時爲彭澤令，去職。潛少有高趣，好讀書，不求甚解，著《五柳先生傳》以自況。世號「靖節先生」。今集有數本：七卷者，梁蕭統編，以《序》、《傳》、顔延之《誄》載卷首；十卷者，北齊陽休之編，以《五孝傳》、《聖賢羣轉録》、《序》、《傳》、《誄》分三卷益之，詩篇次差異。案《隋·經籍志》：潛集九卷。又云：梁有五卷，録一卷。《唐·藝文志》：集五卷。今本皆不與二志同。獨吴氏《西齋書目》有潛集十卷，疑即休之本也。休之本出宋庠家，云江左舊書，其次第最有倫貫。獨《四八目》後八儒三目二條似後人妄加。

或云淵明字元亮，大司馬侃曾孫，自號五柳先生，世稱靖節徵士。《直齋書録解題》

傅亮

字季友，北地靈州人也。博涉經史，尤善文詞。宋國初建，徙中書令，從還壽陽。高祖有受禪意，亮夜見長星竟天，亮拊髀曰：「我常不信天文，今始驗矣。」太祖登阼，加散騎常侍、左光禄大夫、開府儀同三司，又進爵始興郡公。《宋書》

范蔚宗

順陽人。少好學，删衆家《後漢書》爲一家之作。至太子詹事。蔚宗長不滿七尺，肥黑，秃眉鬚，善彈琵琶，能爲新聲。與謝綜、徐湛之、孔熙謀逆，被收在獄，爲詩曰：「雖無嵇生琴，庶同夏侯色。」至市，妓妾來別，蔚宗悲涕流連，綜曰：「舅殊不及夏侯色。」《宋書》

案：范史博綜典籍成一家言，體大思精，標置不妄。然如《后妃傳論》、《獨行傳論》諸篇，奮其文筆，將與班、蔡共翔，而敷兹藻采，亦與潘、陸方駕者焉。

謝靈運

博覽羣書，文章之美與顔延之爲江左第一。爲臨川内史。爲有司所糾，徙廣州棄市。《宋書》

謝惠連

年十歲能屬文，族兄靈運加賞之。爲司徒彭城王法曹。年三十七卒。《宋書》

《謝惠連集》五卷。十歲能屬文，爲《雪賦》，以高麗見奇。族兄靈運每見其新文，曰：「張華重生不能易也。」《郡齋讀書志》

顔延之

字延年，瑯琊人。好讀書，無所不覽，文章冠絶當時。爲光禄大夫。孝建三年卒，時年七十三，謚曰憲子。《宋書》

鮑照

字明遠，東海人。文辭雋逸。臨海王子頊鎮荆州，照爲參軍。子頊敗，爲亂軍所殺。《宋書》

《欽定四庫全書簡明目録》：「《鮑參軍集》十卷。照或作昭，唐人避武后諱也。其集，《隋志》作十卷。此本出自都穆家，與《隋志》卷數相合。然既以樂府爲一卷，而《采桑》、《梅花落》、《行路難》乃列入詩，中唐以前本不應荒陋至此，斷爲明人所重編。又往往註曰某字集作某，是采自他

書之明證。然文章皆有首尾，詩賦亦間有自序自註，與鈔撮類書者不同，其因舊本而妄爲竄亂歟。」

明遠，上黨人，世祖以爲中書舍人。孝武好文，自謂人莫能及。故照悟其旨，爲文多鄙言累句，當時謂照才盡，實不然也。事見沈約《書》。而李延壽《史》乃以世祖爲文帝。集有（唐）〔齊〕虞炎序，云：「爲宋景所害。」儻見於他書乎？《郡齋讀書志》

沈約《宋書》、李延壽《南史》皆作「鮑照」，而《館閣書目》直以爲「鮑昭」，且云「上黨人」，非也。《直齋書録解題》

鮑令暉

鮑照妹，有才思，亞於明遠。著《香茗賦集》行於世。《小名録》

謝莊

字希逸，七歲能屬文。及長，韶令美容儀，領軍將軍劉湛曰：「藍田生玉，豈虚也哉！」元嘉二十九年，除太子中庶子。時南平王鑠獻赤鸚鵡，普詔羣臣爲賦。太子左衛率袁淑文冠當時，作賦畢，齎以示莊。莊賦亦竟，淑見而嘆曰：「江東無我，卿當獨秀。我若無卿，亦一時之傑也。」遂

隱其賦。孝建二年，莊及度支尚書顧凱之並補選職，遷右衛將軍，加給事中。時河南獻舞馬，（昭）〔詔〕羣臣爲賦，莊所上甚佳。《齊書》

謝朓

字玄暉，陳郡人。少有美名，文章清麗。至尚書吏部郎。下獄死。《齊書》

《謝朓集》十卷。朓，陽夏人。明帝初，自中書郎出爲東海太守。東昏時爲祐黨譖害之。《郡齋讀書志》

《謝宣城集》五卷。集本十卷，樓炤知宣州，止以上五卷賦與詩刊之，下五卷皆當時應用之文，衰世之事。可采者已見本傳及《文選》。餘視詩劣焉，無傳可也。《直齋書録解題》

蕭統

《欽定四庫全書簡明目録》：「《昭明太子集》六卷。原本久佚，此本爲明葉紹泰所刊，較張溥《百三家集》本多《七召》等十三篇，而少《與明山賓令》等三篇。蓋兩本皆出掇拾，故互有出入。其詩亦誤收簡文帝作五首，當由不知《玉臺新詠》所題皇太子乃簡文非昭明也。」

《昭明太子集》五卷。《直齋書録解題》

江　淹

字文通，濟陽考城人。少孤貧，好學。天監元年爲散騎常侍、左衛將軍，封臨沮縣開國伯。其年以疾遷金紫光禄大夫，改封醴陵侯。謚曰憲。所著述百餘篇，自撰爲前、後集。《南史》

《欽定四庫全書簡明目録》：「《江文通集》四卷。舊有汪士賢、張溥兩刊本。此乃乾隆戊寅梁賓以汪本、張本合以張斌家舊鈔本，通爲一編，較爲賅備，於字句之譌異亦多所校正。」

《江淹集》十卷。淹少好學，不事章句，留情於文章。晚節才思微退，人謂才盡。著述百餘篇，今集二百四十九篇。《郡齋讀書志》

任　昉

見三國、六朝諸家。

陸　倕

見三國、六朝諸家。

袁翻

字景翔，陳郡項人。後拜度支尚書，加撫軍將軍。明帝靈太后曾宴華林園，舉觴謂羣臣曰：「袁尚書，朕之杜預。欲以此杯敬屬元凱，今爲盡之。」侍坐者莫不羡仰。建義初遇害河陰。所著文、筆百餘篇行於世。《北史》

陽固

字敬安。性俶儻，不拘小節。少任俠好劍客，弗事生産。年二十六始折節好學。宣武末，中尉王顯銜固，免固官。遂闔門自守，著《演賾賦》以明幽微通塞之事。卒，贈輔國將軍，謚曰文。《北史》

顔之推

字介，琅邪臨沂人。祖見遠、父協竝以義烈稱世。善《周官》、《左氏》學，俱《南史》有傳。之推年十二，遇梁湘東王自講《莊》、《老》，之推便預門徒。虚談非其所好，還習《禮》、《傳》，博覽書史，無不該洽。辭情典麗，甚爲西府所稱。好飲酒，多任縱不修邊幅，時論以此少之。齊亡入周。

隋開皇中，太子召爲文學，深見禮重，尋以疾終。《北史》

《稽聖賦》三卷，北齊黄門侍郎顏之推撰。其孫師古注。蓋擬《天問》而作，《中興書目》稱「李淳風注」。《直齋書録解題》

顏之儀

字升幼。穎悟，三歲能讀《孝經》。及長，博涉羣書，好爲詞賦。嘗獻梁元帝《荆州頌》，辭致雅贍，帝手勅曰：「枚乘二葉，俱得游梁；應貞兩世，並稱文學。我求才子，鯁慰良深。」卒。有文集十卷行於世。《北史》

徐陵

見三國、六朝諸家。

庾信

字子山，南陽新野人。幼而俊邁，聰敏絶倫，博覽羣書，尤善《春秋左氏傳》。身長八尺，腰帶十圍，容止頽然有過人者。聘於西魏，遂留長安。信雖位望通顯，常有鄉關之思，乃作《哀江南

賦》以見意。《北史》

《欽定四庫全書簡明目録》：「《庾開府集箋註》十卷，國朝吴兆宜箋註。考《倪璠集》有《與齊學士借庾子山集書》，則信集在元末尚有傳本，至明遂佚。此本蓋從諸書鈔撮，已非其舊。胡渭欲爲作注而未竟，兆宜采其遺稿，與徐樹穀等補綴成書。《庾子山集註》十六卷，國朝倪璠撰。以吴兆宜所箋《庾信集》出自衆手，不免漏略，乃重爲補葺，併作《年譜》冠於前。雖稍傷冗漫，而於史事考證較詳，其辨誤收楊炯文二篇，亦頗爲精審。」

《庾信集》二十卷。

子山，仕梁及周。其在揚都有集四十卷，及江陵又有三卷，皆兵火不存。今集止自入魏以來所作，而《哀江南賦》實爲首冠。《直齋書録解題》

妙善文詞，尤工詩賦。窮緣情之綺靡，樂體物之瀏亮。誅奪安仁之美，碑有伯喈之情。箴似揚雄，書同阮籍。滕王逌《原序》

案《隋書·經籍志》：《梁度支尚書庾肩吾集》十卷。《後周開府庾信集》二十一卷。

盧思道

見三國、六朝諸家。

謝偃

見唐作家。

崔仁師

太宗幸翠微宫，上《清暑賦》以諷，賜帛五十段。《唐書》

李淳風

《太一樞會賦》一卷，玄宗注。《唐志》

張九齡

見唐作家。

宋璟

見唐作家。

案：《梅花賦》不傳。

李白

字太白，興聖皇帝九世孫。其先隋末以罪徙西域。神龍初，遁還，客巴西。白之生，母夢長庚星，因以命之。賀知章言於玄宗，召見，有詔供奉翰林。放還。永王璘辟爲僚佐。璘敗，當誅。郭子儀請解官以贖，詔長流夜郎。李陽冰爲當塗令，白依之。卒年六十餘。《唐書》

《欽定四庫全書簡明目録》：「《分類補註李太白集》三十卷，宋楊齊賢集註，元蕭士贇删補。前二十五卷爲古賦、樂府、歌詩，後五卷爲雜著。且分類編次，與舊本迥異，未審爲齊賢所改？士贇所改？其註則以『齊賢曰』、『士贇曰』别之。註白集者，由宋及元傳世者惟此一本。」

《李翰林集》二十卷。白舊集十卷，唐李陽冰序。咸平中，樂史别得白歌詩十卷，凡歌詩七百七十六篇，又纂雜著，爲《别集》十卷。宋次道治平中得王文獻及唐魏萬所纂白詩，又裒唐類詩洎刻石所傳者，通李陽冰、樂史集共一千一篇，雜著六十五篇。曾子固乃考其先後而次第之，云：「白，蜀郡人。天寶初至長安，明皇召爲翰林供奉，頃之不合，去。安禄山反，明皇在蜀，永王璘節度東南。白時卧廬山，迫致之。璘敗，坐繫潯陽獄。崔涣、宋若思驗治白，以爲罪薄，釋白囚，使謀其軍。乾元元年，終以汙璘事長流夜郎。以赦得釋。過當塗，以卒。其始終更涉如此。此白

之詩書所自序可考者也。《舊史》稱:『白,山東人,爲翰林待詔。』又稱:『白在宣城謁見永王璘,遂辟爲從事。』而《新書》又稱『白流夜郎,還潯陽,坐事下獄,宋若思釋之』者,皆不合於白之自序,蓋史誤也。」予案:杜甫詩亦以白爲山東人,而蘇子瞻嘗恨白集爲庸俗所亂,則白之自序亦未可盡信,而以爲史誤。近蜀本又附入左緜邑人所裒曰白隱處少年所作六十篇,尤爲淺俗。白天下英麗,其辭逸蕩儁偉,飄然有超世之心,非常人所及,讀者自可別其眞僞也。《郡齋讀書志》

《李翰林集》三十卷。案《解題》中所云應作三十卷。原本脱「十」字,今校補。《唐志》有《草堂集》二十卷者,李陽冰所録也。今案:陽冰《(唐)〔序〕文》但言十喪其九,而無卷數。又樂史《序文》稱《李翰林集》十卷,別收歌詩十卷,因校勘爲二十卷,又於館中得賦、序、表、書、贊、頌等亦爲十卷,號曰《別集》。然則三十卷者,樂史所定也。《直齋書録解題》

杜甫

字子美。本襄陽人,徙河南鞏縣。天寶十三載,獻《三大禮賦》,玄宗奇之,召試,授京兆府兵曹參軍。禄山陷京,甫遁還河西,謁肅宗於彭原郡,拜右拾遺,出爲華州司功參軍。嚴武奏爲參謀檢校工部員外郎。武卒,遊東蜀,辟亂荆楚,寓耒陽,卒,年五十九。《唐書》

《杜工部集》二十卷。《唐志》:集六十卷、小集六卷。王洙原叔蒐裒中外別録雜著爲二卷,

合爲二十卷。世言子美詩集大成，而無韻者幾不可讀。然開元以前，文體大略如此。若《三大禮賦》詞氣壯偉，又非唐初餘子所能及也。《直齋書録解題》

案：楚騷、漢賦、六朝樂府，才情藻思，各擅其長。至唐一發於詩，而三百年間，李、杜傑然爲之倫魁。以詩擬賦，則白也乃相如之亞，甫其揚雄之匹歟。至以賦論，二公亦嘗出其緒餘，偶一涉筆，如白《惜餘春》、《江南春》諸作即《騷》之苗裔、樂府之逸軌；甫《三大禮》體格整雅，筆勢壯偉，陶鎔班、左，跨躡徐、庾矣。

李　華

見唐作家。

王　維

見唐作家。

案：維賦僅見《白鸚鵡》，神格迥絶，軼《舞鶴》而上矣。

柳宗元

見唐作家。

盧肇

字子威。李德裕左宦宜春，盧肇以文見知。既拜相，舊例放榜先呈宰相，王起問德裕所欲，答曰：「何問。爲盧肇、丁稜、姚鵠，豈可以不與及第！」起遂依次放之。《唐詩紀事》

《海潮賦》一卷。《唐志》

王起

字舉之。王播，起之兄也。爲尚書左僕射，封魏郡公。凡四舉士，皆知名者。人服其鑒。卒年八十八，贈太尉，謚文懿。《唐書》

集，一百二十卷。《唐志》

王棨

字輔之，福唐人。咸通三年，鄭侍郎讜下進士及第，試《倒載干戈賦》、《天驥呈材詩》，公詞賦清婉，託言奇巧。有《江南春賦》，末云：「今日併爲天下，春無江南兮江北。」又有《詔遣軒轅先生歸舊山賦》及《馬惜錦韉泥賦》尤美。黄璞《王郎中傳》

黄滔

字文江，《光化四門博士集》十五卷。《唐志》

《欽定四庫全書簡明目録》：「《黄御史集》十卷、附録一卷。原集久佚，此本乃宋淳熙中其後人所重編。文頗贍蔚，詩亦有貞元、長慶之風，雖不及韓偓、羅隱、司空圖，究遠勝徐寅、杜荀鶴也。」

楊億

年十二，讀書祕閣，擬《文選·兩京賦》作《東西京賦》以進，太宗嘉之。咸平四年，錢惟演獻《東京賦》，又直史館劉蒙叟上章獻《宋都賦》，述宋由玆地建號，宜升宋州爲都。上嘉之，命史館

檢故事以聞。《宋史》

《歷代紀元賦》一卷，億撰。次漢至五代正統年號爲賦一首，又别爲《宋頌》四章。《郡齋讀書志》

梁周翰

字元褒，鄭州管城人。幼好學，十歲能屬詞。乾德中，獻《擬制》二十編，擢爲右拾遺。會修大内，上《五鳳樓賦》，人多傳誦之。《宋史》

吴淑

字正儀，潤州丹陽人。幼俊爽，屬文敏速。韓熙載、潘佑以文章著名江左，一見淑，深加器重。作《事類賦》百篇以獻，詔令注釋。淑分注成三十卷上之，遷水部員外郎。《宋史》

《欽定四庫全書簡明目録》：「《事類賦》三十卷，凡一百篇，皆隱括故實，以一題爲一賦，頗爲簡要。康熙末，華希閔嘗病其未備而廣之，然精博不逮淑也。」

《補註事類賦》三十卷。始淑進《一字賦》百首爲二十卷，奉旨令其注釋，遂廣爲三十卷云。淑，渤海人。《郡齋讀書志》

案：楊鈞《魯史分門屬類賦》三卷，乾德四年奉御詔（褒）〔哀〕之，楊文舉注。尹玉羽《春秋字

源賦》，咸平四年知河南府李玉上之，以賦送祕閣。

程　琳

字天球，永寧軍博野人。贈中書令，謚文簡。《宋史》

案：琳有《子奇賦》。

范仲淹

見宋作家。

案：仲淹有《明堂賦》。

晏　殊

見宋作家。

周邦彦

字美成，錢塘人。元豐初游京師，獻《汴都賦》萬餘言，神宗異之，命侍臣讀於邇英閣，召赴政

事堂，自太學諸生一命爲正。《宋史》

案：王仲專有《南都賦》。

王十朋

字龜齡，温州樂清人。資穎悟，日誦數千言。及長，有文行，聚徒梅溪，受業者以百數。事親孝，終喪不處内，友愛二弟，郊恩先奏其名，没而二子猶布衣。書室扁曰「不欺」。《宋史》

《欽定四庫全書簡明目録》：「《會稽三賦》三卷，一曰《會稽風俗賦》，一曰《民事堂賦》，一曰《蓬萊閣賦》，皆有關會稽之風土。嵊縣周世則嘗爲注《會稽風俗賦》。郡人史鑄病其不詳，乃爲增注，併後二賦亦注之。」

祝堯

《欽定四庫全書簡明目録》：「《古賦辨體》八卷、《外集》二卷，元祝堯編。於兩漢至宋諸賦每朝録取數篇，辨其體格。其《外集》則《擬操》及《琴操》之類，爲賦家支流者也。於正、變原委頗爲明析。」

周南瑞

《欽定四庫全書簡明目録》：「《天下同文集》四十四卷。原本五十卷，今佚六卷。南瑞文詞雖爲吴澄所稱，此選乃頗類書肆本，不足盡元代之文，然亦多蘇天爵《文類》所未收，亦足以互相補苴。」

楊維禎

《欽定四庫全書簡明目録》：「《麗則遺音》四卷，其門人陳存禮編，凡賦三十二篇，皆應舉時私擬程試之作。舊無刻本，此本出常熟毛晉家，稱嘗得元乙亥科湖廣鄉試《荆山璞賦》一册，此集附於册末，因爲剞劂而以《荆山璞賦》五篇附之云。」

四六叢話卷三十一

作家四 三國六朝諸家

案：古文至魏氏而始變，變而爲矜才侈博。六朝由此增華，然而質韻猶存，沈刻峭拔是其所長，無襞積餖飣之迹也，如鍾索初變隸法，尚留古意。述儷者於此尋源，溯古者於此辨異。

魏文帝

諱丕，字子桓，武帝太子也。中平四年冬生于譙。建安十六年，爲五官中郎將。太祖崩，嗣位爲丞相。魏王延康元年丙午，漢帝使張音奉璽綬禪位，庚午即祚，改延康爲黄初。七年五月丁巳崩于嘉福殿，年四十。初，帝好文學，以著述爲務，自所勒成垂百篇，又使諸儒撰集經傳，隨類相從，凡千餘篇，號曰《皇覽》。《魏志》

陳思王曹植

字子建，年十歲餘善屬文，時鄴銅爵臺成，太祖使爲賦，植援筆立成。黄初三年，爲鄄城王。太和三年，徙封東阿。六年，封陳王。薨，年四十一。所著賦、頌、詩、銘、雜論凡百餘篇。《魏志》

《欽定四庫全書簡明目録》：「《曹子建集》十卷，凡賦四十四篇、詩七十四篇、雜文九十三篇。目録後有嘉定六年癸酉字，蓋即《文獻通考》所載本也。其中《善哉行》誤收古詞。《七哀詩》不收本詞而收《晉樂》所奏。《玉臺新咏》所載《棄婦篇》、《藝文類聚》所載《回文鏡銘》、《坦齋通篇》所載王宋詩，均未收入，亦不免有所舛漏。」

《曹植集》一卷。植，太祖子，謚曰思。集僅二百篇。《郡齋讀書志》

諸葛亮

字孔明，瑯琊陽都人。先主即位，策亮爲丞相。建興元年，封武鄉侯。十二年八月卒于軍，年五十四。《漢晉春秋》曰：亮卒于郭氏塢。遺命葬漢中定軍山，謚忠武。《蜀志》

案武侯文沿體東漢，真而婉，邃而暢。然如《上漢中王表》、《正議》等篇，抑揚壯麗，實開排偶門庭矣，特氣尤沈厚耳。

曹冏

字元首，少帝族祖，爲弘農太守。《魏晉春秋》

繁欽

字休伯，以文才機辯，少得名于汝潁。長於書記，又善爲詩賦。爲丞相主簿。建安二十三年卒。《典略》

楊修

字德祖，太尉彪子。建安中舉孝廉，除郎中。丞相請署倉曹屬主簿。臨菑侯植以才捷愛幸修，數與修書。至二十四年秋，公以修前後漏泄言教，收殺之。臨死，謂故人曰：「我固自以死之晚也。」其意以爲坐曹植也。《典略》

應璩

字休璉。博學好屬文。明帝世，歷官散騎常侍。曹爽秉政，多違法度，璩爲詩以諷焉。嘉平

四年卒。《文章敘録》

應瑒

字德璉。太祖辟爲丞相掾屬，轉平原侯庶子。後爲五官將文學。著文、賦數十篇。《魏志》

吴質

字季重。以才學通博爲五官將及諸侯所禮愛，質亦善處其兄弟之間，若前世樓君卿之游五侯矣。出爲朝歌長，後遷元城令。《魏略》

陳琳

字孔璋。前爲何進主簿，進欲誅宦官，琳諫不納，避難冀州。袁紹使典文章。袁敗，歸太祖，爲司空軍謀祭酒，管記室。徙門下督。《魏志》

《陳孔璋集》十卷，魏丞相軍謀掾廣陵陳琳撰。案《魏志》：文帝爲五官中郎將，及平原侯植皆好文學。山陽王粲仲宣、北海徐幹偉長、廣陵陳琳孔璋、陳留阮瑀元瑜、汝南應瑒德璉、東平劉楨公幹，竝見友善。自邯鄲淳、繁欽、路粹、丁廙、楊修、荀綽等亦有文采，而不在此七人之列，世

所謂「建安七子」者也。但自王粲而下纔六人，意子建亦在其間耶？而文帝《典論》則又以孔融居其首，并粲、琳等謂之七子，植不與焉。今諸家詩文散見於《文選》及諸類書，其以集傳者，仲宣、子建、孔璋三人而已。余家亦未有《仲宣集》。《直齋書録解題》

阮瑀

字元瑜，少受學蔡邕。建安中，都護曹洪欲使掌書記，瑀終不爲屈。太祖以瑀爲司空軍謀祭酒，管記室。十七年卒。《魏志》

案：籍，瑀之子也。

陸景

字士仁。以尚公主拜騎都尉，封毗陵侯，拜偏將軍中夏督。澡身好學，著書數十篇。《魏志》

《陸景集》一卷，亡。《隋志》

案：景，吴人遜之孫，抗之次子。抗卒，與兄晏、弟玄、機、雲分領抗兵，後爲王濬軍所殺。

陸機

見賦家。

陸雲

見賦家。

薛綜

字敬文，沛郡竹邑人。爲五官中郎，除合浦、交阯太守。權敕綜祝祖不得用常文，綜承詔，卒造文義，信辭粲爛。權曰：「復爲兩頭，使滿三（月）〔也〕。」綜復再祝，辭令皆新，衆咸稱善。赤烏五年，爲太子少傅。六年春，卒。凡所著詩、賦、難、論數萬言，名曰《私載》。《吴志》

袁宏

見賦家。

向秀

見賦家。

張華

見賦家。

潘岳

見賦家。

嵇康

見賦家。

索靖

字幼安，敦煌人。該博經史，兼通内緯，與衛瓘俱以草書知名。有先識遠量，知天下將亂，指

洛陽宫門銅駝曰：「會見汝在荆棘中耳。」太安末，拜遊擊將軍，與賊戰，大破之，靖亦被傷，卒。贈司空，謚莊靖。《晉書》

張載

字孟陽，安平人。博學有文章。太康初，至蜀省父，經劍閣，以蜀人恃險好亂，因著銘以作誡。又爲《濛汜賦》，傅玄見而歎之。起家佐著作郎，出補肥鄉令。長沙王乂請爲記室督。拜中書侍郎。見世方亂，無復進仕意，遂稱疾篤告歸。《晉書》

張協

字景陽。守道不競，以屬詠自娱，擬諸文士作《七命》，世以爲工。永嘉初，徵爲黄門侍郎，託疾不就。時人謂載、協、亢爲「三張」。亢《述曆贊》一篇，見《律曆志》。《晉書》

案：亢，字季陽。才藻不逮二昆。

皇甫謐

字士安，〔安〕定朝那人。年二十，不好學，游蕩無度。叔母任氏曰：「修身篤學，自汝得之，

於我何有！」對之流涕。乃感激，就鄉人席坦受書，躬自稼穡，帶經而農，遂博綜典籍。舉孝廉，不行。武帝下詔敦逼，竟不仕。卒，年六十八。所著詩賦誄頌論難甚多，又撰《帝王世紀》、《年曆》、《高士》《逸士》《列女》等傳、《玄晏春秋》，並重於世。《晉書》

趙　至

字景真，代郡人。寓居洛陽。緱氏令初到官，至年十三，與母同觀。母曰：「爾後能如此不？」至感母言，詣師受業。聞父耕叱牛聲，投書而泣，曰：「我未能榮養，使老父不免勤苦。」年十四，詣洛陽，遇嵇康，請問姓名，康曰：「年少何以問邪？」曰：「觀君風氣非常，所以問耳。」年十六，游鄴，復與康相遇，隨康還山陽，改名浚，字允元。遼西舉郡計吏，到洛，與父相遇。時母已亡，父欲令其宦立，弗之告，仍戒以不歸。太康中，以良吏赴洛，方知母亡，號憤慟哭，歐血而卒，時年三十七。《晉書》

劉　伶

字伯倫，沛國人。容貌甚陋，放情肆志，未嘗措意文翰。著《酒德頌》一篇。嘗爲建威參軍。泰始初，對策，時輩皆以高第得調，伶獨以無用罷。竟以壽終。《晉書》

劉琨

字越石，中山魏昌人。二十六爲司隸從事。時石崇河南金谷澗中有别廬，冠絶時輩。琨預其間，文詠頗爲當時所許。以勳封廣武侯。永嘉元年，爲并州刺史。建武元年，與匹（殫）〔磾〕期討石勒。匹（殫）〔磾〕雅重琨，初無害琨志。其中弟叔軍有智謀，謂匹（殫）〔磾〕曰：「若有奉琨以起，吾族盡矣。」遂留琨。會王敦密使匹（殫）〔磾〕殺琨，匹（殫）〔磾〕懼衆反，稱有詔收琨，遂縊之。時年四十八。《晉書》

《劉司空集》十卷。前五卷差全可觀，後五卷闕誤，或一卷數行，或斷續不屬，殆類鈔節者，末卷《劉府君誄》尤多譌，未有别本可以是正。《直齋書録解題》

盧諶

字子諒，善屬文。選尚武帝女滎陽公主，拜駙馬都尉。劉琨爲司空，以諶爲主簿。匹（殫）〔磾〕既害琨，尋亦敗喪。時南路阻絶，段末波在遼西，往投之。元帝初，末波通使江左，諶因使抗表理琨，文旨甚切，即加弔祭。累徵諶，爲末波所留，不得南渡。流離世故且二十載。冉閔誅石氏，諶隨閔軍遇害，時年六十七。《晉書》

案：越石寥寥數篇，才氣傑然，足蓋魏晉。其《勸進表》、《答盧諶詩序》豪宕感激，從肺腑流出，無意於文而文斯至，不獨五言寄託非常也。孝穆、子山得其一斑，遂以名世。抽青妃白者豈常夢見，子諒亦自斐然，視越石則邾莒矣。

石崇

字季倫，生于青州，故小名齊奴。穎悟有才氣，而任俠無行檢。在荆州刦遠使商客，致富不貲。有妓曰緑珠，美而豔，善吹笛。孫秀求之不得，遂矯詔收崇，緑珠自投樓下而死。崇被害，時年五十二。《晉書》

干寶

字令升，新蔡人。少勤學博覽，撰集古今神祇靈異人物變化，名爲《搜神記》，以示劉惔。惔曰：「卿可謂鬼之董狐。」又爲《春秋左氏義外傳》，注《周易》、《周官》凡數十篇，及雜文集皆行于世。《晉書》

庾亮

字元規，明穆皇后之兄。以誅王敦功封永昌縣公。咸康六年薨，年五十二。贈太尉，謚文

康。《晉書》

桓温

字元子。豪爽有風槩，姿貌甚偉，面有七星。選尚南康長公主，拜駙馬都尉。累遷大司馬。薨，時年六十二。《晉書》

劉穆之

字道和，小字道人。東莞莒人，世居京口。宋武帝尅京城，從何無忌求府主簿。帝曰：「我須一軍吏甚急。」穆之曰：「無見踰者。」帝曰：「卿能自屈，吾事濟矣。」即于坐受署。穆之與朱齡石並便尺牘，嘗于武帝坐與齡石並答書，自旦至日中，穆之得百函，齡石得八十函。而穆之應對無廢，性奢豪，食必方丈，旦輒爲十人饌，未嘗獨餐。義熙十三年卒。追贈開府儀同三司。《南史》

虞通之

餘姚人。善言《易》。至步兵校尉。《南史》

檀　珪

字伯玉。位沅南令。元徽中安成郡丞。《南史》

案：珪，道濟之孫。

周　朗

字義和，汝南安成人。爲江夏王義恭參軍。及義恭出鎮，府主簿羊希從行，與朗書戲之，勸令獻奇進策。朗報書援引古義，辭意倜儻。孝武即位，上書陳述，多自矜誇。忤旨去職。後以居喪無禮，鎖付邊郡，傳送寧州，於道殺之。《南史》

周　顒

字彦倫。元徽中爲剡令，有恩惠。齊高帝輔政，爲齊殿中郎。建元初，爲長沙王參軍、山陰令，轉國子博士兼著作。惠太子問顒：「菜食何味最勝？」顒曰：「春初早韭，秋末晚菘。」著《四聲切韻》行於時。《南史》

袁昂

字千里，雍州刺史顗之子。容質修偉。以父亡不以理，終身不聽音樂。本名千里，齊永明中，武帝謂曰：「昂昂千里之駒，在卿有之。改卿名爲昂。」即字千里。大通中，位司空。大同六年薨，謚穆正。有集二十卷。《南史》

任昉

字彦昇，樂安博昌人。父遥，齊中散大夫。遥妻裴氏夢五色采旗蓋四角懸鈴自天而墜，一鈴落懷中，心悸，因而有娠。占曰：「必生才子。」及生昉，幼而聰明，八歲能屬文，製《月儀》，辭甚美。小名阿堆。初舉兖州秀才。拜太學博士。梁武帝以爲記室參軍，專主文翰。尋轉祕書監，出爲新安太守。謚敬子。《南史》

陸倕

字佐公。少勤學，善屬文，所讀一徧必誦于口。嘗借人《漢書》，失《五行志》四卷，乃暗寫還之，略無遺脱。十七舉本州秀才。與任昉友，爲《感知己賦》以贈昉。梁武帝愛倕才，敕撰《新漏

刻銘》，文甚美。累遷太常卿。《南史》

劉虯

字靈預，一字德明。南陽涅陽人。少抗節好學，須得禄便隱。宋泰始中，仕至晉平王驃騎記室，罷。永明三年，徵爲通直郎，不就。卒，年五十八。《南史》

《齊徵士劉虯集》二十四卷，亡。《隋志》

張充

字延符。少好逸遊。緒告歸，至吴逢充獵，右臂鷹，左牽狗。緒曰：「一身兩役，無乃勞乎？」充跪曰：「充聞三十而立，今充二十九矣，請至來歲。」及明年，便修改，多所該通。歷尚書殿中郎。天監初，歷太常卿、吏部尚書。卒于吴郡，謚曰穆。《南史》

案：充，吴郡吴人，緒之子也。

蕭子良

字雲英，武帝第二子。少有清向，一作「尚」。禮才好士，天下才學皆游集焉。善立勝事，夏月

客至，爲設瓜飲及甘果，著之文教。士子文章及朝貴辭翰，皆發教撰録。隆昌元年，疾篤，曰：「門外應有異。」遣人視，見淮中魚無算，皆浮出水上向城門。尋薨，年三十五。所著内外文筆數十卷。《南史》

梁武帝

諱衍，字叔達，小字練兒。南蘭陵中都里人，姓蕭氏。生有異光，舌文八字。有文在右手曰「武」。及長，博學多通。天監元年即位，王侯朝臣皆奉表質疑，帝皆爲解釋。自在田及登寶位，躬制贊序詔誥銘誄箴頌牋奏諸文字又百二十卷。六藝備閑，棊登逸品。《南史》

簡文帝

諱綱，字世纘，小字六通。武帝第三子，昭明太子母弟。幼聰睿，六歲能屬文，辭藻豔發，時號宫體。所著《昭明太子傳》五卷、《文集》一百卷行於世。《南史》

元帝

諱繹，字世誠，小字七符。武帝第七子。天監十三年封湘東王。帝聰悟俊朗，博極羣書，工

書善畫，自圖宣尼像，爲之贊而書之，時人謂之三絶。著《文集》五十卷。《南史》

蕭綸

字世調，小字六真。武帝第六子。少聰穎博學。善屬文，尤工尺牘。後預餞衡州刺史元慶和，於坐賦詩十二韻，大爲武帝賞，曰：「汝人才如此，何慮無聲。」旬日間拜郢州刺史。《南史》

案：《金石略》、《陶弘景碑》、《招隱寺剎下銘》皆蕭綸八分書。

王僧孺

字僧孺，東海郯人。幼聰慧，七歲能讀十萬言。及長，篤愛墳籍，家貧，常傭書以養母，寫畢諷誦亦了。建武初，除儀曹郎，遷書侍御史，出爲錢塘令。天監初，爲南海太守。徵還，遷尚書左丞兼御史中丞。普通二年卒。《文集》三十卷。《南史》

王曇首

幼有素尚，兄弟分財，曇首惟取圖書。宋武帝大會戲馬臺賦詩，曇首文先成。卒，時年三十七。贈光禄大夫，謚曰文。子僧綽嗣。《南史》

王儉

字仲寶。生而僧綽遇害，爲叔父僧虔所養。幼篤學，賓客或相稱美，僧虔曰：「我不患此兒無名，政恐名太甚耳。」宋明帝選尚陽羡公主。齊高帝踐祚，建元元年封南昌縣公。薨，年四十八，謚文憲。《南史》

孔稚珪

字，德璋。會稽山陰人。《齊書》

集十卷。稚珪，道隆孫，爲東南冠族。少知名，有文彩，辭章清拔，獨冠當世。舉秀才，爲安成王法曹參軍。齊高帝時補記室參軍，終于都官尚書、散騎常侍、太子詹事，追贈金紫光禄大夫，謚簡子。集有序云：「所爲文章，雖行於世，竟未撰集。今摭其遺逸，分爲十卷。」然莫知其爲誰序也。《郡齋讀書志》

《孔德璋集》十卷。案：《文獻通攷》作一卷。《北山移文》其所作也。《直齋書録解題》

王　融

字元長。少警慧。母臨川太守謝惠宣女，教融書學。博涉有文才。從叔儉謂人曰：「此兒至四十，名位自然及祖。」舉秀才，弱年求自試，遷祕書丞。永明九年，芳林園禊宴，使融爲《曲水詩序》，當時稱之。爲中書郎，欲矯詔立子良，不遂，于獄賜死，年二十七。《南史》

蕭大圜

簡文帝第二十子。大寶元年封。後入周，仕隋，位内史侍郎。《南史》

張　纘

字伯緒。梁初尚武帝女富陽公主，起家祕書郎。好學，兄緬有書萬餘卷，晝夜披讀，殆不輟手。太清二年，徙領軍，俄改雍州刺史。岳陽王詧襲江陵，逼使爲檄，固辭以疾。及軍敗，害之。元帝承制，贈開府儀同三司，謚簡憲。《文集》二十卷。《南史》

范雲

字彦龍，南鄉舞陰人。天監元年，遷散騎常侍、吏部尚書。以佐命功封霄城縣侯。卒，年五十三，謚曰文。集三十卷。《南史》

虞羲

字士光，餘姚人。盛有才藻。《南史》

字子陽，會稽人。七歲能屬文。始安王引爲侍中兼記室參軍。天監中卒。本集《序》

何胤

字子季。折節好學，居若邪雲門山寺。初胤二兄求、點並棲遁。求先卒，至是胤又隱。世號點爲大山、胤爲小山。卒，年八十六。《南史》

王屮

字簡棲，瑯琊臨沂人。有學業，爲輔國録事參軍。天監中卒。《姓字英賢録》

案：木玄虚《海賦》、王簡棲《頭陀寺碑》，畢生所作惟傳一篇，而榮名不朽，列於作者，所謂威鳳一羽，驗其五德也。小夫豎儒，誇多鬬捷，若景文一官一集，陳陳相因，彼何爲者？

王筠

字元禮，一字德柔。年十六爲《芍藥》，辭甚美。歷祕書監，太府卿，度支尚書。簡文即位，爲太子詹事。遇亂，寓居蕭子雲宅。後忽有盜攻，懼，墜井卒，年六十九。自序云：「余少好鈔書，老而彌篤。」躬自鈔録大小百餘卷，自撰其文章，以一官爲一集，凡一百卷。《南史》

徐勉

字修仁，東海郯人。年六歲，屬霖雨，家人祈霽，率爾爲文，見稱耆宿。爲尚書僕射，加中書令。謚簡肅。所著前後集五十卷。《南史》

陶弘景

字通明，丹陽秣陵人。讀書萬餘卷，一事不知以爲深耻。爲諸王侍讀。永明十年，脱朝服挂神武門，上表辭禄，許之。止于句容之句曲山，自號「華陽陶隱居」，人間書札即以「隱居」代名。

梁大同二年卒，年八十五。謚貞白先生。《南史》

鍾嶸

字仲偉，潁川長社人。晉侍中雅七世孫，與兄岏、弟嶼並好學，有思理。梁天監初，衡陽王元簡出守會稽，引爲寧朔記室。時居士何胤築室若邪山，山發洪水，漂拔樹石，此室獨存。嶸作《瑞室頌》，辭甚典麗。遷西中郎晉安王記室。齊永明中卒官。《南史》

《欽定四庫全書簡明目録》：「《詩品》三卷，梁鍾嶸撰。取漢魏至梁能詩者一百三人，分爲三品，每品各冠以小序，每人又系以論斷。惟所爲某人詩源出某人者，頗爲武斷。至其妙解文理，不減劉勰。王士禎嘗病其次第高下，多所違失。然古人篇什今已百不存一，未可據殘剩之餘定當日評騭之確否也。」

《詩品》三卷。嶸嘗求譽于沈約，約拒之。及約卒，嶸評云：「觀休文衆製，五言最優。齊永明中相王愛文，王元長等皆宗附約。于時謝朓未遒，江淹才盡，范雲名級又微，故稱獨步。故當辭宏于謝，意淺于江。」蓋追宿憾以此報約也。《郡齋讀書志》

案：嶸《詩品》導源《騷》、《雅》，詮敘衆家，自非好學心知，直追作者，何能品衡商確，鼂若龜鏡？沿及唐宋，遂開詩話之宗。雅道不墜，賴有斯文。

顔之推

見賦家。

《顔氏家訓》七卷，北齊黄門侍郎瑯琊顔之推撰。古今家訓以此爲祖。《直齋書録解題》

案：四六長于敷陳，短于議論。蓋比物連類，馳騁上下，譬之蟻封盤馬，鮮不躓矣。乃六朝之文，無不以駢儷行之者。而《顔氏家訓》尤擅議論之長，街談巷説，鄙情瑣語，一入組織，皆工妙可誦。習駢儷者于以探賾觀瀾，非徒成一家言也。

何遜

字仲言。梁天監中，兼尚書水部郎。王僧孺集其文爲八卷。遜文章與劉孝綽並見重於時，時謂之「何劉」。《南史》

《何仲言集》三卷。案：《文獻通攷》作二卷。《直齋書録解題》

案：遜，東海郯人，承天曾孫。

吴均

字叔庠，吴興故鄣人。梁天監初，柳惲爲吴興太守，召補主簿。均文體清拔有古氣，好事者或效之，謂爲「吴均體」。待詔著作，累遷奉朝請。《文集》二十卷。《南史》

《吴均集》三卷。顔之推譏均集中有《破鏡賦》，今亦亡之。《郡齋讀書志》

劉勰

字彦和，東莞莒人。梁天監中，兼東宫通事舍人，深被昭明太子愛接。撰《文心雕龍》五十篇，論古今文體，欲取定于沈約，無由自達，乃負書候約于車前，狀若貨鬻者。約取讀，大重之，謂深得文理，常陳諸几案。勰爲文長于佛理。敕于定林寺撰經證。功畢，遂求出家，改名慧地。《南史》

案：士衡《文賦》一篇引而不發，旨趣躍如。彦和則探幽索隱，窮形盡狀，五十篇之内，百代之精華備矣。其時昭明太子纂輯《文選》，爲詞宗標準。彦和此書實總括大凡，妙抉其心。二書宜相輔而行者也。自陳、隋下訖五代，五百年間，作者莫不根柢于此。嗚呼盛矣！

伏 挺

字士操。博學有才思。樂安任昉常曰：「此子日下無雙。」天監初，除中軍參軍事。《文集》二十卷。《南史》

周 弘 讓

性簡素，博學多通。陳天嘉初，以白衣領太常卿光禄大夫。《南史》

案：弘讓，汝南武城人。

劉 孝 綽

本名冉。七歲，舅王融深賞異之，曰：「天下文章若無我，當歸阿士。」阿士，孝綽小字也。天監初，起家著作佐郎。後爲祕書監。卒，年五十九。辭藻爲後進所宗，時重其文，每作一篇，朝成暮徧，好事者咸傳誦寫聞，河朔亭苑柱壁，莫不題之。其三妹，一適琅邪王叔英，一適吴郡張嵊，一適東海徐悱，並有才學。悱妻文尤清拔，所謂劉三娘也。《南史》

《梁廷尉卿劉孝綽集》十四卷。《隋志》

劉潛

字孝儀。幼孤，與諸兄弟相勗以學，並工屬文。孝綽嘗云「三筆六詩」，三即孝儀，六謂孝威也。舉秀才，累遷尚書殿中郎。敕令製《雍州平等寺金像碑》，文甚宏麗。《文集》二十卷，行于世。《南史》

《梁都官尚書劉孝儀集》二十卷，《太子庶子劉孝威集》十卷。《隋志》

顧野王

字希馮，吴郡吴人。九歲能屬文，嘗制《日賦》，領軍朱异見而奇之。十二歲隨父之建安，撰《建安地記》二篇。宣城王爲揚州刺史，野王及王褒並爲賓客。王甚愛其才。又善丹青，王令畫古賢，命王褒書贊，時稱二絶。陳天嘉中，爲黄門侍郎，光禄卿，知五禮事。有《文集》二十卷。《南史》

江總

字總持。幼聰敏。及長，篤學有文辭。後主即位，歷吏部尚書僕射，尚書令。入隋，拜上開府。有《文集》三十卷。《南史》

案：總，濟陽考城人。

庾肩吾

字慎之。八歲能賦詩。初爲晉安王常侍，被命與劉孝威等十人鈔撰衆籍，號「高齋學士」。歷江州刺史，封武康縣侯。贈中書令。《南史》

朱瑒

王琳故吏。晉王好文雅，招引才學之士以充學士，瑒與焉。《隋書》

沈不害

字孝和，吴興武康人。通經術，善屬文，雖博綜經典，而家無卷軸。製文操筆立成，曾無尋檢。《文集》十四卷。《隋書》

李昶

小名那。幼解屬文，有聲洛下。十數歲爲《明堂賦》，才制可觀。周保定初，爲納言，詔册文

筆皆昶所作。以父在江南，身寓關右，自少及終不飲酒聽樂。《北史》

尹義尚

案：李那、尹義尚二書並附見《徐孝穆集》，辭旨抑揚，才情辨博，豈孝穆實潤飾之歟？不然，何朱藍之不遠也。觀尹書，當于梁時與孝穆同使魏，徐既歸，而尹獨被留者。然徐在西魏《與楊僕射書》云：「謝常侍今年五十有一，吾今年四十有四。介已知命，賓又杖鄉。」又《北史·魏收傳》：「魏帝使兼主客郎接梁使謝珽、徐陵。」則與陵同使北者珽也，非義尚也。豈義尚與陵先後聘魏乎？未可知也。

楊衒之

《欽定四庫全書簡明目録》：「《洛陽伽藍記》五卷，後魏楊衒之撰。案：楊或作羊，未詳孰是。魏自太和以後，洛陽佛刹甲天下。永熙亂後，衒之行役故都，感懷興廢，因捃拾舊聞，追敘故迹，録成是書。以城内及四門之外分敘五篇，文詞秀逸，且多附軼事，足資考證。」

案：《洛陽伽藍記》，鋪敘宏麗，點綴清妍，其《景福》之匹儔，《靈光》之支裔歟。

邢　邵

字子才，小字吉。十歲能屬文，雅有才思。遷著作佐郎，爲領軍元叉所禮。叉新除遷尚書令，神儁與陳郡袁翻在席，叉令邵作謝表，須臾便就，以示諸賓。神儁曰：「邢郎此表，足使袁公變色。」詞致宏遠，獨步當時。與濟陰温子昇爲文士之冠，世論謂之「温邢」。集三十卷。《北史》

温子昇

字鵬舉。自云太原人。晉大將軍嶠之後也。博覽百家，文章清婉。爲廣陽王深賤客，在馬坊教諸奴子書。作《侯山祠堂碑文》，深由是稍知之。齊文襄引爲大將軍諮議。及元（僅）〔瑾〕、劉思〔逸〕、荀濟等作亂，文襄疑子昇知其謀，方使之作《神武碑文》，既成，乃餓諸晉陽獄，食弊襦而死。宋游道集其文筆爲三十五卷。《北史》

酈道元

字善長。襲爵永寧侯。雍州刺史蕭寶夤反狀稍露，侍中城陽王徽素忌道元，因諷朝廷遣爲關右大使。寶夤遣行臺郎中郭子帙圍道元於陰盤驛亭，道元與其弟道闕二子俱被害。道元好學，

歷覽奇書，撰《注水經》四十卷，《本志》十三篇，又爲《七聘》及諸文，皆行於世。《北史》

《欽定四庫全書簡明目録》：「《水經注》四十卷。《水經》，舊題漢桑欽撰。然證以書中地理，實三國時人。其注則後魏酈道元作。自明以來，傳刻舛誤，經、注混淆。今以《永樂大典》所載舊本重爲校正，補其佚脱者二千一百二十八字，删其妄補者一千四百四十八字，正其臆改者三千七百一十五字。雖宋本原佚之五卷不可復補，較諸明刻亦可謂還其舊觀矣。」

案：天地間山水林麓，奇偉秀麗之致，賴文人之筆以陶寫之，若陸雲《答車茂安書》、鮑照《大雷岸與妹書》等篇，託興涉筆，都成絶搆。蓋皆會景造語，不假雕琢者也。至酈善長始以淹雅之才，發攄文筆，勒爲《水經注》四十卷，訂以志乘，緯以掌故，刻畫標致，奇幽詭勝，搜剔無遺。後來作者，罕復能繼，惟柳子《永州八記》筆力高絶萬古，雲霄一羽毛，非諸家所敢望爾。

徐陵

字孝穆。母臧氏夢五色雲化爲鳳，集左肩上，已而誕陵。釋寶誌摩其頂曰：「天上石麒麟也。」太清二年，使魏，魏人授館宴賓。是日甚熱，主客魏收嘲陵曰：「今日之熱，當由徐常侍來。」陵曰：「昔王肅至此，爲魏始制禮儀。今我來聘，使卿復知寒暑。」收大慙。自陳創業，文檄軍書及禪授詔策皆陵所製。爲一代文宗，亦不以矜物，未嘗詆訶作者，其于後進接引無倦。文宣之

時，國家有大手筆必命陵草之，其文頗變舊體，緝裁巧密，多有新意。《南史》

《徐陵集》三十卷。《隋志》

《欽定四庫全書簡明目録》：「《徐孝穆集箋註》六卷，陳徐陵撰，國朝吴兆宜箋註。較《庾信集箋註》稍略，似乎未成之本。然亦有足備參攷者。」

庾　信

見賦家。

沈　炯

字初明，吴興武康人。王僧辯素聞其名，軍(出)〔中〕購得之。自是羽檄軍書皆出于炯。及簡文遇害，四方岳牧上表勸進。僧辯令炯製表，當時莫有逮者。魏剋荆州，甚見禮遇。以母在東，恒思歸國，恐以文才被留，閉門却掃，無所交接。時有文章，隨即毁棄，不令流布。嘗獨行經漢武通天臺，爲表奏之，陳己思鄉之意。其夜夢有宫禁之所，兵衛甚嚴。炯便以情事陳訴，聞有人言：「甚不惜放卿還，幾時可至。」少日便與王克等並獲東歸。以疾卒于吴中，謚恭。集二十卷。《南史》

《陳侍中沈炯前集》七卷、《後集》十三卷。《隋志》

盧思道

字子行。聰爽俊辨，通脱不羈。年十六，中山劉松爲人作碑銘，以示思道。思道讀之，多所不解，乃感激讀書，師事河間邢子才。後復爲示松，松不能甚解。乃喟然歎曰：「學之有益，豈徒然哉！」因就魏收借異書。數年間，才學兼著。同郡祖英伯及從兄昌期等舉兵作亂，思道預焉。宇文神舉討平之，思道罪當斬，神舉引出，令作露布，援筆立成。神舉嘉而宥之，除掌教上士。隋文帝爲丞相，遷武陽太守。位下不得志，爲《孤鴻賦》以寄其情。又著《勞生論》，指切當世。卒于京師。《集》二十卷。《北史》

《范陽太守盧思道集》三十卷。《隋志》

薛道衡

字玄卿。六歲而孤，專精好學。年十歲，講《左傳》，見子産相鄭之功，作《國僑贊》，頗有詞致，見者奇之。其後才名益著。每搆文，隱坐空齋，蹋壁而卧，聞户外有人便怒。其沈思如此。《集》七十卷。《北史》

《司隸大夫薛道衡集》三十卷。《隋志》

許善心

字務本，高陽北新城人。十五解屬文，爲牋上父友徐陵，陵大奇之，謂人曰：「此神童也。」有神雀降于含章閣，上召百官賜宴，告以此瑞。善心立請紙筆，製《神雀頌》，上甚悦，曰：「文不加點，筆不停毫，常聞此言，今見其事。」賜物二百段。十七年，除祕書丞。時祕藏圖籍多淆亂，善心效阮孝緒《七録》，更制《七林》，各總敘冠于篇首，又于部録之下明作者之意，區分類例焉。《北史》

案：許文節通才敏手，足爲徐、庾後勁。著作必多，乃考本傳及《經籍志》，竟無别集，僅于傳内所載二篇略見一斑，豈遭喪亂而散佚耶？文之傳不傳，洵有數歟！

四六叢話卷三十二

作家五 唐四六諸家

魏徵

字玄成，魏州曲城人。贈司空相州都督，謚曰文貞。《唐書》

案：鄭公初以文筆爲李密所知，親爲密草檄及密誌、銘二作，體格清美，蔚乎徐、庾之上。其不以文士名，爲勳業掩也。

温大雅

字彦弘，并州祁人。性至孝。與弟彦博、大有皆知名。薛道衡見之，歎曰：「三人者，卿相才也。」秦王表鎮洛陽。王即位，封黎國公。卒，謚曰孝。《唐書》

《唐創業起居注》五卷。案：《唐書·藝文志》作三卷。所載自起義至受禪，凡三百五十七日。其述神堯不受九錫，反復之語甚詳。《直齋書録解題》

案：四六之文，議論難矣，而敘事尤難。《顔氏家訓》、酈氏《水經注》，援據徵引則有之矣，敘事猶未也，其惟《創業起居注》乎？以編年之體爲鴻博之辭，不惟對屬之能，兼有三長之目，學者與陸宣公奏議參觀之，知熟於此道者固無施不可。

王 績

字無功，絳州龍門人。性簡放，無妻子。結廬北渚，有奴婢數人。種黍，春秋釀酒，養鳧雁，蒔藥草自供。武德初，待詔門下省。故事，官給酒日三升，或問：「待詔何樂邪？」答曰：「良醞可戀耳。」侍中陳叔達聞之，日給一斗，時稱「斗酒學士」。貞觀初，棄官去。所居東南有盤石，立杜康祠祭之。刺史崔喜悦之，請相見。答曰：「奈何坐召嚴君平耶。」卒不詣。杜之松，故人也，爲刺史，請績講禮，答曰：「吾不能揖讓邦軍門，談糟粕，棄醇醪也。」之松歲時贈以酒脯。《唐書》

《欽定四庫全書簡明目録》：「《東皋子集》三卷。績爲王通之弟，而天性真率，不隨通聚徒講學、獻策干進。詩文皆疏野有別致。其詩惟《野望》一篇最傳，然如《石竹詠》、《贈薛收》詩，皆風骨遒上。《古意》六首，亦陳、張《感遇》之先導。《集》爲呂才所編。此本卷數與才序合，而才所稱

《龍門憶禹賦》，《集》乃不載，似未必舊本矣。」

王績《東皋子》五卷。隋大業中，舉孝悌廉潔，授六合丞。棄官，耕東皋，自號東皋子。《唐書》以爲隱逸。《集》有吕才序，稱其幼岐嶷，年十五謁楊素，占對英辨，一坐盡傾，以爲神仙童子。薛道衡見其《登龍門憶禹賦》，歎曰：「今之庾信也。」且載其卜筮之驗數事云。《郡齋讀書志》

《東皋子》五卷，唐大樂丞太原王績無功撰。績，文中子王通仲淹之弟也。仕隋爲正字，嗜酒簡放，不樂仕進。晚以大樂吏焦革善釀，求爲其丞，不問流品，亦阮嗣宗步兵之意也。自號東皋子。其友吕才鳩訪遺文編成五卷，爲之序。《直齋書録解題》

案：東皋子身際隆平，以酒自放。意者以兄僭經擬聖，恐其獲議於世，故以嗜酒真率分謗混俗歟？之松相招講禮，意欲以名教樂地諷止之也，而績不從，故二書往復俱有言外之意。

王勃

字子安，絳州龍門人。六歲善文詞。九歲得顔師古注《漢書》讀之，作《指瑕》以擿其失。麟德初，對策高第。年未及冠，授朝散郎。父福畤左遷交阯，令勃往省，渡海溺水，痵而卒，年二十九。勃祖通，隋末居白牛溪教授門人甚衆。勃兄勮、弟助皆第進士。《唐書》

《欽定四庫全書簡明目録》：「《王子安集》十六卷。勃集久佚，《初唐十二家集》中僅載其詩

賦一卷，故皇甫汸作《楊炯集序》稱王詩賦之餘未睹他製。此本乃明崇禎中張燮所編，皆從諸書採輯而成，較宋本僅少四卷。蓋勃文章鉅麗，爲四傑之冠，諸家總集所録特多也。」

《王勃集》二十卷。勃，通之孫。麟德初，劉祥道薦其材，對策高等，授朝散郎。沛王召署府修撰。以戲爲諸王作《鬭雞檄》，高宗怒，斥出府。父爲交趾令，勃往省，溺海卒。勃屬文初不精思，先磨墨數升，酌飲，引被覆面臥，及寤，援筆成篇，不易一字，時人謂之腹藳。有劉元濟序。《郡齋讀書志》

楊炯

華陰人。舉神童，授校書郎。永隆二年，皇太子已釋奠，表充崇文館學士，出爲梓州參軍，遷盈川令。卒官下。中宗時贈著作郎。《唐書》

《欽定四庫全書簡明目録》：「《盈川集》十卷、《附録》一卷，亦明萬曆中龍游童佩所輯録也。凡賦八首、詩三十四首、雜文三十九首，而以贈答評論之作別爲《附録》。其《彭城公夫人爾朱氏墓誌》、《伯母李氏墓誌》誤編《庾信集》中。此本收《爾朱氏》一篇，而《李氏》一篇仍失載，則搜採尚有遺也。」

炯自謂：「吾愧在盧前，恥居王後。」張説曰：「盈川文如懸河，酌之不竭。恥王後，信然；愧

盧前，謙也。」集本三十卷，今多亡逸。《郡齋讀書志》

盧照鄰

字昇之，洛陽人。授新都尉。病去官。自以當高宗時尚吏，己獨儒；武后尚法，己獨黄老。后封嵩山，屢聘賢士，己已廢。著《五悲文》以自明。《唐書》

《欽定四庫全書簡明目録》：「《盧昇之集》七卷。原本十卷，此本僅存七卷。其《窮魚賦序》稱『常思報德，故冠之篇首』。今此賦不在篇首，知亦出重編，非其舊第矣。」

盧照鄰《幽憂子集》十卷。昇之病去官，隱具茨山下，手足攣廢，疾久，訣親戚，自沈潁水。后封嵩山，聘賢士，己已廢，著《五悲文》，今在集中。嘗自號「幽憂子」。《郡齋讀書志》

《盧照鄰集》十卷，唐新都尉洛陽盧照鄰撰。以久病自沈潁水。《直齋書録解題》

駱賓王

義烏人。七歲能賦詩。除臨海丞，鞅鞅不得志，棄官去。徐敬業亂，署賓王府屬，爲敬業傳檄天下。敬業敗，賓王亡命，不知所之。《唐書》

《欽定四庫全書簡明目録》：「《駱丞集》四卷，明顔文撰註。賓王討武后，敗死，頗爲唐人所

憐，故造有靈隱寺爲僧之説。即中宗亦不甚以爲非，故詔求其文，使郗雲卿編次。然雲卿所編百餘篇，今已久佚。此本蓋後人所重輯。顔文撰註頗爲弇陋，以原刻所有而姑存之。」

《駱賓王集》十卷。賓王後爲敬業傳檄天下，罪狀武后，所謂「一抔之土未乾，六尺之孤安在」者也。其首卷有魯國郗雲卿序，言賓王光宅中廣陵亂伏誅，莫有收拾其文者，後有敕搜訪，雲卿撰焉。又有蜀本，卷數亦同，而次序先後皆異。序文視前本加詳，而云廣陵起義不捷，因致遁逃，文集散失，中宗朝詔令搜訪。案本傳，賓王亡命，不知所之，與蜀本序合。《直齋書録解題》

李嶠

字巨山，趙州贊皇人。封趙國公，以特進同中書門下三品。睿宗立，罷政事。玄宗嗣位，貶滁州别駕。卒，年七十。嶠富才思，有所屬綴，人多傳諷。其仕前與王勃、楊炯接踪，與崔融、蘇味道齊名，晚諸人没而爲文章宿老，一時學者取法焉。《唐書》

集本六十卷，未見。今所録一百二十詠而已。《郡齋讀書志》

崔融

字安成，齊州全節人。擢八科高第，補宫門丞、崇文館學士。貶袁州刺史。召授國子司業。

封清河縣子。融爲文華婉，當時未有輩者。譔《武后哀册》最高麗，絶筆而死，時謂思苦神竭云。謚曰文。《唐書》

岑文本

字景仁，鄧州棘陽人。祖善方，後梁吏部尚書，更家金陵。父之象，仕隋爲邯鄲令，坐爲人訟，不得申。文本年十四，詣司隸理冤，辨對哀暢無所詘，衆屬目，命爲《蓮花賦》，文成，合臺嗟賞，遂得直。《唐書》

袁朗

雍州長安人。在陳爲秘書郎，江總尤器之。陳後主聞其才，詔爲《月賦》一篇，灑然無留思。後主曰：「謝莊不得獨美於前矣。」《唐書》

謝偃

衛州衛人。貞觀初，應詔對策高第。太宗詔求直言，偃上書陳得失。帝稱善，引爲弘文館直學士，遷魏王府功曹。嘗爲《塵》、《影》賦二篇，帝美其文，召見，欲偃作賦。先爲序一篇，頗言天

下乂安，功德茂盛意。授偃使賦，偃緣帝指名篇曰《述聖》。帝悦，賜帛數十。初，帝即位，直中書省張藴古上《大寶箴》諷，帝以民畏而未懷，其辭挺切，擢大理丞。偃獻《惟皇誡德賦》，其序大理言：「治忘亂，安忘危，逸忘勞，得忘失，四者人主莫不然。夏桀以瑶臺爲麗，而不悟南巢之禍；殷辛以象箸爲華，而不知牧野之敗。是以聖人處宫室則思前王所以亡，朝萬國則思己所以尊，巡府庫則思金所以得，視功臣則思其輔佐之始，見名將則思其用力之初。如此則人無易心，天下何患乎不化哉？旦行之堯、舜，暮失之桀、紂，豈異人哉？」其賦蓋規帝成功而自處至難云。時李百藥工詩，而偃善賦，時人稱「李詩謝賦」。《唐書》

張説

字道濟，或字説之。其先自范陽徙河南，更爲洛陽人。玄宗召爲中書令，封燕國公。謚文貞。《唐書》

《欽定四庫全書簡明目録》：「《張燕公集》二十五卷，唐張説撰。其集，《唐志》作三十卷，宋以來諸家著録則皆二十五卷，與今本同。考《文苑英華》及《唐文粹》所載詩文，此集未收者尚六十一篇。蓋撰録二書之時，其五卷尚未佚也。今竝依類補入，使成完本，而二十五卷之數則仍其舊焉。」

説爲文精壯，長於碑志，朝廷大述作多出其手。（常）〔嘗〕典集賢圖書之任。間爲天平軍大使，及致仕一歲，皆即軍中、於家論譔國史。《郡齋讀書志》

《張燕公集》三十卷。與蘇頲號「燕許大手筆」。二人名相，而以文擅天下，盛矣哉！《直齋書録解題》

案：燕公筆力沈雄，直追東漢，非獨魏、晉而下無堪相匹，即合唐、宋諸家自柳州而外，未有能劘其壘者。

陳子昂

字伯玉，梓州射洪人。十八未知書，以富家子尚氣決，弋博自如。他日入鄉校，感悔，即痛修飾。文明初，舉進士。擢麟臺正字。擢右拾遺。徙署軍曹。聖曆初，以父老，表解官歸侍。死年四十三。《唐書》

《欽定四庫全書簡明目録》：「《陳拾遺集》十卷。子昂始變文格，其詩爲唐初之冠，其文自駢偶諸篇外，散體皆疏樸近古。故韓愈、柳宗元皆稱之。其人則獻媚武后，殊不足道。所作《大周受命頌》及《進表》、《請追上太原王帝號表》、《大崇福觀記》諸篇竝載集中，至今爲儒者詬厲，特以詞章之美流傳不廢云爾。」

子昂少以豪俠使氣。及冠，折節爲學，精究墳籍，耽愛黄老《易》象，尤善屬文。唐興，文章承徐、庾餘風，天下祖尚，至是始變雅正。故雖無風節，而唐之名人無不推之。《郡齋讀書志》

《陳拾遺集》十卷，黄門侍郎盧藏用爲之序，又有《别傳》系之卷末。子昂爲《明堂議》、《神鳳頌》，納忠貢諛於孽后之朝，大節不足言矣。然其詩文在唐初實首起八代之衰者。韓退之《薦士》詩言「國朝盛文章，子昂始高蹈」，非虚語也。盧序亦簡古清壯，非唐初文人所及。《直齋書録解題》

蘇　頲

字廷碩。弱敏悟，一覽千言。第進士。武后封嵩，高舉賢良方正，馬載曰：「古稱一日千里，蘇生是已。」拜中書舍人。時瓌同中書門下三品，父子同在禁筦，朝廷榮之。玄宗平内難，書詔填委，獨頲在太極後閤，口所占授功狀百緒，輕重無所差。書史白曰：「丐公徐之，不然，手腕脱矣。」中書令李嶠曰：「舍人思若湧泉，吾所不及。」襲封許國公，同平章事。卒，年五十八。贈右丞相，謚文憲。帝愛其文，曰：「卿所爲詔令，署臣某撰，朕當留中。」後遂爲故事。其後，李德裕著論曰：「近世詔誥，惟頲敘事外自爲文章」云。《唐書》

《許公集》二十卷。韓休爲序。《集》本四十六卷，今亡其半矣。《郡齋讀書志》

宋之問

字延清，一名少連。汾州人。甫冠，武后召與楊炯分直習藝館。累轉尚方監丞。景龍中，遷考功員外郎。睿宗立，以獪險盈惡，詔流欽州，賜死。《唐書》

《考功集》十卷。徐堅嘗論之問之文如良金美玉，無施不可。其爲當時所重如此。《郡齋讀書志》

張九齡

字子壽，韶州曲江人。七歲知屬文。十三以書干廣州刺史王方慶，方慶歎曰：「是必致遠。」以道侔伊吕科策高第，爲左拾遺。遷中書舍人。封曲江男。封始興縣伯。卒，年六十八。謚文獻。《唐書》

《欽定四庫全書簡明目録》：「《曲江集》二十卷。其書首尾完具，猶唐以來之舊本。蓋文淵閣所藏宋槧，邱濬録傳於外也。九齡以忠亮負重望，而文章高雅亦不減燕許。《唐書・文藝傳》載徐堅之言，謂其『如輕縑素練，實濟時用，而窘邊幅』，殆局於風氣，以富豔求之與。」

柳宗元以九齡兼攻詩文，但不能究其極耳。集後有姚子彦所撰《行狀》、吕温撰《真贊》、鄭宗

珍撰《諡議》、徐浩撰《墓碑》及《贈司徒敕詞》。《郡齋讀書志》

曲江本有元祐中郡人鄧開序，自言得其文於公十世孫蒼梧守唐輔而刊之，於末附以中書舍人樊子彦所撰《行狀》、會稽公徐浩所撰《神道碑》及太常博士鄭宗珍《議諡文獻狀》。蜀本無之。《直齋書録解題》

宋璟

邢州南和人。封廣平郡公。尚書右丞相。卒，贈太尉，諡文貞。《唐書》

李邕

揚州江都人。爲汲郡北海太守。邕之文，於碑頌是所長。人奉金帛請其文，前後所受鉅萬計。邕雖詘不進，而文名天下，時稱李北海。杜甫知邕負謗死，作《八哀詩》，讀者傷之。《唐書》

《欽定四庫全書簡明目録》：「《李北海集》六卷、《附録》一卷，凡賦五篇、詩四篇、雜文三十二篇。蓋後人哀輯之本，視元集七十卷已十不存一。卷末附録新、舊《唐書》本傳及贈答詩。而别載賀赦表六篇，題曰《糾謬》，蓋皆李吉甫作，《文苑英華》誤題邕名。彭叔夏《文苑英華辨證》嘗釐正之，故不以入集云。」

劉知幾

徐州彭城人。與兄知柔俱以善文詞知名。擢進士第。著《史通》内外四十九篇，譏評今古。徐堅之歎曰：「爲史氏者，宜置此坐右。」卒年六十一。領國史且三十年，官雖徙，職常如舊。殁後，帝詔河南就家寫《史通》，讀之稱善，追贈工部尚書。謚曰文。《唐書》

《欽定四庫全書簡明目録》：「《史通》二十卷。劉子玄即劉知幾，以字行也。其書内篇論史家體例，凡三十九篇，今佚其三篇；外篇述史籍源流與古人得失，凡十三篇。蓋子玄官祕書監時與蕭至忠、宗楚客争論史事，發憤而作，故其詞往往過激，至《疑經》、《惑古》諸篇，更幾於王充之《刺孟》、《問孔》。然子玄熟悉史例，其所駁詰，雖馬、班或不能自解，故自唐、宋以來，史家奉若龜鑑焉。」

《新史》以爲工訶古人，拙於用己。然其爲書亦博矣。「史通」者，漢封司馬遷後爲史通子，而亦兼《白虎通》之義也。《直齋書録解題》

附：史通序

嘗欲自班、馬已降，訖於姚、李、令狐、顔、孔諸書，莫不因其舊義，普加釐革。將恐致驚末俗，

取咎時人，徒有其勞而莫之見賞。所以每握管歎息，遲回者久之。必寢而不言，嘿而無述，又恐没世之後，誰知予者。故退而私撰《史通》以見其志。昔漢世劉安著書，號曰《淮南子》。其書牢籠天地，博極古今，上自太公，下至商鞅。其錯綜經緯，自謂兼於數家，無遺力矣。然自淮南以後，作者無絶。必商榷而言，則其流又衆。蓋仲尼既没，微言不行；史公著書，是非多謬。由是百家諸子，詭説異詞，務爲小辨，破彼大道。故揚雄《法言》生焉。儒者之書，博而寡要，得其糟粕，失其菁華。而流俗鄙夫，貴遠賤近，轉滋牴牾，自相欺惑。故王充《論衡》生焉。民者冥也，冥然罔知，率彼愚蒙，牆面而視。或訛音鄙句，莫究本源；或守株膠柱，動多拘忌。故應劭《風俗通》生焉。五常異稟，百行殊軌，能有兼偏，知有長短。苟隨才而任使，則片善不遺；必求備而後用，則舉世莫可。故劉劭《人物志》生焉。夫開國承家，立身立事，一文一武，或出或處。雖賢愚壤隔，善惡區分，苟時無品藻，則理難銓綜。故陸景《典語》生焉。詞人屬文，其體非一，譬甘辛殊味，丹素異彩，後來祖述，識昧圓通，家自詆訶，人相掎摭。故劉勰《文心》生焉。若《史通》之爲書也，蓋傷當時載筆之士，其義不純，思欲辨其指歸，殫其體統。夫其書雖以史爲主，而餘波所及，上窮王道，下挨人倫，總括萬殊，包吞千有。自《法言》已降，迄於《文心》而往，固以納諸胸中，曾不慸芥者矣。

案：《史通》一書所心摹手追者，《文心雕龍》也。觀其縱横辨博，固足竝雄；而麗藻遒文，猶或未逮。至知幾自敘，末以子雲草《玄》自況，無乃矜詡太過。

王維

字摩詰，太原祁人。九歲知屬辭。開元九年，進士擢第。天寶末，爲給事中。禄山陷西都，維扈從不及，爲賊所得，迫以僞署。賊平，維以《凝碧》詩聞於行在。肅宗特宥之，謫授太子中允。乾元中，轉尚書右丞。《唐書》

《王維集》十卷。代宗訪維文章於弟縉，裒集十卷上之。《郡齋讀書志》

維建昌本與蜀本次序皆不同。大抵蜀刻《唐六十家集》多異於他處本，而此集編次尤無倫。維詩清逸，追逼陶、謝。《輞川别墅圖畫》摹傳至今。嘗與裴迪同賦，各二十絶句。集中又有與迪書，略曰：「夜登華子岡，輞水淪漣，與月上下。寒山遠火，明滅林外。深巷寒犬，吠聲如豹。村墟夜舂，復與疏鐘相間。此時獨坐，僮僕静默。每思曩昔，攜手賦詩。當待春中，卉木蔓發。輕鯈出水，白鷗矯翼。露溼青皋，麥雉朝雊。儻能從我遊乎？」余每讀之，使人有飄然獨往之興。迪詩亦佳，然他無聞於世，蓋亦高人也。輞川在藍田縣西南二十里，本宋之問别圃，維後表爲清源寺，終墓其西。《直齋書録解題》

附：王縉《進兄維集表》

臣縉言：中使王承華奉宣進止，令臣進亡兄故尚書右丞維文章。恩命忽臨，以驚以喜。退因編録，又竊感傷。臣兄文詞立身，行之餘力。當官堅正，秉操孤直。縱居要劇，不忘清淨。實見時輩，許以高流。至於晚年，彌加進道，端坐虛室，念茲無生。乘興爲文，未嘗廢業。或散朋友之上，或留篋笥之中。臣近搜求，尚慮零落。詩筆共成十卷，今且隨表奉進。曲承天鑒，下訪遺文。魂而有知，荷寵光於幽穸；殁而不朽，成大名於聖朝。臣不勝感戴悲歡之至。奉表以聞。

敕卿之伯氏，天下文宗，位歷先朝，名高希代。抗行周《雅》，長揖《楚辭》。調六氣於終篇，正五音於逸韻。泉飛藻思，雲散襟情。詩家者流，時論歸美。誦於人口，久鬱文房。歌以《國風》，宜登樂府。視朝之後，乙夜將觀。石室所藏，殁而不朽。柏梁之會，今也則亡。乃眷棣華，克成編録，聲華益茂，歎息良深。

案：右丞之文，高華典貴，一如其詩。仰承燕公，後接柳州，爲一大家。

員　俶

《李泌傳》：開元十六年，悉召能言佛、道、孔子者相答難。有員俶者，九歲升坐，詞辨注射。《唐書》

張巡

字巡。鄧州南陽人。博通羣書，曉戰陣法，氣志高邁。開元末，擢進士第，出爲清河令。調真源令。天寶十五載，起兵討賊，至睢陽，與太守許遠合。拜御史中丞。巡讀書不過三復，終身不忘。爲文章不立藁。睢陽陷，被害。贈揚州大都督。大中時，圖巡、遠、霽雲像於凌煙閣。睢陽至今祠享，號雙廟云。《唐書》

案：睢陽公傳詩數首，皆在圍城所作，慷慨感激，如見其心。四六一二首，意奥筆健，驅遣神奇。雲間寸爪，益信史載非虚。

李白

見賦家。

案：太白諸宴集序，雅思騷骨，儷而逸者。要之，詞人無此筆，終不免爲積卷所沉没，參觀子安諸序可見。工部儷語絶少，故當不以此自名耳。

蕭穎士

字茂挺。四歲屬文，十歲補太學生。觀書一覽即誦，通百家譜系書籀學。開元二十三年舉進士，對策第一，爲集賢校理。宰相李林甫怒其不下己，調廣陵參軍事。穎士急中不能堪，作《伐櫻桃樹賦》以譏林甫。有奴事穎士十年，笞楚嚴慘。或勸其去，答曰：「非不能，愛其才耳。」《唐書》

《欽定四庫全書簡明目録》：「《蕭茂挺文集》一卷。穎士文章與李華齊名，然華污僞命，而穎士勸源洧拒安禄山，致書崔圓策劉展必叛，其氣節識略，皆非華所及。惟著作散落，《唐志》所載《游梁新集》十卷、《文集》十卷者，俱不可見。此本僅存賦九篇、表五篇、牒一篇、序五篇、書五篇耳。」

《蕭穎士集》十卷。閣士和盛推穎士文章，以爲聞蕭氏之風者，童子羞稱曹、陸。《郡齋讀書志》

《蕭功曹集》十卷，門人柳并爲序。《直齋書録解題》

李華

字遐叔，趙州贊皇人。累中進士宏辭科。大曆初，卒。初，華作《含元殿賦》成，以示蕭穎士，穎士曰：「《景福》之上，《靈光》之下。」華文辭緜麗，少宏傑氣。穎士健爽自肆。時謂不及穎士，

而華自疑過之，因著《弔古戰場文》，極思研推，已成，汙爲故書，雜置梵書之庋，與穎士讀之，稱工。華問：「今誰可及？」穎士曰：「君加精思，便能至矣。」華愕然而服。《唐書》

《欽定四庫全書簡明目録》：「《李遐叔文集》四卷。華之文章，根柢不及蕭穎士，而詞采焕發則過之。晁、陳二家《書目》皆不録其集，蓋至宋已佚。此本乃從《文苑英華》、《唐文粹》諸書採輯而成，故李翺所作《盧坦之》、《楊烈婦》兩傳亦誤收焉。」

陸贄

字敬輿，蘇州嘉興人。卒，年五十二。贈兵部尚書，謚曰宣。《唐書》

《欽定四庫全書簡明目録》：「《翰苑集》二十二卷。或題《陸宣公奏議》，沿《讀書志》之誤也。贄文多用駢句，蓋當日之體裁，然真意篤摯，反覆曲暢，不復見排偶之迹。《新唐書》不收四六，獨録贄文十餘篇。司馬光《資治通鑑》録其疏至三十九篇。上下千年，所取無多於是者，經世之文，斯之謂矣。」

《陸贄奏議》十二卷。贄在奉天，日下詔書數百，初如不經思，逮成，皆周盡人情。嘗爲帝言：「今盜徧天下，宜痛自悔，以感人心。誠不吝改過，以言謝天下，使臣持筆亡所忌，庶叛者革心。」上從之。故下制書，雖武夫悍卒，無不感動流涕。議者謂興元戡難功，雖爪牙宣力，蓋贄有

助焉。舊有《榜子集》五卷、《議論集》三卷、《翰苑集》十卷。元祐中，蘇子瞻乞校正進呈，改從今名。疑是哀諸集成此書。《郡齋讀書志》

附：權德輿《敘》

嘗讀賈誼書，觀其經制人文，鋪陳帝業，術亦至矣。待之宣室，恨得後時，遇亦深矣。然竟不能達四聰而盡其善，排羣議而試厥謀，道之難行亦已久矣。東陽絳、灌，何代無之。嘻，一薰一蕕，善齊不能同其器；方鑿圓柄，良工無以措巧心。所以理世少而亂日多，大雅衰而正聲寢。漢道未融，既失之於賈傅；吾唐不幸，復擯棄於陸公。公諱贄，字敬輿，吴郡蘇人。溧陽令侃之子。年十八登進士第，應博學鴻詞科，授鄭縣尉，非其好也。省母歸壽春，刺史張鎰有名於時，一獲晤言，大加賞識，暨别，鎰以泉貨數萬爲贐曰：「願以此奉太夫人一日之膳。」公悉辭之，領新茶一串而已。是歲，以書判拔萃，調渭南簿，御史以監察换之。德宗皇帝春宫時知名，召對翰林，即日拜學士，由祠部員外轉考功郎中。朱泚之亂，從幸奉天。時車駕播遷，詔書旁午，公灑翰即成，不復起草，初若不經思慮，及成而奏，無不曲盡事情於機會，倉卒填委，同職者無不拱手歎服，不能復有所助。嘗從容奏曰：「此時詔書，陛下宜痛自引過，以感人心。昔禹湯以罪己勃興，楚昭以善言復國。陛下誠能不悋改過，以言謝天下，俾臣草詞無諱，庶幾羣盜革心。」上從之。故行在詔書

始下，雖武人悍卒，無不揮涕激發。議者以德宗克平寇亂，不惟神武之功，爪牙宣力，蓋亦資文德腹心之助焉。及還京師，李抱真來朝奏曰：「陛下在山南時，山東士卒聞書詔之辭，無不感泣，思奮臣節。臣知賊不足平也。」公自行在帶本職拜諫議大夫、中書舍人，精敏小心，未嘗有過。艱難扈從，行在輒隨，啓沃謀猷，特所親信。有時讌語，不以公卿指名，但呼陸九而已。初幸梁洋，棧道危狹，從官前後相失。上夜次山館，召公不至，泫然號於禁旅曰：「得陸贄者賞千金。」頃之公至，太子親王皆賀。初，公既職内署，母韋氏尚在吴中，上遣中使迎至京師，道路置驛，文士榮之。内外屬望，旦夕俟其輔政，爲竇參忌嫉，故緩之。貞元八年，拜中書郎平章事。公以少年入侍内殿，特蒙知遇，不可與衆浮沉，苟且自愛。事有不可，必諍之。上察物太精，躬臨庶政，失其大體，動與公違，姦諛從而間之，屢至不悦。親友或規之，公曰：「吾上不負天子，下不負吾所學，不恤其他。」公精於吏事，斟酌剖決，不爽錙銖。又云户部侍郎裴延齡以姦回得幸，害時蠹政，物議莫敢指言。公獨以身當之，屢言不可。翰林學士吴通玄忌公先達，每竊中傷，陰結延齡，互言公短。宰相趙憬，公之引拔，升爲同列，以公排邪守正，心復異之。羣邪沮謀，直道不勝。十年，退公爲賓客，罷政事。明年，夏旱，芻糧不給，軍校訴於上。延齡奏曰：「此皆陸贄輩怨望鼓扇軍人也。」貶公忠州别駕。上怒不可測，賴陽城、張萬福救之，獲免。公在南賓，閉門卻掃，郡人稀識其面。復避謗，不著書，惟考校醫方，撰集《驗方》五十卷行於世。江峽十稔，永貞初，與鄭餘慶、陽城同

徵還，公已薨，歿時年五十二。公之秉筆内署也，摧古揚今，雄文藻思，敷之爲文誥，伸之爲典謨，俾獷狡向風，懦夫增氣，則有《制誥集》一十卷。覽公之作，則知公之爲文也。潤色之餘，論思獻納，軍國利害，巨細必陳，則有《奏草》七卷。覽公之奏，則知公之爲臣也。其在相位也，推賢與能，舉直錯枉。將斡璿衡而揭日月，清氛沴而平泰階。敷其道也，與伊、説爭衡；考其文也，與典謨接軫；則有《中書奏議》七卷。覽公之奏議，則知公之事君也。

附：蘇軾《進陸宣公奏議劄子》

臣等猥以空疏備員講讀。恭惟聖明天縱，學問日新，臣等才有限而道無窮，心欲言而口不逮，以此自愧，莫知所爲。竊謂人臣之納忠，辟如醫者之用藥，藥雖進于醫手，方多傳于古人。若已經效于世間，不必皆從于己出。伏見唐宰相陸贄，才本王佐，學爲帝師。論深切于事情，言不離于道德。智如子房而文則過，辨如賈誼而術不疏。上以格君心之非，下以通天下之志。但其不幸，仕不遇時。德宗以苛刻爲能，而贄諫之以忠厚；德宗以猜疑爲術，而贄勸之以推誠；德宗好用兵，而贄以消兵爲先；德宗好聚財，而贄以散財爲急。至於用人聽言之法，治邊馭將之方，罪己以收人心，改過以應天道，去小人以除民患，惜名器以待有功。如此之類，未易悉數，可謂進苦口之藥石，鍼害身之膏肓。使德宗盡用其言，則貞觀可得而復。

案：古以四六入章奏者有矣，賀謝表而外，惟薦舉及進奉則或用之，品藻比擬，此其長也。若敷陳論列，無往不可，而又纂組輝華，宫商諧協，則前無古後無今，宣公一人而已。指事如口講手畫，説理則縷析條分，旁延景物則興會飛騫，遠計邊瑣則武庫森列。大抵義藴得自六經，而文詞則《文選》爛熟也。惟公兼體，是以獨擅。

常　衮

京兆人。天寶末及進士第。性狷潔，不妄交游。由太子正字累爲中書舍人。文采贍蔚，長於應用，譽重一時。卒年五十五，贈尚書左僕射。《唐書》

楊　炎

字公南，鳳翔天興人。文藻雄蔚。爲中書舍人，與常衮同時知制誥。衮長於除書，而炎善德音。自開元後，言制誥者稱「常楊」云。拜門下侍郎、同中書門下平章事。《唐書》

柳宗元

字子厚。其先河東人，後徙於吴。少精敏絶倫，爲文章卓偉精緻，一時輩行推仰。第進士博

學宏詞科，授校書郎。貞元十九年，爲監察御史裏行。善王叔文、韋執誼。引内禁近與計事，擢禮部員外郎。叔文敗，貶永州司馬。既竄斥，地又荒癘，因自放山澤間，其堙厄感鬱，一寓諸文。倣《離騷》數十篇，讀者咸悲惻。元和十年，徙柳州刺史。卒，年四十七。韓愈評其文曰：「雄深雅健似司馬子長，崔、蔡不足多也。」《唐書》

《欽定四庫全書簡明目録》：「《詁訓柳先生文集》四十五卷、《外集》二卷、《新編外集》一卷，宋韓淳音釋。初劉禹錫編宗元詩文爲三十二卷。宋穆修所刊，云即禹錫所編，然已分爲四十五卷。沈晦以穆本參校諸本，凡穆本所不載者，釐爲《外集》。淳因沈本作《音註》，又别輯逸文一卷目曰《新編外集》，與張敦頤《韓柳音義》同時竝出，而較張書爲差詳。」

《柳宗元集》三十卷、《集外文》一卷。集中有《御史周君碣》，司馬温公《考異》以此碣爲周子諒碣，實開元二十五年也，柳作天寶時，誤。案：此碣殊疏略，《舊唐書·紀》、《牛仙客傳》、《玄宗實録》皆載子諒彈牛仙客，杖流瀼州，死藍田。《郡齋讀書志》

《柳柳州集》四十五卷、《外集》二卷，劉禹錫作序，言編次其文爲三十二通，退之之誌若祭文，附第一通之末。今世所行本皆四十五卷，又不附誌文，非當時本也。或云沈元用所傳穆伯長本。《直齋書録解題》

案：自有四六以來，辭致縱横，風調高騫，至徐、庾極矣。筆力古勁，氣韻沉雄，至燕公極矣。

驅使卷軸，詞華絢爛，至四傑極矣。意思精密，情文婉轉，至義山極矣。及宋歐、蘇諸公，筆勢一變，創爲新逸，又或一道也。惟子厚晚而肆力古文，與昌黎角立起衰，垂法萬世。推其少時，實以詞章知名，詞科起家。其鎔鑄烹錬，色色當行。蓋其筆力已具，非復雕蟲篆刻家數。然則有歐、蘇之筆者，必無四傑之才；有義山之工者，必無燕公之健。沿及兩宋，又於徐、庾風格去之遠矣。獨子厚以古文之筆而鑪鞴於對仗聲偶間，天生斯人，使駢體、古文合爲一家，明源流之無二致。嗚呼，其可及也哉！

劉禹錫

字夢得，系出中山，世爲儒。擢進士第，登博學宏辭科。工文章。爲監察御史，素善韋執誼、王叔文，頗憑藉其勢。叔文敗，貶朗州司馬，鬱鬱不自聊，作《問大鈞》、《謫九年》等賦數篇。久之，召還，遷太子賓客。會昌時，加檢校禮部尚書。卒年七十二。《唐書》

《欽定四庫全書簡明目録》：「《劉賓客文集》三十卷、《外集》十卷。原集四十卷，至宋佚其十卷。宋敏求蒐得逸詩四百七首、遺文二十二首，編爲《外集》十卷。其古文縱横博辨，於韓、柳之外自爲軌轍。其詩含蓄不足而精鋭有餘，大抵皆與杜牧相伯仲。」

禹錫少工文章，恃才而廢。老年寡所合，乃以文章自適。早與柳宗元爲文章之友，稱劉柳；

晚與居易爲詩友，號劉白。雖詩文似少不及，然能抗衡二人間，信天下之奇才也。《郡齋讀書志》

權德輿

字載之。未冠以文章稱。德宗聞其才，召爲太常博士。卒，年六十。贈尚書左僕射，謚曰文。自始學至老，未曾一日去書不觀。其文雅正贍縟，當時公卿侯王功德卓異者，皆所銘紀，十常七八。雖動止無外飾，其醞藉風流，自然可慕。貞元、元和間，爲搢紳羽儀云。《唐書》

《欽定四庫全書簡明目録》：「《權文公集》十卷。德輿《制集》、《文集》各五十卷。據王士禎《居易録》，其所藏尚八十卷，然未見其本。世所傳者，皆楊慎所收詩賦十卷，即此本也。其詩精練不足，而有雍容之氣象。」

《權德輿集》五卷。其《兩漢辨亡論》、《世祖封不義侯議》，世多稱之云。嘗自纂《制誥集》五十卷，楊憑爲序，今亡逸。《文集》，孫憲孫編次，楊嗣復爲序。《郡齋讀書志》

《權丞相集》五十卷。德輿父皐，以不汙禄山見《卓行傳》。其子璩爲中書舍人，劾李訓傾覆，亦能世其家。性寬和，有大體，文亦純雅宏贍。三世名迹，可謂德門矣。《墓碑》，韓昌黎所爲也。《直齋書録解題》

獨孤及

字至之，河南洛陽人。爲兒時，讀《孝經》，父試之曰：「兒志何語？」對曰：「立身行道，揚名於後世。」宗黨奇之。天寶末，以道舉高第。卒，年五十三。謚曰憲。及性孝友。其爲文，彰明善惡，長於議論。《唐書》

《欽定四庫全書簡明目録》：「《毘陵集》二十卷，其門人梁肅編，凡詩三卷、文十七卷。然其中《馬退山茅亭記》實柳宗元作，不應誤入及集，豈後人又有竄亂歟？唐之古文，得元結與及始湔除繁濫，故《唐實録》有韓愈學及之説。特變格之初，明而未融耳。王士禎頗相詆諆，殆非篤論。」

天寶十三年，舉洞曉玄經科。代宗初，爲太常博士，濠、舒二州刺史，政最，徙常州，卒官。自幼有成人之量，偏覽五經，觀其大義，不爲章句學。爲文以立憲誡世、褒賢遏惡爲用，長於論議。集有李丹、梁肅前後序，末載崔祐甫《碑誌》。《郡齋讀書志》

子曰郁，字古風，亦有名，韓退之志其墓。《直齋書録解題》

梁肅

《梁補闕集》二十卷，唐右補闕翰林學士安定梁肅敬之撰，崔恭爲之序。韓愈言其佐助陸相

貢士，所與及第者皆赫然有聞。然則梁固名儒善士也。《直齋書録解題》

賈至

字幼鄰。擢明經第。玄宗幸蜀，拜起居舍人，知制誥。帝傳位，至譔册。帝曰：「昔先天誥命，乃父爲之。今茲命册，又爾爲之。兩朝盛典，出卿家父子手，可謂繼美矣。」大曆初，徙兵部。累封信都縣伯，進京兆尹。七年，以右散騎常侍卒，年五十五，謚曰文。《唐書》

《賈幼幾集》十卷，唐起居舍人河南賈至撰。《唐志》：二十卷，别十五卷。李淑《書目》云：至集有三本，又有十卷者，有序。今本無序，中興館閣本亦同。《直齋書録解題》

馮宿

字拱之，婺州東陽人。父子華，廬親墓，有靈芝、白兎，號「孝馮家」。宿貞元中與弟定、從弟審、寬竝擢進士第，徐州張建封表掌書記。歷工部、刑部二侍郎。修《格後敕》二十篇，行於時。累封長樂縣公。擢東川節度使。卒，年七十，謚曰懿。治命薄葬，悉以平生書納墓中。《唐書》

顧況

蘇州人。嘲誚能文，人多狎之。著作郎，貶饒州司户。《文集》二十卷。《唐書》

《欽定四庫全書簡明目録》：「《華陽集》三卷、附顧非熊詩一卷，唐顧況撰。況集本三十卷，南宋末僅存五卷，後亦佚。此本乃其裔孫名端蒐合成帙，而以其子非熊詩附之。然《文苑英華》、《唐文粹》所載尚未全收也。皇甫湜稱自爲況作集序，未嘗許人。則況在中唐名甚重。非熊詩所存無幾，其《御溝紅葉》詩，殆好事者爲之，存以爲談資爾。」

況字逋翁。至德二年江東進士。善爲歌詩，性詼諧。德宗時，柳渾輔政，以祕書郎召況。素善李泌，及泌相，自謂當得達官，久〔之〕遷著作郎。及泌卒，有調笑語，貶饒州司户，卒。集有皇甫冉詩序。《郡齋讀書志》

穆員

字與直。工爲文章。杜亞留守東都，署佐其府。早卒。兄弟四人皆和粹，世以珍味目之：贊，少俗，然有格，爲酪；質，美而多文，爲酥；員，爲醍醐；賞，爲乳腐。有《穆公集》十卷，許孟容爲序。《唐書》

于邵

字相門，京兆萬年人。天寶末第進士。拜諫議大夫，知制誥，進禮部侍郎。朝有大典册必出其手。《唐書》

吕温

字化光，河中人。以侍御史使吐蕃，元和元年還，進户部員外郎。温藻翰精富，一時流輩推尚。貶道州刺史。徙衡州，治有善狀。《文集》十卷。《唐書》

貞元十四年進士。從梁肅爲文章，規摹《左氏》。劉禹錫爲編次其文，序之云：「古之爲書，先立言而後體物。賈生之書，首《過秦》，而荀卿亦後其賦。故斷自《人文化成論》至《諸葛武侯廟記》爲上篇。」今集先賦詩，後雜文，非禹錫文也。《郡齋讀書志》

案：劉、吕皆柳州死友，其文筆警逸亦足相羽翼，如昌黎之有籍、湜矣。

令狐楚

字慤士，德棻之裔也。生五歲能爲辭章。逮冠，貢進士，辟太原幕府掌書記，召授右拾遺。

擢職方員外郎，知制誥。其爲文，於箋奏制令尤善，每一篇成，人皆傳諷。爲中書侍郎同平章事。貶衡州刺史。敬宗時，拜河南尹，遷宣武節度使，入爲户部、吏部尚書，俄拜東都留守，天平、河東、山南西道節度使。卒，年七十二，謚曰文。《唐書》

楚相憲宗，爲文善於牋奏，自爲序云：「登科後，爲桂、并四府從事，掌牋奏者十三年，始遷御史。綴其藁，得一百九十三篇。」自號白雲孺子。《郡齋讀書志》

案：義山章奏之學得自文公，蓋具體而微者矣。詳觀文公所作，以意爲骨，以氣爲用，以筆爲馳騁出入，殆脱盡裁對隸事之迹，文之深於情者也。滔滔亹亹，一往清婉，而又非宋時一種空腐之談、盡失駢儷真面者所可藉口，由其萬卷填胸，超然不滯。此玉溪生所以畢生服膺，欲從末由者也。吾於有唐作家，集大成者得三家焉：於燕公極其厚，於柳州致其精，於文公仰其高。

李德裕

字文饒，宰相吉甫子也。以蔭補校書郎，召拜御史，相武宗。策功拜太尉，進封趙國公。裕固讓，帝曰：「吾恨無官酬公，毋固辭。」改衛國公。宣宗即位，貶崖州司户。卒，年六十三。德裕在位，雖遽書警奏，皆從容裁決。所居安邑里第，有院號起草，亭曰精思，無計大事，則處其中。後房無聲色娛。生平所著多行於世云。《唐書》

《欽定四庫全書簡明目録》：「《會昌一品集》二十卷、《别集》十卷、《外集》四卷，唐李德裕撰。《會昌一品集》者，皆武宗時制誥。《别集》皆賦詩雜文。《外集》皆遷謫以後，閒居論史之文，即《窮愁志》也。德裕别有《衛公備全集》五十卷、《年譜》一卷、《姑臧集》五卷、《獻替録》、《辨謗略》諸書共十一卷，竝見陳氏《書録解題》，今則已佚矣。」

德裕自穆宗時已掌内外制，累踐方鎮，遂相文宗。平生著述詎止此，其不傳於世者多矣。其論精深，其詞峻潔，猶可見其英偉之氣。《周秦行紀》一篇奇章，怨家所爲，而文饒遂信之爾。《直齋書録解題》

白居易

字樂天，下邽人。擢進士對制策。以刑部尚書致仕。卒，年七十五。居易被遇憲宗，事無不言，多見聽可。爲當路所忌，乃放意詩文，頗以規諷得失，多至數(十)〔千〕篇，當時争傳。雞林行賈售其國相，率篇易一金，其僞者，相輒能辨之。其始生七月能展書，姆指「之」、「無」兩字，雖試百數不差。九歲識音律。其篤於才章，蓋天稟焉。敏中爲相，請謚，曰文。《唐書》

《欽定四庫全書簡明目録》：「《白氏長慶集》七十二卷，唐白居易撰。居易詩格與元稹同，而深厚則過之，故張爲《主客圖》以居易爲廣大教化主，稹不與焉。其集自宋迄今惟此一本，但或題

《長慶集》，或題《白氏文集》，其標目行款有所改削耳。」

樂天進退以義，風流高矣。與劉禹錫游，人謂之劉白，而不陷入司馬黨中；與元稹游，人謂之元白，而不蹈北司黨中。又與楊虞卿爲姻家，而不蹈牛李黨中。嗚呼，叔世有如斯人之髣髴者乎？《郡齋讀書志》

《白氏長慶集》七十一卷、《年譜》一卷、又《新譜》一卷，唐白居易撰。集後記稱前著《長慶集》五十卷，元微之爲序；《後集》二十卷，自爲序；今又《續後集》五卷，自爲記。前後七十五卷。時會昌五年也。《墓志》乃云：「集前後七十卷。」當時預爲誌，時未有《續後集》。今本七十一卷，蘇本、蜀本編次亦不同，蜀本又有《外集》一卷，往往皆非樂天自記之舊矣。《直齋書録解題》

元稹

字微之，河南人。舉制科對策第一，拜左拾遺。元和末，膳部員外郎。稹尤長於詩，與白居易名埒，天下傳諷，號「元和體」，妃嬪近習皆誦之，宫中呼元才子。長慶初，知制誥。進同中書門下平章事。出爲同州刺史。徙浙東觀察使，明州歲貢蚶，不勝其疲，稹奏罷之。太和三年，召爲尚書左丞，俄拜武昌節度使。卒，年五十三。所論著甚多。《唐書》

《欽定四庫全書簡明目録》：「《元氏長慶集》七十一卷、《補遺》六卷，唐元稹撰。白居易作

《稹墓誌》稱『著文一百卷，題曰《元氏長慶集》』。至宋已殘缺。此本乃宣和中建安劉麟所刊，明馬元調據以翻雕，凡詩二十六卷、賦一卷、雜文三十卷，較原本已佚十之四，而門目亦與元稹自述不同，不知何人所重編也。」

《元氏長慶集》六十卷，唐元稹撰。《中興書目》止四十八卷。稹初與白樂天齊名，文章相上下，出處亦不相悖。晚而欲速仕，依奄宦得相，卒爲小人之歸。而居易終始全節。嗚呼，爲士者可以鑒矣。《直齋書録解題》

杜牧

字牧之，京兆萬年人。第進士。歷黄、池、睦三州刺史。復爲湖州。知制誥。遷中書舍人。卒，年五十。初，牧夢人告曰：「爾應名畢。」復夢書「皎皎白駒」字，或曰「過隙也」。俄而炊甑裂，牧曰：「不祥也。」乃自爲《墓誌》，悉取所爲文章焚之。《唐書》

《欽定四庫全書簡明目録》：「《樊川文集》二十卷、《外集》一卷、《別集》一卷，唐杜牧撰。其《文集》二十卷與《唐志》合，《外集》一卷與《讀書志》合。惟《后邨詩話》稱『續、別集三卷』，此僅《別集》一卷，而無《續集》，蓋佚之矣。牧作《李戡墓誌》，其詆元白之言甚悉。案：《雲溪友議》誤以戡語爲牧語。今考正。劉克莊獨不謂然。今考牧語，冶蕩誠不減元白，然其風骨則迥勝，雜文排奡縱横，

亦非元白所及也。」

《樊川集》二十卷、《外集》一卷，唐杜牧撰。牧，佑之孫。其甥裴延翰編而序之。《直齋書録解題》

案：樊川才分超迥，不可覊勒。四六不多，亦不拘繩墨，筆意天挺。

李商隱

字義山，懷州河内人。令狐楚帥河陽，奇其文，使與諸子游。開成二年，擢進士第。又試拔萃，中選。王茂元鎮河陽，表掌書記，以子妻之，得侍御史。柳仲郢節度劍南、東川，辟判官，檢校工部員外郎。府罷，客滎陽，卒。商隱初爲文瑰邁奇古，及在令狐楚府，楚本工章奏，因授其學。商隱自是始爲今體章奏，博學强記，下筆不自休，尤善爲誄奠之詞。時温庭筠、段（承）〔成〕式俱用是相夸，號「三十六體」。《唐書》

《欽定四庫全書簡明目録》：「《李義山文集箋註》十卷，國朝徐樹穀箋，徐炯註。李商隱駢偶之文，婉約雅飭，於唐人爲别格，所自編《樊南甲乙集》久已散佚，朱鶴齡始蒐輯殘剩編爲五卷，而闕其狀之一體。炯又爲補輯，定爲此本，併爲之註。樹穀又考證史籍，各箋其本事於題下，多所辨訂。」

《樊南甲集》二十卷、《乙集》二十卷，又《文集》八卷。義山初爲文瑰邁奇古。及從楚學儷偶

長短，而繁縟過之，旨能感人，人謂其橫絶前後無儔者。今《樊南甲乙集》皆四六，自爲序，即所謂繁縟者。又有古賦及文共三卷，辭旨怪詭，宋景文《序傳》中云「譎怪則李商隱」，蓋以此。《郡齋讀書志》

《甲乙集》者，皆表章啟牒四六之文。既不得志於時，歷佐藩府，自茂元、亞之外，又依盧弘正、柳仲郢，故其所作應用若此之多。然以近世四六觀之，當時以爲工，今未見其工也。《直齋書録解題》

案：柳子厚少習詞科，工爲箋奏。及竄永州，肆力古文，爲深博無涯涘，一變而成大家。李玉溪少能古文，不喜聲偶。及事令狐，授以章奏，一變而爲今體，卒以四六名家。此二家者，從入各有自，而始終成就相反如此，所謂學焉得其所近者，何以稱焉。蓋子厚得昌黎遥爲應和，而玉溪惟令狐爲之親炙。其遇合遭際自是不同，要之，天資學力固大有逕庭矣。徐、庾以來，聲偶未備。王、楊之作，才力太肆。沿及五代，不免靡弱。宋代作者，不無疏拙。惟《樊南甲乙》則今體之金繩，章奏之玉律也。循諷終篇，其聲切無一字之聱屈，其抽對無一語之偏枯，才斂而不肆，體超而不空。學者舍是，何從入乎？直齋顧謂「當時稱其工，今不見其工」，此華篋十重，而觀者胡盧掩口於燕石者也。蓋南宋文體，習爲長聯，崇尚侈博，而意趣都盡，浪填事實以爲著題，而神韻浸失所由，以不工爲工。而四六至此，爲不可復振也，噫。

温庭筠

本名岐，字飛卿。少敏悟，工爲詞章，與李商隱皆有名，號「温李」。薄於行，授方山尉，廢卒。《唐書》

符載

集十四卷。載，字厚之，岐襄人。幼有宏達之志。隱居廬山，聚書萬卷，不爲章句學。元和中卒。段文昌爲《墓志》，附於後。集皆雜文，末篇有數詩而已。集前有崔郡、王湘《送符處士歸覲序》，皆云載蜀人，以比司馬、王、揚云。《郡齋讀書志》

薛逢

《四六集》一卷，唐祕書監河東薛逢陶臣撰。《直齋書録解題》

王棨

《欽定四庫全書簡明目録》：「《麟角集》一卷，唐王棨撰，皆其場屋程試之文。原本凡賦四十

二篇，其八代孫蘋又補采省題詩二十一篇附於後。其曰『麟角』者，取《顔氏家訓》『學如牛毛，成如麟角』之語，以登科比登山也。」

徐寅

《欽定四庫全書簡明目録》：「《徐正字詩賦》二卷，唐徐寅撰。其集，《唐志》不著録。此本蓋其後人蒐輯而成。其賦刻意鍛鍊，時有秀句。」

鄭畋

集五卷。鄭畋台文，滎陽人。會昌二年進士，書判入等，授校書郎。乾符四年，同中書門下平章事。二年，召復秉政。病不拜，終太子少保。《藁草》皆乾符堂判敕語云。《郡齋讀書志》

韋莊

字端己，杜陵人，見素之後。疏曠不拘小節。依王建爲僞平章事。郝天挺云昭宗乾寧元年進士。有《浣花集》行世。《全唐詩話》

錢珝

字瑞文。善文辭。宰相王摶薦知制誥。摶得罪，珝貶撫州司馬。《唐書》

案：《韻語陽秋》云：起之諸孫。

韓偓

字致光，京兆萬年人。擢進士第。佐河中幕。兵部侍郎，進承旨，忤朱全忠，貶濮州司馬，依王審知而卒。《唐書》

羅隱

字昭諫，新登縣人也。十上不中第，從事湖南，不得意，乃歸。及來見王，因加殊遇。累官諫議大夫給事，賜金紫。卒，年七十七。《吴越備史》

《欽定四庫全書簡明目録》：「《羅昭諫集》八卷。原本散佚，僅存《甲乙集》四卷。此本乃康熙中張瓚所輯，以其詩文雜著合爲一編，蓋掇拾而成也。《文苑英華》尚有隱《秋雲似羅賦》一篇，此本不載，則所收尚未備矣。其詩諷刺鑱刻，時或不留餘地，而大旨不乖於忠孝。雜文亦無五代

齷齪之態。」

《甲乙集》十卷、《讒書》五卷。昭諫歸錢鏐。梁祖以諫議大夫召，不行。魏博羅紹威推爲叔父，表薦給事中，卒。隱少聰明，作詩著文，以譏刺爲主。自號江東生。其集皆自爲序。《郡齋讀書志》

《吴越掌記集》一卷，隱掌錢鏐記室所著表啟也。《文獻通考》

顧雲

字垂象，池州人。虞部郎中。所著有《顧氏編遺》十卷、《茗川總載》十卷、《纂新文苑》十卷、《啟事》一卷、賦二卷、《集遺具録》十卷。《通考》云：「《鳳策聯華》三卷。」陳氏云：「多以擬古爲題，蓋行卷之文也。雲，咸通十五年進士。」《藝文志》

田霖

《四六集》一卷，南唐田霖撰。《直齋書録解題》

謝廷浩

廷浩，閩人也。頗以辭賦著名，與徐夤不相上下，時號「錦繡堆」。《摭言》

四六叢話卷三十三

作家六宋四六諸家

徐鉉

字鼎臣，揚州廣陵人。十歲能屬文。仕南唐，試知制誥。太平興國初，直學士院。從征太原軍中，書詔填委，鉉援筆無滯，辭理精當，時論能之。卒，年七十六。《宋史》

《欽定四庫全書簡明目録》：「《騎省集》三十卷，其壻吴淑編。前二十卷，仕南唐時所作；後十卷，入宋後作也。鉉才思敏捷，下筆即成。故其詩流易有餘，深警不足。其文亦沿溯燕、許，不能嗣韓、柳之音。然在五季之中，則迥然孤秀矣。」

鉉初至京師，見御毛褐者輒哂之。邠苦寒，竟以冷氣入腹而卒。鉉幼能屬文，尤精小學，爲文未嘗沈思，自云速則意思壯敏，緩則體勢疏慢云。集有陳彭年序。《郡齋讀書志》

《徐常侍集》三十卷。所撰《李煜墓銘》婉微有體，《文鑑》取之。《直齋書録解題》

王禹偁

字元之，鉅野人。九歲能文。太平興國八年登進士。歷右拾遺。拜左司諫。貶商州團練副使。累遷翰林學士。坐謗訕知滁州。真宗即位，召知制誥，出知黄州，卒。《宋史》

《欽定四庫全書簡明目録》：「《小畜集》三十卷、《外集》七卷。禹偁嘗以《易》自筮，得『乾』之『小畜』，故以名集。明以來但有寫本。近有平陽趙氏刻本。外集爲其曾孫汾所編，久佚不傳。此本爲河間紀氏閱微草堂所藏，僅存第七卷至十三卷。其詩文始全變五季雕繪之習，然亦不爲柳開之奇僻。」

元之詞學敏贍，獨步一時，鋒鋭氣厲，極談世事，臧否人物，以直道自任，故屢被擯斥。喜稱獎後進，當世名士多出於門下。集自爲序。《郡齋讀書志》

又有《承明集》十卷、《奏議集》三卷、《後集》詩三卷，未見。案：《宋史・藝文志》無《奏議集》、《後集》詩，而有《别集》十六卷。《直齋書録解題》

楊億

字大年，建州浦城人。七歲能屬文。十一，太宗聞其名，送闕下對試詩賦，授祕書省正字。

淳化中，賜進士第。天禧二年，拜工部侍郎。四年，爲翰林學士。卒，年五十七。《宋史》

《欽定四庫全書簡明目録》：「《武夷新集》二十卷。億集本一百九十四卷，至南宋惟存此集及《別集》。今《別集》又佚，惟此集存。凡詩五卷、文十五卷，大致宗法李商隱而精警不及，要其春容典雅，不失爲治世之音。」

《楊文公刀筆集》十卷。大年天性穎悟，自幼迄老，不離翰墨，爲文敏速，對客談笑，揮毫無滯。博聞强記，於歷代典章制度尤所該通，時多取正。景祐中，王晦叔上其《爲寇相請皇太子親政疏草》，仁宗嘉歎，特贈禮部尚書。謚曰文。《刀筆集》有陳詁序，凡三百六十三首。《郡齋讀書志》

《武夷集》二十卷，景德丁未，公所自編，序於前，曰：「目之《武夷》，蓋山林之士，不忘維桑之情；雕篆之文，竊懷敝帚之愛。」命題之意蓋以是也。集凡五百七十五篇。自唐大中後，文氣衰濫，國朝稍革其弊，至億乃振起風采，與古之作者方駕矣。同上

《武夷集》二十卷、《別集》十二卷。案本傳，所著《括蒼》、《武夷》、《穎陰》、《韓城》、《退居》、《汝陽》、《蓬山》、《冠鰲》等集，及《内外制》、《刀筆》，共一百九十四卷。《館閣書目》猶有一百四十六卷。今所有者，惟此而已。《武夷新集》者，億初入翰苑，當景德丙午，明年，條次十年詩筆而序之。《別集》者，祥符五年，避讒佯狂歸陽翟時所作也，《君可思賦》居其首。《直齋書録解題》

劉　筠

字子儀，大名人。舉進士。以大理評事爲祕閣校理。是時四方獻符瑞，天子方興禮文之事。筠數上賦頌，進翰林學士承旨兼龍圖直學士。《宋史》

《劉中山刀筆》三卷、《淝川集》四卷。子儀爲人不苟合，學問閎博。文章以理爲宗，辭尚緻密，尤工篇詠，能侔揣情狀，音調淒麗。自景德已來，與楊億以文篇齊名，號爲楊、劉，天下宗之。《刀筆集》并《淝川集》有黄鑑序。《郡齋讀書志》

《中山刀筆集》三卷，皆四六應用之文。别有《册府應言集》十卷、《榮遇集》十二卷、《表奏》六卷、《淝川集》四卷，見《館閣書目》。《直齋書録解題》

張　詠

字復之，濮州鄄城人。太平興國五年進士。真宗初，入爲御史中丞。知杭州、益州。謚忠定。《宋史》

《欽定四庫全書簡明目録》：「《乖崖集》十二卷、《附録》一卷。其集宋代有二本，此本即郭森卿所刻，但佚其《年譜》一卷耳。詠以不合時宜故自號『乖崖』。其文乃疏通平易，不爲嶄絶之語。

其詩亦列名《西崑集》中。」

《張乖崖集》十卷。少好擊劍，兼通術數。爲文尚氣，不事雕飾，自號「乖崖公」。知益州，恩威竝著，至今人畏愛之。錢易所撰《墓誌》、李畋所纂《語録》附於後。《郡齋讀書志》

錢希白爲《墓誌》、韓魏公爲《神道碑》，近時郭森卿宰崇陽刻。此集舊本十卷，今增廣并《語録》爲十一卷。《直齋書録解題》

夏竦

字子喬，江州德安人。以父死事補官。仁宗朝同中書門下平章事。封英國公，贈中書令，謚文莊。《宋史》

《欽定四庫全書簡明目録》：「《文莊集》三十六卷。原本久佚，今從《永樂大典》録出。竦雖姦黨，然學問則殊賅博。其文章詞藻贍逸，尚有燕、許遺軌。集中所載多廟堂典册之文，蓋所長在是體也。録唐詩者不廢沈佺期、宋之問，則竦是集亦不妨就文論文矣。」

《夏文莊集》一百卷。子喬天資好學，自經史百氏陰陽律曆之書，無所不通。善爲文章，尤長偶儷之語，朝廷大典策屢以屬之。其集夏伯孫編次，有宋次道序。《郡齋讀書志》

竦父死王事。身中賢科，工爲文詞，復多材術，而不自愛重，甘心姦邪。聲伎之盛冠於承平，

夫婦反目，陰慝彰播，皆可爲世戒也。《直齋書録解題》

錢惟演

字希聖，吴越王俶之子也。博學能文辭。召試學士院，以笏起草立就，真宗稱善，特贈侍中。謚曰思，改謚曰文僖。《宋史》

《擁旄集》五卷、《伊川集》五卷。惟演文集甚多，此特其二集爾。出鎮河陽、河南時所作也。全集未見。《直齋書録解題》

晏殊

字同叔，臨川人。七歲能屬文。景德初，神童召試，賜進士出身。薨，贈司空兼侍中，謚元獻。篆其碑首曰「舊學之碑」。《宋史》

《欽定四庫全書簡明目録》：「《晏元獻遺文》一卷。殊文集本二百四十卷，後自删爲《臨川集》三十卷、《二府》二十五卷，今皆不傳。此本爲康熙中胡亦堂所輯，雖篇帙寥寥，然尚存鼎之一臠。」

《晏元獻臨川集》三十卷、《紫微集》一卷。同叔性剛峻。幼孤，篤學。爲文温純應用。當世賢士如范文正公、歐陽文忠皆出其門。女適富鄭公、楊察，世稱其知人云。集有兩本，一本自作

序。《郡齋讀書志》

《臨川集》三十卷、《二府集》二十五卷、《年譜》一卷，丞相臨淄元獻公晏殊撰。其五世孫大正爲《年譜》，言先元獻嘗自差次，起儒館至學士爲《臨川集》、起樞廷至宰席爲《二府集》。今案：本傳有《文集》二百四十卷，《中興書目》亦九十四卷。今所刊如此爾。《臨川集》有自序。《直齋書録解題》

宋庠

字公序，安州安陸人，徙開封之雍邱。天聖初，舉進士開封、試禮部皆〔第一〕。以檢校太尉平章事。封莒國公。卒，贈太尉兼侍中，謚元憲。《宋史》

《欽定四庫全書簡明目録》：「《宋元憲集》四十卷。原本久佚，今從《永樂大典》録出。庠兄弟以《落花》詩得名，然其詩乃晚唐纖體，集中名章雋句實不止於斯。其文多館閣之作，沈博豔麗，與尹洙、歐陽修分道揚鑣，譬枚、馬、賈、董，體製各殊，而均爲一代之作者。」

《宋元憲集》四十四卷。公序本名郊，字伯庠。天聖二年進士第一。後有忌者譏之，以姓符國號，名應郊天，仁宗命改焉。忌者之力止此，後卒大用，爲名臣。《直齋書録解題》

宋祁

字子京。與兄庠同舉進士。後贈尚書。謚景文。修《唐書》十餘年，自守亳州，出入内外，嘗以稿自隨，爲《列傳》百五十卷。預修《籍田記》、《集韻》，又撰《大樂圖》二卷，《文集》百卷。《宋史》

《欽定四庫全書簡明目録》：「《宋景文集》六十二卷、《補遺》二卷、《附録》一卷。原本久佚，今從《永樂大典》録出。其集原非一種，諸書所載，或有《永樂大典》所未收，今編爲《補遺》二卷，軼事餘聞又别爲一卷附焉。祁撰《唐書》，務爲艱澀，又删除駢體，一字不登。其詩文乃博麗典雅，追唐人之格律，無所謂奇險難句者。」

《宋景文集》一百五十卷。子京天聖中與其兄郊同舉進士，奏名第一，章獻以爲弟不可先兄，乃推郊第一，而以祁爲第十。當是時，兄弟俱以辭賦妙天下，號「大小宋」。累遷知制誥。終不至大用，衆頗惜之。張方平爲之請，謚景文。通小學，故其文多奇字。蘇子瞻嘗謂其淵源皆有考，奇嶮或難句，世以爲知言。集有《出麾小集》、《西川猥稿》之類，合而爲一。《郡齋讀書志》

《宋景文集》一百卷。景文清約莊重不逮其兄，以此不至公輔。所撰《唐書》列傳，不稱良史。

《景文筆記》：「余於爲文似蘧瑗，年五十，知四十九年非；余年六十，始知五十九年非，其庶幾至於道乎！」每見舊所作文章，憎之必欲燒棄。梅堯臣喜曰：「公之文進矣。」景文未第時，爲學於

永陽僧舍，或問曰：「君好讀何書？」答曰：「余最好《大誥》。」故景文爲文謹嚴，至修《唐書》，其言艱，其思苦，蓋亦有所自歟。案：「《景文筆記》以下原本俱脱去，今據《文獻通攷》增入。」《直齋書録解題》

歐陽修

字永叔，廬陵人。四歲而孤，母鄭守節自誓，親誨之學。家貧，至以荻畫地學書。幼敏悟過人，讀書輒成誦。及冠，嶷然有聲。宋興且百年，而文章體裁猶仍五季餘習，鎪刻駢偶，淟涊弗振。士因陋守舊，論卑氣弱。修游隨，得唐韓愈遺稿於廢書簏中，讀而心慕焉，苦志探賾，至忘寢食，必欲并轡絶馳而追與之竝。舉進士，試南宫第一，擢甲科。熙寧四年，以太子少師致仕。五年卒，贈太子太師，謚文忠。蘇軾叙其文曰：「論大道似韓愈，論事似陸贄，記事似司馬遷，詩賦似李白。」識者以爲知言。《宋史》

《欽定四庫全書簡明目録》：「《文忠集》一百五十三卷、《附録》五卷，周必大編。修之詩文惟《居士集》五十卷爲所自定，其餘《别集》、《四六集》、《奏議》、《内外制集》、《從諫集》之類，皆他人掇拾所編。而諸集又有衢州、韶州、浙西、廬陵、京師、緜州、吉州、蘇州、閩中刻本，遂致去取不一，文句互異。必大參互考訂，合爲此集，較諸本特爲精善。」

《歐陽文忠公集》八十卷、《諫垣集》八卷。文忠博極羣書，好學不倦，尤以獎進天下士爲己

任，延譽慰籍，極其力而後已。於經術，治其大指，不求異於諸儒。與尹洙皆爲古學，遂爲天下宗匠。蘇明允以其文詞令雍容似李翺，切近適當似陸贄，而其才亦似過此兩人。至所作《唐書》、《五代史》，不愧班固、劉向也。獨議濮邸事，議者不以爲是。《郡齋讀書志》

希弁所藏一百五十三卷，内《居士集》五十卷、《外集》二十五卷、《易童子問》三卷、《外内制》十一卷、《表奏書啓四六奏議》二十五卷、《雜著述》十九卷、《集古録跋語》十一卷、《附録》五卷。别一本六十一卷，乃舊物也。同上

《六一居士集》一百五十二卷、《附録》四卷、《年譜》一卷。本朝初爲古文者，柳開、穆修其後有二尹、二蘇兄弟。歐公本以辭賦擅名場屋，既得韓文，刻意爲之，雖皆在諸公後，而獨出其上，遂爲一代文宗。其集偏行海内，而無善本。周益公解相印歸，用諸本編校，定爲此本，且爲之《年譜》，曰《居士集》、《外集》而下，至於《書簡集》凡十，各刊之家塾。其子綸又以所得歐陽氏傳家本，乃公之子棐叔弼所編次者，屬益公舊客曾三異校正，益完善無遺恨矣。《居士集》，歐公手所定也。《直齋書録解題》

案：宋初諸公，駢體精敏工切，不失唐人矩矱。至歐公倡爲古文，而駢體亦一變其格，始以排奡古雅争勝古人。而枵腹空笥者，亦復以優孟之似藉口學步。於是六朝三唐格調寖遠，不可不辨。

胡宿

字武平，常州晉陵人。以太子少師致仕，未拜而薨，年七十二。贈太子太傅，謚文恭。《宋史》《欽定四庫全書簡明目録》：「《文恭集》五十卷、《補遺》一卷。原本久佚，今從《永樂大典》録出。於時文格未變，其駢體典重高華，方軌燕、許。元好問選《唐詩鼓吹》，誤收宿詩二十餘首。好問精嫺聲律，非不能鑒别體裁者，知宿詩雜置唐人中不可辨矣。」

范仲淹

字希文，其先邠州人，後徙家江南，遂爲吴縣人。舉進士第。卒，年六十四。贈兵部尚書，謚文正。既葬，帝書其碑曰「褒賢之碑」。仲淹内剛外和，性至孝，以母在時方貧，其後雖貴，非賓客不重肉，妻子衣食僅能自充，而好施予，置義莊里中以贍族人。泛愛樂義，士多出其門下。《宋史》《欽定四庫全書簡明目録》：「《文正集》二十卷、《别集》四卷、《補編》五卷。本名《丹陽集》，即蘇軾所序。《别集》爲綦焕所輯，《補編》則其裔孫能濬所輯。仲淹之文較琦加意於修詞，亦較有儒者氣象。蓋仲淹之志在行求無愧於心，事求有濟於世，古之儒者，不過如斯，不必圖《太極》衍《先天》而後爲能聞聖道，亦不必講封建議井田而後爲不愧王佐也。」

《范文正丹陽編》八卷。文正爲學明經術，跂慕古人事業，慨然有康濟之志。作文章尤以傳道爲任。事母至孝。姑蘇之范皆疏屬，置義莊以賙給之。天下想聞其風采，賢士大夫以不獲登其門爲恥，獨梅堯臣嘗著《碧雲騢》一編以議詆之云。集有蘇子瞻序。《郡齋讀書志》

《范文正集》二十卷、《别集》四卷。祥符八年進士曰朱説者，即公也。幼孤，從其母適朱氏。其爲兖州推官，始復姓更名。《直齋書録解題》

案：公讀書長白，斷虀畫粥，研窮六經，而成王佐之學，曷嘗沾沾於詞章哉！譬之本根日加培溉，而蒸菌吐華，不期自致焉爾。

司馬光

字君實，陝州夏縣人。七歲凛然如成人，聞講《左氏春秋》，愛之，退爲家人講，即了其大指。自是手不釋書，至不知飢渴寒暑。羣兒戲於庭，一兒登甕足跌没水中，衆皆棄去，光持石擊甕，破之，水迸，兒得活。其後京洛間畫以爲圖。仁宗寶元初中進士甲科，年甫冠。性不喜華靡，聞喜宴，獨不戴花，同列語之曰：「君賜不可違。」乃簪一枝。薨，年六十八，贈太師温國公。歸葬陝州，謚文正，賜碑「忠清粹德」，京師人罷市往弔，鬻衣以致奠，巷哭以過車。及葬，哭者如哭其私親。嶺南封州父老亦相率具祭，都中及四方皆畫像以祀，飲食必祝。《宋史》

《欽定四庫全書簡明目録》：「《傳家集》八十卷。光，大儒名臣，不於文章論工拙，然即以文章而論，其氣象亦包括諸家，淩跨一代。蓋學問、德行、經濟，皆文章之根柢也。」

文正好學，如飢之嗜食。於學無所不通，音樂、律呂、天文，皆極其妙。晚節尤好禮。其文如金玉穀帛藥石，皆有適於用。無益之文，未嘗一語及之。集乃公自編次。公薨，子康又没，晁以道得而藏之。中更禁錮，迨至渡江，幸不失墜。後以授謝克家，劉嶠得而刻版上之。《郡齋讀書志》

《傳家集》一百卷。今光州有集本。《直齋書録解題》

治平四年閏三月，擢翰林學士，公力辭，不許，公曰：「臣不能爲四六。」上曰：「卿能舉士取高等，而云不能四六，何也？」公趨出。遣内臣至閤門，强公受告。拜而不受。趣公入謝。至廷中，以告置公懷中，不得已乃受。《司馬温公行狀》

《上始平龐相公書》：「鄉者年三十餘，相公在樞府時，始令學作四六文字，供給牋奏。雖承命不敢不勉，而終以愚陋，不能進益。自相公出鎮以來，亦遂捨置，未嘗復爲也。時時答親舊書啓，則不免假手於人。今知制誥之職，掌爲天子作詔文，宣布華夏，豈可使假手答書啓者爲之耶？」《傳家集》

臣伏讀《御批通鑑續編》，於「司馬光固辭翰林學士」一條，恭載聖諭：「司馬光綜史傳爲《通鑑》，其學殖淹博，文詞最爲典雅，豈不能爲四六者？蓋因宋承五季之後，時猶崇尚俳偶，競趨浮華，故光以不能四六爲辭，所以矯當世之失而返之淳朴。其用意良深矣。固非後世鄙陋無文之

人，高談性命而蔑視辭章以自文其不學者所得而藉口也。」臣欽誦之下，再三紬繹，至矣哉！聖言昭如日星，司馬光學問本原及用意所在，於是灼然共見矣。伏觀光所著《傳家集》內表啓之類，亦間存四六之作，文詞典雅，誠如聖諭所云。臣編纂此書，廣引前代文人衆說，講明體例，冀爲辭章之一助。而愚陋之忱，亦竊欲激揚末學，一歸雅正。以光非不能爲四六者，謹録御批表而出之，庶幾後學有所宗仰云。

元絳

字厚之。生而敏悟。長舉進士，以廷試誤賦韻，得學究出身。再舉，登第。薨，年七十六，贈太子少師，謚章簡。《宋史》

《元章簡玉堂集》二十卷。絳之祖德昭相吳越，本姓危氏，臨川人。唐末危全諷，其伯父也。德昭父曰仔倡，聚衆保鄉里，兵敗，自臨川奔杭州，易姓元。至今建昌、撫州、邵武多危姓。絳能文辭，晚歲以王介甫薦入翰林，甚稱職，遂柄用。《直齋書録解題》

王安石

字介甫，撫州臨川人。少好讀書，一過目終身不忘。其屬文動筆如飛，初若不經意，既成，見

者皆服其精妙。友生曾鞏攜以示歐陽脩，脩爲之延譽。擢進士上第。安石議論高奇，能以辨博濟其説。果於自用，慨然有矯世變俗之志，於是上《萬言書》。館閣之命屢下，安石屢辭，士大夫謂其無意於世，恨不識其面。朝廷每欲俾以美官，惟患其不就也。安石再相，封舒國公。元豐二年，改封荆。卒，年六十八，贈太傅。紹聖中，謚曰文。《宋史》

《欽定四庫全書簡明目録》：「《臨川集》一百卷。安石集，在宋無定本，故或稱一百卷，或稱一百三十卷，或又稱《後集》八十卷。今所傳者惟此一百卷之本，亦不知何人所編。蔡絛《西清詩話》嘗論其誤收王禹偁、王珪、王安國詩，吴曾《能改齋漫録》又摘其有所遺漏。然欲觀安石之詩文，終不能不用此本也。」

《王介甫臨川集》一百三十卷。其壻蔡卞謂自先王澤竭，習卑陋不知道德性命之理。安石奮乎百世之下，追堯、舜三代，通乎晝夜陰陽所不能測而入於神，著《雜説》數萬言，其言與孟軻相上下。晚以所學考字畫奇耦横直，深造天地陰陽造化之理，著《字説》，包括萬象，與《易》相表裏。崇寧初，卞之兄京秉政，詔配祀文宣王廟。近時議者謂自紹聖以來，學術政事敗壞殘酷，貽禍社稷，實出於安石云。《郡齋讀書志》

舒王方嘉祐以前，名重一世，迹其文學、論議、操守，使不至大位，則光明俊偉，不可瑕疵矣。老蘇曰：「使斯人而不用也，則吾言爲過，而斯人有不遇之歎。孰知其禍之至此哉！」何其知之

明也。《直齋書録解題》

王　珪

字禹玉，成都華陽人，後徙舒。弱歲奇警，出語驚人。從兄琪讀其所賦，嘖曰：「騏驥方生，已有千里之志，但蘭筋未就耳。」舉進士甲科。神宗八年，帝有疾，珪白皇太后，請立延安郡王爲太子。太子立，是爲哲宗，進珪金紫光録大夫，封岐國公。卒，年六十七，贈太師，謚曰文公，賜壽昌甲第。珪以文學進，流輩咸共推許。其文閎侈瓌麗，自成一家。朝廷大典策多出其手，詞林稱之。《宋史》

《欽定四庫全書簡明目録》：「《華陽集》六十卷、《附録》十卷。原本久佚，今從《永樂大典》録出，其附録軼事雜説十卷，則今所續加也。珪不出國門，坐致卿相，無壯游勝覽拓其心胸，亦無羈恨哀吟形於筆墨，故其文多臺閣之體，其詩善言富貴，當時謂之『至寶丹』。然論其詞華，則固二宋之亞也。」

《華陽集》一百卷。禹玉典内外制十八年，集中多大典册詔令。其詩號「至寶丹」，以其好爲富貴語也。在相位無所建明，人目爲「三旨」：於上前曰取聖旨，曰領聖旨，退爲吏則曰已得旨。元豐末命，珪本無異論，亦緣其備首相，不能早發大議，依違遷延，以召讒賊，卒爲本朝大禍。需，事之賊也，豈不然哉！珪一身追貶，不足道也。《直齋書録解題》

劉敞

字原父，臨江新喻人。舉慶曆進士，廷試第一，編排官王堯臣，其内兄也，以親嫌自列，乃以爲第二。集賢院學士，判南京御史臺。熙寧元年卒，年五十。敞學問淵博，自佛、老、卜筮、天文、方藥、山經、地志，皆究知大略。《宋史》

《欽定四庫全書簡明目録》：「《公是集》五十四卷。原本久佚，今從《永樂大典》録出。敞談經好與先儒異，然淹通古義，具有心得，故其文根柢訓典，具有本原。朱子稱其作文多法古，絶相似。又稱其文自經書中來，比之蘇公有高古之趣云。」

《劉公是集》七十五卷。原甫累遷知制誥，出知永興。惑官妓，得驚眩疾，力求便郡，仁宗謂執政曰：「如敞者，豈易得邪？」賜以新橙五十。爲人明白俊偉。自六經百氏下至傳記，無所不通，爲文章尤敏贍，好摹倣古語句度。在西掖時，嘗食頃揮九制，各得其體。英宗嘗語及原甫，韓魏公對以有文學，歐陽公曰：「其文章未佳，特博學可稱耳。」《郡齋讀書志》

劉攽

字貢父。與敞同科。拜中書舍人。年六十七。攽所著書百卷，尤邃史學，作《東漢刊誤》，爲

人所稱。預司馬光脩《資治通鑑》，專職漢史。爲人疏儁，不修威儀。喜諧謔，數用以招怨悔，終不能改。《宋史》

《欽定四庫全書簡明目録》：「《彭城集》四十卷。原本久佚，今從《永樂大典》録出。攽與兄敞齊名。敞性醇静，攽則才鋒敏捷，詞辨儁利。著作亦各肖其爲人，然沈酣典籍，文章爾雅則一也。」

《彭城集》六十卷。號公非先生。敞兄弟俊敏博洽，同登慶曆六年進士第。攽歷州縣二十五年，晚乃游館學。元祐中，始掌外制。敞子奉世、仲馮亦有名，官至執政，世稱三劉。《直齋書録解題》

吕　誨

字獻可。性純厚，家居力學，不妄與人交。進士登第，出知蘄州，召拜御史中丞。帝方倚注安石，誨曰：「安石雖有時名，然好執偏見，置諸宰輔，天下必受其禍。」一時推其鯁直。疾既革，司馬光往省之，至則目已瞑，聞光哭，蹷然而起，張目强視曰：「天下事尚可爲，君實勉之！」卒，五十八。元祐初，詔贈通議大夫。《宋史》

《吕獻可章奏》二十卷。獻可，洛陽人。登進士第。熙寧初，爲御史中丞。時王安石棄官家居，朝野稱其才，以爲古今少倫。神宗引參大政，衆以爲得人，獻可獨以爲不然。居無何，安石棄

衆任己，多變祖宗，專汲汲歛民財，所愛信引拔或非其人，天下失望。獻可屢争不能得，乃抗章曰：「誤天下蒼生必此人！」上遣使喻解，執之愈堅，乃出知鄧州。温公嘗服其知人，誌其墓，且序其《章奏集》云：「其草存者二百八十有九，歷觀古人，有能得其一二者，已可載之史籍，在獻可，蓋不足道也。」《郡齋讀書志》

蘇洵

字明允，眉州眉山人。至和中，歐陽修薦除校書郎。以霸州文安縣主簿與姚闢同修《太常因革禮》，書成而卒。〔《宋史》〕

《欽定四庫全書簡明目録》：「《嘉祐集》十六卷。洵集在宋凡四本：曾鞏作《洵墓誌》稱二十卷；晁氏、陳氏著録皆十五卷；徐氏傳是樓紹興十七年婺州槧本作十五卷，附録二卷。又有邵仁泓翻雕宋本，與徐本小有異同，亦十六卷。今所傳者有兩本：一爲淩濛初朱墨板本十三卷；又有蔡士英刻本十五卷。曾鞏所誌與晁、陳所録，今不可見。以所存四本相較，當以徐氏宋本爲近古，今用以著録，而以邵氏宋本互核焉。」

《蘇明允嘉祐集》十五卷。至和中，歐陽永叔得明允書二十二篇，大愛其文辭，以爲雖賈誼、劉向不過也。以書獻除校書郎。與姚子張同編《太常因革禮》百卷，書方成而卒。治平史臣謂永

叔所獻明允之文甚美，然大抵兵謀權利機變之言也。《郡齋讀書志》

洵初入京師，益帥張文定薦之歐陽公，世皆知之。而有雷簡夫者，爲雅守，以書薦之張、歐及韓魏公尤力，張之知洵由簡夫，世罕知之。雷之書文亦慷慨偉麗可觀。《直齋書録解題》

蘇　軾

字子瞻，眉州眉山人。生十年，父洵游學四方，母程氏親授以書，聞古今成敗，輒能語其要。程氏讀《東漢·范滂傳》，慨然太息。軾曰：「軾若爲滂，母許之否乎？」程氏曰：「汝能爲滂，吾顧不能爲滂母邪？」比冠，通經史，屬文日數千言。靖國元年卒于常州，年六十六。嘗自謂作文如行雲流水，初無定質，但當行所當行，止於所不可不止。雖嬉笑怒罵之辭，皆可書而誦之。其體渾涵光芒，雄視百代，有文章以來蓋亦鮮矣。《宋史》

《欽定四庫全書簡明目録》：「《東坡全集》一百三十卷。軾詩文衣被天下，刻本叢雜，較歐陽修集更夥。諸家所紀不可殫數，今亦不能悉見，大抵以《東坡七集》爲最古，以《大全集》分類排纂爲易於檢尋。此本即從《大全集》校刊，故用以著録焉。」

《蘇子瞻東坡前集》四十卷、《後集》二十卷、《奏議》十五卷、《内制》十卷、《外制》三卷、《和陶集》四卷、《應詔集》十卷。子瞻，嘉祐中歐陽永叔考試禮部進士，梅聖俞與其事，得其《論刑賞》以

示，永叔至驚喜，以爲異人，欲以冠多士，疑曾子固所爲，乃寘之第二。後以書謝，永叔見之，語客曰：「老夫當避此人放出一頭地。」又以直言薦之，答策入上等。英宗在藩邸，聞其名，欲以唐故事召入翰林，宰相不可。知湖州，以表謝上，言事者摘其語以謗聞，遣官逮赴御史獄。初，子瞻當王安石紛更法度之際，見其事不便於民，賦詩以刺焉。言者從而媒孽，欲寘之死。神宗薄其過，謫置黄州。温公相哲宗，累擢中書舍人，除翰林學士承旨。紹聖中，坐草謫吕惠卿制直書其罪，誣以訕謗，安置惠州，徙昌化。元符中北還，卒於常州。初好賈誼、陸贄書，論古今治亂不爲空言。既謫黄州，杜門深居，馳騁翰墨，其文一變。平生遇事所爲詩騷銘記書檄論譔，率皆過人。晚喜陶淵明詩，和之幾徧。爲人英辨奇偉，於書無所不通。所作文章，才落筆，四海已皆傳誦，下至閭閻田里，外至夷狄，莫不知其名。門下賓客亦皆一世豪傑，其盛本朝所未有也。立朝知無不爲，世稱其忠義。嘗自比范滂、孔融，議者不以爲過。《郡齋讀書志》

《東坡集》四十卷、《後集》二十卷、《内制集》十卷、《外制集》三卷、《奏議》十五卷、《和陶集》四卷、《應詔集》十卷。子瞻，一字和仲。自謫黄州，始號東坡居士。杭、蜀本同，但杭無《應詔集》。《直齋書録解題》

案：東坡四六，工麗絶倫中筆力矯變，有意擺落隋唐五季蹊徑。以四六觀之，則獨闢異境；以古文觀之，則故是本色，所以奇也。

蘇轍

字子由。年十九，與兄軾同登進士科，又同策制舉。蔡京當國，降朝請大夫。罷祠，居許州。復大中大夫致仕。築室於許，號潁濱遺老，自作傳萬餘言，不復與人相見，終日默坐，如是者幾十年。致和二年卒，年七十四。追復端明殿學士。淳熙中，謚文定。轍性沉静簡潔。爲文汪洋澹泊，似其爲人。不願人知之，而秀傑之氣終不可掩，其高處殆與兄軾相迫。《宋史》

《欽定四庫全書簡明目録》：「《欒城集》五十卷、《欒城後集》二十四卷、《欒城第三集》十卷、《應詔集》十二卷。《欒城集》爲元祐以前之作，《後集》爲元祐九年至崇寧四年之作，《三集》爲崇寧五年至政和元年之作，《應詔集》則策論及應試之作。四集皆轍所手定，不似東坡集編自衆手，故自宋至今猶未改其原本。」

子由居許十六年，杜門理舊學，於是《詩》、《春秋傳》、《老子解》、《古史》書皆成，自謂得聖賢遺意。《郡齋讀書志》

子由，一字同叔。欒城，真定府縣也。蘇氏望趙郡，欒城元魏時屬趙郡，故云。晚居潁濱，自號潁濱遺老，故集或名。《直齋書録解題》

曾鞏

字子固，建昌南豐人。神宗朝史館修撰，中書舍人。《宋史》

《欽定四庫全書簡明目録》：「《元豐類稿》五十卷。世所稱唐宋八家，惟鞏集最爲殘缺，亦最爲舛謬。《續稿》、《外集》自南宋已佚。《正集》一爲明成化中楊參所刻，譌漏不可勝乙，又佚其《年譜》；一爲康熙中顧崧齡所刻，稍稍補正，然核以何焯《義門讀書記》，其未及校改者猶多。今姑以松齡本著録，而以何焯所點勘者釐訂其脱誤焉。」

子固師事歐陽永叔，早以文章名天下。壯年，其文慓鷙奔放，雄渾瓌偉，其自負要似劉向，藐視韓愈以下也。晚年始在掖垣，屬新官制，方除目填委，占紙肆書，初若不經意，及屬草授吏，所以本法意、原職守、爲之訓敕者，人人不同，贍裕雅重，自成一家。歐公門下士，多爲世顯人，議者獨以子固爲得其傳，猶學浮屠者所謂嫡嗣云。《郡齋讀書志》

《元豐類稿》五十卷、《續》四十卷、《年譜》一卷，王震爲之序。《年譜》，朱熹所輯也。案韓持國爲《鞏神道碑》稱《類稿》五十卷、《續》四十卷、《外集》十卷。本傳同之。及朱公爲《譜》時，《類稿》之外但有《别集》六卷，以爲散逸者五十卷，而《别集》所存其什一也。開禧乙丑，建昌守趙汝礪、丞陳東得於其族孫濰者，校而刊之，因碑、傳之舊，定著爲四十卷。然所謂《外集》者又不知何

當，則四十卷亦未必合其舊也。《直齋書録解題》

案：南豐代言之文，古質直追三代，不可以四六名之。間出四六之語，裁對高渾，運詞典藻，求之唐人張燕公，有其瑰奇，而無其縝密。

曾　肇

字子開，布、鞏之季弟。中進士第。事神宗、哲宗、徽宗，官至翰林學士。謚文昭。《宋史》

《欽定四庫全書簡明目録》：「《曲阜集》四卷，宋曾肇撰。原本散佚，此本乃其裔孫儼所蒐輯，前三卷爲詩、文，末一卷爲《附録》。肇與布、鞏俱有名，其立身賢於布，而文章稍不及鞏，然耳濡目染，俱有淵源，於鞏文亦爲具體，惟遜其深厚耳。」

《曲阜集》四十卷、《奏議》十二卷、《西掖集》二卷、《内制》五十卷。子開前後歷九郡帥守，坐兄子宣貶，亦以散官汀州安置。崇寧末，移台州，居京口而終。封曲阜侯。《郡齋讀書志》

《曲阜集》四十卷、《奏議》十二卷、《西垣集》十二卷、《外制集》三卷、《内(志)〔制〕集》五卷。案《文獻通考》：《西垣集》作《西掖集》、《外(志)〔制〕集》三卷作三十卷、《内制集》五卷作五十卷。子開元祐中爲西掖，元符末再入，故別名《庚辰外制集》。肇制誥温潤典雅，其草兄布拜相制，汪玉山稱之，以爲得命次相之體。《直齋書録解題》

吕公著

字晦叔，夷簡子。哲宗朝，拜司空，同平章軍國事。贈申國公，謚正獻。《宋史》

黄庭堅

字魯直，洪州分寧人。幼警悟。舅李常過其家，取架上書問之，無不通，常驚，以爲一日千里。第進士，除右諫議大夫。責授涪州別駕。《宋史》

《欽定四庫全書簡明目録》：「《山谷内集》三十卷、《外集》十四卷、《别集》二十卷、《詞》一卷、《簡尺》二卷、《年譜》三卷。《内集》，其甥洪炎編；《外集》，李彤編；《别集》及《年譜》，其孫嵤編；《詞》及《簡尺》不知誰編。内集與任氏所註本同，《外集》、《别集》則與史氏所註本大異，而《外集》後四卷凡詩四百餘篇，皆史註所無。庭堅之詩得此乃全，故今與注本竝列焉。」

黄魯直《豫章集》三十卷、《外集》十四卷。魯直幼警悟，讀書五行俱下，數過輒憶。蘇子瞻嘗見其詩於孫莘老家，絶歎，以爲世久無此作矣，因以詩往來。會子瞻以詩得罪，亦罰金。元祐中，爲校書郎。先是，秦少游、晁无咎、張文潛皆以文學游蘇氏之門，至是同入館，世號「四學士」。而魯直之詩尤奇，世又謂之「蘇黄」云。紹聖初，謫戎州。嘗因嘲謔忤趙正夫，及正夫爲相，諭部使

者以風指摘所作《承天院塔記》中語，以爲幸災謗國，遂除名，編隸宜州。以崇寧四年九月三十日卒。《郡齋讀書志》

《豫章集》五十卷、案《文獻通攷》作三十卷。《外集》十四卷，著作郎黄庭堅魯直撰。自號山谷道人。《直齋書録解題》

秦觀

字少游，一字太虚，高郵人。舉進士。元祐初，蘇軾以賢良方正薦，除祕書省正字。坐黨籍，徙郴州。《宋史》

《秦少游淮海集》三十卷。《郡齋讀書志》

張耒

字文潛，楚州淮陰人。第進士。元祐初，仕至起居注舍人。徽宗召爲太常少卿。《宋史》

《欽定四庫全書簡明目録》：「《宛丘集》七十六卷。據周紫芝《書譙郡先生文集後》，知耒集在南宋之初已有四本：一本十卷，一本三十卷，一本七十卷，一本一百卷。此本與所記四本皆不合，疑後人以殘本重編，然較胡應麟所見十三卷之本則賅備多矣。」

《柯山集》一百卷。元祐中，蘇氏兄弟以文倡天下，號長公、少公，其門人號「四學士」。文潛，少公之客也。諸人多早没，文潛獨後亡，故詩文傳於世者尤多。其於詩文兼長，雖同時鮮復其比，而晚年更喜白樂天詩，體多效之云。《郡齋讀書志》

《宛丘集》七十卷、《年譜》一卷。宛丘，陳州，其所居也。蜀本七十五卷。《直齋書録解題》

陳師道

字無己，一字履常，彭城人，號後山居士。元祐中，授徐州教授。《宋史》

陳無己《後山集》二十卷。公少以文謁曾南豐，一見奇之，許其必以文著。元祐中，侍從合薦於朝，起爲太學博士。紹聖中，以進非科舉而罷。建中靖國初，入祕書爲正字以卒。爲文至多，少不中意則焚之，存者才十一。《郡齋讀書志》

《後山集》十四卷、《外集》六卷。《直齋書録解題》

李昭玘

字成季，任城人。元豐二年進士，薦歷起居舍人。入黨籍。《宋史》

《欽定四庫全書簡明目録》：「《樂静集》三十卷。昭玘以黨籍廢棄，清淨無營，其人品最高。

其文皆光明灑落，無掩抑不吐之態，亦無憤鬱不平之氣，尤不可及。」《樂静集》，鉅野李昭玘成季撰。案：成季，原本作「成孝」，《文獻通考》作「季成」，俱誤。今據《宋史》本傳改正。元豐二年甲科。所居有樂静堂，故以名集。其姪邴漢老爲書其後。《直齋書録解題》

晁補之

字无咎。舉進士，試開封及禮部别院皆第一。爲著作郎。入黨籍。《宋史》

幼豪邁，英爽不羣。七歲能屬文，日誦千言。王安石名重天下，慎許可，一見大奇之。在杭州作文曰《七述》，叙杭州之山川人物之盛麗。時子瞻倅杭州，亦欲有所賦，見其所作，歎曰：「吾可以閣筆矣。」元祐中，除校書郎。紹聖初落職，監信州酒。後知泗州。終于官，大觀四年也。《郡齋讀書志》

《雞肋集》七十卷，吏部員外郎鉅野晁補之撰。《直齋書録解題》

晁詠之

字之道。少有異才。蘇軾守揚州，補之倅州事，以其詩文獻軾，軾曰：「有才如此，獨不令我一識面耶？」乃具參軍禮入謁，軾下堂挽而上，顧坐客曰：「奇才也！」舉進士，又舉宏詞，一時傳

誦其文。久之，提點崇福宫。卒，年五十二。有《文集》五十卷。《宋史》

公天才英特，爲文章立成，明潤密緻，世以爲宜在北門西掖云。《郡齋讀書志》

《崇福集》三十五卷、《四六集》十五卷。詠之，景迂弟也，爲作集序。《直齋書録解題》

案：補之，之道族兄。景迂，名説之，字以道。

李之儀

字端叔。能爲文，尤工尺牘，軾謂入刀筆三昧。《宋史》

《欽定四庫全書簡明目録》：「《姑溪居士前集》五十卷、《後集》二十卷。王明清《揮麈後録》稱之儀尺牘最工。然他作亦神鋒俊逸，具蘇軾之一體。軾嘗題其詩後，有『每逢佳處輒參禪』句，註家謂諷其艱澀。今觀其詩，實無郊島鉤棘之態，知爲附會其詞矣。」

端叔嘗從東坡辟中山幕府。後代范忠宣作《遺表》，爲世傳誦，然坐是得罪，編置當塗，遂居焉。其弟之純官至尚書。《直齋書録解題》

鄧潤甫

字温伯，建昌人。第進士，爲上饒尉。熙寧中，除集賢校理。遷翰林學士，兼掌皇子閤箋記，

一時制作獨倚潤甫焉。哲宗立，潤甫在院，一夕草制二十有二。紹聖初，拜尚書左丞。章惇議重謫呂大防、劉摯，潤甫不以爲然，曰：「俟見上當力爭。」無何，暴卒，年六十八。謚曰安惠。《宋史》

林　希

字子中，福州人。舉進士。哲宗親政，章惇欲使希典書命逞毒于元祐諸臣，遂留，行復爲中書舍人兼侍讀。自司馬光、呂公著、大防、劉摯、蘇軾、轍等數十人之制，皆希爲之詞，極其醜詆。一日，希草制罷，擲筆于地曰：「壞了名節矣。」徽宗立，奪職，知揚州，徙舒州。未幾卒，年六十七，謚文節。《宋史》

呂惠卿

字吉甫，泉州晉江人。起進士，爲真州推官。入都，見王安石論經義，意多合，遂定交。熙寧初，力薦惠卿爲參知政事。鄭俠疏惠卿朋姦壅蔽，惠卿恐，又惡馮京異己，而安石弟安國惡惠卿姦諂，面辱之。于是併陷三人，皆獲罪。安石以安國之故，始有隙。惠卿既叛安石，凡可以害王氏者無不爲。崇寧五年，安置宣州，再移廬州，卒。安石退處金陵，往往寫「福建子」三字，蓋深悔爲惠卿所誤也。《宋史》

《吕吉甫集》二十卷。吉甫有《莊子解》。爲文長于表奏。《郡齋讀書志》

案：惠卿謫詞，東坡秉筆，一時爲之紙貴。乃吕謝表，語語針對紹述之局，胎于此矣。司馬文正對神宗曰：「江充李訓無才，焉能動人主。」温公此語嚴于斧鉞矣。

韓忠彦

字師朴。以父任爲將作監簿，復舉進士。徽宗即位，兼門下侍郎。封儀國公。卒，年七十二。《宋史》

案：忠彦，琦之子。入黨籍。

張舜民

字芸叟，邠州人。中進士第，爲襄樂令。徽宗立，擢左諫議大夫。坐元祐黨謫楚州團練副使。復集賢殿修撰，卒。舜民慷慨喜論事，善爲文，自號浮休居士。《宋史》

《欽定四庫全書簡明目録》：「《畫墁集》八卷。原本久佚，今從《永樂大典》録出。舜民慷慨好議論，坐是沈滯。而文集則宋代絶重之，一行于政和，鬻者填巷，雖爲蔡京所禁，南渡後仍雕板印行。其詩詞每竄入《東坡集》中，殆由體格相近致誤收耳。」

《張浮休畫墁集》一百卷、《奏議》十卷。范仲淹帥邠，見其文，異之。用溫公薦，爲諫官。仕至吏部侍郎。後覊置房陵。政和中卒。其文豪重有理致。《郡齋讀書志》

舜民初用于元祐，至元符末爲諫議大夫，居職七日，所上事六十章。崇寧初，坐謝表言紹聖逐臣有曰：「脱禁錮者何止一千人，計水陸者不啻一萬里。」又曰：「古先未之或聞，畢竟不知其罪。」以爲譏謗，坐貶。《直齋書録解題》

李清臣

字邦直，魏人。七歲能戲爲文章。客有從京師來者，與其兄談佛寺火，清臣從旁應曰：「此所謂灾也。或者其蠹民已甚，天固儆之邪？」因作《浮圖灾解》，兄驚曰：「是必大吾門。」韓琦聞其名，以兄之子妻之。舉進士。治平二年試祕閣，考官韓維置清臣第一。徽宗立，入爲門下侍郎，尋爲曾布所陷，出知大名府而卒，年七十一。《宋史》

《淇水集》八十卷，李清臣撰。清臣治平二年中制科。歐陽公愛其文，以比蘇軾。其爲人亦寬博有度，而趨時嗜權利，首主紹述之論，意規宰相，亦卒不如其志。《直齋書録解題》

鄒浩

字志完，常州晉陵人。第進士，調揚州潁昌府教授。徽宗遷兵、吏二部侍郎。再責衡州别駕。竄昭州，五年始得歸。卒，年五十二，賜謚忠。《宋史》

《道卿鄒忠公奏議》十卷，龜山先生爲之序。公字至全。上疏諫立劉皇后，除名新州羈管。然世所傳疏，其辭詆訐，蓋當時小人僞爲之以激怒者也。公之子柄後因賜對首辨此事，且繳元疏副本上之，詔付史館。《郡齋讀書志》

浩既諫立劉后坐貶，徽宗初，召還對，上首及之，獎歎再三，問：「諫草安在？」曰：「焚之矣。」退告陳瓘，瓘曰：「禍其始此乎？異時姦臣妄出一緘，則不可辨矣。」蔡京素忌之，使其黨作僞疏，言劉后殺卓氏而奪其子，遂得罪。其在昭州，作青詞告上帝，有「追省當時奏御之三章，初無殺母取子之一字」之語云。《直齋書録解題》

唐庚

字子西，眉州丹稜人。善屬文。舉進士。張商英薦其才，除提舉京畿常平。商英罷相，庚亦坐貶。卒，年五十一。有文集二十卷。兄弟五人，長兄瞻，字望之，後名伯虎。治《易》、《春秋》，

皆有家法。

《欽定四庫全書簡明目録》：「《唐子西集》二十四卷。原本二十二卷，汪亮采重刊以《三國雜事》二卷附入，故爲二十四卷也。庚與蘇軾同里，而頗不滿于蘇軾。然其詩文實毅然有以自立，其不肯步趨鄉先輩，亦有所恃也。」

《唐子西集》十卷。《郡齋讀書志》

《唐子西集》二十卷。案：《文獻通考》作十卷。其文長于論議，所著皆精確。《直齋書録解題》

李　邴

字漢老，濟州任城縣人。崇寧五年進士。高宗即位，召爲兵部侍郎，除翰林學士。紹興五年，條上戰陣、守備、措畫綏懷各五事，不報，閑居十有七年。薨于泉州，年六十二。謚文敏。有《草堂集》一百卷。《宋史》

《雲龕艸堂後集》二十六卷。周益公作《神道碑》，言前、後集一百卷。今惟《後集》，蓋皆南渡後所作也。朱文公爲之序。《直齋書録解題》

汪藻

字彦章，饒州德興人。幼穎異。入太學，中進士。時胡伸亦以文名，人爲之語曰：「江左二寶，胡伸、汪藻。」紹興二年，知湖州。以顔真卿嘗守是邦，乞表章之，詔賜廟「忠烈」。二十四年卒。藻工儷語，多著述，所爲制詞，人多傳誦。《宋史》

《欽定四庫全書簡明目録》：「《浮溪集》三十六卷。原本久佚，今從《永樂大典》録出。藻文章淹雅，爲南渡後詞臣之冠。其《隆祐太后手書建炎德音》諸篇感動人心，幾于陸贄興元之詔。雜文亦雅健有體。其詩得于徐俯，俯得于其舅黄庭堅，尤遠有淵源。」

《汪彦章集》十卷。《郡齋讀書志》

《浮溪集》六十卷。四六偶儷之文起于齊梁，歷隋、唐之世，表章詔誥多用之，然令狐楚、李商隱之流號爲能者，殊不工也。本朝楊、劉諸名公猶未變唐體。至歐、蘇始以博學富文爲大篇長句，叙事達意無艱難牽强之態。而王荆公尤深厚爾雅，儷語之工，昔所未有。紹聖後置詞科，習者益衆，格律精嚴，一字不苟措，若浮溪尤其集大成者也。《直齋書録解題》

案：駢儷之文以唐爲極盛，宋人反詆譏之，豈通論哉？浮溪之文可稱精切，南宋作者未能或先。然何可與義山同日語哉！古之四六，句自爲對，語簡而筆勁，故與古文未遠。其合兩句

爲一聯者謂之隔句對，古人慎用之，非以此見長也，故義山之文，隔句不過通篇一二見。若浮溪，非隔句不能警矣，甚至長聯至數句、長句至十數字者，以爲裁對之巧，不知古意寖失，遂成習氣，四六至此弊極矣！其不相及者一也。義山隸事多而筆意有餘，浮溪隸事少而筆意不足。其不相及者二也。若令狐文體尤高，何可妄爲軒輊乎？

王安中

字履道，中山陽曲人。進士及第。政和間，争言瑞應，廷臣輒箋表賀。徽宗觀所作，稱爲奇才。他日出制詔二題，使具草，立就。上即草後批：「可中書舍人。」宣和二年，拜尚書右丞。靖康初，貶單州團練副使。高宗即位，内徙道州。卒，年五十九。爲文豐潤敏拔，尤工四六之製。有《初寮集》七十六卷。《宋史》

《欽定四庫全書簡明目録》：「《初寮集》八卷。原本久佚，今從《永樂大典》録出。安中喜依附名流，而反覆炎涼，頗干清議。其交結梁師成、蔡攸，附和童貫、王黼，更小人之尤。其詩文乃典雅凝重，絶不類其爲人，存之亦足見文章工拙不足以定人品也。」

《初寮集》十卷、《内制》十八卷、《外制》八卷。履道，真定人。爲文瓌奇高妙，最長于制誥。李邴入翰林，嘗請于上以方今詞林之式，上首尾舉履道之名。《郡齋讀書志》

《初寮集》四十卷、《後集》十卷、《内外制》二十四卷。安中年十四薦于鄉，凡四舉乃登第。始，東坡帥定武，安中未弱冠，猶及師事焉，未卒業而坡去。其後晁以道爲無極令，安中既第，修邑子禮，用長牋自言以新學竊一第爲親榮，非其志也。以道曰：「爲學當謹初，何患不遠到？」安中築室，榜曰「初寮」。其議論聞見，多得于以道。既貴顯，遂諱晁學，但稱成州使君四丈，無復先生之號矣。甚哉！籍、湜不畔之難也。《直齋書録解題》

孫　覿

《欽定四庫全書簡明目録》：「《鴻慶居士集》四十二卷，宋孫覿撰。以奉祠提舉鴻慶宫，故以名集。覿一生巧宦，殆不知世有廉恥。其碑誌諛頌宦寺，排抑忠良，殆亦不知世有是非。其詞采則汪藻、綦崇禮以外，罕與抗行，亦所謂孔雀有毒不掩文章者。故自宋以來，無不菲薄其人，而不廢其集焉。《内簡尺牘編注》十卷，其門人李祖堯編併注，其文與《鴻慶集》多異，同註中所引覿文亦或爲集所不載。蓋集爲他手所編，此則據其墨迹也。其註多得諸親授，故較任淵之註《山谷集》引證尤詳。」

《孫尚書大全集》五十七卷。覿字仲益，蘭陵人。大觀三年進士。嘗以靖康間文字得罪，廢徙久之。終于左朝奉郎、龍圖閣待制。《郡齋讀書志》

覿《代高麗謝賜燕樂表》，膾炙人口。生元豐辛酉，卒乾道己丑，蓋年八十有九，可謂耆宿矣。《直齋書録解題》

李綱

字伯紀，邵武人。政和二年進士。積官至監察御史。高宗即位，拜尚書右僕射，兼中書侍郎。薨，年五十八。贈少卿。《宋史》

《欽定四庫全書簡明目録》：「《梁谿集》一百八十卷、《附録》六卷，宋李綱撰。綱人品經濟，炳然史册。即以文章而論，亦雄深雅健，非株守章句者所能。集中徒以喜談佛理，故諸儒不肯稱之。然顔真卿孤忠勁節，日月争光，終不以書西京《多寶塔碑》、作撫州《麻姑壇記》遂減其文章之價也。」

《梁谿集》一百二十卷。父夔，進士起家，至右文殿修撰，黄右丞履之甥也。綱娶吴園先生張根之女，亦右丞外孫。「梁谿」名集者，修撰葬錫山，忠定嘗廬墓云。《直齋書録解題》

岳飛

字鵬舉，相州湯陰人。生時有大禽若鵠，飛鳴室上，因以爲名。未彌月，河决内黄，水暴至。

母姚抱飛坐甕中，衝濤及岸得免。宣和四年，真定撫劉韐募敢戰士，飛應募。康王至相，補承信郎。紹興四年，除兼荆南鄂、岳州制置使。授清遠軍節度使。湖北路荆、襄、潭州制置使，封武昌縣開國子。秦檜以飛不死，終梗和議，己必及禍，故力謀殺之。死時年三十九。淳熙六年，謚武穆。嘉定四年，追封鄂王。《宋史》

《岳武穆集》十卷。飛功業偉矣，不必以集著也。世所傳誦其《賀和議成》一表，當亦是幙客所爲，而意則出于岳也。《直齋書録解題》

綦崇禮

字叔厚，高密人，徙淮之北海。十歲能作邑人墓銘。登重和元年上舍第，尋拜中書舍人。進用之速，近世所未有。以寶文閣直學士知紹興府。期年，上印綬，退居台州。卒，年六十。《宋史》

《欽定四庫全書簡明目録》：「《北海集》四十六卷、《附録》三卷。原本久佚，今從《永樂大典》録出。凡詩文三十六卷。諸體寥寥，惟制誥表啓最多，亦惟是體最工。後十卷爲《兵籌類要》，皆援据兵法，系以論斷。其《附録》三卷，則告勑傳誌之屬也。」

楊萬里、樓鑰爲文集序。《郡齋讀書志》

《綦北海集》六十卷。工于四六。秦檜初罷相，崈禮當制，有御筆詞頭藏其家。檜再相，下台

州追索，時宻禮已死，幸不及禍。《直齋書録解題》

公平時爲文不爲崖異之言，而氣格渾然天成。故一旦當書宣之任，明白洞達，雖武夫達人，曉然知上意所在，非規規然取青媲白以爲工者比也。樓鑰《序》

洪　皓

字光弼，番易人。少有奇節，慷慨有經略四方志。登政和五年進士第。王黼、朱勔皆欲婚之，力辭。建炎三年，議遣使金國，浚薦皓于吕頤浩。召與語，大悦。皓方居父喪，頤浩解衣巾，俾易入對，帝悦。遷禮部尚書，爲大金通問使。留北中凡十五年，得生還，忠義之聲聞于天下。卒，年六十八。謚忠宣。《宋史》

《鄱陽集》十卷，徽猷閣直學士鄱陽洪皓光弼撰。三子登詞科，俱貴顯。《直齋書録解題》

洪　适

字景伯，皓長子也。幼敏悟，日誦三千言。皓使朔方，适年甫十三，能任家事。以皓出使，恩補修職郎。紹興十二年，與弟遵同中博學宏詞科。後三年，弟邁亦中是選。由是三洪文名滿天下。薨，年六十八。謚文惠。《宋史》

《欽定四庫全書簡明目録》：「《盤洲集》八十卷。其集世罕傳本。朱彝尊藏書最博，亦僅有其詩。惟此本爲毛晉汲古閣影鈔宋槧，猶完帙也。适兄弟竝以詞科起家，故儷偶特爲工雅。其他詩文亦尚有北宋典型。」

景伯自淮東總領入爲太常少卿，一年而入右府，又半年而拜相。然在位僅三閲月，爲林安宅所攻而去。嘗一帥越。閒居十六年而終。《直齋書録解題》

洪　遵

字景嚴，皓仲子也。自兒時端重如成人，從師業文，不以歲時寒暑輟。父留沙漠，母亡，遵孺慕攀號。既葬，兄弟即僧舍肄詞業，夜枕不解衣。試博學宏詞科。高宗以皓遠使，擢爲祕書省正字。中興以來，詞科中選即入館，自遵始。拜資政殿學士。淳熙元年，提舉洞霄宫，十一月薨，年五十有五。謚文安。《宋史》

《小隱集》七十卷。景嚴進用最先于兄弟，而得年不永。《直齋書録解題》

洪　邁

字景盧，皓季子也。幼讀書日數千言，一過目輒不忘。博極載籍，雖稗官虞初，釋老傍行，靡

不涉獵。以端明殿學士致仕。卒，年八十。贈光禄大夫，謚文敏。邁兄弟皆以文章取盛名，躋貴顯。邁尤以博洽受知，孝宗謂其文備衆體。邁考閲典故，漁獵經史，極鬼神事物之變，手書《資治通鑑》凡三，有《容齋五筆》、《夷堅志》行于世。其他著述尤多。《宋史》

案：忠宣三子接踵詞科，實爲僅事，固屬忠義之報。然觀其著述等身，砥礪蓄積，家學遞承，名不虚立也。

汪應辰

字聖錫，玉山人。紹興五年進士第一。孝宗朝，歷吏部尚書、翰林學士。謚文定。《宋史》

《欽定四庫全書簡明目録》：「《文定集》二十四卷。應辰立朝骨鯁，其文章學問亦具有淵源，故朱子頗引以爲重。其集五十卷，世久無傳。明程敏政于文淵閣得舊本，摘鈔八卷刊行，餘遂散佚。今録《永樂大典》所載，重爲編次，鴻篇鉅製，多非程本所有也。」

葉夢得

字少藴，蘇州吴縣人。嗜學蚤成，多識前言往行，談論亹亹不窮。紹聖四年，登進士第。提舉臨安府洞霄宫，尋拜崇信軍節度使致仕。卒湖州，贈檢校少保。《宋史》

《石林總集》一百卷、《年譜》一卷。平生所歷州鎮皆有能聲，胡文定安國嘗以其蔡、潁、南京之政薦于朝，謂不當以宿累廢。晚兩帥金陵，當烏珠臨江，移三山平郡寇，其功不可没也。秦檜秉政，欲令帥蜀，辭不行，忤檜意，以崇慶節度使致仕。其居在卞山，奇石森列，藏書數萬卷。既没，守者不謹，屋與書俱燼于火。「石林」二字，本出《楚辭·天問》。《直齋書録解題》

任盡言

字元受，眉山人。元符諫官伯雨之孫。仕至太常主簿。《宋史》

《小醜集》十二卷、《續集》三卷。《直齋書録解題》

范成大

字致能，號石湖居士，吴郡人。紹興進士。孝宗時，拜參知政事。謚文穆。《宋史》

《石湖集》一百三十六卷。致能初以起居郎使金，附奏受書事，抗金主于其殿陛間，歸而益被上眷，以至柄用。石湖在太湖之濱，姑蘇臺之下，去城十餘里。面湖爲堂，號鏡天閣，又一堂扁「石湖」二字，阜陵宸翰也。今日就荒毁更數年，恐無復遺跡矣。頃一再過之，爲之慨然。《直齋書録解題》

周必大

字子充，廬陵人。紹興進士，中詞科。相孝宗。封益國公。謚文忠。《宋史》

《欽定四庫全書簡明目録》：「《文忠集》二百卷，其子綸編，即《宋史》所稱《平園集》也。凡分二十七集，生平所著之書亦皆編入，蓋即仿必大編《歐陽修集》凡例也。」

《周益公集》二百卷、《年譜》一卷、《附録》一卷。其家既刊《六一集》，故此集編次，一切視其凡目。其間有《奉詔録》、《親征録》、《龍飛録》、《思陵録》凡十一卷，以其多及時事，託言未刊，人莫之見。鄭子敬守吉，募工人印得之，余在莆田借録爲全書，然猶漫其數十處。益公自號平園叟。《直齋書録解題》

周益公初對，玉音云：「向在王邸，見卿詞科擬制，雅宜代言。」不旋踵遂兼三字，其後兩入翰苑，首尾十年。《辭學指南》

案：益公以文學致身宰輔，享耆艾之齒，好學不倦，晚益精進。著作之富，古所未有。晚歲筆意，人事至而天真全，歐、蘇殆無以過。

楊萬里

字廷秀，吉水人。紹興進士。進寶文待制致仕。謚文節。《宋史》

《誠齋集》一百三十三卷。廷秀當淳熙末爲大蓬，論思陵配饗不合，去。及韓侂胄用事，召之，卒不至。自次對遷至學士，聞開禧出師，不食而死。自作《江湖集序》曰：「予少作有詩千餘篇，至紹興壬午皆焚之。」大概江西體也。今所存曰《江湖集》者，蓋學（后）〔後〕山及半山及唐人者也。案：自「作《江湖集序》以下一段，原本脱去，今據《文獻通考》增入。《直齋書録解題》

案：《誠齋集》四六小篇俱精妙絶倫，往往屬對出自意外，妙若天成，南宋諸公皆不及。

陸　游

字務觀，越州山陰人。年十二，能詩文。鎖廳薦送第一，秦檜孫塤適居其次，檜怒，顯黜之。檜死，始赴福州寧德簿。范成大帥蜀，游爲參議官，以文字交，不拘禮法，自號放翁。卒，年八十五。《宋史》

《渭南集》三十卷。案：《文獻通考》作二十卷。務觀，左丞佃之孫。詩爲中興之冠，文亦佳。渭南者，封渭南縣伯。《直齋書録解題》

樓　鑰

字大防，明州鄞縣人。隆興元年，試南宫，冠末等，試教官，調温州教授。擢中書舍人，除端

明殿學士，進參知政事。位兩府者五年。嘉定六年薨，年七十七。謚宣獻。鑰文辭精博，自號攻媿主人。《宋史》

《攻媿集》一百二十卷。隆興癸未省試考作賦魁，以犯諱當黜，知舉洪文安遵奏收寘末甲首。《直齋書録解題》

危　稹

字逢吉，撫州臨川人。淳熙十四年進士。嘉定九年，充博士，遷著作佐郎。出知漳州。久之，提舉崇禧觀，與鄉里耆艾爲真率會。卒，年七十四。所著有《巽齋集》。《宋史》

李　劉

《欽定四庫全書簡明目録》：「《四六標準》四十卷，宋李劉撰，其門人羅逢吉編，明孫雲翼箋注。劉事迹無可稱述，惟以四六爲專門，大抵以流麗穩貼爲宗，無復唐以來渾厚之氣，亦世變爲之也。凡分七十一目一千七十六首，逢吉欲尊其師傳，故題曰《標準》。雲翼嘗注《橘山四六》，頗爲蕪雜，此注亦畧相同。」

案：梅亭四六，雕琢過甚，近于纖冗，排偶雖工，神味全失。駢體至此，發洩太盡，難以復古矣。

魏了翁

字華父，邛州蒲江人。年十五，著《韓愈論》，抑揚頓挫，有作者風。慶元五年進士，授僉書劍南西川節度判官。遷校書郎。知漢州。嘉定十五年，進兵部郎中。嘉熙元年，知福州。累章乞骸骨，不允，疾革。門人問疾者，猶衣冠相與酬答，口授遺奏，拱手而逝。謚文靖。所著有《鶴山集》。《宋史》

《欽定四庫全書簡明目録》：「《鶴山集》一百九卷。了翁研思經術。其文根柢醇正，而紆餘宕折出以自然，無江湖遊士叫囂狂躁之氣，亦無講學諸儒空疏迂腐之習，在南宋中葉可謂不轉移于流俗矣。」

真德秀

字景元，浦城人。四歲受書，十五而孤，母吴氏力貧教之。慶元五年進士，繼試中詞科。紹定五年，知泉州。召爲户部尚書。踰年，拜參知政事。謚文忠。《宋史》

《西山集》五十六卷。《直齋書録解題》

案：南宋駢體，西山先生爲一大家，華而有骨，質而彌工，不染詞科之習。野處、誠齋而下，

皆不及也。

王邁

《欽定四庫全書簡明目録》：「《臞軒集》十六卷。原本久佚，今從《永樂大典》録出。邁以抗直著，其奏疏多危言正論。詩文亦皆俊偉光明。」

方岳

《欽定四庫全書簡明目録》：「《秋崖集》四十卷，宋方岳撰。岳天才駿厲，洪焱祖爲作小傳，稱其詩文四六不用古律，以意爲之，語或天出，可謂兼盡其短長。其集世有二本，詳略互見。今删除重複，合爲一編著於録。」

劉克莊

《欽定四庫全書簡明目録》：「《後村集》六十卷，宋劉克莊撰。克莊從真德秀講學，年至八十乃媚附于賈似道，人品、詩品遂竝頽唐。然時出清新，亦未可盡廢。文體雅潔，較詩爲勝。題跋諸作乃獨擅勝場。」

文天祥

字宋瑞，吉安人。年二十，舉進士第一。拜右丞相，加少保信國公。厓山破，至燕三年，終不屈，臨刑從容曰：「吾事畢矣。」其妻歐陽氏收其屍，面如生。年四十七。《宋史》

《欽定四庫全書簡明目録》：「《文山集》二十一卷，凡詩文十七卷、《指南前録》一卷、《後録》二卷、《紀年録》一卷。天祥大節炳然，不必以詞章重，而詞章實卓然可傳。《農田餘話》稱其不獨忠義冠一時，亦斯文間氣之發見。非虚語也。」

衛博

《欽定四庫全書簡明目録》：「《定菴類稿》四卷，宋衛博撰。原本久佚，今從《永樂大典》録出。其中表、劄、箋、啓、序、記、書、疏，代人作者十之九，蓋當時亦以四六擅場，故假手者衆。其文工穩流麗，頗有汪藻、孫覿之遺音。」

廖行之

《欽定四庫全書簡明目録》：「《省齋集》十卷，宋廖行之撰。原本久佚，今從《永樂大典》録

出。其文多傷質樸，然理勝其詞，惟四六頗流麗。原跋稱其多互見周必大《省齋集》中，今檢必大全集，無一篇與此相複，殆知其誤取而刪削歟。」

周南

字南仲，平江人。年十六，游學吴下。文詞雅麗精切。登紹熙元年進士。開禧三年，召試館職，對策詆權要，言者劾罷之，卒于家。《宋史》

《欽定四書全書簡明目録》：「《山房集》九卷，宋周南撰。原本久佚，今從《永樂大典》録出。凡《前集》八卷、《後稿》一卷，大致以四六爲最工。其《秦檜降爵易謚勅》、《林下偶談》、《困學紀聞》各引爲佳話，其以是事擅場可知也。」

李廷忠

《欽定四庫全書簡明目録》：「《橘山四六》二十卷，宋李廷忠撰，明孫雲翼箋注。北宋四六大都温雅，南宋漸變爲纖巧。廷忠當淳熙、紹熙之間，正風氣升降之際，故格意不免稍卑，又嗜博矜新，亦或傷繁冗，然組織工穩，其佳處亦不可没。雲翼所注頗爲蕪雜，姑存以備考云爾。」

無名氏

《欽定四庫全書簡明目録》:「《壺山四六》一卷,不著撰人名氏。南宋中葉號壺山者凡四人,以其《除福建漕司謝喬平章啓》考之,似當爲方大琮作,而大琮集中又不載,豈其族孫良永等撮拾遺文之時偶未見歟? 疑以傳疑,姑置于大琮集後。」

王子俊

《欽定四庫全書簡明目録》:「《格齋四六》一卷,宋王子俊撰。子俊有《三松類稿》,今已散佚。此即其《類稿》之一種也。楊萬里稱其四六追步歐、蘇,不論汪藻、孫覿,推挹稍過。然即此一卷而論,典雅流麗,漸近自然,與汪、孫亦分路揚鑣也。」

王應麟

字伯厚,慶元人。淳祐元年進士。初,應麟登第,言曰:「今之事舉子業者沽名譽,得則一切委棄,制度典故漫不省,非國家所望于通儒。」于是發憤誓以博學宏詞科自見,假館閣書讀之。寶祐四年中是科。應麟與弟應鳳同日生,開慶元年亦中是科,詔褒諭之。度宗即位,遷禮部尚書。

所著有《深寧集》一百卷。《宋史》

《欽定四庫全書簡明目録》：「《四明文獻集》五卷，宋王應麟撰。應麟《深寧叟集》一百卷，久已散佚，此乃《四明文獻集》中之一種，故一人之作而題以總集之名也。所録文凡一百七十餘篇，而制誥居十之七，雖不盡所長，尚足見其崖畧。」

作家七 元四六諸家

閻復

字子靖。其先平陽和州人，父忠避兵高唐州，遂家焉。始生有奇光照室，及長，性簡重，美豐儀。大德三年，拜翰林學士承旨。卒，年七十七。謚文康。有《靖軒集》五十卷傳于世。《元史》

姚燧

字端甫，平州柳城人。左丞樞之從子也。生三歲而孤，樞育之。方隱居蘇門山，謂燧蒙闇，教督之過急，燧不能堪，楊奂止之曰：「燧，令器也。長自有成，何急爲！」且許醮以女。年十三，見許衡于蘇門。十八，始受學。仁宗居藩邸，起爲太子賓客，改翰林學士承旨。卒，年七十六。

謚曰文。有《牧庵文集》五十卷。《元史》

《欽定四庫全書簡明目録》：「《牧菴文集》三十六卷。原本久佚，今從《永樂大典》録出。燧學出許衡，而文章過衡遠甚，雄深雅健，綽有古風。碑誌尤足補史闕，有元一代，自虞集之外，罕能旗鼓相當也。」

公才氣驅駕，縱横開闔，紀律惟意，約要于煩，出奇于腐，江海駛而蛟龍拏，風霆薄而元氣溢。張養浩《序》

王　惲

字仲謀，衛州汲縣人。少好學，與東魯王博文、渤海王旭齊名。至元五年，建御史臺，首拜監察御史。元貞五年致仕。卒，封太原郡公，謚文定。其著述有《秋澗集》。《元史》

《欽定四庫全書簡明目録》：「《秋澗集》一百卷。惲詩文源出元好問，故意度波瀾具有軌範，足以嗣響其師。奏議尤疏暢詳明，瞭如指掌。史稱惲有才幹，語殆非虚。其所著書四種，皆編入集中，亦有資考證。」

案：中統元年，惲轉翰林修撰，同知制誥，《玉堂嘉話》云：「其宣詞曰：『行己無忝，博學能文。顧超絶之逸才，足鋪張于偉蹟。宜司綸命，以贊皇猷。』」

袁桷

字伯生，慶元人。幼學文，脱去凡近。長益留心典故。舉茂才異等。歷拜集賢直學士。卒，封陳留郡公。謚文清。所著有《清容居士集》五十卷。《元史》

《欽定四庫全書簡明目録》：「《清容居士集》五十卷。桷早從戴表元、王應麟、舒岳祥諸遺老游，文律詩法具有授受。又博覽古籍，練習舊章，故册誥之文，典禮之議，爲一時弁冕。詩亦高華俊逸，能自成家，與鄧文原等崛起大德、延祐之間，稱藝林領袖，蓋不虚焉。」

虞集

字伯生，蜀郡人。父汲爲黄岡尉。宋亡，避亂趨嶺表。干戈中無書可攜，集母楊氏，祭酒楊文仲女也，口授集《論語》、《孟子》、《左氏傳》、歐蘇文，過耳輒成誦。比還長沙，就外傅始得刻本，則已盡讀諸經，通大義。大德初，以薦授京學教授，除國子博士。儀拜翰林直學士兼祭酒。卒，封仁壽郡公。謚文靖。有《道園集古録》五十卷。《元史》

《欽定四庫全書簡明目録》：「《道園學古録》五十卷。金元之間，元好問爲文章耆宿。迨元之季，則以集爲大宗。此集凡分四編，曰《在朝稿》、曰《應制稿》、曰《歸田稿》、曰《方外稿》。雖所

作不僅于此，而菁華薈萃，已見大凡。其陶鑄羣材，固不減廬陵之在北宋也。《道園遺稿》十六卷，其從孫堪編，蓋以補《學古録》之遺也，較世所傳《道元類稿》增多五百餘篇。集之名章鉅製亦約畧盡此矣。」

劉壎

《欽定四庫全書簡明目録》：「《水雲村稿》十五卷。壎才力雄贍，尤工於四六，隸事鑄詞具有精采。然壎之所長，在以散體爲四六；壎所短即在以四六爲散體。故其雜文不古不今，轉成僞體。」

王銍 附

《欽定四庫全書簡明目録》：「《四六話》二卷，宋王銍撰。古無專論四六之書，有之，自銍始。所論多宋人表啓之文，大抵舉其工巧之聯，而氣格法律皆置不道，故宋之四六日卑。然就一朝風氣而言，則亦多推闡入微者，如詩家之有句圖，不可廢也。」

附：四六話原序

先君子少居汝陰鄉里，而游學四方，學文于歐陽文忠公，而授經于王荆公、王深父、常夷父。

既仕，從滕元發、鄭毅夫論作賦與四六，其學皆極先民之淵藴。銍每侍教誨，常語以爲文爲詩賦之法，且言：賦之興遠矣。唐天寶十二載始詔舉人策問，外試詩賦各一首。自此八韻律賦始盛，其後作者如陸宣公、裴晉公、吕温、李程猶未能極工。逮至晚唐，薛逢、宋言及吴融出于場屋，然後曲盡其妙。然但山川草木，雪風花月，或以古之故實爲景題賦，于人物情態爲無餘地，若夫禮樂刑政，典章文物之體，畧未備也。國朝名輩猶雜五代衰陋之氣，似未能革。至二宋兄弟始以雄才奥學，一變山川草木人情物態，歸于禮樂刑政、典章文物，發爲朝廷氣象，其規模閎達深遠矣。繼以滕、鄭、吴處厚、劉輝，工緻纖悉備具，發露天地之藏，造化殆無餘巧。其檃括聲律，至此可謂詩賦之集大成者。亦繇仁宗之世，太平閒暇，天下安静之久，故文章與時高下。蓋自唐天寶遠迄于天聖，盛于景祐、皇祐，溢于嘉祐、治平之間。師友淵源，講貫磨礲，口傳心授，至是始克大成就者，蓋四百年于斯矣，豈易得哉！豈一人一日之力哉！豈徒此也，凡學道學文，淵源從來皆然也。世所謂箋題表啓號爲四六者，皆詩賦之苗裔也，故詩賦盛則刀筆盛，而其衰也亦然。銍類次先子所謂詩賦法度與前輩話言附家集之末，又以銍所聞于交游間四六話事實私自記焉，其詩話文話賦話各别見云。老成雖遠，典刑尚存，此學者所當憑心而致力也。且以昔聞于先子者爲之序，欲自知爲文之難，不敢苟且于學問而已，匪欲誇諸人也。宣和四年七月庚申日，汝陰王銍序。

謝伋 附

《欽定四庫全書簡明目録》：「《四六談塵》一卷，宋謝伋撰。其論四六多以命意遣詞分工拙，所見在王銍《四六話》上。其論長句、全句尤切中南宋之弊也。」

附：《四六談塵》原序

三代兩漢以前，訓誥誓命詔策書疏，無駢麗粘綴，温潤爾雅。先唐以還，四六始盛，大約取便于宣讀。本朝自歐陽文忠、王舒國叙事之外，作爲文章，制作渾成，一洗西崑磔裂煩碎之體。厥後學之者益以衆多，況朝廷以此取士，名爲博學鴻詞，而内外兩制用之，四六之藝誠曰大矣。下至往來牋記啓狀，皆有定式，故設之應用，四方一律，可不習而知。予自少時聽長老持論多矣，憂患以後，悉皆遺忘。山居歷年，飽食終日，因後生之問，可記者輒録之，以資讚學之一事，如古今五七字話，題爲《四六談塵》云。他時有得，當附益諸。紹興十一年五月十三日，陽夏謝伋序。

選詩叢話

《文選》張景陽《雜詩》「叢竹森如束」，元微之「連昌宫中滿宫竹，歲久無人森如束」蓋用此。《芥隱筆記》

《文選》古詩「何能待來兹」，用《吕氏春秋》「今兹美禾，來兹美麥」，注：「兹，年也。」同上

《文選》古詩有「思君令人老」，曹子建有「沈憂令人老」，其本出「唯憂用老」耳。同上

李善《文選·秋胡詩》注引《易歸藏》曰：「君子戒車，小人戒徒。」亦可以見亡書之語。《學齋佔畢》

「文彩雙鴛鴦，裁爲合歡被。著以長相思，緣以結不解。」注：「被中著綿謂之長相思，綿綿之意。緣被四邊綴以絲縷，結而不解之意。」余得一古被，四邊有緣，真此意也。著，謂充以絮。《侯鯖録》

擬古惟江文通最長，擬淵明似淵明，擬康樂似康樂，擬左思似左思，擬郭璞似郭璞，獨擬李都尉一首不似西漢耳。雖謝康樂擬鄴中諸子之作，亦氣象不類。至於劉休玄《擬行行重行行》等

篇，鮑明遠《代君子有所思》之作仍是其自體耳。《滄浪詩話》

蘇子卿詩：「幸有弦歌曲，可以喻中懷。請爲游子吟，泠泠一何悲。絲竹厲清聲，慷慨有餘哀。長歌正激烈，中心愴以摧。欲展《清商曲》，念子不能歸。」今人觀之，必以爲一篇重複之甚，豈特如《蘭亭》「絲竹管弦」之語耶！古詩正不當以此論之也。同上

劉公幹《贈五官中郎將》詩：「昔我從元后，整駕至南鄉。過彼豐沛都，與君共翱翔。」元后蓋指曹操也。至南鄉謂伐劉表之時，豐沛都喻操譙郡也。王仲宣《從軍》詩云：「籌策運帷幄，一由我聖君。」聖君亦指曹操也。又曰：「竊慕負鼎翁，願厲鈍朽姿。」是欲效伊尹負鼎干湯以伐桀也。是時獻帝尚在，而二子之言如此，一曰元后，一曰聖君，正與荀彧比曹操爲高、光同科。或以公幹平視美人爲不屈，是未爲知人之論。同上

古人贈答多相勉之詞。蘇子卿云：「願君崇令德，隨時愛景光。」李少卿云：「努力崇明德，皓首以爲期。」劉公幹云：「勉哉修令德，北面自寵珍。」杜子美云：「君若登台輔，臨危莫愛身。」往往有此意。同上

《古詩十九首》非止一人之詩也。「行行重行行」，《樂府》以爲枚乘之作，其他可知矣。《古詩十九首》「行行重行行」，《玉臺》作兩首，自「越鳥巢南枝」以下别爲一首，當以《選》爲正。《文選・長歌行》只有一首「青青園中葵」者，郭茂倩《樂府》有兩篇，次一首乃「仙人騎白鹿」者。「仙

人騎白鹿」之篇，余疑此詞「岧岧山上亭」以下，其義不同，當又別是一首，郭茂倩不能辨也。《文選·飲馬長城窟》古詞，無人名，《玉臺》以爲蔡邕作。同上

江州《陶靖節集》末載宣和六年臨溪曾紘謂靖節《讀山海經》詩其一篇云「形天無千載，猛志固常在」，疑上下文義不貫，遂按《山海經》有云「刑天，獸名，口銜干戚而舞」，以此句爲「刑天舞干戚」，因筆畫相近，五字皆訛。岑穰晁詠之撫掌稱善。余謂紘説固善，然靖節此題十三篇，大槩篇指一事。如前篇終始記夸父，則此篇恐專説精衛銜木填海，無千歲之壽而猛志常在，化去不悔。若併指刑天，似不相續，又況末句云：「徒設在昔心，良晨詎可待。」何預干戚之猛耶？《二老堂詩話》

舒公云：「池塘生春草，園柳變鳴禽」之句，謂有神助，其妙義不可以言傳。而古今文士多從而稱之，獨李元膺曰：「予觀此句未有過人處。古人意有所至則見於情，詩句蓋其寓也。謝公平生喜見惠連，故夢中得之。蓋當論其情意，不當泥其句也。如謝東山喜見羊曇，羊叔子喜見鄒湛，王述喜見坦之，皆其情意所至，不可名狀。」《冷齋夜話》

「池塘生春草，園柳變鳴禽。」世多不解此語爲工，蓋欲以奇求之耳。此語之工正在無所用意，猝然與景相遇，借以成章，不假繩削，故非常情所能到。詩家妙處當須以此爲根本，而思苦難言者往往不悟。鍾嶸《詩品》論之詳矣，其略云：「『思君如流水』，既是即目。『高臺多悲風』，亦惟所見。『清晨登隴首』，羌無故實。『明月照積雪』，非出經史。古今勝語多非補假，皆由直尋。顔

延之、謝莊，尤爲繁密，於時化之。故大明、泰始中，文書殆同書抄。近任昉、王元長等，辭不貴奇，競須新事，邇來作者，寖以成俗。遂乃句無虚語，語無虚字，牽攣補衲，蠹文已甚。自然英旨，罕遇其人。」余每愛此言簡切明白易曉，但觀者未嘗留意耳。《石林詩話》

「綢繆」兩字而有數義。《詩》云：「綢繆牖户。」注云「纏綿也」。王粲云：「綢繆清燕娱。」五臣云：「綢繆，親重貌。」吴質《答東阿王書》云：「是何慰喻之綢繆乎！」注云：「綢繆，殷勤之意也。」《西溪叢語》

《樂府解題》有《梁父吟》。《蜀志・諸葛亮傳》云：「亮躬耕隴畝，好爲《梁父吟》。」陸士衡《擬今日良宴會》云：「齊僮《梁父吟》。」李善注云：「蔡邕《琴頌》曰：『梁父悲吟。』」不知名爲《梁父》何義。張衡《四愁詩》云：「欲往從之梁父艱。」注云：「泰山，東嶽也。君有德，則封。梁父，泰山下小山名。」諸葛亮好爲《梁父吟》，恐取此意。同上

陶潛《讀山海經》十三首用事，今本多差誤，各爲注釋之。第一篇「泛覽《周王傳》」，乃《周穆王傳》，荀勗校定本是也。「流觀《山海圖》」，乃《山海經》十八卷，郭璞注本是也。第二篇云：「玉堂淩霞秀，王母始妙顔。天地共俱生，不知幾何年。靈化無窮已，館宇非一山。高酣發新謡，寧效俗中言。」《西山經》云：「玉山是王母所居。其狀如人，豹尾虎齒而善嘯，蓬頭戴勝，是司天之厲主五殘。」《大荒西經》云：「西海之南，流沙之濱，赤水之後，黑水之前，有大山，名曰崑崙之邱。

有人戴勝，虎齒，有豹〔尾〕，穴處，名曰西王母。」又云：「大荒之中，有山名豐沮玉門，西有王母之山。」又云：「以崑崙爲宫，亦有離宫別窟。」郭璞云：「不專住一山也。」《穆天子傳》云：「吉日甲子，天子賓於西王母，執玄圭、白璧以見西王母於瑶池之上。」又：「天子升於奄山，即西王母之山也。奄山，即奄兹山也。西王母宴穆王於瑶池之上，王母爲天子謡曰：『白雲在天，山陵自出。道里悠遠，山川間之。將子無死，尚能復來。』」與穆往復數詩，不具載。第三篇云：「迢遞槐江嶺，是謂玄圃丘。正南望崐墟，光氣難與儔。亭亭明玕照，落落清瑶流。恨不及周穆，託乘一來遊。」槐江之山，丘時之水出焉。其陽多丹粟，其陰多采黄金銀，實惟帝之平圃。郭璞注云：「即玄圃也。南望崑崙，其光熊熊，其氣魂魂，其上多藏琅玕，爰有淫水，其清洛洛。淫，音遥。」《穆天子傳》：「天子銘跡於玄圃之上。」第四篇云：「丹木生何許，迺在峚山陽。黄花復朱實，食之壽命長。白玉凝素液，瑾瑜發奇光。豈伊君子室，見重我軒皇。」《西山經》云：「西北四百二十里曰峚山，其上多丹木，圓葉而赤莖，黄花而赤實，其味如飴，食之不饑。丹水出焉，西流注於稷澤，其中多白玉，是有玉膏，沸沸湯湯，黄帝是食是饗，是生玄玉，玉膏所出，以灌丹木，五色乃清。」第五篇云：「翩翩三青鳥，毛色奇可憐。朝爲王母使，暮歸三危山。我欲因此鳥，具向王母言。在世無所須，惟酒與長年。」三危之山，三青鳥居之。是山廣圓百里。青鳥主爲王母取〔實〕〔食〕。《竹書》云：「穆王西征，至青鳥所解。」又：「蛇巫之山，一曰龜山，西王母梯几而戴勝杖，其南有三青鳥，

爲西王母取食。又有三足烏，主給使也。」第六篇云：「逍遥蕪皋上，杳然望扶木。洪柎百萬尋，森散覆暘谷。靈人待丹池，朝朝爲日浴。神景一登天，何幽不見燭。」黑齒國人，黑手，食稻，使蛇，其一蛇赤。下有暘谷，上有扶木，即扶桑木。十日所浴，在黑齒北，居水中。有大木，九日居下枝，一日居上枝。第七篇云：「粲粲三珠樹，寄生赤水陰。亭亭淩風桂，八幹共成林。靈鳳撫雲舞，神鸞調玉音。雖非世上寶，爰得玉母心。」讙朱國，在赤水之陰，有三珠樹，如柏，葉皆爲珠，其樹若彗。《海（西）〔内〕南經》：「桂林八樹，在番禺東。」八樹而成林，言其大也。丹穴之山有鳥焉，其狀如雞，五采而文，乃鳳也，自歌自舞。女牀之山有鳥，如翟而五采，又名曰鸞，自歌。見則天下康寧。第八篇云：「自古皆有没，何人得靈長。不死復不老，萬歲如平常。赤泉給我飲，員邱足我糧。方與三辰遊，壽老豈渠央。」《列子》云：「北海之北，其國名曰終北，四方悉平，圍以喬陟。當國之中有山，山名壺飲，狀若甔甀，頂有口，狀若圓環，名曰滋穴，有水湧出，名曰神瀵，臭過椒蘭，味過醪醴，一源分爲四，埒注於山下，經營一國，無不周徧。土氣和，無札厲，不夭不病，人倦則飲神瀵。周穆王北遊，過其國，三年忘歸。」今赤泉，《山海經》無之，知古文缺失也。第九篇云：「夸父誕宏志，乃與日競走。俱至虞淵下，似若無勝負。神力既殊妙，傾河焉足有。餘跡寄鄧林，功竟在身後。」《海外北經》云：「夸父與日逐走，渴，欲飲於河、渭，不足，飲大澤，未至，道渴而死。棄其杖，化爲鄧林。」又云：「夸父不量力，欲追日景，逮之禺谷。」郭璞云：「禺淵也。」第

十篇云：「精衛銜微石，將以填滄海。刑天舞干戚，猛志故常在。同物既無慮，化去不復悔。徒設在昔心，良辰詎可待。」發鳩之山有鳥焉，其狀如鳥而文首白喙，名曰精衛。其鳴自詨，是炎帝之少女，名曰女娃。遊於東海，溺而不返，故爲精衛。常銜西山之木石以堙東海。奇肱之國，刑天與帝爭神，帝斷其首，葬之常羊之山，乃以乳爲目，以臍爲口，操干戚而舞。」第十一篇云：「巨猾肆威暴，欽䲹違帝旨。窫窳强能變，祖江遂獨死。明明上天鑒，爲惡不可履。長枯固已劇，鵕鶚豈足恃。」鐘山神其子曰鼓，其狀人面而龍耳，是與欽䲹殺葆江於崑崙之陽。葆江，即祖江也。帝乃戮之鐘山之東曰峄崖。䲹，音下邳之邳。瑶，音遥。曰「巨猾肆暴」者，謂欽䲹殺祖江，貳負臣殺窫窳也。「猾」作「危」字，非是。欽䲹化爲大鶚，鼓亦化爲鵕鳥。鶚，音諤。鵕，音俊。或云「鵕鵝」字，非也。窫窳者，蛇身人面，爲貳負臣所殺。開明東有巫，夾窫窳之尸，皆操不死之藥以距之。窫窳變爲龍首，居弱水中食人。音軋俞。第十二篇云：「鴟鴸見城邑，其國有放士。念彼懷王世，當時數來止。青丘有奇鳥，自言獨見爾。遂爲迷者生，不以喻君子。」拒山西臨流黄，北望諸毗，東望長右。見鳥焉，其狀如鴟而人手，其音如痺，其名曰鴸，其鳴自號，見則其國多放士。放，逐也。懷王之世，謂屈原也。青丘國有奇鳥，不詳其狀。鴟鴸，或爲「鵃鵝」，或爲「鳴鵲」，皆非也。第十三篇云：「巖巖顯朝市，帝者慎用才。何以廢共鯀，重華爲之來。仲文獻誠言，姜公乃見猜。臨没告饑渴，當復何及哉。」《竹書紀年》：「堯欲禪舜，共工、鯀諫以爲不可。舜即位，殛

鯀于羽山，流共工於幽州。」《海内經》云：「鯀竊帝之息壤以堙洪水，不待帝命，帝令祝融殺鯀于羽郊。」《神異經》云：「西北荒有人，二面朱鬃，蛇身人手，四足，食五穀、禽獸，頑愚，名曰共工。東方有人焉，人形而身多毛，自解水土，志加通塞，爲人自用，欲爲欲息，名曰鯀。」下云：「仲文、姜公，未詳。」同上

子建之《七哀》，主哀思婦。仲宣之《七哀》，主哀亂離。孟陽之《七哀》，主哀邱墓。吕向爲之説曰：「七哀者，謂痛而哀、義而哀、感而哀、怨而哀、耳目聞見而哀、口歎而哀、鼻酸而哀。」且哀之來也，何者非感？何者非怨？何者非目見而耳聞？何者不嗟歎而痛悼？吕向之説可謂疏矣。大抵人之七情，有喜怒哀樂愛惡欲之殊，今而哀戚太甚，喜怒愛惡等悉皆無有，情之所繫惟有一哀而已，故謂之七哀。不然，何不云八云六，而必曰七哀乎？《敬齋古今黈》

阮籍《詠懷》云：「李公悲東門，蘇子狹三河。」張銑曰：「蘇秦本洛陽人。洛陽，三川之地，則三河也。」沈約曰：「河南、河東、河北，秦之三川郡。」古人舉水皆曰河耳。既又云：「驅馬復來歸，反顧望三河。」向曰：「晉文王，河内人，故語稱三河。」是則河南洛陽、河東、河南、河北皆得稱之爲三河也。取三川以釋三河，毋乃疏乎？按《史記》，張儀曰：「下兵三川以臨二周之郊。」又曰：「今三川、周室，天下之市朝也。」莊襄王元年初置三川郡。韋昭曰：「有河、洛、伊，故曰三川。」如史遷所記，韋昭所解，三川之與三河大不相類。同上

陸士衡《君子有所思行》末云：「宴安銷靈根，酖毒不可恪。」意謂宴安酖毒不可恪耶。然「不可恪」三字太迳庭，不似詩家語。「不可」當倒。恪，慎也。「可不恪」，則言不可不慎。同上

《五臣注文選》謂陶淵明詩自晉義熙以後皆題甲子，後世因仍其説。獨治平中，虎邱僧思悦編淵明詩，辨其不然。其説曰：「淵明之詩題甲子者，始庚子迄丙辰，凡十七年，皆晉安帝時所作。至恭帝元熙二年庚申歲，宋始受禪。庚子至庚申蓋二十年，豈有宋未受禪前二十年恥事二姓而題甲子之理？」曾裘父《艇齋詩話》亦信其説。然以余考之，元興二年桓玄篡位，晉氏不斷如綫，得劉裕而始平，改元義熙。自此天下大權盡歸劉氏，淵明賦《歸去來辭》實義熙元年也。至十四年，劉公爲相國，恭帝即位，改元元熙，至二年庚申禪於宋。觀恭帝之言曰：「桓玄之時，晉氏已亡，重爲劉公所延將二十載。今日之事，本所甘心。」詳味此言，則劉氏自庚子得政至庚申革命，凡二十年。淵明自庚子以後題甲子，蓋已知其末流必至於此。忠之至，義之盡也。思悦、裘父殆不足以知之。《碧湖雜志》

《初學記·月門》中以「吴牛」對「魏鵲」。吴牛以不耐熱，見月亦喘。然魏鵲者，引魏武帝歌行「月明星稀，烏鵲南飛」爲據甚疏闊。如此，則盍言魏烏乎？漢武帝《秋風詞》云：「秋風起兮白雲飛，草木黄落兮雁南歸。」今即云魏鵲，則風事亦用漢雁。若是採掇文字，何所不可？東海徐公，碩儒也，何乖之甚？《學齋佔畢》

陳思王七步之捷，用事者移於常人宜矣，若褒今朝諸王則大不佳。何者？七步所成詩，即燃萁煮豆之二十字也，其可當諸王所用哉！梁代任昉褒《竟陵王行狀》云：「淮南取貴於食時，陳思見稱於七步。」雖梁人褒王固無忌諱，然欠審爾。若以諸王爲捷，幸有十步事而新，何不採於後魏耶？同上

《文選》，昭明太子所作。昭明在梁時亦鬱鬱不樂，移其志於《文選》。考之集中，諸公負一世之名者，皆不得其善終。班固、張華、郭璞、機、雲、嵇康、潘岳、謝靈運輩，嘗讀其詩，感愴之言近似鬼語。屈原《離騷》有《山鬼》、《國殤》，良可哀也。《貴耳集》

王文公詩：「功謝蕭規慙漢第，恩從隗始詫燕臺。」然《史記》止云「爲隗改築宮而師事之」，初無「臺」字。而李白詩有「何人爲築黄金臺」之語，吴虎臣《漫録》以此爲據。按：《新序》、《通鑑》亦皆云「築宮」不言「臺」也。然李白、杜甫、柳子厚屢慣用黄金臺事。《白氏六帖》有「燕昭王置千金於臺上以延天下士，謂之黄金臺」。此語唐人相承用者甚多，不特本於白也。後漢孔文舉《論盛孝章書》曰：「昭築臺以延郭隗。」然皆無「黄金」字。宋鮑照《放歌行》云：「豈伊白屋賜，將起黄金臺。」然則黄金臺之名始見於此。李善注引王隱《晉書》：「段匹磾討石勒，屯故燕太子丹黄金臺。」又引《上谷郡圖經》曰：「黄金臺在易水東南十八里，昭王置千金臺上以延天下士。」且燕臺事多以爲昭王，而王隱以爲燕丹，何也？余後見《水經注》云：「固安縣有黄金臺，耆舊言昭王

禮賢，廣延方士，故修建下都館之南陲。燕昭創於前，子丹踵於後。」以此知王隱以爲燕丹者始此也。《齊東野語》

左思《詠史》云：「金張藉舊業，七葉珥漢貂。」善曰：「班固《漢書·金日磾贊》曰：『漢庭七葉，内侍何其幸也！』七葉，自武至平也。又《張湯傳贊》曰：『張氏之子孫相繼，自宣、元以來爲侍中中常侍者凡十餘人。』」侍中中常侍固珥貂矣。然言「七葉珥漢貂」者，固金氏，非張氏也。舉其貴寵，因連言之。《澗泉日記》

顔延年《五君詠·阮步兵》末云：「物故不可論，途窮能無慟。」物故，世故也。一世之事舉不可論，憤激之極。理勢窘蹙，不能無慟。或云物故即古人也。《前書音義》謂人死爲物，故顔以嗣宗謂古人不必論議，所當論者惟在當世之事。而魏、晉之交，一時人物又皆不足論，故托跡獨駕，不由逕路，至於車跡所窮，不能不慟哭也。同上

顔延年《答鄭尚書》詩云：「何以銘嘉貺，言樹絲與桐。」桐固可以言樹也，絲亦可以言樹乎？同上

范蔚宗《樂遊苑應詔》詩末云：「聞道雖已積，年力互頽侵。探己謝丹雘，感事懷長林。」刊本作「丹黻」。又顔延年《和謝監》詩云：「伊昔遘多幸，秉筆侍兩闈。雖慙丹雘施，未謂玄素睽。」呂延濟、呂向皆以丹雘爲榮禄，而李善又以爲君恩，皆非也。丹雘，所以爲國家之光華也。范意謂揣己空

疏不足以華國，故感事思歸。顏意謂雖無文章可以華國爲慙，亦未至始素終玄如絲之改色也。同上

徐悱敬業《酬到溉》詩云：「寄言封侯者，數奇良可歎。」數，音所具反。奇，音居宜反。按《前漢書·李廣傳》曰：「大將軍衛青陰受上指，以爲李廣數奇，毋令當單于，恐不得所欲。」孟康曰：「奇，隻，不偶也。」如淳曰：「數爲匈奴所敗。」詳史所載，若以「數」字爲去聲，則是運數不偶耳。豈有天子於將帥以命運敕之耶？當從如説，音爲所角反。同上

鮑明遠《擬古》云：「兩説窮舌端，五車摧筆鋒。」劉良以「兩説」爲本末之説，言舌端能摧折文士之筆端，非也。兩説者，兩可之説也，謂兩可之説能窮舌端，而五車之讀能摧筆鋒。摧者，猶言脱千兔之毫者也。李善又以魯連説新垣衍及下聊城爲兩説，則益疏矣。同上

杜子美《秋雨歎》云：「闌風伏雨秋紛紛。」或者謂「闌風」二字無出處。偶讀《文選》詩，謝靈運《初發都》云：「述職期闌暑，理棹變金素。」翰曰：「闌暑，夏末暑闌也。」「闌風」當用此語，謂熏風闌盡，將變而爲涼風也。一本「闌」作「蘭」，古字通用。同上

堂北曰背，堂南曰襟。故陸士衡詩曰：「焉得忘憂草，言樹背與襟。」言前後皆樹，庶冀其忘也。《謝氏詩源》

王充《論衡》云：「堯時五十民擊壤於塗。」不知壤爲何物。後見李善注《文選》引《風土記》

云：「壤以木爲之，前廣後鋭，長四尺三寸，其形如履。將戲，先側一壤於地，遥於三四十步，以手中壤擊之，中者爲上。」《太平御覽》亦載此事，但《御覽》云「長尺三四寸」，與《文選》注小異，恐是書寫者誤以「四」字置「尺」字上。蓋其形如履，使長四尺三寸，則不復有履形矣。當以《御覽》所載爲是。《雲谷雜記》

《文選》編李陵、蘇武詩凡七篇，人多疑「俯觀江漢流」之語，以爲蘇武在長安所作，何爲乃及江漢？東坡云：「皆後人所擬也。」余觀李詩云：「獨有盈觴酒，與子結綢繆。」「盈」字正惠帝諱。漢法，觸諱者有罪，不應陵敢用之。知坡公之言爲可信也。《容齋題跋》

詩文當有所本。若用古人語意，别出機杼，曲而暢之，自足以傳示來世。左太沖《詠史》詩曰：「鬱鬱澗底松，離離山上苗。以彼徑寸莖，蔭此百尺條。世胄躡高位，英俊沈下僚。地勢使之然，由來非一朝。」白樂天《續古》一篇全用之，曰：「雨露長纖草，山苗高入雲。風雪折勁木，澗松摧爲薪。風摧此何意，雨長彼何因。百尺澗底死，寸莖山上春。」語意皆出太沖，然其含蓄頓挫則不逮也。《容齋續筆》

張平子《四愁》詩云：「美人贈我金錯刀，何以報之英瓊瑶。」金錯刀，王莽所鑄錢名，以黄金錯其文曰一刀，直五千。或注引《續漢書》佩刀諸侯王以金錯環，恐與王莽鑄錢又别。《藝苑雌黄》

李善注《文選》，本末詳備，極可喜。所謂五臣者，真俚儒之荒陋者也。而世以爲勝善，亦謬

矣。謝朓《張子房》詩云：「苛慝暴三殤。」此《禮》所謂上中下三殤，言暴秦無道，戮及于稚子也。而乃引「苛政猛於虎」，吾父、吾子、吾夫皆死於是，謂夫與父皆殤，豈非俚儒之荒陋者乎！如此類甚多，不足言也。《東坡志林》

謝惠連：「屯雲蔽曾嶺，驚風涌飛流。零雨潤墳澤，落雪洒林丘。浮氛晦崖巘，積素惑原疇。曲汜薄停旅，通川絶行舟。」連四韵，句法皆相似。古詩正不當以此拘也。《對牀夜話》

陶靖節之《讀山海經》，猶屈子之賦《遠遊》也。「精衛銜微木，將以填滄海。刑天舞干戚，猛志故常在。」悲痛之深可爲流涕。《困學紀聞》

《古詩十九首》，或云枚乘，疑不能明也。「驅馬上東門，遊戲宛與洛。」辭兼東都，非盡是乘作。《文心雕龍》云「孤竹」一篇，傅毅之辭。若璩案：「《玉臺新詠》以『西北有高樓』、『東城高且長』、『行行重行行』、『涉江采芙蓉』、『青青河畔草』、『庭中有奇樹』、『迢迢牽牛星』、『明月何皎皎』八首爲枚作，餘爲古詩。」同上

《古詩十九首》有云：「冉冉孤生竹，結根太山阿。與君爲新婚，兔絲附女蘿。兔絲生有時，夫婦會有宜。千里遠結婚，悠悠隔山陂。思君令人老，軒車來何遲。」言妻之於夫，猶竹根之於山阿，兔絲之與女蘿也，豈容使之獨處而久思乎？《詩》云：「葛生蒙楚，蘝蔓于野。予美亡此，誰與獨處。」同此怨也。又「涉江采芙蓉，蘭澤生芳草。采之欲遺誰，所思在遠道。」又「庭中有奇樹，綠葉發華滋。攀條折其榮，將以遺所思。馨香盈懷袖，路遠莫致之。」亦猶詩人「籊籊竹竿，以釣

于淇。豈不爾思，遠莫致之」之詞，第反其義耳。前輩謂《古詩十九首》可與《三百篇》竝驅者，亦此類也。《對牀夜話》

《詩》曰：「山有漆，隰有栗。子有酒食，何不日鼓瑟。且以喜樂，且以永日。宛其死矣，他人入室。」悲其君有酒食鼓瑟之不能樂，猶有國而弗治，則將爲他人之所有也。曹子建樂府云：「置酒高殿上，親友從我遊。秦筝何慷慨，齊瑟和且柔。主稱千金壽，賓奉萬年酬。盛時不可再，百年忽我遒。生存華堂處，零落歸山丘。」有詩人爲樂之意，而無其譏。又《詩》曰：「蟋蟀在堂，歲聿云暮。今我不樂，日月其除。無已太康，職思其居。好樂無荒，良士瞿瞿。」既欲其樂，又慮其荒，此詩人憂深思遠之意。陸士衡云：「來日苦短，去日苦長。今我不樂，蟋蟀在房。我酒既旨，我殽既臧。短歌可詠，長夜無荒。」全是詩人之體。同上

《七哀》詩，子建云：「君行踰十年，賤妾常獨棲。」怨游子之未返也。王仲宣云：「路有饑婦人，抱子棄草間。」歎時世之喪亂也。又「方舟泝大江，日暮愁我心。」感羈旅之多憂也。張孟陽云：「毁壤過一坏，便房啓幽户。」傷漢陵之發掘也。又「白露中夜結，木落何條森。」慨秋氣之可悲也。哀之雖同，而意各異。初不解七哀義，或謂病而哀、義而哀、感而哀、悲而哀、耳目聞見而哀、口歎而哀、酸鼻而哀，所哀雖一事，而七者具也。同上

子建《公讌》詩云：「清夜遊西園，飛蓋相追隨。明月澄清景，列宿正參差。秋蘭被長坂，朱

華冒淥池。潛魚躍清波，好鳥鳴高枝。」讀之猶想見其景也。是時劉公幹、王仲宣亦有詩，劉云：「月出照園中，珍木鬱蒼蒼。清川過石渠，流波爲魚防。芙蓉散其華，菡萏溢金塘。雲鳥宿水裔，仁獸遊飛梁。」王云：「涼風撤蒸暑，清雲却炎暉。高（坐）〔會〕君子堂，竝坐蔭華榱。嘉殽充圓方，旨酒盈金罍。管弦發徽音，曲度清且悲。」皆直寫其事，今人雖畢力竭思，不能到也。同上

魏文帝：「西北有浮雲，亭亭似車蓋。惜哉時不遇，適與飄風會。吹我東南行，南行至吴會。吴會非我鄉，安能久留滯。棄置勿復陳，客子常畏人。」又子建：「轉蓬離木根，飄颻隨長風。何意迴飈舉，吹我入雲中。高高上無極，天路安可窮。類此遊客子，捐軀遠從戎。毛褐不掩形，藜藿常不充。去去莫復道，沈憂令人老。」此結句换韵之始。同上

古《塘上曲》有云：「莫以賢豪故，棄捐素所愛。莫以魚肉賤，棄捐葱與薤。莫以桑麻賤，棄捐菅與蒯。」前云：「衆口鑠黄金，使君生别離。」或謂甄后爲郭后所譖，遂作此。觀其辭殆亦是也。陸士衡云：「男懽智傾愚，女愛衰避妍。不惜微軀退，惟懼蒼蠅前。願君廣末光，照妾薄暮年。」則爲甄后作無疑矣。劉休玄《擬古》云：「願垂薄暮景，照妾桑榆時。」適與士衡末句同。同上

《詩》云：「昔我往矣，楊柳依依。今我來思，雨雪霏霏。」東坡謂韓退之「始去杏飛蜂，及歸柳嘶蜇」與《詩》意同。子建云：「昔我初遷，朱華未希。今我旋止，素雪云飛。」又：「始出嚴霜結，今來白露晞。」王正長云：「昔往倉庚鳴，今來蟋蟀吟。」顔延年云：「昔辭秋未素，今也歲載華。」退

之又居其後也。同上

子建詩：「朱華冒綠池。」古人雖不于字面上著工，然「冒」字殆妙。陸士衡云：「飛閣纓虹帶，層臺冒雲冠。」潘安仁云：「川氣冒山嶺，驚湍激巖阿。」顔延年云：「松風遵路急，山煙冒壠生。」江文通云：「涼葉照沙嶼，秋華冒水潯。」謝靈運云：「蘋萍泛沈深，菰蒲冒清淺。」皆祖子建。同上

張平子詩云：「我聞其聲，載坐載起。」王仲宣云：「我思弗及，載坐載起。」劉公幹云：「思子沉心曲，長歎不能言。起坐失次第，一日三四遷。」懷人之意盡於此矣。同上

左太沖《詠史》云：「濟濟京城内，赫赫王侯居。冠蓋蔭四術，朱輪竟長衢。朝集金張館，暮宿許史廬。南隣擊鐘磬，北里吹笙竽。寂寂楊子宅，門無卿相輿。」鮑明遠《詠史》云：「京城十二衢，飛甍各鱗次。仕子彯華纓，遊客竦輕轡。明星晨未稀，軒蓋已雲至。賓御紛颯沓，鞍馬光照地。君平獨寂莫，身世兩相棄。」江文通《詠史》亦云：「金張服貂冕，許史乘華軒。王侯貴片議，公卿重一言。太平多歡娱，飛蓋東都門。顧念張仲蔚，蓬蒿滿中園。」三詩一軌也。同上

靈運詩：「初篁苞綠籜，新蒲含紫茸。」丘希範詩：「巢空初鳥飛，荇亂新魚戲。」綽有流麗之風，視小謝「魚戲新荷動，鳥亂餘花落」之句亦無媿。同上

「一身事關西，家族滿山東。二年從車駕，齋祭甘泉宮。三朝國慶畢，休休至舊邦。四牡曜

長路，輕蓋若飛鴻。五侯相餞送，高會集新豐。六樂陳廣坐，組帳揚春風。七盤起長袖，庭下列歌鍾。八珍盈彫俎，綺肴紛錯重。九族共瞻遲，賓友仰徽容。十載學無就，善宦一朝通。」鮑明遠《數詩》也，卦名人名及建除等體，世多有之，獨無以此爲戲者。同上

《韓非子》曰：「六國時，張敏與高惠二人爲友，每相思不能得見，敏便於夢中往求之，但行至中途，即迷不知路。」沈休文云：「神交疲夢寐，路遠隔思存。」又「夢中不識路，何以慰相思。」用前事也。古詞云：「遠道不可思，夙昔夢見之。」又「獨宿累長夜，夢想見容輝。」皆沿韓非之微意而變之耳。同上

陸士衡《吴趨行》云：「楚妃且勿歎，齊娥且莫謳。四坐竝清聽，聽我歌吴趨。吴趨自有始，請從閶門起。」謝靈運《會吟行》云：「六引緩清唱，三調佇繁音。列筵皆静寂，咸共聆會吟。會吟自有初，請從文命敷。」盡踵其步驟。同上

蘇子卿詩：「俯觀江漢流，仰視浮雲翔。」魏文帝云：「俯視清水波，仰看明月光。」曹子建云：「俯降千仞，仰登天阻。」何敬祖云：「仰視垣上草，俯察階下露。」又「俯臨清泉淵，仰觀嘉木敷。」謝靈運云：「俯濯石下潭，仰看條上猿。」又「俯視喬木杪，仰聆大壑淙。」辭意一也。古人句法極多，有相襲者，如前所議「日暮碧雲合」及「朝遊江北岸」之類皆是。若嵇叔夜「目送歸鴻，手揮五弦。俯仰自得，遊心太玄」，則運思寫心，迥不同矣。同上

高適詩：「二月猶北風，天陰雪冥冥。寥落一室中，悵然慙百齡。苦愁正如此，門柳復青青。」皇甫冉云：「岸有經霜草，林有故年枝。俱應待春色，獨使客心悲。」不如適氣長而有生意。淵明《歸去來辭》云：「木欣欣以向榮，泉涓涓而始流。善萬物之得時，感吾生之行休。」冉述之也。同上

阮嗣宗《詠懷》云：「開軒臨四野，登高望所思。邱墓蔽山岡，萬代同一時。千秋萬歲後，榮名安所之。」可謂混貴賤之殊，盡死生之變。老杜云：「王侯與螻蟻，同盡隨邱墟。」則簡而妙矣。又劉越石《答盧諶》云：「何以贈子，竭心公朝。」老杜《送嚴武》云：「公若登台輔，臨危莫愛身。」鮑昭《東武吟》云：「將軍既下世，部曲亦罕存。」老杜《嚴僕射》云：「素幔隨流水，歸舟返舊京。老親如宿昔，部曲異平生。」善用古者自不同。若「丈人試靜聽，賤子請具(稱)〔陳〕」，則又用鮑明遠「主人且勿喧，賤子歌一言」之句。又「身輕一鳥過」，亦用張景陽詩，張詩云：「人生瀛海內，忽如鳥過目。」同上

跋

我夫子既逝之九年，阮芸臺宗伯視學吾浙，乃屬令子曾美以所著《四六叢話》一書付之剞劂。經始丁巳之秋，越八月而告成。廣寧受而讀之，泫然曰：「此吾師三十年精力所瘁也，至今日而觀厥成乎！」夫文章之道，有散行即有排比，天地自然之數也。三代以上，渾渾噩噩，雖有端緒，其文不詳。靈均、宋玉，濫觴伊始。漢興，鄒、枚、班、馬，竝轡聯鑣。魏、晉以來，黄初七子、二陸、三張，咸有述作。江、邱、任、沈，含藻佩華；子山、孝穆，蔚乎大觀。六代之際，稱美備焉。唐則燕、許、王、楊，元、白、温、李，後先接踵；而宣公奏議，篤雅真摯，生面獨開。宋則變端莊爲流麗，歐陽、王、蘇其最著也。元初袁、揭，雖沿别派，不失正宗。歷代以來，彬彬乎盛矣！然而蕭統之《文選》、劉勰之《文心雕龍》，不過備文章、詳體例，從未有鉤玄摘要，抉作者之心思，滙詞章之淵藪，使二千年來駢四儷六之文若燭照數計，如我夫子之集大成者也。猶憶乙巳、丙午間，夫子官太平司馬，廣寧受業於鳩江官舍，見政事之暇，輒手一編，丹黄甲乙，寒暑無間。其時，同學若方君求升、程君杲、馮君錫宸二三知己，執經問字，竝蒙嘉許。而芸臺宗伯，則又丙午分校所得士也。

今諸君或致身制科，或馳名日下，而廣寧以蔭補官，浮沈宦海，負我師教誨裁成之德者甚鉅。每讀斯篇，覺口講指授形情歷歷在目，而音容則既渺矣。梁木之感，觸緒紛來，未嘗不掩卷三嘆也！雖然，師有及門善成厥志，又有賢子克竟其功，嘉惠學者，昭示來兹，師之功偉矣！師之志亦可慰矣！廣寧雖不得承師之緒，而一燈風雨，甘苦深知，何敢以譾陋辭？敬誌其略，以告世之讀是書者。受業門人山陰陳廣寧謹跋。

跋

《四六叢話》三十三卷，先兄春浦先生所輯也。丁巳秋，其子曾美欲以壽世，屬余讎校。余生於通潞宗族，克見者罕。昔兄獻賦入都，過門停車，信宿而去。自時厥後，邈若墜雨，迄今二十年矣。聞兄於是書致力數十年，藏書甚夥，懷餅就鈔之時多兼之。遊宦於南，運艘於北，王程風雨，官閣晦明，遇目即收，翘懃甚矣。於庚戌春季甫脱稿，即以是秋捐館，以故時代次序之間，微有先後傑僢者尚未加詮次。今將鋟稿，已不能面質氏飛。回首前塵，如夢如幻，三復是册，憮惘何如！時嘉慶三年二月，弟寧衷謹識。

重刊四六叢話跋

右《四六叢話》三十三卷、《選詩蕠話》一卷，烏程孫春圃先生所輯也。先生博極羣書，薈萃百家，研揆刺取，靡有闕遺。其心瘁矣！其功偉矣！阮文達出先生門下，稱是書於古今源流、各家得失，梳節詳明，洵詞林之寶筏，學者所必讀也。山陰陳默齋騎尉亦先生門人也，跋語以爲蕭統之《文選》、劉勰之《文心雕龍》不過備文章、詳體例，從未有抉作者之心思、匯詞章之淵藪，使二千年駢四儷六之文若燭照數計。余紬繹其詞，搜尋其義，乃益嘆先生心力之所萃，得文達與騎尉之言而闡發無餘藴也。蓋蕭《選》之文章備矣，然金玉淵海，渾博流灝，不得是書以辨其體裁、旁及孜證，則浩瀚而無津梁也。《文心雕龍》之體例詳矣，然鉤抉玄要，精妙簡賅，不得是書以疏其節目、分別枝流，則高遠而無階梯也。由津梁以溯其源，自階梯以窺其奥，而後燕許手筆乃得躋大雅之堂、登著作之林，而謂學者不讀是書可乎？余雅好駢儷文，嘗喜此編之賅備，藏諸篋衍，珍若球璧，欲覓副本，卒不可得。蓋文達刻于嘉慶丁巳之秋，迄今八十有五年矣。兵燹之餘，板燬無存，印本絶尟，學者無從得覯。余自出守西江，陳臬蘇台久欲鐫板以餉來學，會簿書倥偬，未

得其暇。今春商之羊敦叔司馬，屬以校讎之役，余因捐廉爲倡，同人亦踴躍醵資，遂得重付手民，經始於是年仲春，閱六月而竣工。其書悉遵原刻之舊，惟烏焉亥豕間所不免，經敦叔是正者數十條。余竊幸是書之成，以爲藝林之津梁、詞苑之階梯也，遂書其緣起如此。時光緒七年歲次辛巳八月中秋日，嶺南許應鑅謹跋。

文説三則

〔清〕焦循　撰

《文説三則》一卷

清　焦循　撰

焦循（一七六三—一八二〇），字理堂，江蘇甘泉（今揚州）人。嘉慶六年（一八〇一）舉人。應禮部試不第，遂閉門著書，於經無所不治，尤長《易》學。著有《易章句》、《易通釋》、《孟子正義》等。亦治戲曲學，有《曲考》（已佚）、《劇説》、《花部農譚》。其文學習柳宗元，有《雕菰集》。傳見《清史稿》卷四八二。

《文説三則》分論古文的質與文、達與深博、簡與繁三題，認爲古文并非僅是散行「質言」，而是素蓄深厚基礎上的「自然成文」；辭達必須與深、博結合，才能通變窮源；對古文的繁簡之争，主張應統一在深博根柢之上，不能片面求簡。

《文説三則》見於《雕菰集》卷十。有《文選樓叢書》本、《文學山房叢書》本、道光四年刻本。今據道光本收録。

（王宜瑗）

文說三則

清　焦循　撰

文說一

學者以散行爲古文。散行者，質言之者也。其質言之何也？有所以言之者而不可以不質言之也。夫學充於此而深有所得，則見諸言者，自然成文，如江河之水，隨高下曲折以爲波濤，水不知也。倘無所以言之者，而徒質言之，諄諄於字句開合、呼應、頓挫之間，是揚行潦以爲瀾，列枯骨朽荄吹嘘之以爲氣，勦襲雷同，粰糝可憎。試思所欲質言者何在，而爲是喋喋也。是故學爲古文者，必素蓄乎所以言之者，而後質言之。古文者，非徒質言之者也。

文說二

文有達而無深與博：達之於上下四旁，所以通其變，人以爲博耳；達之於隱微曲折，所以窮其原，人以爲深耳。譬如泛舟於湖，港泮繁多，土人指而告之，終茫然莫能釋。及往來其間，歷有

年所，而支分派别，瞭然於胸中，乃知土人所縷述者，原未嘗溢於所有之外。且向者土人之所述，今且得而自述之也。醫之達者，其治疾每爲庸醫所詬病，往往其應如響，又未嘗不詫爲神奇，不知第明其所以然之理、而行其所當然。如人本之南，忽東行，非奇也，南有水，必東乃得梁也。故非深博不可爲文，非深博不可論人之文。

文說三

夫謂文無深與博，亦即無所爲簡。行千里者以千里爲至，行一里者以一里爲至。《左氏春秋》，一人之筆也，或一二言而止，或連篇累牘千百言而不止。一二言未嘗不足，千百言未嘗有餘。災變戰伐，下至瑣褻猥鄙之事，無不備載，未聞徒舉其大端而屏其細故以爲簡也，而文自簡明。康海作《武功志》，不啻殘磚敗瓦而處人於荒村僻巷間也，而說者稱羡之，良可怪矣！

初月樓古文緒論

〔清〕吴德旋　撰

吕　璜　整理

《初月樓古文緒論》一卷

清　吴德旋　撰

吕　璜　整理

吴德旋（一七六七—一八四〇），字仲倫，江蘇宜興人。諸生。初與張惠言同學古文，後師事姚鼐，文名頗著，惲敬、陸繼輅等皆推重之。詩亦高澹絶俗。有《初月樓文鈔》、《續鈔》、《詩鈔》等。傳見《清史稿》卷四八五。

吕璜（一七七八—一八三八），字禮北，號月滄，廣西永福人。嘉慶十六年（一八一一）進士，官浙江西塘海防同知。曾學古文於吴德旋。晚居鄉里，以古文名。有《月滄文集》。

道光八年（一八二八）吴德旋向吕璜講授古文，吕璜記録整理而成此書。共六十則，以研討古文作法、歷評古今文家爲内容。吴氏論文，秉承桐城一派，主張立志須高，取法乎上。嚴於「古文」文體規範，「古文之體，忌小説，忌語録，忌詩話，忌時文，忌尺牘。此五者不去，非古文也」。爲文不可率易，倡「清雕琢」之説。以「古淡」爲文品極致，推崇「清氣澄澈中，自然古雅有風神」之風格。其所評諸家，有《孟子》、《老子》、《列子》、《莊子》直至清朝方苞、劉大櫆、姚鼐等五十家，其

評語寥寥數言，却均精當，如評王安石云：「古來博洽而不爲積書所累者，莫如王介甫。渠作文直不屑用前人一字，此所以高。其削盡膚庸，一氣轉摺處，最當玩。」而於清代文家，持論反較前代爲嚴，如評方苞云：「方望溪直接震川矣，然謹嚴而少妙遠之趣，如人家房屋，門廳院落廂厨，無一不備，但不見書齋別業，若園亭池沼，尤不可得也。」

有《別下齋叢書》本、《常州先哲遺書後編》本，二者皆與《初月樓論書隨筆》同刊。又有《花雨樓叢鈔》本、《文學津梁》本、《叢書集成》本、《四部備要》本。又有人民文學出版社一九五九年本。今據《常州先哲遺書後編》本録入。

（王宜瑗）

初月樓古文緒論

清　吴德旋　撰
吕　璜　整理

道光戊子，吴仲倫先生館於鄞。十二月，將返宜興，過杭，而璜遮留焉。住叢桂山房凡二十餘日，所親承口講指畫，恐其久而忘也，條記之如左。

一

作文立志要高。北宋大家，雖不可以不學，然志僅及此，則成就必小矣。《史》、《漢》及唐人，須常在意中也。

二

古文之體，忌小説，忌語録，忌詩話，忌時文，忌尺牘。此五者不去，非古文也。國初如汪堯峰文，非同時諸家所及，然詩話、尺牘氣尚未去浄，至方望溪乃盡浄耳。詩賦字雖不可有，但當分

别言之：如漢賦字句，何嘗不可用？六朝綺靡，乃不可也。正史字句，亦自可用；如《世説新語》等太雋者，則近乎小説矣。公牘字句，亦不可闌入者。此等處，辨之須細須審。

三

文章自當從艱難入手，却不可有艱澀之態。

四

作文豈可廢雕琢？但須是清雕琢耳。功夫成就之後，信筆寫出，無一字一句喫力，却無一字一句率易，清氣澄澈中，自然古雅有風神，乃是一家數也。

五

章有章法，句有句法，字有字法。到純熟後，縱筆所如，無非法者。

六

昌黎謂「聲之長短高下皆宜」，須善會之。有作一句不甚分明，必三句兩句乃明而古雅者；

亦有鍊數句爲一句，乃覺簡古者。總之，不可不疏。

七

《古文辭類纂》，其啓發後人，全在圈點。有連圈多，而題下只一圈兩圈者；有全無連圈，而題下乃三圈者：正須從此領其妙處。末學不解此旨，好貪連圈，而不知文品之高，乃在通篇之古淡，而不必有可圈之句。知此，則於文思過半矣。

八

淡非淺薄之謂，淺薄則人人能之，正爲文所當戒者也。文章之道，剛柔相濟。《史記》及韓文，其兩三句一頓，似斷不斷之處極多，要有灝氣潛行，雖陡峻亦寓綿邈，且自然恰好，所以爲風神絶世也。

九

唐人以五律爲四十賢人，不可一字帶屠沽氣。古文亦然，通篇容不得一字屠沽。然而，知此者鮮矣，能辨其是否屠沽亦不易矣。真作家所以少也。

一〇

「不受八家牢籠」，安得有此才分？但於八家範圍中有所以表異之處，如姚惜抱所云「尋求昌黎未盡之緒而引申之」，則途轍自正，各就其才，而可幾於成。

一一

戚鶴泉謂古文不可有古文氣，其説非也。前明多誤於此論，故自震川而外，鮮有成就者。

一二

姚子壽謂文忌爽，亦非也。《孟子》乃文章之最爽者，《史記》、《戰國策》亦然。西漢初年，文章之高，猶有周、秦氣，亦正以其爽耳。武帝以後，則文太做作矣。

一三

文章不可不放膽做。

一四

作文遇好題目，自易動人；然此乃偶然湊手，非己所能主張。惟有相題行文，還他質而不俚，是能自主者，亦不必刻意求奇。往往通篇只可單點，卻是好文章，便可入集。若無可寄慨而必要感慨，無可援引而必要援引，反支離矣。

一五

不得已應酬之作，則入集時必去之。如震川集中，壽文已有可以不存者；公牘而入於書中，亦少揀擇；小簡則尤不必入集也。

一六

上等之資從韓入，中資從柳、王二家入，庶幾文品可以峻，文筆可以古。人皆喜學歐、蘇，以其易肖，且免艱澀耳。然此兩家當於學成後，隨筆寫出，無不古雅，乃參之以博其趣，庶不流於率易。

一七

《孟子》文章無美不備。

一八

《老》、《列》、《莊》三子：《老》雖道其所道，而最精深；《莊子》亦超妙；《列子》較淺，恐是周、秦間人采一時小説，而稗販《老》、《莊》之旨以爲之。其同於《莊》處，亦似從《莊》剽剥者。

一九

《莊子》文章最靈脱，而最妙於宕，讀之最有音節。姚惜抱評昌黎《答李翊書》，以爲善學《莊子》。此意須會。能學《莊子》，則出筆甚自在。

二〇

《荀子》文少變化，其精者已爲《禮記》所采矣。

二一

諸子中，《老子》似經，其旨與吾儒異，無害也。《荀子》説理較醇，而文筆近於平。《淮南》排句亦多，却有精彩。莫超於《莊子》，莫峭刻於《韓非子》矣。《孫武子》亦先秦之文，非漢人所及。《列子》義蘊稍淺，亦先秦之文也。

二二

《史記》、兩《漢》、《三國》、《五代史》皆事與文並美者；其餘諸史，備稽考而已，文章不足觀也。

二三

《史記》如海，無所不包，亦無所不有。古文大家，未有不得力於此書者，正須極意探討。韓文擬之，如江河耳。

二四

古來善用疏，莫如《史記》。後之善學者，莫如昌黎。看韓文濃郁處皆能疏，柳州則有不能疏者。

二五

《史記》未嘗不罵世，却無一字纖刻。柳文如《宋清傳》、《蝜蝂傳》等篇，未免小説氣，故姚惜抱於諸傳中只選《郭槖駝》一篇也。所謂小説氣，不專在字句。有字句古雅，而用意太纖太刻，則亦近小説。看昌黎《毛穎傳》，直是大文章。

二六

《史記》諸表序，筆筆有唱歎，筆筆是竪的；歐陽文有一唱三歎者，多是横闊的。

二七

范蔚宗自謂「體大思精，而無事外遠致」，誠哉是言。「事外遠致」，《史記》處處有之；能繼之者，《五代史》也，震川文也。

二八

《史記》於《左傳》長篇，只用一二語叙過，正是其妙處。須知質而不俚，只是叙此等如道家

常，所以高耳。

二九

漢文近於平。如劉子政，則較之董江都爲不平矣。

三〇

班孟堅學劉子政而文不同。《後漢書》之筆太鬆，當下班書兩等。

三一

《三國志》得龍門之簡，以史法論，勝於《後漢書》。裴松之補注，有近於小説而亦收之者。須知此等書亦陳承祚所見而不採取，所以爲簡要也。

三二

李習之謂昌黎文如他人疾書之，寫誦之，此是何等音節。昌黎品第，當在班孟堅之上。

三三

柳州碑誌中，其少作尚沿六朝餘習，多東漢字句，而風骨未超，此不可學。貶謫後之文，則篇篇古雅，而短篇尤妙，蓋得力於《檀弓》、《左》、《國》最深。《平淮西雅》與昌黎《平淮西碑》亦相埒。

三四

古人文章，似不經意；而未落筆之先，必經營慘淡。如永叔《與尹師魯書》直似道家常，若不先有一番琢鍊，何以能如此古雅？

三五

老泉《嘉祐集》存文不多，却篇篇可傳。

三六

蘇長公晚年之作，有隨筆寫出，不待安排而自然超妙者，非天資高絶，不能學之。其少年之作，滔滔數千言，才氣真不可及，然精義究不能多。若賈長沙之長篇，則事理本多，所以不可删

節。長公文只論一事，而波瀾層出，故間有可節處。

三七

古來博洽而不爲積書所累者，莫如王介甫。渠作文直不屑用前人一字，此所以高。其削盡膚庸，一氣轉摺處，最當玩。

三八

潁濱在八家中自覺稍弱，然自渠以後，至震川未出以前，無此作也。

三九

歐之大碑版，不善學之，易于平，易于散。

四〇

八家之外，李習之尚可參，其氣習自好也。孫可之則有暴氣，亦未能自然，究非正宗，看王介甫便高過之遠甚。姚牧菴力掃南宋，而學韓尚太喫力。

四一

虞道園筆太游衍，較之宋濳谿稍浄，而文品不甚相懸。王遵巖文少靈氣，然自正派，虞道園正與之相伯仲耳。明七子文，句句欲古峭，而不知運以灝氣，往往至於不可讀，乃荆棘叢也。

四二

歸震川直接八家。姚惜抱謂其於不要緊之題，説不要緊之語，却自風韻疏淡，是於太史公深有會處，不可不知此旨。如張鱸江所賞諸篇，不過歐、曾勝處而已。有寥寥短章而逼真《史記》者，乃其最高淡之處也。

四三

汪堯峰文氣息好，在國初諸老中，自屬第一。但少嚴峻遒拔，如游池沼江湖而不見壁岸，未能與北宋名家抗行。

四四

朱竹垞頗能擺落浙派，叙事文較議論爲優，但少風韻耳。姜湛園則更漫衍。

四五

黄梨洲氣岸自闊，而文中乃多不揀擇之語，法亦尚疏。

四六

丘邦士文有質味，同時諸子罕有能似其質者。

四七

侯朝宗天資雅近大蘇，惜其文不講法度，且多唐人小説氣。

四八

魏叔子文之大病痛，在好做段落，狠其容，亢其氣，硬斷硬接，議論文尤多此種。邵青門亦有

此病，而又甚之。

四九

本朝時文，如李榕村入理深，而氣格亦高，至古文便全不合法。如儲同人及畫山諸公，皆時文勝古文者。王罕皆古文，亦不唐不宋不六朝，不似古人。方朴山亦然。前明人古文又是一種，讀一篇了，不知其命意所在。如唐荆川、茅鹿門時文之高，幾足與古人同其品第；作古文，則語不揀擇，而法亦不合。

五〇

方望溪直接震川矣，然謹嚴而少妙遠之趣；如人家房屋，門廳院落廂厨，無一不備，但不見書齋別業，若園亭池沼，尤不可得也。

五一

劉海峰文最講音節，有絶好之篇。其摹諸子而有痕迹者，非上乘也。

五二

姚惜抱享年之高，略如海峰，而好學不倦，遠出海峰之上，故當代罕有倫比。揀擇之功，雖上繼望溪，而迂迴蕩漾，餘味曲包，又望溪之所無也。敍事文，惲子居亦能簡，然不如惜抱之韻矣。

五三

張皋文惜不永年，故摹古之痕尚不盡化；然淳雅無有能及之者。早年雖講漢學，而仍不薄程、朱，所以入理深也。

五四

惲子居文多縱横氣，又多徑直説下處。不善學之，便易矜心作意而氣不和。其續集氣息較好，筆力又不逮前集矣。惟作銘詞古質不可及。文章説理不盡醇，故易見鋒鍔。子居自命似欲獨開生面，然老泉已有此種，不可謂遂能出八家範圍也；但不可謂其學老泉耳，老泉變化離合處，非子居所能。

五五

朱梅厓文境文體，與方望溪不相入，學韓而專學其詰曲處，此非善學也。昌黎本文從字順，妙極自然；今人無其根柢，乃只見怪怪奇奇耳。然《梅厓集》中，書一體最佳，有可傳者。

五六

王惕甫文有不講法度者，只不肯淡，便是其病。從《選》學入，然於《選》亦不甚深也。

五七

秦小峴文未脱詩話氣，條達之文則有之。

五八

袁簡齋文不如其小説，然小説亦不到古人佳處。

五九

張鱸江文雖少蒼古，然取道甚正，王惕甫不及也。

六〇

魯賓之文，清而能瘦，其氣亦疏，可以卓然有成者，惜不永年。惕甫評其文云：「皮殼未去。」此言不確。如惕甫之文，乃正嫌其皮殼多而無骨耳。賓之文亦遠出惕甫上。

右若干條，皆先生就璜所問而答者。璜退，以片紙書之。先生別去，乃稍比次而書於册。他日以告先生。先生曰：「此不可以示人也。凡論人論事，必本末具，乃可筆於書而無遺議。此等或舍大而專言其細，或舉偏而不見其全，不量余者，將以為口實焉。」璜不敢忘，而並識於此。

陳　跋

粤西吕月滄郡丞嗜古文辭，嘗師事仲倫先生而得其旨，以親炙緒論，手纂成編。增雅慕先生

之文與先生之論文，而不獲一見先生，因録而藏之行篋，時尋繹焉。丁酉春，增客海昌，晤先生於學博錢君警石之齋，相見歡然，因出所藏以質之。先生曰：「月滄可謂好學也已。」遂加校正，以貽警石。會州人蔣茂才有叢書之刻，願附梓以廣其傳，俾後之覽者知先生師古之心，與月滄師先生師古之心，並警石愛先生及月滄所以師古人文者，亟以示後之學爲古人文者之心，一如先生愛月滄之心。蔣君之意，蓋可以忽乎哉？山陰陳增跋。

錢跋

仲倫先生《初月樓文稿》，於古人法度無不合；而其深造獨得，實未有所依傍也。然先生論文必曰：「吾嘗得之張編修、姚刑部云然。」其不忘師友之言蓋如此。桂林吕月滄郡丞篤嗜古文辭，迨見先生，而體格一變。今從山陰陳君厚齋得郡丞所録先生緒論，蓋師先生之文以爲文，即師先生不忘師友之心以爲心也。蔣生沐茂才方刻叢書，願以此卷傳示學者。先生尚有文評三種，他日當副墨以贈生沐。俾學者知從入之途不可不慎，且知先生論文宗旨與古人無不合，而其言則深造獨得之言，豈嘗襲古人所已言哉？道光丁酉首夏嘉禾甘泉鄉人錢泰吉跋。

盛　跋

右《初月樓論文論書》二卷，國朝吴德旋撰。按，德旋字仲倫，宜興人。幼有神童之稱。既長，以廪貢生入都，三試不售。絶意舉業，攻古文，宗韓退之氏，一主於法。時姚鼐方爲海内文宗，學者翕然稱桐城，仲倫亦步趨之。然仲倫實有志聖賢之學，既不爲世用，特託於文，以爲養心之助。嘗與同里路應廷書云：「德旋於朱子、象山、河東、姚江諸大儒之書，亦嘗博觀而詳考之，顧自以心雜不專，不敢遂名其學。昔人有云：『一自命爲文士，便不足觀。』殫一生之心力，而求爲不足觀之人，而猶未必得，可爲浩歎！」應廷得其書，三復翫誦，以爲有道之言，非文人所能託也。此《古文緒論》，桂林吕月滄所録；《論書隨筆》，門人康康侯所録。海寧蔣元煦刻入《别下齋叢書》。余喜其論文、論書足爲後學津逮，有名理，無高論，近世學者當知之。宣統庚戌十二月武進盛宣懷跋。

文談

〔清〕張秉直　撰

《文談》一卷

清　張秉直　撰

張秉直字含中，陝西澄城人。乾隆時在世。論學崇程朱而通訓詁。是編分「作文之害」、「作文之本」、「作文之旨」、「作文之法」、「論文之概」五部分，輯古今論文名言實之，加以按語，大抵本經史、明道理、益世用，頗詳叙事之法，推重《孟子》、《左傳》、《史記》、《漢書》、八大家及明代唐宋派。

此書成於乾隆乙丑（一七四五），原刻未見，李元春以爲其分類取擇頗當，加評語四十餘條，由劉照清（鏡堂）於道光十五年（一八三五）刻入《青照樓叢書》三編，今依以排印。李元春（一七六九—一八五四）字仲仁，號時齋，其評語於論文更尊程朱，而於明代諸家則無所軒輊。今以小字録於各條之下，并標以「李評」字樣。

（朱　剛）

文談序

文者，經國之業，載道之器也。《易》曰：「其旨遠，其辭文。」《傳》曰：「言之無文，行之不遠。」夫儒者，紹往開來，可以信今傳後者，文其一耳，其可以弗學乎哉！有經世之文，有應世之文，有游戲之文。史、傳、策、論、書、奏，經世之文也；詔、誥、哀、誄、記、序、銘、贊、題、跋，應世之文也。兩者皆不可已者也。若乃鴻裁艷辭，綺文縟旨，溢爲賦頌，析爲雜著，要皆游戲之屬，吾無取焉。文以《左》、《史》、《國策》爲至，然《左》經也，三代之文也，其法可學，體不得襲也，《國策》文備於史。司馬氏開闔抑揚，縱横變化，不可羈勒，故爲文章之祖。班氏起而紹述之，整而能散，贍而有體，言文章者遂以二家爲正宗。嗣是而後，承祚《三國》、蔚宗《後漢》，非不簡質可貴，然或不善學，流爲鈍滯者有之。故學文者必先讀《左》以立其規，讀《史》以大其氣，讀《漢書》以凝定其神，三者熟而文之根柢立矣。八家者，唐宋之大宗，初學之模楷也。其法密，其結構嚴，其文字於今宜。評之佳者，宋有樓迂齋《崇古文訣》、吕東萊《文章關鍵》、謝叠山《文章軌範》，明有唐荆川、王遵巖、茅鹿門，國朝則有吕氏。鹿門詳博，吕氏精嚴，言八家者必折衷於二家焉。前輩言：「有

作家之文，有理學之文，有才子之文。」凡此皆作家之文也。然孟子亞聖，而昌黎特師之；子固名在八家，而朱子嘗學之。夫道德、文章，皆君子所有事，必岐爲二，可乎？特其文有叛道者，直斥之爲叛道可耳。學文既有根柢，即宜從事八家，韓取其奇崛，柳取其鑱削，歐陽取其紆曲，東坡取其汪洋，若曾、若王、若老泉、穎濱，各有專長，貴兼收而博觀，視吾性之所近，而特取之。蓋不讀《左》、《史》，無以探文章之本，不讀八家，無以盡文章之法，合之則兩美，離之則兩傷。學八家而不成，所謂「刻鵠不成尚類鶩」者也；學《史》、《漢》而不成，有明之僞古，所以至今詬厲耳。嗟乎！文章一道，原於性命，通乎鬼神，知之匪難，至之爲難。然知者亦鮮矣。今擇古今論文者若干條，并附予説，詳載於篇。北澂張秉直含中氏。

張氏《文談》，近始新刻。時齋先生稱其分類取擇頗當，予因彙入叢書，欲廣其傳也。鏡堂

文談

清　張秉直　撰
李元春　評閲

作文之害

《二程粹言》

或問：「爲文有害於大學之道乎？」曰：「是其爲業也，不專則不工也，專則志局於此，斯害也已。」李評：明道之文可爲，然不必專學。

學以養心，奚以文爲？五經之言，非聖人有意於文也，至藴所發，自然而成也。李評：此所以不必專學，亦不在專學。

或曰：「游、夏以文學稱，何也？」曰：「汝謂執簡秉筆，從事於詞章之技乎？」

讀書將以窮理，將以致用也。今或滯心於章句之末，則無所用也，此學者之大患。

《朱子語類》

李周翰問作文，先生曰：「讀書若説要做文字，此心便錯。」比見浙間朋友，或謂能通《左傳》，或謂能通《史記》，將孔子置在一壁，却將左氏、司馬遷駁雜之文，鑽研推尊，謂這是盛衰之由，這是成敗之端。反而思之，干你身甚事？這個直是自欺。

顧徵君《日知録》

《元史》：姚燧以文就正於許衡，衡戒之曰：「弓矢爲物，以待盜也，使盜得之，亦將待人。文章固發聞士子之利器，然先有能一世之名，將何以應人之見役者哉？非其人而與之，與非其人而拒之，均罪也，非周身斯世之道也。」吾觀前代：馬融懲於鄧氏，不敢復違忤勢家，遂爲梁冀草奏；李固又作《大將軍西第頌》，以此頗爲正直所羞；徐廣爲祠部郎，時會稽王世子元顯録尚書，欲使百寮致敬，臺内使廣立議，由是内外並執下官禮，廣常爲愧恨；陸游晚年再出，爲韓侂胄撰《南園》、《閲古泉記》，見譏清議，朱文公嘗言其能太高，迹太近，恐爲有力者所牽挽，不得全其晚節。是皆非其人而與之者也。夫禍患之來，輕於恥辱，必不得已，與其與也，寧拒。至乃儉德含章，其用有先乎此者，則又貴知微之君子矣。李評：此不可不慎。

直按：君子之學，以求道也。濂溪先生曰：「聖人之道入乎耳，存乎心，蘊之爲德行，行之爲事業。彼以文辭而已者陋矣。」故文非君子所急也。雖然，仁人賢者有不忍於天下後世之故，或自剖中之所蘊蓄，以闡明乎天理，將見諸論説，溢爲辭章，亦自不能已，如《孟子》七篇是也。特不可無其本耳。故言本次之。

作文之本

韓文公《答劉正夫書》

或問：「爲文宜何師？」曰：「宜師古聖賢人。」曰：「古聖賢人所爲書具存，辭皆不同，宜何師？」曰：「師其意，不師其辭。」又問：「文宜易宜難？」曰：「無難易，惟其是爾。」如是而已。

直按：韓子言「惟其是」者，不悖於理也。文以明道，而爲叛道之文，其何以示天下乎？故學文莫先於窮理。李評：予謂爲文各自有意，借古人之意以發己意，即意亦須善師。

《答李翊書》

無望其速成，無誘於勢利。養其根而竢其實，加其膏而希其光。根之茂者其實遂，膏之沃者

其光曄，仁義之人，其言藹如也。又云始者非三代兩漢之書不敢觀，非聖人之志不敢存，處若忘，行若遺，儼乎其若思，茫乎其若迷。當其取於心而注於手也，惟陳言之務去，戛戛乎其難哉。其觀於人，不知非笑之爲非笑也。如是者亦有年，猶不改。第一級功夫然後識古書之正僞，與雖正而不至焉者，昭昭然白黑分矣，而務去之，乃徐有得也。當其取於心而注於手也，汩汩然來矣。其觀於人也，笑之則以爲喜，譽之則以爲憂，以其猶有人之説者存也。如是者亦有年，然後浩乎其沛然矣。第二級吾又懼其雜也，迎而距之，平心而察之，其皆醇也，然後肆焉。第三級雖然，不可以不養也。行之乎仁義之途，游之乎《詩》、《書》之源，無迷其途，無絶其源，終吾身而已矣。氣，水也；言，浮物也。水大而物之浮者大小畢浮；氣之與言猶是也，氣盛則言之短長與聲之高下者皆宜。第四級

直按：學文功夫，已備此書。首段統論功夫大概，以下詳叙功夫節次。第一級去陳言。陳言者，庸俗之見也。第二級辨正僞。聰明超詣者，或流爲乖異，老、莊、荀、楊是也。第三級求其純。第四級養其氣。昌黎文極變幻而不違於道，有此故也。蘇氏父子因少兩節功夫，故較偏耳。

柳子厚《報袁君陳秀才避師名書》

文以行爲本，在先誠其中。其外者，當先讀六經，次《論語》、孟軻書，皆經言。《左氏》、《國

語》、莊周、屈原之辭，稍采取之。穀梁子、太史公甚峻潔，可以出入。餘書俟文成，異日討也。其歸在不出孔子。此古人賢士所懍懍者也。

歐陽文忠公《答祖擇之書》

學者當師經，師經必先求其意。意得則心定，心定則道純，道純則充於中者實，中充實則發爲文者輝光，施於事者果毅。三代兩漢之學，不過此也。李評：俱得大本。

《答吴充秀才書》

昔孔子老而歸魯，六經之作，數年之頃耳。然讀《易》者如無《春秋》，讀《書》者如無《詩》，何其用功少而至於至也！聖人之文雖不可及，然大抵道勝者文不難而自至也。

《朱子語類》

貫穿百氏及經史，乃所以辨驗是非。明此義理，豈特欲使文詞不陋而已。李評：二語盡。然義理既明，又力行不倦，則其存諸中者光明四達，何施不可？發而爲言，以宣其心志，當自發越不凡，可愛可傳矣。今執筆以習研鑽華采之文，務悦人者，外而已。

不必着意學文，但須明理，理精後文字自典實。伊川晚年文字，如《易傳》直是盛得水住，蘇子瞻雖氣豪善作文，終不免疏漏處。

道者文之根本，文者道之枝葉，惟其根本乎道，所以發之於文皆道也。聖賢文章皆從此心寫出，文便是道。今東坡之言曰：「吾所謂文，必與道俱。」則是文自文而道自道矣。只是他每常文字華妙，包籠將去，到此不覺漏逗，説出他本根病痛所以然處。緣他都是因作文漸漸説上道理來，不是先理會得道理了方作文，所以大本都差。李評：差此先後。歐公之文則稍近於道，不爲空言，如《唐書·禮樂志》云：「三代而上，治出於一；三代而下，治出於二。」此等議論極好，蓋猶知得只是一本。如東坡之説，則是二本，非一本矣。

茅鹿門《唐宋八大家文鈔叙》

孔子之繫《易》，曰：「其旨遠，其辭文。」斯固所以教天下後世爲文者之至也。然而及門之士，顔淵、子貢以下，并齊魯間之秀傑也，或云身通六藝者七十餘人，「文學」之科并不得與，而所屬者僅子游、子夏兩人焉，何哉？蓋天生賢哲，各有獨禀。譬則泉之温，火之寒，石之結緑，金之指南。人於其間，以獨禀之氣，而又必爲之專一，以致其至。伶倫之於音，裨竈之於占，養由基之於射，造父之於御，扁鵲之於醫，遼之於丸，秋之於奕，彼皆以天縱之智，加之以專一之學，而獨得

其解，斯固以之擅當時而名後世，而非他所得而相雄者。孔子没而游、夏輩各以其學授之諸侯之國，已而散軼不傳，而秦人燔經坑學士，而六藝之旨幾輟矣。漢興，招亡經，求學士，而晁錯、賈誼、董仲舒、司馬遷、劉向、揚雄、班固輩始稍稍出，而西京之文號爲爾雅。崔、蔡以下，非不犒然龍驤也，然六藝之旨漸流失。魏、晉、宋、齊、梁、陳、隋、唐之間，文日以靡，氣日以弱，强弩之末，且不及魯縞，而況於穿札乎？昌黎韓愈首出而振之，柳柳州又從而和之，於是始知非六經不以讀，非先秦兩漢之書不以觀，其所著書、論、叙、記、碑、銘、頌、辯諸什，故多所獨開門户，然大較并尋六藝之遺，略相上下而羽翼之者。貞元以後，唐且中墜，沿及五代，兵戈之際，天下寥寥矣。宋興百年，文運天啓，於是歐陽公修，從隋州故家覆瓿音部，小甕也。中，偶得韓愈書，手讀而好之，而天下之士，始知通經博古爲高，而一時文人學士，彬彬然附麗而起。蘇氏父子兄弟，及曾鞏、王安石之徒，其間材旨小大、音響緩急雖屬不同，而要之於孔子所删六藝之遺，則共爲家習而户眇音妙，成也。之者也。

朱錫鬯《與李武曾論文書》

既至大同，閉户兩月，深原古作者所由得，與今之所由失，嘿然以疑，憬然以悔，然後知進學之必有本，而文章不離乎經術也。西京之文，惟董仲舒、劉向經術最純，故其文最爾雅。彼揚雄

之徒，品行自詭於聖人，務掇奇字以自矜尚，安知所謂文哉！魏晉以降，學者不本經術，惟浮夸是務。文運之厄數百年，賴昌黎韓氏始倡聖賢之學，而歐陽氏、王氏、曾氏繼之，二劉氏、三蘇氏羽翼之，莫不原本經術，故能横絶一世。蓋文章之壞，至唐始反其正，至宋而始醇。宋人之文，亦猶唐人之詩，學者舍是不能得師也。北宋之文，惟蘇明允雜出乎縱横之説，故其文在諸家中爲最下。南宋之文，惟朱元晦以窮理盡性之學出之，故其文在諸家中最醇。學者於此可以得其概矣。李評：朱子之理，參以昌黎之筆，是文章正則。

右古今論文六家，雖不無異同，而本乎道德，原於經術，則未嘗不一也。蓋文章不本於道德，則爲異説，不原於經術，則爲淺見，莊、列、荀、楊之書，所以時見詬於後人也。

魏冰叔《論文》

爲文當先留心史鑑，熟識古今治亂之故，則文雖不合古法，而昌言偉論，亦足信今傳後。此經世、爲文合一之功也。李評：予令學制義亦必讀史鑑。

王或菴《左傳評》

《春秋》之稱「微而顯，志而晦，婉而成章，盡而不污，懲惡而勸善」；今人爲文盡與相反，顯而

無所發，繁而不能詳，直而無文，誣而不信，善無所勸而惡無所懲。然則不明乎《春秋》之義，而欲以文字爲毁譽，不過奴婢之逢迎、市井之詆詈，曾何關於輕重之數！讀此應自愧其多事矣。李評：作應酬文者不可不知。

右作文之本，共十二則。約而言之，不過明理、履道、通經、讀史數者而已。明理以致其知，履道以見諸行，經以經之，史以緯之，雖不求文字之工，然而文不工者，未之有也。

作文之旨

柳子厚《答韋中立論師道書》

始吾幼且少，爲文章，以辭爲工。及長，乃知文者以明道，是固不苟爲炳炳烺烺，務采色，夸聲音，而以爲能也。

王荆公《上人書》

所謂文者，務爲有補於世而已矣。李評：無補於世，便可不作。所謂辭者，猶器之有刻鏤繪畫也，誠使巧且華，不必適用，誠使適用，亦不必巧且華。要之，以適用爲本，以刻鏤繪畫爲之容而已。

不適用，非所以爲器也；不爲之容，其亦若是乎？否也。然容亦未可已也，勿先之，其可也。

魏冰叔《論文》

作文須爲其有益者。關係天下後世之文，雖名「立言」，而「德」與「功」俱見矣。

凡作文，須從不朽處求，不可從速朽處求。如言依忠孝，語關治亂，以真心朴氣爲文者，此不朽之文也。浮華鮮實，妄言悖理，以致周旋世情，自失廉隅者，此速朽之文也。今人作文，專向速朽處着力，而日冀其文之不朽，不亦惑乎？

作文有三不必、二不可。前人所已言，衆人所易知，摘拾小事、無關係處：此三不必也。巧文深刻，以攻前賢之短，而不中要害；取新出奇，以翻昔人之案，而不切情實：此二不可也。須先去此五病，然後乃議文章耳。李評：要，要，戒之。

《日知録》

文之不可絶於天地間者，曰明道也，紀政事也，察民隱也，樂道人之善也。若此者，有益於天下後世，多一篇，多一篇之益矣。若夫怪、力、亂、神之事，無稽之言，勦襲之説，諛佞之文，有損於己，無益於人，多一篇則多一篇之損矣。

右作文之旨，共六則。末世繁文日盛，學者恣其輕儇，不自貴重，蓋雖蟲、蟻、蚤、虱之微，無不有文，而屠、賈、馬、醫之子，皆爲立傳矣。讀此應爲汗顔。

作文之法

蘇文忠公《答謝舉廉書》

大略如行雲流水，初無定質，但常行於所當行，常止於不可不止，文理自然，姿態横生。孔子曰：「言之不文，行之不遠。」又曰：「辭達而已矣。」夫言止於達意，疑若不文，是大不然。求物之妙，如繫風捕影，能使是物了然於心者，蓋千萬人而不一遇也，而况能使了然於口與手者乎？是之謂辭達。辭至於能達，則文不可勝用矣。李評：正患不達，達者自無繁辭。

《朱子語類》

要做好文字，須是理會道理，更去韓文上，截如西漢文字，學之方好。問：「《史記》如何？」曰：「《史記》不可學，學不成却顛了。不如且理會法度、文字。」李評：《史記》自須能學者學之。今人學《史記》，只得其貌爾。

人有才性者，不可令讀東坡等文。有才性人便須取入規矩，不然蕩將去。今人作文好用字子，如讀《漢書》之類，便去收拾三兩個字。因論南豐尚解使一二字，歐、蘇全不使一個難字，而文章却如此好。

文字無大綱領，拈掇不起。某平生不會做補接底文字，補凑得不濟事。

文字不可太長，照管不到。東坡雖宏闊，瀾翻成大片滚將去，他裏面自有法。

人做文章，若是子細讀得一般文字熟，少間做出文字，意思語脉自是相似。讀得韓文熟，便做出韓底文字。讀得蘇文熟，便做出蘇底文字。若不曾細讀，却不得用。

《日知録》

子曰：「辭達而已矣。」辭主乎達，不論其繁與簡也。繁、簡之論興，而文亡矣。《史記》之繁處，必勝於《漢書》之簡處；《新唐書》之簡也，不簡於事而簡於文，其所以病也。李評：聖人之言，意自在簡。然簡而達，固是難。

劉器之曰：「《新唐書》叙事，好簡略其辭，故其事多鬱而不明。」此作史之病也。且文章豈有繁簡耶？昔人之論，謂如風行水上，自然成文，若不出於自然，而有意於繁簡，則失之矣。「時子因陳子而以告孟子」，「陳子以時子之言告孟子」，此不須重見而意已明。「齊人有一妻

一妾而處室者，其良人出，則必饜酒肉而後反，其妻問所與飲食者，則盡富貴也。其妻告其妾曰：『良人出，則必饜酒肉而後反，問其與飲食者，盡富貴也。』」「有饋生魚於鄭子産，子産使校人畜之池。校人烹之，反命曰：『始舍之，圉圉焉，少則洋洋焉，悠然而逝。』子産曰：『得其所哉！得其所哉！』校人出，曰：『孰謂子産智？予既烹而食之，曰：「得其所哉！得其所哉！」』」此必須重疊而情事乃盡，此《孟子》文章之妙也。使入《新唐書》，於齊人則必曰：「其妻疑而瞷之。」於子産則必曰：「校人出而笑之。」兩言而已矣。是故辭主乎達，不主乎簡。

《黄氏日鈔》言蘇子由《古史》改史記多有不當。如《樗里子傳》，《史記》曰：「母，韓女也。樗里子滑稽多智。」《古史》曰：「母，韓女也。滑稽多智。」似以母爲滑稽矣。然則「樗里子」三字其可省乎？《甘茂傳》，《史記》曰：「甘茂者，下蔡人也，事下蔡史舉，學百家之説。」《古史》曰：「下蔡史舉，學百家之説。」似史舉自學百家矣。然則「事」之一字，其可省乎？以是知文不可以省字爲工也。李評：《漢書》以下，便多患此病。

直按：文章之弊，莫大於蔓衍，故言文者率曰煅錬，曰簡卓。而寧都魏善伯《論文》曰：「善改不如善删。」其弟冰叔亦曰：「學簡之法，宜篇中删句，句中删字。」今顧氏乃言文不以省字爲工，何也？蓋文欲理明，亦欲辭暢。文之佳者，必有浩乎滂沛不可遏之氣，何暇斤斤字句間哉？所謂簡者，不過汰其複冗，删其枝葉，言短而意欲長也，語約而情欲博也，非謂

省一二字，遂係文章之工拙也。《左傳》公父文伯之母曰：「民勞則思，思則善心生；逸則淫，淫則忘善，忘善則惡心生。」若曰「民勞則思，思則善心生；逸則淫，淫則惡心生」，不亦簡乎？《檀弓》子思曰：「喪三日而殯，凡附於身者必誠必信，勿之有悔焉耳矣。三月而葬，凡附於棺者必誠必信，勿之有悔焉耳矣。」若曰「三日而殯，凡附於身者必誠必信，勿之有悔焉耳矣。三月而葬，凡附於棺者亦然」，不亦簡乎？而情理反不暢矣。以此知文章繁簡之故各有其妙，正不在區區字句之短長也。伯子又有論繁簡數頁，詳見後文。

于慎行《筆塵》曰：《史》、《漢》文章之佳，本自有在，非謂其官名、地名之古也。今人慕其文之雅，往往取其官名、地名以施於今，此應爲古人笑也。《史》、《漢》之文如欲復古，何不以三代官名施於當日，而但記其實耶？文字雅俗，固不在此。徒混淆失實，無以示遠，大家不爲也。以今日之地爲不古，而借古地名，以今日之官爲不古，而借古官名，舍今日恒用之字，而借古之字通用者，皆文人所以自蓋其俚淺也。李評：名家亦多犯此。

古人之文，不特一篇之中無冗複，一集之中亦無冗複。且如稱人之善，見於祭文則不復見於誌，見於誌則不復見於他文。後之人讀其全集，可以互見也。又有互見於他人之文者，如歐陽公作《尹師魯誌》，不言近日古文自師魯始，以爲范公祭文已言之，可以互見，不必重出。蓋歐陽公自信己與范公之文并可傳於後世也。亦可以見古人之重愛其言也。李評：真作家文，不但不襲人，并不

自襲。

誌、狀在文章家，爲史之流，上之史官，傳之後人，爲史之本。史以記事，亦以載言，故不讀其人一生所著之文，不可以作；其人生而在公卿大臣之位者，不悉一朝之大事，不可以作；其人生而在曹、署之位者，不悉一朝之掌故，不可以作；其人生而在監、司、守、令之位者，不悉一方之地形、土俗、因革、利病，不可以作。今之人未通乎此，而妄爲人作誌，史家又不考而承用之，是以牴牾不合。子曰：「蓋有不知而作之者。」其謂是與！

《文集·與人書》

君詩之病，在於有杜；君文之病，在於有韓、歐。有此蹊徑於胸中，便終身不脱「依傍」二字。

李評：平時讀書學古，拈筆時只看題目，胸中所有須盡擱過，乃能自道所得。

《伯子論文》

文章首貴識，次貴議論。然有識則議論自生，有議論則詞章自不能已。何者？人得一見，必伸其説，發之未暢，説必不得止也。夫憤怒冤抑之氣積於中，則慷慨激烈之言沛然而莫禦。作文而憂詞之不足，皆無識之病耳。

鍊句須簡而明，如《邶風》「涇以渭濁」四字，精簡極矣，却不費解。《左傳》多簡勁語，而費解已甚者，不學可也。文章煩簡，非因字句多寡、篇幅短長。若庸絮懈蔓，一句亦謂之煩；切到精詳，連篇亦謂之簡。

文有宜簡者，《孟子》「河東凶，亦然」是也；有不宜簡者，「今王鼓樂於此」、「先生以利説秦楚之王」是也。鼓樂者憂喜不同情，説秦楚者義利不同效，情相比而苦樂著，效相較而利害明，兩軍相遇，將卒各鬥也。移民移粟，述事而已，事止語畢，複則無味也。又有宜簡而不得不詳者，如《舜典》「二月東巡狩」、「五月南」、「八月西」、「十有一月朔」，典例所存，四時四方，不可偏廢也。然禮制皆同，不煩重叙，而約之曰「如岱禮」，變之曰「如初」，又變之曰「如西禮」，委宛屈軼，(裴)〔斐〕然成章也。文有自然之情，有當然之理，情著爲狀，理著爲法，是斷然而不容穿鑿者也。

古人文字，有累句、澀句、不成句處，而不改者，非不能改也，改之或傷氣格，故寧存其自然。昔人論《史記・張蒼傳》有「年老口中無齒」句，宜删曰「老無齒」；《公羊傳》「齊使跛者逆跛者，秃者逆秃者，眇者逆眇者」，宜删云「各以類逆」。簡則簡矣，而非公羊、史遷之文，又於神情特不生動。知此説者，可悟存瑕之故矣。

詩文句句要工，便不在行。

用故事，須如訟人告干證，又如一花一石，偶然安放。否則窮人補衣，但貼上一塊而已。

引證故事，以對舉二事爲妙，如《孟子》，「王不待大」則湯以七十里，文王以百里；「以大事小」則湯事葛，文王事昆夷；「以小事大」則大王事獯鬻，句踐事吴。此類頗多。蓋單舉則似一事偶合，對舉二事，則其理若事無不確者，而證辨之力亦厚。

「不患寡而患不均，不患貧而患不安」，兩句起也。「均無貧，和無寡，安無傾」，却三句結。《都人士》詩五章，卒章曰：「匪伊垂之，帶則有餘。匪伊卷之，髮則有旟。」單承第四章「垂帶而厲」、「卷髮如蠆」作結。《采緑》卒章「其釣維何」，亦單承三章「之子于釣」半段作結。今之人則缺一不可也。李評：單結，古法多有。

直按：古人處事詳密，過今人遠矣，而行文復自疏脱。如《詩》本有韻之文也，「于嗟麟兮」、「于嗟乎騶虞」，却以單句無韻之文作結；李評：「騶虞」句有韻。然《詩》無韻之句本多，所謂單句韻也。《孟子》「大事小」、「小事大」，雙起雙承者也，却引《詩》「畏天」單結；「今有仁心仁聞而民不被其澤，不可法於後世」，言徒善不足以爲政也，却兼言徒法作結。諸如此類，不可枚舉。李評：如「聞誅一夫紂矣」，亦結單見雙法。古人非必有意於此，然在後人，則爲文章科律矣。

「疏疏還密密，整整復斜斜」，此作畫法也，而文章之妙盡是矣。《孟子》文有極整極密者，《孟子見梁惠王》兩章是也；有至疏至斜者，《宣王問齊桓晉文》章、《滕文公問爲國》章是也。《史》、《漢》、八家之妙雖不盡此，然持此以觀，思過半矣。李評：《孟子》文最整齊，然整齊中自有

變化。如首章有起有結，中分應，言「利」詳，言「仁義」却略，此一章中變化法；次章與首章格法似同，却各節分結，此兩章變化法。

古人詩文，我有力量，不忌數行直寫。若規倣其詞格，苟非市井，即小兒耳。

文章大意大勢，初結想時，正如霧中之山，雖未分明，而全、偏、正、側，胚胎已具。保此意勢，經營出之，便與初情相肖。若另結構，未免刓員方竹也。

凡文須有主意，而作無謂之文，如庸人傳誌祭文之類。尤不可不另立主意議論，似借此人事實點綴吾文，雖不臻妙，亦能鋪叙終篇，成一體段。否則支吾補綴，立自躓矣。

人之爲人，有一端獨至者，即生平得力所在。人精神聚於一端，乃能獨至。吾之精神亦必聚於此人之一端，乃能寫其獨至。太史公善識此意，故文極古今之妙。今必合衆美以譽人，而獨至者反爲浮美所掩矣。

直按：《史記》如司馬穰苴、孫吴《列傳》叙其兵法，孟嘗、平原《列傳》叙其好士，皆特稱其一端。又如歐陽公《梅聖俞墓誌》誌詩，《蘇明允墓誌》誌文，亦皆專取一節。不似後人之文之濫及也。然讀者至今以爲實録，不更重乎！

王文恪公鏊《五湖記》，規矩整齊，步武不失，《七十二峰記》局勢門亂，渺忽難追，俱極鎚鍊之法。然作者當日，自是立意要作兩篇文字，故特如此命局取格。故知一連欲作數篇文字，非但識

議有主，其局法之離脱關生，亦必不肯苟同。李評：所謂不肯自襲也。

《七十二峰記》凡六百一十三字，均分至少每峰亦應八字有零。乃提要語占去若干，叙次語占去若干，他地名占去若干，地名重者占去若干，方隅向背占去若干，形勢脉絡占去若干，古事、形容語、起結語占去若干，幾於七十二峰本位無有一字。乃其叙次本位，寬然有餘，懸崖撒手，尺水揚波，是何法何力哉！作文不知法，遇此等題，任是萬斛長才，一籌莫展矣。

凝叔作《左傳兵謀》、《兵法》二篇。《兵謀》三十二段，使事七百三十五條，章法幻忽，反若尺寸關鎖。《兵法》二十二段，直獵前篇，不別立格。别立格便膽怯，便手筆向低也。大家手筆，如平原大海，不設奇異，而有至怪出没其間。王文恪《五湖》、《七十二峰記》兩篇兩格，此兩篇一格，俱非高手大膽不能。李評：此意須思，須知同而有不同者在。

《叔子論文》

文之工者，美必兼兩，每下一筆，其可見之妙在此，却又有不可見之妙在彼。辟如作屋，左砂高聳，右砂低卸，必須培高右砂方稱。拙者輿土填石，人一見知爲補右砂之闕；巧者只栽竹樹，令高與左齊，人一見，只歎賞林木幽茂之妙，而不知其意實補右砂低卸也。如昌黎《送李愿歸盤谷序》前段、《燕喜亭記》後段是也。李評：此借補、補衬法。又文字首尾照應之法，有明明繳應起處者，有竟不顧者，

有若無意牽動者，有反罵破通篇大意，實是照應收拾者。不明變化，則千篇一律，而文亦易入板俗矣。又古文接處用提法，人所易知，轉處用駐法，人所難曉。凡文之轉，易流便無力，故每於字句未轉時，情勢先轉，少駐而後下，則頓挫沉鬱之意生。辟如駿馬下阪，雖疾驅如飛，而四蹄着石處步步有力。更有當轉而不用轉語，以開爲轉，以起爲轉者。以起爲轉，轉之能事盡矣。李評：轉須圓，圓中又須勁。

直嘗謂作文之法如作字。作字之法，側、勒、努、趯，筆筆圓轉。若一筆直下，便非法矣。然必頓挫停蓄而後轉，轉方有力，不然與直下等耳。知此意者，可以學書，可以學文矣。李評：須知亦有直下法，此尤在有力。

以開爲轉，昌黎《獲麟解》末段是也；以起爲轉，《與孟尚書書》、《孟子》「雖賢聖」數句、「其大經大法」數句是也。

文之感慨、痛快、馳驟者，必須往而復還。往而不還，則勢直氣洩，語盡味止；往而復還，則生顧盼。此嗚咽頓挫所從出也，讀李斯《諫逐客議》、賈誼《過秦論》便見。歐文之妙，只是説而不説，説而又説，是以極吞吐、往復、參差、離合之致。史遷加以超忽不羈，故其文特雄。

嘗論古樂府以跳脱斷缺爲古，是已。細求之，語雖不倫，意却相屬，但章法妙，人不覺耳。然

竟有各成一段，上下意絶不相屬者，却增減他不得，倒置他不得，此是何故？蓋意雖不屬，而其節之長短起伏，合之自成片段，不可得而亂也。語不倫而意屬者，辟如複岡斷嶺，望之各成一山，察之皆有脊脉相連；意不屬而節屬者，辟如一林亂石，原無脉絡，而高下疏密，天然位置，可入畫圖。知此者，可與論文矣。李評：此斷續之法。斷而復續，所謂遥接也。

此似堪輿家言，而文之節奏如之。可見天下之至文，皆天地自然之文也。讀《史記·封禪書》、《大宛傳》者，不可不知此法。

善作文者，有竊古人作事主意，生出見識，却不去論古人，自己憑空發出議論，可驚可喜，只借古事作證。蓋發己論則識愈奇，證古事則議愈確。此翻舊爲新之法，蘇氏多用之。李評：文固忌粘。

吾輩生古人之後，當爲古人子孫，不可爲古人奴婢。蓋爲子孫，則有得於古人真血脉；爲奴婢，則依傍古人作活耳。

韓文入手多特起，故雄奇有力。歐文入手多配説，故委迤不窮，相配之妙，至於旁正錯出，幾不可分，非尋常賓主之法可言矣。

古人文法之簡，須在極明白處方見其妙。簡莫尚於《左傳》，然如「宋公靳之」等句，須解註者，不足爲簡也。門人問：「如何方是簡之妙？」曰：「如『秦伯猶用孟明』，突然六字起句，格法既高，只一『猶』字，讀過便見五種義味：孟明之再敗；孟明之終可用；秦伯之知人，不以再敗而見棄；時俗人

之驚疑；君子之歎服。皆一一如見，不待註釋解説而後明。如此乃謂真簡，真化工之筆矣。」

蘇明允《上田樞密書》，豪邁足賞，然自占地步，峻嶒逼人，使人忌而生厭。蓋既爲干進求知之事，而又爲傲岸不屑之言也。八家中自昌黎作俑，而近世學步者愈可厭憎。如此篇首句「天之所以與我者，豈偶然哉」，便已無體。書以道情，開口一句，挺然便出議論，直作論耳。書雖文，要與面談相似。吾嘗論曲，以只如説話者爲妙。蓋曲雖按譜，原以代話。時曲全是搊文，失之遠矣。李評：高占地步，亦干進者强自飾耳。昌黎、蘇氏此等處俱不可學。

爲文當先去七弊：可深厚，不可晦重；可詳復，不可煩碎；可寬博，不可泛衍；可正大，不可方板；可和柔，不可靡弱；可無驚人之論，不可重襲古聖賢唾餘；其旨可原本先聖先儒，不可每一開口，輒以聖人大儒爲開場話頭。七弊去而七美全，斯可以語文矣。

程畏齋《讀書分年日程》

讀文須反覆詳看。每篇先看主意，以識一篇之綱領。次看其叙述、抑揚、輕重、運意、轉换、演證、開闔、關鍵、首腹、結末、詳略、淺深、次序，既於大段中看篇法，又於大段中分小段看章法，又於章法中看句法，句法中看字法，則作者之心不能逃矣。譬之於樹，通看則繇根至表，幹、枝、華、葉，大小次第相生而爲樹。又折一幹一枝看，則又皆各自有幹、枝、華、葉，猶一樹然，未嘗毫髮雜亂也。

後生學文，先能展開滂沛，後欲收斂簡古，則易。若一下便學簡古，後欲展開作大篇，難矣。

王彧菴《左傳評》

文章不可逐段作究竟，全要未完忽起，遥接中離，斷續之間，至文存焉。

直按：此作文至訣也。善作文者，必有往復沉酣之致，若逐段説盡，自難往復。故必留有餘，以爲往復之地，則其情始盡，而文始暢矣。

凡叙事以不見來踪爲尚。突然而起，方有凌雲峭舉之勢。

直按：突如其來，凡文皆宜然，不必叙事也。峰巒陡起，文中亦宜然，不必開手也。論文宜先知此，方不没作家手筆；學文宜先知此，方不落蹋落家數。

附：鄙説

文章本乎德性，原於學識，讀其文可想見其人。讀六經，便見聖人氣象；讀《孟子》，便見泰山巖巖氣象，亦可見其善養浩然之氣；《史》、《漢》以後皆然，雖有僞者，不能强飾以欺人也。是以君子貴有變化氣質之學。

《左》、《史》文錯綜變化，不可究覓。然須知命意所在，與一篇血脉貫通處。苟能審此，

其餘旁見側出，皆鹿門所謂「遊兵點綴」也。又有主中客，客中主，有以客爲主，以主爲客，變化固自無窮，要其大旨，不外此耳。李評：文章之法，「賓」「主」盡之。

《左傳・鄭伯克段於鄢》，言鄭伯之處心積慮，必殺段而後已也，故曰「無庸，將自及。子姑待之」，曰「多行不義必自斃」，曰「不義不暱，厚將崩」，而遂以一言結之曰：「公聞其期，曰：『可矣。』」又以一言斷之曰「謂之鄭志」，脉縷貫通，何等周密。又姜氏，於其始曰「欲立之」，曰「爲之請制」，「請京」，又述莊公語曰「姜氏欲之」，又叙段事，忽横插一句曰「夫人將啓之」，而於其卒，遂結之曰：「遂置姜氏於城潁，而誓之曰：『不及黄泉，無相見也。』」皆有脊斷脉連之妙。後生小子，但細玩此一篇，其他自可類推。

叙克段事，竟以考叔作結，所謂以客爲主也。

《臧孫紇出奔邾》，首叙季孫、孟孫之廢立，主中賓、賓中主也。作者特恐竟爲季孫、孟孫文字，故中間忽插兩句曰「孟孫惡臧孫」、「季孫愛之」。作文賓主分明，却少變化；喧賓奪主，亦易混淆；必如此，始兩臻其妙矣。

《史記・蕭相國世家》，首段叙何功勳，自漢三年以後，何之謀猷俱附見他傳，而於聽人言以免禍，再三詳書，終以械繫。蓋以何功可媲韓、彭，其所以不死者，非高祖之能容，而何之善自爲計也。此太史公微意。其論功一段，自列傳體例，所重不在此也。他雖不盡如是，

然如《留侯傳》之畫策，《陳平傳》之奇計，莫不有所獨重，以爲一篇綱領。文無綱領，易至散亂，作長篇文字，尤不可不知此法。

史家叙事，有類編年體者，事類龐雜，難以次序，則有夾叙、帶叙、補叙、追叙、倒叙諸法。其斷續位置之妙，如布陣然，雖前後左右旗鼓萬狀，而步武行列依然聯屬，若旗靡轍亂，則敗卒矣。讀《左氏》諸大戰，不可不知此法。

前伏後應，文之有紀律者也，於初學最宜。由有紀律，進而至於不執紀律而無非紀律，斯之謂善學。

有前後照應者，有全不照應者，有提挈綱領者，有全不提挈者，有每段用提綱關鎖者，有直起直落者，有詳略互出者，有詳人所忽而略人所詳者，其錯綜變化之妙，總無定式，要其脉縷聯屬，自成片段，則無不一也。匪是則不成章矣。

文章變化之妙，雖無定式，而可以一言括之，曰成章而已。無變化不言成章，强變化而失紀律，亦非所謂成章也。譬如群山東行，高下、偃仰、疾徐、紆直、停奔，極參差不齊之致，顧徐察其條理、脉絡，井然不亂，斐然而可觀也。惟水亦然。《易》曰：「觀乎天文以察時變，觀乎人文以化成天下。」夫天下何者無文，亦何文而不成章哉？知其説者，旦暮遇之矣。

文之開闔、抑揚、頓挫、紆曲者，俱生於善轉。轉則勁鍊，轉則生動夭矯，理竭而情盡。古今文字，所以不及班、馬、八家者，只是平直。山轉則幽，水轉則曲，觀於天地之文可見矣。常龍，神物也，其出没變化，不可形狀，而畫家必具三節，以爲不若是不足盡龍之全也。常山之蛇，首、尾、腹自相應。物雖至微，未有身、首、尾不全而可爲物者也。天下萬事皆然，夫文亦若是而已矣。

李斯《諫逐客議》、賈誼《過秦論》，沉鬱頓挫，雖司馬氏不過焉。要其義，只是反覆詳盡耳。魏叔子謂「文之感慨、痛快、馳驟者，必須往而復還」，至哉言也，極作文之能事矣。

文至宋而益繁，故其法愈備。凡世譜、官閥、功行、子姓，見於誌、狀者，必詳備。古人不爾也。然或分叙、串叙、順叙、倒叙、以議論叙，篇自爲法，似唐賢所不及，不得以後起而少之。

史之叙事也，以先後次，其常也。或以詳略排比，顛倒前後，或欲篇法匀稱，那移後先，皆作者加意經營處。如布地景，一花一石，不同偶然安放也。

事本同時，見之文字，即不得不有後先。或夾叙、補叙，作家安頓章法，俱有匠心。大抵章欲明曉，無紛雜冗亂之弊；篇欲匀稱，無頭重尾大之失。《左氏》文極錯綜，亦最瞭如，只是安頓得恰好耳。

《左氏》文雖極有法度，然自後人見得如是耳，古人非必兢兢於是也。蓋古人文字，意到

筆隨，文至法生，謂章法篇段全無安頓固不可，謂先立一法以繩行文之步武亦不可也。北平王源評《左氏》，一以後人之法律之，恐不必然。《左》、《史》、秦漢文之法度，如由仁義行；歐、蘇、曾、王，則行仁義者也；韓、柳尚在今古之間。

文章不過叙事與議論。叙事欲其詳明，錯綜者詳明中之變化也。議論欲曲折以盡其情，迴翔反覆者曲折中之節奏也。變化生，斯情事奇；節奏繁，斯辭旨茂矣。

史家叙事，一人之身善惡互出，功罪并見，作者殊難措手，然必提攜生平大節以爲綱領，其他或帶叙本傳，或附見他傳，此一定之法也。歐陽公《五代史》其法更密，其提攜、關鎖諸法，可謂牽一絲而全篇俱動矣。甚有瑣細雜碎極難布置者，則以議論作總提，如《安重誨傳》是也。然至此而史體亦變矣，必如他傳無迹，斯爲高手。

帝紀、世家、列傳、墓誌文、雜記，皆叙事體也。古人亦多逐段分叙，但有綱領，有節目，有節束，有聯絡映帶，即成片段，不必有意錯綜，故用追叙、逆叙、補叙諸法也。其追叙、補叙、逆叙，規矩熟，斯變化生焉耳。李評：追叙諸法，固有前不如此安頓，而至後不得不如此者。

陡然起、陡然接、峰巒陡然生，必作家之文也。歐陽公《醉翁亭記》，删去繁文，冠以「環滁皆山也」句，可見。然此偶及知者耳，大家文無不如是，特習焉不察耳。

《易》曰：「一闔一闢謂之變，往來不窮謂之通。」《易》非言文也，而文之妙不外是。善作文者，反覆以盡其義，曲折以盡其情而已。反覆、曲折，闔闢之謂也。一闔一闢，斯往來不窮，而情義可盡矣。古今議論之文，其妙不出此兩言。李評：荆川文以開合盡之，謂賓主亦開合也。予嘗言，開合多用之議論，賓主多用之叙事。

文章議論、叙事，體製各别。編年、列傳，皆叙事也，體亦稍異。列傳及雜叙記體，原爲一人一事而發，賓主自分，首尾自須照應。編年則以人與事繫之年月，有所特重，斯有賓主、有照應。或追叙前、逆叙後，或更連類及之，附以他事，此雖編年而近於列傳者也。無所獨重，則逐段分叙、并叙，又以安頓段落爲章法，即無賓主、無照應，正自不妨。此以事與時爲重，事雖不類，同爲一時，即不得以不類而或遺之，此則編年而異於列傳者也。然則文章之道，或有賓主，或無賓主，或有照應，或無照應，亦其體使然耳。或謂古人法疏，後人法密，豈盡然哉。

論文之概

《朱子語類》

有治世之文，有衰世之文，有亂世之文。六經，治世之文也。《國語》委靡繁絮，真衰世之文

耳。是時語言議論如此，宜乎周之不復振也。至於亂世之文，則戰國是也，然有英偉氣，非衰世《國語》之文之比。又云楚漢間文字，真是奇偉不易及。

漢初賈誼之文質實。晁錯説利害處好，答制策便亂道。董仲舒之文緩弱，其《答賢良策》，不答所問切處，至無要緊處又累數百言。東漢文字尤更不如，漸漸趨於對偶，如楊震輩皆尚讖緯，張平子非之，是矣。然平子却理會風角、鳥占，何愈於讖緯乎？陵夷至於三國、兩晉，則文氣日卑矣。

司馬遷文雄健，意思不帖帖，有戰國文氣象。賈誼文亦然。老蘇文亦雄健。仲舒文實。劉向文又較實，比之仲舒，仲舒較滋潤發揮。大抵武帝以前文雄健，武帝以後文朴實。到杜欽、谷永，文又太弱，無歸宿矣。

韓文力量不如漢文，漢文不如先秦戰國。

歐公文多是修改到妙處。頃有人買得《醉翁亭記》稿本，初説「滁州四面有山」，凡數十字，末後改定，只曰「環滁皆山也」，五字而已。

老蘇之文高，只議論乖角。

老蘇文字，初亦喜看，後覺得自家意思都不正。當以此知人，不可看此等文字。東坡、子由，晚年文字不然，然又皆議論衰了。東坡初進策時，只是老蘇議論。

坡文只是大勢好，不可逐字去點檢。

東坡《歐陽公文集叙》只恁地。文章儘好，但要説道理便看不得。首尾皆不相應，起頭甚麽樣大，末後却説「詩賦似李白，記事似司馬相如」。

或問：「蘇子由之文比東坡稍近理否？」曰：「有甚道理？但其説利害處，東坡較明白，子由不甚分曉，要之學術只一般。」

問：「南豐文如何？」曰：「南豐文却近質。他初亦只是學爲文，却因學文漸見些子道理，故文字依傍道理做，不爲空言。只是關鍵緊要處，説得寬緩不分明。緣他見處不徹，本無根本功夫，所以如此。」

曾所以不及歐處，是紆徐曲折處。

李評：論前人文，如此盡矣，不待後人更評也。

《讀史總評》

吕東萊云：「太史公書法，豈拘儒曲士所能通其説乎？其指意之深遠，寄興之悠長，微而顯，絶而續，正而變，文見於此而起意在彼，若有魚龍之變化，不可得而蹤跡者矣。」

李性學云：「子長文字，一二百句作一句下，更點不斷。惟長句中轉得意去，所以爲佳。若只説得一句事，則冗矣。」

王守溪云：「《史記》如《伯夷》、《屈原》、《酷吏》、《貨殖》等傳，議論未了，忽出敘事，敘事未了，又出議論，不倫不類，奇亦甚矣。」李評：傳中夾論，亦是變體。

又云：「竇嬰、田蚡、灌夫三人一傳，其間敘事，合而離，離而復合，文最奇而始末備。」

王槐野云：「史遷之文，或由本以之末，或操末以續顛，或繁條而約言，或一傳而數事，或從中變，或自旁入，意到筆隨，思餘語止。若此類不可毛舉，竟不得其要領。」

又云：「文章之體有二，序事、議論，各不相淆。蓋人人能言矣。然此乃宋人創爲之。宋真德秀讀古人之文，自列所見，岐爲二途。夫文體區别，古誠有之，然有不可岐而别者，如《老子》、《伯夷》、《屈原》、《管仲》、《公孫弘》、《鄭莊》等傳，及《儒林傳》等敘，此皆既述其事，又發其義。觀詞之變者，以爲議論可也；觀實之具者，以爲敘事可也。變化離合，不可名物，龍騰鳳躍，不可韁鎖。文而至是，雖遷史不知其然。劉勰論文備矣，條中有『鎔裁』者，正謂此耳。夫金錫不和不成器，事詞不會不成文，其致一也。」

凌季默云：「六經而下，近古而閎麗者，左丘明、莊周、司馬遷、班固四鉅公，具有成書，其文卓卓乎擅大家也。《左傳》如楊妃舞盤，迴旋摇曳，光彩射人；《莊子》如神仙下世，咳吐諕浪，皆成丹砂；子長之文豪，如老將用兵，縱騁不可羈，而自中於律；孟堅之文整，方之武事，其遊奇布列，不爽尺寸，而部勒雍容可觀，殆有儒將之風焉。雖諸家機軸變幻不同，然要皆文章之絶技

也。」李評：比類恰當。

茅鹿門云：「讀太史公傳記，如與其人從遊而深交之者。此等處須痛自理會，方能識得真景。且太史公獨擅秦漢以來文章之宗者何？惟以獨得其解云耳。每讀其二三千言之文，如堪輿家千里來龍，到頭只求一穴。讀其小論、斷言、隻簡之文，如蜉蝣蠛音蔑。蠛蠓，細蟲也。蠓之生，種種形神無所不備，讀前段便可識後段結案處，讀後段便可追前段起案處，於中欲損益一句一字，便如於疋練中抽一縷，自難下手。此皆太史公所獨得其至，非後人所及。風調之遒逸，摹寫之玲瓏，神髓之融液，情事之悲憤，則又千年以來所絶無者。即如班掾，便多崖塹矣。魏晉唐宋以下，獨歐陽永叔得其十之一二，雖韓昌黎之雄，亦由自開門户，到序事變化處，不能入其堂奧，惟《毛穎傳》則庶幾耳。予於此不能無感。」

王元美云：「《檀弓》、《考工記》、《孟子》、《左氏》、《戰國策》、司馬遷，聖於文者乎！其叙事則化工之肖物。班氏賢於文者乎，人巧極天工錯也。」李評：《檀弓》、《考工》，自是別調。《國策》、《孟子》，一類也，然《國策》不可比《孟子》，道理天淵耳。《史記》、《左傳》，一類也，然《史記》着意，便不如《左傳》之自然。孟堅則又遠矣。

《漢書總評》

范淳夫云：「司馬遷、班固以良史之才，博學善叙事，不虛美、隱惡，故傳之簡牘，千餘年而不

磨滅。」李評：今人爲人作傳，多不可信，非史法也。

楊士奇云：「前史文章，卓然高世，爲世師法者，司馬遷《史記》、班固《前漢書》及歐陽修《五代史》而已。」

黄勉之云：「孟堅之文，每傳一人，不特功德、言語了了無遺，模寫如畫，又且並其形態之狀，以鋪張之。」

凌季默云：「按朱晦翁云：『太史公書疏爽，班固書密塞。』程伊川云：『子長著作，微情妙旨寄之文字蹊徑之外；孟堅之文，情旨盡露於文字蹊徑之中。讀子長文，必越浮言者始得其意，超文字者乃解其宗；班氏文章亦稱博雅，但一覽之餘，情詞俱盡。此班、馬之分也。』懿哉二師之論！即班、馬而在，亦俛首心服矣。」李評：程、朱不特論道理，論文章亦到至處。

又云：「班、馬兩家，古今絶筆。譬之名將，子長之文豪而不羈，李廣之射騎也；孟堅之才贍而有體，程不識之部伍也。」李評：譬妙。

按二書援引頗多，兹不俱録，録其有裨後學者。

茅鹿門《八家文鈔論例》

世之論韓文者，首稱碑、誌。予獨以韓公碑、誌多奇崛險譎，不得《史》、《漢》序事法，故於風

神處或少遒逸。至於歐陽公碑、誌之文，可謂獨得史遷之髓矣。王荆公又别出一調，當細繹之。序、記、書，則韓公崛起門户。而論、策以下，當屬之蘇氏父子兄弟也。

子厚之文，其議論處多鑱畫，其紀山水處多幽邃夷曠。

宋諸賢叙事，當以歐陽公爲最。何者？以其調自史遷出，一切結構剪裁有法，而中多感慨俊逸處。曾之大旨近劉向，然逸調少矣。王之結構裁剪，極多鑱洗苦心處，往往矜而嚴，潔而則，然較之曾，特屬伯仲。至於蘇氏兄弟，論其文才之大略，疏爽豪蕩處多，而「結構裁剪」四字，非其所長。諸神道碑，多者八九千言，少者亦不下四五千言，所當詳略斂散處，殊不得史體。何者？鶴頸不得不長，鳧頸不得不短，兩公於策、論，千年以來絶調矣，故於此或殺一格，亦天限之也。

曾南豐文，大較本經術，祖劉向。其湛深之思，嚴密之法，自足以與古作者相雄長，然其光焰或不外爍也。李評：論亦皆當。

魏伯子《論文》

定大家文，當在其平平無奇處。小家必藉新異，乃能措手；大家雖無一語可以刮目，而平易博厚，氣體居然，小家所望而却走也。人之才能，亦須於事之至平至雜處觀之。蓋奇事本少，而奇才暫應，不足憑矣。

大家文如故家子弟，雖破巾敝服，體氣安貴；小家文如暴富傖，渾身盛服，反增醜態。非盛服不佳，服者賣弄矜持，反失其故吾也。李評：此皆淺者所不知。

近聽而震耳者，鐘不如鑼，馮夷大砲不如行營小銃。然鐘、砲聞數十里，鑼與小銃不及半而寂然矣。浮急之聲，躁滑而無力，凡叩而即鳴，鳴而即轉者，皆力量氣魄不足以自持也。文章大家、小家之辨如此。

古大家文，雖極奇崛，必有氣静意平處，故忙處能閒，亂處能整，細碎處有片段，險冗處有安頓，順處不流，逆處不費，筋力穿插處不小家，方正處不板硬，如置重器於平闊之案，觀者神氣亦自閒定。總由養氣鍊格已到，故不爲波瀾所撓也。

魏叔子《論文》

唐宋八大家文，退之如崇山大海，孕育靈怪；子厚如幽巖怪壑，鳥叫猿啼；永叔如秋山平遠，春谷倩麗，園亭林沼，悉可圖畫，其奏劄樸健刻切，終帶本色之妙；明允如尊官酷吏，南面發令，雖無理事，誰敢不承；東坡如長江大河，時或疏爲清渠，瀦爲池沼；子由如晴絲裊空，其雄偉者如天半風雨，嫋娜而下；介甫如斷岸千尺，又如高士谿刻，不近人情；子固如陂澤春漲，雖漶漫而深厚有氣力，《説苑》等《叙》，乃特緊嚴。然諸家亦各有病。學古人者，知得古人病處，極力

洗刷，方能步趨。否則我自有病，又益以古人之病，便成一幅百醜圖矣。

或問：「學八家而不成，其病如何？」曰：「學子厚易失之小，學永叔易失之平，學東坡易失之衍，學子固易失之滯，學介甫易失之枯，學子由易失之蔓。惟學昌黎、老泉少病，然昌黎易失之生撰，老泉易失之粗豪，病終愈於他家也。」

直按：宋潛溪《序劉崧詩集》云：「詩緣情而托物者也，非天賦超逸之才，不能有以稱其器。才稱矣，非加稽古之功，審諸家之音節體製，不能有以究其施。功加矣，非良師友示之以軌度，約之以範圍，不能有以擇其精。師友良矣，非雕肝琢膂，宵咏朝吟，不能有以驗其所至之淺深。吟咏侈矣，非得夫江山之助，則塵土之思，膠擾蔽固，不能有以發揮其性靈。五美云備，然後可以言詩矣。」夫詩誠如是，文亦宜然。又按：文章自宋慶曆以後，歷宋及元，雖高下各殊，而體裁不異。自明何、李輩出，始變古音，而文章爲之一阸。終三百年，不隨俗俯仰者，王陽明、歸震川、唐荆川、茅鹿門數家而已。而才分之高下，學力之淺深，亦各不同。虞山錢牧齋《題震川文集》云：「震川嘗爲人叙其文曰：『今之所謂文者，未始爲古人之學。苟得一二妄庸人爲之，巨子争附和之，以詆排前人。』意蓋譏弇州也。弇州笑曰：『「妄」誠有之，「庸」也未敢聞命。』熙甫曰：『唯「庸」故「妄」，未有「妄」而不「庸」者也。』」又言：「熙甫上公車時，弟子侍行，車中從容問：『李崆峒文云何？』因取集中《于肅愍廟碑》以進。熙甫讀

畢，揮之曰：『文理那得通！』」今崆峒、弇州文俱在，聞其言若可駭，徵其實則誠不謬矣。而世之庸者，才識不足以暢其旨，齷齪卑薾，强欲擬古，其高者又欲爲王、李之所爲。嗚呼！其亦終於庸人而已矣。予輯是編，一迪後進，恐高明者之薄今愛古，而或爲之天下「庸妄」人也，故以是終焉。乾隆乙丑六月五日，秉直再題。

李評：文章各有得處，各有失處，其著者未可輕議也。如鹿門頫首荆川，而荆川乃不許鹿門，弇州極推崆峒，而震川則均譏之，黄陶菴直以震川、荆川接八家，恐亦未盡爲定評也。

四書文法摘要

〔清〕李元春　撰

《四書文法摘要》

清 李元春 撰

《四書文法摘要》，李元春撰，劉維翰、劉文翰摘録。

李元春（一七六九—一八五四），字仲仁，號時齋、桐閣主人，朝邑（今陝西大荔）人。學守程朱，以誠敬爲本，於心學、考據皆有微詞，而尤惡毛奇齡。迭主潼川、華原書院，積書數萬卷，著述亦甚富，有《桐閣文集》等數十種。

是編爲寫作八股制藝之指導，有上、下、後三編，分綱列目，條分縷析，以教弟子。門人劉維翰、劉文翰摘其要目，不録正文，但所述諸法，大略可顧其名而思其義，在當時舉子讀之，亦可謂徧地法門、渾身解數矣，非深於此道者不能爲。

李元春嘗輯《青照樓叢書》三編九十餘卷，由朝邑劉氏於道光十五年（一八三五）刊行，而以是編附末。今即據以録入。

（朱 剛）

《四書文法摘要》引

吾師時齋夫子選評《叢書》，皆取最切於學人者，於末入武叔卿《舉叢卮言》，以舉業人人所日講也。然吾師有《四書文法三編》，吾黨久奉爲圭臬，而尚苦繁多，不盡可記憶。刻《叢書》既成，與弟文翰並摘《三編》要目附之，可與叔卿所論參觀矣。劉維翰謹識。

四書文法摘要

清　李元春　撰
劉維翰
劉文翰　摘録

上編

三綱領

審題命意。篇章句字。起承轉合。

審題六法

辨題體。詳題旨。究題理。玩題氣。從全章著想。從全部著想。

命意四法

題面意。題心意。上下四旁意。分前中後意。

篇法八

整。散。整、散兼。立胎。布勢。血脉聯貫。骨節靈通。前後勻稱。

章法四

或股，或段，意有層數，或兩層，或三層，間或四層、五層。

氣有歇數，或二歇，三歇，四歇，五歇。

疏密相間，大小相錯。

對股五法附

立柱。翻轉。層次。流水。活對。

句法十

短句。長句。剛句。柔句。整對句。疏散句。叠句。回環句。運調。調聲。

字法　三

實字要的切，要響亮，要有來歷。虛字要活動。平仄要調。

起法　五

直起。陡起。引起。按題大概起。另起。

承法　五

承即接：有直接，有陡接，有緊接，有緩接，有遥接。

轉法　七

轉入題中。轉擲題外。小轉。大轉。暗轉。徑轉。叠轉。

合法　二

合即落：有驟落，有徐落。

八條目

反正。賓主。開合。淺深。虚實。詳略。順逆。明暗。

反正法四

先反後正。亦或先正後反。全反題意。借反作正。

賓主法九

通篇爲賓主。四股爲賓主。兩股爲賓主。一股、一段有賓主。一句、二句有賓主。主中主。賓中賓。賓中主。主中賓。

賓有十

賓即襯：有正襯，有反襯，有虚襯，有實襯，有對面襯，有側面襯，有進一步襯，有退一步襯，有高一層襯，有低一層襯。

開合法二

賓主多用之叙事，開合多用之議論，有大開大合，有小開小合。

淺深法五

先淺後深。先深後淺。淺深相間。題理淺者，說入深際。題理深者，出以淺語。

虚實法五

先虚後實。先實後虚。虚實相間。虚者實之。實者虚之。

詳略法四

題理重者，宜詳。題理輕者，宜略。人詳我略。人略我詳。

順逆法六

通篇有順逆。一股、一段有順逆。順從題首起，煞題尾。逆從題尾起，煞題首。順起逆接。

逆起順接。

明暗法七

通篇有明暗。一股、一段有明暗。前明後暗。前暗後明。明起暗煞。暗起明煞。明修暗渡。

對用雜法十

提束。呼應。照應。伏應。含申。分總。斷續。抑揚。頓挫。跌宕。

提束法六

有前提後束者。有前無提而後束者。有後不束而前提者。整筆提束。散筆提束。隨便提束。

又提法三

界縫中提振。長題空中全提。因一節提數節。

呼應法四

通篇有呼應。股、段中亦有呼應。題中有呼應。題外亦有呼應。

照應法四

呼應在語氣，照應在意義，四法亦如呼應。

伏應法四

照應法多用明，伏應法多用暗；照應多有意，伏應多無意。四法與呼應、照應同，要皆須有變化，乃不落蹊徑。

含申法二

通篇前含後申。一股、一段上含下申。

分總法六

于題有分總。于文亦有分總。題具數層，可分亦可合。題雖一層，可合亦可分。或題分，而聯之使合。或題對，而分之使散。

離字二法附

離即分，專以離言，一離題意，一離文勢。離題意，上言「分」已盡之。離文勢，則忽然擲筆題外，此董思翁所言，最是文章家奇情。

斷續法三

斷續須用插筆，或前後叙事，忽插入議論；或前後議論，忽插入叙事；或言此事、此意，忽插入别事、别意。

抑揚法二

欲揚先抑。忽抑忽揚。

頓挫法四

頓有二，停頓、整頓。挫有二，挫其意、挫其氣。

跌宕法二

以彼層跌此層，跌似覦，而勢較緊。有一跌必有一宕，宕如開，而語較活。

單用法二十五

描寫形狀。擳梳題義。挑剔題字。推原題根。鋪叙題面。憑空結撰。證佐有虚實。推廣。疊進。脱卸。洗刷。翻駁。代説有全代、有略代。斡補。敷衍。咏嘆。折筆。押筆。雙搓筆。蟬聯筆。走筆。拖筆。複筆。閒筆。省筆。

擒題法三

明擒。暗擒。擒主腦。

點題法六

渾點。拆點。反點。正點。借點。補點。

醒題法二

醒題意。醒題字。

用典法四

用字擇古雅，不隱僻。用語要運化，或直用其句，或連用數句，宜確切工對。用故實，有正意，有旁意，有宜明，有宜暗，皆須死事活用。典禮題，考據詳明。

白描法二

或通篇用之。或一、二處用之。

下　編

單題破法六

或首句破題面，次句破題意。或首句破題意，次句破題面。或兩句拆破題面，而藏題意、題神。或明破。或暗破。亦或間用反破。

單題破、承備諸法

順破則逆承，逆破則順承，反正、賓主、開合、明暗諸法酌用之。

單題起講法九

明擒題字。渾按題意。承上入，不用再領。從本章遠脉入。從他處借徑入。借映題字入。領題神入。提題中要害立案。從題外立案。

單題領脉法九

起講落處帶領。特領。折入題意。折落題字。喝起題神。就上文點出題字。領下，另作提筆。無上文，亦用提法。不領上，别用入題法。

單題提比法六

承上脱卸。就題虚籠。清出題字，留後面發揮。拆開全題，先發前一層。先作開勢。借賓陪入。

單題中比法

發揮題面。發揮題心。加小段、小股，運化中間。

單題後比法四

發旁意。發餘意。起處與中比一片。落處使下文可接。

單題束比法二

一比束前半，一比束後半。一比束通篇，一比起下。

單題結尾法四

結本旨。尋去路。落下顧本題。別作掉弄。

截上題法二

納上文於本題。倒找上文。

虛字冠首截上題三

扼實字，以虛字合。順承上者，虛字順出。從上轉落者，虛字逆折。

截下題法三

題前從旁偷下。題中從空含下。題後或正或反偪下。

虚字冠首截下題法二

逆探下文，取虚字之意。别用虚字，助虚字之神。

截上下題法二

用意，從本句討出上下。用法，有儭、墊、提、空、煞、足。

虚字冠首截上下題法二

如「雖」字題，前半截講實字，後半以「雖」字合，一法也；通篇實，取「雖」字神理，末合下點，一法也。

虚冒題法三

虚能映下。實不犯下。下文層層照到。

結上題法四

結通章者，鎔鑄通章。結一節者，鎔鑄一節。結一節兼結通章者，前半鎔鑄一節近義，後半鎔鑄通章全旨。出結上字面，視其順逆。

兩截題法四

分兩虚、兩實。上挈下，下顧上。主重一截。前重者，亦留，發于後截。

兩截長題法二

聯貫有詳略。變化在虚實。

三截題法三

如題爲局。隨勢照顧。亦多着意後路。

滚作題法三

相承對説。串説。互説。

相因題法三

一滚作。兩截作。化爲對作。

兩扇題法八

如題板對。各扇中藏股。兩扇藏紐。兩扇略加頭尾。頭尾略發總義。化大爲小。化兩爲三。互擊互覷。

裁對兩扇題法三

短者伸之。長者縮之。對仗工穩。

多句抽出兩扇題法二

處處互擊。別用意義綰合。

兩扇分輕重題法三

兩扇加紐。兩扇銜接。化兩不拘。

三扇題法九

如題三扇。前總提，後總發，中分三段。前段略變，後二段確對。前二段確對，後一段略變。

拆題，以意分配，錯綜闡發。團攏全題，鎔成一片。劑三爲四。互儭。散行。

四扇題法七

如題四股。化四爲三。化四爲兩。變股。合作。互擊。散行。

段落題法十

段少者挨講。段多者分配。首段貫下數段。末段納上數段。以中間截開上下。首句與末句遥對。前總提，後總發，中分還。變股。互映。合發。

順綱題法六

按目發綱。别發綱總義。作目帶綱。中間拆發分配。按目總發以歸綱。題有下文總説者，文不用總發。

倒綱題法四

倒挈綱於目，前虚領。作目用輕遞。歸目於綱，總發。題截上領句者，於上文之下籠目虚挈。

淺深相應題法三

首中俱騰虚。深處必多發。渾發亦一法。

橫擔題法五

前注。中貫。後抱。化中於首尾。輕首尾，只重發中間。

全章長題法七

提綱挈領。剪裁煩簡。線索穿插。上下牽搭。前後類敘。隨機點次。辨別一人、數人語運用。

割截長題法九

辨兩截、三截。截全節者，如全章長題式。截一、二句者，如割截短題式。兩截者，中間虛渡。三截者，中間實發。清首尾。鈎挽。映帶。消納。

割截短題法八

起講串説，對説。鈎，先尾後中。上映下虛，下帶上實。中作勢凌駕。挽，先首後中。勢不宜緩。意不宜單。結不遽落下。

偏全題法五

上全下偏者，以意義留下。上偏下全者，側本位補上。留下患實，亦患虛。補上患連，亦患倒。或化割截爲一滾。

連章題法七

或如兩扇，三扇，四扇。或如段落。或如割截。扼一章爲主。易遺處亦可爲主。

記敘題法六

記事立案者，如虛冒。記事無論者，可實發。記言者，拆發實字含下，而以「曰」字暗合，至末始點。敘事視敘者之情態，亦視上下。無論者可夾議論。有論，雖夾論，亦騰虛。

論列題法二

上論因下列發者，可如相因題，一滾作。上論猶有意義者，可如順綱，略截作。

問答題法四

問語略作一截。答語重發。問答夾縫綰合斷論。化作兩扇。

援引題法八

起講取正意。先點後發。截出者，題中覓間，間中關照。全出者，不便直點，隨點隨做，隨做隨點。或全空中摩盪，探取下文，至末總點。或先引後斷，點過所引，帶定發斷語。或先正意後引者，以正語爲主，引語只作證佐，而前路亦須預埋。不宜更有援引。

比興題法五

比題不宜夾入正意。說喻意即見正意。興題正喻互見。正意亦於喻中透出。明喻題，說正意用喻意字面。

反正兩種題法五

反題先正。正題先反。反題上下有正面者，不得正說。正題上下有反面者，不得反說。反

揭題，參活筆。

過脉題法三

題前翻弄作勢。正面略作現成描寫。後路空中發論取神。

覆述題法三

意有疑而覆述者，宜在題前作勢。意未盡而覆述者，宜在題後推衍。上有正文而覆述者，少發正文，詳發覆語。

叠句題法二

分呼合題面。流連見神情。

比肩題法四

抽出數句者，交擊互儭。抽出下句者，伴上定本位。抽出上文者，偷下定本位。亦有不伴上、偷下，而自以意義切合者。

半體題法四

以半面見全神。承領一面。上句偷下句，不得預攝。下句合上句，不得順説，亦不得竟似倒説。

代語題法二

其人有此意而代爲語，當得其心。其人無此意而代爲語，當推其情。

寫照題法二

題面與意不同，寫面。藏意。

理致題法三

平日見理明，則説得亮。推之世情，則説得新。又當參以語妙。

典制題法二

旁徵典實者，要絢爛而不可有堆砌意。正考典實者，要明確而不可有注疏氣。

攻辨題法二

直窮到底。如聞其聲。

俚俗題法二

俗不傷雅。寫虛不寫實。

游戲題法二

不用莊語。兼有諧情。

人名題法二

旁設以取下意。從名字生情照下。

詠物題法二

顧旨須靈。用典忌滯。

枯窘題法二

添題字以求展。立題外以求寬。

後編

國朝定文品四字

清。真。雅。正。

清有四

意清。辭清。氣清。要在心清。

真有五

題中理真。題外理真。當身體驗則真。推之世情、物理則真。提空議論則真。

雅有二

自經書出則雅。識見超則雅。

正有二

守題之正。變不失常。

文品雜説十八

一曰近切，旁意皆題所應有，正意必他不可移。二曰精深，辨於毫忽，刻入底裡。三曰博大，搜出多義，運以全力。四曰明快，深入顯出，見得到，説到出。五曰渾融，不掛漏，不散亂，不露痕跡，不作自注。六曰高超，入手置身題上，通篇墨不着紙。七曰跳脱，筆筆换，多在轉接用意。八曰新警，陳言務去，語多不經人道。九曰圓熟，己見爲熟，人見爲新。十曰老鍊，反華就實，鍊氣歸神，一語抵人千百。十一曰緊，讀上句則下句已起，全在接縫鬬筍處。十二曰奇，在立格，亦在詞意。十三曰秀，意思深雋，調度安雅。十四曰雄，須有氣勢，或通篇，或一氣數語。十五曰勁，力足則不軟，着意多在實發，挺接、挺轉、硬煞皆是。十六曰活，不作十成死語，用意、立格亦然。

十七曰妙，文章本天成，諸法熟，隨手自有妙處。十八曰趣，不由恒徑，極常題能作異樣文章。

餘論十二則

文章不外五端：曰典、曰理、曰法、曰氣、曰神。善爲文者，筆外有筆。文章根於性情，而本原在心，故心術須端。文不從體行來，必不真，亦無取乎爲文。爲文宜擇正大題，在場屋則不能拘。前人作過題，發揮已盡者，不必作；猶有餘意未盡，或意未合者，可另爲之；或係命題，而前人有佳作，亦須跳出圈子。窗稿與墨卷當以一律看。文有得之興會者，有得之苦思者，興會須養，苦思須勵。文不外叙事、議論兩端，而議論尤要，議論須知提空，提空須知拆題。文章全在多作，多作則病痛自知，火候自到。文最不厭改，古人往往終身改之未定也。得一題，或改，或頻爲，須成一篇文方好。

《四書文法摘要》書後

昔人論制義亦多矣，吾師會而約之爲三編，每一法各分數端，示學者亦幾曲盡。茲第録其所分之目，爲便於記耳。如欲得其説之詳，自有原編在。其中「三截題」原編所遺，亦吾師所補也。

劉文翰。

朱梅崖文譜

〔清〕朱仕琇 撰
徐經 輯

《朱梅崖文譜》一卷

清　朱仕琇　撰
徐　經　輯

徐經字芸圃，號桓生，建陽（今屬福建）人，嘉慶二十四年（一八一九）恩科進士。是書輯録《梅崖集》三十卷、《外集》八卷中論文之語四十餘則，又附以唐宋古文家論文二十二則而成。梅崖爲朱仕琇（一七一五—一七八〇）號。朱字斐瞻，亦福建建寧人，乾隆戊辰（一七四八）進士，以古文名家，傳見《清史稿》卷四八五。其爲文專學韓愈，鄙方苞爲膚淺，雖語句排比鏗鏘過之，亦有艱澀之病。是編輯其論文之語，大抵崇道而不廢文，尚古而反剿襲，於六經、《孟子》下，推揚雄、韓愈、歐陽修、曾鞏、王安石、歸有光，唯對柳宗元略有微詞，而詆蘇軾獨甚，蓋欲求體格之正，故極斥其汗漫，以爲唐宋古文至此而被敗壞，不免一偏之見。但作者學、習相長，甘苦自知，道出自己何從得益於古人，誠能進讀者於斯道，徐經序云「即不得師歸，而求之有餘師矣」。

有光緒二年（一八七六）刻本，在《雅歌堂全集·外集》卷十二。今即據以録入。

（朱　剛）

朱梅崖文譜

清　朱仕琇　撰
徐　經　輯

建寧朱梅崖先生治古文，力與古作者抗，而深究其利病。學成，自裒其《集》三十卷，又《外集》八卷。古文之道，唐韓、柳氏振興於廢壞之餘，而自言得力以教後人，則答李翊、劉正夫與韋中立等《書》略盡之。今先生更能闡發義藴，以窮源而溯流，其自述苦心尤詳且備。余恨未及門，親承指授，今幸讀全集，因採其所以教人爲文之法，得四十九則，名曰《梅崖文譜》。世之有志古文者，即不得師歸，而求之有餘師矣。徐經謹識。

古文之名起於唐。是時作者皆沿六代之遺，以偶儷爲工。韓退之出，始深探六藝，凌驟諸子，脱落時體，粹然一出於正。子厚、習之輔之，而有唐之文遂與三代、西漢同風。

古文自漢建武至唐貞元，唯得退之等數人而已，甚矣其難也。

古文之道正大重厚，非學士大夫立心端慤者莫能習。詩歌之靡，則儇人佻士率往趨之。以故詩人之無行者不可勝數，而古文之傳皆正人君子也。

古文雖難，然隨人材質習之，即其所得淺深，皆可以正心術，導迎善氣。且先録韓、柳與人書及諸賦、碑、誌，見其清深淵古者，日夕復之，然後乃及序、記；次閲歐陽公《五代史》及《唐書》諸論贊；又次閲其碑、誌乃及序、記；因之乃及曾南豐，又及王介甫；因之又復於韓，又因韓以及李習之，又及於柳，以見諸家同異；因是以上及於揚雄、劉向、董生、司馬遷、相如、宋玉、屈原、荀況、左丘明、孫武、尉繚、管仲、穰苴、莊周、列禦寇、《國語》、《國策》，因以下及於蘇老泉；如此又數往復焉，乃及於西京諸作者，及於班固、張衡，及於東京，及於唐諸雜家，及於東坡、潁濱并宋諸雜家，及元明、本朝諸家；又如是以復於唐、宋，又復於諸子、六經。誠如是漸進而自得焉，而古文之道其亦不遠矣。

凡爲文不宜太切，其陳義類迂誕，而咀之有餘味，使人心寬厚愉悦，風清而神遠，穆然而近古，最爲文家高致。若《公》、《穀》、《戴記》、《詩小序》、《春秋繁露》、《説苑》、《新序》、《列女傳》是也。

古人之文，直書情事而本末具見；後人繁稱博引，彌形疎陋。蓋古人根源盛大，所著皆自得之餘；後人弱材薄植而速華，淺流自盈而務竭。故其文之工拙、行之遠近，各稱其精神爲限，非口耳漁獵所得與也。

六經之作，聖人本諸身垂教，天地萬物理畢備，孟軻七篇明仁義，荀况輔之，斯、非背師以售

術，聃、周假道德放言，管、商新法，不韋《吕覽》，穰苴、孫、吴申軍制，丘明傳《春秋》，災異於董、劉，《詩》變於原，史變於遷，《易》紹於雄，相如好靡，韓愈救其弊。此周、秦、漢至唐爲辭之大較也，皆馳騁聖人末流著書。要以六經之旨，有正有僞，然學者一例存之，不欲深明而舉廢之也。其所以惜而不廢者，非謂於道有疑，徒以其辭耳。則辭之繫於立言，固不重歟？

自韓愈後千餘年，道粗明，然爲辭益下。大約唐長慶後其氣傷，宋熙寧後其理漶，二者交譏，古文道缺不全，以迄於今。雖其間數十豪傑力自振頹廢中，然以二者追隨終始，卒不能脱也，豈非世運爲之歟？竊謂辭之要，具李翱《答王載言書》；辭之本，具韓愈答尉遲生、李翊《書》。繼而議者益支，稍事藻繢鞶帨，則夫辭之益下，固亦從其趣也。然則專罪世，又豈明通之論歟？輔韓愈相次起者，李翺而外，若柳宗元、杜牧、歐陽修、蘇洵父子、李覯、曾鞏、王安石、姚燧、虞集、歸有光、王慎中之倫，雖派有遠近，要爲斯文大宗，學者所當依據。舍諸家而外求系，固不免前二者之失矣。又其甚，則公然偭規矩、裂六經以逞强，欲不囿於世，而納於作僞，若前代濟南、新安之類，皆厮養僕隸僭主人，曾不得比庶孽，沐猴而冠，妄自侈大，亦可哀也。

文辭之於聲、於言，蓋其精者。據以察其人之枉直厚薄，無不可知。鄭朋、張博傾危，故其文夸誕；公孫弘、匡衡邪諂，故其文庸懦。彼雖飾以《詩》、《禮》之澤，周召之正，而姦慝發於辭氣之餘，不可掩也。《國風》之好色、騷人之怨慕、司馬遷之憤激、相如之浮靡，裁以聖人之道，皆不得

性情之正。要因言以考其人，固倜儻非常之士也。蓋人心正則氣直，氣直則言隨，其情之所觸而不自諱，故發爲文章。其疏闊、邁往、潔勁、淳直、深遠、纏綿而能自得者，必君子也；卷曲、依附、輕纖、回護、浮誕、刻戾、軟妥、圓滑而無可非刺者，必小人也。然則知言知人，蓋驗諸數千載而不爽者也。

古人所云多矣，體之無不驗者，而大旨則韓子所謂無人之見者是也。一技之微，古人嘗遺耳目、爵賞、非譽以求之，及其至也，皆與道通。故曰，百工之事，皆聖人之作也。伯牙學琴，成連棲之海上以移其情，以海上者無人之處也，精神寂寞，百感皆息，而真者出焉，而琴以名。斯其爲學之要耶？若文者，古人所以自著也。揚子雲曰：「言，心聲也。」蘇子由曰：「文者氣之所形。」太史公曰：「讀其書，未嘗不想見其人。」孟子：「頌其詩，讀其書，不知其人可乎？」故韓子曰：「君子慎其實。」柳子曰：「文以行爲本。」斯其爲文之要耶？誠知二者之爲要而力體之，其必有自知者乎？

近時人不説學，士多疏陋，故豪傑之士率以博覽自喜。夫經言精奥，史籍紛繁，加人自爲之書與世而增，雖有上知，豈能偏理？至傳聞回互，文義點竄，先後相積，疑竇牛毛，但當存而不論，豈能窮其自出？古人於事訛誤未有折衷者，但云慎取，如是而已。其言誠有味也。

近世人多奮其私智以誣古籍，鑿空立説，日出新奇，徵引繁富，足佐其謬。其弊始宋之一二

名人自喜之過，後遂益甚。其悍而自遂，無所顧藉，豈古人謹厚之義耶？揚子雲曰：「多聞則守之以約，多見則守之以卓。」寡聞則無約也，寡見則無卓也，孤陋固不足以盡道。然荀況載孔子論士之言曰：「不務多知，務審其所知。」則所以主乎聞見者，必有道矣。

古人治經，非專門名家教授者，皆取大義通，不爲章句。至於名物器械之詳，則漢通儒徐偉長之流亦知鄙之矣。學者幸不爲君子所鄙，又安畏世俗之譏耶？

古之爲學要而不煩，故趙邠卿注孟子之通五經，尤長於《詩》《書》，以明他經雖通，非其所長也。孫卿自言所學，在於隆禮義而殺《詩》《書》，蓋所優在禮，與孟子異。至漢世通五經者，董仲舒、司馬遷、劉向父子、揚雄數人而已，然猶云取大義通，不爲章句，則知非記誦醜博之謂也。張平子賦《二京》，其設言公子，謂學於舊史氏，識前史之載。言史學者始此，而所陳皆漢事，無泛濫者。後世著書，增加數十世猶不足，或及堯舜以前，迄於洪荒，何其惑歟！其説經者尤衆，書幾百車，又何通經者古難而今易歟？至文章，以孔子之聖，述而不作，自著《十翼》、《春秋》，僅十數萬言耳，而後世著書往往至數百卷，買菜求益，一至於此。此數百年文學相沿之陋習，而學者不知，尤先後相誇耀，蓋其才爲世域，以致然也。

著文之道，第本其所得於古人者，調劑心氣，誠一以出之，齊莊以持之，優游以深之，曲折以

昌之，援引古昔以矜重之，使其言粲然各識其職而不亂，澹然各止其所而不過，則雖尋常問訊起居之辭，而人寶之如金玉，襲之如蘭芷，聽之如笙瑟，味之如牢醴，有不忍去者矣。何也？則以其心氣之清和惻怛，感人於微，而人樂之，亦自得其志也。故自貴者人貴之，自愛者人愛之。《傳》曰：「芷蘭生於空林，不以無人而不芳。」斯所爲自著者也。後之作者誇嚴自喜，動曰言思可法，或曰言必有用，故所爲皆依倣緣飾以動於世。二者豈非教之所崇？第以古人出之，皆流於內足之餘，其言信也；後之人未必然也，而馳騖心氣以逐於外色，取聲附以事觀聽，中枵源醨，美先盡矣，又何以永學者之思慕乎？

近世古文道迤靡，作者率以意自賢聖，家樹一幟，强弱、曲直相眢亂以鬨。識者觀之，殆猶草竊倔强，妄立名字，爲苟且旦夕間而已。

讀書一節，近市囂鄙。在先高其志，務潔其心，不以外之聞見動吾耳目，然後有以自置。自置者，世慮屏而心漸同乎古人也。漸同古人，則必漸異今人。漸異今人，人必漸怪之，懼其怪而徙志易心，則至古人也無日矣。混混焉與世相濁而知，如是而其文何自而高？使其心有以自置，則吾心古心也，以觀古人之言猶吾言也，然後辨其是非焉，察其盈虧焉，究其誠僞焉，判其高下焉，如黑白之皓於前矣。於是順其節次焉，還其訓詁焉，沈潛其義藴焉，調合其心氣焉，於是則而法之，役而就之，久則自然合之，又久則變化生之。於是而文之高也，如累土之成臺，如鴻漸之

在天，有莫知其所以然者。所謂自置者，志也。古人入學先辨志，子曰：「吾十有五而志於學。」孟子亦言「尚志」，故志者學之幹、言之本也。所謂讀書作文之法，如此而已。

六經子史之書，且須兼覽之，并於事跡物理聞見體驗，使胸中廣有頭緒，乃静而息之於寂寞之地，以求其真素原本者，此《易》所謂「退藏於密」，伊尹所謂「知覺之先」，夫子所謂「一以貫之」也。今屏去一切，心靈未啓，譬如槁木、涸井，雖蓋覆幕遮之，豈有生氣？即莊周稱「世有少孔某之聞者」，又列子引夫子之言曰「聖則吾豈敢，某博學多聞者也」，然則夫子稱「好學」、「述而不作」，固自讀書始也。今欲冥契本真，亦宜使心靈滋沃，舍讀古，將何資哉？

學古文宜且先看曾子固、王介甫作者，得其淡樸淳潔之趣。儲氏選本於二家太略，當求得鹿門《文鈔》讀之。即歐陽文亦然，必合《五代史》讀之，佳處始見也。至近世《三家文鈔》、《青門簏稿》、《草堂文集》亦宜博觀，識其利病。不如此，文章之變不盡。故經濬其源，史核其情，諸子通其指，《文選》辭賦博其趣，左氏、太史勁其體，孟、荀、揚、韓正其義，柳、歐以下諸子參其同異，泛濫元、明、近世，以極其變，歸諸心得，以保其真，要諸久遠，以俟其化。如此而於學文之道，其庶矣乎！

韓子曰：「毋望其速成。」又曰：「優游者有餘。」歐陽子曰：「孟、韓文雖高，不必似之也，但取其自然耳。」此言甚精，久體之，當自悟也。大抵知言、養氣二者爲立言之要。知言在積，讀書

而慎取之，得其正且至者。所以載言者氣也，氣宜清明和平，不可過求緊健，既作之又宜息之，順乎其理，不以己與其間，斯得之矣。左氏、司馬遷二史，荀、揚、莊、屈四子宜熟，復大旨歸於《詩》《書》，如此學韓，乃爲得其要領。仍取李習之、歐陽永叔、老蘇、曾王二公文觀之，察其取於韓之異者，又時觀柳州以見同時異趣而本末之相去有不可掩者，此尤爲學之要也。

韓、李文太高，得調劑於歐、曾、王可也。震川文固已脱落修潔，然終不若三子之淳實切至，專習之亦時流率易。硬排比對，相角而下，中無轉捩、虚機、躲閃處，最窘筆力。此法昌黎獨擅，柳州《咸宜》等篇亦復雄健可喜。

層句叠語一氣滚出，而次第分明，風神轉暢，此法亦本歐、曾。要不假摹倣而自與之合，故足貴也。

文者氣之所形，其粹美精莫，即合大化，固不必紬之，而且日事以資之。

夫文章所以發舒意氣，條暢精魄。所據地位既雄，則心志開廣，旁魄輪囷，必有異於門室之辨、閭巷之見者矣。

近世人束書不觀，故豪傑之士多以博覽相尚，要諸古人，正不尚此。陳彭年、夏竦、高若訥皆博極羣書，於今曾無一字之傳，亦何爲哉。

文章之貴，在於天人相兼，思學融會，忌用成句，必其取喻親切，方爲有味，否則易涉苟便，

反不如用己意點化之爲得也。黄山谷云：「韓、杜詩文皆有來處，後人讀書少，便謂自作語耳。」李穆堂因此遂註《原道》用語來處，此拙於知言者也。退之謂「古於辭必己出」，六經之文中貫精意，何有沿襲？偶閲周亮工《評文》云：「文莫妙於杜撰。」不覺驚歎，以周非文家，何其精於文事如此！孫樵謂「世言俚言奇健，可爲史筆精魄」，因牽韓吏部云如此，孫樵當時謂爲不然，易以「典、要」二字。要豈得謂世言之無因哉？曩論謂自宋後無能自造語者，正謂「杜撰」之難也。

近世古文道益蕪，作者營一句一調，誑惑聾瞽，絶不問古人所爲「知言」、「養氣」者。或掇唐初、齊、梁之遺爲博奥，或附宋人講學，自詑明道，其萃薈古籍，如傭抄，如坊刻集字。下者竄街市言入助語中，莊鎸大板自寵。世益迷，不知轅趾所向，各黨其好惡爲是非。嘗竊歎懼，以爲斯道將遂絶，無所用於今世也。

《詩》《書》之澤純深温潤，然必體氣高奇，始足以載之。揚子雲所云：「皓皓者己也，引而高之者天也。」劉彦和亦云：「風骨不飛，則負聲無力。」六經之辭如星辰繁麗，聖人真氣貫之，如天引星辰而高之，而光芒浩汗溢射，中愈硼而神愈炳，億萬載而愈新。後世能爲聖人之言者，惟揚雄、韓愈氏耳。左氏、馬遷猶以浮夸愛奇而失之，李文公略近而氣偏瘠，故文采不章，義理不裕，魄象不雄。甚矣其難也！

昌黎摹《騷》，復反正聲，視河東投楚南，哀怨并其神骨者，更高一格。《招隱》、《長門》、班婕妤《自悼》，情趣最勝，幽通思玄，理、意亦美。然《騷》情完具，必以二公爲法。

退之摹《騷》，視柳爲深。蓋河東情悽哀怨處，得《九歌》神韻，然體過峻厲，與騷人之渾然無涯，尚屬一間未達。退之邃於《雅》、《誥》，故温柔敦厚，與《騷》不謀而合，未嘗抒號哀怨，而瀏焉忽至。此惟深於文者知之。

有韻之文出於《詩》《騷》，辭意哀麗上也，渾浩流轉次也，敷陳完飭斯爲下矣。若填綴雜亂，或遂混入後世詩句中語，風、雲、月、露、蟲、鳥、花、草，則惡道魔趣，徒供嘔噦，不足與於此者。而猶或尚之，可笑也。

退之張徹、王適等《銘》，乃從《大雅》諸變，兼採《瓠子》、《天馬》等樂歌，奧崛深洞，奇氣横溢，直與《九章》、《天問》相爲彪炳，後之銘者皆法之。

銘辭奇偉，要於義正句鑿，不落模糊，否則墜入僞境矣。

四言祭文，《昌黎集》不用韻者甚多，不必致疑也。文章氣大則力渾，凡以力見者皆有畔岸，則害廣博易良之體，而隘於氣，此峭緊之文所以未達一間也。欲知韓、柳、歐、王高下，於此觀之。

柳子厚文樹骨左、馬，採神《騷》、穀，涵淹韓非、賈誼、子雲、相如諸家，取源甚富，即西京亦少

其敵，不論異代也。特其崖岸太峻，稍乖平康正直之體，以之載道，頗似未宜，要其文自卓絶也。近世有人以宋末訓詁之遺，爲腐木濕鼓之音，不解柳文，妄肆詆譭，其言尤怪誕癡潛可笑。蓋埾鬆泥埴而呰虎豹之炳蔚，不知者嗤其妄，知者乃深哀其愚也。悲夫！積一生之力精治古文，不知好學深思以增益其所未足者，而長僞飾驕，將以愚人，其究自愚而已。余所見名士，患此者不可一二數。嗚呼！其可懼也哉。

古來傳文，類皆能以天自著。得天深厚者，著之愈精，故傳之愈大且久。使所著非天，則塗飾勦襲，落紙即腐，何以能傳？

孟、荀、屈原之後，能爲六經之辭者，惟揚雄、韓愈氏耳。李翺之文温靖隱厚，猶有《詩》《書》遺風。他若百家雜術，出於周秦之間，漢氏作者益衆，所著皆偉麗可喜，而害人心者亦已多矣。左氏、司馬遷、董生、劉向、班固、歐陽修、曾鞏、王安石，其特淳者；若柳宗元、蘇洵，亦其傑然者也。至子瞻、子由氏，挾其才智以傾一世，其徒晁、張、秦、黄從之，而法度一變矣。宋之南渡，作者率依附古籍而不能自爲辭，陳亮、葉適、陸游、文天祥稍治氣格，有二蘇遺風，蓋晁、張之亞也。元姚燧始發韓氏，而於仁義藹如之旨遠矣；虞集益求北宋大家之遺，而氣格少陁。顧終元之世，論文未有先二家者也。明時作者推王、歸爲最，歸氏尤俊偉，駸駸乎軼元代而追歐陽諸人以爲徒者。蓋自周以降，二千年間，文章每降益衰，然其間輒有振起之者。故文衰於六朝，韓愈振之；

降而五代，歐陽修振之；及其又衰，姚燧振之；明文何、李、王、李之僞，王慎中、歸有光振之；若今之爲遵巖、震川者，蓋不知何人也。

凡讀震川遺集，見其本末優大，誠非後儒所及，因念前人以顔、冉、游、夏比之，殊不爲過。顧讀曾子固《王容季〔文〕集序》，以《書》善序事，簡而無不足，繼《詩》、《書》、孔子而作者，孟軻、揚雄爲最，而卜商、左丘明、司馬遷、韓愈其次也。震川之業，視諸君子爲稍繁，而世乃以太簡少之，可笑也。

我朝學者寢少，侯、魏、汪、姜諸家皆傑出者，然視元、明皆不及，邵青門、儲書溪、方望溪益求真素，而頗病膚淺。今世講古文者益少，墜緒茫茫，旁紹爲艱。昔震川時徒以王、李熾焰，清光不覿，每用浩歎。今則窅然靜墨，人才寥寥，欲求王、李之徒，滋不可得，豈復望驩欣芬芳，一賞至言耶！

比讀震川遺集，甚有得，因念生平醉心韓、李，使不擇其所以出之者，未爲善學也。歐、蘇、曾、王，各自成家；馴至姚牧菴、虞伯生，漸合源流；至震川而益備。嚮時志意高，頗輕視之，今閱歷久而心降，乃知前輩之未易及也。

學六朝而去其排偶，最善；若又能從此上窮屈、宋、揚、馬，即與唐宋大家豈殊源哉？至起伏照應，三國、六朝原不以此爲工。蓋其氣韻輕清，苦神短耳。如流泉入花，雖有小瀠洄，激射映

帶，以幽迥取勝，然浩渺演漾，萬怪惶惑，終讓江河也。然人才視志所趣，亦當量遠近以自定，果能魏晉，亦豈易得。

讀書爲文，必先無人之見，取時之驚喜以爲名者，非也。必師古聖賢人而得其意，師心自喜及沿襲面貌者，亦非也。至於勢利薰灼，尤易動人，故韓子曰「無誘於勢利」。今之才人大率病於前數者，故張皇夸詡，苟率欺謾，取快一時而已，求其關係於性命之地，無有也。

《莊子》文太疏快，久服傷人元氣，又當以六經、《荀》、《揚》、《左》、《國》重厚堅樸之意鎮壓之。

二蘇氏於文似無所解，其勸人熟讀《檀弓》，論文醜詆揚雄氏，皆大言爲欺，不可信。世奪其才氣，因奉以不可易，殆過也。自著亦奇偉偃却爲雄，無立誠之旨。故嘗謂「古文道衰宋蘇軾氏」言，頗取世駭，要當與深於此事者共明之耳。

宋景濂、方希直自著，大抵情僻而氣矜，辭陳而旨淺，求其《詩》人優柔之風、《書》人灝噩之遺，邈不可見。

附録唐宋大家論文二十二則

夫所謂文者，必有諸其中，是故君子慎其實。實之美惡，其發也不掩。本深而末茂，形大而聲宏，行峻而言厲，心醇而氣和，昭晰者無疑，優游者有餘。體不備不可以〔爲〕成人，辭不足不可

以〔爲〕成文。

將蘄至於古之立言者，則無望其速成，無誘於勢利，養其根而竢其實，加其膏而希其光。根之茂者其實遂，膏之沃者其光曄，仁義之人，其言藹如也。

非三代兩漢之書不敢觀，非聖人之志不敢存，處若忘，行若遺，儼乎其若思，茫乎其若迷。當其取於心而注於手也，惟陳言之務去，戛戛乎其難哉！ 其觀於人，不知其非笑之爲非笑也。

吾又懼其雜也，迎而拒之，平心而察之，其皆醇也，然後肆焉。

氣，水也； 言，浮物也。 水大而物之浮者大小畢浮，氣之與言猶是也，氣盛則言之短長與聲之高下皆宜。

爲文宜何師？ 宜師古聖賢人。 古聖賢人所爲（辭）〔書〕具存，辭皆不同，宜何師？ 師其意，不師其辭。 文宜易宜難？ 無難易，惟其是爾。

古今號文章爲難，非謂比興之不足，恢（括）〔拓〕之不遠，鑽礪之不工，頗纇之不除也。 得之爲難，知之愈難耳。 苟或得其高朗，探其深賾，雖有蕪敗，則日月之蝕也，大圭之瑕也，曷足傷其明，黜其實哉！

爲文之士亦多漁獵前作，戕賊文史，抉其意，抽其華，置齒牙間，遇事蜂起，金聲玉耀，誑聾瞽之人，（徹）〔徼〕一時之聲，雖終淪棄，而其奪（朱）〔紫〕亂雅，爲害已甚，是其所以難也。

吾每爲文章，未嘗敢以輕心掉之，懼其剽而不留也；未嘗敢以怠心易之，懼其弛而不嚴也；未嘗敢以昏氣出之，懼其昧没而雜也；未嘗敢以矜氣作之，懼其偃蹇而驕也。抑之欲其奥，揚之欲其明，疏之欲其通，廉之欲其節，激而發之欲其清，固而（守）〔存〕之欲其重。

大都文以行爲本，在先誠其中。其外者，當先讀六經，次《論語》、《孟子》，皆經言，《左氏》、《國語》、莊周、屈原之辭稍采取之，穀梁子、太史公甚峻潔，可以出入，餘書俟文成，異日討也。

聖人之言期以明道，學者務求諸道而遺其辭。辭之傳於世者必由於書。（書）〔道〕假辭而明，辭假書而傳，要之道而已耳。道之及，及乎物而已耳。斯取道之内者也。

創意造言，皆不相師。故義深則意遠，意遠（而）〔則〕理辯，理辯則氣直，氣直則辭盛，辭盛則文工。義雖深，理雖當，辭不工者，不成文。文、理、義三者兼并，乃能獨立於一時，而不泯滅於後代，能必傳也。

其説要害，在宜一二百言者，能數十字輒盡情狀，及意窮事際，反若有千百言在筆下。

儲思必深，摛辭必高，道人之所不道，到人之所不到，趨怪走奇，中病歸正，以之明道則顯而微，以之揚名則久而傳。

文之爲言，難工而可喜，易悦而自足。世之學者往往溺之，一有工焉，則曰吾學足矣。甚者至棄百事不關於心，曰吾文士也，職於文而已，此其所以至之鮮也。

聖人之文雖不可及，然大抵道勝者，文不難而自至也。

古人之於學也，講之深而信之篤，其充於中者足，而〔後〕發乎外者大以光。其爲道雖同，其言語文章未嘗相似，而各自以爲經。今之學者或不然，不務深講而篤信之，徒巧其詞以爲華，張其言以爲大。夫强爲則用力艱，用力艱則有限，有限則易竭。又其爲辭不規模於前人，則必屈曲變態以隨時俗之所好，鮮克自立。此其充於中者不足，而莫〔自〕知其所（以自）守也。

方其始也，入其中而惶然，博觀於其外而駭然以驚。及其久也，讀之益精，而其胸中豁然以明，若人之言固當然者。然猶未敢自出其言也。時既久，胸中之言日益多，不能自制，試出而書之，已而再三讀之，洋洋乎覺其來之易矣。

大略如行雲流水，初無定質，但常行於所當行，常止於不可不止，文理自然，姿態横生。

夫言止於達意，疑若不文，是大不然。求物之妙，如繫風捕影，能使是物了然於心者，蓋千萬人而不一遇也，而況能使了然於口與手者乎？是之謂「詞達」。詞至於達，則文不可勝用矣。

凡人文字，當務使平和。至足之餘，溢爲怪奇，蓋出於不得已也。

凡人爲文，至老多有所悔，僕嘗悔其少作矣。若著成一家之言，則不容有所悔，當〔且〕博觀而約取。如富人之築大第，儲其材用，既足而後成之，然後爲得也。

右録唐宋大家論文二十二則，皆自道其辛苦自得之言，以詔後之學者。特人無意得師，

故雖有導之先路，而亦不知循途以進也。梅崖先生痛古文之歇絶，不惜諄諄以教人，余採其集四十餘條，大約皆闡發唐宋之精藴，使人人皆可自得其師。余今復檢韓氏、柳氏、李氏、孫氏、歐陽氏、老蘇、大蘇氏，共成二十二條，以附梅崖《作文譜》後，俾讀者知朱氏之論皆本於此，而爲文不至於是，終不得稱大家。吾願同志共勉之焉。徐經識。

退庵論文

〔清〕梁章鉅 撰

《退庵論文》一卷

清　梁章鉅　撰

梁章鉅（一七七五—一八四九），字閎中，一字茝林，晚年自號退庵。福建長樂人。嘉慶七年（一八〇二）進士，官至廣西巡撫、江蘇巡撫，兼署兩江總督，因病請退，卒於家。前後仕宦近四十年，著書多達七十餘種，重要者有《夏小正經傳通釋》、《文選旁證》、《退庵隨筆》、《稱謂録》、《歸田瑣記》、《浪跡叢談》等。

《退庵論文》輯自《退庵隨筆》第十九卷，共五十餘條，其中轉述他人評論者約三分之一。梁氏論文，首先强調文筆之分，他贊同阮元《文韻説》之觀點，以爲沉思翰藻、奇偶相生、音韻相和者乃可稱之爲文，對今人不講修辭、不重排偶、不協平仄之文和考據家之文提出批評。其次重視文章流變之梳理，於明文發展階段之議論，切實而通達，辨析唐四六與宋四六之不同，亦清晰而精當。書中尚多作文之法的傳授，爲初學者指示門徑。

《退庵隨筆》約於道光十六年（一八三六）初刻於陝西，二十卷；其後又加斟補，擴爲二十二卷，阮元、賀長齡作序，道光十九年左右再次付梓於桂林。上述兩板後均有散失（第十九卷不

佚），其子恭辰於同治十一年（一八七二）補其殘缺，因有第三版。《退庵論文》單行，則見於有正書局所印《文學津梁》。此次點校，以道光十九年版爲底本。

（俞紀東）

退庵論文

清 梁章鉅 撰

古言儒行，必曰近文章，今之自命爲儒者，乃不以無文爲恥，甚可怪也。魏文帝《典論》云：「文章經國之大業，不朽之盛事。年壽有時而盡，榮樂止於其身，二者必至之常期，未若文章之無窮。」「而(今)人多不强力，貧賤則懾於饑寒，富貴則流於逸樂，遂營目前之務，而遺千載之功。日月逝於上，體貌衰於下，忽與萬物遷化，斯志士之大痛也。」此段文字至爲沉痛，足以動人，後學當書之座右，以資警省。

選文但宜以秦漢爲斷，近選輒把《檀弓》、《考工記》、《左》、《國》壓卷，實乖體裁，而論文則必溯源於經傳，以端其本。古之善論文者，莫如柳子厚，然所云：「本之《詩》以求其恒，本之《禮》以求其宜，本之《易》以求其動」，「參之《穀梁》以厲其氣，參之《孟》《荀》以暢其支，參之《國語》以博其趣」。此數語分貼處實，未能深切著明。今欲指引初學，祇須淺淺言之，如要典重則學《書》，要婉麗則學《詩》，要古質則學《易》，要謹嚴則學《春秋》，要通達則學《戴記》，要博辨則學《左》《國》。各就其性之所近，期於略得其意，微會其通，自然不同於世俗之爲文矣。

作文之法有已標舉於經傳之中者，如《易》言「修辭立誠」，《書》言「辭尚體要」，《詩》言「穆如清風」，《戴禮》言「達而勿多」，《左氏》言「辭之無文，行之不遠」。合而觀之，作文之本末備舉，後人千言萬語，恐不能出其範圍。閻百詩云：「《論語》『爲命』一章其示人以作文之法乎？『小子』一章其示人以作詩之法乎？」

作文自然以道理經書爲主，而取材不可不富，辨體不可不精。《史記》、《漢書》兩家，乃文章不祧之祖，不可不熟讀；其次則莫如蕭《選》。熟此三部，然後再讀徐、庾各集，及唐初四傑，燕、許諸公，而以韓、柳作歸宿。彭文勤公元瑞嘗言：「蕭《選》行而無奇不偶，《韓集》出而有横皆縱。」蓋古今文體，此兩語足以該之，亦陰陽對待之理，不能偏廢也。今之耳食者鄙薄蕭《選》，而復不敢輕議《史》、《漢》，不知蕭《選》中半皆《史》、《漢》之文，且有《史》、《漢》以前之文，隨聲附和，不值與辨。昔唐李德裕家不置《文選》，謂其不根藝實，蓋自古有此耳食之徒矣。

吾友謝退谷嘗與余論文，多篤實心得之語。一日謂余曰：「文有三理：善言德行者，道理足也；達於時務者，事理足也；筆墨變化者，文理足也。三者俱無，則《昭明文選》之文而已。」余初聞之，即覺其言之過已，而退谷筆之書矣，此則不可不辨者也。姑無論諸葛武侯之《出師表》、李令伯之《陳情表》、束廣微之《補南陔、白華詩》爲千古言忠孝者之職志，卜子夏之《毛詩序》、杜元凱之《左氏傳序》、劉子駿之《移太常博士書》，開後來論經學者之津涂，即陸士衡之《文賦》，古今

之言文章者，亦豈能外之？且如屈子之《離騷》、李少卿、司馬子長之書，可謂之文理不足而筆墨不變化乎？司馬長卿之《諫獵》《難蜀父老》、枚叔之《諫吴王》、班叔皮之《王命論》，可謂之事理不足而不達於時務乎？崔子玉之《座右銘》、韋弘嗣之《博弈論》、張茂先之《勵志詩》《女史箴》，可謂之道理不足而不善言德行者乎？大抵退谷喜講心性之學，所最服膺者真文忠公之《文章正宗》，其於《文選》並未嘗全部繙讀，故不自覺其失言。退谷所撰教諭語，余最喜以拈示後學，若此條議論，則所當首删者也。阮芸臺先生曰：「昭明所選名曰《文選》，蓋必文而後選，非文則不選也。凡以言語著之簡策，不必以文爲本者，皆經也、子也、史也，皆不可專名之爲文。專名曰文者，自孔子《易・文言》始，實爲萬世文章之祖。此篇奇偶相生，音韻相和，如青白之成文，如《咸》《韶》之合節，非清言質説者比也，非振筆縱書者比也，非佶屈澀語者比也。是故昭明以爲經也、子也、史也，非可專名之爲文也；專名爲文，必沉思翰藻而後可也。自齊、梁以後溺於聲律，彦和《雕龍》漸開四六之體，至唐而四六更卑，然文體不可謂之不卑，而文統不可謂之不正。自唐宋韓、蘇諸大家，以奇偶相生之文，爲八代之衰而矯之，於是昭明所不選者，反皆爲諸家所取。故其所著者，非經即子，非子即史，求其合於昭明《文選序》所謂文者鮮矣，合於班孟堅《兩都賦序》所謂文章者更鮮矣。其不合之處，蓋分於奇偶之間。經、史、子多奇而少偶，故唐宋八家不尚偶；《文選》多偶而少奇，故昭明不尚奇。如必以比偶非古而卑之，則孔子自名其言曰文者，一篇之中

偶句凡四十有八、韻語凡三十有五，豈可以爲非文之正體而卑之乎？況班孟堅《兩都賦序》及諸漢文，其體皆奇偶相生者乎？《兩都賦序》白麟、神雀二比，言語、公卿二比，即開明人八比之先路。明人號唐宋八家爲古文者，爲其别於四書文也，爲其别於駢偶文也。然四書之體皆以比偶成文，《明史·選舉志》曰：「四子書命題，代古人語氣，體用排偶，謂之八股。」不比不行，是明人終日在偶中而不自覺也，是四書排偶之文真乃上接唐宋四六爲一脉，爲文之正統也。然則今人所作之古文，當名之爲何？曰：凡説經講學皆經派也，傳志記事皆史派也，立意爲宗皆子派也，惟沉思翰藻乃可名之爲文。非文者尚不可名爲文，況名之曰古文乎？」

又曰：「古人無筆硯紙墨之便，往往鑄金刻石以期傳之久遠，其著之簡策，亦有漆書刀刻之勞，非如今人下筆千言言事甚易也。許氏《説文》：『直言曰言，論難曰語。』《左傳》曰：『言之無文，行之不遠。』此何也？古人以簡策傳事者少，以口舌傳事者多；以目治事者少，以口耳治事者多，故同爲一言也，轉相告語，必有愆誤。《説文》：「言，從口從辛。辛，愆也。」是必寡其詞、協其音，使人易於記誦，無能增改，且無方言俗語雜於其間，始能達意而行遠。此孔子於《易》所以著《文言》，此千古文章之祖也。《爾雅·釋訓》主於訓蒙，而子子孫孫以下用韻者三十二條，亦此道也。爲文章者不務協音以成韻、修詞以達遠，使人易誦易記，而惟以單行之語縱横恣肆，動輒千言萬字不以爲煩，不知此乃古人所謂直言之言、論難之語，非言之有文者也，非孔子之所謂文也。《文

言》數百字，幾於句句用韻，孔子於此發明《乾》、《坤》之藴，詮釋四德之名，幾費修詞之意，冀達意外之言。《説文》曰：「詞，意内言外也。」蓋詞亦言也，非文也。《文言》曰：「修辭立其誠。」《説文》曰：「修，飾也。」詞之飾者，乃得爲文，不得以詞即文也。要使遠近易誦，古今易傳，公卿學士皆能記誦，以通天地萬物，以警國家身心，不但多用韻，抑且多用偶。即如樂行憂違，偶也；長人合禮，偶也；和義幹事，偶也；庸言庸行，偶也；閑邪善世，偶也；進德修業，偶也；知至知終，偶也；上位下位，偶也；同聲同氣，偶也；水濕火燥，偶也；雲龍風虎，偶也；本天本地，偶也；無位無民，偶也；勿用在田，偶也；潛藏文明，偶也；道革位德，偶也；偕極天則，偶也；隱見行成，偶也；學聚問辨，偶也；寬居仁行，偶也；合德合明合序合吉凶，偶也；先天後天，偶也；存亡得喪，偶也；餘慶餘殃，偶也；直内方外，偶也；通理居體，偶也。凡偶皆文也，於物兩色相偶而交錯之，乃得名曰文，文即象其形也。《考工記》曰：「青與白謂之文，赤與白謂之章。」《説文》曰：「文，錯畫也，象交也。」然則千古之文，莫大於孔子之言《易》。孔子方以用韻比偶之法錯綜其言，而自名曰文，何後人熟視而無睹乎？」

（王）〔黄〕唐堂之雋曰：「余與同年張符驤良御、關上進凌雲談藝。關於時藝極工，可接先輩。張詰之曰：『君文誠佳，但多排句，如點題用散亦可。』關良久曰：『吾見四書多排句耳。』余因腹誦《學》、《庸》、《語》、《孟》，洵然且悟，不但排句，亦多叠句也。」

古文選本，以前明茅鹿門坤所列八家爲最著。《明史·文苑傳》稱：「坤善古文，最心折唐順

之。順之所著《文編》，自韓、柳、歐、三蘇、曾、王外無取焉，故坤選爲《八家文鈔》。」其實明初朱右已採録韓、柳、歐陽、曾、王、三蘇之作爲《八先生文集》，實遠在坤前，特右書不傳耳。本朝儲同人欣益以李習之翱、孫可之樵，合爲十家，其書頗行於世。至乾隆初，純廟以茅、儲二家去取尚未盡協，評論亦未盡允，乃指授儒臣定爲《唐宋文醇》五十八卷。其書先以列聖御評恭列篇首，後人評跋有發明考證者分綴篇末，品題考辨，疏通證明，無不抉摘精微，研窮窔奥。學者但熟讀此本，則其他選本及各專集俱在可緩之列矣。

《四庫提要》云：「唐之文體變於韓愈，而柳宗元以下和之；宋之文體變於歐陽修，而蘇洵以下和之。」愈《與崔立之書》深病場屋之作，修知貢舉亦黜劉幾等，以挽回風氣，則八家之所論著其不爲程試計可知也。茅坤所録，大抵以八比法説之；儲欣雖以便於舉業譏坤，而核其所論亦相去不能分寸。夫能爲八比者，其源必出於古文，自明以來，歷歷可數。坤與欣即古文以講八比，未始非探本之論。然論八比而沿溯古文爲八比之正脉，論古文而專爲八比設，則非古文之正脉。此如場屋策論以能根柢經史者爲上，操文柄者亦必以能根柢經史與否定其甲乙。至講經評史而專備策論之用，則其經不足爲經學，其史不足爲史學。茅坤、儲欣之評諸家，適類於是。自御選《唐宋文醇》出，去取謹嚴，考證典核，其精者足以明理載道、經世致用，其次者亦有關法戒、不爲空言；其上者矩矱六籍，其次者波瀾意度，亦出入於周秦、兩漢諸家。茅坤等管蠡之見，烏足以

語此哉！

繼《文選》而作者，爲《文苑英華》。然《文選》自周秦以迄梁初，不過三十卷，而《文苑英華》自梁末以迄唐季，乃至一千卷，其富而不精宜也。後經姚鉉詮擇，約爲《唐文粹》一百卷，而其中尚有《文苑英華》所未收者，所録詩文祇收古體。蓋於歐、梅未出以前，能毅然矯五代之弊，而與穆修、柳開相應者，實自鉉。此書始讀唐文者，舍此無善本矣。

呂東萊之《宋文鑑》，在當時頗爲人所訾議，惟朱子謂「此書編次篇篇有意，其所載奏議亦係當時政治大節，祖宗二百年規模與後來中變之意，盡在其間」云云，自是定論。東萊又有《古文關鍵》二卷，取韓、柳、歐、曾、二蘇及張耒之文，凡六十餘篇，各標其命意布局之處，卷首又冠以總論看文作文之法。二書當相輔而行，皆後學所當從事也。

王遵巖慎中曰：「或言總是學人，與其學歐、曾，不如學馬遷、班固。此言非也，學馬遷莫如歐，學班固莫如曾。今人何曾學馬、班？只是每篇抄得三五句《史》、《漢》，其餘文字皆舉子對策，與寫柬寒温之套，如是而謂之學馬、班，亦可笑也。」

真西山《文章正宗》大意，主於論理而不論文，遂與古來選本宗旨迥異，雖所持之理甚正，而其説終不可行，故自宋以來罕有誦習之者。後人宗其意而成編者，惟吾鄉蔡文勤公之《古文雅正》。然以理爲根柢而體雜語録者不登，以詞爲羽翼而語傷浮豔者不録，其意主於文質相輔，而

不廢修詞之工，故謂之「雅正」，又與真氏之書各別。

南渡以後文字，自以朱子爲一大宗。李文貞公嘗言：「記得某人説，學古人須從朱子起。」此言却好，朱子之文何能上比馬、班、韓、柳，但理足便顛撲不破。朱子初學曾南豐，到後來却不似其少作有古文氣調，朱子正不欲其似古文也，又是一句有一句事理，即疊下數語皆有疊下數語著落，一字不肯落空。入手作文，須得如此。

金人詩文並工者，祇一元遺山。古文繩尺嚴密，根柢盤深，雖未能與歐、曾、蘇、黄並提，使與尤、楊、范、陸旗鼓中原，正未知勝負所在，毋論王拙軒、趙滏水、金溥南諸人也。

蘇天爵所編《元文類》七十卷，自元初迄延祐，正元文極盛之日，而天爵又妙解文章、精於鑒別，故所選具有體要，論者謂可與《唐文粹》《宋文鑑》鼎立而三。厥後程敏政之《明文衡》，雖極力追之，終莫能及也。

勝國古文家，初年祇一宋文憲濂。蓋元代文章以吴萊、柳貫、黄溍爲一朝後勁，文憲初學於吴，後學於柳與黄，其文醇深演迤，不動聲色，而二百餘年之中殫力翻新者，終莫能與之方駕。論者以劉誠意可與文憲並爲一代宗匠，而方正學可稱文憲入室弟子，然平心而論，終當讓金華出一頭地。蓋劉講經世之略，所學不及宋之醇；方自命太高、意氣太盛，所養不及宋之粹也。中葉則李文正東陽，末季則唐荆川順之、歸震川有光、王遵巖慎中，此數家必須讀其全集，餘則就選本中觀之

可矣。

明文自宣德、正統以後盛行臺閣體，始於楊文貞士奇、楊文敏榮，主持風氣者數十年。其末流至於膚廓庸沓，萬口一音，遂爲藝林口實。中間導源唐宋、具有典型者，惟一李文正。自李空同夢陽、何大復景明唱爲復古之説，而明之文體一變。厥後摹擬剽賊，日就窠臼，風會遞轉，門户愈分。追原本始，惟李、何實職其咎。程敏政《明文衡》所録，在成化以前，終有典型，尚無七子僞體。黄宗羲《明文海》則兼及嘉、隆以後，何、李盛行之餘，意在掃除摹擬，空所倚傍，以情至爲宗，又欲使一代典章人物，俱藉以考見大凡，故採擇頗嚴，蒐羅極富。二書亦當相輔而行也。

明文之衰，膚濫於七子，纖佻於三袁，至啓、禎而極敝。我朝風氣還淳，學者始復講唐宋以來之矩矱。當時以汪鈍翁、魏叔子、侯朝宗三家爲最工，宋牧仲嘗合爲《三家文鈔》，梓行於世。然叔子才雜縱横，未歸於純；朝宗體兼華藻，稍涉於浮夸。惟鈍翁學術既深，軌轍復正，所言大抵原本六經，與二家迥别，其氣體浩瀚，疏通暢達，頗近南宋諸家，歐、曾未易言，以之接跡唐、歸，殆無愧色。此外如朱竹垞之淵雅，毛西河之縱横，方靈皋之嚴潔，皆當涉獵及之。

李文貞曰：「學古文須先學作論，蓋判斷事理如審官司，必四面八方都折倒地，方可定案。如此，則周周折折都要想到，有一處不到便成罅漏。久之，不知不覺，意思層叠，不求深厚，自然深厚。今做古文者，多從傳誌學起，却不是。」又曰：「文字扯長，起於宋人；長便薄。太公《丹

書》行幾多，大體説出來，纔只四句；箕子《洪範》三千俱備，纔一千四十三字；老子《道德經》不知講出他的多少道理，纔只五千言。宋人一篇策便要萬言，是何意思！」

百工治器，必幾經轉換而後器成；我輩作文，亦必幾經删潤而後文成，其理一也。聞歐陽文忠作《晝錦堂記》，原稿首兩句是「仕宦至將相，富貴歸故鄉」，再四改訂，最後乃添兩「而」字。作《醉翁亭記》，原稿起處有數十字，黏之卧内，到後來只得「環滁皆山也」五字。其平生爲文，都是如此，甚至有不存原稿一字者。近聞吾鄉朱梅崖先生每一文成，必黏稿於壁，逐日熟視，輒去十餘字，旬日以後，至萬無可去，而後脱稿示人。此皆後學所當取法也。

文字有難於自信者，必資良友删削。昔曹子建之言曰：「世人著述，不能無病。僕嘗好人譏彈其文，有不善者，應時改也。」白樂天之言曰：「凡人爲文，私於自是，不忍於割截，或失於繁多。其間妍媸，抑又自惑，必待交友有公鑒、無姑息者，討論而削奪之，然後繁簡當否得其中矣。」二公皆雄於文者，而其言如此，學者可不深長思乎！

令考據家作文字，率喜繁徵博引，以長篇炫人，然氣不足以舉之，每令閲者不終篇而倦其意。自謂源於《史》《漢》，然史公文字精采，雖長不厭，《漢書》則冗沓處實多，馬、班之高下即在於此。《史記》中長短亦不一律，如《項羽本紀》長八千八百餘字，《趙世家》長一萬一千一百餘字，而《顔淵列傳》僅二百四十字，《仲弓列傳》僅六十三字，何嘗必以長爲貴乎？朱子嘗言：「凡人做文字

不可太長，多照管不到，寧可説不盡。韓、歐文皆不欲説盡。東坡雖是一往滾將去，他裡面自有法度。今人不理會他裡面法度，只管學他一滾做將去，故無結構。」按：坡公嘗自言作文之法「意盡而言止」者，天下之至言也。然而言止而意不盡，尤爲極至。坡公又云：「孔子言：『辭達而已矣。』夫辭止於達意，宜若不文，是大不然。言理能使是理了然於心者，蓋千萬人而不一遇也，而況能使了然於口與手者乎？是之謂辭達。辭而至於達，則文不可勝用矣。」合此二説觀之，蘇文豈漫無節制者哉！

讀書以熟爲貴，作文亦然。昔有問歐陽公作文之法者，公曰：「吾於賢豈有吝惜！只是要熟耳，變化姿態皆從熟出也。」毛稚黄云：「或疑文亦有生而佳者，此必熟後之生也；熟後之生必佳。若未熟之生，則生疏而已，焉得佳乎！」

朱子嘗言：「文須錯綜見意，曲折生姿。李習之嘗教人看韓公《獲麟解》，一句一轉，可悟作文之法；而不教人看《原道》，以其稍直也。」近魏叔子言「古文之妙，只是説而不説，説而又説，是以極吞吐往復、參差離合之致」，袁簡齋亦言「天上有文曲星，無文直星」，雖是戲言，亦自有致。

黄唐堂曰：「吾友宋介山善古文，每喜以不結爲結，言『後人文字之不及秦漢者，所争在結處。凡結處須乘勢結之，譬之游客往往不能歸者，以時過勢盡也』。又言『文之結如果之結，花過即果，過後即不果』；又言『結之難，譬狂風中重舟重載落帆，又如盲人騎馬』；皆非深於文者不

能道。凡作墓志文字，只要不説謊。《祭統》云：『銘之義，稱美而不稱惡。』又云：『其先祖無美而稱之，是誣也。』故聖賢雖於父母，亦不虚加一語。加以虚譽，人必指而笑之，是轉貽父母羞辱矣。韋齋人品學問迥出人羣，朱子作《行述》，則平平叙次。伊川爲大中，作文亦無一語褒揚。惟其如此，是以可信。且稱人亦何必全備？如孝，德之本也，孔子未嘗以稱顔子，豈顔子未孝耶？舜稱大孝，他聖不聞，豈他聖都未孝耶？」

蘇齋師云：「凡作傳誌，不宜用四六駢體。」蓋叙一事而必借古事述之，何如直叙其事之爲明白乎？陸放翁《詠王簡棲頭陀寺碑》云「文浮未可敵江山」，此語所見獨超，好用駢儷者尚亦知所持擇乎？

白香山《策林》有云：「凡今秉筆之徒，歌詠詩賦、碑碣讚誄之製，往往有虚美，有愧辭。行於時，則誣善惡而惑當代；傳之後，則混真僞而疑將來，大非先王文理化成之教也。」按此風自昔已然，今又甚矣。世有自命爲雄文健筆、攫取諛墓金者，亦當稍知返也。

閻百詩云：「《顔氏家訓》謂：『學問有利鈍，文章有巧拙。鈍學累功，不妨精熟；拙文研思，終歸蚩鄙。但成學士，自足爲人。必乏天才，勿强操筆。』此十言者，可以教天下萬世，不獨爲吾徒之藥石而已。」

今人自編其所著之集，大概分詩與文兩目而已。古人則不然，六朝以前多以文筆對舉，或以

詩筆對舉。詩即有韻之文，可以文統之，故昭明《文選》奄有詩歌；筆則專指紀載之作，故陸機《文賦》所列詩賦十體不及傳志也。《南史·顔延之傳》「竣得臣筆，測得臣文」；劉勰《文心雕龍》云「無韻者筆，有韻者文」，此以文與筆分言之也。《梁書·劉潛傳》「三筆六詩」；又《庾肩吾傳》「詩既若此，筆又如之」；杜少陵詩稱「賈筆韓詩」；趙璘《因話録》稱「孟詩韓筆」，此以詩與筆分言之也。《宋書·傅亮傳》「高祖登庸之始，文筆皆是記室參軍滕演」；《北齊書·李廣傳》「集其文筆十卷，魏收爲之序」；《陳書·陸琰傳》「其所製文筆，多不存本」；《劉師知傳》「博涉書傳，工文筆」；《徐伯陽傳》「年十五，以文筆稱」；《北史·魏高祖紀》「好爲文章，詩賦銘頌，有大文筆，馬上口授」；《南齊書·晉安王子懋傳》「文章詩筆，乃是佳事」；《北史·蕭圓肅傳》「撰時人詩筆爲《文海》四十卷」，此以合文筆、詩筆而爲言者也。至梁元帝《金樓子·立言篇》以楊榷前言、抵掌多識者謂之筆，咏嘆風謡、流連哀思者謂之文，又云「至如文者，惟須綺縠紛披，宫徵靡曼，唇吻遒會，情靈摇蕩」云云，語尤分晰。今人於文筆二字之分，不講久矣。

或疑文必有韻之語爲不盡然，不知此劉彦和之説也。《文心雕龍·總術篇》云：「今之常言，有文有筆，無韻者筆，有韻者文。」彦和精於文理者，豈欺人哉！近人中知此理者頗鮮，阮芸臺先生曾詳言之曰：「所謂韻者，乃章句中之音韻，非但句末之韻脚也。六朝不押韻之文，其中奇偶

相生，頓挫抑揚，皆有合乎宮羽。故沈休文作《謝靈運傳論》曰：『五色相宣，八音協暢，由乎玄黄律吕，各適物宜。欲使宮羽相變，低昂舛節，若前有浮聲，則後須切響。一簡之内，音韻盡殊；兩句之中，輕重悉異。妙達此旨，始可言文。』」言之最爲曉暢。昭明所選亦不盡有韻脚之文，而奇偶相生，宮羽悉協。「溯其原本，乃出於經。孔子自名其言《易》者曰文，此千古文章之祖。《文言》固有韻矣，而亦有平仄聲音焉。即如『溼燥龍虎睹』八句，上下何等聲音。無論『龍虎』二句不可顛倒，若改作『龍虎燥溼睹』，即無聲音矣。無論『其德』『其(名)〔明〕』『其序』『其吉凶』四者不可錯亂，若倒『不知退』於『不知亡』『不知喪』之後，即無聲音矣。」「《文言》以後，以時代相次，則及於卜子夏之《詩大序》。《序》曰『性發於聲，聲成文，謂之音』，又曰『主文而譎諫』，又曰『長言之不足，則嗟嘆之』。鄭康成釋『聲成文』爲『宮商上下相應』，釋『主文』爲『與樂之宮商相應』。此子夏直指詩之聲音爲文，不指翰藻也。」「凡文在聲爲宮商，在色爲翰藻。即如《文言》『雲龍風虎』一節乃千古宮商奇偶之祖，『非一朝一夕之故』一節乃千古嗟嘆成文之祖，子夏《詩序》『性發聲成』一節乃千古聲韻性情之祖。故曰韻者即聲音也，聲音即文也。然則今人所便單行之文、極其奥衍奔放者，乃古之筆，非古之文也。沈休文之説或可横指爲八代之衰，孔子、子夏之文體豈亦衰哉？」

韻字不見於《説文》，故近儒謂即古均字，其説近是。然王氏復齋載楚公鍾篆文内實有韻字，从音从匀，則此字遠在沈休文四聲之前矣。今人之韻脚不足以該韻字，然但謂章句中之聲韻，恐

淺人仍不能驟解。

余則謂古人之韻，直是今人之平仄而已。今之四六，非有韻之文，而不能無平仄；即今之四書文，亦斷不可不講平仄。試取前明及本朝各名家文讀之，無不音調鏗鏘者，即所謂平仄也，即所謂韻也。然則《謝靈運傳（語）〔論〕》所言，不但抉千古文章之秘，即今之作四書文者亦莫能外之矣。

蘇文忠《答李端叔書》云：「軾少年讀書作文，專爲應舉而已。既得及進士第，貪得不已，又舉制策，其實何所有！而其科號爲直言極諫，故每紛然誦説古今，考論是非，以應其名耳。人苦不自知，既以此得，因以爲實能之，故嘵嘵至今，坐此得罪幾死，所謂齊虜以口舌得官，真可笑也。然世人遂以軾爲欲立異同，則過矣。妄論利害，攙説得失，此正制科人習氣。譬之候蟲時鳥，自鳴自已，何足爲損益！軾每怪時人待軾過重，而足下又復稱説如此，愈非其實」云云。此書字字樸誠，近人所不肯道也。

蘇文忠《南行唱和詩序》云：「昔人之文，非能爲之爲工，乃不能不爲之爲工也。山川之有雲霧，草木之有華實，充滿勃鬱，而見於外，雖欲無有，其可得耶！」「故余爲文至多，而未嘗有作文之意。」時公年始冠耳，所見已如此；所見雖高，而理則平實，可以誨人。若後來語云：「論畫以形似，見與兒童鄰。賦詩（爲）〔必〕此詩，定非知詩人。」則是掉弄筆鋒，不足爲典要。今之畫山水

者未能正作一木一石，而託於雲烟杳靄謂之氣象；賦詩者無真實意境，而徒爲茫昧僻遠之語謂之格律，則亦自欺而已，豈坡公誨人之意哉！

董曲江元度曰：「相傳顧俠君刻《元詩選》成，家有五六歲童子忽舉手外指曰：『有衣冠者數百人望門跪拜。』嗟乎！鬼尚好名哉！紀文達師曰：『抉剔幽沉，蒐羅放佚，以表章之力，發冥寞之光，其銜感九泉，固理所宜有。至於交通聲氣，號召生徒，禍棗災梨，遞相神聖，不但有明末造標傍多誣，即月泉吟社諸人亦病，未離乎客氣也。昭明《文選》以何遜現存，遂不登一字，古人之所見遠矣。』」

錢竹汀曰：「太史公《報任安書》不敢言漢待功臣之薄，而李少卿《答蘇武書》於韓、彭、周、魏、李廣諸人之枉剴切言之，足以示戒後世。梁世崇尚浮屠，一時名流詩文大半佞佛之作，昭明一概不取，惟録王簡棲《頭陀寺》一篇以備體。簡棲名位素卑，不爲當時所重，明非勝流所措意也。即此兩篇之登載，足見昭明識見遠出後世詞人之上矣。」

今人於散體文輒名爲古文，衆口一同，其實未考也。芸臺先生嘗辨之曰：「古人於籀史奇字始稱古文，至於屬辭成篇則曰文章。故班孟堅曰『武宣之世，崇禮官，考文章』，又曰『雍容揄揚，著於後嗣』，『大漢之文章，炳焉與三代同風』。是故兩漢文章著於班、范，體制和正，氣息淵雅，不爲激音，不爲客氣。若云後代之文有能盛於兩漢者，雖愚者亦知其不然矣。近代古文名家徒爲

科名時藝之累，於古人之文有益時藝者始競趨之。余嘗取以置之兩漢書中，誦之擬之，淄澠不能同其味，宫徵不能壹其聲，體氣各殊，弗可强已。若謂前人拙樸，不及後人，反覆思之，亦未敢以爲然也。夫勢窮者必變，情弊者務新，文家矯厲，每求相勝。其間轉變，實在昌黎；昌黎之文矯《文選》之流弊而已。昭明《選序》體例甚明，後人讀之苦不加意。《選序》之法，于經、子、史三家不加甄録，爲其以立意紀事爲本，非沉思翰藻之比也。今之爲古文者，以彼所棄，爲我所取，立意之外，惟有紀事。是乃子、史正流，終與文章有别，此千年墜緒無人敢言者也。」「或曰：『子之所言，偏執己見，謬託古籍，此篇亦自居何等乎？』余曰：『言之無文，則子派雜家而已。』」

凡詩文中於古人稱呼，必經古人用過者，方可用之。如樂毅稱樂生，賈誼稱賈生，李膺稱李君，阮籍稱阮公，嵇康稱嵇生，山濤稱山公，王導稱王公，謝安石、康樂、玄暉皆可稱謝公，庾亮稱庾公，杲之稱庾郎，王凝之稱王郎，袁粲稱袁公，江淹稱江郎，徐陵稱徐君，杜甫稱杜公、杜子，稱杜老，李白稱李侯、李生，孟浩然稱孟公，韓愈稱韓公、韓子，韋應物稱韋公，白居易稱白公、白傅，元積稱元相，劉禹錫稱劉郎，之内各有所本，不可假借。假令稱少陵曰杜生，太白曰李公，知復爲誰耶？又如古人有二字、三字之謚，而止稱其一字者，如衛之叡聖武公止稱武公，貞惠文子止稱公叔文子，楚頃襄王止稱襄王，秦昭襄王止稱昭王，漢諸葛忠武侯止稱武侯，倘非前人用過，又可以意爲之耶？

吴立夫萊論文有云：「作文如用兵，法有正有奇。正是法度，要部伍分明；奇是不爲法度所縛，千變萬化，坐作進退擊刺，一時俱起，及其欲止，什伍各還其隊，原不曾亂。」可謂善言文章者也。

王夢樓文治嘗言：「詞章之學，見之易盡，搜之無窮。今聰明才學之士往往薄視詩文，遁而窮經注史，不知彼所能者皆詞章之皮面耳。未吸神髓，故易於決捨。如果深造有得，必愁日短心長，孜孜不及焉，有餘力旁求考據乎？」袁簡齋亦云：「人才力各有所宜，要在一縱一橫而已。鄭、馬主縱，崔、蔡主横，斷難兼得。余嘗考古官制，檢搜羣書，不過兩月之久，偶作一詩，覺神思滯塞，亦欲於故紙堆中求之，方悟著作與考訂兩家，鴻溝界限非親歷不知。或問兩家孰優，曰天下先有著作而後有書，有書而後者考據。著述始於三代六經，考據始於漢唐注疏，考其先後知所優劣矣。著作如水，自爲江海；考據如火，必附柴薪。作者之謂聖，詞章是也；述者之謂明，考據是也。」

袁簡齋云：「天欲成就一文人、一儒者，都非偶然。試觀古文人如歐、蘇、韓、柳，儒者如周、程、張、朱，誰非少年科甲哉？蓋使之先出身以捐棄其俗學，而後有全力以攻實學。試觀諸公應試之文，都不甚佳，晚年得力於學，方始不凡。不然，彼方終日用心於五言八韻、對策三條，豈足以傳世哉？就中晚登科第者，只歸熙甫一人，然古文雖工，終未脱時文氣息，而且終身不能爲詩，亦累於俗學之一證。」

黄梨洲謂：「作文不可倒却架子，爲二氏之文，須如堂上人分别堂下臧否。韓、歐、曾、王皆

然，東坡稍稍放寬，至宋景濂爲《大浮屠塔銘》，和身倒入，便非儒者氣象矣。」按：作文架子至韓公始立，所謂「起衰」也。唐初稱燕、許大手筆，然張燕公作《鄎國長公主神道碑》云：「長公主，睿宗第七女也」，「嬪於薛氏」，「有男子四、女子五」。「其後君子晨歌，夫人晝哭，未亡爲稱，生意盡矣。」「朝制斷恩，改降鄭氏。陵谷可移，隋和之德不昧；寒暑有遷，松筠之性如一。均養七子，庥蔭二宗，汾陰之家忘亡，滎陽之黨相慶。」嗚呼！此文尚可爲訓哉！

賦者古詩之流，然自屈宋以來即與詩別體。揚雄有言「能讀千賦則能賦」，蓋源流正變之不講，則操筆茫如鄭夾漈。《經籍志》所載范傳正《賦訣》、紇干俞《賦格》、張仲素《賦樞》、浩虚舟《賦門》，今皆不傳。元祝堯作《古賦辨體》，言之頗詳，而於歷代鴻篇未能備載。惟康熙間御定《歷代賦彙》，上起周末，下迄明季，以有關經濟學問者爲正集，其勞人思婦哀怨窮愁、畸士幽人放言任達者爲外集，而以佚句補遺附焉。學者沿流溯源，因變求正，悉具是書矣。

王愓甫有《讀賦卮言》一卷，自導源至總指，凡分十六段。自序謂：「上下源流，考鏡得失，略倣東莞《雕龍》之例。」蓋近人之善言賦無有過於是書者。

文章家每薄駢體而不論，然單行之變爲排偶，猶古詩之變爲律詩，風會既開，遂難偏廢。自庾子山出，始集六朝駢體之大成，而導唐初四傑之先路。所作皆華實相扶，情文兼至，於抽黄儷白之中，仍能灝氣舒卷，變化自如。當時雖並稱徐、庾，孝穆實瞠乎後塵矣。四六文雖不必專家，

然奏御所需、應試所尚，有非此不可者。純用六朝體格，亦恐非宜，惟有分唐四六、宋四六兩派，各就性之所近而學之。唐四六又當分爲兩層：有唐初之四六，王子安爲之首，以雄博爲宗，本朝之陳維崧似之；有中唐以後之四六，李義山爲之首，以流麗爲勝，本朝之吴綺似之。宋四六無專家，各以新巧爲工。近南昌彭文勤公所輯《宋四六選》已具崖略，本朝之章藻功似之。今欲爲四六專家，則當先讀蕭《選》及徐、庾二集，而參以初唐四傑集、李義山《樊南甲乙集》、彭文勤公《宋四六選》，以及陳檢討《四六》、《林蕙堂集》、《思綺堂集》，則源流正變自可了然於胸。若曾燠之《駢體正宗》、吴鼒之《八家四六》，雖爲時流所喜，而所選體格未純，但資博覽可也。

近人四六體格，以孔巽軒檢討爲最正。檢討嘗言：「駢體文以達意明事爲主；不爾，則用之婚啓，不可用之書札；用之銘誄，不可用之論辨，真爲無用之物。六朝文無非駢體，但縱横開闔，與散體文同也。」又云：「徐、庾集必須熟讀，此外四傑即當擇取，須避其平實之弊，第一取音節近古。庾文『落花與芝蓋齊飛，楊柳共春旗一色』，爲王子安所襲用；若删却『與』『共』二字，便成俗響。如陳其年『四圍皆王母靈禽，一片悉嫦娥寶樹』，此調殊惡，在古人寧以兩『之』字易『靈』『寶』二字也。」又舉楊炯《少姨廟碑》云「蔣侯三妹，青溪之軌跡可尋；虞帝二妃，湘水之波瀾未歇」，以爲「未歇」二字耐人玩讀，今人必不能到。至云「不可用經典奥衍之詞，及制舉文柔滑之句」，則不足於宋四六一派矣。此所謂駢體文甚精，其所作亦能副其所言，惜《儀鄭堂遺稿》所存無幾耳。

制藝文雖只用於科舉，然代聖賢立言，則與學古文初無二道，惟另有其源流正變，不可不知耳，俞寧世之《百二十名家》備矣。我朝乾隆初年，奉敕令方苞編選明文，凡四集，曰化治文，曰正嘉文，曰隆萬文，曰啓禎文，而國朝文别爲一集。每篇皆抉其精要評騭於後，凡四十一卷，名爲欽定四書文。所録皆理醇詞達，以清真雅正爲宗。承學之士於前明諸家考風格之得失，於國朝諸作定趣嚮之指歸，一切汗牛充棟之選本，盡可筌蹄棄之矣。

作制藝文能讀書窮理，一以學古文之精力材料爲之，未有不工者，但體格不必過於求高。夫既隨衆應舉，自然志在求售，而反以不入時眼爲高，則何如舍此不務？今自欽定四書文之外，有近時名家專集不可不涉獵者，如方靈皋、王耘渠之屬。王耘渠之文格律極細膩，又極分明，每篇旁批後批，皆其所自爲閲之，可當明師口授，集中篇篇可閲。方靈皋則有根柢，又有詞華，讀之可以開拓心胸，增長筆力。蓋靈皋經術本深，又於周秦諸子、宋儒諸集無不貫通，故言皆有物。論者謂靈皋古文每有時文氣，其時文則純以古文之法行之，故集中篇篇可讀。

應舉之文固宜合時，然亦不必竭力趨迎，蓋風氣改移，人人相崇相尚，欲求勝人，未有不一往過，物極則反，復思變思變計，勢必進退失據，勞而罔功。瞿昆湖嘗言：「作文要從心苗中出，初時覺難，久之自易，蓋熟極自能生巧也。」爲應舉文者果能由此入手，何患不高人一等乎？

少年作文以英發暢滿爲貴，不宜即求高簡古淡。昔歐陽公《答徐秘書》云：「所寄近著甚佳，

議論正宜如此。然著撰苟多，他日更自精擇，少去其繁，則峻潔矣。此時且不必勉强，簡節之則不流暢，須待自然而至也。」又蘇文忠《答李豸書》云：「惠示古賦、近詩，詞氣卓越，意趣不凡，甚可喜也。但微傷冗，後當稍收斂之，今則未可也。」又《與姪簡書》云：「凡文字少小時須令氣象峥嶸、采色絢爛，漸老漸熟，乃造平淡。其實不是平淡，乃絢爛之極也。汝只見爹伯今日文章平淡，便專意學此樣，何不取舊日應舉時文字觀之，看其高下抑揚、如龍蛇捉不住，且須學此，斯得之矣。」按：宋時所謂應舉時文，非今之時文也，而歐、蘇之教人已如此。

唐翼修彪《讀書作文譜》所陳，語多猥雜，不離村學究習氣。然亦有切實可行之法，有裨舉業，不妨舍其短而取其長也。如云：「聞諸搢紳先生用功進取有二法：一於大比之年正月始，每日作文一篇，至臨場而止；一於大比前一年之八月始，每三六九作文。二藝限定其時刻，不令少遲。二者一取其純熟，一取其速成。然速而至於久，未有不熟者；熟而至於久，未有不速者。」又云：「人生作文，須有數月發憤功夫，而後文章始得大進。蓋平常作文，非不用力，然未用緊迫工夫，從心打透，其效自淺。必專一致功，連作文一二月，然後心竅開通，靈明煥發，文機增長，有不可以常理論者矣。」又云：「傅安道嘗言：文章有筆力，有筆路。筆力到二十歲餘便定了，後來雖進，亦相去不遠。筆路常做便開拓，不做便荒廢。此言於應舉文尤切。」又云：「學者讀文，不可專趨一體，必清濃、虚實、長短、奇平並取。則雖風氣尚此，讀文有與之合者；風氣尚彼，讀文亦

有與之合者。取其合者揣摩之，其不合者姑停之，此即趨風氣之一法。若專讀一家，焉能符合乎？且人亦知韓、柳、歐、蘇之稱古文大家，王、唐、歸、金之稱制藝名家者，何謂也？以其集中清濃、虛實、長短、奇平無所不有故也。若止有一體，連閱數十篇，了無所異，則陋之至矣，安得稱大家名家乎？彼世之以文出於一律一體爲到家者，直庸妄之言耳。」又云：「凡以所作之文請教於人，未嘗無益，然其爲益無多也。一則閱者未必直言；一則我之所學果淺，彼即直言，吾亦不能因一二篇之指點，而即變拙爲巧。惟以吾已讀之文與欲讀之文，求其去取，更問其當讀者何文，或得其指點，則受益無盡。何也？所作之文之工拙，必本於所讀之文之工拙。譬如蜂以採花，故能釀蜜；蠶以食桑，故能成絲。倘蜂、蠶之所採食者非花與桑，則其成就必與凡物無異。乃知士人所讀之文精，庶幾所作之文美，亦用不離乎體耳。」又云：「吾師姜景白先生文章超邁，其制藝讀本即門下亦不得見之。余再請其故，始曰：吾所讀者皆係名文，每有改竄，汝曹年少，不能謹言，傳於外人，謂吾多改名文，人必非笑，故不令汝曹見也。然吾所以爲此者，亦自有故。以學人熟讀之文，作文時其氣機每來筆下而不自覺，佳處來，疵處亦至。如歸、金之文，其美處非人可及，故雖有疵而人不以爲病。如吾之文佳處既不及彼，苟又多得其疵，不甚無益乎？故吾於其疵處可改則改之，所以防其來筆下而不自覺也。」